Kerstin Ekman
Die letzten Flöße

Kerstin Ekman

Die letzten Flöße

Roman

Aus dem Schwedischen
von Hedwig M. Binder

Piper
München Zürich

Die Originalausgabe erschien 2002 unter dem Titel »Sista rompan« bei Albert Bonniers Förlag, Stockholm

Von Kerstin Ekman liegen bei Piper außerdem vor:
Am schwarzen Wasser
Geschehnisse am Wasser
Hexenringe
Mittsommerdunkel
Der Ruf der Raben
Springquelle
Die Totenglocke

ISBN 3-492-04525-1

Gesetzt aus der Aldus
Satz: Uwe Steffen, München
Druck und Bindung: GGP Media, Pößneck
Printed in Germany

www.piper.de

Eines Sommers kamen ein paar Värmländer nach Svartvattnet. Sie waren auf der Walz und hatten eine Perlenschöpfkelle dabei. Anton Fransa lieh ihnen nach vielem Hin und Her ein Boot, das sie von Waldsee zu Waldsee schleppten.

Elis spionierte ihnen nach, sobald er sich von der Arbeit daheim in Lubben verdrücken konnte. Fing sich gar ein paarmal eine ordentliche Abreibung ein, nur weil er sehen wollte, was sie trieben. Einer ruderte, und einer lag da und spähte durch ein Blechrohr ins Wasser. Ab und zu tauchte er die Kelle ein und schürfte damit über den Steingrund. Innerhalb weniger Wochen hatten sie aus dunklen Bächen und Waldseen eine ganze Pilsnerflasche voller Perlen zusammengefischt. Sie gaben Anton eine kleine Perle für das Boot. Dann zogen sie ihres Wegs.

Elis erinnerte sich nun daran, wie er ihnen nachspioniert hatte. In jenem Sommer. Wie er hätte losheulen können, als sie in Richtung Norwegen verschwanden. Wenn er sich denn getraut hätte.

Jetzt war er im Land der Perlenträume.

Am neunten April begann die Okkupation. Sein erster Gedanke galt nicht seinem Mutterland und dessen Bewohnern oder irgendwelchen besonders geschätzten Menschen unter ihnen, sein erster Gedanke war vielmehr: *Dies ist die Stunde der Wahrheit.*

Das glaubte er zumindest mit der Hälfte seiner beklommenen Seele. Grauer und viel stiller war diese Okkupation, als man es sich hatte vorstellen können. Wenn man sich denn überhaupt etwas vorgestellt hatte. Selbst mitten in Oslo war es still. Jedenfalls zeitweise. Menschenleere Straßen. Stein und Verlassenheit. Er hastete an den Hauswänden entlang zum Atelier in der Dronningens Gate. Dort waren seine Gemälde. Bilder.

Leinwände. Wie immer man sie nannte. Die Leute liefen zu ihren Kindern oder ihren alten Müttern. Er lief zu diesen mit Sicherheit völlig toten Gegenständen.

Während draußen geschossen wurde, saß er mit einem lauwarmen und sehr dünnen Pilsner in der Hand auf einem Sprossenstuhl und starrte die Bilder an, die ringsum an den Wänden lehnten. Als erstes hatte er sie natürlich zum Raum hin gedreht. Voller Hoffnung. Ja, wirklich. Irgendwie hegte er in diesem Augenblick eine Hoffnung für sie.

Der Raum unter dem Blechdach war von der Frühlingssonne erwärmt und roch nach bekleckerten Terpentinflaschen. Und nach Staub vor allem, altem Schmutz. Es war sehr lange her, daß er hier gewesen war. Er öffnete ein Fenster, um die Aprilluft einzulassen. Als er jedoch die Detonationen und kurz darauf unten auf der Straße Leute laufen hörte, schloß er es wieder.

Hatte er wirklich geglaubt, seine Bilder würden aufleben?

Wahrscheinlich war er nicht ganz bei Trost. Dachte er träg und eingefahren. Die Leute liefen um ihr Leben oder zumindest vor dem Schrecken davon, der ihnen in die Knochen gefahren war. Er aber saß seelenruhig in einer warmen Mansarde und gaffte seine Bilder an. Als auf den Straßen, im Hafen und unten bei der Akerfestung einhellig und allgemein die Geisteskrankheit ausbrach, da sollten ihm seine Bilder ihr wahres Antlitz zeigen.

Und wahrscheinlich taten sie genau das, denn er sah nichts, was er nicht früher schon gesehen hatte: nämlich daß sie »nettens« waren.

Er war ein geschickter Maler. Ja.

Das war es, was dieser Vormittag des Wahnsinns und des Todes, als er da in seiner selbstgeschaffenen Ruhe saß, ihm gesagt hatte: *Du malst nettens, Elis.*

Er verließ das Atelier, und draußen auf der Straße wurde ihm immerhin halb angst.

Im Theatercafé begann die Hatz. Er saß mit der üblichen Bande am Stammtisch. Sie käuten die Frage der Invasion der Deutschen in England wieder. Daß es niemals dazu kommen würde, darin waren sich alle einig. Elis aber schwieg. Schaut euch doch Europa an, wollte er sagen. Er war in seiner Trägheit jedoch so klug zu schweigen. Der Kontinent befand sich im großen und ganzen in der Gewalt der Nazis. Doch hier erhoben sie ein Geschrei darüber, die Engländer würden sich an den Stränden und Kaien schlagen, sie würden schwitzen und bluten und alles, was zur höheren Kriegsrhetorik gehört und wozu man selbst keine Lust hat.

Da kam die Dame auf ihren Tisch zu. Sie kam an wie eine Blücher, die Oslo anlaufen wollte. Kein Blick versenkte sie.

Ja, sie war eine richtige Dame geworden, und sie sprach ihn mit seinem Vornamen an, dem nicht geheimen. Trotzdem erkannte er sie zunächst nicht.

»Elias!« rief sie mit einer Würde, die ihn irreführte. Obendrein waren da der verwickelte Turban und das über der Hüfte drapierte Kleid. Doch es war Dagmar Ellefsen. Er war gehörig angesäuselt und dachte unscharf. Entsann sich aber: Unter diesen Draperien war ich schon mal. Allerdings erinnerte er sich nicht mehr genau daran, wie es dort gewesen war.

Wenn er es überdachte, so war das vierzehn Jahre her, und er hatte den schwarzen Hund bei sich gehabt. Råtass. Der war jetzt bestimmt schon tot. Dagmar aber lebte und prangte nun also; ihr Busen war größer als früher und ihre Haltung exzellent. Elis versank in sich selbst und in den Kognak-Soda und überlegte, daß es viele Leute gab, die lebten und auftauchen konnten. Wenn auch natürlich nicht hier.

Sie hieß nicht mehr Ellefsen, sondern Dickert. Bevor sie an ihren Tisch zurückkehrte, erzählte sie, ihr Mann sei Schulrektor und Hauptmann der Reserve.

Er saß dort drüben. Prostete ihm von ferne zu. Mit viehischem Gehorsam prostete Elis zurück. Seine Trunkenheit verlief stets so, daß sich zuerst Trägheit einstellte. Gesprächig und geistreich wurde er nie. Spätabends kam dann für gewöhnlich das Übel. Doch da hatte er sich längst davongemacht, denn er wußte sich in acht zu nehmen.

Dann sagte einer seiner Stammtischbrüder, und zwar Stein:

»Dickert, der kollaboriert. Das ist ein NS-Bonze. Wußtest du das nicht?«

»Nein, verdammt, woher denn«, erwiderte Elis. »Es ist zwanzig Jahre her, daß ich dieser Dame begegnet bin. Nun, fünfzehn ganz bestimmt.«

Menschenjäger, wem gilt die Jagd? dachte er. Es ist zum Kotzen, wie gerecht alle geworden sind.

Mit einem Mal mußte er an Erling Christiansen denken. Das kam nicht oft vor. Aber so war das wohl, wenn die Vergangenheit mit einem Turban drapiert angedampft kam. Er fragte sich, welches Schicksal Erling wohl zuteil geworden war. Hatten sie ihn an die Front geschickt, oder arbeitete er noch immer als Architekt für Generalbauinspektor Speer?

Es gab andere, die würden nie im Leben auftauchen, weil sie nie irgendwohin fuhren. So wie der alte Teufel. Oder Vater.

Er dachte, er vermisse niemanden. Außer diesen Hund da. Diesen Råtass.

Serine.

Nein, das war kein Vermissen. Das war etwas anderes, das war schlimmer. Beim Anblick seiner Bilder dort oben in der stickigen Luft der Mansarde hatte er sich gefragt, was ihn in seinem Überdruß eigentlich vorantreibe und -drehe. Was immer es sein mochte, gedanklich ließ sich kaum daran rühren. Wollte man nicht den Wahnsinn oder den Tod heraufbeschwören.

Ich glaube, ich sollte mir einen Hund anschaffen, dachte er. Die anderen kauten noch immer diesen Dickert durch. Was in Norwegen gerade vor sich ging, erinnerte Elis an ein Spiel, das sie in seiner Kindheit in der Schule gespielt hatten. Allerdings hatte er nie mitgemacht. Von den Jungen aus Lubben spielte keiner. Sie sahen zu, wenn die anderen sangen und sich in zwei Mannschaften aufstellten. Jetzt wollte ihm die Melodie einfach nicht in den Sinn kommen, da das Trio des Theatercafés auf Wunsch eines Tisches deutscher Offiziere samt Damen mit künstlichen Blumen in den Dutten *Donauwellen* intonierte. Er kam jedoch auf den Rhythmus und trommelte ihn. Als die Musiker vom Balkon herabstiegen, um Pause zu machen, fiel ihm die Melodie ein, und in seinem Kopf begann es zu singen:

Machet auf das Tor, machet auf das Tor ...
Er will die Schönste haben.

»Elias! Aufwachen! Du bekommst Besuch!«

Und stand nicht dieser Dickert gleich im Gang zwischen den Tischen und winkte? Nein, das war zu steif für ein Winken. Ein ausgestreckter Arm. Ein deutscher Gruß? Ja, verflucht! Und Dagmar, auf dem Weg in Dickerts Kielwasser, beugte sich zu Elis vor, roch dramatisch nach Parfüm und sagte:

»Wir wissen genau, daß du zu uns gehörst.«

Stein sagte, das sei zum Kotzen, und die anderen schwiegen. Elis begann wieder zu singen, aber nicht sehr laut.

»Der ist voll«, sagte Knut Knapper, und Elis dachte: Ist auch am besten. Und dann tat er sein Bestes, um es wahr zu machen.

Er fuhr nach Garvåg. Es wurde schließlich Sommer, und er wollte sich am Licht an der Küste versuchen. Doch Garvåg war nicht Holmsbu. Er hatte keine Gesellschaft, so wie Henrik Sørensen und Thorvald Erichsen sie am Drammensfjord gehabt hatten. Garvåg war auch nicht Skagen, wo man sonnige Interieurs mit Blumen auf dem Fensterbrett oder Strandmotive mit blauem Fjord und leuchtenden Laubbäumen im Vordergrund malte. Hier war er allein. Es war eine Flucht.

Es wurde Herbst, der Pippau um die Vortreppe welkte, und Elis saß noch immer in dem Haus, das er für den Sommer gemietet hatte. Was sollte er auch in Oslo? Bei seiner Abreise war die Kunstakademie nazistisch und ohne Schüler gewesen. Ein mittelprächtiger Künstler und Mitläufer namens Søren Onsager war dort Chef geworden und veranstaltete Ausstellungen mit entarteter Kunst. Per Krohg war in Grini interniert.

Er selbst war zu suspekt, um sich in anständiger Gesellschaft zu zeigen. Also las er nun Hamsun, rein aus Provokation. Abends nach der letzten Nachrichtensendung dachte er daran, daß er London noch nie gesehen hatte. Es hörte sich auch nicht so an, als würde noch etwas zu sehen übrigbleiben. Wie himmlische Schaben wimmelten die Bomber der deutschen Luftwaffe von Calais aus das Themsetal hinauf. Kirchen, Schiffsdocks, Wohnhäuser, Kraftwerke, Fabrikgebäude, Eisenbahnen – alles, was Menschen gebaut hatten, ging da drüben zum Teufel. Am dreizehnten September hörte er, im Buckingham-Palast seien Hunderte von Fensterscheiben zu Bruch gegangen und im Schloßgarten große Krater geschlagen worden. Der Krieg, der sich hier am Fjord als Überdruß, Zwang und graue Zeit dartat, war in England eine brennende Gehenna und die Hochzeit des Teufels mit dem Menschen.

Radiohören war nicht verboten, doch hatte er das Gerät sicherheitshalber in einen Kleiderschrank gestellt. Wozu auch immer das gut sein sollte. Wenn sie den Befehl erhielten, ins Haus zu trampeln und eine Beschlagnahme durchzuführen, würden sie es sowieso finden. Daran dachte er mit trägem Interesse. Er holte das Gerät hervor und suchte auf dem Wellenband nach den deutschen Stationen. Ihm fielen die Gesichter unter den Helmen ein, die er beim Laden gesehen hatte. Heinrich. Konrad. Heinz. Walter. Oder vielleicht Gottfried. Die eine Ehefrau hatten. Kinder. Eine Mutter. Oder eine Verlobte.

Leben. Gefühle in der Brust. Ein heimliches Schluchzen? Was keinen von ihnen daran hindern würde, um vier Uhr morgens die Tür mit einem Gewehrkolben einzuschlagen. Auf Befehl und ohne Schluchzen.

Mittlerweile war ihm mehr oder weniger alles egal. Das Drehen am Radioknopf war lediglich ein Juckreiz. Er malte nichts. Er saß in Garvåg und sehnte sich fort, doch das hatte er eigentlich schon immer getan. Ursprünglich fort ins Blau jenseits des Brannbergs. Auch wenn er damals keine Worte dafür gehabt hatte. Die waren erst viel später gekommen, im Sanatorium.

Fort, fort, hinaus in die Welt
Über die hohen Berge …

Nettens.

Irgendwann ist man dann so richtig geschickt, und dann wird alles, was man macht – nettens. Zum Kuckuck auch, daß man in einem Land lebt, wo man dieses Wort nicht einmal anwenden kann! Auf gar nichts. Niemand würde es verstehen, und wenn doch, wäre man entlarvt.

Weißt nichten, welchig ich bin. Und du sollst es auch nicht erfahren.

Er blieb lange, lange dort draußen in der Herbstnässe und sah den Pippau erst welken, dann faulen. Der Fjord war grau und aufgewühlt. Die deutschen Soldaten, die die Brücke und die umliegenden Gebäude im Hafengelände bewachten, wirkten strubblig, und wenn man in der Post oder im Café dichter an sie herankam, rochen sie wie nasse Hunde. Das lag wohl am Stoff ihrer Uniformen. Sie konnten sich schließlich nicht allesamt in hechelnde Hunde verwandelt haben, in Tiere mit nassem, rauhem Fell und hängendem Pimmel. Dieser Gedanke versetzte seiner Zeichnerhand einen Ruck, und eines Vormittags saß er da und skizzierte den deutschen Konrad und den Siegmund als zottige Tiere. Das war er aber bald leid.

Der Fischer und Bauer, bei dem sich Elis eingemietet hatte, war knausrig, oder aber er brauchte das Geld wirklich. Er wohnte mit seiner Familie weiterhin in dieser Bruchbude von Sommerhaus, während Elis seinen Aufenthalt Woche um Woche verlängerte. Knut Knapper schrieb ihm, er habe wohl eine Depression. Umständlich erklärte er, was das sei. Elis hielt seinen Zustand jedoch nicht für erklärungsbedürftig. Eher wäre es eine Untersuchung wert gewesen, weshalb die meisten so hartnäckig an dem festhielten, was menschliches Leben war: sinnlose und lästige Arbeit, Schmerz, ein kleiner Juckreiz, seltene Ekstasen.

Die Hauswirtin hatte in seiner Kammer einen Spiegel aufgehängt. Den drehte er zur Wand. Als seine Bartstoppeln gar zu infernalisch juckten, kam er nicht mehr umhin, sich sein Gesicht anzuschauen. Es war grau und mager.

Ja, er glich wohl vor allem einem alten Wolf, wenn er am Strand entlangstrich. Er grinste bei dem Gedanken daran, wie die Nachbarn ihn durch einen Spalt zwischen schlaffen gelbweißen Spitzengardinen sahen.

Bei Ebbe ging er weit hinaus, trat in die Tangdünen und machte den kleinen Krabben Beine. Er zertrampelte Türme von Sandkringeln, niedlichen Konditorbauten, die durch das Gedärm von Würmern gegangen waren, nach denen er nie zu graben vermochte, um zu gucken, wie sie aussahen. Der Uferrand war dicht mit Melde bewachsen, die salzig schmeckte und immer starrer und dunkelgrüner wurde, bevor sie verfaulte.

Ja, es war die Zeit, in der ihm alles so faulig und herb vorkam wie der Herbst. Radiohören hatte er praktisch an jenem Julitag aufgegeben, an dem Frankreich kapitulierte.

Wohin er gehörte, wußte er nicht mehr.

Machet auf das Tor, machet auf das Tor ...
Er will die Schönste haben.

Alle sollten durch dieses Tor kriechen, alle außer ihm. Oder gab es noch mehr, die nur in schwerem Überdruß überlebten? Vielleicht die Soldaten draußen auf der Brücke? Konrad und Siegmund. Die Sieger.

Er fragte sich, ob sie Heimweh hatten nach einem Bier, das weniger pißgelb und dünn als das norwegische war. Veränderten sie sich dadurch, daß sie Sieger waren? Was ging mit ihnen vor, wenn sie nachts an eine Tür schlugen? Sie hatten den Befehl, dazu die Gewehrkolben zu benutzen. Diejenigen, die in dem Haus zurückblieben, wenn das Auto mit den verhängten Scheiben und dem Gefangenen abgefahren war, sollten mit denselben Kolben noch die Möbel zertrümmern. Zutreten und schlagen. Stahlen sie? Wahrscheinlich.

Ende September erhielt er den Brief. Es war am selben Tag, an dem er in seinem Innern erstmals eine Art Regung verspürt hatte. Nach außen hin war er unbewegt und grau. Doch daß der Polizeipräsident von Oslo, der Welhaven hieß, verhaftet worden war, das traf ihn. Das Polizeikorps hatte sich großenteils der Nazipartei angeschlossen. Aber Welhaven – was war mit ihm?

Wildente stille schwimmet
an hohem Inselrand
auf reiner Brust erglimmet
der Wellen Spiel gebannt …

Er verstand zuerst gar nicht, was das war. Es wühlte sich hervor, aus der Sanatoriumszeit und von der Schulbank her. Es hatte einen Dichter dieses Namens gegeben. Vor langer Zeit in der Romantik. Elis spekulierte nicht darüber, ob der Polizeipräsident wohl ein Nachfahre dieses Dichters war. Doch die Worte des Gedichts über die verwundete Wildente, die sich auf dem Grund festbeißt, bewirkten, daß er sich Welhaven als einen verwundbaren Körper vorstellte. Einen menschlichen Körper, dem irgend etwas innewohnte, etwas, was gegen Rechtswidrigkeit und gegen rohe Gewalt Widerstand leistete.

Ihm wurde klar, daß er es selbst nie für lohnenswert erachtet hatte, gegen Gewalt Widerstand zu leisten. Und das war es ja auch nicht. Die Leute im Polizeikorps, die sich noch immer weigerten, sich der Nasjonal Samling anzuschließen, würden wohl durch zuverlässige Beamte und Schutzmänner ersetzt werden. Und Welhaven – würden sie ihn erschlagen?

Er war der erste Widerstandskämpfer, bei dem Elis nicht an einen Deklamator und kecken Demonstranten dachte, der eine rote Zipfelmütze mit weißen und blauen Streifen trug. Welhaven war durch jenes aufgemachte Tor gekrochen, und Elis hatte keine Ahnung, was mit ihm dahinter passierte.

Mit demselben Schiff wie diese Neuigkeit kam der Brief. Es war ein hellblaues Kuvert mit dem schnörkeligen und erhaben gedruckten Monogramm DD. Und darin: *Lieber Elias.*

Da beschloß er, nach Trondheim umzusiedeln. Warum auch nicht? Er wollte gern dem Nordtrøndischen näherkommen, seiner einzigen Herkunft, über die er mit den Leuten reden konnte. Dagmars Brief ließ keinen Zweifel daran, daß sie sich sicher waren, mit ihm rechnen zu können. Sie erwähnte seine Mitgliedschaft in der deutschen Nazipartei. Beiläufig. Danke schön, danke! Er kam nicht umhin, diese buchhalterischen Hohlköpfe zu bewundern.

Er beantwortete den Brief nicht. Was hätte er denn sagen sollen?

Hab's machen müssen, wohl oder übel.

Das wäre im übrigen auch nicht ganz wahr. Damals, vor noch gar nicht so vielen Jahren, war es ihm bedeutungslos erschienen. Es war lediglich ein Schildchen gewesen. NSDAP. Ein Abzeichen am Revers, wenn es darum ging, über einen Auftrag zu verhandeln. Das einzige, was er im Kopf gehabt hatte, war, Wandmalereien machen zu können.

In Trondheim bei Frau Mortensen, die, obschon elf Jahre älter als er, seine weiche, mollige Doris wurde, lief alles gut, bis auf die Malerei. Doch dann ging das Geld zu Ende, und er war gezwungen, auf die Schnelle ein paar Bilder hinzuschmieren und bei einem entgegenkommenden Kunsthändler auszustellen. Er fühlte sich schlapp und falsch und träge, als er sie an den Atelierwänden entlang aufstellte. Er wußte, was der alte Teufel, sein Großvater, dazu gesagt hätte: Heißet eins, das Volk bescheißen. Allerdings waren es wohl nur die norwegischen Kriegsgewinnler, die er bescheißen wollte, die Baumeister, die dadurch, daß sie für die Deutschen bauten, reich wurden. Sie kauften wie wild, herrschte doch Unsicherheit darüber, ob das Geld auf Dauer einen Wert haben würde.

Schließlich holte er seine Bilder aus Berlin und Paris hervor. Es waren nicht viele, doch gab es auch Zeichnungen. Er sah, wie der Kunsthändler munter wurde. Ein träger Hecht im Sonnenschein, der jählings bereit war, zuzuschlagen.

Es gab eine Vernissage, und er glaubte sich in einen Alptraum versetzt, als er Dagmar und ihren Dickert durch die Glastüren kommen und ihm zuwinken sah. Der Galerist erzählte Elis, daß das ihr neuer Fylkebonze sei. Der oberste Chef der Schulen und des Unterrichts in Sørtrøndelag. Alle Herrlichkeit der Erde schwebe über diesem bald kahlen Schädel.

Sie drückten einander die Hand, sie tranken Ersatzkaffee. Elis hatte begriffen, daß er sie nie würde abschütteln können. Sie wollten an alles heran, was Kultur hieß: Schriftstellerei, Malerei, Musik. Die Schriftsteller und Künstler liefen jedoch wie die Lemminge über das Fjäll nach Schweden hinüber.

Nach zwei Tagen erhielt er einen enthusiastischen Brief von Dickert. Er schrieb auf dem Briefpapier der Nasjonal Samling. Dagmar rief am selben Tag an und gratulierte ihm zu den Rezensionen. »Jetzt werden wir richtig zusammensein«, sagte sie. Nie hatte eine Frau einen alten Betrug mit herzlicherem Wohlwollen vergolten. Wußte sie, daß sie ihn unter Druck setzte? Wahrscheinlich nicht.

Er hatte gute Kritiken bekommen. Erstaunlich gute, konnte man sagen. Die Kritiker wußten jedoch nicht, daß sie über einen Maler schrieben, den es nicht mehr gab. Das einzige, was er tun konnte, war, sich sein Geld abzuholen und zu verschwinden.

*

Wir sind jetzt alt, der Norweger und ich. Nicht die Ältesten im Dorf, aber fast. Er hört mittlerweile viel schlechter, will es aber nicht zugeben. Ansonsten gibt es wohl keine großen Gebrechen.

Aber der Winter.

»Wenn nur der Winter schon vorbei wäre«, sagen wir zueinander. Im Innern aber wird man deutlicher: Gütiger Gott, hab Mitleid mit uns Elenden, die wir hier herumtapsen, und gib uns in Deiner Barmherzigkeit Namen das Licht zurück! Und die Buschwindröschen.

Man wünscht sich in diesem Alter ja eigentlich nicht mehr viel, und Gott schweigt. Der Gemeinderat aber sagt, daß der Fahrdienst besser werden soll, keine so langen Wartezeiten mehr. Das belebt uns alte Leute.

Im vergangenen Herbst stand der Norweger in meiner Küche und sah auf die Straße hinaus, wo Georg Mårtensson die Grabenränder absteckte.

»Was treibet er dorten, der Mårsa?« fragte er.

Ich bin mir nicht ganz sicher, wie er es gesagt hat. Er kann sowohl Riksmål als auch Nordtrøndisch sprechen, doch das hier hörte sich anders an. Er war tief in Gedanken versunken.

»Ja, mußt auf der Hute sein«, sagte ich, »weil er kömmet jetzt. Der Winter.«

»Ach ja«, sagte er. »Ist dabei und stecket die Straße ab.«

Du Schlawiner, dachte ich. Doch ich sagte nichts.

Denn das sagte er mitnichten auf norwegisch.

*

Gegen Mittag des zweiten Tages entdeckte Elis drei graue Gestalten. Er hatte kein Fernglas, versuchte aber seinen Blick zu schärfen, indem er blinzelte. Er konnte trotzdem nicht erkennen, ob sie Waffen hatten. Sie gingen auf dem Hang auf der anderen Seite des Sees. Er sagte sich, daß dort drüben das gleiche Geröll sein mußte und sie deswegen so langsam vorankamen.

Er hatte heftiges Herzklopfen bekommen.

Das Fjäll war nun ein anderes. Er erinnerte sich an den ersten Rausch aus kaltem Himmel und unendlicher Einsamkeit, als er heraufgekommen war.

Unendlich! Jetzt liefen die drei wie Wanzen über ein Laken, das grau war vor Schmutz.

Er saß reglos, selber steingrau. War versucht, die Augen zu schließen, nur um erleben zu können, daß die Gestalten fort wären, wenn er sie wieder öffnete. Doch er traute sich nicht. Er mußte schließlich wissen, wohin sie gingen.

Drei arme Läuse. Auswanderer aus dem Reich der Lüge.

Oder drei Grenzwächter?

Er mußte diesen dreien gegenüber, die sich da drüben mühsam voranarbeiteten, sehr wachsam sein. Sie gingen wie auf dem Mars. Womöglich herrschte hier so hoch oben eine andere Zeit. Eine Planetenzeit. Er drehte wieder an der Krone seiner

Armbanduhr, denn ihm durfte das, was Zeit war, nicht abhanden kommen. Drei Männer oder auf jeden Fall Menschen gingen über das Fjäll in Richtung Schweden, und es war wichtig, daß er sich merkte, wann er sie erstmals gesehen hatte. Um drei Minuten nach zwölf.

Schließlich verschwanden sie.

Wurden zu Stein.

Ihm tat der Rücken weh. Eine scharfe Steinkante hatte ihn gedrückt, ohne daß er weiter darauf geachtet hatte. Er stand auf und machte ein paar vorsichtige Bewegungen, um den Körper zu lockern.

Er mußte sie über die Grenze verschwinden lassen. Oder ihnen, falls sie zu der anderen Sorte gehörten, die Zeit einräumen, zurückzukommen, ohne ihm zu begegnen. Hier oben konnte er allerdings nicht übernachten, da würde er so steif vor Kälte, daß er nicht mehr laufen könnte. In der Hütte war es schon kalt genug gewesen. Wenn er zum Schlafen dorthin zurückkehrte, würde er einen ganzen Tag verlieren, mal abgesehen vom Proviant.

Es war eine Fischerhütte mit halb eingestürztem Feuerwall. Er hatte jedoch ein Feuer zustande gebracht. In dieser Hütte war er als Vierzehnjähriger gewesen: Mager und mit Lungen, in denen die Tuberkeln an ihrem Wohlergehen und Wachstum arbeiteten, hockte er im Halbdunkel. Seine Jungenfinger steckten in einem zerrissenen Netz aus brüchigem grauem Garn.

Bestimmt aber war es ein anderer gewesen, der von diesem Netz fortgegangen war, lange nach ihm. Er vergaß doch hoffentlich nichts von damals. Etwas zu vergessen, das war der Tod.

Gespenstisch.

Es war das arme Bürschchen, das ihm jetzt den Weg wies.

Er ging weiter. Verließ den Steinsee, aus dem er vor einem Vierteljahrhundert seinen Lebensunterhalt gefischt hatte.

Damals hatte er sich damit begnügen müssen, nach einer größeren Zeit zu leben: dem Gang der Sonne. Der Dunkelheit, die sie verschlang. Dem Wind, in dem das kärgliche braungelbe Laubgehölz, das sich hier oben hielt, zu rascheln begann. Dem unheilverkündenden Abendwind im September. Ängstlich? Das nicht gerade. Aber allem gegenüber wachsam, auch dem Säuseln des Windes, es könnte ja Winter mit sich bringen.

Noch größere Zeit: Im September 1941 wimmeln die Deutschen nach Rußland hinein. Panzer und Kolonnen. Alleinig krabble ich aus Norwegen heraus.

Das vorige Mal hatte er das Land mit dem Schiff verlassen. Er war auf einer Strohmatratze eingeschlafen und aus dem Oslofjord gestampft, nachdem er eine große Schale fetter Fleischsuppe zu sich genommen hatte. Nicht so etwas wie das, was er dann als Steward servieren sollte. Mißtrauisch und vielleicht auch ängstlich hatte er seine Jacke neben das Kopfkissen gelegt, so daß er den rauhen Stoff an der Wange spüren konnte. Er hatte eine Jacke und eine Sportmütze getragen, eine sogenannte Sixpence. Worum aber war er so besorgt gewesen? Um das Seemannsbuch? Das Mitgliedsbuch der Gewerkschaft, die Brieftasche mit dem Geld? Er konnte sich auch nicht erinnern, ob er einen Koffer oder einen Segeltuchsack dabeigehabt hatte. Bestimmt aber einen Malkasten. Er war doch nicht nur mit seinem Leib schnurstracks in die Welt hinausgefahren. Mit dieser Hülle um ein Paar kaum verheilte Lungen.

Man vergißt.

Er stapfte weiter. Die Skistiefel waren gut. Er hatte aus Trondheim drei Paar Strümpfe zum Wechseln mitgenommen. Doris Mortensen hatte sie gewaschen und gestopft. Er hatte das Zimmer bei ihr in Bakklandet gekündigt, und nach Begleichung der Miete hatte er noch gut elfhundert norwegische Kronen übrig. Die steckten in der Brieftasche ganz unten im Rucksack. Anders als die meisten Flüchtlinge hatte er warten können, bis seine Forderungen eingegangen waren. Er floh nicht vor einer Todesgefahr, sondern vor einer innigen und hurerischen Umarmung.

Das Atelier, in dem er im vergangenen Jahr zu arbeiten versucht hatte, war eigentlich eine Art Gewächshaus oder Wintergarten, den Herr Mortensen zu seinen Lebzeiten gebaut hatte. Er hatte dort Blumen gezogen, nicht ganz klar, welche. Ebensowenig wie Elis seine Bilder lebendig zu halten vermochte, war es Frau Mortensen gelungen, die Blumen ihres Gemahls am

Leben zu erhalten. Sie ließen die Köpfe hängen, wurden schlapp und gingen im trøndischen Winterdunkel ein.

Er war jetzt hoch oben. Bei jeder gerölligen Höhe, die er erklomm, meinte er, sie würde, wenn er oben angelangt wäre, in die andere Richtung abfallen. Jedesmal aber erhob sich in seinem Blickfeld ein neuer Gipfel. Ein Unendlichkeitsfjäll. Steinwoge auf Steinwoge. Zwergbirken und Krähenbeerengestrüpp. Hie und da ein Baumknorz, in dem das Klagen des Windes erstarrt war. Jede Fjällbirke war gekrümmt wie ein ausgemergeltes altes Weib.

Welch ein höllisches Leben! Welch eine windgeplagte, lichtknausrige, krüppelige Hölle! Bis die Sonne gestürzt kam. Und das Wasser. Der Frühsommerrausch mit fließender Sonne und sickerndem, rinnendem, rieselndem, hinabstürzendem Wasser. Und an den Steilhängen Brautschleier, sowohl weit, weit in der Ferne die luftigen Schwaden des jäh fallenden Wassers als auch die kleinen zierlichen Frauennabel, die, beschwert von ihrem weißen Blütenflor, ihre haarigen rosa Stengel zum Moos hin neigten. Und wie das aus der Nähe duftete! Der Sommerrausch, dieser Juliwirbel aus Wohlgeruch und Vergessen.

Hier gab es Fetthenne und Traubensteinbrech, Frauennabel und Butterrosen. Was müßigen Leuten nicht alles einfallen konnte, um feine Dinge zu benennen! Wir dagegen sagten Trollblume zur Butterrose, dachte er. Fett und Trauben, Frauen und frische Butter waren in unserem Denken nicht vorhanden. Eher Heringe und Wanzen.

Das Bürschchen da unten am Steinsee war ein kleines, rohes Biest. Ein Stromer und Ausreißer, der sich aus dem Staub machte, wenn es gefährlich wurde. Der Kerl steckt in mir. Wir trotten weiter.

Es war vielleicht keine gute Idee, sich allein auf den Weg zu machen. Aber es ging nicht anders. Er hätte schwerlich jemanden davon überzeugen können, daß er eines Bergführers würdig sei. Auch kannte er niemanden aus der Widerstandsbewegung, der Hjemmefront.

Ihm war klar, daß er sich aufmachen mußte, bevor es Winter wurde, wenn er übers Fjäll wollte. Er kannte den Weg jedoch nur bis zu dem steinigen See hinauf. Weiter war er als Junge nie gegangen. Als er von Svartvattnet ausgerissen und von der anderen Seite herübergekommen war, hatte er mit einem Prediger übers Hochgebirge fahren können. Vor diesem Weg mußte er sich nun in acht nehmen. Ganz oben gab es ein kleines Anwesen. Der Kätner hatte Schneeräumpflicht, solange sich der Weg im Winter freihalten ließ. Elis vermutete, daß sich die Deutschen jetzt dort einquartiert hatten und in dem steinigen Gelände auf Patrouille gingen. Er mußte sich also viel weiter südlich halten. Angeblich gab es dort, wo die Fjällheide nach Osten abzufallen begann, eine Renhüterhütte. Davon hatte er aber nur gehört. Und noch fiel das Gelände nicht ab. Ihm war jedoch, als ginge es jetzt weniger steil bergauf. Womöglich befand er sich auf dem Hochplateau.

Es war jetzt später Nachmittag. Der Wind biß schärfer zu. Wolkenfetzen rissen sich aus einer großen Spitztüte voll Unwetter los, die sich öffnete und ausbreitete. Der Himmel dahinter war indes kaltblau. Seit Elis die drei Gestalten gesehen hatte, war er angespannt, und das machte ihn müder. Er ging jedoch stetig dahin, wenn auch etwas steif. Der Kompaß kreiselte. Vermutlich war im Berg Eisenerz. Oder aber er befand sich in der Nähe irgendeiner verflixten Funkanlage oder von anderem deutschen Teufelszeug.

Dann entdeckte er die Kiefern. Sie waren alle nach Osten gedreht und auf der Westseite nahezu kahl. In ihren Kronen saßen längst vergangene Fjällstürme. Wasser stand zwischen ihnen, und es gab helle graugrüne Flecken irgendeines Mooses sowie Riedgras in allen Frostschattierungen: braun wie Tabak und gelb wie Schwefel. Ja, es war Leben. Wasserglitzern. Weiches Moos. Wildnis. Schluß mit Geröll und steilen, glatten Felsplatten. Es ging auch bergab, ging freundlich zu dem alten Land hinab, diesem Land, von dem er geglaubt hatte, er werde es freiwillig nie wiedersehen. Nun ja, freiwillig – das weiß der Henker!

Er setzte sich einen Moment und nahm lediglich einen kleinen Happen zu sich. Doris hatte ihm viel gepökeltes Dörrfleisch mitgegeben. Er verließ sich auf sie. Warum eigentlich? Weil sie einen so weichen Bauch hatte?

Dickert würde nach seiner Adresse forschen und ihm mit dem Auto einen Besuch abstatten, garantiert, mit einem schwarzen Auto, Hakenkreuzfähnchen an den Kotflügeln, so stellte er sich das vor. Obwohl es vielleicht übertrieben war. Sie übertrieben jedoch gern. Sie waren in ein Siegesrauschen gehüllt. Zuviel Sauerstoff. Davon wird einem schwindlig. Berauschte Generäle. Berauschte Feldwebel, Hauptgefreite und Gauleiter. Berauschte Sadisten und berauschte Bürokraten. Sogar berauschte Schullehrer. Die Autofähnchen flatterten selbst unten in Afrika.

Vor nur wenigen Jahren hatte auch er recht sauerstoffreich gelebt.

Lieber Herrgott, mach mich blind,
daß ich alles herrlich find'!

Ironie ist nicht die beste Waffe gegen Überzeugung. Überhaupt: Überzeugung. Wenn der Kompaß zu kreiseln anfängt, dreht man sich mit. Man wird so leicht erhört; blind oder halbblind, man findet alles herrlich, was einem nützt.

Ich empfinde Selbstverachtung, dachte er kalt. Das ist kein gutes Gefühl. Es ist ein Gefühl wie auf nacktem Fels oberhalb der Baumgrenze. Ich habe Scheiße in mir. Deshalb kann ich auch nicht malen.

Das stimmt natürlich nicht, denn es haben schon ganz andere Scheißkerle als ich gut gemalt. Gut zu malen hat nichts damit zu tun, daß man ein guter Mensch ist.

Oder doch?

Auch nicht damit, daß es einem gutgeht. Mit gar nichts hat es zu tun, und jetzt ist Schluß.

Als er sich wieder aufmachte, scheuerten seine Schuhe. Er hütete sich, lange so zu gehen, und setzte sich an den ersten Bach. Als er die Strümpfe auszog, hatte er an der Ferse des linken Fußes nur eine rote Stelle, rechts aber bereits eine mit Flüssigkeit gefüllte Blase. Er hielt die Füße so lange in das eisenkalte Wasser, bis das quälende Gefühl in Taubheit überging. Dann trocknete er sie sorgfältig mit den getragenen Strümpfen ab und zog ein paar saubere an. Erst jetzt merkte er, daß der Nachmittag allmählich in Dämmerung überging. Die Schatten waren von eigenartiger Dichte.

Er war jedenfalls so weit nach Süden gewandert, daß er den Bergkamm im Norden nicht mehr sah. Hunderte von Metern darunter strömte, grün wie Glas, der Fluß, und Elis wußte, daß er von so hoch oben unbewegt wirkte. Diesmal hatte er jedoch nicht zu ihm hinunterschauen können. Wahrscheinlich standen dort Fritz und Gottfried mit ihren Gewehren und sagten: »Wunderschön.« An den steilen Waldhängen auf der anderen Seite hatten die Lappen Luchse gejagt.

In der Leere wuchs die Erinnerung an seine Zeit als Vierzehn-, Fünfzehnjähriger. Das Bürschchen mit dem halb zerrissenen und brüchigen Netz, der Lungenschwindsüchtige mit den vor Schmutz starren Kleidern kam ihm zu Hilfe. Er reichte ihm seine Verständigkeit, und es war erstaunlich, wieviel er gewußt hatte. Zu wissen gezwungen war.

Die sanften Stimmen der Lappen vor langer, langer Zeit sagten, sie kämen von der Hütte am See, und der See werde vom Wasser eines großen Baches gespeist, der viele Fälle habe. Er saß da, starrte geradewegs ins Krähenbeerengestrüpp und erinnerte sich, daß sie ihm Renkäse angeboten hatten und eine Art Kaffeegetränk, das aus Birkenporlingen gekocht war.

Ist alles noch da? Gleich unter einer harten Schale des Jetzt?

Das Bürschchen ging vor ihm her auf einem schmalen Pfad, auf dem er bestimmt nie gegangen war. Einem Tierpfad. Oder wurde er gelegentlich von Menschen benutzt? Es war fast dunkel, und seine rechte Ferse schmerzte, als er an den Bach mit den vielen Fällen kam. Er begann abzusteigen. Es war dunkel, als er den See sah, doch der hob noch Licht in sein Becken.

Kleine Landzungen mit Kiefern. Eine gespreizte Rottanne. Ansonsten Birken, Birken und nochmals Birken mit Blättern, die in dem wunderlichen Abenddämmerlicht wie Goldmünzen leuchteten. Um eine Landzunge herum. Da stand die Hütte. Fast wäre er schnurstracks hineingegangen, und ihm wurde angst.

Langsam zog er sich zwischen die Bäume zurück. Er roch keinen Rauch.

Es kostete Überwindung, zur Hüttentür zu gehen und zu probieren, ob sie offen war. Das lag nicht nur an der Fluchtangst, da war noch etwas anderes, Älteres. Die Zuflucht der Wiedergänger in diesen leeren Bleiben und Almhütten. Böse Leute, die gestorben waren und des Nachts darin wüteten. Das war natürlich zum Lachen. Doch Gefühl war Gefühl, und es gehörte zu dem Geruch in so einer ausgekühlten Hütte. Nach Asche und Wühlmauskot. In der Ecke der noch strengere Geruch nach dem Urin und der Losung des Hermelins.

Nachdem er seinen Pullover ausgebreitet, sich hingelegt und ein Weilchen seinen eigenen Geruch eingeatmet hatte, fühlte er sich als Mensch in diesem Tier- und Geisterloch sicherer. Das einzige, was sich auf der Pritsche fand, waren ein wenig krümeliges Riedheu und eine steife alte Wolldecke.

Er wußte nicht, ob er es wagen sollte, Feuer zu machen, aber was blieb ihm übrig. In der Hütte war es viel dunkler als draußen, und so tastete er sich vorwärts. Da war Kiefernholz. Aus dürren Ästen. Die Hütte war in Gebrauch. Das machte ihm angst. Doch er hatte jetzt schwerlich eine andere Wahl.

Den Herd bildete eine Grube aus Stein. Elis ging hinaus und brach sich Feuerholz aus einer dürren Tanne, stand lange da und horchte. Der Wind hatte aufgefrischt. In den Baumkronen war kein Gesang mehr. Es hatte zu tosen begonnen. Ein schreckliches Wetter zog auf.

Nachdem er Pfannkuchen und mit Schafswurst belegte Brote gegessen und den Rest der noch lauwarmen Milch aus seiner zweiten Thermosflasche getrunken hatte, wurde er mit einem Mal schläfrig und dämmerte in einen Zustand hinüber, der nahezu einer Ohnmacht gleichkam.

Er erwachte davon, daß die Waldfrau in der Hütte atmete. Sie lag unmittelbar neben ihm. Er streckte die Hand aus, um ihren zarten Bauch zu berühren. Da bekam er astiges Holz zu fassen. Er tauchte aus den Tiefen der Zeit auf und wurde richtig wach, mit trockenem Gaumen und steifen Gliedern.

Draußen war es Tag geworden, und der Regen schlug gegen die Scheiben. Das Feuer war selbstverständlich ausgegangen, und Elis war durchgefroren. Er verstand nicht, wie sein Körper im Schlaf eine genußvolle Erinnerung hatte unterbringen können. Als er auf die Uhr sah, war es halb neun, und er war zunächst überzeugt davon, daß sie stehengeblieben war. Doch der Sekundenzeiger eilte im Kreis herum. Elis hatte mehr als zwölf Stunden geschlafen. Draußen war keine Morgendämmerung, sondern ein dunkler, windiger Regentag. Noch immer saß Elis die Erschöpfung als Steifheit und Schmerz im Leib. Er hatte vergessen, seine Fersen zu verarzten. Als er den Strumpf löste, sah er, daß die Blase aufgegangen war. Wie nicht anders zu erwarten. Er mußte weiter, egal, wie sehr die Wunde an der Stiefelkante rieb, denn in der Hütte konnte er nicht bleiben. Er hatte keine Ahnung, bis wohin die Patrouillen gingen.

Eigentlich war alles ganz fürchterlich idiotisch. Er hätte jetzt in Bakklandet, im Obergeschoß von Doris Mortensens Haus, in seiner Küche sitzen, Kornelius Kaffee-Ersatz trinken und sich immerhin wohl fühlen können. Und wären da nicht Dickert und seine Frau gewesen, hätte er in Oslo bleiben können. Sowohl im Grand als auch im Theatercafé lief vermutlich alles so ungefähr wie immer.

Er saß in der Hocke vor dem Herd und war dabei, Feuer zu machen, als er die Stimmen hörte. Das Gepolter von Stiefeln. Sie waren bereits auf der Treppe. Die Tür kreischte. Und dann wurde es still. Er konnte ein spitzes Atmen hören, wollte sich aber nicht umdrehen. Wartete auf Worte. Doch die kamen lange nicht. Allmählich wich sein Schreck, als ihm klarwurde, daß die Worte nicht »Hände hoch!« lauten würden oder was zum Teufel ihnen in solchen Situationen einfallen mochte. Das wäre schneller gekommen.

Er war ganz erledigt und drehte sich vorsichtig um. Der andere sagte noch immer keinen Ton. Elis kramte einen alten, frommen Gruß aus seiner Jugenderinnerung hervor und sagte auf norwegisch:

»Gott zum Gruße!«

Der andere erwiderte murmelnd: »Friede mit dir!« Es war ein kleiner alter Tatterich. Er trug eine dicke warme Weste über seinem blauen Arbeitshemd und eine Sportmütze, deren Schirm so fadenscheinig war, daß die Pappe durchschimmerte. Er klang nicht verlegen, als er fragte, wer Elis sei. Er selbst wolle nach seinen Schlingen sehen, sagte er.

Da hätte Elis beinahe losgelacht. Denn so gut kannte er die Leute auch nach all den Jahren noch. Er befand sich immerhin in der Gegend seiner Tanten. Wer in Jolet unten hätte einem Fremden erzählt, was er vorhatte? Nein, der Kerl hier war nervös.

»Willst du deine Vögel nicht hereinholen?« fragte Elis spöttisch.

Es waren Stimmen draußen gewesen, und eine davon, natürlich diese hier, hatte sie zum Schweigen gebracht.

Dann mußte Elis schnell hinaus. Und zwar ganz dringend. Er stürmte in den Birkenwald und hockte sich hin. Mit knapper Not bekam er die Hose herunter.

Danach machte er sich in einem kleinen schwarzen Moorloch sauber. Er wollte nicht zum See hinuntergehen, wo sie ihn von der Hütte aus hätten sehen können. Das hatte er noch nie erlebt: daß der Schreck den Darminhalt zersetzte. Wohl hatte er davon erzählen hören, doch daß es erst eintrat, wenn alles schon eine Weile vorbei war, das hatte er nicht gewußt. Jetzt war er erschöpft, und seine Schenkel und der ganze Unterleib waren matt. Beim Gehen zitterten ihm die Beine.

Er schämte sich und war nicht sicher, was als nächstes geschehen würde. Es war wie während der ersten Zeit im Sanatorium, als auf seinen Körper niemals auch nur eine Sekunde lang Verlaß gewesen war. Jeden Augenblick mußte er damit rechnen, etwas von sich zu geben. Einen Blutsturz, damals.

Wäre es möglich gewesen, hätte er sich jetzt wortlos auf den Weg gemacht. Doch er brauchte seinen Rucksack.

Der Alte hatte sein Gepäck abgesetzt, als Elis in die Hütte trat. Auf der Pritsche saßen zwei Männer. Schmutz und Bart und Lumpen. Er hatte schon lange nicht mehr so viel Angst gesehen. Er grüßte, erhielt aber keine Antwort.

Der Alte übernahm das Kommando.

»Du mußt das Feuer im Herd wieder anfachen«, sagte er.

Er kniete vor der Pritsche und versuchte, der einen Lumpengestalt dabei zu helfen, die Stiefel auszuziehen. Der Mann jammerte. Der andere versuchte es gar nicht erst. Er war auf die Seite gefallen und in einen Dämmer oder Schlaf gesunken. Er atmete pfeifend, und Elis verspürte zum erstenmal seit Jahren die alte Angst davor, angesteckt zu werden.

Der Alte wurde ein bißchen gesprächig und sagte, sie seien zunächst nur mit Lumpen an den Füßen gegangen. Die Stiefel hätten sie unterwegs bekommen, und sie seien nicht im besten Zustand. Die Leute hätten nicht mehr viel, was sie entbehren könnten.

Schmutz und eitrige Wunden. Blutkuchen in den Lumpen. Elis wollte sich von diesen Füßen abwenden, doch der Alte befahl ihm, Wasser zu holen und es in einem Kessel zu erwärmen, der umgedreht am Sockel der Hütte stehen müsse. Er war mit dieser Örtlichkeit offensichtlich bestens vertraut.

Elis fragte, wer diese Lumpenbündel denn seien, und er erfuhr, daß es Balten waren. Aus dem Bergwerk. Die Deutschen setzten sie dort so lange ein, wie sie sich am Leben hielten.

Was hast du mit zwei Balten zu schaffen? fragte sich Elis. Aber er hatte »Friede mit euch« zu ihnen gesagt. Sollte es doch etwas sein, worin normale menschliche Herzlichkeit und Zuversicht lagen.

Er konnte ihnen noch mehr geben: belegte Brote aus seinem Mundvorrat.

Hungergruben in diesen Leibern. Was waren das für Menschen? Alles, was Miene, Gesten und Kleidung eines Schullehrers oder Landarbeiters oder Busfahrers gewesen sein konnten, war längst von ihnen abgefallen. Sogar ihre Nationalität. Der Alte wußte lediglich, daß sie von der anderen Seite der Ostsee stammten. Als das Wasser soweit fertig war, prüfte er es und sagte, Elis könne sie nun waschen.

Die Lumpen direkt auf der Haut ließen sich ohne Aufweichen nicht entfernen. Er mußte die zwei Hemden, die er zum Wechseln hatte, zerreißen, sie als Waschlappen benutzen und trockene Streifen als Verband verwenden. Der Alte reichte ihm eine kleine Blechdose, auf der Tiedemanns stand. Sie enthielt jedoch keinen Tabak, sondern Salbe.

Der Geruch nach Tannenharz und Schafstalg versetzte ihn in seine Kindheit zurück.

Harzpflaster war's. Gekochet aus Schafsschmalz und Tannenharz. Mit Eiern darinnen. War weit weg jetzt, tief drunten in uriger Zeit. Mamas Hände waren's und Harzpflaster und gute Worte.

Der eine Balte wimmerte, als Elis ihn einschmierte. Er wollte etwas zu ihm sagen und rechnete auch damit, daß die beiden Deutsch verstünden. Doch er wagte nicht, es auszuprobieren. Der Alte würde ihn für einen Provokateur halten. Der war sich kein bißchen sicher, was Elis für einer war, mußte seine Geschichte aber bis auf weiteres gelten lassen. Daß er allein losgezogen war, erklärte Elis mit seinen guten Ortskenntnissen. Er log, er habe in dieser Fjällgegend schon oft Touren unternommen.

»Ich habe einen gefunden, der mich mit seiner Holzfuhre von Grong mitgenommen hat«, fügte er ganz wahrheitsgemäß hinzu.

»Jolet«, sagte er dann, um zu zeigen, wie zu Hause er hier oben war. Er wies nach Südosten.

»Skuruvatn.« Er wies in die entsprechende Richtung.

Der Alte korrigierte ihn. Sein Finger wies in die Richtung, die Elis' Kompaß genau als Osten anzeigte. Er begriff, daß er weiter südlich gelandet war, als er beabsichtigt hatte. Dies war gar nicht die Renhüterhütte. Es war wohl ein Unterschlupf, den die Bauern aus Skuruvatn nutzten, wenn sie zum Fischen hier oben waren. Er wäre in Teufels Küche gekommen, wenn er so weitergegangen wäre. Er wollte doch eigentlich bei Markeslia hinüber. Dahinter lag eine ganze Bergkette, die ihm schon als Junge unbekannt gewesen war, und dort hätte er landen können. Eine gesegnete Begegnung, wahrhaftig! Und er war wohl auch eine Art Segen für sie. Denn nun bekamen sie seinen Proviant. Der Alte erklärte, er habe die beiden in der Nacht nicht bis zur Hütte bringen können. Sie seien so abgekämpft gewesen. Sie hätten in einem Windschutz übernachten müssen, den er an einer Tanne errichtet habe. Im Morgengrauen habe er sie kaum auf die Beine gebracht.

Er wolle sie noch etwa eine Stunde schlafen lassen. Höchstens. Dann müßten sie alle weiter. Elis und er könnten jeweils einen Balten übernehmen, wie er sich ausdrückte.

Und so war Elis damit betraut, Gefangene aus einer Grube durch den Bergwald zu schleppen. Der Alte verriet jedoch nie, wie er selbst hieß oder woher er kam. Vermutlich war es auch das beste, nichts zu wissen.

An diesem Tag war ihm, als ginge er mehr mit den Füßen der Balten als mit den eigenen. Er hatte schließlich vor ihnen gekauert, sie gewaschen und ihnen Pflaster angelegt. Er wußte, wie das bloße Fleisch aussah und wie es sich anfühlen mußte, darauf zu gehen.

In den ersten Stunden regnete es in Strömen. Das Wasser quoll ihnen aus dem schwarzen Bart und den Haarzotteln, und vielleicht rann ein wenig Schmutz ab. Manchmal zeigten sie ein schiefes Lächeln. Ein Schmerzlächeln. Eine Art Einvernehmen, denn sie wußten beide, wie die Füße aussahen.

Am späten Nachmittag schlug in einer Laune des Fjälls das Wetter um. Die Sonne ergoß sich gnädig über sie. Sie saßen an einem Abhang, als es warm wurde. Weit unten sah man lediglich den ersten der drei großen Seen. Daß der dritte Svartvattnet war, wußte Elis nur allzu gut.

Der Regen hatte die Düfte gelöst, die nun mit der Wärme und dem Dampf dem Moor und dem Birkenwald entstiegen. Es war wie mit dem Harzpflaster: Es roch nach eitel trautem Heim und Güte.

Das stimmt nicht, wollte er denken.

Doch der Geruch des herbstlichen Moores sagte etwas anderes. Er trug die Süße des Sommers in sich, verrührt und verdichtet wie ein Topf voll Molkenkäse in dem Augenblick, da er braun und sämig wird.

Elis hatte sich hingelegt und die Augen geschlossen. Es säuselte und duftete. Das Rauhe an seiner Wange war keineswegs Krähenbeerengestrüpp.

Heißet doch Skreken. Dorten, das sind Nebelbeeren. Hat sich gepflücket von den Beeren, eins von den baltischen Kerlen. Gegessen davon. Ob er satt ward?

Mit einer Duftwoge kamen die Wörter zurück: Hühnerbeere

und Hasenpfote. Besenbaum. Waldklee und Schmalzkraut. Und Sauerlumpen.

Doch das stimmt nicht! Es ist eine Flunkersprache und falsches Geplapper. Da unten gibt es nur Übles für mich. Gräßliche Erinnerungen und ein hartes Leben. Alles andere ist Lüge.

Die Multbeeren aber? Und die Prasselbeeren? Der Hosenschiß ... Möchten allesamten was für dich sein, die Blumen, Elis, wo du doch in die Hosen gescheißert, fast. Entsinnest dich auf das Pferd? Den Hengst, hast ihn gekoset, daß sie zürnend ward, die Mähre? War ja am höchsten, sie. Und das Mädel, die Hand in deiniger. So goldigens ...

Ernst ist's, tut es wispern dorten im Besenbaum.

Gehet rücklings, die Zeit.

Bist wieder zurück jetzt. Ist kindsköpfig Geplapper, alles andere. Unsinn bloß. Bist kömmen heim, Elis.

Er setzte sich auf. Ihm war, als habe er geträumt. Er hatte Angst. Er besann sich jedoch, als er den einen Balten ruhig neben sich schlafen sah. Seine Hand lag ausgestreckt im Krähenbeerengestrüpp, und in den dunklen Haaren auf dem Handrücken kroch eine Laus. Elis bemerkte, daß der Alte ebenfalls diese Hand betrachtete. Beinahe hätte er gesagt: Stehet lausig ums meiste, heutigentags. Außer um die Laus.

Er erhob sich jedoch und sagte in reinstem Riksmål, sie müßten jetzt wohl weitergehen. In diesem Moment wäre er am liebsten umgekehrt, denn er fand, daß nichts, nicht einmal Dickerts Begeisterung und tödliche Freundschaft, schlimmer sein konnte, als sich zu erinnern.

Eines Abends war seine Uhr stehengeblieben. Da begriff er, daß er sich aufgegeben hatte. Während er den vor Kälte steifen Balten auf die Beine half, sah er den Alten an, der sich sein Leben ausgeliehen hatte und es nun benutzte.

Abermals fragte er sich, warum der Alte tat, was er tat. Gefährlich war die Sache die ganze Zeit über schon gewesen, doch jetzt drohte sie völlig zu scheitern. Elis glaubte nicht mehr, daß es glattlaufen werde. Die Männer aus dem Bergwerkslager waren derart erschöpft, daß sie nur mit Müh und Not vorankamen. Sie taumelten zwischen dem Bootshaus, in dem sie geschlafen hatten, und dem Boot dahin. Am gefährlichsten war es zwischen den Seen. Da mußten sie schmale, gut bewachte Landengen passieren. Sie schlichen an der Wand eines großen Sägewerks entlang. So nahe am Dorf, daß sie Stimmen hören konnten.

Sie mußten sich fast durchweg rudernd vorwärts bewegen. Etwas anderes war nicht mehr möglich. Sie ruderten das Boot in der Dunkelheit auf der Südseite der großen Seen nahe am Ufer entlang. Draußen fuhren Patrouillenboote. Ablegen konnten sie erst, wenn der Herbstabend schwarz geworden war. Ein Motorboot zu leihen, davon war gar nicht die Rede gewesen. Elis empfand puren Schreck, wenn das Boot geräuschvoll auf einen Stein stieß.

Sie hätten ein gutes Stück oberhalb der Seen wandern müssen. Ein neuer Bergführer erwartete sie unmittelbar vor der schwedischen Grenze. Der vereinbarte Treffpunkt lag oberhalb von Lunäset, das war ihm klar, obwohl dieser Name nie gefallen war. Er sagte nicht, daß er sich hier auskannte. Mit jedem Ruderschlag in der Dunkelheit war er mehr und mehr zu Hause.

Allein wäre er dort oben im Wald und in den steilen Fjällhängen einigermaßen sicher gewesen. Der namenlose Alte hatte jedoch Verwendung für ihn. Elis mußte ihn an den Riemen ablösen. Und als sie zu dem See gekommen waren, der da Svartvattnet hieß, war es beschlossene Sache, daß er zu dem Treffpunkt hinaufgehen und den anderen Bergführer herunterbringen sollte. Wenn der überhaupt noch da war. Sie hatten sich mittlerweile erheblich verspätet.

Der Wind kam von Westen, wie fast immer hier. Sie ruderten so nahe am Land, daß sie die Wellen an die Ufersteine platschen hörten. Es ging auf den dunklen Herbst zu, die Zeit, in der der Saibling im See zu laichen beginnt. Da würde sein Vater die Netze auslegen.

Im Oktobersturm Netze einziehen.

Bist furchtig?

Lebte er noch? Saß er in Lubben und besserte vor der Herbstfischerei seine Netze aus?

Ich werde es nie erfahren, dachte Elis. Denn wozu immer sie mich bringen können, weil sie mich für einen anständigen Menschen halten, dazu, mit ins Dorf zu kommen, werden sie mich nie bringen.

Davon war auch gar nicht die Rede. Der Alte hatte erklärt, das Kommando über die Kompanie in Svartvattnet habe ein vom Nazibazillus angesteckter Offizier, der Verbindungen zu deutschen Offizieren jenseits der Grenze unterhalte. Und deswegen, sagte er, gehe der andere Bergführer mit seinen Vögeln nach Röbäck.

Er war bei dem Ausdruck geblieben, den Elis benutzt hatte, als er ihn fragte, ob er seine Vögel nicht hereinholen wolle. Fand ihn lustig. Es herrschte jetzt zwar nicht gerade Vertrauen zwischen ihnen, aber ganz so brüsk wie am Anfang war es nicht mehr. Seinen Namen hatte der Alte nach wie vor nicht genannt.

In der letzten Nacht vor dem Treffen hörten sie einen Bootsmotor. Elis wollte es nicht glauben, doch er schien sich zu nähern. Sie hörten einen Steven gegen die Wellen schlagen. Dann war es, als entferne er sich für ein Weilchen ostwärts.

Wie fanden sie ihren Weg da draußen? Der See schluckte das Abendlicht und hielt es fest. Sie sahen die Konturen des Ufers, wo das Boot jetzt still lag. Konnten sie noch mehr sehen? Der Alte fluchte leise. Dann begann er auf eine Landzunge zuzurudern. Für Elis sah das so aus, als liefe ein Fuchs pfeilgerade über eine verschneite Lehde.

Da wurde das Motorengeräusch dumpfer, und sie schalteten da draußen einen Scheinwerfer ein. Das Licht spielte über Steine und Tannen. Einer der Balten machte eine heftige Bewegung. Er hatte Angst und wollte aus dem Boot. Doch Elis hielt ihn fest. Sie mußten sich hinlegen.

Hinterher sagte der Alte, das verstehe er ums Verrecken nicht. Dann änderte er ihre Pläne, folglich glaubte er wahrscheinlich, man habe sie in dem letzten Dorf, wo sie das Boot geliehen und einen Packen belegter Brote bekommen hatten, verpfiffen. Elis dachte: Bloß gut, daß ich nicht alleinig gewesen bin. So kann er nicht meinen, ich sei es gewesen.

Sie mußten schon jetzt an Land gehen und sich oben an dem steilen Waldhang verstecken. Sobald der Morgen graute, würde er versuchen, eine Hütte aus Tannenreisern oder zumindest einen Windschutz zu errichten. Es war das beste, schon von hier aus zum Treffpunkt hinaufzugehen, und das sicherste, das Boot nicht Tag und Nacht zu benutzen.

Aber danach, dachte Elis. Ohne Boot kommen wir mit diesen menschlichen Wracks nirgendwohin. Dann werden der Schwede und ich rudern. Schlimmstenfalls den anderen direkt in den Rachen. Der Alte sagte, es gebe an der Grenze zwei Zöllner mit einem Boot. Der eine sei zuverlässig. Dann sagte er, er werde selbst zu dem Treffen hinaufgehen. Er befürchtete, Elis werde sich auf dieser weiten Strecke verlaufen. Womöglich glaubte er immer noch, es mit einem Provokateur zu tun zu haben? Seit das Patrouillenboot sein Licht hatte spielen lassen, waren sie noch wortkarger zueinander geworden. Der Alte beobachtete ihn manchmal, wenn er meinte, Elis merke es nicht. Schwer zu sagen, ob sein Blick giftig oder nur nachdenklich war. Ein gewiefter alter Teufel war er allemal.

Als Elis mit den Balten allein war, versuchte er, die Hütte abzudichten. Feuer zu machen kam nicht in Frage. Man würde vom See aus den Rauch sehen.

Einer der Männer atmete mühsam. In seiner Brust pfiff und gluckerte es. Elis wollte nicht prüfen, ob er Fieber hatte, denn das würde ihn nur erschrecken. Sie konnten ohnehin nichts dagegen tun.

Lange Stunden. Er flickte und flocht mit Tannenreisern, doch es half nicht viel. Die Balten bibberten alle beide. Elis fror ebenfalls. Gleichwohl konnte er sich rühren und ein bißchen Körperwärme produzieren, indem er Reiser brach.

Er betrachtete die fremden Gesichter, das wenige, das unter den Bärten und dem Schmutz zu sehen war. Nahe waren sie. Wie nach einem Liebesakt. Fremd und nahe.

Unten brandete das Wasser gegen die grauschwarzen Schieferplatten und brach sich daran. Er sah fünf Singschwäne dahinstreichen. Hatte es in der Nacht in den Buchten gefroren? Es gibt eine Grausamkeit, dachte er. Eine Grausamkeit, die nichts mit den Menschen zu tun hat. Nichts mit unseren Taten, unseren Worten und unseren Überzeugungen.

Vogelfüße, im Eis festgefroren. Flügel, die flattern. Seegras unterm Eis, wenn es bricht. Splitter, wie Messer so scharf. Auf reiner Brust erglimmet der Wellen Spiel gebannt.

Ihm kamen diese Bilder wieder, wie in dem Halbtraum. Diese markanten Bilder, die ihn schon immer mehr gelockt hatten als die Wirklichkeit. Er fragte sich, was für Bilder die beiden dunklen Kerle in ihrem bibbernden Halbschlaf wohl sahen.

Gegen Abend kam der Alte mit dem Schweden herunter. Es war ein O-beiniger Kerl mit braungelben Augen. Elis fragte sich, ob er ihn von früher kannte. Da war etwas Vertrautes. Sie waren ungefähr gleich alt.

Der Alte schüttelte ihnen die Hand zum Abschied. Nachdem er im Wald verschwunden war, überkam Elis ein seltsames Gefühl der Verlassenheit. Ihr neuer Begleiter ruderte gleichmäßig und gut. Er hatte Kraft. Und er summte, während er ruderte.

In den Wolken waren Spalte, und ab und zu schien der Mond. Nachdem sie an Lunäset vorbeigerudert waren, sagte der Schwede, der vermutlich ein Lappe war:

»Das ward das.«

Elis wollte sich nicht anmerken lassen, daß er wußte, daß sie die Grenze passiert hatten. Er verspürte keine größere Erleichterung. Noch konnte viel geschehen, wenn es einen unzuverlässigen Zöllner und einen Kompaniechef mit Sympathien für die Deutschen gab. Doch sie ruderten nicht nach Svartvattnet. Es sollte nach Tullströmmen gehen, und dann nach Röbäck.

Elis sah die Lichter der Häuschen in Svartvattnet. Tangen konnte er nicht unterscheiden. Es war alles eine einzige schwarze Masse, in der kleine Lichter flackerten.

Als er noch in Trondheim gewesen war, hatte er gedacht, er werde über Markeslia gehen und in Röbäck unten ankommen. Nichts stimmte jedoch mit seinen Plänen überein. Der Alte hatte ihn gebraucht und benutzt. Sein Argwohn hatte nicht nachgelassen. Ging er jetzt stramm heimwärts, oder lag er schlaflos in einer Hütte und grübelte darüber nach, ob Elis ihn verpfeifen werde?

Wenn der alte Teufel nun allein aufgrund eines Argwohns flieht? überlegte Elis. Wir sind aneinandergekleistert. Ich dachte, ich würde allein übers Fjäll gehen. Das alte Gefühl empfinden. Doch ich hatte die ganze Zeit über Angst. Und war abhängig.

Erst als das Boot tief in der östlichsten Bucht des Svartvattnet über die Steine kratzte, glaubte er allmählich, daß sie durchkommen würden. Jetzt galt es, die Männer auf die Beine zu bekommen. Denn er dachte, sie müßten die Stromschnelle passieren, nach Oppgårdsnostre hinaufgehen und von dort aus weiterrudern. Doch so schlimm kam es nicht. Der Schwede sagte, er wisse, wo er eine Patrouille zu fassen kriege. Er machte ihnen ein Stück weiter oben am Hang ein Feuer, und dann verließ er sie, als sie davor hockten und mit den Handflächen die Wärme einfingen. Sie hatten kein Feuer mehr gehabt, seit sie in der Hütte aufeinandergetroffen waren. Am Steilhang türmten sich schwarz die Tannen. Elis sah, wie die Balten sie betrachteten. In den Baumkronen sang es, und an die Ufersteine schlugen unablässig die Wellen.

Nach einer Stunde war der Schwede zurück und sagte, der Soldat werde mit einem Auto kommen. Da wurde Elis klar, daß sie zwischen Röbäck und Svartvattnet eine Straße bekommen hatten. Vielleicht schon vor langem. Dann haben sie Arbeit beim Straßenbau gekriegt, dachte er. Gudmund und Jon und womöglich auch die Kleinen. Die sind jetzt groß. Vielleicht sind die Zeiten besser. Überall Militär. Sie verkaufen natürlich Milch und Pferdefutter. Alles ist jetzt vielleicht besser für sie.

Während sie warteten, holte der Kerl, der nie gesagt hatte, woher er kam, seine Thermosflasche mit Milch hervor. Sie war immer noch lauwarm. Er verteilte belegte Brote. Die ganze Zeit über summte er leise, und Elis erkannte die Melodie und wußte sehr wohl, weshalb er gerade jetzt darauf kam. Dort oben lag eine alte Bruchbude. Die Lundinskate. Er konnte sie in der Dunkelheit nicht sehen, wußte aber davon. Von dort aus war sie zum Wasser hinuntergegangen. Vielleicht in einer Nacht wie dieser. *Allem, was Glück ist, dem mußt ich entsagen …* Imbor, so hat sie geheißen, erinnerte er sich. Hat sich ein Leid angetan. Und ward ein Lied da, über sie.

Allem, was Glück ist, dem mußt ich entsagen
nichten sind worden mein Los Freud' und Lieb'.
Hörte die Wellen ans Ufer hier schlagen,
kömmt nichten zurück mehr mein Freund, fort er
blieb.

Auch als das Auto schon nach Röbäck zockelte und er so nahe neben dem einen Balten saß, daß die Läuse keinerlei Schwierigkeiten hatten, überzuspringen, hörte er in seinem Kopf noch das Lied von Ingeborg aus der Lundinskate.

*

Der Junge saß auf meinem Schoß und schaute zum Fenster hinaus.

»Der Himmel ist komisch«, sagte er.

Der See war weiß, der Himmel schwarz mit Sternen. In diesem Zimmer hatte ich als Kind gelegen und geglaubt, der Nachthimmel sei ein Tuch, das vorgezogen würde. Ich glaubte, in den Falten des schwarzen Stoffs versteckten sich gräßliche Tiere.

»Im Himmel ist es nicht komischer als in der Traubenkirsche«, sagte ich. »Die, in der elektrisches Licht hängt.«

»Aber da oben klettern Hunde und Wölfe«, erwiderte der Junge. »Im Weltenbaum.«

»Habe ich das gesagt?«

»Jaa. Man kann sie singen hören.«

Wir horchten ein Weilchen, während die Hunde und Wölfe ein bißchen sangen. Dann sagte der Junge:

»Erzähl was von Ulva.«

Ich wußte nicht, ob ich das tun sollte. Der Großvater des Jungen, mein Sohn Mats, meint, ich solle richtige Sachen erzählen.

»Erzähl schon! Los!«

Da erzählte ich, daß eine Wölfin hierhergewandert sei. »Sie war über die Kahlschläge des Brannbergs gekommen. Es war in einer Nacht im Mai. Sie lief über das Eis auf dem Svartvattnet. Sie hatte Glück, denn es regnete, und nach Mitternacht schüttete es ordentlich. Und so löschte das Wasser ihre Spur aus.«

»War denn da niemand, der sie gesehen hat?«

»Niemand. Aber die Kinder wußten von ihr.«

»Wie denn?«

»Sie spürten, daß sie da draußen war. Ihre Gedanken suchten in der Dunkelheit. Aber sie ist vorbeigelaufen.«

»Wo ist sie hingelaufen?«

»Sie ist zum Kroken rauf, und da hat sie unter einem Tannenbaum gestanden und gehorcht.«

»Und dann?«

»Dann ist sie in den Bergwald rauf.«

»Ist das da drüben?«

»Nein, nein. Das ist unterhalb von Giela. Jetzt heißt das freilich Björnfjäll. Das hier ist der Brannberg. Das ist kein Fjäll. Der ist bloß kahlgeschlagen.«

»Und wann hat sie ihre Jungen gekriegt?« fragte er, denn er hatte die Geschichte ja schon mal gehört.

»Nachdem sie eine Höhle gefunden hat.«

»Sind sie dann rausgekommen, die Welpen?«

»Ja, als es warm wurde. Sie haben miteinander gespielt und nach den Trollblumen geschnappt.«

»Sind sie dann fort?«

»Ja, als Leute kamen, wurden sie scheu.«

»Aber die anderen sind geblieben.«

»Ja.«

»Was sind das für welche?«

»Das weißt du doch. Es gibt Menschen, und dann gibt es Tiere. Füchse und Bären, Birkhühner und Schneehühner und Haselhühner.«

»Den Pomeranzenvogel!«

»Und den Auerhahn. Den hast du schon gesehen. Und den Raben. Den Vielfraß und den Biber. Und Renkühe und Renhirsche und Kälber.«

»Die weißen Rene sind blind.«

»Manchmal, ja.«

»Oder auf einem Ohr taub.«

»Und natürlich gibt es Elche. Und Hermeline und Marder und Mauswiesel.«

»Und Schlangen!«

»Nein, die gibt es nicht. Aber allerlei Nager: Wühlmäuse und Mäuse und Lemminge. Und all die kleinen Vögel und all das Geziefer. Vor allem Gnitzen und schwarze Kriebelmücken. Auch Stechmücken und Bremsen und Blinsen.«

»Und dann die anderen.«

»Ja, die anderen. Keine Menschen, keine Tiere.«

»Wie heißen die?«

»Das sage ich nicht.«

Da hörten wir die Scooter auf dem See, und als wir hinausschauten, sahen wir die Lichtkegel über den Schnee irren.

»Schlaf jetzt«, sagte ich. »Falls du noch wach bist, wenn sie kommen, dann mußt du mit nach Hause fahren.«

»Ich werde hier schlafen«, sagte er.

Mats hat eine elektrische Lichterkette in die Traubenkirsche gehängt. Es ist Advent, und die Sterne sind gestochen scharf. Er mag es nicht, wenn ich sage, daß im Himmel Hunde und Wölfe klettern. Er ist verärgert, weil ich ihm etwas Verkehrtes erzählt habe, als er klein war. Über den richtigen samischen Himmel haben seine Kinder etwas im Kurs gelernt. »Wie konntest du nur?« fragt er.

Ach, liebe Kinder, es war unmöglich, es nicht zu tun. Wir waren so allein. Es war kohlschwarz in all den Nächten, und dann kamen die Sternennächte. Die Kälte war tödlich. Wie droben im All. Ich hatte Heimweh.

Wenn ich das Märchen also seinen Enkelkindern erzähle, dann heimlich. Aber er erfährt es ja doch. Kinder reden.

»Wie kannst du nur?« fragt er. »Das sind doch nur Märchen. Du bringst ihnen nichts Richtiges bei.«

Ich denke, ich pfeif auf eure Kurse. Klemens war klein, es war Krieg, und wir waren allein. Du warst ein Winzling und hast noch an meiner Brust genuckelt. Ich konnte mir ja nicht vorstellen, daß ihr einmal grobe Mannsbilder werden und alles besser wissen würdet als eure Mutter.

Es steckt aber auch eine richtige Trauer in ihm. An der tragen viele. Die Frau meines Enkelsohns heißt Liv. Sie durfte als Kind nie ihre Sprache lernen, und sie hat zu ihrem Vater gesagt:

»Wie konntest du nur?«

Die Kinder sind unsere Richter. Ihr Vater, Pe Larsa nämlich, der kommt besser zurecht als ich. Wenn Liv sich beklagt, daß er ihnen ihre Sprache nicht beigebracht habe, erwidert er:

»Glaubst du, ich wollte meinen Kindern so übel?«

Mein Onkel hatte auch eine Ahnung davon. Er wollte mir wohl, und darum sagte er klipp und klar, ich solle ihn Onkelchen Anund nennen, nicht Jyöne Anund oder Laula Anut, wenn andere es hörten. Insgeheim aber brachte er mir ein wenig von unserer Sprache bei. Er erweckte sie wieder zum Leben in mir. Denn sie war ja dagewesen, bevor ich drei Jahre alt wurde und Hillevi mich ins Dorf mit hinunternahm.

In der Schule war ich neugierig auf meine Cousine zweiten Grades Astrid Larsson. Ich versuchte mit ihr so zu sprechen, wie mein Onkel es mir beigebracht hatte, doch sie lachte mich aus, wenn ich etwas falsch sagte. Zuhören lernte ich immerhin, und verstehen.

Wir waren auf dem Schulabort. Da gab es zwei Klositze, so daß man einander meistens Gesellschaft leistete. Damals unterhielten wir uns über Lesezeichen. Sie hatte keine und wollte von mir welche haben. Sie glaubte, ich brauchte bloß in den Laden zu gehen und dort welche zu holen. Ich gab ihr den Prinzen, der auf einem weißen Pferd ritt. Und sie redete drauflos über seine gelben Gamaschenhosen, seinen blauen Umhang, sein goldblondes Haar und die Baskenmütze, die sie Tjohpe nannte.

»Barett«, sagte ich.

Hillevi hatte mich dieses Wort gelehrt. Das war mein Unglück.

Als wir die Tür öffneten, stand unsere Lehrerin draußen.

»Das ist für das Barett!«

Sie zwickte mich fest in den Oberarm. Mehr traute sie sich

nicht, weil ich doch das Ziehkind des Händlers war. Astrid dagegen ohrfeigte sie übers ganze Gesicht. Es schwoll an, und das sah man in der Klasse. Das schien der Lehrerin ein bißchen angst zu machen. Sie sagte zu mir, ich solle hinterher noch bleiben, und da war ihre Stimme anders. Äußerst freundlich klang sie jetzt, denn unser Fräulein befürchtete, ich würde nach Hause gehen und alles erzählen.

»Laß mich deinen Arm sehen«, sagte sie.

Als ich meinen Pulli hochschob, waren da rote Flecken von ihren Fingern. Aber noch keine blauen. Sie strich über die Rötung, massierte sie und sagte:

»Du verstehst, daß ich euch hernehmen mußte. Das verstehst du doch?«

Ich nickte zum Zeichen, daß ich verstünde.

»Wenn ordentliche Leute aus euch werden sollen. Ihr müßt Schwedisch sprechen.«

Als ich nach Hause ging, war ich böse. Astrid hatte ständig auf die verbotene Art gesprochen. Ich aber habe für das Barett heimgezahlt bekommen.

Daheim traute ich mich nicht, davon zu erzählen. Wir sagten nie etwas von den Schlägen, die die Kinder bekamen. Es war eine Schmach, über die man nicht sprach.

Es dauerte eine Weile, bis ich begriff, daß die Lehrerin angenommen hatte, Barett sei ebenfalls ein lappisches Wort.

Jetzt ist alles umgekehrt. Jetzt soll es die richtige Sprache sein. Richtige Sternbilder. Ich habe meinen Urenkeln nichts beizubringen. Nicht das geringste.

»Märchenwald«, sagt Klemens. »Bring ihnen was Richtiges bei.«

Doch diesen Wald gibt es.

Als Trond Halvorsen in Lakahögen oben Hillevi Klarin heiratete, mitten im vorigen Krieg, im Jahr 1916 war das, da machte Tronds Großvater mütterlicherseits ihnen den Wald zum Hochzeitsgeschenk.

Es war ein großes Geschenk. Aber er besaß ja auch Jagen

über das ganze Kirchspiel Röbäck verteilt und noch weiter entfernt. Er wurde Lakakönig genannt.

Das Geschenk bestand aus einem Waldgebiet und einem See sowie langen, trägen Windungen und Biegungen eines Flusses. Zwei Waldseen waren da und ein steiles Gelände mit großen Rottannen, die einer allein nicht umfassen konnte. Deren Rinde war eine gesprungene und schuppige Haut, und ganz unten hatten sie kahle Äste, die wie graue Harfensaiten aussahen.

Solch eine Tanne ist ein Tier und eine Kirche. Der Wind heult darin, und sie spielt auch. Sie lebt in einer langsamen Zeit. Still ist sie, hat den anderen Tannentieren nichts zu sagen. Sie atmen nur gemeinsam.

Da gab es Birken, die vor Alter knorzig geworden waren. Ihr Holz hatte sich in den Stürmen verdreht, und sie haben Krebs bekommen, wie das bei Alten eben so ist. Bei den Birken wird die Krebskrankheit zu Holzbrüsten mit schwarzer, knotiger Rinde. Unter dieser Rinde befindet sich eine zarte Haut, die nur eine ganz behutsame Hand hervorholen kann. Wenn die Birken sterben, bekommen sie Porlinge. Tjaanja heißen sie, und sie sehen wie graue Hufe aus.

Ebereschen gab es da oben. Ich habe sie deutlich vor mir gesehen, als ich in Langvasslia lebte und Krieg war und um mich herum nur kahles Fjäll. Ebereschen hat man im Bergwald selten blühen sehen, denn es war zu kalt und zu hoch oben. Im Herbst aber brannten sie klar und rot. Ansonsten lebten sie ihr bitteres Leben mit vielen Stämmen und Schossen. Ich denke oft über Ebereschen: Wie alt bist du denn, du Greis? Bist du jemals ein Samenkorn in einer herben kleinen Beere gewesen? Oder stehst du mit neuen Gerten, Wurzelschossen auf Wurzelschossen schon immer da, seit der grauen Vorzeit? In diesem Fall bist du schon die ganze Zeit über ein und dieselbe. Wie seltsam.

Weiden gibt es da sonst noch, sowohl flauschige als auch glatte, und Weidendickichte, worin der Auerhahn sich verbirgt und wo der Biber tief im schwarzen Morast seine Gänge gräbt.

Ist die Weide ein Baum, nennt man sie Salweide, und diese wächst langsam in andere Zeiten hinein. Die Rinde platzt auf, sie öffnet sich für Sporen, und eine Masse, gelb wie der Rahm einer Fjällkuh, quillt aus dieser Spalte hervor, die sich da aufgetan hat. Möglicherweise weitet sich die Spalte auch, denn es gibt viele Arten von Liebe.

Es dauert Jahre um Jahre, bis der Pilz hart ist, und die ganze Zeit über duftet er. Manche sagen, er rieche nach Anis, manche, nach Bittermandel. Heißen tut er Anispilz, und Hillevi schnitt Stücke davon ab und legte sie zwischen die Lakenstapel im Wäscheschrank.

Mein Großvater Mickel Larsson hatte sein Quartier dort oben. Es bestand aus verschiedenerlei Schuppen, und schließlich war da die Kote, an die auch eine Hütte angebaut war. Diese hatte Fenster. Er aber saß in der fensterlosen Kote und stöckerte im Feuer. Er blies hinein und schob die Glut zusammen. Das habe ich wahrscheinlich selbst gesehen, doch ich kann mich nicht daran erinnern. Es war Laula Anut, der davon sang, wie Mickel stöckerte und blies.

»Erzähl keine Märchen, erzähl, wie es war«, sagt Klemens.

Als mein Großvater noch Rene hatte, weideten sie dort oben. Und zwar im Herbst, wenn sie auf dem Weg hinab ins Winterweideland waren, und im Frühjahr, wenn sie es eilig hatten, ins Kalbeland zu kommen, das zwischen Giela und Geitkjölen liegt. Von den großen Tannen hingen Flechten herab, rauh in der Dürre, weich und schwellend, wenn die Wolken sich entleerten. Sie rochen nach Rauch und Tierfell. Seine Renkühe und Renhirsche weideten sie ab.

In dem Jahrhundert, als mein Großvater geboren wurde, doch noch ehe sein Riß in der Zeit sich geöffnet und ihn aufgenommen hatte, ließ die Krone die Bauern Wald kaufen. Abschichtung hieß das, wenn aus dem Kronwald bäuerliche Jagen wurden. Ich fand, daß dieses Wort besser beschrieb, wie im Gerbsäurebad dem Balg die Haare ausfallen.

Jyöne Anund sagte immer, daß sie mit dieser Gerbsäure zu weit ins Fjäll hinaufgingen. Durch ihre Besitzerei schwendeten sie das Land zu weit oben. Für den Lappen bleibe nichts.

Großvater hatte da oben gute Fischgründe. Zwei kleine Waldseen, die Lomtjärn und Bjeckertjärn hießen, hoben sich wie randvolle Becken aus dem Moorboden. Im Lomtjenna waren die Forellen fast schwarz und hatten silbrige Fischläuse. Im Bjekkertjenna gab es Saiblinge.

Alles andere kommt aus dem Süden oder von Norden und Osten. Der Saibling aber, den hat es dort immer gegeben; ihn gab es schon in den Eiszeitseen.

Im Frühling blühen dort oben die Trollblumen. Wie ein Wald stehen sie in den sumpfigen Senken. Myrten nannte sie Butterrosen und sagte, das seien Ranunkeln. Später, im kurzen Sommer des Fjälls, wenn das Licht nachts wie tags vom Himmel herabstürzt, blüht der schmutzigblaue und giftige Eisenhut. Undurchdringlich breitet er sich auf alten Almweiden aus und dort, wo früher Lappenquartiere waren. Dann kommt auf hohen Stengeln der Milchlattich. Seine Trugdolden sind blauviolett und sitzen mannshoch. Geht man durch einen Wald saftiger und aufrechter Milchlattiche, vergißt man vieles, was menschlich ist.

Bärenkohl wurde er früher genannt, oder Elchkohl. Unten bei der Krokkate kann man Gruben im Boden sehen, in denen die Leute den Milchlattich einst als Tierfutter einlagerten und mit einem Deckel verschlossen.

Von solch klugen Dingen soll ich erzählen, das möchte Klemens wohl. Doch als er klein war, da hat er sich damit begnügt, daß in diesen Gruben kleine Weibsen hausten. Ihre Namen waren Urr, Skorr und Trödlkona. Die Deckel sind jetzt längst verrottet.

Bäche ziehen durch den Wald und haben viel zu erzählen. Der Fluß rinnt still in der Talmulde dahin. An seinem Anfang, wo er einen seichten Steingrund hat, ist er geschwätziger. Da fließt er an Torshåle vorbei. Das liegt östlich, wo jetzt die Jagen von Skinnarviken beginnen.

In den Mooren über dem Kroken pflückten Myrten und ich immer Beeren. Als wir noch Kinder waren, kutschierte Onkel Halvarsson den gesamten Haushalt den alten Almweg hinauf. Der Leiterwagen holperte dahin, so gut es ging, und die Heringseimer, die wir füllen sollten, schepperten auf der Ladefläche. Nur wir Kinder durften mitfahren, die anderen mußten laufen. Es ging ja bergauf, und der Onkel war stets um seine Pferde besorgt.

In späteren Jahren pflückten Myrten und ich die Multbeeren natürlich in Plastikeimer, und da gab es ja auch eine Straße, so daß wir mit ihrem Auto hinauffahren konnten.

Dieser Wald, diese rot schimmernden Moore, die beiden Waldseen, der Fluß, der sich zum See Kroken hin weitet, die langen, mit zottigen Tannen bewachsenen Hänge, die sich zum Bergwaldgürtel unterhalb Gielas hinauf und zum Rukammen hinunter erstrecken, all das hat einen Namen.

Svartvattnet 3:22.

Ja, ja.

Mit so einem Namen gelangt man nicht zu einer alten Erinnerung hinab. Damit facht man sie nicht an, denn so sehr man auch bliese, sie würde niemals lebendig.

Nun war es so, daß Trond Halvarsson, wie er sich später nannte, seiner Tochter Myrten versprach, sie werde dieses große Jagen als Mitgift bekommen, wenn sie einmal heiratete.

Es ist jedoch gewagt, zu versuchen, über das Leben der Kinder zu bestimmen. Nicht einmal was man ihnen zum Geschenk machen wird, kann man mit Sicherheit wissen.

*

Als es im Februar 1942 am schlimmsten war, hatten sie in Svartvattnet dreiundfünfzig Grad minus. Davor waren es drei Tage hintereinander zwischen fünfundvierzig und fünfzig Grad gewesen. Alle, die bei Verstand waren, saßen im Haus und heizten. Man lief rasch zu den Schuppen, hatte einen Nachttopf dabei und leerte ihn draußen aus. Sich auf den Abort zu setzen war nicht möglich. Man mußte natürlich die Tiere füttern, ansonsten aber hielt man sich drinnen hinter zugeklebten Fenstern auf. In dieser Kälte, in dieser tödlichen Stille, in der die Tränenflüssigkeit in den Augen zu Glas fror, hatte die Bereitschaft Manöver. Das ging natürlich schief. Vierzehn Männer zogen sich Erfrierungen zu. Als sie ihre Strümpfe auszogen, ging auch die Haut an den Füßen mit ab.

Die Krankenwagen reichten nicht aus, weshalb man den Händler bitten mußte, fünf Mann nach Östersund ins Lazarett zu fahren. Er hatte einen Wagen mit Laderaum und sechs Sitzen. Auf dem sechsten saß Myrten. Sie wollte zum Modellsalon und sich einen Hut kaufen.

Sie war zwanzig Jahre alt und nicht mehr ganz unschuldig. Aber Männergeruch ist Männergeruch, und der kann abstoßend sein. Eigentlich war es der Kommißstoff, der so stark roch. Das Auto schaukelte. Sie sah den Nacken ihres Vaters unter seiner Krimmermütze. Er wirkte nackt. Eine Furche und ein paar schwarze Haare.

Die Männer waren mutlos und grau im Gesicht. Sie vermochten nicht zu scherzen. Wahrscheinlich dachten sie darüber nach, ob sie einen Kältebrand bekämen. Dann würden ihnen die Füße amputiert. Sie dachten bestimmt mehr daran als an sie, die jung und zart war und so nahe bei ihnen saß.

Als sie ankamen, ließ Vater sie in der Rådhusgatan aussteigen und fuhr mit den Männern zum Krankenhaus weiter. Sie ging zuerst in eine Konditorei. Nach all den Stunden im Auto und all der Schaukelei war ihr übel. Ihre Lust auf einen Hut war abgeflaut. Ganz vorsichtig trank sie heißes Zuckerwasser mit Milch. Langsam legte sich die Übelkeit. Sie konnte sogar ein Törtchen essen. Das gab es ohne Lebensmittelmarke, und es schmeckte verdächtig stark nach Arrak, vielleicht um den Geschmack der verschiedenen Kuchenreste zu überdecken, die in den Teig eingearbeitet waren. Beim Marzipan hatte sie das Gefühl, daß es aus gekochten Kartoffeln zubereitet worden war.

Im Modellsalon kam Frau Olsén ihr mit einer Pelzmütze entgegen.

»Die Frau Mama hat angerufen, Fräulein Halvarsson«, sagte sie.

Das war ja zu erwarten gewesen! Sie hatte ihre Mutter angeschrien: »Es hat nicht immer fünfzig Grad! Ich werde ihn bei dem Fest tragen. Ich werde ihn *drinnen* tragen. Die Leute tragen Hüte drinnen.«

»Aber nicht kleine Kinder, und nicht bei dieser Kälte.«
»Ich bin bald einundzwanzig!«
Da hatte Vater vom Sofa her gesagt, daß man das nichten merket. Er hatte die Zeitung über dem Gesicht, und Myrten hatte gedacht, er schlafe. Und Mutter: »Du bist eben erst zwanzig geworden, was das betrifft.« Aber beim nächstenmal werde ich volljährig, hatte sie gedacht. Und da bin ich bestimmt schon verheiratet. Wenn Papa sich nicht querlegt. Ansonsten heiraten wir, wenn ich einundzwanzig bin und machen kann, was ich will. Und so hatte sie sich nach Östersund aufgemacht. Dieser Strauß war aber offensichtlich noch nicht ausgefochten.
»Schwarz ist eben immer schwarz«, sagte die Inhaberin des Modellsalons und klang dabei wie Mutter. »Das kann man zu allem tragen.«
»Ich möchte aber keine Pelzmütze haben. Ich möchte einen Hut.«
»Es ist ein russisches Modell. Kosak.«
»Wer will denn jetzt etwas Russisches?« entgegnete Myrten, und das war treffend gekontert, denn Frau Olsén gab auf. Es war Krieg, man mußte ein bißchen vorsichtig sein, selbst in Hutläden. Dann wählte Myrten einen schwarzen Hut, der steil in die Stirn abfiel. Im Nacken saß ein Filzbandeau, unter dem das Haar jedoch nicht zu sehen war, weil dort ein mit morchelartig gefälteltem Seidensamt bezogenes Gestell saß.
Sie kam spät nach Hause und traf Oberleutnant Terning erst am Abend darauf. In Svartvattnet lag in diesem Winter eine Bereitschaftskompanie, die aus einem Panzerabwehrzug, einem Sturmpionierzug und zwei Schützenzügen bestand. Sie hatte auch eine feste Funkstation. Oberleutnant Jan Terning war Kompaniechef. Er war siebenundzwanzig Jahre alt und wurde, unter anderem von Myrtens Vater, mit Argwohn betrachtet.
An diesem Abend herrschten minus vierundzwanzig Grad, weshalb an den Hut nicht zu denken war. Sie mußte ihre Mütze aus filziger Wolle aufsetzen. Es war ein holländisches Modell, dessen Ecken an den Ohren hochgeschlagen waren und wie kleine Schnäbel aussahen. Die Mütze war mit Schaffell gefüt-

tert. An den Seiten war mit rotem und grünem Wollgarn je ein Blumenbukett aufgestickt.

Eines Abends hatte Jan Terning die Schnabeleckchen ihrer Mütze ergriffen und gelacht. »Was hast du denn da auf?« hatte er gesagt. Er kam aus Stockholm und war Hüte gewohnt. Kino. Erleuchtete Straßen. Damen. Tags darauf durchströmte Myrten eine kleine Welle der Entrüstung: Wenn der wüßte, was ich von Papa bekomme, wenn ich heirate! Und ob ich mir einen Hut leisten kann, jawohl!

Sie machten wie gewöhnlich einen Spaziergang. Die Häuser glichen grauen Tieren, die unter verschneiten Dächern hervorlugten. Sie standen auf der Brücke und schauten in das schwarze Wasser des Flusses hinab, das sich immer noch bewegte. Sie hörten den Wasserfall rauschen. Über ihnen standen Sterne. Myrten wußte, daß sie zur Sägerei gehen würden.

Kaum daß sie auf dem Pfad unten waren, küßte er sie, seine Lippen waren kalt, doch seine Zunge war warm. Dann traten sie in die Dunkelheit des Sägewerks. Myrten trug Wollhosen, denn ohne war es nicht auszuhalten. Seine Hand drang unter die engen Hosenbeine. Dort war er schon mehrmals gewesen. Zuerst befühlte er die Haut zwischen dem Rand des Strumpfes und der Unterhose aus weißem geripptem Trikot. Dann schob sich seine Hand nach oben unter den Strumpfhalter, so daß er sich spannte. Seine Finger fühlten sich wie kalte Näschen an, die zuerst lau und dann warm wurden. Das ließ sich jetzt nicht mehr verhindern oder unterbrechen, denn da war eine Süße im ganzen Körper, die von dem kalten Stück Haut aufstieg, das unter seinen Fingern warm wurde. Myrten wußte, daß zuerst ein Finger und dann zwei in ihre Leiste kommen würden, und sie spürte, daß er die krausen Härchen berührte. Mehr passierte normalerweise nicht, denn sie erhob sich jedesmal und sagte: »Wir müssen gehen!« Diesmal aber tat sie das nicht. Dieses Gefühl hatte sie völlig ermattet. Es breitete sich in ihren Schenkeln aus, aber am stärksten war es *dort*. Sein Finger glitt hinein und tastete sich weiter. Dort drinnen war nichts vor Angst zusammengepreßt, gleichwohl aber machte es ihr bange, wohin das führen würde. Sie erhob sich jäh, und er sagte: »Verzeih,

verzeih ... Aber du bist so köstlich.« Diesen Worten war fast schwerer zu widerstehen als seinen Fingern, und so sank sie wieder zurück. Da zog er ihr beide Paar Hosen aus. Es ging nicht so schnell, sie über die Skistiefel zu schieben, doch er küßte sie ununterbrochen dabei. Sie schämte sich wegen der Wollhosen, braunen, aus Norwegen, Vorkriegsqualität natürlich und gestopft. Aber das sah man im Dunkeln nicht. Mutter und sie mußten alles stopfen, denn es gab so wenig Kleidermarken.

Es war das vierte oder fünfte Mal, daß sie im Sägewerk waren. Die Abende flossen ineinander, als gäbe es dazwischen keine Abschnitte von Tageslicht, nur schwarzen Abend, Sterne und das Rauschen des Flusses. Er legte ihr seinen Pelz aus Segeltuch und Schaffell unter. Die Rangabzeichen am Kragen drückten ihr gegen die Wange. Er nahm seine Mütze ab. Sie hätten sterben können. Den Naturgesetzen nach hätten sie in der Sägerei stocksteif frieren müssen. Es war jedoch warm und köstlich, sie lebten nur *dort,* nicht in ihren äußeren Körpern. Die Oberleutnantsstreifen hatten sich ihr in die Wange eingedrückt. Es roch nach frischem Sägeholz und Schaffell, und aus seinem Mund drang leichter Tabakgeruch. Um sie herum war alles pechschwarz, so daß sie nicht einmal sehen konnte, wie ein Mann *dort* ausschaut. Das Glied, dachte sie. Das war wohl das richtige Wort. Sie hätte es niemals auszusprechen gewagt. Sie spürte es im Finstern. Es war jedenfalls sanft. Unter dem Hosenstoff hatte es sich hart angefühlt. Doch ihr wurde keinen Augenblick angst, all die Süße und die Wärmewogen sagten ihr, daß ihr nichts Schlimmes zustoßen werde; genau so soll es sein, so soll es sein. Es tat eigentlich gar nicht weh. Es war nur ein bißchen eng und rauh, und dann war sie keine Unschuld mehr, obwohl es nur ganz kurz dauerte. Er zog sich aus ihr zurück und preßte seine Wange an die ihre, und dann wischte er mit einem Taschentuch und flüsterte: »Liebling, Liebling.«

Er half ihr, sich ganz schnell anzuziehen, tastete nach ihren Hosen und streifte ihr beide über die Fußteile der Skistiefel. Sie zog sie hoch, fand ihre Mütze und setzte sie notgedrungen auf. Er zündete sich eine Zigarette an, und in der Flamme des Feuerzeugs sah er sie an. Er war nicht ernst. Ihr war so feierlich zumute gewesen, und deshalb verstörte sie sein Lächeln. Es war faktisch ein Lachen. Er steckte das Feuerzeug in die Tasche und ergriff im Dunkeln wieder die Schnäbel an ihrer Mütze, doch diesmal sagte er nichts. Sie dachte an den Hut, der daheim auf der Kommode lag.

Sie bereute es nicht. *Liebling, Liebling,* hatte er mit belegter Stimme gesagt. Auf dem Heimweg dachte sie, diese Worte habe in Svartvattnet noch nie zuvor irgend jemand gesagt. Dessen zumindest war sie sich absolut sicher.

Es waren mehr die Worte als das Gefühl, ihn in sich zu haben, die ihr in der Nacht wiederkamen, es pochte und pochte wie Pulsschläge. Doch es war wie mit dem Glied, beunruhigend. War es doch das falsche Wort? Und *Liebling, Liebling,* das sagte er natürlich, weil er aus Stockholm kam.

Eigentlich wäre es ihr lieber gewesen, er hätte *Liebste, Liebste* gesagt.

Drei Tage lang übte sie aus dem Notenheft, das sie in Östersund gekauft hatte, *Lili Marleen*. Am Samstag ging sie ins Vereinshaus, die Mütze auf dem Kopf und den Hut in einem Beutel. Als sie dort ankam, waren die Bänke schon vollbesetzt, und ihr stieg dieser Männergeruch, dieser Kommißgestank, in die Nase. Bislang waren in ihrem ganzen Leben so gut wie überhaupt keine Männer gewesen. Jedenfalls keine vorstellbaren. Natürlich hatte sie Arnold Jonsa immer ansehnlich gefunden. Einfach so. Aber auch er war Holzfäller.

»Alpenrose!« schrien sie ihr von den Bänken zu.

Sie trug jetzt den Hut. Er fiel steil in die Stirn ab. Zwei zusammengelegte Pfannkuchen, hatte Vater gesagt. Sie hatte genau diesen gewählt, weil ihr Dutt etwas dünn war. Es machte nichts, wenn er verschwand.

»Sing die Alpenrose für uns«, schrien sie, als Myrten mit ihrer Gitarre auf der Bühne stand. Aus der Nähe rochen sie nach Schnaps und Halstabletten. Auf dem Podium nahm sie nur den Geruch von ungewaschenen Uniformen, Naphthalin und Stiefelwichse wahr. Die Klamotten mufften auch nach Karbid. Sie riefen den Namen der Guttemplerloge und taten so, als sei Myrten es, die so heiße. Die Loge hatte sich jedoch daran gewöhnt, Nachsicht zu üben. Bei der ersten Zusammenkunft nach Kriegsausbruch war beschlossen worden, zu den Festen nur Mitglieder einzulassen. Daraufhin wollten alle Soldaten Mitglieder werden.

Ihnen gefiel alles. Laientheater, Gesang und Vorträge. Alles. Und sobald Myrten auf die Bühne trat, schrien sie. Sie sah gleich, daß Jan nicht da war. Das mochte sie gar nicht glauben. Während Evert auf der Ziehharmonika den Björneborger Marsch spielte, stand sie vor der Hintergrundkulisse, einem auf Leinwand gemalten Birkenhain, und schaute sich jedes einzelne Gesicht an. Aber er war nicht da. Sie hätte anschließend allein singen sollen, doch sie sagte zu Vajlet Karlsson, daß sie die Nummern austauschen würden. Also sangen Vajlet und sie zweistimmig *Am höchsten Ast ich schaukle, auf Harjulas höchstem Kamm.* Jan, der als Freiwilliger in Finnland gewesen war, liebte dieses Lied. Doch jetzt bekam er es also nicht zu hören. Darauf folgte der Gedichtvortrag. Es war *Die Sonne sank, der Abend kam.* Da war Myrten schon ganz zittrig vor Trauer, doch war die Spannung so stark, daß sie nicht richtig merkte, wie schlimm es war. Die Stimmung änderte sich jetzt ein wenig, die Männer wirkten ergriffen. Es war wohl die Kälte, an die sie dachten, wenn sie *... der Sommerabend milde, ein matter Purpurschein floß um Dörfer und Gefilde* hörten. Die Pfarrfrau trug gut vor, ihre Stimme bezwang den Männergeruch und die rauhen Organe mit ihrem »Alpenrose! Alpenrose!«. Da dachte Myrten, *jetzt* kommt er.

Ein Trupp von Bauernlandwehr kam, müd von des
Tages Last,
ihr Werk war aus, sie suchten nun in ihren Hütten
Rast.
Ihr Werk war aus, ein Erntewerk, das teure Frucht
getragen:
Ein Trupp von Feinden lag am Grund, in heißem
Kampf geschlagen.

Die Pfarrfrau reckte während ihres Vortrags das Kinn trotzig in die Höhe, und es war totenstill, außer daß Pe Ols Linnea schluchzte, ob nun aufgrund einer Erkältung oder weil sie weinte. Sie gehörte zu denen, die immer zu den Betstunden gingen. Der Gedichtvortrag dauerte sechs und eine halbe Minute. Sie hatten beim Proben die Zeit gestoppt, und die Pfarrfrau war so routiniert, sie genau einzuhalten. Sie trug dieses Gedicht schon seit dem Winterkrieg vor. Es endete mit *Drum will ich hier nicht länger sein, wo solche Schmach geschehn. Weil er nicht bei den Toten lag, will ich zum Tode gehn*. Jan aber kam nicht.

Da flüsterte Myrten Evert Jonsa zu, er müsse vor ihrem Lied sein Ziehharmonikastück spielen. Das tat er selbstverständlich, er spielte *Abend am Mjörn*, eine der schönsten Melodien, die es auf der ganzen Welt gibt, und die Männer waren absolut still. Keinerlei Stiefelgescharre war zu vernehmen. Dann konnte sie es nicht länger aufschieben, auch wenn sie sehr traurig war. Sie hätte so gern gewollt, daß Jan das Lied hörte. Da sie es erst ganz frisch eingeübt hatte, bat sie Evert, das Notenblatt bereitzuhalten. Sie fürchtete ein wenig, steckenzubleiben, da der Text auf deutsch war. Einen anderen hatte es im Musikgeschäft nicht gegeben. *Vor der Kaserne, vor dem großen Tor, stand eine Laterne und steht sie noch davor.* Aber womöglich war das falsch. Im Deutschen war das so ein Heckmeck mit Genus und Kasus, und sie hatte voll Übermut begonnen. Jetzt nickte sie Evert zu, der sofort verstand und ihr das Blatt hinhielt, und sie sang weiter:

so woll'n wir uns da wiederseh'n,
bei der Laterne woll'n wir steh'n,
wie einst Lili Marleen
wie einst Lili Marleen.

Er muß jetzt kommen, dachte sie andauernd, warum kommt er nicht? Die Gitarrenbegleitung hatte ihr Mühe bereitet, denn die Noten waren für Klavier. Aber es ging gut. Die kleinen Zwischenspiele klappten ebenfalls. Die hatte sie sich selbst ausgedacht. Die Leute begannen den Refrain mitzusingen, doch schien es ein verkehrter Text zu sein. Ein paar Kerle da unten konnten ihn auf schwedisch, doch sie hörte, daß es ein Ulk war, irgendein spaßiger Text war das. Nach der letzten Strophe spielte sie auf der Gitarre den Schlußakkord, und genau in dem Augenblick, da sie erwartete, daß die Leute in die Hände klatschen würden, rumpelten die zwei Kerle aus der ersten Bank hoch, und obgleich der eine ungeheuer groß und korpulent war, hüpften beide auf das Podium und begannen ebenfalls zu singen. Myrten schien es, als brüllten sie vor allem.

Sie stellten sich rechts und links neben sie, und der Dicke legte ihr seinen Arm um die Schulter. Der andere, der kleiner und dünner war, spornte das Publikum zum Singen an. Er hatte ebenfalls einen Arm um sie gelegt, und mit dem anderen fuchtelte er herum und dirigierte. Das gesamte Vereinshaus stimmte in den Refrain ein. Doch der klang anders. Da war irgend etwas mit Schwein.

In dem Moment sah sie Jan.

Es war grauenhaft. Die Kerle schunkelten mit ihr hin und her, und sie verlor fast ihre Gitarre. Evert nahm sie ihr ab. Daraufhin war sie völlig zwischen den beiden eingeklemmt, und der Dicke walkte ihre Schulter. Er spürte wahrscheinlich die Haut unter dem Spitzenmuster ihres Jumpers. Doch irgendwie schien er überhaupt nichts zu merken, er sang, daß es dröhnte, und alle beide schunkelten sie und schunkelten, und Myrten kam nicht umhin, mitzumachen. Das gesamte Vereinshaus sang und grölte *Lili Marleen*, wenn auch in grauenhafter Weise. Sie verstand es nicht richtig, da sie Jan anstarrte. Wohl aber war es ein garstiges Lied, eins von der Art, wie sie es in den Zelten sangen. Sie schunkelte mit den Kerlen zur einen Seite und zur anderen, sie wollte sich losreißen, entkam aber ihrem Griff nicht.

Da sah sie, wie Jan sich ein paar Schritte von der Tür entfernte und mit einem Mann sprach, der in die Höhe schnellte. Es war ein Obergefreiter. Er schrie, gepreßt, heiser:

»Stillgestanden!«

Und es wurde still. Freilich wurde unten in den Bänken leicht gescharrt. Die beiden Kerle hatten Myrten losgelassen. Sie standen stocksteif auf dem Podium, die Arme gerade angelegt und die Füße zusammen. Auch unten in den Bänken standen alle Mann stramm und starrten vor sich hin. Die Leute bewegten sich unruhig, einige Zivilisten erhoben sich ebenfalls.

Dann, als es absolut still war, schrie der Obergefreite:

»Rührt euch!«

Es scharrte, als die Füße nach vorn rutschten. Alle standen jedoch nach wie vor reglos, und niemand gab einen Mucks von sich. Myrten war übel von dem Geruch, der aufgewallt war, als alle im Raum sich so heftig bewegt hatten. Sie sah Jans Gesicht, es war blaß. Er hatte sich die Pelzjacke über die Schultern gelegt, und die dicke Schaffellmütze klemmte unter seinem Arm. Sie hatte ihn noch nie so schön und blaß gesehen. Jetzt sprach er wieder mit dem Obergefreiten, leise. Sie wollte vom Podium hinuntersteigen, konnte sich aber nicht rühren. Sie fühlte sich unsicher ohne ihre Gitarre. Sie hatte den unbändigen Wunsch, ihren Hut abzunehmen, konnte jedoch den Arm nicht heben.

Der Obergefreite ging hinaus und kam mit zwei Männern zurück. Sie trugen Waffen, also waren es wohl diejenigen, die draußen Wache gestanden hatten. Sie trampelten geräuschvoll durch den Mittelgang. Plump erklommen sie das Podium. Ihre Gewehre durften sie vermutlich nicht loslassen. Als sie oben waren, packten sie die Kerle, die gesungen hatten, am Arm.

Als sie sie abführten, begann Myrten zu weinen. Sie wußte nicht recht, warum, es lag wohl an der Anspannung und der Scham. Sie hatte angenommen, Jan würde zum Podium kommen und sie holen. Doch er sah sie nicht einmal an.

In diesem Augenblick wurde ihr klar, wie unverzeihlich sie sich benommen hatte. Unmöglich hatte sie sich gemacht. Wenn es auch eigentlich nicht ihre Schuld war. Aber das konnte er ja nicht wissen. Er war erst gekommen, als die Kerle bereits da oben standen und sie umfaßt hielten und alle grölten und sangen.

Vater und Mutter standen draußen und warteten auf sie, doch es gelang ihr, sich im Gedränge an ihnen vorbeizuschmuggeln. Sie dachte, Jan würde ihr folgen, wenn er die Sache mit den Männern geklärt hätte. Sie würden natürlich dafür gerüffelt werden, daß sie die Vorstellung gestört hatten. Womöglich waren sie leicht bezecht. Das war schwer zu beurteilen, denn an so einem Abend rochen fast alle Soldaten nach Schnaps.

Aber er kam nicht. Sie ging langsamer und langsamer, doch er kam ihr offensichtlich nicht nach. Sie hatte keine Ahnung, wo er war. Da dämmerte ihr, wie schlimm es stand. Er wollte ihr vielleicht nicht mehr begegnen. Sie hatte wie eine Schlampe dagestanden und zwischen zwei halb betrunkenen Tölpeln hin und her geschunkelt.

Sie hatte das Gitarrenfutteral der Kälte wegen zwar in eine Wolldecke gepackt, mußte sich aber trotzdem beeilen, nach Hause zu kommen, damit das Instrument keinen Schaden nahm. Sie konnte ja später noch ausgehen. Einen Spaziergang machen. Das war die einzige Möglichkeit, Jan zu treffen.

Als sie daran dachte, was im Sägewerk geschehen war, ging ihr eine Woge durch den Unterleib, wie warmes Blut fühlte die sich an. Und das, obwohl Myrten soeben eingesehen hatte: Ich hätte mich ihm nie hingeben dürfen. Er denkt jetzt schlecht von mir. Ein Weilchen gelang es ihr, sich selbst davon zu überzeugen, daß sie ihn nachher treffen und ihm alles erklären würde. Dann würden sie zum Sägewerk gehen und es richtig machen. Nicht nur so kurz. Als sie ins Haus trat, hörte sie draußen Vater und Mutter, und da rannte sie die Treppe hinauf und schloß sich in ihrem Zimmer ein, in diesem Augenblick sehnte sie sich nur nach Kristin.

Als sie in der Dunkelheit auf ihrem Bett lag, fürchtete sie, Mutter würde heraufkommen, und das wollte sie nicht. Doch es kam niemand. Dann hörte sie noch weitere Stimmen da unten. Sie weinte nicht, sie fühlte sich nur völlig betäubt und traute sich nicht hinunter. Sie sollten ihr Gesicht nicht sehen. Sie begriff jetzt, daß Jan nicht nach ihr suchte. Das, was vorgefallen war, war gar zu schmählich. Viel grauenhafter als damals, da er an ihre Mütze gegriffen und gesagt hatte: »Was hast du denn da auf?«

Sie war starr und kalt, obwohl sie in Mantel und Skistiefeln dalag. Den Beutel mit dem Hut hatte sie auf den Fußboden geworfen. Schließlich wurde ihr klar, daß sich da unten mehr und mehr Leute versammelt hatten, daß da mächtig viele Stimmen waren, und sie hörte ihren Vater brüllen:

»Nä, gehet zu weit jetzt, dieser Weiberheld!«

Sie wußte sofort, daß er Jan meinte, denn das hatte er gleich zu Anfang gesagt: »Tut nichtens für dich sein, Myrten, solchiger Weiberheld.« Sie hatte lediglich gedacht, Vater sei eifersüchtig. Ein bißchen war er seinerzeit wohl selbst ein Herzensbrecher gewesen. Aber das jetzt war etwas anderes. Er war böse.

Sie verließ das Zimmer, setzte sich auf die oberste Treppenstufe und horchte nach unten.

In dieser Nacht erhielten zwei Mann aus dem Schützenzug den Befehl, die Strecke zwischen dem Schlagbaum an der Grenze und einem Punkt, achthundert Meter in Richtung Dorf, zu laufen. Es war kein willkürlicher Punkt. Dort war eine Abzweigung zu einem Hof, wo ein Schlachter und Abdecker namens Gran wohnte. Sie liefen in voller Kampfausrüstung mit einem Gewehr vom Modell KG 37, mit Rucksack, Kochgeschirr und Patronengurt. Der Befehl lautete, die Strecke in beiden Richtungen zurückzulegen. Es war jedoch nichts darüber gesagt worden, wie oft das zu geschehen habe. Eine Motorradordonnanz begleitete sie. Ihre Aufgabe war es, zu kontrollieren, daß die beiden wirklich liefen.

Die Temperatur sank in einem fort. Die Vollstreckung des Strafkommandos begann kurz vor zehn Uhr abends. Da waren es achtunddreißig Grad. Die Leute, die von dem abgebrochenen Guttemplerfest heimgegangen waren, strebten natürlich so schnell wie möglich in ihre Häuser. Nach etwa einer Stunde kam Schlachter Gran zum Zoll herunter und erzählte, was an der Grenze vorging. Da zogen mehrere Männer ihre Pelzmützen in die Stirn und begaben sich dorthin. Schließlich war eine ganze Menge Leute dort, auch Frauen. Der Mond schien, und es war klirrend kalt, doch die Zuschauer gingen von Zeit zu Zeit zu Grans ins Haus und wärmten sich auf. Die beiden, die den Strafmarsch absolvierten, liefen zwischen schwarzen und hohen Tannenmauern dahin, die von starrem Schnee weiß gestreift waren. Alles war starr in dieser Nacht. Die Männer liefen schlurfend und schwerfällig, und die Leute, die am längsten dort waren, sagten, die beiden würden immer langsamer. Der Dicke schwankte und hielt den Kopf so tief, daß er einen großen krummen Rücken bekam, einen Buckel mit einem Rucksack obenauf. Als die Motorradordonnanz Gas gab, um den Motor durchzublasen, der ständig auf niedrigen Touren lief, richteten sich die beiden Bestraften auf und versuchten, ihr Tempo zu erhöhen.

Am Straßenrand versammelten sich immer mehr Frauen. Vielleicht glaubten sie, den Befehlshaber durch ihre schweigende Gegenwart beeinflussen zu können. Myrten Halvarsson hegte ebenfalls den Gedanken, daß es mit dem Weiblichen etwas Besonderes auf sich habe. Sie ging hinaus und stellte sich neben ihre Mutter. Sie sagten aber nichts zueinander.

Es gab niemanden, den man hätte erweichen können, denn da war nur die Ordonnanz, und dieser Mann war nicht ansprechbar. Er fuhr mit einer gelben Zelluloidtüte vor dem Gesicht und einer tief in die Stirn gezogenen Ledermütze vorbei. »Als wie ein Troll, so sehet der aus«, sagte eine der Tanten, und Myrten wußte, daß sie ein Monstrum meinte. Ihr selbst tat er nur leid. Er gehorchte ja auch nur einem Befehl.

Anfangs hatten die beiden Strafkommandierten geantwortet, wenn sie angesprochen wurden, und mit denen, die an der hohen Schneewehe am Straßenrand standen, Blicke gewechselt. Diese Blicke besagten, was alle dachten: Bloß Unsinn. Freilich gefährlicher. Jetzt schaute keiner von beiden mehr zur Seite, während sie dahinstolperten. Der Dicke keuchte schwer, und viele waren der Meinung, es sei gefährlich, auf diese Weise kalte Luft einzuatmen.

Die Motorradordonnanz gab plötzlich Gas und machte kehrt. Sie fuhr an ihnen vorbei zum Dorf, und alle waren sich einig, daß der Mann jetzt wohl darum bitten wollte, von seinem Auftrag entbunden zu werden. Es war zu riskant zu fahren. Der Fahrtwind war tödlich.

Die Männer blieben stehen und ruhten sich aus, und die Leute versuchten mit ihnen zu reden, doch das ging ihres spitzen und schweren Atems wegen nicht. Sie sagten zu den beiden, sie sollten zu Grans gehen und sich aufwärmen, doch das wagten sie nicht. Bald schon war auch das Motorrad wieder zu hören.

Oberleutnant Terning persönlich saß nun darauf. Myrten war das zunächst gar nicht klar, da auch er die Zelluloidtüte vor dem Gesicht trug. Sie hatte das Haus verlassen, nur um ihm zu sagen, er müsse die Männer davonkommen lassen. Sie hatte den ganzen Weg in dem blaukalten Mondschein zwischen den Tannenmauern zurückgelegt und war dabei sehr erregt gewesen. Schließlich kam sie an und sah, wie die Leute auf und ab trampelten, damit ihnen wärmer wurde. Und dann war er nicht da.

Ihr Vater war bei den Mannsbildern, und sie hörte ihn darüber fluchen, daß die Offiziere in der Wärme der Pension säßen und es sich wohl sein ließen, während die Strafkommandierten in der Kälte, die auf die vierzig Grad zukroch, zu laufen versuchten. Jetzt stand er da, sah den Motorradfahrer an und sagte, nun werde mit diesem Quatsch wohl endlich Schluß sein. Da begriff sie, daß hinter der Tüte Jan steckte. Er hatte den Motor abgestellt und wartete auf die Männer, die von der Grenze kamen. Ein Stück in Richtung Grans rief in der Dunkelheit jemand laut:

»Da ist ja der Stenz!«

Er hörte es bestimmt. Myrten hoffte, daß er nicht wußte, was das bedeutete. Er startete das Motorrad wieder, und das Geräusch zerriß die Kälte und die Stille. Er fuhr den Strafkommandierten entgegen und wendete. Die beiden versuchten, sich schneller zu bewegen, doch das schien jetzt nicht mehr möglich zu sein. Da war Jans Stimme zu vernehmen:

»Kehrt! Maaarsch ... Marsch!«

Sie verstand, daß er die beiden nicht zu nahe an die Leute herankommen lassen wollte. Er hielt sehr auf Disziplin. Es sei alles eine Frage der Disziplin, sagte er. Die schlanke und aufrechte Gestalt auf dem Motorrad erweckte mütterliche Gefühle in ihr. *Er lag in meinen Armen* summte es in ihrem Innern. Ihr war jetzt etwas wohler zumute, nachdem sie ihn zumindest gesehen hatte. Sie nannten ihn einen Stutzer und Herzensbrecher. Doch sie wußte, wie er wirklich war. Und was ihn zu dieser Sache hier getrieben hatte.

Sie verschwanden in der Kurve. Die Leute gingen zu Grans hinunter, und Mutter hakte sich bei ihr ein. Immer wenn die Männer in Richtung Grenze verschwanden, gingen sie sich aufwärmen. Die Leute wußten jetzt, wie lange es dauerte, bis die beiden zurückkamen. Dann gingen sie wieder hinaus. Es war eigenartig, zwischen den Dörflern bei Grans zu Hause zu stehen. Es kam fast nie jemand zu ihnen. Myrten hatte jedenfalls nie davon gehört. Sie hatte angenommen, dort würde es eklig riechen, nach Schlachtabfällen und nach geronnenem Blut. Es roch jedoch wie in einer normalen Stube.

Mutter und sie sprachen nicht miteinander. Womöglich sind sie böse auf mich, dachte sie. Aber das kümmert mich nicht. Oder aber die Mutter war ihrethalben nur verlegen. Der Eifersucht wegen, die sie hervorgerufen hatte. Sie blickte unter ihrer Pelzmütze und dem Kopftuch, das sie darumgebunden hatte, grimmig drein.

Als sie zur Straße hinaufkamen, standen da vier Mann mit Gewehren und versperrten den Weg. Sie sagten, das Gelände sei abgeriegelt. Da der Oberleutnant nirgends zu sehen war, gab es Gezänk. Sie trieben die Leute auf die Straße in Richtung Dorf, doch etliche Männer fluchten und wollten nicht gehen.

»Ist ein Befehl!« schrie einer der Jungen, ein Gefreiter.

»Teufel aber eins, tust ja bös giften, du!« schrie einer, und Myrten hörte ihren eigenen Vater:

»Der torkelet.«

Da sah sie die Strafkommandierten zurückkommen, und Jan fuhr langsam auf dem Motorrad neben ihnen her. Es war, wie Vater sagte: Der Dicke taumelte.

»Der ist zu End«, sagte er leise.

Da bekam sie Angst. Jetzt muß ich es versuchen, dachte sie. Er hört auf mich. Wir stehen einander trotz allem nahe. Als sie sich allein in Richtung Grenze begeben hatte, war sie absolut davon überzeugt gewesen, ihn erweichen zu können. Sie war im Takt der Worte marschiert, die ihr in den Sinn gekommen waren: *das weiblich Sanfte im menschlichen Geist.* Unter ihren Skistiefeln hatte der Schnee geknirscht, und sie war im Rhythmus dieses Gedichts dahingetrabt. Sie mußte ihm helfen, sonst ging diese Geschichte auch für ihn selbst dumm aus. Von den Worten des Gedichts und ihrer eigenen Entschlossenheit war ihr ganz schwindlig gewesen.

Jetzt nutzte sie die Gelegenheit, zu gehen, während die Wachen die Männer anschnauzten, die sich nicht entfernen wollten. Sie nahmen das Gewehr in beide Hände, hielten es vor sich ausgestreckt und trieben sie damit an. Einige Männer stahlen sich jedoch zu Grans davon, und die Soldaten schrien ihnen Kommandos nach. Myrten war jetzt ein gutes Stück die Straße entlanggegangen, und es schien sie niemand gesehen zu haben. Jan hatte gewendet und »Kehrt!« befohlen, bevor die beiden Männer die Ansammlung der Leute erreicht hatten. Myrten trabte weiter. Sie konnte nicht hören, ob hinter ihr Skistiefel knirschten. In der Kurve wagte sie es, stehenzubleiben und zu horchen. Die Kälte schlug ihr wie Eisen gegen die Wangen. Es klang nicht so, als folgte ihr jemand, dagegen war das Motorrad jetzt wieder zu hören.

Dann sah sie von weitem die Männer im Laufschritt, das Scheinwerferlicht des Motorrads flackerte auf und blendete sie einen Augenblick lang. Sie konnte sehen, daß der Dicke schwankte. Dann war die Lichtflut des Scheinwerfers direkt auf sie gerichtet, und sie mußte stehenbleiben. Jan stellte den Motor nicht ab, sondern schrie:

»Halt!«

Er sieht nicht, daß ich es bin, dachte sie. Sie versuchte aus der Lichtflut zu treten, um seinen Blick aufzufangen. Sie sah nur die Tüte und ging weiter auf ihn zu.

»Halt!«

Es war eine furchtbare Stimme. Myrten war verwirrt und dachte: Er muß doch sehen, daß ich es bin. Dann beschrieb er mit dem Motorrad eine Kurve und schrie:

»Abteilung vorwärts! Maaarsch!«

Sie waren weit hinter ihm zurückgeblieben, versuchten nun aber, sich ein bißchen schneller zu bewegen. Myrten sah den einen auf den Graben zuwanken, der abgesteckt war, nicht mit Büschen, sondern mit Stangen des Militärs. Jetzt stürzt er. Das konnte sie noch denken. Dann war alles in Stücken. Die Deutschen, dachte sie. Sie glaubte zuerst, selbst getroffen zu sein. Doch dann sah sie es. Lange Zeit war es still. Dann stürzte *das da* aus einer Tanne. Da erst schrie sie.

*

Wie sehr ich mich nach Hause sehnte!

Langvasslias kahle Fjällhänge und dahinter starres, weißes Hochgebirge.

Manchmal war ich nicht anwesend. Ich saß da und schaute in die Zeit. Weit zurück in die Zeit, als die Leute hungerten. Als es schlimmer war denn in irgendeinem Krieg. Der Mehlbeutel leer. Kein Vogel, kein Fisch. In kalten Wintern können die Fische in tiefere Gründe unter den Seen abwandern.

Auch im Frühling kein Vogel. Das Fjäll war still. Alle Schlingen an Gielas Hängen waren leer, und die Kinder hatten Magenschmerzen.

Kaltes Bachwasser im Magen, das schmerzt.

Einer, der gewandert kam, sagte jedoch, auf dem Geitkjölen gebe es Nahrung für sie, dort balzten die Vögel an den Hängen. Birkhähne kollerten im Moor. Der Auerhahn knappe und wetze, und es strotze vor Schneehühnern.

So sagte er.

Da begann der Vater der Kinder zu singen. Aber erst, als sie wieder allein waren.

Er sang für Giela: »Dabpen … dohka! Daaab … pen dohka …«

Und für Geitkjölen, das damals einen anderen Namen hatte, einen, der sich in den Zeiten verloren hat, sang er: »Båeth lihkebe … båeth diekie!«

Da bewegten sich die Fjälls. Giela verschwand im Nebel. Vielleicht hob es sich. Das war in dem dichten Dunst nicht zu erkennen. Während er noch sang, kam Geitkjölen so nahe, daß sie hören konnten, wie es in seinen Mooren vor Vögeln rauschte.

Da schrie die Mutter der Kinder:

»Jetzt sind die Vögel zu hören! Jetzt hat es keine Not mehr!«

Doch da war seine Macht dahin, denn er hatte noch nicht zu Ende gesungen, als sie schrie. Das Fjäll trieb im Nebel davon, ja, die beiden Fjälls tauschten wieder die Plätze, und keine Vögel waren mehr zu hören.

Klemens war noch recht klein, doch er verstand schon. Wenn die Fjälls doch die Plätze tauschen könnten, sagte ich zu ihm. Wenn Giela hierherkäme!

»Treibet jetzt fort, dies Scheusalsfjäll hier«, flüsterte ich. »Kömmet Giela dafür. Und das ganze Kirchspiel Röbäck und die Tante Myrten, die du nichten noch gesehen. Ist so schön und wohnet in Schweden.«

Während ich erzählte, senkte sich das Reich Schweden wie ein großes Fjäll hier herab, und das Dorf kam getrieben und der große See und das weiße Haus.

Da hat es keine Not mehr. Aber sag nichts. Ruf nicht.

*

Schließlich stand Myrten auf. Sie mußte ganz einfach. Vielleicht war das auch Mutters Berechnung gewesen, als sie ihr einen Einlauf gemacht hatte.

Sie stieg die Treppe hinunter, und es war, als hätte ein Stuhl zu gehen versucht. Im Haus herrschte Tageslicht. Wintergrau, mager. Niemand war da. Sie waren natürlich im Laden. Womöglich war ordentlich was los. Sie versuchte auszurechnen, welcher Wochentag war.

Sie setzte sich auf die Klosettschüssel und spürte, wie sich in ihrem Gedärm etwas knäulte und schmerzte. Als es herumknautschte, bekam sie kalte Schweißausbrüche, und ihr wurde übel. Sie versuchte, ruhig zu atmen und auszurechnen, wie viele Tage sie gelegen hatte. Sie wußte es jedoch nicht genau.

Dann kam es. Ein Einlauf hat etwas Erniedrigendes. Alles ist häßlich. Und man kann sich das Häßliche nicht vom Leib halten. Das Plumpsen, die Spritzer und den Geruch. Es ist wie mit dem Krieg, dachte sie und zog an der Kette mit dem Porzellangriff. Es wurde jedoch nicht alles auf einmal weggespült. Und sie konnte nicht lange aufrecht stehen. Es war so kränkend, daß es reichte. Nicht, daß Mama das gewollt hatte. Nein, nein. Und dank des Klosetts war sie darum herumgekommen, über den Hof zum Abort zu gehen und dabei den Leuten zu begegnen, die im Laden aus und ein gingen. Sie war darum herumgekommen, daß man sie angaffte: Dorten ist die Myrten Halvarsson, hat alles gesehen.

Und da kam es wieder.

Hab's gesehen, droben in den Bäumen. Hab's gesehen, dorten droben. Ist auch auf der Erden. Nichten fasset mich an! Und irgend jemand kreuzt ihr die Arme über der Brust und drückt sie nach unten, so wie man es mit einem Betrunkenen macht, einem, der raufen will und um sich schlägt. *Hat Geifer, da im Mundwinkel. Ist's die Fallsucht? Nä, hat bloß gesehen alles. Lasset sie. Beißet zuschanden sich.*

Ich bin wie kaltes Glas, ich zerspringe gleich. Doch dann ging dieses Gefühl vorüber. Sie sank statt dessen auf der Klosettschüssel zusammen und wurde matt und schlottrig. Wollte nur noch liegen, doch wie sollte das gehen? Wieder die Treppe hinaufzukommen. Längelang zu liegen. Sie hatte wohl die meiste Zeit auf dem Rücken gelegen, ausgestreckt, als hätte sie tatsächlich Schmerzen.

»Myrten liegt. Sie hat Rückenschmerzen«, sagte Mutter zu allen, die fragten. »Sie hat die Druckwelle abbekommen und ist unglücklich gefallen.«

Doch das war gar nicht wahr. Sie hatte die Druckwelle gespürt, war aber aufrecht stehen geblieben. Bis sie es *sah*. Mit ihrem Rücken war also alles in Ordnung. Mama wußte, daß man nie sagen sollte, man habe etwas mit den Nerven. Denn da gibt es noch lange danach Gerede. Mama war klug. Das war ebenfalls gräßlich.

Sie dachte jetzt nicht an jenen Abend, dachte nicht an *da-*

mals. Nicht an *ein Erntewerk, das blut'ge Frucht getragen.* Sondern an den Krieg, daran, daß er jetzt zu Ende sein müsse. Schlimmer konnte es nämlich nicht mehr werden. Da wendete es sich. Das hat Mama immer gesagt. Wenn es am schlimmsten ist, wendet es sich. Dann geht es zu Ende. Mit dem Wochenbett war das so und mit Fieberkrankheiten. Mit allem. Alles hat seine Kurve, hat Mama gesagt. Wenn es am schlimmsten ist, kann es nicht mehr schlimmer werden. Dann flaut es wieder ab. Dann wird es wieder so, wie es war.

Er schwankte, es war der Dicke. »Ist geradenwegs getorkelet, hinaus ins Minenfeld«, hatte sie Papa sagen hören. Und zwar an einem der Tage, an dem sie die meiste Zeit über schlief. Sie hörte jedoch, was er sagte. Davor hatte sie geglaubt, sie seien von einer deutschen Bombe getroffen worden.

Sie wußte, daß beide tot waren. Jan jedoch nicht. Er war nicht verletzt.

Sie saß noch immer auf dem Klosett und versuchte, nicht an *damals* zu denken. Sie dachte vielmehr daran, daß es jetzt zu Ende gehen müsse. Von draußen hörte sie jedoch die Geräusche des Krieges. Fremde Stimmen. Pferdegetrampel im harten Schnee. Einen heiseren Automotor, der sich vorwärts hustete.

Wie still es doch früher war! Dieser See, wie ein unter dem Himmel versenktes großes Becken lag er da, und das Dorf, so unschuldig.

Sie war selbst unschuldig gewesen. Völlig rein.

An diesem Tag im Februar 1942, von dem sie nicht wußte, ob es ein Mittwoch oder Donnerstag war, da hätte der Krieg zu Ende gehen müssen, schlimmer konnte es nämlich nicht werden.

Es war so kalt gewesen, daß sich die Männer Erfrierungen zugezogen hatten. Sie selbst hatte nur daran gedacht, daß sie einen Hut haben wollte.

Sie stand mitten in der Küche, als es klopfte. Mich verstecken, dachte sie. Doch es war schon zu spät. Sie sah, wie der ovale Griff des Kastenschlosses herumgedreht wurde. Dann stand er da.

Das Licht flutete von der Seeseite herein. Myrten fühlte sich nackt, obwohl sie eine Strickjacke und ein Nachthemd trug. Unter dem Flanell war sie ganz deutlich Brust und Bauch und Schoß in dem starken Licht, und ein großes Unglück war sie, und das hatte alles verheert. Sie war völlig ratlos.

Es war Kristins Onkel. Er zog die Tür hinter sich zu und drehte umständlich den Griff herum. Er war nicht sehr alt, doch war er ein Mensch aus einer alten Zeit. Alles vollführte er langsam, und er guckte so stier. Seine Augen waren in diesem fürchterlichen Licht hell wie Harz. Jetzt streifte er eine alte Pelzmütze vom Kopf, deren Haardecke im Griff abgeschabt war.

»Vater und Mutter sind nicht zu Hause«, sagte sie, und die Worte kamen in ganz hoher Stimmlage und gerieten ihr piepsig. Es waren jedoch Worte, die zusammenhingen, und die ersten seit jenem Ereignis. Er schwieg. Da fiel ihr Jan ein. Doch ohne Schrecken. Nur, daß er schnell sprach. Diese langsame Rede dagegen, und das Schweigen, das war alt. Das stammte aus einer Welt, von der sie angenommen hatte, sie werde sie verlassen. Sie hatte sich ein hellgrünes Brautkleid vorgestellt, sie konnte ja nicht gut in Weiß gehen, nachdem sie nicht mehr unschuldig war. Wie hätte sie das Mutter nur erklärt? Hellgrün war jedenfalls schön. Vielleicht Duchesse. Jetzt aber trug sie ein ausgewaschenes Flanellnachthemd, sprach mit piepsiger Mädchenstimme und würde wohl nie von hier wegkommen. Oder einfach verschwinden?

An der Tischecke waren braune Risse im Wachstuch. Es war gräßlich, alles so deutlich zu sehen. Sie hatte lange nichts gesehen. Auch keine Farben.

»Larsson, Sie wollen vielleicht nach einem Brief von Kristin fragen?« sagte sie mit dieser ungewohnten Stimme und unterließ es, zur Tür zu sehen, wo er stand. Sie schaute statt dessen zum Fenster hinaus. Es waren Rene auf dem See. Ein kleines Rudel. Als ob alles so wie immer wäre. *Kein Erntewerk, das blut'ge Frucht getragen*. Ganz und gar nicht, nur weißes, scharfes Licht und Rene, die nahezu im Kreis lagen. Er stand noch immer dort an der Tür und sagte nichts.

»Vater und Mutter sind nicht zu Hause!« schrie sie, noch immer abgewandt. Doch er entgegnete völlig ruhig:

»Tag, Myrten.«

Und dann, nachdem er eine geraume Weile geschwiegen und sie angesehen, ihr direkt ins Gesicht gesehen hatte, sagte er:

»Hab manchig zu erzählen. Selber.«

»Die sind aber nicht zu Hause!«

Ihre Stimme war spröd vom Schreien. Werde ich jemals wieder singen können? Singen ...

»Singen?« wiederholte er, folglich mußte sie es laut gesagt haben.

Da begann sie zu weinen.

»Na, na«, sagte er.

Dann erzählte er, daß er bei Kristin gewesen sei. Risten nannte er sie natürlich. Myrten muß ihn ungläubig angestarrt haben, denn er lächelte leicht und sagte:

»Bin hingegangen, nach dorten. Auf Ski.«

Er zeigte hinaus auf den Brannberg und die norwegischen Fjälls auf der anderen Seite des Svartvattnet.

»Haben nichten durchlassen mich, durch den Schlagbaum«, sagte er lächelnd.

Nein, er hatte ja keine Grenzbewohnerbescheinigung und keinen Passierschein so wie Papa. Sondern dort hinüber, in diesem Blau und Weiß. Auf Skiern.

»Tut das nichten gefährlich sein?« flüsterte sie und vergaß, das zu sprechen, was Mutter eine gepflegte Sprache nannte.

Er lächelte unentwegt. Nicht unbedingt mit den Lippen, vielmehr mit der ganzen Gesichtshaut, so daß die harten Furchen und die Blinzelfältchen sich glätteten. Seine Augen waren hell wie Bernstein.

»Treten Sie näher«, bat sie mit ihrer ungewohnten und spröden Stimme. »Erzählen Sie, wie es Kristin geht.«

Er trat näher und setzte sich auf einen Küchenstuhl, seine Mütze legte er neben sich auf den Fußboden. Erst da fiel ihr auf, daß Gorm nicht gebellt hatte, als er kam. Was für eine Art Mensch ist er eigentlich?

»Ist es kalt draußen?« fragte sie.

»Nimmer als wie vordem. Langet aber schon.«

»Hab an den Hund gedenket.«

Er erhob sich sogleich und setzte seine Mütze wieder auf. Während er draußen war, stand sie mitten in der Küche und wußte nicht, was sie machen sollte. Kaffee anbieten? Das mußte sie schon tun.

Als Gorm schwanzwedelnd hinter Anund Larsson hereinkam, wurde es etwas einfacher. Sie fragte ihn, ob er im Herd einheizen wolle, während sie sich ankleide. Steif stieg sie die Treppe hinauf und steif hinunter. Doch nun war sie gekämmt und trug ein Kleid und eine Strickjacke. Es war ein weinrotes altes Wollkleid, dessen Knöpfe, von denen ein paar fehlten, mit Stoff bezogen waren. Ihr schoß durch den Kopf, daß sie sich dem alten Leben zuwende und Buße tue. Da fiel ihr das Geschenk ein, das sie bekommen sollte, wenn sie heiratete, und von dem sie Jan nichts gesagt hatte. Obwohl nicht viel gefehlt hätte.

Und da, genau in dem Augenblick, als sie über den Sonnenstreifen ging, der in den grünen und braunen Karos des Linoleums glänzte, und Kristins Onkel Anund vor dem Herd kauerte und Feuer machte, kam ihr die Einsicht: Es ist nicht sicher, daß man heiratet, nur weil man in der Sägerei zusammengewesen ist. Es war kalt und gräßlich, so zu denken, und sie erinnerte sich daran, wie sie einmal lange gefiebert hatte und ihr hinterher kalte Gedanken gekommen waren, daß das ganze Leben hohlgefressen und grauenhaft sei. Das war jedoch vorübergegangen damals.

Dann wurde ihr klar, daß sie zum erstenmal seit jenem Ereignis an das Sägewerk und so dachte. Und daß sie auf Teufel komm raus einen Hut haben mußte. Sie konnte das jetzt kaum fassen: daß sie dieses Mädchen gewesen war, das in der Konditorei gesessen und an verbotene, heimliche Dinge und einen Hut gedacht hatte. Soll es nicht doch was zu essen sein? Nein, nein. Vielen Dank. Ich habe Törtchen, die es ohne Lebensmittelmarken gibt. Ach, ja. Bitte.

»Myrten, was ist?« fragte Anund Larsson.

Da nahm sie die Kaffeedose und die Mühle und schüttete ein paar Bohnen hinein, während das Wasser aufwallte. Es widerstrebte ihr, ihm Muckefuck zu geben. Er war auf Skiern über den Brannberg und Markeslia gelaufen, war hoch über Lunäset und durch das enge Tal zwischen dem Skårefjell und Skjerdingen gelaufen und über die Heiden immer höher hinauf. Allmächtiger, er sollte keinen Ersatzkaffee bekommen!

Als sie am Tisch saßen, bot sie ihm Mandelhäufchen an, die Mutter gebacken hatte und in denen künstlicher Mandelgeschmack war. Essenz. Sie erklärte ihm das, denn sie wollte ihm nichts vortäuschen.

»Es gibt jetzt alles mögliche«, sagte sie. »Vater verkauft künstlichen Honig. Und ein Fett, das Liffetin heißt.«

Ihre Stimme trug nahezu wieder. Allerdings waren die Bilder weiterhin in ihr. Das würde womöglich das ganze Leben so sein. Sie würde *das da* sehen, wenn auch neben dem normalen Leben. Innerhalb dessen.

Sie saß da und heulte direkt auf den Küchentisch. Anund Larsson beugte sich zu ihr vor.

»Denket wohl gar viel an das da, Myrten ... dorten, bei der Grenze«, sagte er.

Da erhob sie sich und schlug die Hände vors Gesicht.

»Laßt mich in Ruhe!« schrie sie. »Keine Fragen, bitte!«

»Nä, nä. Mag nichtens fragen. Was das angehet. Gar nichtens.«

Mit dem Rücken zu ihr – er stand am Herd und legte nach – erzählte er, daß auch er schon ein Sprengunglück erlebt habe. In Norwegen, im Bergwerk. Da schämte sie sich, weil sie angenommen hatte, er wolle ihr eine Menge gräßlicher Fragen stellen. Es war ihr sogar durch den Kopf gezuckt, er wolle ein Lied darüber schreiben.

»Denket wohl viel an die Mannsstücker, Myrten.«

Zuerst glaubte sie, er sei unverschämt und meine, sie würde viel an Männer denken. Dann begriff sie, daß er *jene da* meinte.

»Myrten wisset, welchige das gewesen?«

Nein, sie wußte nicht, wer sie waren. Wie sollte sie das wissen?

»Habe gedenket, hätte gefraget, Myrten.«

Er hatte sich gesetzt, und er sah sie unverwandt an. Die Küchenuhr tickte. In einem Holzscheit, das er soeben nachgelegt hatte, säuselte es. Sie fand, daß er ziemlich zudringlich war.

»Sie wollten doch von Kristin erzählen, Larsson«, sagte sie. »Davon, wie es in Langvasslia war.«

Er sagte, der letzte Kälteeinbruch sei bei ihnen auch so streng gewesen. Mehr als fünfzig Grad. Myrten dachte: Gott sei Dank wohnt sie jetzt im Winter wenigstens in einem Haus. Der kleine Junge, Klemens, sei tüchtig, sagte er. Er habe auf Skiern gestanden.

»Aber der ist doch erst zwei!«

Er war geboren worden, just als der Krieg begonnen hatte. Nur, wann hatte der begonnen?

»Wann hat der Krieg eigentlich angefangen?« fragte sie und hörte selbst, wie wirr das klang.

»Neununddreißig. Zum Herbst. Wisset das schon, Myrten.«

»Aber die Deutschen waren anfangs nicht in Norwegen?«

»Nä, die sind kömmen vierzig, im April.«

Es hatte ja keineswegs damit begonnen, daß jemand sagte: »Ist Krieg jetzt.« Vielmehr hatte Vater gesagt, Hitler sei in Polen einmarschiert. Am Küchentisch war das gewesen, und sie hatte zweifellos nicht kapiert, daß es ein großer Krieg würde und daß er so nahe herankäme. Die Klümper hatten gedampft, und Vaters Gesicht hatte sich hinter diesem Klümpernebel befunden. Da war ich achtzehn und kindlich, dachte sie. Ich war noch bis vor ein paar Tagen kindlich.

Sie hatte nämlich geglaubt, Hitler sei in Generalsuniform persönlich in Polen einmarschiert und die Soldaten hätten ihm einen Schlagbaum geöffnet. So einen hölzernen wie hier zu Hause an der Grenze. Der richtige Krieg hatte dann später im Frühjahr begonnen. Da erschienen Deutsche auf der anderen Seite des Schlagbaums. Vater hatte irgendwann nach Jolet fahren dürfen, er hatte eine Genehmigung erhalten. Er kam mit Post nach Hause, der legalen, aber auch anderer Post, über die nur gesprochen wurde, wenn Kristin aus Langvasslia geschrieben hatte. Diese Post hatte er im Futtersack. Die geheimen Kuverts waren schuppig vor Spelzen und Spreu. Er hatte erfahren, daß Steinkjer und Namsos bombardiert worden waren.

Zerbombt, sagte er. Sie hatten viel Verwandtschaft dort. Halvorsens stammten aus Fagerli, doch viele von ihnen lebten jetzt in Namsos. Vaters Lippen waren ganz grau, blutleer. Vielleicht lag es an der Kälte. Es war aber gar nicht so kalt im Frühling. Da war auf jeden Fall Krieg.

Sie dachte an den Krieg. Allerdings nicht an *das da*. Daran, daß es daheim Krieg gegeben hatte, als die Männer vom Landsturm gerudert und geradelt kamen. Sie fragte sich, wie es wohl in Langvasslia losgegangen sei. Hatten sie geschossen? Kristin hatte nie etwas davon geschrieben. Doch Anund Larsson wußte es.

Der erste Deutsche sei mit Pferd und Wagen gekommen, erzählte er. Einem Langwagen, der bestimmt gestohlen war. Es war nämlich ein norwegisches Pferd, eine Dølestute. Dann war ein Soldat auf dem Fahrrad gekommen. Bei Nilas Haus war er abgestiegen und hatte um ein Glas Milch gebeten. Und Risten war verdattert gewesen und hatte gesagt, sie hätten keine Kühe. Er verstand sie nicht. Rentiere, sagte sie. Dann hatte sie hügelan auf einen anderen Hof gezeigt, wo es Kühe gab, sie hatte sich aber geschämt deswegen. Hatte sie den Leuten doch den Deutschen geschickt. Ungefähr eine halbe Stunde später war eine große Abteilung einmarschiert. Da hatten zunächst Takt und Ordnung geherrscht und »Die Augen links! Geradeaus!«. Dann aber waren sie im Dorf ausgeschwärmt und hatten Obdach, Stroh und Pferdefutter in Beschlag genommen und angefangen, Lebensmittel zu requirieren. Im Krieg hieß das so. Da sagte man nicht stehlen. Dies war der zwanzigste April.

»Aber waren Kristin und Nils da nicht im Fjäll?«

»Nä, waren dermaßen wirrig, wie der Deutsche ins Norwegerreich marschieret, sind also spät aufgebrochen in diesem Jahr, die Lappen allesamten. Bald zu spät fürs Kalben.«

Das war etwas anderes als mit den Kerlen vom Landsturm hier daheim, die mit ihren dreieckigen Karolinerhüten aus der Schule gestolpert kamen. Das war ja beinahe komisch gewesen. Aber wahrscheinlich nur deswegen, weil sie nichts kapiert hatte. Etliche erhielten eine Uniform, doch für alle waren nicht genug vorhanden. Myrten erinnerte sich, daß die Männer die

Hosenbeine hochgekrempelt hatten. Fast ein jeder. Vielleicht sollten Soldaten schlechthin größer sein als Nordjämten. Aus den Truhen roch es nach Naphthalin. Leute wurden zu Soldaten, Kleidung zu Ausrüstung. Die Krone kaufte auch Schnürstiefel auf. Daran mangelte es, an guten Schnürstiefeln.

»Nehmest nichten die besten Langschäfter«, schrie eine Alte. »Ist nichten vonnöten, daß die auch noch draufgehen tun.«

Es war jedoch, wie sie sagten. Es waren Geschichten. Sie begannen Geschichten zu spinnen. Und jetzt? *Über das da, was in den Bäumen hing.* Nicht das. Nicht das. Der Krieg. Dann kamen aus grüngestrichenen Holzkisten die Mausergewehre zum Vorschein. Da roch es nach irgend etwas, Waffenöl. Armol, nannte es Vater.

An Gerüche erinnert man sich. *Sprenggeruch. Wie wenn sie Gestein sprengen.* Sie sollte jedoch an Armol denken, Armol. Armol und Naphthalin. Im Laden. Überall.

»Mauser, Modell sechsundneunzig«, hatte Vater gesagt, und er hatte leicht gelächelt.

An Lächeln kann man sich erinnern. Besonders wenn es schief war.

Ringsum aber herrschte starkes Zutrauen.

»Sind Scharfschützen. Krieget's kummervoll, der Deutsche, wofern er reinwollen tut, hier in Schweden.«

Solche Worte waren im Schwange. Die Frauen standen nicht so sehr dahinter. Den Mund wie üblich zusammengekniffen, damit man die Zahnlücken nicht sah. Aber auch aus Mißtrauen.

»Als Schwed' hab ich gelebet, mag sterben auch als Schwed'!«

Und über die Wangen des Greises rannen die Tränen.

Marsch, marsch zu dieser Stelle, zu *dieser Stelle da,* als sie noch keine Stätte des Todes und noch nicht gesprengt war, sondern lediglich eine Straße und ein hölzerner Schlagbaum mit einem soliden Vorhängeschloß. Des Deutschen wegen.

Die Pferde. Die guten warmen Pferde, die herausgerückt werden mußten und mit denen Fremde umgehen sollten. Der Vater mußte Pontus hergeben, Pilo aber durfte er bis auf weiters behalten, auch Silverpärla, weil sie schon so alt war. Freilich gab er an, sie sei älter, als sie tatsächlich war.

»Ist am End, die Mähr«, hatte er gesagt.

Dabei lächelte er nicht. Niemand außer ihnen selbst durfte mit Pärlan umgehen. Eher noch hätte er sich wohl eine Schlachtmaske ausgeliehen.

Die Pferde. Und die Greise mit ihren Tränen. Arme, kindische Kerle.

Wie kann man über andere verfügen?

Wie er mich angeschrien hat! Seine Kommandostimme kreischte vor Zorn.

Halt!

Mich. Die Liebste.

Kaffeesahne fehlte.

»Ich muß mal nachsehen, ob noch eine da ist«, sagte sie. »Ansonsten muß ich in den Laden rübergehen.«

»Ist nichten auf, der Laden«, stellte Anund Larsson fest.

Sie starrte ihn an und rechnete still im Kopf.

»Ist heute Sonntag?«

Da mußte sie geschlagene sieben Tage und Nächte gelegen haben. Fast acht. Sie mußte ihm ja glauben.

»Mutter und Vater sind dann wohl zur Kirche gefahren.«

Jetzt erinnerte sie sich nämlich allmählich.

»Hinterher ist Krisenausschuß«, erklärte sie. Denn Larsson wußte ja, daß Vater mit der Kirche nicht viel am Hut hatte. Doch wie ist das bloß zugegangen: Mehr als eine Woche war entschwunden. Im Dämmer oder Halbdämmer. Und Schlaf. Es lag wohl auch an Mamas Bromkalium. Weil ich geschrien habe. Hernach waren es bloß normale Tabletten. Und Milch, die sie mir einzuflößen versuchte. Die ist allerdings wieder rausgelaufen.

Sie ging zur Speisekammer und sah, daß dort ein Kännchen Sahne stand. Da lag aber auch ein gebratener Saibling auf einer Platte. Entgrätet. Und daneben zwei Pellkartoffeln. Auf ihrem Weg durch die Küche dachte sie unablässig an das rosa Fischfleisch und die Kartoffeln. Nachdem sie das Sahnekännchen abgestellt hatte, ging sie zurück und verschlang im Schutz der Speisekammertür zuerst die Fischfilets und dann die Kartoffeln. Sie schaffte es kaum, die Schale vorher abzuziehen. Es war, als sei in ihrem Innern ein Hungerloch. Das hatte sie erst bemerkt, als ihr Blick auf den Fisch gefallen war.

Hinterher überkam sie Trägheit. Ihr begann der Magen zu schmerzen. Anund Larsson tunkte sein Mandelhäufchen ein und aß es still. Da kam ihr der Gedanke, daß auch er mächtig hungrig sein könnte.

»Sind Sie direkt hierhergekommen?«

»Nä, nä, war bei der Aagot vordem.«

Sie war gezwungen, sich zu erheben, und sie hielt sich den Bauch vor Schmerzen.

»Verzeihung«, sagte sie. »Ich muß aufs Klo.«

Als sie zurückkam, schämte sie sich. Es hatte so lange gedauert. Sie fühlte sich ausgeliefert und lächerlich. Er hatte womöglich sogar etwas gehört. Doch er saß über *Tidens Lexikon* gebeugt.

»Hab mir's geleihet, das Buch«, sagte er. »Lasset mich's sonsten gleichens tun, der Halvarsson.«

Er saß da und blätterte mit seinen großen Händen in dem Buch. An den Fingerspitzen hatte er schwarze Schrunden. Er las, und hin und wieder schrieb er etwas in ein dünnes blaues Notizbuch. Als er sich erhob, um im Herd nachzulegen – er hatte diese Arbeit für sie übernommen –, schielte sie in das Buch und sah, daß er etwas über einen preußischen General und Feldmarschall las, der sich gegen Napoleon ausgezeichnet und die Schlacht bei Waterloo entschieden hatte. Er hieß Blücher, genau wie das Schlachtschiff, das die Norweger vor Oslo hatten versenken können, bevor sie besiegt wurden. Sie fragte sich, weshalb Anund Larsson über alles Bescheid wissen wollte.

Die Zeit hatte eine Pause eingelegt, so daß der Winternachmittag sehr lang geworden und ganz von Licht durchwoben war. Larsson schlug mehrere Sachen nach: Feldspat und Eskimos und Bergkristall. Gorm lag neben ihm, ohne Wachsamkeit und Groll. Wieder mußte sie sich fragen: Was für eine Art Mensch ist er eigentlich?

Er trug alles, was er erlebt hatte, in sich. Es war da, wenn er Kaffee trank und wenn er *Tidens Lexikon* umblätterte. Wenn er Ski fuhr. Brennholz hackte. Immerzu. Die Sprengung befand sich da. Die Anblicke, die sich ihm geboten haben mußten. Er lebte und hackte Holz und fuhr Ski, obwohl er diese Anblicke in sich hatte.

Sie dachte daran, daß er auf Skiern übers Fjäll gelaufen war. Ihr selbst kam es schon weit vor, nur bis Lunäset zu fahren. Er aber war bei dieser Kälte meilenweit auf Skiern gelaufen. Hoch oben. Sie versuchte sich vorzustellen, wie das war. Wenn die Stunden vergingen. Die Skistockschwünge. Das Gleiten der Skier. Das Gesicht, das rot wurde und vor Kälte zu schmerzen begann. Die Angst davor, daß dort irgendwo ein weißer und fühlloser Fleck entstünde und sich ausbreitete. Die Einsamkeit mußte so groß sein wie der ganze Himmel und das Kälteloch hier, das die Erde war. Vielleicht hat Mama recht, dachte sie: Die sind nicht wie wir. Sie war aber schon immer der Meinung, daß sich das seltsam anhörte. Denn Kristin ist doch wie ich, dachte sie. Und jetzt war sie in Langvasslia, es war Okkupation, und Larsson sagte, die Deutschen hätten alle Wolldecken requiriert. Daß jedoch baltische Kriegsgefangene gekommen seien; sie seien auf der Flucht gewesen und hätten Decken dabeigehabt, die sie verkauften. Richtige Wolldecken. Aus dicker schwedischer Schafwolle, das habe man an dem blauen Rand erkannt.

»Wo kamen die schwedischen Wolldecken denn her?« fragte sie. »In den Deutschenbaracken beim Bergwerk. Das ist doch seltsam.«

Er wußte es nicht.

»Hat genähet Hosen aus den Decken jedenfalls, die Risten, für den Nila und den Aslak«, sagte er.

Aslak war Nilas unverheirateter Bruder, doch sie erinnerte sich von der Hochzeit her nicht mehr an ihn. Die Hochzeit war nicht in einer anderen Zeit, sie war gleichsam draußen im Weltall. Wegexplodiert. Auch Splitter davon: Sie hatten zu *Honeysuckle Rose* getanzt.

Dann sagte er leise und wieder mit dem ganzen Gesicht

lächelnd – alle Schrunden und Runzeln und Falten wurden von dieser Freude erfüllt, die wie ein Umschlagen des Windes kam:

»Krieget ein Kind abermalig.«

»Jetzt!«

»Nä, nä. Aufs Frühjahr.«

»Aber es ist doch Krieg!«

»Tun sich nichten kümmern um einen Krieg, die Kinder.«

Wie konnte er bloß lächeln? Er mußte ihre Unruhe bemerkt haben, denn er sagte, daß sie zu essen hätten. Risten kaufe in der Konsumbaracke in Langvasslia ein, sagte er. Und Halvarsson habe ein Kilo Butter mitgeschickt.

»Ein ganzes Kilo?«

Ja, sie hätten hin und her debattiert und sich ausgerechnet, daß ein Kilo Butter im Rucksack lediglich ein Kilo sei, aber viel, um damit zu wirtschaften. Und um etwas dagegen einzutauschen, was das angehe.

Sie fragte sich, wie Vater das zusammenbekommen hatte. So viel konnte er nicht beiseite schaffen. Vielleicht durch Tausch. Manche wollten lieber Tabak haben als alles andere. Und für die nächsten bedeutete Kaffee das Leben. Für die meisten im übrigen. Kristin aber hatte jetzt ein Kilo Butter.

Myrten ging durch den Kopf, ob sie dieses Kind eigentlich haben wollte, doch sie wollte nicht fragen. Das war so intim. Statt dessen fragte sie, ob sie denn auf die norwegischen Lebensmittelmarken Butter bekämen. Er sagte, meistens sei es Margarine, und Kristin mische Renschmalz mit Kartoffeln und salze es ordentlich. Das schmierten sie sich dann aufs Brot, und er habe es selbst gekostet. Ihm schmecke natürlich reines Schmalz, so wie vor dem Krieg, besser.

»Und Nierenfett«, sagte er leicht träumerisch.

Dann schob er *Tidens Lexikon* von sich.

»Gehet's besser jetzt?« fragte er.

Sie nickte, dachte aber, daß es nie wieder so wie sonst sein werde. Niemals.

»Tu freilich glauben, besser wär's, für die Myrten, sie täte ein bißchen was wissen über die.«

»Die?«

»Die Mannsstücker.«

So betrachtet er diese Erbärmlichkeit, dachte sie. Glotzt mich, dieses Unglück, an. Wogen der Entrüstung erfaßten sie: Wie kann er es wagen, wo ist Mama, wie kann er hier hereinkommen und so daherreden! Es ist schlimmer als ein intimes Gespräch.

»Viel ärger ist's, sehet es eins bloß vor sich. Die Körperteile.«

»Wer waren sie?« flüsterte Myrten, die geschlagene sieben Tage und Nächte gelegen hatte, ohne zu fragen.

Anund Larsson sagte, er wisse nur wenig. Er sei ja fort gewesen.

»Die Aagot aber, die tut was wissen.«

Hinterher würde Mutter wohl fragen: Wie hat er dich dazu gebracht, das Haus zu verlassen? Wie hat er dich dazu gebracht, den Schafspelz, die Mütze und die Skistiefel anzuziehen? Ja, wie ist das zugegangen? Jedenfalls war sie mittendrin so praktisch, zu sagen, Gorm müsse ins Haus geholt werden. Draußen an der Laufleine sei es zu kalt für ihn.

Gewisse Welten schließen sich, und sie öffnen sich. Diese hier schloß sich mit tannenverbrämten Höhenrücken um einen großen, kalten See. Valar wurden solche Höhenrücken vormals genannt. Öffnen tat sich diese Welt nur zum Himmel. Dort gab es nichts zu sehen. Die Kälte nahm indes langsam ab, während das gleichmäßige Grau sich verdichtete.

Die Soldaten waren dabei, das Feld zu räumen. Sie trugen Matratzen und Ausrüstung aus Soria Moria, Krumennest, Schneefried, Alpenhütte und Ruhe heraus. Sie fragten sich, was für Namen die Bruchbuden bekämen, wenn neue Verbände anrückten. Ein Eifriger nahm ein Stück Kohle und schrieb mit groben Buchstaben den Namen auf die Balken der Scheune. Mehrere taten es ihm nach. Allerdings nicht diejenigen, die das Rammelnest und den Wichshain bewohnt hatten.

Geschützwagen dröhnten durch das Dorf, und die kleinen

Häuser duckten sich. Myrten schlug die Augen nieder, hätte es aber genausogut lassen können, denn die Männer schauten sie gar nicht an. *Alpenrosen sind nicht länger weiß mehr, gefärbt sind sie von Kunos rotem Blut.*

»Tun abhauen«, sagte Anund Larsson. »Gehet schon die ganze Woche so. Der Oberleutnant freilich, der ward gefanget, nächtens.«

Das hörte sich an, als spräche er von einem Fuchs. Sie weinte leise, und als sie am Sägewerk vorbeigingen, heulte sie unverhohlen. Als sie den jähen Hang erreichten, der zu Aagots Häuschen hinaufführte, schaffte sie es schier nicht mehr. Anund Larsson half ihr auf unerwartete, doch wirksame Weise: Er ging hinter ihr her und schob sie im Kreuz an.

In Aagots Haus hing ein Geruch nach altem Sommer. Man nahm ihn bereits im Flur wahr, wo er am intensivsten war. Dicht und kompakt. Schafgarbe vielleicht, ganz sicher Rainfarn. Minze und Johanniskraut. Erzengelwurz. Wacholder und Sumpfporst. Jonetta hatte viele solche Sachen herangeschafft und getrocknet. Ihre Schwester Aagot machte es ebenso, fädelte aber auch Pilze auf Bindfäden. Aagot Fagerli und Hillevi Halvarsson, sonst so verschieden, sammelten und bereiteten Pilze. Ansonsten gab es in Svartvattnet niemanden, der Röhrlinge aß. Warum vertragen sich die beiden nicht, fragte sich Myrten, denn es versetzte ihrem Gewissen jedesmal einen Stich, wenn sie bei Tante Aagot war. Sie war jetzt schon lange nicht mehr bei ihr gewesen.

»Guten Tag, Myrten«, sagte sie und tätschelte ihr beide Wangen. »Wie geht es? Es ist bestimmt gut, wenn du ein bißchen rauskommst.«

»Damit ich auf andere Gedanken komme?« fragte Myrten mit dieser spröden Stimme.

»Nicht gerade so.«

Aagot sprach vier Sprachen, wovon eine das war, was ihre Schwägerin gepflegt nannte. Vielleicht war auch ihr Englisch so. Davon hat Mama nicht viel Ahnung, dachte Myrten. Tante Aagot hatte schwarzes Haar mit deutlichen weißen Streifen, die sich von den Schläfen zu ihrem Dutt hinaufzogen. Sie war vierzig Jahre alt, und es hieß, sie habe mit dreiundzwanzig ihr Kind in Amerika verkauft. Es hieß außerdem, sie habe durchs Radiohören richtig Schwedisch sprechen gelernt, und zwar, um mit ihrem Geliebten, einem Doktor, fein sprechen zu können.

Als die Tante von den zwei Männern erzählte, benutzte sie weiterhin die gepflegte Sprache, und für Myrten war das erleichternd. Aagot ließ sich Zeit und sagte nichts, bis Myrten im Korbstuhl saß.

Dann erzählte sie, der eine habe Holmlund geheißen. Valter mit Vornamen. Er sei aus Oxelösund gewesen. Dort habe er in der Fensterglasherstellung gearbeitet. Er sei zweiundzwanzig Jahre alt gewesen, als er starb, und habe eine Frau und ein Kind hinterlassen. Ein Mädchen namens Britt-Marie, von der er immer Fotos gezeigt habe. Der andere sei älter gewesen. Der dickere der beiden. Wie alt, wußte Aagot nicht genau, doch sei er bestimmt auf die Vierzig zugegangen. Er habe Antonsson geheißen. Vornamen nannte sie keinen. Sie wußte ihn vielleicht nicht.

Myrten begriff, daß ihnen vor allem der Tod des jungen nahegegangen war. Antonsson war ebenfalls verheiratet gewesen und hatte vier Kinder gehabt. Er war aus Södertälje und hatte in einer Karosseriewerkstatt gearbeitet. Karosse hatte er sie genannt. Er hatte Akkordeon und Gitarre gespielt.

Holmlund hatte einen Fernkurs von Hermods dabeigehabt. In Schwedisch.

Myrten war lange still und knetete ihr Taschentuch, es war ein nasser Ball in ihrer Hand.

»Woher weißt du das alles, Tante?«

Anund Larsson antwortete an ihrer Statt.

»Waren viele, die gefraget. Und dann geredet mit den Kameraden, von denen zweien.«

Acht Tage lang hatten die Leute geredet. Während sie darniederlag.

»Wissen sie, daß es meine Schuld war?«

»Und ob sie wissen, wessen Schuld es war«, erwiderte Aagot. »Aber der ist jetzt fort.«

Es war fast dunkel in der Küche. Sie konnte das Gesicht der Tante nicht sehen, die mit dem Rücken zum Fenster auf der Küchenbank saß.

»Was sollet sie denn angestellet haben, die Myrten?« fragte Anund Larsson. »Nachdem sie glaubet, die Schuld, das wär die ihrige.«

Sie lächelte leicht, als er das sagte.

»Sie hatten den Arm um mich gelegt«, sagte sie leise.

»Ward er zürnend derhalben?«

Sie nickte.

»Und das, was sie gesungen da?«

Sie schwieg und senkte den Blick, denn sie schämte sich so sehr. Alles, was mit Liebe zu tun hatte, wurde so blöde, wenn man darüber sprach. Zumindest in diesem Dorf hier. Sie konnte selbst hören, wie es klang, denn sie war ja hier geboren. Den ganzen Text von *Tango Jalousie* konnte sie auswendig, sie hatte ihn samt Noten aus Gades & Warnys Musikverlag: *Mit Lügen hast du mich umgarnt, gefangen, verzaubert ganz, mit liebestollem Tanz, und gleich beim erstenmal mit Macht, hast du mich um den Verstand gebracht.* Eifersucht ist auf alle Fälle eine ernste Angelegenheit, selbst wenn für manche diese Worte blöde klingen mögen. Passion. Doch das würden sie nie verstehen. Darum sagte sie nur, die beiden Männer hätten *Lili Marleen* auf unschöne Art gesungen, den Arm um sie gelegt und sich über Ernstes lustig gemacht.

»Ich weiß, daß man so was meistens aus Spaß singt, weil die Verse so blöde sind. Es kann aber auch ernst sein. Für manche.«

Für Oberleutnant Jan Terning meinte sie.

»Ist freilich ernst, wenn ich singen tu«, sagte Anund Larsson. Und dann zu Aagot:

»Die Gitarre, wo hast die hin, zum Kuckuck? Gar nichten rauf? Ist zu kalt dorten.«

»Hänget in der Kammer.«

»Gehst sie holen. Wollen jetzt hell machen hier.«

Er ging zum Lichtschalter und drehte daran, so daß die Küchenlampe anging. Myrten blinzelte.

Als er die Gitarre in seinen großen schrundigen Händen hielt, tastete er sich langsam voran. Er mußte sie zuerst stimmen. Das dauerte seine Zeit. Myrten fühlte sich durcheinander, und der Taschentuchball in ihrer Hand war naß und gräßlich. Larsson summte *Lili Marleen*, und man merkte, daß er das Lied noch nie gespielt hatte. Er stimmte es in D an. Sie hätte ihm sagen können, daß es für seine Stimme in G besser sei, doch sie tat es nicht. Er brachte es auch so hin. Wenn es schwierig wurde, preßte er die Zunge gegen die Unterlippe, so daß sie sich vorwölbte.

»Na denn«, sagte er. »Weiß jetzt, wie's gehet. Sollet hören jetzt, die Myrten, was die da gesinget, im Vereinshaus.«

Er sang:

Erst hol'n wir den Hitler
hängen ihn, das Schwein,
dann holen wir Goebbels
mit den krummen Bein'
dann holen wir Himmler,
der kommt in' Topp
gleich neben den
von Ribbentrop.
So haben baumeln wir
der deutschen Schweine vier!

Am Ende konnte er es nicht lassen, den Akkord weiterzuspielen. Er fingerte und zupfte an den Stahlsaiten und schaute Myrten nicht an, als er sagte:

»Verstehet jetzt freilich, die Myrten, welchig die Schuld gewesen.«

Er spielte noch ein bißchen, und dann sagte er:

»Wollen jetzt nichten mehr reden davon. Gibt vieles, für die Myrten, worüber sie denken können tut. Sollet eins alleinig sein dabei.«

Aagot sagte keinen Ton, hatte aber ein zusammengelegtes sauberes Taschentuch geholt, das sie nun in der Hand hielt, als ob sie es Myrten geben wollte. Es war nicht nötig.

»Sollten wir nichten ein bißchen Kaffee haben?« fragte Anund Larsson.

Es gab natürlich Muckefuck. Doch Aagot hatte guten Zwieback. Myrten schämte sich freilich, weil sie so großen Hunger hatte.

Er begleitete sie in der Dunkelheit nach Hause. Es waren jetzt überhaupt keine Sterne da und auch kein Mond. Als sie im Haus waren und ihre Mäntel ablegten, hörten sie Vaters Auto. Der Motor stotterte und dieselte nach, als er schon abgestellt war, und dann vernahmen sie Vaters Stimme. Er sagte zu Mutter, sie solle schon hineingehen.

»Tu noch reinigmachen müssen, den vermaledeieten Apparat.«

Man hörte ihn jetzt im Holzkessel scharren und schaben. Und dann kam die Mutter herein.

»Guten Tag, Larsson«, sagte sie.

Anund Larsson stand mit Kristins Brief da. Als er ihn ihr reichte, war sie verwirrt. Sie fuhrwerkte herum, während sie ihre Fäustlinge auszog, und mußte dauernd blinzeln. Dann nahm sie den Brief und hielt ihn an den Mund. Sie schloß die Augen dabei.

»Haben Sie Kaffee bekommen?« fragte sie, ihre Stimme war schwach, nicht ganz Mutters Stimme. Sie weinte wohl ein wenig. Als Vater hereinkam und den Brief sah, trat er zu Larsson und klopfte ihm auf den Rücken. Er hatte wohl keine Worte dafür. Daß Larsson auf Skiern übers Fjäll gegangen war. Daß er mit einem unzensierten Brief kam.

»Wie konntet ihr Gorm bei dieser Kälte draußen lassen?« fragte Myrten.

Die Mutter strich ihr über die Wange und antwortete nicht. Und da begriff Myrten, daß es Berechnung gewesen war. Genau wie der Einlauf. Sie sollte gezwungen sein, das Bett zu verlassen. Sie sollte Gorm bellen hören und daran denken, wie kalt es war, und dann sollte sie sich anziehen, hinausgehen und ihn von der Kette nehmen. Mama ging immer berechnend vor. Und meistens erreichte sie, was sie wollte.

Genau in diesem Augenblick wurde Myrten klar, daß jetzt etwas Neues beginnen sollte. Daß sie von daheim wegmußte. Sie sollte fortgehen. Einfach schnurstracks fort.

Nur, wohin?

*

In dieser Woche war Doktor Torbjörnsson im Altersheim in Byvången, um einen Totenschein auszustellen. Hinterher setzte er sich zu ein paar alten Männern und Frauen und trank mit ihnen Kaffee. Da war ein alter Same, der ihn anpackte, hart.

»Nehmen Sie mich mit heim nach Svartvattnet«, sagte er.

Torbjörnsson unterhielt sich mit ihm über alte Zeiten und forschte nach, mit wem er verwandt sein könnte. Doch der Alte hatte nichts anderes zu sagen als: Nehmen Sie mich mit heim nach Svartvattnet.

Noch draußen auf dem Parkplatz krallte er sich an Torbjörnssons Arm fest, und dabei weinte er.

»Nehmen Sie mich mit heim nach Svartvattnet!«

Ich erzählte das dem Norweger, und der sagte, der Doktor hätte den Alten wahrlich heimfahren können.

»Aber das geht doch nicht«, entgegnete ich. »Er ist alt und klapprig. Er kann sich ja nicht einmal Brennholz zurechtmachen.«

»Es gibt elektrischen Strom«, sagte Elias.

Ich mag ihn nicht länger den Norweger nennen, auch wenn alle ihn so bezeichnen. Ich glaube nicht, daß er norwegischer ist als ich.

»Bestimmt ist der Alte so gut beieinander, daß er seine Rente abholen, in den Laden gehen und sich ein bißchen was zu essen kaufen kann«, meinte er weiter. Ich wandte jedoch ein, daß die Leute, wenn sie alt und vergeßlich würden, nicht für sich sorgen und sich sauberhalten könnten. Da sagte er, es sei schon ein Mordsgewasche heutzutage.

Nehmen Sie mich mit heim.

Ich weiß sehr wohl, was der alte Mann empfunden hat.

*

An einigen Stellen im Wald und im Fjäll kann man ein Kinderweinen hören. Die Alten sagen, das habe man schon immer genau dort gehört.

Eahparas hieß das. Kinderweinen im Wald. Es war die Schuld und der Besitz aller. Nicht nur der Mütter.

Gibt es so ein Weinen auf den Fluren der Kindertagesstätten? Auf den Parkplätzen? Ich habe nie davon gehört. Die Zeit, in der ich heute lebe, hat kein Weinen, das alle hören können, und kein Wort dafür. Doch die Mütter hören es wohl.

Nila hat sich in Langvasslia nie wohl gefühlt. Das Haus hat er allein meinetwegen gemietet. Damit ich in der Konsumbaracke einkaufen konnte und nicht in einer Gåetie auf Renfellen und Birkenreiserboden sitzen und an meiner Nähmaschine kurbeln mußte. Einen Webstuhl hatte ich ebenfalls.

Von unserem Volk lebten nur die alten Leute im Dorf. Wer noch gesund und beweglich war, zog mit den Renen. Unter den Dorfbewohnern fühlten sie sich nicht zu Hause. Kam ein Norweger in ihre Nähe, wechselten sie die Sprache. Es war aber auch nicht ganz einfach, mit dem Norwegischen zurechtzukommen. Es war Krieg, und die Dörfler sagten, wir fürchteten uns vor der Befreiung. Dann kämen nämlich englische Autos mit GB-Schild. Und das legten die Sami natürlich als Grimi-nal-Bolizei aus. Solche Witze hat es wohl immer gegeben. Sie paßten sie nur dem Krieg an. Nila fluchte über sie; er und sein Bruder Aslak waren junge, starke Männer und besaßen viele Rene. Doch in Langvasslia unten waren sie dennoch keine Herren, nicht einmal über ihre eigenen Gedanken, fand Nila. Er sagte, das Dorf habe was Zähes und Stickiges an sich.

Ich kann die Augen schließen und die Hunde bellen hören. Ich höre die Rufe, das Knacken der Hufe und das Gleiten von Schlitten. Ich kann immer noch, obwohl ich alt bin und es um mich herum gar zu ruhig ist, die Hetze und die heftige Unruhe in den Frühjahrsnächten spüren. Hält der Harsch? Der Fluß ist hoffentlich noch nicht aufgegangen?

Im Frühling, da war es am schlimmsten. Zuerst erfolgte die Trennung der Tiere, und dann sollte jede Familie zu ihrem Kalbeland ziehen. Die Herden durften dort oben ja nicht zu groß werden. Bevor man jedoch loskam, mußte alles gepackt werden. Man belud große, ruhige Renhirsche mit Saumsätteln und Mehlsäcken. In diese mußte, ausgewogen und fein säuberlich, im voraus alles gepackt sein, was für den Sommer gebraucht wurde. In langen Säcken steckten Hemden und Strümpfe, Mützen und Fellhandschuhe. Im Schuhsack waren natürlich die Schuhe und die Heurollen mit den Riedheuzöpfen für die Einlagen. Mehl, Zucker und Kaffee mußten auf eigene Art gepackt werden. Axt, Wetzstein, Hornsäge. Die Salzlade. Ein Netzmagen mit Fett. Das Teerfäßchen.

Was wußte ich?

Eigentlich nichts.

Ich hatte Nila begleitet, als oben im Skårefjell die Kälber gekennzeichnet wurden. Das war unmittelbar vor unserer Hochzeit gewesen. Damals war alles nur Freude. Der Duft des Birkenlaubs. Die Wärme von Aernie, und der Glutschein auf unseren Gesichtern und Körpern. Alles, was man brauchte, gab es da oben. Kein Mensch auf der Welt konnte sich mehr wünschen. Doch wie das alles dorthin kam, darauf verschwendete ich keinen Gedanken.

Im Spätwinter, als die Deutschen nach Norwegen gekommen waren, sollten wir ins Fjäll hinaufziehen, und da war ich die Hausfrau und mußte packen. Doch das, was andere während ihrer Kindheit und Jugend gelernt hatten, war für mich neu. Nila drehte die Schlitten um, deren Boden geteert worden war und die zum Trocknen in der Sonne gelegen hatten. Er steckte das Zugseil in das richtige Loch, und die Riemen, die die Stangen für die Kote halten sollten, zog er durch das Loch in dem Holz, das durch die Mitte des Schlittens verläuft. Die Stangen sollten auf dem Schnee mitschleifen. Die Skier sollten ebenfalls mitschleifen, und in deren Spitzen waren Löcher für den Riemen, mit dem sie zusammengebunden wurden.

Ja, all das war durchdacht und erprobt. Doch für mich war es wie eine Sprache, die ich nicht sprechen konnte. Jetzt trug ich Verantwortung für Kleidung und Essen, Schmiermittel und Dinge des Hausrats, für Pelzdecken und Wäsche zum Wechseln, Schuhheu und Strümpfe, Mützen und weiß Gott, was Menschen alles brauchen, um durch den Sommer zu kommen. Und so mußte ich in diesem ersten Frühjahr die Hilfe meiner Schwiegermutter in Anspruch nehmen. Auf diese Weise erhielt sie großen Einfluß auf uns, den sie auch nicht mehr aufgeben wollte.

Die alten Frauen bekamen durch den Krieg eine starke Stellung. Als es mit dem Essen und der Kleidung knapp wurde und die Deutschen uns mit Hilfe ihrer Erlasse zu berauben anfingen, kamen die Kenntnisse der alten Frauen zupaß. Meine Schwiegermutter, sie hieß Nanna, konnte Häute bereiten. Das war das erste, womit sie nach unserer Ankunft loslegte. Sie weichte sie ein und legte sie in Rindenwasser, schabte sie und weichte sie abermals ein. Die Häute wurden steif, wenn sie trockneten, und dann schmierte man sie mit einem Mansch aus Mehl und Tran ein, damit sie weich wurden. Ich half Nanna, sie zu dehnen und erneut zu schaben und zu dehnen, bis das Leder so weich war, daß man es nähen konnte. Spaß machte mir das freilich nicht.

Es herrschte an allem Mangel, auch an Hanfseilen. Doch sie zwirnte auf alte Weise Wurfschlingen. Sie goß Blut in Netzmägen und ließ es trocknen. Sie zerlegte Dörrfleisch und hängte es an die Schlitten. Ampfer und Erzengelwurz sammelte sie und kochte sie zusammen mit Rentiermilch, wenn sie welche hatte, ansonsten mit der Milch von Ziegen. Dann schüttete sie das Ganze in den Magensack und senkte ihn in eine kalte Quelle. Sie sagte, das werde sich bis zum nächsten Frühjahr halten. Nie sprach sie über etwas anderes als über Tätigkeiten und Verrichtungen und darüber, wie alles getan werden müsse und wie wichtig es sei, daß es auf die rechte Weise getan werde. Nila und Aslak hatten großen Respekt vor ihr. Der Vater war tot.

Es herrschte ständig Unruhe in diesem ersten Frühjahr. Mehrere Familien hatten durch die Erlasse der Deutschen ihr Kalbeland verloren. Der Grenze durften wir uns nicht einmal nähern. Es gab natürlich Unfrieden und große Hetze. Der Ortswechsel kann ja nicht so schnell vonstatten gehen, man darf die Herde nicht derart drängen, daß die Renkühe erschöpft ankommen. Simlene wurden sie hier in Norwegen genannt. Wir machten dort halt, wo gutes Weideland war, doch noch bevor man sich zurechtfinden konnte, mußte man schon wieder weiter.

Dachte man an den Deutschen, so war er wie der Wolf oder die Rentierdassel, diese gefährliche Larve, die sich unter die Haut des Rens frißt. Ich begriff, daß alles sich zu allen Zeiten gleichgeblieben war. Auch die Geduld der Menschen.

Sonne neigt sich, und der Wolf kommt
schleicht umher in dunkler Nacht
listig ist er auf der Jagd.

Kommt ein Morgen, ist doch so?

Sonne senkt sich, Herde schwindet,
Krankheit wütet, Dassel quält.
Kinder suchen sich durchs Dunkel.

Kommt ein Morgen, ist doch so?

Das Kalben war mir immer eine Freude. Egal wie die Dinge lagen, so freute ich mich auch diesmal. Die Renkühe kalben auf schneefreien, der Sonne zugewandten Flecken. Sie wollen am liebsten in den Windschatten gelangen. Die Wehen heißen hier Rier. Manchmal gibt es schlechtes Wetter mit Schnee und Wind, wenn die Kühe kalben wollen, und dieses Wetter nennt man dann nach den Renkalbswehen: Reinkalvsria. In der Sonne oder in der Kälte des Morgengrauens, bei Regenwind oder stechendem Schneegestöber pressen die Kühe mit vorgerecktem Kopf, und dann gebären sie einen glänzenden blauweißen Sack mit Blutstriemen und eingebetteten weichen Hufen, die als erstes aus der Öffnung ragen. Alles, was eine Mutter für ihre Kinder braucht, haben sie in der Zunge und im Euter. Ihre Hufe versetzen sie nur ganz behutsam, wenn sie das Kleine unter sich haben. Sie lecken das Kalb aus den Häuten, in denen es strampelt. Es erhebt sich auf wacklige Beine mit großen Knochenköpfen, fällt um und steht wieder auf. Es strebt und sucht. Es will natürlich ans Euter. Wenn es dort angekommen ist, dann ist die Welt gut und für Mensch und Tier zum Leben geschaffen.

Möglicherweise hatten wir eine gute Zeit in jenem Sommer, Nila und ich. Ich erinnere mich jedoch vor allem an die ruhelosen Gedanken. Würden wir es schaffen, nach Langvasslia hinunterzukommen, bevor es für mich soweit wäre?

Die Paarungszeit mit ihrer Hetze kam. Die Rene waren unruhig und streiften weit umher. Sie suchten nach Röhrlingen.

Heutzutage essen die Leute viele Pilze. Man fragt sich, was sie eigentlich enthalten.

Der Zug im Herbst ist immer aufreibend. Man kann Rene an andere Herden verlieren, die vorbeiziehen. Ich glaube, Nila und Aslak wachten Tag und Nacht, ihre Augen waren gerötet, und manchmal zitterten ihnen die Hände. Die Tage waren jetzt kurz, und die Sicht war schlecht.

Eine Zeitlang wollte ich auf eigene Faust hinuntergehen. Das klappt so nicht, dachte ich. Das Kind kann zu früh kommen. Ich wollte nicht in einer Gåetie niederkommen. Ich hatte Angst. Ich hatte auch vor den dörflichen Gefilden Angst. Dort waren jetzt die Deutschen. Wenn wir zur Winterweide zurückkehrten, würden die Rene der Brüder mit den anderen Herden vermischt sein. Das wären über tausend Tiere. Was würden die Deutschen tun, wenn sie so viel Fleisch zu Gesicht bekämen?

Der Fluß fror in diesem Jahr jedenfalls früh zu, so daß wir mit den Renen hinüberkamen, bevor sich das Kind senkte. Nila mietete bei einem Bauern ein Fuhrwerk und holte die Hebamme herauf. Klemens wurde in Langvasslia geboren.

Elias kommt mit zwei Mandeltörtchen vorbei, die er im Laden gekauft hat, und ich setze Kaffee auf. Dann schimpfen wir ein Weilchen. Die Mandeltörtchen schmecken schlecht; sie stecken in einer Zellophanverpackung, was nicht nötig ist. Das gibt nur mehr Müll. Wir unterhalten uns über Neuigkeiten, aus dem Fernsehen natürlich. Heutzutage ist das Gedächtnis losgelassen wie eine Meute bellender Hunde und gehört niemandem. Was wir heute unverzüglich in uns aufnehmen sollen, muß morgen vergessen sein, damit wir Platz für weiteres haben.

Ich erzähle von den Menschen, mit denen ich nach meiner Heirat gelebt habe. Sie senkten ihre Erlebnisse und ihre Gedanken darüber in die kalte Quelle des Gedächtnisses. Wann immer sie wollten, konnten sie sie heraufholen, gesäuert und frisch.

»Es hat sie aber gelenkt«, sagt Elias.

Meine Schwiegermutter, meine Vuanove, regierte mit dem Gedächtnis, das ist wahr. Man gehorchte. Da gab es nichts anderes.

Vielleicht ist Vergessen Befreiung?

Nila war stark und arbeitsam, ein Mannsbild. Droben im Fjäll gehorchte er niemand anders als diesem Gedächtnis in Gestalt der alten Frau.

Wir lebten eng beisammen. Warm und stark war der Gehorsam innerhalb der Familienbande. Uneinigkeit war eine Bedrohung. Sie vergiftete, falls sie eindrang, das Leben der Familie.

»Sie wußten nichts vom Leben und den Regeln einer uneinigen Gesellschaft. Sie mochten kein Gezänk«, sagt Elias.

»Demokratie«, krächzt er, als ob ihn dieses Wort maßlos amüsiere. Er schlürft den heißen Kaffee in sich hinein, gluckst.

Wir zogen auf alten Routen, die für mich nicht sichtbar waren. Wo schwarz gewordene Steine im Kreis standen, war ein Gåetie-Sijjie, und dort stellten wir die Stangen auf. Nila legte das Zelttuch darüber, und es dauerte kaum mehr als eine Stunde, bis das Feuer brannte und die Birkenreiser unter den Fellen wippten. Da kochte ich Kaffee. Doch das, was für mich lediglich ein paar rußige Steine waren, war für die anderen Aernie-Gierkieh. Hier hatten vor langer, langer Zeit ihre Vorfahren sich gewärmt und ihr Fleisch gekocht. Sie waren in dieser Welt zu Hause, sie empfanden die Trauer der Alten, wenn sie ums Feuer saßen, und ebenso ihre Freude. Da konnte es passieren, daß einer von ihnen ganz sachte sang. Er sang von einem Unglückstod, und über die Wangen begannen Tränen zu fließen. Oder der Greis erbebte am ganzen Leib vor Lachen, weil das Lied von einem alten Witz handelte.

Ich kannte ja nichts von alledem. Ich war nur diejenige, die Birkenreiser ins Zelt trug und Kaffee kochte und nichts über das Alte wußte. Auch sprach ich ihre Sprache nicht so gut. Wenn ich richtig ehrlich sein soll, sogar schlecht. Ich kann nicht behaupten, daß sie sehr bestrebt waren, sie mir beizubringen. Nila hatte nicht die rechte Geduld. Während der Umzugszeit war er außerdem müde und schlief ein, sobald er ins Zelt kam.

Ich versuchte, die Sprache von den Kindern zu lernen.

Klemens begann früh, seinen Onkel zu begleiten, und er konnte alles von ihm lernen. Er war noch klein, vier Jahre alt vielleicht, als er im Krähenbeerengestrüpp lag und zusah, wie Aslak das Kalb kennzeichnete, das ihm, Klemens, gehörte. Es stammte von der Renkuh, die er zu seinem ersten Zahn bekommen hatte. Aslak schnitt die beiden Kerben so ins Ohr, daß sie Klemens' eigenes Zeichen bildeten. Er sagte, sie hießen große und kleine Worte. Ich erinnere mich nicht mehr, was er genau sagte, merkte mir aber, daß sie den Renen Worte in die Ohren schnitten.

Sie redeten pausenlos, die beiden, und tranken Muckefuck. Ich war nicht erbaut darüber, daß Aslak Klemens Kandiszucker lutschen oder Kaffee durch Zuckerstücke schlürfen ließ. Von dieser Gewohnheit werden die Zähne schlecht.

Nila nahm ihn ebenfalls mit und sprach über alles, was wissenswert war, wo man Felsspalten fand, in denen man vor dem Vielfraß und dem Fuchs Dörrfleisch verstecken konnte, und wo man am besten mit einer Schlinge Vögel fing. Es gab ja immer altbekannte Stellen.

Gielh baak sjodh heißt Schlingen kontrollieren. Doch Giele bedeutet nicht nur Schlinge, sondern auch Sprache.

Klemens, so klein er war, versuchte mir das alles beizubringen. Er sagte, das Schneehuhn habe eine eigene Sprache, und er fange das Schneehuhn sowohl mit der Sprache als auch mit der Schlinge, und beides mußte er lernen. Ja, alles schien doppelt zu sein. Der See, zu dem sie fischen gingen, habe einen doppelten Grund, sagte Aslak. Der Fisch könne sich unter den ersten Grund in den unteren See begeben und sich dort verstecken.

Alles schien einen Sinn zu haben, zugleich aber noch einen anderen. Meistens kannte ich keinen von beiden. Deshalb blieb ich auch außerhalb des Raumes, den ihre Wanderungen ihnen schuf. Es war ein großer Raum, der ihre Welt bildete. Darin gebe es keinen Dorfmief, sagte Nila.

Ich wollte nicht, daß Aslak Klemet zu Klemens sagte. Doch er tat es trotzdem. Wir stritten um Worte, wir stritten darum, Kandiszucker zu lutschen. Klemens lachte.

Ihre Sprache war ja auch Geheimnisse. Ja, Mitschuld war sie und die Freude daran. Es war jedoch noch mehr, was Klemens lernte, und zwar Handlungen und eine Art des Verstehens, die Worte nicht wiedergeben können. Womöglich erhielt er eine Sprache, mit der er sehen konnte, mehr noch als eine Sprache zum Sprechen.

Eine Sprache zum Schreiben erhielt er wahrlich nicht da oben. Mit einem Kugelschreiber geht er bis heute tolpatschig und unbeholfen um. Sogar dann, wenn er einen Totoschein ausfüllen will. Doch mit der Sprache der Schlinge, mit den feinen Metalldrähten in Laedtien Giele, werden seine alten, steifen Finger recht geschickt fertig. Für dieses Straffziehen, die richtige Plazierung unter Zweigen, die Schreckscharten von Vogelkrallen und Flügelspitzen im Schnee, für all das hat er eine Sprache, sowohl eine der Finger als auch eine der Zunge.

Als ich dort oben war, verschwand alles, was zu mir gehörte. Ich fühlte mich einsam. Es gab ja keine einzige Frau, der ich von meinem Leben erzählen konnte. Sie hätten etwas Fremdes darin gesehen. Und ich war ihnen auch fremd: eine Rovkije. Eine Daatje war ich. Ich hätte schreien mögen: Aber ich bin doch auch eine Lappin!

Dieses Wort benutzten sie jedoch nicht.

Es ist ein Weinen im Wald. Diejenigen, die immer alles besser wissen als andere, sagen, es sei das Gewissen.

Vor langer, langer Zeit setzte man Kinder aus, und sie wurden zu Wolfsfraß oder Vielfraßfutter. Es ist grausam, das so zu sagen. Sie selbst meinten, mit unbrauchbaren Gliedmaßen geborene Kinder seien ausgetauscht worden. Sie seien Gufihtars Kinder, und diese müsse man zurückgeben.

Die Wissenden sagen, man habe nur sein Gewissen zu betäuben versucht, indem man derartiges glaube. Es habe ja auch an alten Wohnstätten gespukt. Niemand wolle dorthin gehen, wenn man einen alten Menschen zurückgelassen habe, der dort in Einsamkeit habe sterben müssen.

Spukereien und Kinderweinen. So etwas vernähmen diese primitiven Geschöpfe, sagen diejenigen, die es wissen. Das sei ihr Gewissen.

Das Herz erinnert sich unterschiedlich. Es gab Zeiten, in denen ich das Gerede über Spukereien verachtete, und andere, in denen ich daran Gefallen fand. Doch erst, als ich selbst ein Kind erwartete, verstand ich, was Eahparas war.

Denn was machte man mit Kindern, die ohne brauchbare Gliedmaßen geboren wurden? Was fing man mit einem an, das nie würde aufstehen und laufen lernen können? Wie sollte sich eines ohne Beine fortbewegen, wenn der Rentierzug ins Winterweideland hinunterging? Leichter war es mit einem, das den Schaden im Kopf abbekommen hatte. Es hatte immerhin Beine.

Weit, weit zurück in der Zeit lag das. Jahrhunderte. Es wurde jedoch wirklich für mich, als ich selbst ein Kind in mir trug und mich darum ängstigte, wie es aussehen würde, wenn es zur Welt käme. Ich befühlte meinen Bauch, als er immer größer wurde, und versuchte herauszufinden, ob da Beine und Arme waren. Da verstand ich die Trauer und die Schuld, die diejenigen, die vor so langer Zeit gelebt hatten, geradezu zerrissen hatte.

Beim zweitenmal war es noch schlimmer. Ich wollte nach Hause. Ich hatte im Spätwinter 1942 eine Fehlgeburt gehabt. In weit fortgeschrittenem Stadium, und das erfüllte mich mit großer Trauer. Diesmal wollte ich nichts riskieren.

Wir wußten, daß wir uns dem Ende des Krieges näherten. Ich glaubte, ich könnte nach Svartvattnet hinunterkommen und mir von Hillevi helfen lassen, wenn es soweit wäre. Dem war aber nicht so. Hitler hielt aus.

Es war mitten in den Vorbereitungen des Frühjahrszugs. Nila hatte für mich einen Transport mit dem Auto vorbestellt. Ich brauchte nur zum Konsumladen zu gehen und anzurufen, wenn es soweit wäre. Bis zum Schluß hoffte ich, daß er noch zu Hause wäre, wenn meine Wehen einsetzten. Doch am siebzehnten April mußten er, Aslak und Nanna sich auf den Weg machen. Das Eis auf dem Fluß würde nicht mehr lange sicher sein, und sie mußten mit den Renen hinüber.

Ich war schwer, und mir tat der Rücken weh. Ich fühlte mich einsam unter all den Norwegern. Klemens war jetzt fast viereinhalb Jahre alt, und er war mit ins Fjäll gezogen. Ich wartete und wartete. Es war schon über der Zeit. Noch nicht viele Tage, doch sie vergingen unendlich langsam. Ich überlegte, ob ich mich schon im voraus hinunterbegeben sollte. Am sechsundzwanzigsten April erwachte ich jedoch durch ordentlich ziehende Schmerzen und verstand, daß es nun soweit war.

Es war alles in Ordnung, und ohne zu frühstücken ging ich zum Konsumladen und rief den Krankenwagen. Vor der Deutschenbaracke hielt ein Junge Wache. Er war rotgefroren und hätte eigentlich auf der Schulbank sitzen müssen. Sie beriefen jetzt Sechzehnjährige ein. Der hier sah jünger aus, vielleicht vor Unterernährung.

Ich saß mit meinem gelbbraunen Kaffee-Ersatz am Küchentisch und versuchte, mir so viele Butterbrote wie möglich einzuverleiben, obwohl es mir widerstrebte. Zwischen den Wehen verging viel Zeit, und wenn sie kamen, hielt ich mich am Küchentisch fest und atmete schwer. Mir war leicht übel. Der Junge dort draußen stand still vor der Baracke. Die Hosenbeine hatte er aufgekrempelt, und das Gewehr war für seinen Kinderkörper viel zu groß. Ich dachte an seine Mutter, daran, daß sie ihn einst geboren hatte. Für das hier.

Nein, es war kein gesegneter Morgen.

Ich schenkte dem Jungen zwei belegte Brote aus meinem Proviant, bevor wir abfuhren. Ich gab sie ihm, während der Fahrer im Holzkessel stocherte. Aber eigentlich brauchte ich es nicht heimlich zu tun. Die meisten dachten wie ich über diese armen Schlucker.

Wir mußten bis in den Marktflecken hinunter, und ich bereute es schon fast, denn die Straße war aufgelöst und voller tiefer Löcher. Der Erdboden taute allmählich auf. Ich hatte Schmerzen von den Wehen, und die Stöße des Autos in den Schlaglöchern verschlimmerten sie nur. Ich glaube, ich weinte ein Quentchen.

Dann mußten wir über den Fluß, und an der Brücke gab es selbstverständlich einen Schlagbaum und wieder Wachen. Hier waren es zwei Opas, die Wache schoben. Anders kann ich das nicht sagen. Solche elenden alten Knacker! Die Leute erzählten freilich, sie würden in diesen letzten Wochen und Tagen stehlen wie die Raben.

Es war weit zu fahren, und die Wehen folgten immer dichter aufeinander. Trotzdem bat ich den Fahrer, der schlechten Straße wegen langsamer zu fahren. Es dauerte mehr als vier Stunden. Zwischen den Wehen dämmerte ich vor mich hin, wurde aber jedesmal, wenn das Auto in ein Schlagloch fuhr, von dem Stoß geweckt.

Im Krankenhaus nahm mich ein hohes Wesen in reichlich

gestärktem Zeug auf. Obwohl ich mit dem für meinen kleinen Körper gewaltigen Bauch aussah, wie ich eben aussah, fragte sie mich, was mir fehle.

»Ich bin krank geworden und habe Wehen bekommen«, sagte ich.

Man durfte nicht in die Entbindungsklinik. Die Deutschen hatten sie als Krankenhaus für ihre Leute eingenommen. Also mußte ich wieder ins Auto. Das Wasser ging natürlich in dem Moment ab, als ich mich hineinsetzte, und ich schämte mich fürchterlich. Wir wurden zur Pflegestation für Geisteskranke verwiesen.

Man soll Menschen mit einem kranken Gemüt nicht verachten und möglichst auch keine Angst vor ihnen haben. Es bereitete mir jedoch Unbehagen, daß mein Kind dort geboren werden sollte.

Sobald ich in dem Krankenhaus war, verlor ich jegliche Macht über mich. Ich sollte jetzt gebadet werden. Bäder gab es im Keller, doch sie hatten nur Zementfußböden, hölzerne Fußroste, Wasserhähne und Blechwannen. Kalt war es da auch. Eine große Frau mit roten Armen und Gänsehaut fuhrwerkte mir über den Leib, während die Wehen in mir zerrten. Sie schien zu glauben, ich hätte noch nie gebadet. Ich war eine Samifrau, die norwegisiert werden mußte, und das gründlich. Es war ein Bürsten und Schrubben. Sie schrie mich regelrecht an, damit ich ihre Sprache richtig verstünde und lernte.

Als ich jedoch auf die Station kam und von einer Hebamme untersucht wurde, stieg meine Laune. Der Muttermund hatte sich jetzt schon fünf, sechs Zentimeter weit geöffnet. Es würde losgehen.

Ich lag auf einer mit Kunstleder bezogenen schmalen Pritsche. An den Seiten hingen Schnallenriemen herab, und ich verstand, daß ich in einer Strafzelle gelandet war. Ich sollte in einen Kreißsaal verlegt werden, sobald ein Platz frei wäre. Doch das dauerte. Als es richtig arg wurde, rutschte ich von der Pritsche herunter und ging in die Hocke. Dazu hatte mir meine Schwiegermutter bei der vorigen Entbindung geraten, und die Hebamme hatte es zugelassen. Nicht so hier. Ich wurde bei diesem Verbrechen ertappt, als ich es zum drittenmal verübte. Hopp, hoch! Die Wehfrau war barsch wie ein Feldwebel.

Nun, ich schlug mich durch die Stunden. Es war ja nicht das erste Mal. Weh tat es, doch ich war nicht mutlos.

Mats wurde ohne Makel geboren. Sicher wußte ich das erst nach einem Tag. Man ließ ihn mich ein kleines Weilchen nach der Entbindung sehen. Da war er bereits eingepackt. Ich sah nur ein rotes, runzliges Näschen. Dann dauerte es bis zum nächsten Tag, bis sie ihn erneut brachten. Ich mußte ihn stillen, und er sog, der arme Wurm. Obwohl er so klein war, schien er verstanden zu haben, daß es hier zu bestehen galt.

Er und ich.

Wenn es nur so hätte sein dürfen! Dieser Wohlgeruch seines Scheitels.

Sie brachten ihn jedoch sofort weg, und dann kam er auf den Schlag jede vierte Stunde wieder. Ich dachte, der Krieg habe sie verrückt gemacht.

Es gab einen Raum mit einer Glasscheibe in der Tür, doch dahinter konnte man ihn nicht sehen. In diesem Raum hatten sie die Geisteskranken zusammengepfercht und eingeschlossen. Man guckte einmal durch die Scheibe und dann nie wieder. Es gab keine Medikamente, so wie heute. Die Kranken waren richtig krank, und sie taten Dinge, die man nicht sehen wollte.

Eine junge Samifrau kam zwei Tage nach mir an und bekam ebenfalls einen kleinen Jungen. Wir stillten im selben Raum, und als sie ihren Jungen zum erstenmal sah und an die Brust legte, sang sie leise für ihn. Allerdings erst, als wir beide mit unseren Kindern allein waren. Es war nicht möglich, zu verstehen, was sie sang, und es sollte sonst auch gar niemand verstehen. Sie kam aus dem Norden und sagte, es sei sein Luotti, was sie singe. Sie war es auch, die mir von Eahparas erzählte, vom Weinen der toten Kinder im Wald. Luotti war ein Kindsgesang, ein Maananvuelie, hätten wir wohl gesagt. Es war das dem Kind eigene Lied, das es zu einem einzigartigen Menschen unter anderen Menschen machte.

Ich hatte nichts dergleichen zu singen. Ein Mensch sollte er jedoch schon werden. Also flüsterte ich ihm ins Ohr:

Kinder suchen sich durchs Dunkel.
Kommt ein Morgen, kommt ein Morgen.
Ist doch so?

Nach zehn Tagen durfte ich mit Mats nach Hause fahren. Ich hatte, was bei Wöchnerinnen häufig vorkommt, ein aufgewühltes Gemüt. Die Gefühle schlugen über mir zusammen. Ich hegte einen Widerwillen gegen diese Frauen in den steifgestärkten Kitteln, saß im Krankenwagen des Roten Kreuzes und kaute an meinem Groll. Er verflüchtigte sich langsam, je weiter wir hinaufkrochen und ich steile Waldhänge und blaue Fjälls sah. Die Maisonne flutete herab. Hitler hatte sich erschossen, und es würde sich für meine Kinder auf dieser Welt besser leben lassen. Ich wußte jedoch noch nicht, wie es auf der Welt jetzt aussah. In Hamburg. In Köln. In Auschwitz und Bergen-Belsen. Dort gab es ebenfalls Kinder.

Wir mußten in den Linienbus umsteigen und holperten weiter. Mats schlief mit zusammengekniffenen Augen. Ein paarmal wimmerte er ein wenig. Er hörte sich an wie ein Renkalb: grunt-grunt. Da fingerte ich meine Brustwarze hervor, Gefahr laufend, verhaftet und in die Nervenheilanstalt zurückgebracht zu werden. Das glaubte ich jedenfalls in meiner Gefühlsaufwallung.

Die letzten zehn Kilometer legte ich mit einem Pferdefuhrwerk zurück. Als ich nach Hause kam und die Tür hinter mir schloß, war ich wieder ich selbst und hatte Macht über mein Leben.

Sobald die Grenze geöffnet wurde, kamen Tante Hillevi, Myrten und Onkel Halvarsson in dessen grünem Auto gefahren, einem Zwischending aus Bus und Lastwagen. Hillevi weinte sehr, sowohl vor Freude als auch vor Trauer. Sie war entsetzt über das Krankenhaus und die dortige Art, Säuglingspflege wie ein kriegerisches Manöver zu betreiben. Seit meiner Fehlgeburt hatte sie getrauert, daß sie mir dabei nicht hatte beistehen können. Wir weinten zusammen, und Onkel Halvarsson sagte,

Hillevi müsse sich jetzt beruhigen. Ich sähe doch aus, als ginge es mir gut.

»Ist wohl nichten herumgelaufen hier und hat geweinet alsfort«, sagte er.

Nein, ich war auch fröhlich gewesen. Oftmals. Aber unser Leben war so anders geworden.

Myrten war still. Sie saß da und sah mich an, und ich wußte nicht, was sie dachte. Sie war jetzt vierundzwanzig. Sie stand mir näher als irgend jemand sonst. In gewissen Zeiten aber war es, als trauten wir uns, aus Scham über diese Nähe, kaum miteinander zu sprechen.

Ich war allein, nachdem sie gefahren waren, denn Nila kam nicht so schnell, wie wir gedacht hatten. Während des Kalbens bekamen sie dort oben strenges Wetter, Schneewind und Elend. Überdies suchten Wölfe sie heim, ein Weibchen mit zwei mageren jungen Rüden. Sie hatten Kälber gestohlen, obwohl Aslak und Nila Tag und Nacht gewacht hatten.

Als er endlich kam, waren seine Augen rot vor Schlafmangel, und er schlief gleich nach dem Essen ein. Ich hatte jedoch die Küchenbank ausgezogen und legte mich neben ihn. Mats lag auch dort.

Ich weiß nicht, ob das Leben im großen und ganzen eine besonders glückliche Geschichte sein kann. Doch in diesem Augenblick fehlte mir nichts. Nila wachte hin und wieder auf und berührte mich. Er tastete ein wenig nach dem Jungen. Er sagte, er sei prächtig. Lill-Matke nannte er ihn. Es solle aber bei Mats bleiben, sagte ich. Er gab nach, nicht nur vor Erschöpfung. Ich glaube, Nila verstand besser als die meisten, daß die Jungen in einer anderen Welt als er leben würden.

Er hatte jetzt zwei Vetterskinder als Knechte oben, deshalb konnte er drei Tage bei mir bleiben und sich ausruhen. Als er sich wieder aufmachte, vereinbarten wir, daß er herunterkommen und mich holen werde, sobald das Kennzeichnen der Kälber vorüber sei.

Ich war wieder allein mit dem Jungen, aber nicht unglücklich. Jetzt bestimmte ich alles selbst. Entfernt erinnerte ich mich an das Krankenhaus, die kalte Pritsche, auf der ich gelegen hatte, als mir die Wehen im Rücken und im Unterleib zogen und zerrten und der Schmerz bis in die Schenkel ausstrahlte. Am längsten erinnerte ich mich an das kalte und lieblose Reglement. Das kam wohl vom Krieg. Ich wollte es vergessen, doch das konnte ich nie. Die Erinnerungen an den Schmerz klangen jedoch bald ab.

Kommt ein Morgen, kommt ein Morgen …
Ist doch so?

Ich holte Blumen ins Haus und stellte sie in ein Glas. Gottesgnadenkraut und Wiesenkerbel und Trollblumen. Die violetten Kronblätter des Waldstorchschnabels fielen auf mein Spitzentuch, das Hillevi gehäkelt hatte. Ich schrieb nach Hause.

Ich hatte schon lange zu bluten aufgehört. Ich hatte mich verschlossen.

Nila kam sogar schon vor dem Kennzeichnen der Kälber herunter und holte mich und den Jungen. Er hatte zwei große, ruhige Renhirsche mitgebracht, die er bepackte. Er sagte, der eine sei ein richtiger Kinderhirsch. An seiner Seite banden wir Mats' Wiege fest. Nila sagte, er habe an der ersten Stelle, wo wir haltmachen und rasten würden, eine Gåetie hergerichtet. Er habe den Boden mit Birkenreisern bedeckt, und die Felle lägen auch schon darauf, ein wippendes Bett. Wir verließen das Dorf, und als wir aufzusteigen begannen, fühlte ich mich wie beim erstenmal, als ich mit ihm dort gegangen war.

Manchmal denke ich hier in Svartvattnet an Langvasslia. Mehr als ein halbes Jahrhundert ist vergangen, aber ich kann noch alles erkennen. Wenn die Dunkelheit wie Moos wächst, sehe ich, wie Anton Fransa buckliger wird. Ich sehe Britt-Inger die vierzigste Zigarette am Tag anzünden. Oder Linnea, reglos an ihrem Küchentisch, während die Hunde auf Tangen ihr Lied für sie bellen. Pe Larsa scheppert mit seinem PV vorbei. Nunmehr steuerfrei.

Alten Schmerz lagern sie. Eines Wintermorgens holen sie ihn hervor und schlagen ihn in den Hackklotz.

Erinnerungen schreibt man zuerst im Herzen. Es bietet den Leuten zusammen mit den Toten wie auch den Unterirdischen Raum. Das Herz erträgt mehr Krach als Papier.

Willst du jetzt sagen, daß du dort unglücklich warst?

Nein.

Ich brauche nur an den Geruch nach frisch zerkleinertem Birkenlaub zu denken und daran, wie Nila nachts zu mir kam. Von dergleichen werde ich nicht erzählen.

*

Die Juninacht löscht nie ihr Licht. Es vertieft sich nur in den Seespiegeln. Es gibt Nächte, die lodern. Die haben wir der Dunkelheit wegen bekommen.

Eigentlich gibt es nur diese: die Johannisnacht. Sankt Hans.

Es brennt in der Nacht.

Elis Elv ist nicht gerade ein leichtlebiger Kerl, selten fröhlich und aufgedreht. Ein bißchen vorsichtig mit Alkohol, zumindest wenn er in den Norden kommt. Er weiß, wer er ist, und das darf keine Schnapsqual aus ihm herausschwären.

Aber diese Sankt-Hans-Nacht.

Alles Blut sitzt ihm im Geschlecht, und er ist lichtselig.

Er kam vor mehr als vierundzwanzig Stunden mit dem Zug nach Grong, stieg am Bahnhof unter dem schwarzen Berg aus. Erkundigte sich nach einem Linienbus. Fuhr bis Fossmoen, schlief dort in einem Zimmer über dem Café und fuhr mit dem Bus weiter übers Fjäll.

Er hat drei Gepäckstücke.

Ein großes Gemälde, in braunes Packpapier eingeschlagen und mit Bindfäden verschnürt.

Eine Tasche aus Leder. Es ist jedoch kein billiges Imitat. Elias Elv hat nicht drei Kriegsjahre in Armut zugebracht. Er gehört zu denen, die oben schwimmen. In seiner Art, über sich selbst zu denken, liegt Verachtung. In dieser Nacht allerdings nicht.

Ein Karton. Darin steht ein mit rotem Samt bezogenes Kästchen. Selbst wenn er einer ist, der oben schwimmt, so hat er doch einen beträchtlichen Eisenklotz am Bein. Dagmar Dickert hat ihn bei dem Kunsthändler aufgesucht, bei dem er sich einquartiert hatte, nachdem er aus Schweden gekommen war. Ihr Mann sei inhaftiert worden, sagte sie. Sie selbst wartete nervös. Sie hatte bereits Reiseverbot und glaubte, überwacht zu werden. Sie habe nichts Schlimmes getan, sagte sie. Lediglich Vorträge in Jugendverbänden und Hausfrauenvereinen gehalten. Ihr Eifer war jedoch mit einer Berlinreise belohnt worden. Dem Reichskanzler sei sie nicht begegnet. Sie gab jedoch zu, ihn gesehen zu haben. Er war in einen Saal gekommen, in dem fünfzig Damen zum Tee geladen waren.

Elis hatte gesehen, wie Frauen kahlgeschoren wurden, weil sie sich in verfrorene Soldaten verliebt, sie zwischen ihren Schenkeln gewärmt und kleine Kinder von ihnen bekommen hatten. Nach zwei Juniwochen in diesem befreiten Land war ihm von dieser Gerechtigkeit so kotzübel, daß er glaubte, gut und gern erledigen zu können, worum Dagmar ihn bat. Sie hatte einen alten Vater, der dahinsiechen müßte, falls sowohl seine Tochter als auch der Schwiegersohn im Gefängnis landeten. In dem Kästchen befanden sich Mittel für seinen Lebensunterhalt. Er wohnte in Grong.

Daß ein Kapitalist sich in einem Kaff in Nordtrøndelag niederläßt, sieht nach Flucht aus. Das war es, was er dachte. Oder zumindest streifte er diesen Gedanken. Er erinnerte sich daran, daß der Vater von Dagmar Ellefsens Vater in Oslo eine Villa in gotischem Stil besessen hatte. Ganz vornehm in der Josefinsgate in Hovmansbyn. Elis war sich sicher, daß er dem schwindelerregenden und chaotischen Kapitalismus des neunzehnten Jahrhunderts angehört hatte, dessen Gewinnler ihre Interieurs mit Plüsch auspolstern und ihre Topfpalmen mit Kölnischwasser besprengen mußten, um den rohen Geruch nach Verwüstung nicht wahrzunehmen. Mit dem Sohn konnte es natürlich bergab gegangen sein. Elis nahm den Karton mit dem Kästchen und bekam eine Adresse in Grong, wo er es abliefern sollte.

Er kam nie dort an. Er saß im Zug und befingerte den Samt. Es mußte einen Schlüssel für das Kästchen geben. Den hatte sie vielleicht in einem Brief geschickt. Es konnte aber auch nicht so schwierig sein, das Kästchen aufzubrechen. Unter dem Samtbezug war steife Pappe, möglicherweise dünnes Holz.

Sie hielt ihn für einen Gentleman. Aber er war aus Lubben. Er grinste darüber und döste dann.

Sie war wohl bei der Bank gewesen. Sicherlich schon vor langem, als sich der Ausgang des Krieges allmählich abzeichnete. Nagelneue Scheine vermutlich. Bündelweise. Und Aktien. Obligationen. Herr im Himmel! Zuerst lachte er, dann stieg Zorn in ihm hoch.

Das war nicht der Lebensunterhalt eines armen alten Knakkers für ein paar Monate. Das war ein Vermögen, teils flüssig gemacht, teils in Wertpapieren festgelegt. War sie dumm? Oder glaubte sie, er sei dumm?

Dann wurde ihm klar, daß nicht sie die Dumme war. Sie wußte von seiner alten Mitgliedschaft in der NSDAP. Das würde sie der Welt sicherlich kundtun, falls das Kästchen verschüttginge. Sie vermutete mit Recht, daß er das begriff.

Er nahm das Kästchen mit, als er pinkeln ging. Und dort, in dem strengen Geruch auf dem Zugabort, während die schwarzen Wälder rasend schnell und ein Fjord aus Stahl langsam aus seinem Blickfeld glitten, war er mehr er selbst, als er es außerhalb seiner Malerei je gewesen war. Das, was in ihm jetzt tot war.

Das, was in ihm auflebte, war der Zorn. Er wußte, daß dieser in Berlin unter der Oberfläche dahingekümmert war. Als Ekel und Scham war er manchmal hochgekommen. Elis lehnte den Kopf an die Wand, und während der Zug ihn schüttelte und rüttelte, sah er sich selbst tief in der Erinnerung. Ein Paar gelbe perforierte Schuhe wurden deutlicher als sein Spiegelbild. Schweinslederhandschuhe mit drei Ziernähten auf dem Rükken. Ein brauner Borsalino mit einem breiten Seidenband über der Krempe.

Er berührte den Samt des Kästchens. An die, die oben schwimmen, dachte er. Die Schmalzgrieben zuoberst im Topf. An diejenigen, die nie wirklich arm werden können.

Man sollte sie wegsprengen, so wie der Arme seine Zahnschmerzen mit Kreosot wegsprengen mußte. So wie die Frau des Armen ihre Leibesfrucht mit Phosphor töten mußte, so sollte man sie mit ihrem eigenen Aas vergiften: ihrem Wohlstandsleib.

Er war nie auch nur im geringsten politisch gewesen. Hatte nichts übrig für Gezänk und Krach. Auch nicht für Systeme und Idealgesellschaften. Er wußte aber, daß es nicht nur Zorn war, der die Politischen antrieb. Es war auch Glaube. Den hatte er nicht. Er hatte nur einen Haß, der in ihm schlummerte, seit er zuletzt diese Strecke gefahren war – damals allerdings in umgekehrter Richtung. Auf dem Zugabort war sich das Armeleutekind wie ein Tier in einer Falle vorgekommen. Doch nicht gefährlich. In die Nähte seiner Kleidung waren Läuse gekrochen. In seine Lungen Tuberkeln. Er war so leicht wie eine Kriebelmücke zu vertilgen gewesen.

Das war jetzt bald dreißig Jahre her. Er begriff, daß die ganze Nation mehr oder weniger geisteskrank war und es noch für einige Zeit bleiben würde. Er war selbst von diesem Haßrausch erfaßt worden. Er gehörte dazu. Gleichwohl war es ein alter Haß. Und hier stand er nun mit den Überlebensmitteln dieses Schmalzgrafen im Arm.

Schließlich pinkelte er. Es war merkwürdig, auf das kotbefleckte Porzellan und die Erde hinunterzugucken, die unter dem Loch vorbeirauschte. Das war wild davongaloppierende Zeit.

Hinterher saß er ermattet im Abteil. Zuerst döste er, seine samtbezogene Lade im Arm. Beinahe hätte er sie geöffnet. Es hätte keiner großen Gewalt dazu bedurft. Sie hatte etwas mädchenhaft Albernes an sich. Kleine Geheimnisse. Er hatte einmal den Schrei einer Frau gehört, die Prügel bekam. Sie hatte wie ein Waldkauz geklungen.

Jetzt waren zwei alte Frauen zugestiegen. Sie starrten ihn und das Kästchen an. Er steckte es wieder in den Karton.

Er war schlapp und müde, und innerlich lachte er sich wieder ins Fäustchen. Das, was sich in dem Karton befand, gehörte ihm. Und zwar in dem Sinne, daß er damit tun und lassen konnte, was er wollte. Wer sollte ihn daran hindern? Aktien und Obligationen und was für Mist es sonst noch sein mochte, die konnte er in Stücke reißen. Es spielte wahrscheinlich keine Rolle, wenn er sie in das Loch des Aborts warf und über die Flüsse und steilen Waldhänge Nordtrøndelags wirbeln ließ. Es gab gewiß Verzeichnisse der Aktieninhaber. Dagmar würde niemals auch nur ein Öre Dividende bekommen und könnte das Vermögen ihres Vaters und Großvaters nicht flüssigmachen. Vermutlich war es bereits an den Staat verwirkt oder würde es bald sein.

Aber das Bargeld.

Er hatte keine Pläne, als er sich in den Bus setzte. Dennoch wußte er, wohin er mit dem Geld reisen wollte. Es lag jenseits aller Beschreibungen. Konnte ihn aber trotzdem zu einer Bushaltestelle und zu den Fahrplänen an der Wand führen.

An den Perlenfischertraum dachte er. Alle mußten den doch in ihrem Innersten hegen.

Oder stumpfte die Armut am Ende selbst das Träumen ab?

Was weiß ich schon von einer Frau, zweiundvierzig Jahre alt, die zeit ihres Lebens in Skuruvatn gewohnt hat?

Die Straße beschrieb ihre staubigen Kurven oberhalb der Seen und unterhalb der bewaldeten Abstürze. Die vom Wind zerfressenen grauen Häuser standen auf Absätzen in den Steilhängen, in denen die Kühe umherkletterten. Im Juni verdichtete sich das üppig wuchernde Gras Tag und Nacht von Stunde zu Stunde. Das war fettes Kuhfutter voll Blumen, Duft und Süße. Verhungerten sie noch immer halb im Winter? Er erinnerte sich an den metallischen Geruch aus dem Maul einer Kuh, die vor Hunger brüllte.

Der Bus hatte jetzt eine graubraune Haut aus Staub. Es war

heiß, und die Leute, die zustiegen, rochen nach Ziegenstall. Ihre Gesichter wirkten kriegsmüde. Doch womöglich war es früher schlimmer gewesen? Er hatte damals keine Vergleichsmöglichkeiten. Die Jagdmänner, die in ihren Ledergamaschen umherstelzten, waren zu märchenhaft gewesen, um mit irgend jemandem in seiner Welt verglichen zu werden. Gesund und rotbäckig. Die Bäuche hatten ihre liebe Mühe, all das himmlisch fette Futter zu seiner Bestimmung zu verarbeiten. Solche Erscheinungen entfachten keine Träume.

Dagegen die Triftknechte, die aus Värmland kamen und wieder ihres Wegs zogen, wenn das Holz getriftet war. Und die Perlenfischer. Ihr Reichtum in einer Pilsnerflasche.

In Trövika sagte der Busfahrer zu Elis, er könne Kaffee trinken gehen, wenn er wolle. Sie würden mehr als eine halbe Stunde haltmachen, weil hier viel auszuladen sei. Elis ließ das Bild und die Tasche im Bus, das Kästchen aber nahm er, in eine Zeitung eingeschlagen, mit. Die lieben Mühen des Reichtums, dachte er grinsend. Je näher er seinem Ziel jedoch kam, desto mehr beunruhigte ihn alles. Wie machte man das? Schüttete man die Perlen auf den Küchentisch? Diamanten und Goldschmuck. Wie ein Graf von Monte Christo.

Scheine hatten etwas Prosaisches. Und sie würde glauben, er habe sie gestohlen. Das schlimmste war, daß er sagen mußte:

»Siehst nichten, welchig ich bin?«

Falls sie es nicht sähe, weil er jetzt dreißig Jahre älter war und einer, der werktags seinen Sonntagsstaat trug, dann müßte er es ihr erzählen. Er hatte es noch nie jemandem erzählt.

Er kaufte im Laden eine Flasche Brauselimonade, und nachdem er sie getrunken hatte, ging er in Richtung Kirche. Er war noch nie dort gewesen, wußte aber, daß seine Großmutter dort begraben lag. Mutter war zu ihrer Beerdigung gefahren. Ansonsten war sie bestimmt sonst kein einziges Mal irgendwohin gefahren.

Die Kirche war weiß gewesen, nun aber hatten sie sie rot gestrichen. Sie war nicht viel größer als eine Scheune, hatte aber einen Turm. Das Dach aus schwarzen Schindeln war frisch gepicht. Die alte Schiefersteinmauer war kunstfertig gebaut. Nicht viele Ritzen, worin das Moos wachsen konnte. Doch wo es Platz fand, da leuchtete es.

Er trat durch die eiserne Pforte und wanderte unter den Birken dahin. Der Friedhof fiel ebenso wie die Kuhweiden steil zum See hin ab. Steine und Holzkreuze standen dicht bei dicht. In Elis' Innerem gab es einen Raum, in dem die Zeit stillgestanden hatte. Hier aber war sie gewachsen, langsam wie Moos auf Stein.

Sein Blick fiel auf das Kreuz für eine Frau namens Berit Mortensen, die in Skuruvatn gelebt hatte. Sie war 1883 geboren. Das könnte Tante Bäret sein, dachte er. Sie hat am Ende vielleicht noch geheiratet. Auf alle Fälle war diese Frau über Vierzig, als sie 1925 gestorben ist. Da war ich in Oslo. Ich hatte meine Besuche in Rebecka Blumenthals Malkursen eingestellt. Doch sie begleitete mich mit ihrem Segen. Dagmar, die ich in diesem Kurs kennengelernt hatte, überließ mir im Sommer ihr Atelier. Fräulein Blumenthal hat man in ein Arbeitslager nach Deutschland deportiert, und niemand weiß etwas über ihr Schicksal. Fräulein Ellefsen ist jetzt Frau Dickert, sitzt bald in einem Frauengefängnis und schneidet Lumpen für Flickenteppiche zu. Das ist vielleicht nicht viel Gerechtigkeit, aber immerhin etwas.

Dann wanderte er langsam über den knirschenden groben Kies, und der See unter ihm wirkte reglos blank und hatte Wellen mit starrem weißem Saum. Er wußte, daß dies eine optische Täuschung war. Der Wind strich durch die Birken und wühlte in der Tiefe das Wasser auf. Vom Kirchendach und vom Turm, der nicht sonderlich hoch war, roch es nach Teer. In den Gläsern bei den Steinen und Kreuzen standen Waldstorchschnäbel, Wiesenkerbel und rote Lichtnelken. Jemand hatte versucht, einen Flieder anzupflanzen, der im Fjällwind nun sanft hinstarb.

Die Namen waren ihm unbekannt, von ihrer Form her aber trotzdem recht vertraut. Halvdan und Erling und Jon. Berit und Gölin. Vielleicht bin ich Bein von diesen Gebeinen, die hier liegen und brüchig werden. Er wußte es nicht so genau. Beim Armen ist es mit der Stammtafel nicht weit her. Die Namen der

Dörfer kannte er, obwohl er angenommen hatte, sie verloren zu haben.

Da lüftete der Wind einen Schleier aus Hängebirkenlaub, und Elis' Blick fiel auf den Namen. Es gibt mehrere, dachte er als erstes. Aber so war es nicht.

Serine Halvdansdatter
Skuruvatn
1903–1918

Noch nie hatte der Tod ihn derart erschreckt.

Das schlimmste war trotzdem nicht der Schrecken in diesen armseligen Sekunden, bevor er abrupt kehrtmachte und sich von dem Grab entfernte. Es war vielmehr das Gefühl, das danach kam und das er nicht abwehren konnte. Es hieß Erleichterung.

Es war in ihm. Stark. Sosehr er sich auch selbst verachtete.

Die Aufgeräumtheit kam später. Er fuhr planlos nach Jolet, weil der Bus dorthin fuhr. Dieser würde erst an der Grenze umkehren. Da fiel ihm ein, daß Sankt Hans war. Er sah die Leute ihre Vortreppen mit Laub schmücken.

Er hatte von dem Taumel der Lebenden gehört, der sich einstellen kann, wenn die Leiche unter der Erde liegt und die Tränen geweint sind. Vom Hunger. Den ausgelassenen Späßen. Ich lebe ja noch!

Das hier aber war von anderer Art. Und das Geld hatte er nach wie vor im Arm.

Es ist dieses Geldes wegen, daß er in der Johannisnacht in Jolet umherstrolcht. Und wegen der Frau, die er gesehen hat, als er mit seinem Karton, seinem Koffer und seinem Bild den Gasthof betrat. Er trug sich gerade ein, als eine ganze Korona Schweden hereinpolterte. Jugendliche. Einige leicht aufgedreht und großspurig. Ein Dicker war bereits benebelt.

Da war sie. Es war das Licht um sie herum. Oder der Geruch. Er wußte es nicht, und er konnte sich nicht rühren. Es war auch die Stimme.

Und sie sah ihn.

Er stand unter der vergrößerten Fotografie einiger steifbeiniger englischer Lords mit Fliegenruten und gefangenem Lachs. Sie war jetzt an der Theke, schrieb sich ein. Und da sah er, daß sie zuerst auf ihn und dann in das Buch schaute, in das er sich soeben eingetragen hatte.

Sie weiß, wie ich heiße.

Jetzt brennt die Nacht. Das Feuer unten am Strom läßt die Gesichter erglühen. Aus halboffenen, feuchten Mündern riecht es nach Schnaps. Endlich ist es Nacht und dämmergrau und vollends zeitlos.

Am Nachmittag feierten sie (zum wievielten Mal nun schon?) die Vertreibung der Deutschen. Sie feierten mit Blasorchester und mit Brei und Fruchtsoße. Es herrschte eine Stimmung wie zu Zeiten der roten Zipfelmützen mit den weißen und roten Streifen. Trübe und dürftig freilich, und das von der Gemeinde angerichtete Essen war nur ein mageres Zeichen für das, was kommen sollte: der Sauerrahmbrei des Friedens, weich und fett vor Sahne. Doch der Schnaps war gelb und Marke Eigenbau. Elis kaufte sich eine Flasche bei einem jungen Kerl, der eine Motorwerkstatt betrieb, und verbrachte seine Zeit dann damit, die Frau zu suchen. Er fragte sich nicht, warum.

Jetzt ist es Nacht, und er weiß, daß er ihr nahe ist, denn er unterhält sich mit ihrem Bruder. Dem Dickwanst. Der auch gewußt hat, wo es Schnaps zu kaufen gibt. Elis weiß jetzt viel über die Frau, obwohl er sie seit dem Moment, als sie sich eingetragen haben, nicht mehr gesehen hat. Ihr Name ist märchenhaft, jedenfalls der erste, und ihr Heimatort ein Fluch. Doch das ist ihm scheißegal, denn wenn diese Nacht sich neigt und verflüchtigt, wird eine neue Zeitrechnung beginnen.

Der Fettkloß ist auf Touren. Sein Gesicht ist ein bißchen lokker, wie Haschee. Er macht sich wichtig.

»Wir haben sie jedenfalls rausgetrieben«, sagt er.

»Warst dabei?« fragt Elis.

»Vater war dorten, jedenfalls. Ist gefahren ...«

Und dann kippt er das gelbliche Zeug in sich hinein.

»... Briefe. Und sonstenes.«

Gluck, gluck, in kurzen, gewandten Zügen. Er ist keiner, der sich an der Flasche festsaugt, so daß nichts mehr kommt. Läßt geschickt Luft hinein.

»Stinket nichten mehr nach Ratten hier«, sagt er, nachdem er fertig getrunken hat. »Die Schweine, haben sie jedenfalls rausgetrieben am End, die Norweger. Die vermaledeieten Ratten.«

»Du meinst die deutschen Soldaten?«

»Ja! Mensch, welchig sonsten sollet ich meinen?«

Elis hat eine gewaltige Lust überkommen, schwedisches Bokmål zu sprechen – oder Reichsschwedisch, wie sie es so gewichtig nennen. Er hat drei Jahre Übung darin. Es ist eine Sprache, mit der man jemanden niederhalten kann.

»Weißt du, daß die Deutschen Juden Schweine genannt haben?«

»Na klar.«

»Und Ratten.«

»Na und?«

Elis packt ihn am Revers und nähert sein Gesicht dem des anderen. Dessen Geruch nach Fusel ist süß und scharf zugleich.

»Es ist eine Eigenart der Menschen«, sagt er leise, aber deutlich. »Sie nennen einander Ratten und Schweine.«

»Was?«

»Prost, Ratte!«

Der Dickwanst schwankt zu sehr, als daß er ihn mit der Faust treffen könnte. Er fuchtelt mit beiden Armen. Elis tritt zurück in die helle Nacht, die so viel Dämmerung bereithält, um darin zu entwischen.

Dieser Seegeruch. Aus diesem See habe ich vierzehn Jahre lang getrunken, denkt er. Er fließt in mir. Wenn ich hier unten am Ufer ein Boot losmache, mich hineinlege und mich treiben lasse, dann treibe ich nach Svartvattnet heim. Denn hier kommt der Wind fast immer von Westen.

Tanzmusik liegt in der Luft. Quetschkommode und eine

Fiedel mit schwülstigem Ton. Ein Baß gibt Klänge von sich, so dumpf wie aus einem Berg. Elis denkt an die Frau, die er gesehen hat, und er watet durch hohes Gras auf die Musik zu. Er hört jemanden schimpfen, weil er durch das ungemähte Gras geht, und er schämt sich.

Am Tanzbodengeländer trifft er auf den Kerl, bei dem er den Schnaps gekauft hat. Der faßt sich an den Hosenschlitz und sagt, sein Gerät dürfe in dieser Nacht zeigen, wozu es nutze sei. Elis glaubt zuerst, er meine seinen Destillierapparat.

Jetzt legt sich ein klingelndes Mädchenlachen über die Musik. Niemand ist hier weit vom Gras und vom Genuß entfernt. Elis fragt sich, wie der sich für die meisten wohl gestalte, ob er kurz und atemlos und grasnaß sei. Er wünscht sich einen lang anhaltenden, einen, der bis zur Erschöpfung währt. Er denkt an sie, die er gesehen hat, und fragt sich, ob sie sich ihm öffnen werde. Beim Tanzboden findet er sie zum Glück nicht. Er kann nämlich nicht so gut tanzen. Eine andere möchte er jetzt nicht berühren, also geht er wieder.

Er denkt daran, wie fein sie in ihrem weißen Kleid mit den Blumensträußchen, mit dem roten Gürtel und den weißen Schuhen mit den halbhohen Absätzen war. Vielleicht ist sie hier unten beim Tanzboden auf nichts aus, auch nicht im Gras und in der Nacht. Er bildet sich ein, sie sei im Speisesaal der Pension, was immer die Leute dort treiben mögen. Sich ordentlicheren Tänzen widmen als denen zur Ziehharmonika? Er wird sie suchen. Er wird sie in den Grasduft und den Fjällwind mit hinausnehmen, und er wird erneut ihren Duft einatmen. Auch wenn er nichts braucht, was ihn daran erinnert. Am Nachmittag ist sie auf dem Weg zu ihrem Zimmer dicht an ihm vorbeigegangen.

Das Gasthaus ist so leer, daß es hallt. Niemand an der Theke, niemand im Speisesaal. Das Sommernachtlicht fällt auf Tische mit steifen weißen Decken. Über allem liegt ein Grauton, und es riecht nach Medizin und Wachstuch. Er will wieder hinaus. Es ist doch nicht zu glauben und eine Sünde wider den Heiligen Geist, daß sie in dieser Nacht im Bett liegt und schläft. Die Zimmer sind schnucklig. Sie tragen Namen von Lachsflüssen.

Heute nacht wird er im Sanddøla schlafen, wenn es überhaupt dazu kommt. Namsen und Nidelva grenzen an sein Zimmer. Ob sie in einem davon liegt? Warum sollte eine junge Frau an Sankt Hans nach Norwegen fahren und sich dann in einem Pensionszimmer schlafen legen?

Er geht wieder nach draußen, kehrt aber nicht zum Festplatz am Strom zurück. Er weiß, daß er ohnehin keine andere haben will als sie. Ein Gartenmöbel leuchtet weiß wie Zahnpasta in der Nacht, und er setzt sich auf einen Stuhl. Vom Tau bekommt er einen nassen Hosenboden, und das fühlt sich bis in die Haut kalt an. Aber nichts hilft gegen die Lust. Es gibt auch keinen Ersatz. Schon der bloße Gedanke, sich im Sanddøla ins Bett zu legen und den Pimmel in die Hand zu nehmen, ist abwegig.

Da hört er ihre leise Stimme. Und Kiesknirschen. Schritt für Schritt schleppt sich jemand vorwärts, schwer und schlurfend. Doch es ist sie, die da redet. Ihre Stimme ist so sehr die ihre, wie ihr Geruch der ihre ist und nie mit dem einer anderen verwechselt werden kann. Er bringt es auch fertig, zu denken, daß er lächerlich wäre, sollte er sich irren.

Sie ist es.

Sie trägt jetzt einen kurzen Mantel, einen sogenannten Hänger. Sie plagt sich mit ihrem betrunkenen Bruder ab. Er zerrt und schlurft. Als er sich an sie lehnt und zu fallen droht, reißt er sie fast um, und Elis eilt hinzu.

Er hilft ihnen zur Treppe und zur Tür, lehnt den Saufkopf an sich. Dessen Hemd und Jacke sind etwas versaut. Falls er sie vollkotzt, schlag ich ihn tot, denkt Elis sachlich.

Es ist, als habe der Kerl mehr als zwei Beine, als sie die Treppe hinaufwollen. Immerhin gelangen sie ins Haus. Der massige Körper stürzt ein paar Schritte vorwärts. Dann hat der Kerl einen wachen Moment, und er starrt Elis in die Augen. Er will sich prügeln.

»Lassen Sie ihn«, sagt die Frau. »Ich übernehme ihn selber.«

Der Saufkopf macht den Mund auf, doch ihm geht die Luft aus. Er bekommt einen Schluckauf, und der klingt melancholisch.

»Lassen Sie nur! Bitte! Sonst wacht die Wirtin noch auf. Dann dürfen wir womöglich nicht hierbleiben. Gehen Sie, bitte, seien Sie so nett!«

Von der Tür aus sieht er, wie sie das schwere Mannsbild stützt, während es sich Stufe um Stufe schlurfend nach oben stemmt. Das ist wider die Natur. Das ist mehr als widerwärtig. Ihr Geruch mit dem Kotzgeruch eines Saufkopfs vermischt. Und ihm selbst entschwindet sie. Er hat Kopfschmerzen bekommen.

Er läßt sich auf einen neuen Gartenstuhl fallen und wird hinten noch nasser. Eine Ahnung von Verwirrung und Zerfall beschleicht ihn. Die Auflösung beginnt im Hinterteil. Zuerst war es ein eiskaltes Gefühl vom Hosenboden her. Nun wird es von der Körperwärme ausgeglichen. Er ist drauf und dran, mit der Nacht und dem Erdboden eins zu werden.

Er ist nicht einmal blau.

Da wird in einem Fenster des langgestreckten Hauses eine Lampe angemacht. Hinter weißen Gardinen bewegt sich etwas. Das muß sie sein. Die Zeit stimmt. Sie hat den Saufkopf jetzt ins Bett gebracht. Wenn Elis sie richtig kennt, hat sie die Vorderseite der Jacke ausgewaschen und das Hemd eingeweicht. Oh, er kennt sie!

Jetzt eilt es. Sie darf dort oben nicht ihre Kleider ablegen. Dann wird sie unerreichbar. Sie ist so. Sie auszuziehen wird Tage erfordern. Wochen? Dann kriegt er einen Blutpfropf.

Er nimmt eine Handvoll Kies und wirft ihn zu dem Fenster hinauf. Nimmt noch eine Handvoll, während er wartet und die Feuchtigkeit des Kieses spürt. Ihn preßt und mit der Erde eins ist. Da erscheint sie flüchtig. Er läßt den Kies und die Erde fallen und möchte winken. Statt dessen aber breitet er die Arme aus. Komisch, daß er nicht abhebt. Da verschwindet sie, und das Licht erlischt.

Er wirft von neuem. Eine Handvoll Kies nach der anderen prasselt gegen die Scheibe. Da öffnet sie das Fenster und sagt:

»Was machen Sie da? Hören Sie auf!«

Und schließt das Fenster wieder.

Er wirft und wirft in rasender Verzweiflung und Freude. Als sie das Fenster das nächstemal öffnet, hat sie ihr Reichsschwedisch abgelegt, womit sie ihn niederhalten wollte.

»Hören Sie doch mal auf!« flüstert sie in die Nacht hinaus. »Solchig ein Schwachkopf...«

»Tut's eins nichten länger ertragen«, erwidert er.

Er versteht sich selbst nicht und will es sofort übertünchen: Es ist gefährlich, aber nicht so schlimm. Nicht in dieser Nacht. Nicht bei dieser Erregung. Sie wird das Jämtisch vergessen. Er ruft mit dem Norwegisch eines gebildeten Mannes, daß er Hilfe brauche.

»Hilfe?«

Und sie kommt tatsächlich! Sie gehen noch ein paarmal mit Bokmål und Reichsschwedisch gegeneinander vor. Doch das sind nur Ablenkungsmanöver. Die richtigen Worte sind bereits gefallen, und sie sind unwiderruflich. Als sie kommt, muß er sich abermals auf einen kalten, nassen Stuhl fallen lassen, um nicht überhitzt und ohnmächtig zu werden. Oder sich so zu benehmen, daß er sie erschreckt.

Sie ist so fein. Sie trägt jetzt wieder den Hänger und vernünftige Schuhe. Ihm wird klar, daß er sie unmöglich zum Tanzboden und zur Imbißbude schleppen kann. Außerdem ist es jetzt still dort unten. Die Leute treiben jetzt das, was auch er gern triebe. Ringsum in der Nacht. Er würde es nie auf die einfache Tour mit ihr treiben können. Tanzmusik, Gelächter und nasses Gras. Nein, er kennt sie sehr wohl. Sie ist nicht leichtsinnig. Er mag Leichtsinn durchaus. Ihm selbst ist er nicht zu eigen. Doch das hier ist keine leichtsinnige Angelegenheit. Er will mehr. Er will vertraulich werden. Intimer als zwischen Haut und Haut. Er will tiefer in sie eindringen, als eine Frau einen Mann rein anatomisch eindringen lassen kann. Hier geht es nicht um Anatomie.

In gewisser Weise aber hat es einen Anstrich von Materialismus. Denn er weiß, was er anbringen wird. Er wird sagen, was für eine Hilfe er brauche, und von dem Geld erzählen. Sie glaubt ihm doch aufs Wort!

In seinen Beziehungen zu Frauen hat es immer schon Sachlichkeit und Ökonomie gegeben. Er hat zum Beispiel ein Dach über dem Kopf gebraucht. Auch Essen. Ganz verzweifelt zu gewissen Zeiten. Dagmar Ellefsens Atelier hat er gebraucht, weil er Ideen hatte, deren Umsetzung voluminös geraten würde. Er wohnte jedoch in einer Dachkammer, die drei mal zwei Meter maß. Ein Schwindler oder Schmarotzer war er nicht. Die Mädchen haben sein Geld, wenn er welches hatte, ebenso gebraucht und genommen. Er hat nie etwas Schlechtes daran gesehen. Im Gegenteil. Der Idealismus in der Liebe kann einer materialistischen Korrektur bedürfen. Es wird so viel Stuß über die Liebe verbreitet. Und jetzt steckt er mittendrin und denkt: Wenn diese Frau nicht versteht, wie sehr ich sie brauche und wie sehr sie mich braucht und wie wir, wenn auch langsam, einander verfallen, dann gibt es keine Liebe. Dann gibt es lediglich Abmachungen und Bezahlung und nichts, was ohne Absicht und ohne Grenzen ist.

Er erzählt also, er habe ein Kästchen mit Geld. Nicht bloß eine bescheidene Summe, sondern eine Unmenge. Ein Vermögen. Er wisse nicht einmal, wie groß es sei. Es stamme aus der Schiffahrt und aus Schokoladenfabriken, sagt er.

»Schokolade und Backpulver! Sägewerke und Konserven!« streicht er auf norwegisch heraus.

Vermutlich aber auch aus Plünderung, Erpressung und Mord.

»Es ist Nazigeld«, flüstert er und spricht dabei, wie er beschlossen hat, Reichsschwedisch. Er hat ihr ja schon eine Kostprobe auf norwegisch geliefert. Damit sie ihm glaubt, wenn er behauptet, er sei Norweger. Die völlige Offenheit, die er sich vorstellt, die schiebt er in die Zukunft auf. Sie werden gänzlich die Hüllen voreinander fallen lassen, das weiß er. Sie werden es aber noch nicht jetzt tun.

»Was soll ich mit dem Geld machen?« fragt er flüsternd.

Und damit sie gar nicht erst sagen kann, er solle es bei der Polizei abliefern, erzählt er, daß er auf eine Weise an dieses Geld geraten sei, die es ihm unmöglich mache, mit norwegischen Behörden in Berührung zu kommen.

Sie möchte wissen, was er getan habe, um es zu erhalten. Er

begreift, daß sie an diese Abmachungen denkt, über die in diesen Tagen viel getuschelt wird.

»Kein Mord«, sagt er. »Überhaupt nichts dergleichen.«

Er hält sie für mutig, da sie es wissen wollte, selbst wenn es ein Mord gewesen wäre. Sie sitzt in heller Nacht und möchte, daß sich ihr ein Mörder anvertraut. Nun ist er kein Mörder. Er ist nur ein ganz gewöhnlicher Lump, was er überdies fast vergessen hat.

»Außerdem beabsichtige ich etwas mit diesem Geld«, sagt er und verstellt sein Schwedisch ein wenig, um es norwegisch klingen zu lassen.

Oh, Mist, wenn er sich nur auf der Stelle jegliche List und Verkleidung herunterreißen könnte! Sie hält ihren Kopf nahe an seinem, und er ist ganz und gar von ihrem Geruch umfangen. Sie sitzen auf den Gartenstühlen, er hat ihr seine Jacke untergelegt. Sie wollte sich zuerst nicht setzen, meinte, es sei schade um die Jacke. Dabei ist das doch genau etwas von den Dingen, die er für sie tun will. Sich heillos naß machen. Er friert jetzt. Zittert auch schon.

»Wieviel Geld ist es denn?« fragt sie leise.

»Ich weiß nicht. Wollen wir nachsehen? Ich habe es auf dem Zimmer.«

Sie nickt, denkt aber gar nicht daran, mit hinaufzugehen. Und das ist ja ganz so, wie es sein soll. Er kennt sie. Er geht also das Kästchen holen und wechselt bei dieser Gelegenheit in Windeseile die Hose und zieht sich einen seiner dicksten Pullover an. Wieder unten, tritt er in den Speisesaal und nimmt ein Tafelmesser aus der Besteckladе der Anrichte. Er bricht das Kästchen an der Rückseite des Deckels auf, wo die schwachen Scharniere sind.

Sie sitzt noch unten, leicht zusammengekauert. Als sie das Kästchen auf dem Schoß hat, macht sie zum erstenmal etwas, was ihn verblüfft. Er kennt sie also doch nicht ganz. Es ist merkwürdig. Sie dreht zuerst den Stuhl herum, so daß der Inhalt des Kästchens von den Fenstern des Gasthofs aus nicht zu sehen ist. Auf diese Weise wendet sie sich auch halb von ihm ab. Er sieht jedoch, daß sie ein Bündel Scheine herausgenommen hat. Jetzt zählt sie. Sie blättert die Scheine äußerst geschickt und schnell durch. Wie eine, die es gewohnt ist, mit Geld umzugehen. Dann sagt sie:

»Das ist gar nicht so eine Unmenge Geld. Das sind achttausendfünfhundert Kronen. Aber es sieht nach viel aus, weil es Hundertkronenscheine sind.«

Sie nimmt zwei Bündel Kuverts heraus, die mit Bindfäden verschnürt sind.

»Der Rest sind Briefe«, erklärt sie unnötigerweise.

Dann zeigt sie ihm eine kleine runde Dose, auf der Freia Bakepulver steht. Sie öffnet sie, faltet ein rosa Seidenpapier auf und entnimmt ihm ein feines Goldkettchen. Es hat eine Berlocke in Form eines Glücksklees und ist so klein, daß es nur um einen Kinderarm passen kann. Sie sitzt da, befingert es und schaut ihm direkt in die Augen. Er schämt sich.

Er weiß nicht recht, wofür er sich schämt, nur, daß er sich zu Recht schämt. Jetzt fällt ihm zu Dagmar Ellefsen noch mehr ein als die ganze Zeit bisher. Er erinnert sich an Dinge jenseits dieser damenhaften Fassade, die sie wahrte, als er mit ihr im Theatercafé zusammentraf. Erinnert sich an die talentierte junge Frau, die so vorsichtig malte und sich so leicht korrigieren ließ. An ihre rührende und etwas unbeholfene Mädchenhaftigkeit. An das reiche Mädchen.

Ist er ihr wieder begegnet? Wer sagt, daß achttausendfünfhundert Kronen keine Unmenge Geld sei, kann jedenfalls nicht arm sein.

»Wer bist du?« flüstert er.

»Du weißt doch, wie ich heiße und woher ich komme.«

»Ja, ja, dein Bruder hat es mir gesagt. Aber wer bist du?«

»Wer bist *du*?«

Es tut so weh, als sie das sagt. Er beugt sich über sie, wie sie dort im Gartenstuhl sitzt und friert, und berührt leicht ihr Haar.

»Myrten«, sagt er leise. »Was soll aus uns werden?«

Es ist jetzt blendend hell. Die Vögel sind beinahe erschrekkend laut. Den Strom hören sie mit seinem kalten klaren Wasser über die Steine fließen. Elis erwartet fast, daß sie etwas

Vernünftiges und Praktisches sagt, doch das tut sie nicht. Er wagt es, seine Handfläche auf dem Kleiderstoff unter dem Hänger ruhen zu lassen. Ihren Rücken zu spüren.

»Du frierst.«

Sie antwortet mit der Haut unter dem Stoff.

»Du solltest hineingehen und dich ins Bett legen«, sagt er. »Darf ich dich morgen treffen und mit dir über das Geld sprechen? Was ich damit anfangen soll.«

»Es ist bereits morgen. Ich werde nach Langvasslia fahren.«

»Und danach? Nach Langvasslia?«

»Da muß ich nach Hause. Ich arbeite am Montag.«

»Wo? In Östersund?«

»Aber nein. Daheim. Ich bin bei der Post.«

»Dann komme ich dorthin.«

Am Montag nach den Feiertagen kaufte Elis einen Hund. Einen schwarzen Lapphund mit ein paar weißen Abzeichen. Der Verkäufer war aus Skuruvatn. Er war hier, um dem Gasthaus Fisch zu liefern, und der Hund saß auf seinem Wagen. Fünfzig Kronen wollte er für das Tier haben, weil es reinrassig sei. Elis merkte sich diese Wortwahl, die in dieser Gegend in den vergangenen fünf Jahren eingeführt worden sein mußte.

Der Köter sah jedenfalls genau so aus, wie Elis sich einen Hund vorstellte. Außerdem hatte er über den Augen weiße Flecken. Sie wirkten wie ein Paar Extraaugen. Ein Vieraug, dachte er und hielt den Fünfziger hin. Ein Tauende war inbegriffen. Er sei jung, sagte der Bauer aus Skuruvatn. Zwei Jahre alt vielleicht. Das glaubte Elis nicht. Der Hund hatte einen festen Leib und oben am Zahnfleisch bereits einen braunen Rand an den Zähnen. Er hatte keinen speziellen Namen, deshalb nannte Elis ihn Tjäppen. So wurden die Hofköter früher immer genannt.

Sie betraten zusammen das Gasthaus. Beide waren voller Mißtrauen. Elis war sich ziemlich sicher, daß der Hund drinnen pinkeln würde. Wahrscheinlich war er noch nie in einem Haus gewesen. Er wartete auf eine Gelegenheit, sich loszureißen und, das Tauende hinter sich her schlenkernd, heimwärts zu ziehen.

Bestimmt hatte er in Skuruvatn oben einen Hofplatz zu bewachen. Und der war sein Leben. Wer will sich schon von seinem Leben trennen?

»Du und ich«, sagte Elis ganz deutlich zu ihm. »Du und ich.«

Der Hund hechelte, verzog die schmale schwarze Lefze im Mundwinkel und bleckte ganz leicht die Backenzähne. Er saß neben Elis, während dieser aß. Sicherheitshalber hatte Elis darum gebeten, die Mahlzeit draußen serviert zu bekommen. Die Gartenmöbel waren jetzt abgewischt. Die Feuchtigkeit und der Dunst der Nacht waren verschwunden. Die Frau, die ihm den Schleier von den Augen gezogen hatte, war ebenfalls verschwunden. Neben ihm saß jedoch der Hund. Elis wagte nicht so weit zu denken, ihn zu zeichnen. Er begnügte sich vorläufig damit, wieder zu sehen.

Nachdem er fertig gegessen hatte, stellte er dem Hund etwas zu fressen hin, was dieser derart schlabberte, daß es Elis an die Hosenbeine spritzte. Als er den Teller verrücken wollte, schnappte der Hund ohne Warnung nach seiner Hand. Das Gerangel währte nur kurz. Das Nackenfell fest im Griff, fütterte Elis ihn Bissen für Bissen mit Fleischbrocken und mit saucengetränkten Kartoffeln.

»Ich bin es, der dir jetzt zu fressen gibt«, sagte er. »Merk dir das.«

Er hatte von den Zähnen Abdrücke auf dem Handrücken. Doch nur aus einer der Vertiefungen sickerte etwas Blut. Er wollte eine Leine kaufen, um die Beziehung klar und deutlich zu gestalten. Aber so etwas war in Jolet nicht zu kriegen. Die Wirtin gab ihm einen abgenutzten alten Riemen und ein Halsband, das ein Schneehuhnjäger vergessen hatte.

An der Grenze stieg er aus. Die letzten zehn Kilometer hatte er sich unwohl gefühlt. Er war mit dem Busfahrer allein gewesen, und sie hatten so gut wie überhaupt nicht miteinander gesprochen. Den Schlagbaum gab es natürlich noch, aber er war geöffnet. Elis sagte zu dem Fahrer, er möge sein Gepäck am Zoll abgeben. Er hatte Geld aus dem Kästchen genommen und die

Scheine in die Taschen seines Anzugs geknüllt. Nun nahm er den Hund und ging das letzte Stück zu Fuß. Bis zum Zoll hinunter waren es nur noch wenige Kilometer.

Sie hatten jetzt eine Straße nach Norwegen bekommen. Er erinnerte sich an die Karrenspuren von früher und an den hohen Graswall dazwischen. Dreißig Jahre sind doch nicht mal ein Menschenalter, dachte er.

An den Straßenrändern standen Betonklötze. Panzersperren. Er sah einen Gedenkstein für zwei Männer, Holmlund und Antonsson hießen sie. Es stand nicht darauf, wie sie gestorben waren. Doch es war 1942 gewesen, so daß es wahrscheinlich die Deutschen waren. Ansonsten nur schwarzer Wald. Kühle drang heraus, aber keine Vogelstimme.

Noch hatte ihn niemand gesehen. Er fühlte sich ziemlich sicher. Er war ein Mann in einem Sportanzug aus beigefarbenem Tweed mit aufgesetzten Taschen. Über dem Arm hatte er einen hellen Regenmantel, und er trug einen Hut, den er in den Nacken geschoben hatte. Irgendwie schämte er sich dafür, mit einem Hut verkleidet zu sein. Doch er wollte einen Touristen abgeben. Auch war er ein bis über beide Ohren verliebter Kerl, der einer Frau nachlief.

Aber der Hund, dachte er. Was, zum Teufel, hat mich geritten, den zu kaufen?

Beim Anblick des ersten Hauses wurde ihm angst. Früher hatte dort ein Hausschlachter und Schinder gewohnt. Das nächste Haus müßte das von Kalle Kalsa sein. Wenn er noch lebte. Elis konnte keinen Schritt weitergehen.

Leben sie noch, in ihrer Hölle festgeschraubt?

Was mache ich hier?

Gehe geradewegs in den Rachen des Todes und des Wahnsinns. Um *sehen* zu können. Diese Gnade, die mir lieber ist als das Leben.

Jetzt aber wagte er nicht mehr weiterzugehen. Er zog an dem Riemen und brachte den Hund dazu, mit ihm über einen Graben und einen vor Butterblumen, Vergißmeinnicht und roten Lichtnelken strotzenden Grasteppich zu kommen. Svartvattnet war immer etwas Graues und Hohlgefressenes gewesen, wenn seine Erinnerung daran streifte. Vermorschende Weidezaunpfähle, Scheunen, die vor sich hin rotteten. Halb verhungerte Tiere und dürres Riedheu. Die Überfülle am Grabenrand überwältigte ihn. Er strich mit der Hand über eine goldgrüne Gischt blühenden Frauenmantels.

Er sagte sich, daß er wohl nicht alle beisammenhatte, als er hierhergefahren war. Deshalb mußte er einen Augenblick allein sein. Er würde dann zur Straße hinuntergehen, auf die Rückkehr des Linienbusses warten und nach Norwegen zurückfahren.

Der Hund zerrte an dem Lederriemen und steckte die Nase in die Erde. Es war ein steiniger, buckliger Hang mit wilden Stiefmütterchen und Hartriegel in den Grasbüscheln. Der Ampfer wuchs üppig und blühte mit roten Knötchen. Elis konnte nicht umhin, sich hinunterzubeugen, Ampferblätter abzureißen und sie zu kosten. Da hatte er Saft und eine säuerliche Mächtigkeit im Mund, wie schon seit vielen Jahren nicht mehr, und er dachte daran, wie er gelebt hatte. Langsam hatte er alles eingebüßt, was einen Menschen dazu befähigte, zu schmecken und zu fühlen. Die Dinge hatten nur sich selbst verkörpert, und für jedes einzelne hatte es ein Wort gegeben. Schließlich nur noch Worte.

Weiter oben schloß sich der Tannenvorhang. Der Hund wollte dorthin. Du möchtest wohl jagen, du Teufel? In der Kühle wuchsen Siebenstern und Farn, der noch braun geschuppte Krummstäbe bildete. Elis wollte langsam gehen, doch der Lapphund zerrte und war stark.

Da machte er ihn los.

»Bist du dumm?« fragte er und packte ihn mit festem Griff am Nackenfell. Er versuchte ihm in die gelben Augen zu sehen. Schwer zu sagen, ob das Tier daran dachte, abzuhauen.

»Du und ich«, sagte er schließlich. »Hörst du?«

Der Hund raste davon.

Das Gelände fiel jetzt steil ab. In der Nordlage wuchsen große, verblühte Buschwindröschen. Elis ging bergab. Es wurde sumpfiger, und bald stand er an einem Moor mit tiefen Löchern. Er wußte nicht recht, wo er sich befand. Die Erinnerung hatte sich eingerollt und schlief. Doch sie regte sich. Tief säuerlich war die Dumpfigkeit des Moores, süßbitter roch das Moos. Sein Fuß trat ins Schönmoos, das um seine Halbschuhe quoll. Ich bin nicht ganz gescheit, dachte er. Aber jetzt war er ohnehin schon naß.

Er wanderte am Rand des Moores entlang, hielt aber die Richtung ein, als wüßte er, wohin. Und die Erinnerung gelangte an einen Waldsee, noch ehe er ihn glänzen sah. Der See hatte einen Namen. Der entrollte sich in seinem Gehirn und war mehr als ein Wort. Svålutjenna, Schwälbersee. Hieß er deshalb so, weil die Schwalben in den Sommernächten so tief über ihm flogen? Oder war es nur ein Name, den die Zeit verdreht und entstellt hatte?

Weiß nicht. Weiß nicht.

Ein Lüftchen knitterte die Wasserhaut. Die Ufer waren ausgewaschen und hoch und mit Krähenbeerensträuchern und Preiselbeeren bewachsen. Auf der anderen Seite war ein großer Haufen, der wie eine Biberburg aussah. Es wäre verwunderlich, wenn es dort einen Biber gäbe. In seiner Kindheit waren die Biber bereits ausgerottet, weil sowohl ihr Fell als auch das Bibergeil Geld einbrachten.

Den Hund hatte er fast vergessen, sah jetzt jedoch, daß er dem Ufer folgte und ihm, wenn auch weit entfernt, nachlief. Sie gingen durch einen gelichteten Wald, und er wußte, daß dieser nach Osten zum Svartvassån hin abfiel. Ihm war die Idee gekommen, auf die Anhöhe oberhalb des Zolls zu steigen und das Dorf unter sich zu sehen. Er wollte ganz genau hinsehen und dann verschwinden. Ihm war klar, daß der Linienbus bereits kehrtgemacht hatte. Womöglich mußte er zur Pension hinuntergehen und dort auf die nächste Gelegenheit zum Abreisen warten. Daß Leute aus Lubben dorthin gingen, diese Gefahr bestand jedenfalls nicht. Auch mußte er zum Zoll, um sein Gepäck zu holen.

An die Post dachte er. Doch er traute sich nicht. Er würde Myrten schreiben. Sie konnte ja nicht angekettet sein im Dorf. Über ein Wochenende müßte sie nach Östersund reisen können.

Als er auf den Höhenrücken kletterte, sah er, daß nach Norden hin die Blaubeerblüten gefroren waren. Er fand die Stelle, an der er immer gesessen hatte. Eine umgestürzte grobe Tanne, silbriggrau. Doch man sah von hier aus nicht mehr das gesamte Dorf. Der Kahlschlag war wieder bewachsen. Elis ahnte ein kleines Stück des Flusses, der stark strömend und mit weißen Wirbeln dort in der Tiefe floß. Ansonsten waren da nur die Höhenrücken in der Ferne, blau wie Taubenbrüstchen. Espen und Birken legten ein reges Gitterwerk aus Laub über das Blickfeld seiner Kindheit. Es spiegelte das Sonnenlicht, flackerte und flimmerte. Elis war gleichsam im Dorf, und doch nicht dort. Langsam machte er sich an den Abstieg.

Als er zu der Einfriedung oberhalb des Zolls kam, war es dort wie eh und je. Kühe weideten auf dem abschüssigen Grasland. Elis hätte gern den Hund angeleint, konnte ihn jedoch nicht dazu bewegen, zu ihm zu kommen. Er zog einen gewissen Abstand vor. Doch ausreißen, das tat er nicht. Es mußte ein bedachtsamer Hund sein.

Er hielt sich irgendwo am Waldrand in Richtung des Flusses auf, als Elis zwischen den hornlosen weißen Kühen mit den schwarzen Flecken und Punkten im Fell bergab ging. Als er die Straße erreichte, hörte er den Hund lauthals bellen. Er raste durch die Kuhherde und schnappte im Vorbeirennen nach ihren Haxen. In erster Linie aber wollte er nach unten. Elis setzte sich an den Grabenrand und hielt ihm die Leine hin. Er sagte nichts. Der Hund setzte sich ein Stück weiter weg, mitten auf die Straße.

Da fiel Elis' Blick auf das Haus mit dem Postschild.

*

Als Myrten und ich in Katrineholm waren und schulten, wie Onkel Trond sagte, pflegten wir in unserem Untermietzimmer heimlich zu feiern. Bloß wir zwei. Ich hatte einen Weg gefunden, an Wein heranzukommen. Madeira hatte es uns angetan. Damals sagte man Madera.

Die Vermieterin war Witwe und besaß deshalb ein Einkaufsbuch für Alkohol. Sie war wohl etwas gutgläubig, denn sie meinte, ich brauchte den Madeira für die Haushaltsschule, um damit Saucen zu verfeinern.

Wir vermengten Haferflocken, Kakao, Zucker und Butter und formten daraus Bällchen. Zusammen mit dem Madeira war das ein bißchen arg süß. Zumindest am Ende des Abends. Doch es versetzte uns in eine ganz eigene Stimmung. Ich glaube, wir erzählten uns alles. Ja, letztlich taten wir das wohl. Ich war anfangs unschlüssig, wenn es um Jungen ging. Besonders im Hinblick darauf, wie es mir mit einem von ihnen ergangen war. Myrten war immerhin vier Jahre jünger. Ich wollte sie nicht in ein Leben hineinziehen, dem sie noch nicht gewachsen war. Sie war schließlich erst sechzehn.

Es ist eigenartig, wie unterschiedlich man sich erinnert. Einmal saßen Myrten und ich am Abend hier in der Stube und tranken Wein, den ich mir bestellt und im Laden abgeholt hatte. Es war zufällig Madeira. Eigentlich hatten wir fernsehen wollen, doch dann erwachten die Erinnerungen. Wir tranken fast die ganze Flasche leer und unterhielten uns über jene Zeit.

»Du hast mir beigebracht, den obersten Knopf der Bluse nicht zuzumachen, wenn ich einen Jungen treffen wollte«, sagte Myrten.

Das war unglaublich. Sie mußte sich verkehrt erinnern. Ich war doch damals für sie verantwortlich!

Doch sie beharrte darauf. So sei es gewesen. Ich hätte gesagt, es müsse ein bißchen was *rausspitzen,* behauptete sie. Gott bewahre!

Ich hatte einen Lippenstift. Er war dunkelrot und schmierte. Man durfte nur wenig davon nehmen. Myrten hatte rosa Wachspomade. Wir kauften losen Puder und taten ihn in eine Dose, die Hillevi gehört hatte. Den teilten wir uns. Eine Pinzette zum Augenbrauenzupfen hatten wir und eine Tube mit Haarentfernungsmittel. Diese versteckten wir sehr sorgfältig, wenn wir nach Hause kamen. Ich weiß nicht, warum wir sie für das Gewagteste überhaupt hielten.

Ich fragte Myrten, ob sie sich mal richtig verliebt habe, als wir in Katrineholm waren.

»Ein bißchen«, sagte sie. »Aber er traute sich nie, mit mir zu reden. Das Richtige kam hernach. Etliche Jahre später.«

Ich glaubte, sie denke an den Krieg. Sie war in einen Offizier verliebt gewesen, der irgend etwas mit der Minenexplosion an der Grenze zu tun gehabt hatte. Ich wußte nicht viel darüber, denn ich war damals ja in Langvasslia. Hinterher sprach man bei uns zu Hause nicht davon. Jetzt glaubte ich, sie meine ihn. Doch sie sagte, es sei ein anderer gewesen. Nach dem Krieg. Im Sommer.

»Kannst du dir vorstellen«, sagte sie, »daß er aufs Postamt kam und daß es dort vollkommen hell wurde? Es war sonnig … Ja, es war ein Licht … Du kannst dir nicht vorstellen, wie hell es war. Ich habe es nie vergessen. Und er stand in diesem Licht. Ich glaube, ich habe nur dagesessen und ihn angestarrt. Und dann erinnere ich mich, daß er ein so sauberes, feines Hemd anhatte, als er sich vorbeugte. Der Kragen roch gut.«

Sie sagte nicht, wer er war. Ich wagte auch nicht zu fragen. Es war, als spräche sie von anderen Wesen, in einer anderen Welt. Es war ja ein ganzes Menschenleben vergangen, als sie das erzählte. Wie konnte sie sich so genau daran erinnern?

Damals lag das Postamt unten am Fluß, direkt am Steilhang hinter dem Widerlager der Brücke. Erlen und Tannen wuchsen rings um das Haus, so wie auch heute noch. Jetzt steht es natürlich leer, außer während der Jagd, wenn dort irgendwelche Leute übernachten.

Genau besehen, liegt es nach Norden hin. Unten im Erlengestrüpp und im Schatten der Tannen. Sonnenlicht kann durch das einzige Fensterchen des Postamts dort gar nicht eingefallen sein.

*

Man kann sich einen anderen Orpheus vorstellen, einen, der dem Mädchen Eurydike ins Totenreich folgt, sie an der Hand hält, sich führen läßt.

»Es ist überhaupt nicht gefährlich«, sagt sie. »Es ist so hell.«

Und er sieht, daß dort unten Wiesen sind, abfallende Wiesen. Sie blühen.

Asphodelos?

Nein, nein. Es sind Blutwurz, Jungfernflachs und Nachtleimkraut.

Nacht oder Tag. Das weiß man in diesem Licht nicht. Die Jungfer hat ihre Krone verloren, und das Blut, das pulsierende Blut der Lebenden, fließt hier natürlich nicht. Wurz und Lein und Leim wachsen in die Tiefe, in die Erde hinein. Und die Wiesen fallen stetig ab. Fallen nicht steil, doch stetig ab.

Vorige Woche noch war er ein Mann, der werktags seinen Sonntagsstaat trug. Mitsamt Hut. Einer, der sich bis über beide Ohren verliebt, wie im Kino. Kotti Chave oder Sture Lagerwall hätten es nicht besser machen können.

Er hätte diesem Mädchen bis ans Ende der Welt folgen können. Alles Übel wich, weil er ein modern verliebter Mann war.

Doch das waren Worte.

Das Mädchen, das ihn an der Hand hielt, war eingeschlafen. Jetzt löste sich ihr Griff. Die Hand war so fein, die Finger waren schmal, die Nägel gut gepflegt. Unter ihrem Mund war ein feuchter Fleck auf dem Kissenbezug. Sie wußte nichts davon, wie er nach dem Vergangenen spionierte.

Sie schlief nach ihren Liebesmühen. Das Kammerfenster hatten sie verhängt. Die Sonne versuchte durch den blauen Schatten hereinzubrechen. Es war feucht und roch nach Frühling und Keim im Bett.

Sie schlief gerade mal so tief, daß sie etwas von Elias wußte.

Von Elis wußte sie nichts. Ihm kam Vargsiggen in den Sinn. Der stets eine Hand verbarg, weil es gar keine Hand war. Sie würde danach tasten, wenn sie erwachte.

Sie bewundere ihn, sagte sie. Und zwar wegen dieser Sache mit der Flucht aus Norwegen.

»Die waren gräßlich«, sagte sie über die Deutschen. »Ich war noch so jung, als es losging. Ich war wirklich der Ansicht, daß sie etwas Schneidiges hatten, die Offiziere, und daß die Deutschen vielleicht ... Dann aber habe ich immer mehr begriffen.«

»Was hast du begriffen?«

»Daß sie furchtbare Menschen waren. Schlecht.«

»Nein.«

Sie sah ein bißchen ängstlich drein und zog das Laken hoch, so daß es ihren Busen bedeckte.

»Wie meinst du das?«

»Sie waren einfach Menschen«, sagte Elis.

»Weißt du denn nicht, was sie getan haben! Elias, sie haben hier oben Leute hingerichtet. Wir haben norwegische Verwandte. Ich habe einen Vetter zweiten Grades, der ist ins Konzentrationslager Falstad gekommen. Zuerst war er in Vollan in Trondheim. Weißt du, wo das ist?«

»Ja. Das war ein Kriegsgefangenenlager. Es lag in der Kongens Gate.«

»Du mußt aber doch gehört haben, was sie mit den Leuten dort angestellt haben! Er wurde dann nach Falstad verbracht. Er bekam Wasser und eine Art Sauerkrautsuppe. Sonst nichts am Anfang. Dann gab es Rüben. Und sie mußten strafexerzieren, barfuß über Gesteinsschutt rennen.«

Er lag still.

Sie ereiferte sich:

»Sie mußten zusehen, wenn andere Gefangene gefoltert wurden. Nennst du das menschlich?«

»Ja«, sagte er. »Das ist menschlich. Das ist ein menschliches Verhalten.«

Da begann sie zu weinen. Sie hatte so nahe am Wasser gebaut. Er wollte sie jetzt jedoch nicht trösten. Er hatte sich auf den Rücken gelegt und schaute zu den Brettern der niedrigen Decke hinauf. Sie waren grau vor Alter. Eine Spinne krabbelte dort oben. Er dachte: Jetzt nimmt sie Einblick ins Menschliche.

Sie hatte ihm den Rücken zugewandt, nach einer Weile hörte sie auf zu schluchzen und sprach dumpf ins Kissen.

»Du weißt nicht, was sie getan haben! Hast du denn keine Zeitungen gelesen?«

»Nein.«

»In Deutschland unten. Die Leichenfabriken. Die Alliierten öffnen sie gerade. Hast du nichts darüber gelesen? Über die Öfen. Über den Hunger.«

»Doch.«

»Ist das keine Schlechtigkeit?«

»In manchen Fällen vielleicht. Was immer Schlechtigkeit sein mag.«

Sie setzte sich auf, das Laken bis zum Hals hochgezogen.

»Das ist, kein Gewissen zu haben! Jedwede Widerwärtigkeit begehen zu können, ohne Abneigung dagegen zu empfinden. Keine Abscheu gegen solche Taten zu hegen.«

»Oh, die meisten haben sicherlich ein kleines Gewissen«, sagte Elis. »Deutsche sind nicht anders als andere Menschen. Ihr Gewissen hat ihnen einiges Unbehagen bereitet. Ganz bestimmt. Aber das legte sich, verstehst du. Man tötet nicht aus Schlechtigkeit. Man tötet, weil andere töten. Und dabei hört das Unbehagen allmählich auf.«

»Aber das Gewissen!«

»Ja, was ist das?«

»Was das ist? Das ist – Gott.«

»Ja, das ist es sicherlich. Aber Gott bedeutet nicht so viel. Mit ihm verkehrt man privat. Du weißt doch, daß wir alle viel besser und bedachter sind, wenn wir mit uns allein sind? Da werden wir nachgerade poetisch. Oder religiös, wenn wir dahin gehend veranlagt sind. Aber töten, das macht man nicht allein. Falls man nicht verrückt ist. Töten und quälen tut man in guter Gesellschaft. Mancher kleine Durchschnittsnorweger könnte den anderen hinterherstiefeln und die Stempeluhr zur Schicht in der Leichenfabrik drücken. Wenn es zum Beispiel recht oder richtig wäre, so zu handeln. Oder absolut notwendig.«

»Recht«, sagte sie. »Wie kann das je recht sein?«

»Recht wird es, weil jemand sagt, daß es recht ist, und viele dem zustimmen. Notwendig wird es aus demselben Grund. Das Gewissen hat damit nichts zu tun. Das Gewissen versetzt einem Stiche, wenn man seinen Nächsten und Liebsten weh tut. Es kann sogar richtig schmerzlich sein. Aber jemanden zusammen mit einer großen Schar Menschen, einem Volk, einer Armee zu verletzen, das bereitet einem nicht mal Unbehagen. Im Gegenteil. Es reicht übrigens schon eine Bande. Ich habe Durchschnittsnorweger gesehen, die Mädchenköpfe bis auf die Kopfhaut und noch ein Stück weiter rasierten. Mit großer Lust. Es wird einem übel, wenn man das sieht. Wenn man aber der Bande angehört, verschwindet die Übelkeit wohl ziemlich schnell. Enthusiasmus heilt Übelkeit. Doch Gott heilt leider nicht das, was du Schlechtigkeit nennst.«

Sie weinte. Sie weinte, weil sie so fein war, innerlich und äußerlich. Und er tröstete sie. Zu guter Letzt tröstete er sie.

Ja, sie war fein. Ihre Nägel polierte sie mit einem kleinen ovalen Kissen aus Sämischleder. Sie hatte aschfarbenes Haar und eine Pagenfrisur. Sie hatte selbst erzählt, daß die so heiße. Die Frisur wurde nachts mit Hilfe einer Papillote geformt. Ihr Eau de Cologne hieß Silver Moon. Ihre Mutter und sie hatten eine Schneiderin in Östersund. Von dort stammten die hübschen Kleider. Ihre Schuhe kaufte sie in einem Geschäft in der Prästgatan. Er wollte alles über die Welt wissen, aus der sie kam. Am Morgen hatte sie an einem nierenförmigen Toilettentisch gesessen. Der war mit einer Glasplatte bedeckt, und es kam vor, daß ihr Puder daraufrieselte. Die Tischbeine waren unter einem gefältelten, geblümten Stoff verborgen. Sie sagte, dieser Stoff heiße Chintz.

Er stellte sich das alles vor. Ins Dorf traute er sich nicht, weswegen er ihr Haus und ihr Zimmer und das, was auf der anderen Seite des Sees ihre Welt bildete, nicht sehen konnte. Die Almhütte mietete er von einer Frau namens Aagot Fagerli, und es dauerte, bis er begriff, daß es sich um die Aagot des Händlers handelte. Eine stattliche Dame, die da gerudert kam. Er entsann sich eines dürren großen Mädchens mit einem Zopf, dicker als ein Unterarm. Im Laden war sie von oben herab gewesen. Aber Erikssons aus Lubben standen ja auch ständig in der Kreide. Womöglich war Morten Halvorsens Aagot, die jetzt so freundlich zu ihm war, durch und durch falsch und scharwenzelte vor Angehörigen der Oberklasse. Sie hielt ihn vermutlich für berühmt. Es war jedenfalls ein Hunger nach Ungewöhnlichem an ihr. Sie las viel. Aber sie hatte auch etwas Stetes an sich. Und sie war mit Anund Larsson befreundet. Der hatte sie auch gefragt, ob Elis die Hütte mieten könne. Er hatte gesagt, Elias Elv sei Künstler und wolle nicht unter den Leuten im Dorf weilen, da er dann keine Inspiration habe.

Ihm gefiel dieses Wort. Das merkte man. Anund Larsson war derjenige, der ihn vor bald drei Jahren von Lunäset in Richtung Tullströmmen gerudert hatte. Er hatte gesungen damals. Oder zumindest gesummt. Er war es, der Myrten erzählt hatte, daß der Norweger Elias Elv während des Krieges aus Norwegen geflohen sei. Jetzt kam Larsson mit einer Thermoskanne Kaffee und Aagots Semmeln zu ihm, und sie ruderten mit der Schleppangel nach großen Forellen. Von Myrten sprach er so, als sei sie ein kleines Mädchen und obendrein zerbrechlich.

Myrten war jedoch eine Frau. Bis zu einem gewissen Grad dienten der Hänger, die Pagenfrisur und die polierten Nägel wohl dazu, diesen offenkundigen und kraftvollen Sachverhalt zu bemänteln. Der zeigte sich in den Schenkeln, dem großzügigen Gesäß und den breiten Hüften. Sie sah aus wie eine Urne. Taille und Schultern waren schmal. Ihr Busen aber war groß. Sie nannte ihn Büste. Für das meiste ihres schönen und zweckgemäßen Körpers hatte sie niedliche Umschreibungen.

»Ich will alles über dich wissen«, hatte er vor einem Weilchen geflüstert. »Ich kann nicht genug von dir kriegen. Alles, was du bist, will ich haben. Weißt du, daß ich in jener ersten Nacht im Gasthaus aufgewacht bin und deinen Geruch wahrgenommen habe? Ich roch ihn in dem Zimmer, obwohl du nie bei mir gewesen bist. Er war in meinem Bett. Nachts, wenn ich allein bin, ist er wieder da.

Ist dir klar, daß du mir richtig weh tun kannst? Du hast die Macht dazu. Weißt du das? Wirst du mir weh tun?

Ich begehre alles, was dein ist. Deinen Geruch, deine Stimme. Deine Vergangenheit.

Wer ist bei dir gewesen?«

Sie hatte zuerst nicht darauf geantwortet.

»Wer ist bei dir gewesen? Wer war es?«

»Ach, da war nichts«, sagte sie schließlich. »Nichts Richtiges.«

Da war er überzeugt, daß sie etwas Falsches an sich hatte. All die kleinen Gefühle, die umhegten, und die Worte und Seufzer und Schreie. Womöglich waren sie nur herangezüchtet.

»Du kokettierst«, sagte er. »Hast du wirklich einen Orgasmus?«

Sie weinte.

Ja, er war verrückt. Das gab er zu. Sie zerzauste ihm das Haar und sagte, er sei verrückt. Darüber wurden sie sich einig. Er drang in dieses Feuchte, sie seufzte. Schrie dann, dämpfte sich aber. Piepste nur ein bißchen.

»Wer ist bei dir gewesen? Wer ist bei dir gewesen?«

Denn es ging ja nicht vorüber.

Er war so tief gesunken, ihren Bruder zu fragen. Ich bin von Natur aus ja nicht so fein, dachte er. Ich brauche mich nicht zu verstellen. Ich komme ohnehin von da drüben. Wenn er zur Bootslände Richtung Dorf hinunterging, konnte er Tangen sehen. Dort lag Lubben. Es war viel Wald hochgewachsen. Niemand schien mehr den Boden zu bearbeiten. Dann war der Alte tot. Das mußte so sein. Elis traute sich aber noch nicht zu fragen. Nach ihr fragte er schamlos. Sagte zu ihrem Bruder, sie sehe gut aus.

»Tut sie das? Ja, das tut sie wohl, freilich.«

Da fragte Elis gleichsam zerstreut, ob sie verlobt sei.

»Nä, nichten, die Myrten nichten.«

Er wollte nur über sich selbst reden. Tore hieß er. War auf dem besten Weg, ein alter Knabe zu werden. Er trank zuviel. So voll wie in der Johannisnacht sei er nicht oft, sagte er. Er kam mit einer Flasche heraus und wollte, daß Elis ruderte, damit er mit dem Schleppnetz fischen könne. Er hatte ein geschmeidiges kleines Schleppnetz, das leicht zu wenden war. An die Vorfächer knotete er Fliegen, die er selbst zusammengepusselt hatte. Sie fischten entlang den steinigen Ufern nach Saiblingen und Forellen. Elis wußte sehr wohl, wo in diesem See am meisten zu holen war. Es kostete ihn Mühe, nichts davon zu sagen.

Mit Larsson und Aagot Fagerli und mit Myrtens Bruder sprach er nur norwegisch. Er war Elias Elv, und sie hatten eine hohe Meinung von ihm, weil er aus dem von den Deutschen besetzten Norwegen geflohen war. Er erzählte ihnen, er habe während der letzten drei Kriegsjahre in einer Glashütte gearbeitet. »Dort habe ich Schwedisch gelernt«, sagte er. Und das war ja in gewisser Weise wahr, zumindest hatte er dort ihre schmissige Reichssprache gelernt. Diese sprach er mit Myrten. Warum, konnte er sich selbst nicht recht erklären. Er fand jedoch, daß es ihn der Wahrheit etwas näher brachte.

Eines Tages würden sie voreinander die Hüllen fallen lassen. Sie würde ihm alles erzählen. Er wollte ebenfalls erzählen. Doch er konnte sich nicht ausmalen, wie das zugehen sollte. Er mußte sie zuerst von hier wegbringen. Und wenn sie vom Kirchspiel Röbäck und vom Dorf Svartvattnet weit entfernt und ganz und gar vorbehaltlos zueinander wären, dann würde sie erzählen, wer vor ihm bei ihr gewesen war.

Da war doch jemand. Sie war keine Unschuld mehr. Vierundzwanzig Jahre alt, kräftig und reif, um ein Kind auszutragen und auf die Welt zu bringen. Das war so offenkundig. Dennoch wußte sie so wenig. Er legte seine Hand auf ihre Wölbung dort unten. Dort war das krause Haar dunkler als das ihrer Pagenfrisur und duftete stärker, roher als das in ihren Achselhöhlen. Er sagte, diese Stelle heiße Venushügel. Das hatte sie noch nie gehört.

Sie bekam rosige Flecken am Hals und auf dem Busen, und sie floß ihm entgegen. Er lachte darüber, wie naß sie wurde. Das war eine aufspringende Quelle, für ihn, nur für ihn. Das andere, das war ja nichts Richtiges gewesen. Womöglich hatte sie ihr Jungfernhäutchen auf einem Fahrradsattel eingerissen. Er hatte von dergleichen gehört. Ausgelassene Geschichten. Es hatte nichts mit der Hitze in diesem Bett zu tun, nichts mit ihren kurzen, keuchenden Atemzügen. Es konnte aber trotzdem wahr sein.

»Wer bist du?« flüsterte er. »Was machst du mit mir? Weißt du, daß du mir sehr weh tun kannst?«

Sie sagte, sie wolle ihm nie im Leben weh tun, nur wohl tun wolle sie ihm. So wie jetzt. Und sie floß. Er nahm mit dem Finger ihre Nässe auf: Riech mal! Es roch leicht säuerlich. Sie weinte tatsächlich, kokettierte nicht. Winzig kleine Kontraktionen konnte er spüren, wenn er ganz still lag. Und das Merkwürdige war, daß sie es genau so haben wollte, wenn es ihr kommen sollte, still, ganz still. Ihre Tränen waren etwas salzig. Sein Samen schmeckte nach Erde und Mandel. Sagte sie. Sie vermischten ihre Flüssigkeiten. Kein Blut. Das Blut komme aber, sagte sie. Verwunderlich war, daß sie gleichwohl so viel und so dunkel wußte. Er nahm ihre Hand, führte sie immer weiter nach unten.

Sie schliefen beide ein und erwachten mit feinem Schweiß auf dem Oberkörper, kleinen Tropfen, wie von einem warmen Sprühregen. Die Kammer lag in einem blauen Schimmer, denn sie hatten Myrtens Kleid in den breiten Spalt zwischen den Gardinen gehängt. Überrascht werden konnten sie nicht, denn Tjåppen saß auf der Vortreppe. Er hatte sich wieder einen Hofplatz erobert und tat nun, wozu er geschaffen war: Er wachte. Er saß da und sehnte sich danach, heiser und lange bellen zu dürfen. Wahrscheinlich hatte er ein Ohr schräg gestellt und lauschte auch den Geräuschen aus der Kammer.

Blau und weiß, und die Sonne glühte durch die rosa Blumen des Kleiderstoffs. Sie schliefen wieder, und als sie erwachten, waren die Stoffblumen erloschen. Wie eine Waldhyazinthe, so roch Myrten immer stärker, wenn das Licht sank. Es wurde jedoch nie ganz dunkel in diesen Nächten.

Er wußte nicht, wie sie es anstellen würde, daheim ungesehen ins Haus zu kommen. Aber das bekümmerte sie womöglich nicht sehr. Er würde sie mitnehmen, das wußte sie. Zuerst würde er fahren, dann würde sie nachkommen.

Manchmal dachte er: Zwischen uns liegen fast zwanzig Jahre. Aber die Macht, die besitzt sie. Dieses entsetzliche Verlangen, das ist ihre Macht. Die Begierde nach allem, was sie ist. Ihr Geruch, ihre Stimme, ihre Vergangenheit. Sie ist wie das klare Wasser eines Sees und dennoch aus vielen Düften und Stimmen zusammengesetzt. Sie ist womöglich auch falsch, ein tieferes Wasser, als ich annehme.

»Du besitzt die Macht, mir sehr weh zu tun«, sagte er. Doch das hörte sie nicht, denn er flüsterte in ihr Haar.

Sie konnte sich kein Boot schnappen und zu ihm hinausrudern, denn das würde zu Hause auffallen. Statt die Landstraße zu nehmen, ging sie zur Abzweigung nach Tangen hinunter. Dann lief sie bis ganz ans Ende der Landzunge. Dort holte er sie mit dem Boot ab, das er sich von Aagot Fagerli geliehen hatte. Sie versuchten, eine Zeit zu vereinbaren, doch Myrten kam oft verspätet aus der Post. Die Bewohner von Svartvattnet kümmerten sich nicht immer um die Öffnungs- und Schließungszeiten. Wenn sie vergessen hatten, auf der Post etwas zu erledigen, klopften sie bei Märta Henriksson, der Leiterin, in deren Haus sich das Postamtszimmer befand. Früher war das eine unbeheizte Kammer gewesen. War Märta nicht zu Hause, dann gingen die Leute zum Händler und baten Myrten, mitzukommen und zu öffnen, damit sie ihre Angelegenheiten erledigen konnten, bevor der Bus am Morgen fuhr.

Sie erzählte vom Dorf, obwohl sie es merkwürdig fand, daß er etwas davon hören wollte. »Das liegt daran, daß du Künstler bist«, sagte sie. »Künstler interessieren sich natürlich für Menschen.«

Er begriff, daß in Svartvattnet nach dem Krieg die Zeit wild in verschiedene Richtungen davongaloppierte. Er wollte es nicht sehen, lediglich ihre Geschichten hören. Es gab jetzt ein Manufakturwarengeschäft. Dort wurden auch Hüte angeboten. Doch das waren keine Hüte, die Myrten kaufen wollte.

Er fragte sie, wie das sei, in einer so derben Umgebung so fein zu sein. Diese Frage ließ sie verstummen. Nach einer geraumen Weile sagte sie:

»Bist du wegen irgend etwas böse auf mich?«

Er saß auf den Ufersteinen und wartete auf sie. Zwischen den

Schieferblöcken wuchsen Büschel von gelbem Hornklee. Auf dem sumpfigen Boden weiter landeinwärts blühten Karlszepter. Die Trollblumen waren längst verblüht und hatten stachlige Kugeln. Der Vorsommer war vorüber. Elis sollte sich auf den Weg machen. Sie sollten jetzt verabreden, wann Myrten nachkommen werde. Doch er traute ihr nicht ganz. Sie war durch kleine Rücksichten auf die Familie so gebunden. Sie habe eine Pflegeschwester in Norwegen, die sie treffen und der sie das hier erzählen müsse, sagte sie. Das gefiel ihm nicht. Er dachte, solange er bei ihr sei, werde sie bestimmt nichts erzählen.

Sie wußte, daß er während der letzten drei Kriegsjahre in einer Glashütte gearbeitet hatte, aber nicht, in welcher. Als er das mitteilen sollte, wurde ihm angst. Wenn das hier den Bach hinunterging, mußte er verschwinden können. Deshalb nannte er nur Småland.

»Kosta? Orrefors?«

»Jetzt werde ich ja nach Norwegen zurückkehren«, sagte er. »Wenn du nachkommst, wirst du sehen, wo ich gelandet bin.«

Er dachte, daß es wahr würde. Er würde auf jeden Fall den Ort wechseln. Er würde Värmland verlassen und sich eine andere Glashütte suchen.

Es war heiß. Er fing allmählich zu schwitzen an. Das durfte nicht sein. Er hatte sich von oben bis unten gewaschen, auch die Haare, in einem Topf, den er auf den Hackklotz vor der Almhütte gestellt hatte. Das Seewasser, das sehr weich war, hatte er zuvor erwärmt. Er war jetzt feierlich sauber. Wartete.

Er zog sich vom Ufer zurück. Dabei geriet er unter die Erlen. Irgend etwas war an denen unangenehm. Er wußte nicht mehr, was, und so ging er noch ein Stück weiter und setzte sich dort, wo die Einhegung am See gewesen war. Diese war jetzt dicht mit Espen bewachsen. Er erinnerte sich, daß sie Espen fürs Futter geschnitten hatten. Sie hatten die Zweige gebündelt und im Viehstall unter die Dachbalken gesteckt. Erlen und Ebereschen schnitten sie ebenfalls. Aber keine Birken. Der Alte sagte, sie seien gefährlich.

Esp' und Erle: Brot.
Eberesche: keine Not.
Birke: Tod.

Er entfernte sich noch ein Stück weiter vom Ufer und setzte sich auf einen Birkenstamm, den das Gewicht des Schnees einst niedergedrückt hatte und der jetzt grob und waagrecht wuchs. Elis erinnerte sich noch an ihn. Der Stamm war nicht viel gröber geworden. Bäume altern langsam, dachte er.

Es war jetzt Huvuln, die Zeit zwischen dem Vorsommer und der Mahd. Die Lehde war jedoch verfilzt. Niemand mähte dort mehr das Gras. Tausende von Hummeln summten in den Storchschnäbeln. Ein dichter Tiersommer lag über dem Blumenmeer, das in langen Bahnen niedergetrampelt war. Allerdings nicht von Menschen. Im Hochgebirge im Westen jenseits des Sees lagen nach wie vor große Schneefelder. Die Fjällflanken glichen schlecht gehäuteten Tieren.

Myrten ließ auf sich warten. Er saß da und starrte in ein verwuchertes Wäldchen aus Birken, Espen und mageren Tannen. Die Einhegung am See. Die große Lehde. Keiner mehr da, der's noch bearbeiten tut, das Lebenswerk von dem Alten. Hätte es schon erfahren sonsten. Ostwärts, da ist's moorig. Hatten Riedheu geschlagen dorten, bestimmt seit anfangs. Ob sie noch dastehet, die Scheuer?

Schließlich mußte er unbedingt nach der Scheune sehen.

Ja, stehet noch dorten. Fallet freilich ein, mählich. Warum, zum Kuckuck, tun sie kein neues Dach drauflegen können? Tut doch gleichens aus dem achtzehnten Jahrhundert sein. Haben doch einen Schindelhobel. Was sind da für Leute, in Lubben, heutigentags? Möget eins manchiges sagen, über den Gudmund und den Jon, arbeitsgierig, das sind sie gewesen, allsfort. Ganz arg. Und Vater, der auch.

Als er bei der Scheune angelangt war, dachte er, daß er noch ein Stück in den Wald gehen sollte, bis er den Hof sehen könnte. Nur sehen. Er setzte sich zuerst ein Weilchen auf einen Baumstumpf und überlegte, ob er das wirklich wollte. Es gibt jedoch so viele verschiedene Arten von Willen in einem Menschen.

Wie er so mit geschlossenen Augen dasaß, wurde es Winter. Wind und Sterne erschienen. Graue Schafe bewegten sich in der Dämmerung. Vielleicht stimmte das nicht? Was wollten denn die Zibben im Winter draußen?

Doch er sah sie.

Vielleicht war das der Sinn all dessen: daß er sehe. Deshalb bin ich dem Mädchen gefolgt. Das andere Mädchen ist tot. Es ist jetzt Winter, und es hat einen Schneesturm gegeben. Die Zibben können nicht heraus. Was sich da so grau bewegt hat, waren nicht sie. Das war was anderes. Was es war, weiß ich nicht mehr. Man kommt nicht in den Viehstall, weil eine große Schneewehe vor der Tür liegt. Ich muß sie wegschaufeln. Hat mich rausgeschicket, der Alte. Die Statur eines Jungen gegen den Schnee. Tonnenweise Schnee.

Es riecht nach Brennholzrauch. Zwischen den Wolkenzügen sind Wind und Sterne. Aber kein Nordlicht. Keine Harfen und Gardinen und all das, was wir am Himmel gesehen haben, sie und ich.

Sie ist tot, sie ist schon lange tot, ohne daß ich es gewußt habe.

Der Frost reicht tief in den Boden. Es wird jedoch Neuschnee geben, und er wird tauen und sich auflösen. Am Ende ist er eisig und zerfressen. Dann kommt graukalter, schneidender Wind, und die Nässe tropft. Die Nebel rollen und wirbeln.

Schneegestöber auf dem See, und das Licht, das es blendend durchdringt.

Das ist der Tod.

Er ist Wasser, nichts als verschiedene Formen von Wasser. Kristallisiert, hartgefroren, fließend, dampfend, dunstend. Nichts als Wasser. Eisig und strömend. Eine ganze Landschaft aus Wasser ist der Tod. Rollende Nebel. Wasserwatte. Zusammengepackte Kristalle. Eis bis hinab in die starre Erde. Hinab in den Untergrund.

So tief geht der Tod.

Elis lief so weit, daß er die Häuser tatsächlich sah. Sie waren grau und niedrig. Niedriger, als er sie in Erinnerung hatte. Ihm schien, als bewegte sich hinter einer Fensterscheibe ein Gesicht. Aber das war wohl nur ein Reflex. Ein Gesicht neben einem Fetzen Gardine, ein graues, abweisendes Gesicht. Und zugleich gierig nach Leben. Jemand, der zurückwollte.

Da kam Myrten. Sie bewegte sich breitbeiniger als sonst, schritt aus. Wirres Gras wuchs dort, wo einst ein stark abgeweideter Hofraum gewesen war. Der karierte Sommerrock klebte ihr an den Schenkeln, Elis sah die Konturen, doch lag keine Verlockung darin. Er sah nur.

Er ging ihr nicht entgegen, sondern bewegte sich in derselben Richtung wie sie ein Stück weit in den Wald. Als sie zwischen die Erlen trat, kam er hervor. Ihr wurde angst. Dann sagte sie: »Entschuldige, daß ich dich habe warten lassen.« Myrten ergriff seine Hand, und sie gingen los.

»Das ist ein aufgelassener Hof«, sagte sie, als sie merkte, daß er sich umdrehte und nach den Häusern sah. »Da hat früher eine Frau gewohnt. Die Witwe eines Waldarbeiters. Sie ist gestorben. Tore und noch einer sind mehrmals hiergewesen und haben ihre Katzen erschossen. Es waren siebenundzwanzig Stück. Igitt!«

Dieses kleine Igitt. Irgendwo an seiner Schläfe pochte es, wiewohl tiefer drinnen.

»Freilich war hier einmal ein richtiger Hof«, sagte sie. »Die Leute waren jedoch ganz arm.«

»Wo sind sie?« fragte er. »Die können doch nicht allesamt tot sein.«

»Fast. Praktisch. Hier draußen auf Tangen hat es überall Tuberkulose gegeben.«

Wieder dieses Pochen. Tuber-kuu-lose. Sie sprach das so sorgfältig und fein aus. Jahrelang hatte er geglaubt, es heiße Tuberkelose. Sein Elend buchstabieren zu lernen war nicht Teil der Bildung, die man in Breidablikk bekam. Dort sollte alles hell und optimistisch sein.

»Ich bin wahrscheinlich auf einem verkehrten Planeten gelandet«, sagte er auf norwegisch.

»Wie bitte?«

»Hier ist es so wunderlich.«

»Findest du? Ja, es ist grauenhaft mit der Tuberkulose. Hier sind immer noch viele krank. Mama hat erst dieser Tage gesagt, daß ganz Tangen ausgerottet werde, wenn das kein Ende nehme. Dann gäbe es nur noch aufgelassene Höfe. Sie hilft den Leuten. Mama hat eine Ausbildung. Sie ist eine tüchtige Krankenpflegerin.«

»Und die hier? Die Leute, die hier gewohnt haben?«

»Ja, ich weiß nicht genau. Aber ich glaube, die waren schrecklich bedauernswert. Die waren so arm. Und konnten gewissermaßen nicht ...«

»Was?«

»Zu Rande kommen.«

»Wieso?«

»Ja, du weißt schon. Die Tuberkulose kommt ja auch von der schlechten Hygiene. Von Ungeziefer und Schmutz. Wenn es eng ist und man nicht ...«

»Zu Rande kommt?«

»Ja.«

Er kehrte ihr den Rücken zu und ging unter diesen verdammten klebrigen und unangenehmen Erlen, von denen er nicht wußte, was an ihnen verkehrt war, zum Ufer hinunter. Es pochte ihm auch im Hals. Und im Magen. So als ob man kotzen müßte.

Hinter ihm ging Myrten, in all ihrer Feinheit. Die man, wie sie glaubte, durch Fleiß und Sorgfalt erlange. Oder die sie vielleicht für angeboren hielt. Sie war so fein, daß sie Leute, die arm waren, für bedauernswert erachtete. Sie summte jetzt.

»Vater ist allemal recht reich sozusagen«, hatte ihr Bruder gesagt. »Krieget eins aber nichten ein Öre, ohne daß man arbeiten tut, für ihn. Muß sich eins schinden, mit den Fällern, wie ein Hund. Wie die gewöhnlichen Leute.«

»Aber du hast immer zu essen gehabt«, hatte Elis erwidert und über ihn gelacht. Es war aber nicht lustig gewesen. Feine Leute waren nicht lustig. Sie waren grausam. Doch das wußten sie nicht immer. Myrten summte, und in ihm pochte es.

Wenn sie nur nicht gesummt hätte!

»Schweig«, sagte er, ohne sich umzudrehen. Er wollte ihr

Gesicht nicht sehen. Ihr kleines Blütenblattgesicht. Den Puder. Die Pagenfrisur. Er wollte weg.

»Ich muß allein sein.« Er sprach jetzt wieder norwegisch.

»Aber warum … Ich verstehe nicht.«

»Ich bin gern allein«, sagte er. »Ich *muß* manchmal allein sein.«

Er stieg ins Boot, ohne sich umzudrehen. Als er es abstieß, fürchtete er, daß sie schreien würde. Ihm war, als sei dort ein Schrei, auch wenn er noch nicht zu hören war. Er wollte abwiegeln und eine Art Entschuldigung vorbringen. Aber es ging nicht. Er ruderte davon, ohne sie anzusehen, er stierte auf den Grund des Bootes, wo ein alter hölzerner Schöpfer und eine rostige Schleppangel lagen. Als er weiter draußen eine Landmarke anzupeilen suchte, sah er, ohne es zu wollen, daß Myrten zusammengekauert zwischen den Steinen saß. Sie kroch gleichsam in sich zusammen.

*

»Diese Papiere hier«, sagte Hillevi zu mir, »das sind Hebammenberichte. Genaugenommen sind es Entwürfe zu Berichten. Folglich sind sie etwas ausführlicher als die, die ich eingeschickt habe. Alles in allem handelt es sich um eine Art Beschreibung des Kirchspiels. Sie gehören natürlich der Pfarrgemeinde und sollen von niemandem außer dem Pfarrer gelesen werden. Du übergibst die Kiste also nur. Aber nicht jetzt. Warte, bis ein ordentlicher Pfarrer kommt.«

Ich machte mir keine Gedanken darüber, warum sie diese Papiere mir und nicht Myrten anvertraute. Es sollte lange dauern, bis ich die Kiste anrührte. Einen ordentlichen Pfarrer sahen wir ja erst, als Zachrisson kam. Das war der, dem sie das Boot gestohlen haben. Er bestand zu hartnäckig auf dem Fischereirecht der Pfarrhufe. Außerdem war er gegen die Kahlschläge der SCA, und ich war ziemlich überzeugt davon, daß diejenigen, die ihm diesen Schabernack gespielt hatten, Holzfäller waren. Er schien aber trotzdem zu bleiben. Und da glaubte ich, die Kiste übergeben zu müssen.

Es war nicht so gemeint, daß ich die Berichte lesen sollte. Doch die Toten bekommen nicht immer ihren Willen. Während die Jahre vergehen, schwächt sich ihr Wille in uns ab.

Die Kiste war aus Holz, und es stand Pellerins Margarine darauf. Sie gehörte zu den raren Hinterlassenschaften aus dem alten Laden. Es war ja alles verbrannt. Diese Kiste mußte im Haus gestanden haben. Den Deckel hatte Hillevi zugenagelt.

Ich war mir ja nicht hundertprozentig sicher, daß Zachrisson bleiben würde. Vielleicht war es besser, die Berichte dem Provinzialmuseum zu übergeben. Um zu sehen, ob das geraten war, brach ich den Deckel der Kiste auf.

Das erste, was ich sah, war, daß es sich nicht um Papiere im üblichen Sinne handelte. Es waren Bücher. Exakt solche schwarzen Notizbücher mit Wachstucheinbänden, wie Myrten sie von Hillevi aufbewahrt hatte. Diese hier enthielten jedoch keine Rezepte und nichts über die Familie oder über Hillevis Zibben. Es waren Beschreibungen von Entbindungen, aber auch von Krankheitsfällen – Tuberkulose vor allem –, bei denen sie behilflich gewesen war. Sie hatte diese Bücher während vieler Jahre geführt. In einem fand ich eine Abschrift aus einem Buch, das *Die Volkskrankheit Tuberkulose und ihre Bekämpfung* hieß. Es sei von Gustaf Neander verfaßt und 1928 gedruckt, hatte sie am Rand vermerkt. Sie hatte auch Passagen aus Israel Holmgrens *Lehrbuch der Lungentuberkulose* von 1906 abgeschrieben. Diese Bücher mußte ihr der Doktor in Byvången geliehen haben.

Aus der Hebammenzeitschrift *Die Wehfrau*, die sie abonniert hatte, von der sie aber auch alte Jahrgänge gebunden kaufte, hatte sie folgende Sentenz abgeschrieben:

Wir wollen Lob und Preis unsterblich euch
bewahren,
Solang es Frauen gibt und Mütter in Gefahren

Sie hatte hinzugefügt, daß diese Huldigung an die Hebammen von Sophia Elisabeth Brenner stamme. Ich hatte Lust, mich mit Myrten über all diese Dinge zu unterhalten, doch irgend etwas hielt mich davon ab. Hillevi hatte die Kiste ja mir gegeben, und sie mußte Gründe dafür gehabt haben. Was für Gründe das waren, sollte ich erst viel später verstehen.

Die Entbindungsgeschichten waren oft voller Freude. Hillevi konnte aber auch elende Wohnverhältnisse und großen Mangel an Bettwäsche und Säuglingsausstattung beschreiben. Oftmals hatte sie das Nötigste dabei und verschenkte es. Nicht zu verkennen war ihre Befriedigung, wenn sie von einer Entbindung heimkehrte, die gut verlaufen war. Einmal, als sie ein gesundes neugeborenes Knäblein gebadet und gewickelt und der Mutter die Wochensuppe (stets eine Milchsuppe) gereicht hatte, schreibt sie: *Die Lerchen sangen, als ich heimwärts wanderte.* Ich habe nie gehört, daß es hier bei uns Lerchen gibt, folglich muß sie den Gesang mit ihrem inneren Ohr gehört haben. Nach der Entbindung eines Mädchens, das mit der Nabelschnur um den Hals geboren worden war und nicht hatte belebt werden können, schrieb sie: *Es ist sehr bitter, einer Entbindung mit einem derart traurigen Ende beigestanden zu haben.*

Sie betreute ja viele Jahre lang Wöchnerinnen und half bei der Nachsorge. Ich glaube, sie war mit den Hebammen, die nach ihr kamen, gut befreundet. Das hinderte sie jedoch nicht daran, über deren Anstellungsverhältnisse und Bezüge genau Buch zu führen. An einer Stelle hatte sie zum Vergleich an den Rand geschrieben, was sie selbst damals, als sie nach Röbäck gekommen war, an Lohn und Vergütung für jede Entbindung erhalten hatte. Hinter den Zahlen standen Ausrufezeichen.

Daß es nicht geraten war, diese Berichte dem Provinzialmuseum zu übergeben, sah ich augenblicklich. Es gab Aufzeichnungen über große Armut und über Krankheiten, die als schändlich galten. Sie schrieb auch über die Vernachlässigung von Tieren, über Fälle von Debilität, deren Ursache in einer ererbten Geschlechtskrankheit lägen, wie sie mitunter argwöhnte. In diesen Fällen fügte sie der Beschreibung des Kindes in Klammern ein HS hinzu. Einmal las ich in einer Zeitung etwas über hereditäre Syphilis, woraufhin ich dieses HS deuten konnte. Hillevi erkannte oft, daß Kinder schwer gezüchtigt wurden. Auch Mutmaßungen über Frauenmißhandlungen notierte sie. Dazu schrieb sie ein FM. Ich kann natürlich nicht mit Sicherheit sagen, wofür das stand. Aber aus dem Zusammenhang schwante mir, was sie meinte.

Ich war mir völlig im klaren darüber, daß diese Bücher nicht den Angestellten des Museums unter die Augen kommen durften. Dann würden sie ja früher oder später von der Allgemeinheit gelesen. Es gab im Kirchspiel Röbäck jedoch noch Angehörige dieser Kranken und Verlotterten. Bis heute gibt es die. Ich begriff, wie das für diese Leute wäre, denn es gab auch eine Aufzeichnung über meinen eigenen Großvater sowie darüber, in welchem Zustand Hillevi mich vorgefunden hatte, als sie mich zum erstenmal sah. Ich bin mir sicher, daß sie übertrieben hat. Außerdem hat sie sich immer geweigert, zu glauben, daß ich von einem Adler versehrt worden war. Derlei außerordentliche Vorkommnisse hat sie nie verstanden, vielmehr glaubte sie, bei allen Menschen gehe alles ganz alltäglich vor sich.

Nein, das Museum sollte die Kiste nicht bekommen. Das hatte Hillevi ja auch nicht gewollt. Also doch Zachrisson. Bevor ich sie ihm jedoch aushändigte, las ich in den schwarzen Büchern. Allerdings las ich nur ab und zu darin, und deshalb dauerte es wohl ein Jahr, bis ich auf den Grund der Kiste vordrang. Dort lag gefaltetes graues Papier in mehreren Schichten. Das kannte ich vom Laden her aus der Zeit, als ich noch klein war. Onkel Halvarsson hatte Glas und Porzellan darin verpackt, wenn es weit gefahren oder mit dem Ruderboot verfrachtet werden mußte. Myrten und ich zerschnitten das Papier in kleinere Bogen und benutzten es zum Pflanzenpressen. Ich dachte, diese grauen Papierlagen bildeten den Grund der Kiste. Doch dem war nicht so.

Es lag ein Buch zuunterst. Es hatte dunkelrote Samtdeckel, auf deren Innenseiten sich zwei Lederecken mit Löchern befanden. Ich nehme an, daß da einmal ein Schloß angebracht war. Ich glaubte zunächst, es sei ein Mädchentagebuch. Es war so schön. Das Papier war dick und hatte ganz oben auf den Seiten ein schwaches, aber deutliches Muster. Ein Lilienmuster. Die gleichen Lilien waren in den Samt des Einbands geprägt.

Der erste Eintrag stammte aus dem Sommer 1945. Es stand das Datum darüber, wie in einem Brief. Er hatte jedoch keinen richtigen Adressaten. Er schien eine Entbindungsgeschichte zum Inhalt zu haben. Das Wunderliche war, daß es sich um eine sehr weit zurückliegende Entbindung handelte. Aus dem Jahr 1916.

Als ich das Geschriebene überflog, war ich unangenehm berührt und klappte das Buch zunächst zu. Ich fand die Vergangenheit gräßlich und wünschte, Hillevi hätte dies nie erleben müssen. Ich verstand auch nicht, warum sie die Begebenheit erst neunundzwanzig Jahre später niedergeschrieben hatte. In den schwarzen Büchern, worin sie über alle Entbindungen so sorgfältig Bericht erstattet hatte, fand sich diese nicht.

Erst ein paar Tage später und bei klarem Tageslicht las ich diesen Brief erneut. Denn es war ein Brief, den sie abgeschrieben und in das Buch eingetragen hatte. Nach dem Brief erzählt sie etwas, was sich im Sommer 1945 zugetragen hat. Sie scheint es gleich nach dem Datum geschrieben zu haben, das am Anfang steht. Ich glaube, daß auch dies eine Art Brief war, den sie abgeschrieben hat. Er ist gleichmäßig und flüssig geschrieben. Hillevi hatte eine schöne Handschrift mit abgerundeten Buchstaben, die sich gleichmäßig nach rechts neigten. Es war kaum zu verkennen, daß es sich um eine weibliche Handschrift handelte. Sie ist an dieser Stelle so wie in Hillevis besten Jahren. Erst weiter hinten im Buch verändert sie sich.

An einer Stelle hat sie ihre Abschrift unterbrochen. Es scheint, als habe sie Platz gelassen, um später einen Namen einfügen zu können. Oder sie hat vielleicht beschlossen, es nicht zu tun, sich aber gescheut, in dem schönen Buch etwas durchzustreichen.

Etwas weiter schreibt sie über einen Tag, an dem in Norwegen ein tragisches Ereignis eingetreten sei. Es berühre ihre Familie, schreibt sie, und es scheine ihr die Gelegenheit zu geben, heimlich einen Mann zu treffen. Ich las diese Zeilen sehr genau, und ich wußte, welchen Tag sie meinte.

Den dreiundzwanzigsten Juli 1945.

Ich habe einzelne Erinnerungsfetzen. Ihre hölzernen Gesichter. Und wie ich schrie.

Der Zorn.

Das schlimmste ist, wenn einem diesen Zorn niemand abnimmt. Sie halten ihn nicht einmal für ungerechtfertigt. Nur für befremdlich. Sie kommen überein, daß etwas nicht in Ordnung sei mit einem.

Die Trauernde, das war Nilas Mutter. Sie, die mit Würde trauerte. Zu ihr kamen sie. Ich war die Befremdliche. Diejenige, die schrie und fluchte. Diejenige, die unverblümt herausbrüllte: *»Was hattet ihr mit deren Krieg zu schaffen!«*

Aslaks Gesicht genauso hölzern und hart.

Und ich schreie:

»Habt ihr euch nicht immer dafür gerühmt, ein friedliches Volk zu sein?«

Dasitzen und mit dem Vergangenen herumpusseln. Anfassen, was meine Hände damals angefaßt haben. Den norwegischen Zeitungsartikel zerriß ich einst in Fetzen. Ich fegte sie wahrscheinlich auf den Fußboden, und dann kehrte man hinter mir her. So geht das.

Einige dieser Fetzen fand ich hier in Hillevis schönem Samtbuch.

das Leben unter Umständen lassen
im Zusammenhang mit dem Krieg un

stark in diesen Einsatz involviert
Operation Woodlark stattfand

Bruder Aslak wahrscheinlich
hatte ein Munitionslager

estand aus Dynamit, und die Explosio
ob Nils Klementsson suchen wollte
den Sprengstoff, wenn es weiter
erg bebte unt

ar bei vollem Bewußtsein, aber schwer
verletzt
Splitter, die tief ins Fleisch eingedrungen
nd blutete stark. Die Lage war in höchste

r lebensbedrohlich, und er wurde immer schwä
und bei deren Ankunft war es etwas l
rt, um Nils Klementssons Leben zu rett
er kurz darauf starb.

hat die Kartons mit dem Dynamit unters
ist die Polizei zu dem Schluß gekommen
ils nachsehen wollte, wie gut das Dynam

Aufbewahrung. Die Explosion des D
ch neben dem Zündstift. Wahrsc
eine der Dynamitexplosionen fü

sind in den Kartons vermutli
wohl ausreichend gewesen, um

Irgend jemand hat sie in ein Kuvert gesteckt. Hat Myrten das getan? Jetzt habe ich die Schnipsel auf dem Stubentisch ausgebreitet. Die Lampe leuchtet stark über ihnen.

Myrten kam, und sie blieb bei mir. Sie versuchte mir über das Ärgste hinwegzuhelfen. Vor allem kümmerte sie sich um die Kinder. Onkel Trond hatte sie mit dem Auto gebracht. Er blieb ein paar Tage. Wie viele, weiß ich nicht mehr. Hillevi dagegen kam nicht. Ich habe das nie verstanden oder darüber hinwegkommen können.

War das die Erklärung? Daß sie zu Hause geblieben ist, weil sich jemand um den Laden kümmern mußte, das habe ich nicht geglaubt. Es gab einen Gehilfen. Ich weiß, daß Myrten es ebenfalls merkwürdig fand. Sie sagte, Hillevi sei in letzter Zeit nicht ganz sie selbst. Womöglich sei sie krank, meinte sie.

Nach einer Anmerkung, daß der Mann, den sie treffen wolle,

aus dem Dorf verschwinden müsse, ist es, als veränderte sich ihr Bericht. Sie schrieb nun nicht mehr so geschraubt. Auch geht sie dazu über, ihn E. zu nennen.

Nach der Beschreibung der ersten Zusammenkunft mit dem Mann ist eine Lücke. Anscheinend hat sie dort etwas einfügen wollen. Dann aber beginnt sie auf einer ganz neuen Seite.

Es ist schwer zu sagen, wann das, was dann folgt, geschrieben wurde. Hillevi scheint nun keinen Adressaten mehr im Sinn zu haben. Am allerwenigsten eine Behörde. Ich habe oft die Handschrift betrachtet. Es ist nicht immer dieselbe von Abschnitt zu Abschnitt. Hillevi wechselt die Tinte und benutzt eine hellere. Ich glaube, daß zwischen den einzelnen Eintragungen ziemlich viel Zeit verging. Womöglich Jahre.

Sie kehrt oft zu dem zurück, was zwischen ihr und jenem Mann, den sie E. nennt, gesprochen wurde. Sie nimmt es nun nicht mehr so genau damit, daß das, was sie in das Buch einträgt, tadellos und fein säuberlich aussieht. Sie streicht durch und ändert. Daß der letzte Abschnitt zu der Zeit geschrieben wurde, als sie krank ist und sich am Ende ihres Lebens befindet, daran besteht kein Zweifel. Sie scheint das, was sie in das Buch geschrieben hat, durchgelesen und eine letzte Aufzeichnung hinzugefügt zu haben. Ihre Schrift ist jetzt schwach, und man sieht, daß sie gezittert hat. Ich erinnere mich, daß sie versuchte, dieses Zittern zu vermindern. »Dieser Tremor ist eine kleine erbliche Angelegenheit«, sagte sie. »Ich habe ihn von meinem Vater.«

Erst in ihrer letzten Aufzeichnung schreibt sie einen Namen aus.

*

Svartvattnet, den 8. Juli 1945

An die zuständige Stelle!

Eine unvorhergesehene Begebenheit gebietet es mir, einen Umstand zu offenbaren, welcher lange verborgen geblieben ist. Wenn ich im Folgenden die Namen der beteiligten Personen nicht nenne, dann deshalb, weil ich noch immer hoffe, daß dieser Brief nicht abgeschickt werden muß. Befinde ich es für geboten, werde ich es indessen tun und zugleich die vollständigen Namen angeben. Ich bin mir dessen bewußt, daß das Vergehen, welches aufgedeckt werden wird, nicht mehr mit Strafe geahndet werden kann, da seit dem Eintreffen der Begebenheiten neunundzwanzig Jahre vergangen sind. Ich vermute jedoch, daß eine Untersuchung durchgeführt werden wird und daß der überlebende Verantwortliche sich gleichwohl seiner Tat wird stellen müssen, wenn nicht im juristischen, so im moralischen Sinne.

In der Mitte des Märzen 1916 wurde ich darauf aufmerksam gemacht, daß ein dreizehnjähriges Mädchen schwanger sei und sich in fortgeschrittener Wehentätigkeit befinde. Ich kann mich des Datums nicht mehr entsinnen, doch alle anderen Umstände stehen mir noch sehr deutlich in Erinnerung. Das Becken des Mädchens hatte rachitische Veränderungen erfahren, und es fiel ihm infolgedessen sehr schwer, das Kind zur Welt zu bringen. Ich entband sie mit der Zange, und sie genas eines kleinen Mädchens ohne Lebenszeichen, das jedoch mittels Schleimabsaugung belebt wurde.

Als ich den Hof verlassen wollte, hatte man mein Journalbuch entwendet, worin ich während der langen Entbindungstätigkeit und nach der Geburt des Kindes Aufzeichnungen über deren Verlauf sowie über den Zustand der minderjährigen Mutter gemacht hatte. Darin waren auch Angaben über das Gewicht, den Kopfumfang und die Größe des Kindes.

Ich sah mich gezwungen, den Ort ohne mein Journalbuch zu verlassen. Als ich mich schon ein Stück entfernt hatte, besann ich mich indes und kehrte wieder um, wollte ich doch versuchen, es zu holen. Ich verstand, daß die Angehörigen des Mädchens befürchteten, der offenkundige Mißbrauch des Mädchens sei in dem Journal verzeichnet und würde später bei der Polizei angezeigt. Es herrschte große Armut an diesem Ort, doch auch ein Mangel an christlicher Wertung und Denkweise, ein Umstand, den ich der Isolierung zuschreibe.

Als ich fast bei dem Hofe angekommen war, sah ich zwei Männer an einer Wuhne. Ich muß hinzufügen, daß ich auf Skiern über einen See fuhr. Der eine verschwand, als er meiner ansichtig wurde. Der andere, welcher jünger war, blieb. Ich nahm ihm seine Bürde ab, welche sich als das neugeborene Kind erwies. Ich wagte es nicht, zu dem Hofe zurückzukehren, sondern band das Kind an mir fest und fuhr in Richtung des nahe gelegenen Dorfes. Unterwegs blieb ich stehen und nahm eine Untersuchung vor. Dabei stellte ich fest, daß das Kind tot war. Ich möchte unterstreichen, daß es gesund gewesen war, gut geatmet und eine regelmäßige Herztätigkeit gehabt hatte, als ich es zusammen mit seiner minderjährigen Mutter verlassen hatte. Es trug einige Kleidungsstücke, und diese waren nun naß.

Ich setzte meinen Weg in Richtung des Dorfes fort, wurde jedoch nach einem gewissen Zeitraum von einem Hund und einem Manne eingeholt. Beide waren sehr bedrohlich. Der Mann nahm mir das tote Kind ab und fuhr auf seinen Skiern davon. Ich kehrte in das Dorf zurück und offenbarte nie einem Menschen, was ich erlebt hatte. Ich möchte diesen Umstand keinem Schock zuschreiben. Falls dieser Brief abgeschickt werden muß und eine Untersuchung in dieser Angelegenheit vorgenommen wird, bin ich bereit, für meinen Teil dieses tragischen Geschehens einzustehen und auch eine Erklärung dafür zu geben, weshalb ich das, was ich entdeckt hatte, nicht angezeigt habe. Ich bin mir dessen bewußt, daß meine Unterlassung nicht zu entschuldigen ist.

Hillevi Halvarsson, geb. Klarin

Am 25. Juni 1945 sah ich eine der Personen wieder, welche in die Begebenheiten verwickelt gewesen waren, die ich in meinem Briefe geschildert habe. Es war der jüngere, nunmehr ein erwachsener Mann. Ich sah ihn vor unserem Postamt. Er war ein lebendes Abbild seines Vaters. Überdies hatte er einen Hund desselben Schlages bei sich, wie ihn mir sein Vater auf dem Eise einst hinterhergehetzt hatte.

Ich begriff nicht sogleich, daß er der älteste Sohn war. Über die Verwandtschaft war ich mir jedoch völlig im klaren. Der Vater, welchem er zum Verwechseln ähnlich sah, war seit zehn Jahren tot.

Er erkannte mich nicht, und wir sprachen nicht miteinander. Ich dachte, er sei zurückgekehrt, um einen seiner Brüder zu besuchen. Doch er zeigte sich nicht mehr im Dorfe. Nach einigen Tagen erfuhr ich, daß er auf der anderen Seite des Sees eine Almhütte gemietet hatte und sich als Tourist dort aufhielt. Er hatte angegeben, er sei Norweger und als Künstler tätig.

Sein Name

Die Umstände gerieten dergestalt, daß ich wollte, der Mann möge nach Norwegen zurückgehen. Falls es vonnöten sein wird, bin ich bereit, über meine Gründe hierfür ebenso Rechenschaft abzulegen wie über die zurückliegenden Ursachen meines Verschweigens dessen, was geschehen war.

Knapp einen Monat nach der Begegnung beim Postamt trat in Norwegen ein tragisches Ereignis ein, das meine eigene Familie sehr nahe berührte. Meine Angehörigen fuhren dorthin, in der Absicht, Beistand zu leisten, und ich blieb allein im Hause. Da beschloß ich, den Mann aufzusuchen. Ich wollte bestätigt bekommen, daß er es wirklich war, und ihn davon überzeugen, daß es das beste sei, er bräche unverzüglich auf und besuchte das Dorf nicht mehr.

Ich ruderte am frühen Morgen des 24. Juli zu der Almhütte auf der anderen Seite des Sees hinüber. Es war kurz vor fünf Uhr, als ich das Dorf verließ. Ich wollte von niemandem gesehen werden. Schon als ich anlandete und das Boot über die Steine scharrte, begann oben beim Haus der Hund zu bellen. Zuerst klang es nur dumpf, dann schien E. ihn aus dem Haus gelassen zu haben, denn das Bellen, welches sehr wütend war, näherte sich. Ich stieß das Boot wieder ab und stieg ein. Der Hund kam *nun angerannt und stellte sich, heiser bellend, direkt an den Rand des Ufers. Ich ruderte ein Stück hinaus und wartete dort. Der Hund hörte nicht auf zu bellen. Mein Verhalten schien ihn nur noch wütender zu machen. Es hatte genieselt, als ich das Dorf verlassen hatte. Jetzt begann es zu regnen.*

Es dauerte lange, bis E. herunterkam. Er schien zunächst nichts gegen diesen wütenden Hund unternehmen zu wollen. Eine Leine hatte er nicht bei sich. Er rief zu mir herüber und fragte, was ich wolle. Er sprach norwegisch. Das tat er, bis auf eine Ausnahme, die ganze Zeit über, in der wir miteinander sprachen. Norwegisch kann ich jedoch nicht wiedergeben. Ich entsinne mich nur einiger Ausdrücke, welche er benutzte.

Neben dem Pfad ist eine kleine Stallung. Dort ging er hinein und kam mit einem Zügel heraus. Nachdem er den Hund angeleint hatte, sagte er, ich solle an Land rudern. Ich hätte ihm gleich sagen sollen, wer ich war, doch es regnete jetzt sehr heftig, und wir liefen zu der Almhütte hinauf. Ich hatte nach wie vor Angst vor dem Hund.

Als wir die Hütte betraten, war ich überrascht, wie gepflegt es dort war. Ich hatte mir vorgestellt, daß es bei einem Künstler anders aussehe. Das bestärkte mich in meiner Vermutung, daß er nicht derjenige war, für den er sich ausgab, sondern ein Betrüger. Er reichte mir einen Pullover und eine Wolldecke und ging hinaus, während ich mein nasses Kleid auszog. Als er wieder hereinkam, heizte er den mit Holz zu befeuernden Herd ein. Wir hatten noch nicht viele Worte miteinander gewechselt, doch hatte ich das starke Gefühl, er wisse, daß er vor etwas Entscheidendem stehe. Es gab einen kleinen Flur, und er hatte den Hund dorthin gebracht, wofür ich dankbar war.

Nun erzählte ich ihm, ich sei Hillevi Klarin. Der Name sagte ihm jedoch nichts. Ich erzählte, ich hieße heute Halvarsson und sei mit dem Händler im Dorf verheiratet. Da erwähnte er meine Tochter. Ich sagte, wir wollten jetzt nicht über sie sprechen. Er wandte mir den Rücken zu und begann Kaffee zu bereiten. Diese Verrichtung verlieh, gleich dem Regen und meinem Umkleiden zuvor, allem ein Gepräge von Alltäglichkeit. Ich glaube, er wünschte das Gespräch aufzuschieben.

Wir tranken schweigend den Kaffee. Ich fand es schwierig, das Thema anzuschneiden, dessentwegen ich gekommen war. Schließlich aber sagte ich, daß ich ihn wiedererkannt hätte.

»Sie sind E. E.«, sagte ich.

Er reagierte nicht. Da erzählte ich ihm, ich sei die Hebamme, welche im März 1916 in seinem Elternhaus ein junges Mädchen entbunden habe. Er schwieg noch immer.

»Erinnern Sie sich an mich?« fragte ich.

Er hatte ja nicht eingestanden, wer er war, deshalb war ich erstaunt, als er antwortete. Seine Stimme war leise, und es war das einzige Mal, daß er schwedisch sprach.

»Ja, ich erinnere mich. Ich erinnere mich an die lichte Gewalt.«

Das war eine eigenartige Äußerung. Ich verstand sie nicht, und vielleicht hatte ich mich verhört. Ich war nun sehr darauf erpicht, das Gespräch so schnell wie möglich zu beenden und von dort fortzukommen. Mir erschien es unmöglich, über jene Begebenheit zu sprechen. Ich hatte mir unser Zusammentreffen ganz anders vorgestellt. Deshalb sagte ich nur, ich wolle, daß er abreise. Er nickte, ohne irgend etwas zu erwidern.

Ich bat ihn, hinauszugehen, während ich mich umzöge. Es war unangenehm, das nasse Kleid anzuziehen. Ich befürchtete, krank zu werden. Doch ich konnte nicht bleiben, und ich wollte seinen Pullover nicht länger tragen.

Er holte den Hund angeleint herein. Sie blieben beide in der Küche sitzen, als ich ging.

Einen Tag später wurde mir klar, daß E. noch immer in der Almhütte weilte. Meine Schwägerin hatte ihn besucht. Ich war sehr aufgebracht, zeigte es jedoch nicht. Am nächsten Morgen begab ich mich wieder dorthin. Mir war klargeworden, daß ich ihm damit drohen mußte, zu erzählen, was ich wußte. Ich hatte nicht gedacht, daß dies nötig würde.

Als ich jetzt hinausruderte, hatte ich Angst, doch nicht nur vor dem Hund. Daß E. nicht abgereist war, schien mir darauf zu beruhen, daß er eine unverschämte Person war. Vielleicht gedachte er, mich zu erpressen. Ich war sehr müde. Mehrere Nächte lang hatte ich nicht geschlafen. Wenn meine Angehörigen aus Norwegen anriefen, wurde mein Kummer nur immer größer.

Es wiederholte sich die gleiche Prozedur wie bei meinem vorigen Besuch. Der Hund bellte, und ich blieb im Boot sitzen. Dieses Mal regnete es zumindest nicht. Als E. ans Ufer herunterkam, ging ich nicht an Land. Ich rief, daß er abreisen müsse.

»Es ist ernst!« rief ich.

Er bat mich, ans Ufer zu rudern. Er habe auf mich gewartet, sagte er. Ich hatte mich geirrt mit meinem Argwohn, er wolle Geld dafür haben, daß er abreise. Er wirkte nur müde und traurig.

»Sie müssen fort von hier«, rief ich. »Verstehen Sie das nicht?«

»Kommen Sie an Land«, bat er.

Er packte den Hund, warf ihn in die Stallung und schloß die Tür. Ich konnte das Tier drinnen wüten hören. Ich ruderte näher und sagte, er habe mir versprochen abzureisen. Eigentlich hatte er ja nur genickt. Doch ich hatte dieses Nicken als Versprechen genommen.

»Es ist genug Zeit«, sagte er jetzt. »M. kommt erst in einer Weile zurück.«

Ich fragte, ob er mit meiner Tochter gesprochen habe. Er erwiderte, meine Schwägerin habe erzählt, was passiert sei und daß M. eine Weile in Norwegen bleibe.

»Aber warum sind Sie noch da?« fragte ich.

Er antwortete, er wolle es mir erklären.

Wie ich dort draußen im Boot saß, zuckte mir durch den Kopf, daß ich gar nicht wußte, wer die Tat begangen hatte, er oder der Vater oder beide gemeinsam. Ich weiß nicht, ob da ein Unterschied besteht. Zur Stelle waren schließlich beide. Wenn einer von ihnen es getan hat, so hat der andere es geschehen lassen.

Ich folgte ihm zur Hütte. Als wir jedoch dort anlangten, bekam ich Angst. Diese Angst war sehr heftig. Ich wollte nicht mit ihm zusammen in die Hütte gehen. Erst jetzt fiel mir ein, daß ich vermutlich die einzige auf der Welt war, die wußte, was vor neunundzwanzig Jahren geschehen war. Der Vater und der Großvater waren tot. Es ist unwahrscheinlich, daß sie den jüngeren Brüdern etwas davon erzählt haben.

Mir wurden die Knie weich, und ich mußte mich auf die Treppe der Almhütte setzen. Ich hatte ja nicht gewollt, daß irgend jemand etwas von meinem Besuch bei E. erfahre. Erst jetzt sah ich jedoch ein, daß mir meine Vorsicht, mit der ich mich daheim aufgemacht hatte, nicht zum Vorteil gereichte. E. konnte sie ausnutzen.

Er trat in die Hütte, kam mit einer Leine zurück und ging dann hinunter zum See, um den eingesperrten Hund zu holen. Als er zurückkehrte, zerrte das Tier stürmisch an der Leine, um an mich heranzukommen. E. band den Hund an eine kleine Birke neben dem Kochhaus. Ich war mir nicht sicher, daß die Leine dem Ungestüm des Hundes standhalten würde, und deswegen ließ ich mich doch darauf ein, mit E. in die Hütte zu gehen.

Dort herrschte die gleiche Wohlgeordnetheit wie ein paar Tage zuvor. Es berührte mich unangenehm, zu sehen, daß M. einen Pullover dort zurückgelassen hatte, welcher über einem Stuhl hing. Ich hatte ihn bei meinem ersten Besuch gar nicht bemerkt.

Ich fragte ihn, warum er nicht abgereist sei, so wie wir es vereinbart hätten. Er antwortete, er habe noch etwas zu klären. Ich dachte, er meinte das Verhältnis mit M., von welchem ich sehr wohl wußte. Ich sagte mit ziemlicher Schärfe, er solle M. in Ruhe lassen und es sei das beste, wenn er gar nicht erst zu Erklärungen anhebe.

»Was denken Sie eigentlich von mir?« brach es aus ihm heraus.

Ich faßte diese Frage als eine Zurückweisung des Gedankens auf, er könne M. übelwollen. Heute weiß ich, daß ich mich geirrt habe. Es war eine aufrichtige Frage. In jenem Moment war ich jedoch sehr aufgebracht. Ich erinnere mich nicht an die Details unseres Gesprächs, welches auf seine Frage folgte. Ich machte aus meinem Herzen keine Mördergrube, sagte ihm offen, was ich von ihm dachte, und legte ihm klar, daß alles enthüllt werde, wenn er nicht augenblicklich abreise.

»Ich habe keine Angst vor Ihnen!« rief ich ihm zu, als ich draußen war und zur Anlegestelle hinunterging. Ich meinte natürlich, daß ich keine Angst davor hätte, meine eigene Rolle bei dem, was geschehen war, zu enthüllen. Für mich war die Hauptsache, daß er sich von meiner Tochter fernhielt. Doch das brachte ich nicht aus mir heraus. Während ich nach Hause ruderte, konnte ich noch immer sein Gesicht vor mir sehen. Ich sah, wie erschreckend ähnlich er seinem Vater und seinem Großvater war, besonders im Zorn.

Als ich am nächsten Morgen, ebenso zeitig, wiederkam, sah ich ihn schon von weitem unten am Ufer. Dieses Mal hatte er den Hund beim Haus angebunden. Er trug einen Anzug. Sein Hemd war am Hals aufgeknöpft, doch sauber und gepflegt. Daß er auch frisch rasiert war, bemerkte ich, als ich an Land gestiegen war. Ich hatte gedacht, erklären zu müssen, warum ich wiedergekommen sei, und wußte nicht, was ich sagen sollte. Doch wir verloren kein Wort darüber, denn es war offenkundig, daß er mich erwartet hatte.

Der Tod eines Kindes ist etwas Entsetzliches. Ich weiß nicht mehr, wie wir schließlich doch noch darauf zu sprechen kamen. Ich schäme mich, daß ich dabei Kaffee getrunken habe. Er sagte, das Kind sei nicht tot gewesen.

E. ist ein gebildeter Mann. Das läßt sich schwer mit seiner Herkunft in Einklang bringen. Seine Kleidung und sein Auftreten machten mich zeitweilig glauben, es sei alles nur ein Irrtum. Damals war mir, als befände ich mich in einem Traum.

Wir sind wohl geneigt, jemandem, der gepflegt spricht, eher zu glauben als jemandem, der grobe Worte benutzt.

Er fragte mich nach allen seinen Verwandten. Ich erzählte ihm, sein Vater sei tot. Daß sein Vater und die beiden älteren Brüder in Amerika gewesen waren, wußte er nicht. Er fragte nach der Grabstätte seines Vaters. Ich erzählte, er sei in Aitkin, Minnesota, gestorben, und die Söhne hätten seine Asche nach Schweden und auf den Kirchhof von Röbäck überführt. Er wußte auch nicht, daß sein Bruder G. heute eine kleine Landwirtschaft im Dorf betreibt oder daß sein Bruder J. nach Klemensnäs gezogen ist, wo er bei Unander & Skarin arbeitet. Er fragte mich nach den jüngeren Brüdern. Ich mußte ihm sagen, daß sie tot waren. Er nahm an, daß sie an der Tuberkulose gestorben seien, und ich konnte es ihm nur bestätigen. Seine Tante, bei welcher sie gewohnt hatten, war ebenfalls tot. Ich fand es entsetzlich, das alles zu erzählen. Schließlich nahm ich mich zusammen und wollte ihm sagen, daß das Mädchen S. im Alter von nur fünfzehn Jahren an Lungentuberkulose verstorben sei. Doch er hielt mich davon ab. Daß das Mädchen tot war, war offensichtlich das einzige, was er über das Schicksal seiner Familie wußte. Sie war seine Cousine.

Ich weiß nicht, ob ein Menschenleben einen Sinn hat. Wir werden dazu erzogen, es zu glauben. Wir versuchen auch, unseren Kindern beizubringen, daß das Leben einen Sinn habe und dieser sich erfüllen werde, wenn man recht handle und liebevoll sei. Man soll auch arbeitsam sein.

Ich verspürte eigentlich keine Neugier auf seine jetzigen Verhältnisse. Dennoch fragte ich, ob er wirklich Künstler sei. »Gewissermaßen«, antwortete er. »Jedenfalls war ich einer. Heute entwerfe ich Glasservice.«

Gestern sagte er zu mir, das Kind habe gelebt. Es war schon das zweite Mal, daß er das behauptete, und nun fragte ich ihn, wie er so etwas sagen könne. Ich war sehr aufgebracht. Offensichtlich log er, um sich seiner Verantwortung zu entziehen.

Er erzählte nichts von seiner Kindheit. Ich fragte ihn, wie es komme, daß er als gebildeter Mann nicht von einem Zuhause Abstand nehme, wo so schreckliche Mißstände geherrscht hätten. Vielmehr verteidige er seine Angehörigen auch noch mit der unsinnigen Behauptung, daß das Kind nicht gestorben sei. Er verteidige sie nicht, erwiderte er. Und dann fragte er mich, ob meine Tochter von mir Abstand genommen habe. Ich verstand seine Bemerkung nicht.

Wir wissen beide, daß wir nicht viel Zeit haben. Ich bin mir sicher, daß er mir letzten Endes etwas erzählen wird. Vielleicht nicht die ganze Wahrheit, denn er ist keine wahrheitsliebende Person.

Er sagt zu mir, ich solle mir um M. keine Sorgen machen.

Als ich heute abend aus dem Laden kam und endlich allein war, ging mir auf, was er mit seiner Frage, ob M. von mir Abstand genommen habe, meinte. Ich habe nie jemandem etwas von den Begebenheiten im März 1916 und von meiner Rolle dabei erzählt, am allerwenigsten meiner Tochter. E. hat etwas Spöttisches an sich. Er ist nicht offen, nicht einmal, wenn er zornig ist.

Es regnet viel dieser Tage. Ich bin erst recht spät am Vormittag nach Hause gekommen. Da war ich ganz naß. Ich weiß, daß das seltsam wirkte. Es war jedoch unmöglich, E. zu verlassen. Er wurde sehr heftig und sprach in abgehackten Sätzen. »Das kleine Mädchen war nicht tot«, sagte er, wie stets auf norwegisch. »Ich lüge nicht. Ich heuchle auch nicht.«

Dieses Mal schwieg ich. Das erwies sich als klug. Er begann zusammenhängender zu erzählen und sagte, er sei nach Norwegen geflohen und habe das Kind mitgenommen. Zunächst habe er mit ihm bei einer alleinstehenden Frau gewohnt. Er habe sich selbst um das Mädchen gekümmert und anstelle von Windeln Torfmoos verwendet. Es sei jedoch schwierig gewesen, das Kind zu ernähren, weil die Frau sehr arm war.

Deshalb habe er das Mädchen zu Bauersleuten gebracht. Er sagte, dort sei das Kind gut versorgt worden. Sie hätten sofort eine Amme geholt. Bei denen sei es aufgewachsen, sagte er. Es seien anständige Leute gewesen. Sie hätten Kost gehabt. So drückte er sich aus.

Er habe diese Leute und das Kind verlassen, um bei einer Holzfällerrotte zu arbeiten. Zurückgekehrt sei er deswegen nie, weil er Lungentuberkulose bekommen habe. Er benutzte die Bezeichnung Auszehrung. Schließlich sei er im Sanatorium gelandet. Im Laufe der Zeit seien es mehrere Sanatorien und auch Pflegeheime geworden.

Ich sagte zu ihm, wenn auch erst nach einer geraumen Weile, daß das nicht wahr sein könne. Ich versuchte, sehr ruhig zu sprechen.

Unser Gespräch schien nun seine Grenze erreicht zu haben. Er wanderte in der engen Küche umher, ohne etwas zu sagen. Die Angst überkam mich wieder. Ich nahm meinen Regenmantel und mein Kopftuch und wollte schon zur Tür gehen. Da begann er, schnell und unzusammenhängend zu sprechen. Er sagte vieles, und zwischendurch schwieg er. Er sagte, das Kind habe geniest, als er es an seinem Körper wärmte. Es habe mehrmals geniest, sagte er. Er war sich absolut sicher, daß es am Leben gewesen sei, als er es mir übergeben habe. Ich erwiderte, er habe es mir nicht übergeben. Ich hätte es ihm abgenommen.

Da geriet er völlig außer sich. In langen Abständen stieß er Worte hervor. Ich sah keinen Sinn mehr in diesem Gespräch. Meine Angst hatte nicht nachgelassen, war aber gezügelter als zuvor. Ich ging zur Tür. Als ich sie öffnete, rief er:

»Aber ich habe doch nichts getan!«

Es ist schwer wiederzugeben, wie das geklungen hat. Mir war, als habe seine Stimme sich verändert und es sei wieder der Junge, der da spreche. Geschwind kehrte er mir den Rücken zu, doch ich konnte noch sehen, daß sein Gesicht rot gefleckt und tränenfeucht war. Da setzte ich mich wieder und versuchte, ruhig mit ihm zu sprechen. Ich sagte, seine Geschichte könne nicht richtig sein. Das kleine Mädchen sei tot gewesen, als ich es in meine Arme genommen hätte. Ich versicherte ihm, es sehr gründlich untersucht zu haben. Ich sagte, ich hätte eine medizinische Ausbildung.

»Hier liegt kein Irrtum vor«, beteuerte ich.

Außerdem – wie hätte er ein neugeborenes Kind auf seiner Flucht nach Norwegen am Leben halten können? Ich zählte die Dörfer und Höfe und all die einsamen Meilen dazwischen auf. Wie hätte er mit einem Neugeborenen, ohne Nahrung und ohne trockene Kleidung über das Hochgebirge kommen sollen? Er unterbrach mich und sagte, er habe eine Kuh gemolken. »Ich habe sie in eine Anchovisbüchse gemolken«, sagte er. Dann wurde er ganz still und stützte den Kopf in die Hände. Nach einer Weile erhob er sich und ging hinaus. Mir war, als murmelte er:

»Ich muß allein sein.«

Ich war unsicher, ob ich

Nach einer gewissen Zeit ist es schwierig, sich zu erinnern. Ich wünsche, ich hätte sofort alles aufgeschrieben, was wir gesprochen haben. Ich war fast den ganzen Tag über dort, kann mich jedoch nicht mehr an das ganze Gespräch erinnern. Da waren so viele starke Gefühle und Eindrücke, als M. zurückkam, und sie vertrieben diese Erinnerungen.

Alle Menschen haben ihre Geschichte, die sie erzählen. Wir erfassen davon jedoch nur aus dem Zusammenhang gerissene Teile. Wir haben vielleicht keine Zeit. Wir haben wohl auch kein richtiges Verlangen danach. Oft haben wir uns ja bereits eine Meinung gebildet.

Woran ich mich aus diesem Juli erinnere, ist, daß er über seine Mutter gesprochen hat. M. würde von mir nicht so erzählen. Ich bin ja auch willensstärker. Seine Mutter war achtsam. Ich erinnere mich, daß er dieses Wort benutzt und damit Achtsamkeit und Fürsorge sowohl den Tieren als auch den Dingen gegenüber gemeint hat. Er zielte jedoch auch auf die Kinder ab. Solange die Mutter lebte, sei es für die Kinder erträglich gewesen. Sie habe nicht viel gesprochen, doch schien er sich an verschiedenes von dem, was sie gesagt hatte, zu erinnern. Sie habe nie Jämtisch gelernt. Und zwar deswegen, meinte er, weil bei ihnen überhaupt wenig gesprochen worden sei. Außerhalb des Hauses habe die Mutter nie jemanden getroffen. Ich wandte ein, daß sie im Laden gewesen sein müsse. Er behauptete jedoch, sie sei nicht dort gewesen. Ich weiß nicht, ob das wahr ist. Er sagte, seine Mutter habe nicht die Möglichkeit gehabt, die Kinder so zu schützen, wie sie es gerne getan hätte. Sie sei von Natur aus ängstlich gewesen und habe sich mit Recht gefürchtet. Doch in ihrer Stimme und in ihren Händen, da habe Achtsamkeit gelegen.

Ich habe schwere Tage hinter mir. Immer wieder, besonders abends, gehe ich in meiner Erinnerung vieles durch, was ich im Laufe der Jahre in den Häusern gesehen, aber nicht richtig verstanden habe. Bisweilen hegte ich einen Argwohn über Verhältnisse, welche man hätte anzeigen müssen. Es war jedoch schwierig, Beschuldigungen vorzubringen. Man weiß ja, daß sie zurückgewiesen werden. Auch die Leidtragenden werden sie abstreiten. Wie sollen Kinder oder eine körperlich schwache Frau einzugestehen wagen, daß sie mißhandelt wurden? Beharrt man darauf, hat das nur lebenslange Feindschaft zur Folge. Es ist eine sehr schwierige Sache, wenn man in einem kleinen Dorf lebt. Darüber bin ich mir völlig im klaren, werfe mir aber dennoch Dinge vor, welche zu enthüllen ich im Laufe der Jahre habe unterlassen müssen. Früher habe ich mir solche Vorwürfe nicht gemacht. Ich habe lange geglaubt, meine einzige Unterlassung sei gewesen, die Begebenheit, welche im März 1916 eingetroffen war, nicht angezeigt zu haben.

E. fragte, warum ich seinen Vater und ihn nicht angezeigt hätte. Ich antwortete aufrichtig, ich sei, wenn auch nicht offiziell, mit einem Pfarrer verlobt gewesen. Wenn ich in ein Gerichtsverfahren über den Tod eines neugeborenen Kindes verwickelt worden wäre, hätten wir niemals heiraten können.

Das verstand E. nicht. Er hat in einer anderen Welt gelebt. Ich erzählte ihm, wie schwer Hebammen es gehabt hätten, die Würde ihres Berufsstandes zu wahren. Es sei viele Male vorgekommen, besonders in früheren Zeiten, daß weniger penible Hebammen in Abtreibungsfälle und Säuglingstod verwickelt gewesen seien.

»Aber Sie haben den Pfarrer doch sowieso nicht geheiratet!« platzte er heraus.

Ich glaube, es war das einzige Mal, daß wir ein wenig lachten.

Daß ein Mensch eine Geschichte über sein Leben hat, welche er nur selten, vielleicht nie, einem anderen in ihrer Gänze vorlegen kann, ist eine Sache. Eine andere Sache ist die, woraus sich diese Geschichte zusammensetzt. Nach meinen Gesprächen mit E. mißtraue ich der Erinnerung. Er war selbst sehr erschüttert über deren Unzuverlässigkeit. Und er meinte, er habe sich selbst von dem Kind eigentlich nie etwas erzählt. Er sagte, er habe immer nur flüchtige Erinnerungsbilder gehabt, dunkle wie auch helle. Ein helles sei, wie er das Kind versorgt habe. Er sagte, er habe es an seinem Körper gewärmt. Er versicherte mir, daß das absolut wahr sei.

Ich habe oft darüber nachgedacht, daß ich, obwohl wir so lange miteinander sprachen, nie erfahren habe, wie es sich zugetragen hatte. Ich glaube nicht mehr, daß er mir wirklich etwas verheimlicht hat. Er war draußen auf dem Eis gewesen, und er hatte das Kind im Arm gehalten. Das wußten wir beide. Doch er konnte nicht sagen, wie sich das Entsetzliche zugetragen hatte, als das Kind starb. Er habe Erinnerungsfetzen, sagte er. Es quäle ihn sehr, daß sie widersprüchlich seien. Er sehe Dinge vor sich, die nicht wahr sein könnten, wenn etwas anderes, was er genauso deutlich sehe, stimme. Ich mißtraute ihm nicht mehr. Seine Pein war nicht gespielt, und er versuchte nicht, sich einer unangenehmen Wahrheit zu entziehen.

»Irgend etwas ist geschehen«, sagte er. »Irgend etwas ist

tatsächlich geschehen, doch wir können seiner nicht habhaft werden.«

Mit »wir« meinte er nicht sich und mich, sondern alle Menschen. Er sagte, er habe entdeckt, daß alles, was sich ereignet habe, verschwunden sei. Für immer verloren. Übrig seien lediglich unsere wackeligen und widerspruchsvollen Bilder davon.

Er drückte das deshalb so aus, weil er Künstler war. Er komplizierte die Sache. Im allgemeinen weiß man durchaus, was geschehen ist. Sich an schlimmste Dinge richtig zu erinnern ist schwierig. Doch ansonsten wissen wir es schon.

Nicht wahr. Das hier ist nicht wahr. Obwohl so lange Zeit vergangen ist, erinnere ich mich deutlich, daß der Regen ans Fenster auf der Seeseite schlug. An selbiger Scheibe hatte E. einen Zettel angebracht, auf welchem mit Tinte einige Zeilen geschrieben standen. Dieser Zettel fand sich noch lange da draußen.

Diese tränenfeuchten Fenster
zerrissenen Wasser
duldsamer, duldsamer Wald.
Leben, das ist Schutz suchen
und sich Flechten gleich gedulden.

Ich las diese Zeilen, als er draußen war und ich allein in der Hütte saß. Immer und immer wieder las ich sie. Es gab nichts zu tun, während ich darauf wartete, daß er zurückkäme. Ich hatte keine Handarbeit. In der Kammer, wußte ich, hatte meine Schwägerin ein Buch zurückgelassen. Und zwar »Aufzeichnungen eines Jägers« von Iwan Turgenjew. Ich wollte jedoch nicht in die Kammer gehen, in der das Bett stand. Solange ich lebe, werde ich mich daran erinnern, wie der Regen an die Fensterscheibe schlug. Doch vielleicht habe ich über den Regen nur gelesen.

Vieles von dem, was er erzählt hat, kommt mir erst jetzt wieder in den Sinn. Er beschrieb den Hof in Norwegen, wo man sich seiner und, wie er zunächst sagte, auch des Kindes angenommen habe. Er sagte, dort habe noch das alte Jahrhundert geherrscht. Die Gerste hätten sie mit der Sichte geschlagen, jener krummen Sichel, die es vor der Sense gab. Die Garben hätten sie zwischen den Dachsparren des Hauses verwahrt. Mehr seien es nicht gewesen. Die Gerste sei nicht in jedem Sommer reif geworden. Das sei sie bei uns ja auch nicht, sagte er. Mit dem feinen, glatten Gerstenstroh, welches sie für vielerlei Dinge verwendeten, seien sie sehr bedachtvoll umgegangen. Gedroschen hätten sie auf dem Fußboden im Waschhaus. Dann sei die Gerste mit der Handmühle gemahlen worden. Die Bäuerin habe die Spelzen aus dem Mehl gesiebt. Die seien ins Schweinebrühfutter gekommen. Habe sie Grützbrei gemacht, dann habe sie so viele Hände voll Gerstenmehl ins kochende Wasser gegeben, wie Personen am Tisch gesessen hätten. Wenn der Brei fertig gewesen sei, dann habe sie eine Mulde hineingedrückt, worein sie einen Klumpen Molkenkäse gelegt habe, welcher langsam geschmolzen sei. Sie hätten mit eigenen Löffeln aus der Schüssel gegessen und Buttermilch dazu getrunken. Ich bin mir sicher, daß er aus seinem Elternhaus ähnliches hätte erzählen können, doch das tat er nicht.

Ich erzählte E. nie, wie sein Großvater gestorben war. Vielleicht wollte ich ihn schonen. Er muß verstanden haben, daß sein Großvater tot war, doch er fragte nicht nach ihm. Er wollte lediglich wissen, wie die Familie in solche Zahlungsschwierigkeiten geraten sei, daß sie den Hof habe verlassen müssen. Ich sagte, der sei auf einer Zwangsversteigerung veräußert worden. Er zog umgehend den Schluß, der größte Gläubiger sei der Händler gewesen. Das war ja immer so. Er glaubte, es habe sich um meinen Schwiegervater gehandelt. Ich ließ ihn zunächst in diesem Glauben. Tags darauf schilderte ich die tatsächlichen Umstände. Ich sagte, mein Mann habe Schonung gewähren wollen. Ich hätte ihn jedoch dazu überredet, den

Dingen ihren Lauf zu lassen. Wir saßen beide lange Zeit still da, nachdem ich das erzählt hatte.

Kinder haben weder Recht noch Macht. Das sollte nicht so sein.

Ich fragte ihn rundheraus, wer das Mädchen mißbraucht habe. Es war sehr unangenehm, das auszusprechen. Doch ich war der Auffassung, er könnte mir das sagen, nachdem ich ihm erzählt hatte, daß hinter der Zwangsversteigerung seines Elternhauses ich gesteckt hatte. Er antwortete mit allergrößter Aufrichtigkeit, daß niemand sie mißbraucht habe.

Er fragte mich nach der Zwangsversteigerung im Winter 1925. Er wollte wissen, was für Hab und Gut die Familie damals besessen habe. Hatten sie eine Milchzentrifuge? Ich antwortete, ich hätte noch so etwas im Kopf, daß eine Zentrifuge herausgetragen worden sei. Eine Petroleumlampe habe es gegeben und einen eisernen Herd. Daran erinnerte er sich selbst noch. Den hätten sie in seiner Kindheit schon gehabt. Seine Mutter habe auch eine Abwaschschüssel aus galvanisiertem Blech besessen. Er erkundigte sich nach dem Kaffeeservice. War das noch dagewesen? Wurde es bei der Versteigerung verkauft? Ich wußte es nicht. Ich fand es merkwürdig, daß da ein Kaffeeservice gewesen sein soll, hatten sie doch weder einen Fleischwolf noch eine Tretnähmaschine besessen.

»Mama hat immer abgewaschen«, sagte er. »Als sie tot war, kratzte man seine Schüssel nur aus. Man schöpfte mit dem Dekkel einer Tabaksdose etwas Wasser und spülte ein wenig nach. Tante Bäret wusch ab, als sie kam. Da wusch sie alles ab.«

Wenn lange Zeit vergangen ist, wird in der Erinnerung fast alles unwirklich. E. gab zu, sich hinsichtlich des Kaffeeservices auch getäuscht haben zu können. Seine Mutter habe es im Laden gesehen. Sie habe es sich so sehr gewünscht. Das sei ihm klar gewesen, obwohl sie nur ein einziges Mal davon ge-

sprochen habe. Da habe sie es den Kindern beschrieben. Er sah natürlich ein, daß sie sich das Service niemals hatte kaufen können. »Es war weiß«, erzählte er, »mit einer Rosenborte.« Ich sagte ihm nicht, was ich dachte: Sieh an, die Mutter hat also doch den Laden aufgesucht!

Ich habe Serine Halvdansdatters Grab auf dem Kirchhof von Trövika gesehen. Es hat nur ein einfaches Holzkreuz, welches nun fast vollständig mit Flechten überwuchert ist. Immerhin steht aber ihr voller Name darauf.

In seiner Predigt am vergangenen Sonntag, dem Erntedankfest, sagte Pastor Kallin, wir Menschen sollten einander in Liebe hervorrufen. Er war auf dem Pfarrkonvent gewesen, und ich vermutete, daß er diese Worte dort in einer Predigt gehört hatte. Das ist jedoch kein Hindernis dafür, daß sie wahr sein können. Ich fragte mich, ob er ihren eigentlichen Gehalt durchdacht habe oder ob er lediglich der Auffassung sei, daß sie schön klängen. Pfarrkonvente u. dgl. sind ihm ein Stimulans. Alltags geht er ja hier umher, ohne gebildeten Menschen zu begegnen.

Er sagte, allein die Liebe könne unser wahres Ich hervorrufen. Ich habe gründlich darüber nachgedacht. Die Liebe macht uns oft besser, als wir sind. Wer liebt, sieht den geliebten Menschen in einem besonderen Licht. Vielleicht kann man sagen, daß wir durch dieses Licht hervorgerufen und zu anderen Menschen werden, als wir zuvor gewesen sind. Manchmal ist es wahrscheinlich nichts anderes als eine Illusion, die hervorgerufen wird.

Einander in Wahrheit hervorzurufen ist nicht dasselbe, wie einander in Liebe hervorzurufen. Meine langen Gespräche mit E. riefen sowohl mich als auch ihn auf eine Weise hervor, in welcher uns noch niemand gesehen hat. Wir waren keine Feinde, als wir voneinander schieden.

Ich hätte Trond von den Begebenheiten im März 1916 erzählen sollen. Mein ganzes Leben lang wollte ich es tun. Jetzt ist es zu spät. Ich habe viele Male gedacht, daß ich ihn daran gehindert habe, mich in Wahrheit hervorzurufen. Doch ich glaube nicht mehr, daß dem so ist. Sicherlich hätte ich ihm alles erzählen sollen. Doch ich glaube, er hat mich so gesehen, wie ich bin, selbst wenn er nicht alles gewußt hat. Wenn man lange Zeit zusammen leben darf, ruft die Liebe Wahrheit hervor.

*

Es geht eine kleine alte Frau durchs Menschenleben. Sie trägt eine schwarze Tasche bei sich. Es ist nicht Frau Sorge. Sie ist bei weitem nicht so feierlich drapiert und hat keine Fledermausflügel. Wenn du darauf beharrst, sie irgendwie zu nennen, so kann sie wohl Frau Schmutz heißen. Oder Frau Scham. Sie hat sowohl hundert Namen wie einen. Doch die sind alle unnötig. Sie ist von Natur aus diskret und tritt nicht ans Tageslicht.

Sie trägt die erzwungenen Ungeborenen fort.

Die Natur ist freigebig. Sie denkt weder an Scham noch an Karrieren. Deshalb darf eine kleine alte Frau durchs Menschenleben hasten. In dessen Vormorgen.

Sowohl die Hoffnung als auch die Verzweiflung trägt sie fort und beerdigt sie. Denn auch der Abgestoßenen, der im Mutterleib Verkrümmten und Verschrumpelten, derer, die wie Mondsicheln verblichen, nimmt sie sich an. Die Erde bereitet ihre Geburtsbetten in der Verwesung, und dort unten gibt es keinen Unterschied zwischen Scham und Sorge. Trägt es in der Tasche fort.

Zappelt es noch?

Sie ist sachlich. Irgend jemand muß es ja sein. Das Schambein nennt sie in ihrem Berufsjargon Eisbein. Sie legt einen Eisbeutel darauf, wenn die Blutung so stark wird, daß der Gebärenden das Leben zu entrinnen droht. Eis auf das Bein der Scham, doch absolut zu spät für die Moral.

Diese ist im Morgengrauen am schwächsten. Wenn die Frau mit ihrer Tasche gegangen ist, bist du nur noch müde. Du kannst schlafen. Vielleicht. Du kannst schlafen und zu einem Tag erwachen, an dem der Schmutz etwas ist, dessen sich das Straßenreinigungsamt der Gemeinde annimmt, etwas völlig Belangloses. Nicht das Morgengrauen des Lebens. Nicht die Erde, aus der du gebierst, nicht der Schatten, der dir folgt und der wächst, sobald du auch nur im geringsten unwachsam bist.

Dreck. Unflat. Kot.

Jetzt watschelt sie mit ihrer Tasche davon. Die Wehfrau.

Bald ist es Morgen.

Elis zeichnet. Er benutzt weder Papier noch Stift. Es ist wie in der Kindheit: Er nimmt die Kohle aus dem Herd. Man kann Glück haben und ein richtig fettes Stück erwischen. Er zeichnet auf die geblümte Tapete in der Kammer der Almhütte, so daß die Blumen in ihrer Künstlichkeit verblassen. Er atmet schwer. Seine Hand ist sicher. Sie befindet sich in einem Zusammenhang. Das Auge hat gesehen, das Gehirn erinnert sich, die Hand führt aus.

Er zeichnet die schwarze Tasche – die sie bestimmt nicht hatte, als sie vorhin gegangen ist. Womöglich hatte sie die auch damals nicht. Es sind lediglich ihre Bewegungen, an die er sich erinnert. An Gefäße, an Wasser. An die gezierte Stimme. Damals war er der Meinung, solche Menschen sprächen so, als wollten sie sich mit Fleiß lächerlich machen. Körper, Haare, Augen, daran erinnert er sich dagegen nicht.

Sie muß recht jung gewesen sein. Auch wenn sie immer alterslos gewesen ist, jetzt ist sie jedenfalls stämmig. Der Schwung des Hinterteils. Damit hat er begonnen.

Sie geht mit ihrer Tasche.

Darin zappelt etwas. Zappelt ganz schwach, kann aber noch gerettet werden.

Ein kleiner Wurm.

Ein kleiner Erdenwurm, den ich so gern übers Eis getragen und mit euterwarmer Milch aus einer Anchovisbüchse gefüttert hätte. Ein kleiner Wurm, der der Erde gehörte und im Wasser starb.

Dann ist die Gestalt aus kräftigen Kohlestrichen fertig. Groß. Übermächtig. Eine ganze Wand ging dabei drauf, vom Boden bis zur Decke. Manchmal muß man etwas so hinwerfen. Ja, hinwerfen.

Zeichnen ist so ein blödsinniges Pupswort, das man gelernt hat, als man fein geworden ist.

*

Es gab eine Fotografie, auf der Myrten mit Vater und Mutter und Kristin vor dem Haus saß. Gorm lag zu Vaters Füßen und blickte direkt in die Kamera. Er war ein schwarzer Klecks im Sommer und der einzige, der ganz bei Sinnen zu sein schien. Sie saßen nämlich auf der Seeseite, auf Gartenmöbeln, und es war schneidend kalt. Möbel im Freien, das hatte sonst niemand. Sie waren mit einem Lastauto gebracht worden.

Auf diesem Foto sehe ich nett aus, dachte sie. Hell und gut wie ein Grießpudding. Da war ich noch keine verzauberte Prinzessin, nicht von etwas Hexenhaftem in Mutters Seele gefangen und regiert:

Du solltest dich vorsehen, Myrten. Du weißt nichts über diesen Mann.

Als sie von Langvasslia wiederkehrte, war er abgereist. Aagot, die ihn anfangs gemocht hatte, war nun wütend auf ihn und nannte ihn einen Vandalen und Trunkenbold. Sie erzählte, Mutter sei dort gewesen und habe mit ihm geredet. Da begann der Grießpudding zu kochen. Der Zorn war echt. Myrten stellte Mutter zur Rede. Es war das erste Mal in ihrem Leben.

»Aber liebes Kind«, sagte Mutter. »Er hat dir ja nicht einmal seinen richtigen Namen genannt.«

Woher mochte sie das wissen?

Sie wußte es eben.

So als ob es in Müttern tiefe Brunnen des Wissens gäbe. Alte, übelriechende Brunnen in diesem Fall. Denn das durchschaute Myrten nun. Sie ruderte zur Alm hinüber, daß es um die Ruder spritzte. Als sie in die Kammer der Almhütte trat, begriff sie, warum Aagot wütend war. Er hatte mitten an der Giebelwand die Tapete heruntergerissen. Die Fetzen, die noch übrig waren, hatte er geschwärzt. Es sah aus, als habe er an der Wand ein Feuer gemacht. Der Raum war geschändet, und Myrten begann zu weinen, vor allem aus Angst.

Sie fand immerhin das rote Samtkästchen mit den Liebesbriefen, es war in der Küche. Die Briefe waren ja auf norwegisch und nicht an sie gerichtet. Das schmale Goldarmband lag noch in der Backpulverdose. Aber nirgends fand sich ein Wort an sie. Und das Geld aus dem Kästchen hatte er mitgenommen.

Es ist ja so, daß sich immer Erklärungen finden, wenn man liebt. Eine war, daß er, von ihrem Ernst beeinflußt, nach Norwegen gefahren war, um das Geld bei der Polizeibehörde abzugeben. Er würde bald zurückkehren.

Als er innerhalb einer Woche nicht kam, verfiel ihr gefangenes Herz auf eine neue Erklärung. Und noch eine neue und noch eine neue und noch eine neue.

Mutter ist gefährlich. Ein Brunnen alten, schwarzen Allwissens.

Schweigen. Nicht zu schlafen versuchen, es geht ohnehin nicht. Sein Geruch. Sein Name. Das dreht sich und bohrt. Es schneidet und schmerzt. Nicht nur nachts. Immerfort. Jede Minute des Tages und in der Zeitlosigkeit der Nacht.

Natürlich weiß sie seinen richtigen Namen. Sie haben einander alles erzählt. Alles wollte er wissen.

Ich begehre alles, was dein ist. Deinen Geruch. Deinen Namen. Alles, was du je gewesen bist und sein wirst.

Eines hellen Nachts jedoch, als sie gar zu lange geblieben war, als die Haut ihres Busens rosig glühte und sie unter seinen Fingern in Hitze und Feuchtigkeit hinschmolz, da flüsterte er: … *oooh … bist so goldigens du …* Es war nur undeutlich, es war wie in einem Traum. Aber es war die verkehrte Sprache. Es war verkehrt.

Angst wurde ihr. Vor Mutter, die seinen Namen wußte. Und seiner Sprache. Es drehte sich und bohrte. Sein Geruch entschwand ihr nun allmählich.

Er hatte einige Sachen bei Aagot untergestellt, mit denen über den See zu rudern zu mühsam gewesen wäre. Jetzt war nur noch ein großes Bild da. Es war auf Pappkarton gemalt und stellte ein nacktes Mädchen dar. Zum Glück glich es Myrten nicht im geringsten, so daß sie sich darüber keine Gedanken machen mußten. Das Mädchen auf dem Karton war mit einer Farbe gemalt, die nicht aus Öl bestand, doch dicker als Wasserfarben war. Das Mädchen war wohl fast noch ein Kind und stand zwischen lauter Pferden. Dort oben gab es keinen Brief an Myrten. Aagots brauner Blick ruhte lange auf ihr, als sie danach fragte.

Dann kamen die Wochen der Besessenheit und des Hasses. Und des Brechreizes – der ihr in keiner Weise zu denken gab. In ihrem Magen drehte sich nämlich eine Bohrerschneide, und außerdem hatte sie einen Schwindel und Kopfschmerzen auf der linken Seite, ständig. Eines Tages fragte Mutter jedoch in scharfem Tonfall:

»Wo hast du deine Monatsbinden?«

»Was?«

»Ich werde bald waschen. Wo hast du deine Monatsbinden? Du hast seit ein paar Monaten keine mehr in die Wäsche getan.«

»Der Wäschebeutel ist wohl im Schrank verschollen«, erwiderte Myrten. Mutter sagte nichts, was höchst ungewöhnlich war. Sie hätte Myrten die Leviten lesen müssen, weil sie benutzte Monatsbinden im Kleiderschrank liegenließ: Das ist nicht reinlich. Das ist unappetitlich. Man darf nicht zu schlampen anfangen. Schon gar nicht mit solchen Dingen.

Es kam nichts von alledem.

Da stieg Myrten langsam die Treppe zu ihrem Zimmer hinauf, um den Beutel mit den Monatsbinden zu holen, die es nicht gab. Sie saß mit gespreizten Beinen auf dem Bett, richtig unschön. An diesen Moment erinnerte sie sich später. Wie sie auf den Flickenteppich hinabsah, der rot, weiß und grau gestreift war.

Nach diesem Moment wartete sie nicht mehr auf einen Brief. Nicht einmal auf eine Ansichtskarte. Denn sie wußte, was es damit auf sich hatte. Alle Lieder sagten es ihr. Diese Lieder, die sie mit zittriger Mädchenstimme gesungen hatte, um lustig zu sein. Besonders das über Ingeborg aus der Lundinskate.

Höret eins Wellen ans Ufer hier schlagen,
wo Imbor ein's Herbsttags zu Tod tat verzagen

Mutter:

»Am Montag weiche ich die Wäsche ein.«

»Ja, ja.«

Am Samstagvormittag kam Kalle Persa. Er legte unten am Bootshaus an und lächelte in seinem gelbweißen Bart. Er brachte drei große Maränen und einen Hecht. Mutter war mit Vater nach Östersund gefahren. Kalle wollte die Fische für Myrten ausnehmen. Doch das erledigte sie selbst. Sie war derart ungestüm, daß Kalle im Boot blieb. Nicht einmal Kaffee bekam er.

In rasender Eile köpfte sie nacheinander die Maränen und den Hecht und drückte ihre Monatsbinden in die blutigen Eingeweide. So kalt und klar im Kopf, daß sie sie sogar zählte.

*

Elis war dabeigewesen, an jenem Apriltag 1940, als der Tod und der Wahnsinn losgelassen wurden. Na ja, es war nur eine Kleinstadtapokalypse. Es gab nicht einmal sonderlich große Löcher in den Hauswänden. Diesmal war es wahrscheinlich das Ende der Welt.

Es begann an den beiden Tagen des sechsten und achten August 1945. Damals konnte man nicht wissen, ob es als Sturm, als Feuer und als fürchterlicher Erdstoß auch in diesen Teil des Erdballs kommen werde. Gottes Säuseln auf der Welt war verstummt. Kam danach noch etwas, dann wahrscheinlich eine Vergiftung.

Elis saß im Stadthotel von Arvika und las in einer Zeitung über den Prozeß. Isotope von Uran und Plutonium waren isoliert, mit langsamen Neutronen beschossen und dadurch zur Spaltung gebracht worden.

Er hatte längst gehört, daß Atomkerne gespalten wurden, und ihm war klar, daß die Sprache die Physik noch nicht hatte einholen können. Für ein Volk nordischer Holzspalter mußte der Prozeß sich robust ausnehmen. Diejenigen, die ihn entwickelten, benutzten eine mathematische Sprache. Im übrigen hatten sie kein Interesse daran, ihre Entdeckungen auf subtilere Weise zu vermitteln, als zur Enthusiasmierung von Politikern genügte: *Sprengbombe mit außerordentlich großer Brisanz und bislang unerreichten Spreng- und Brandwirkungen.*

Es gab auch keine Sprache, den Massentod, die Vergiftung, den Brand und das Einschmelzen zu beschreiben, die damit einhergingen. Das Ganze war ein Experiment. In so einem Fall kommt es zu Belastungsproben der Sprachen. Sie eigneten sich nicht dafür, Zustände zu beschreiben, die hinsichtlich der Temperatur mit den im Innern der Sterne herrschenden Graden vergleichbar waren. Die Nagasaki-Bombe schien an der Erdoberfläche detoniert zu sein. Er nahm an, daß es einen Parkplatz gab, der in das Innere eines Sterns verwandelt worden war. Oder ein Altersheim.

Er fragte sich – während die Musikkapelle im Stadthotel *Plaisir d'amour* spielte, gefolgt von *Stenka Rasin*, das, wie er fand, besser zu seiner Lektüre paßte –, ob die Sprache diese Erfahrungen einholen werde oder ob jetzt mit der Sprache Schluß sei.

Er dachte an seine eigene Sprache, die der Pinselführung und des Spachtelauftrags, die für ihn gestorben war. Würden diejenigen, die nach wie vor malen wollten, gleichziehen können? Er wußte kaum noch, wie viele Visionen der Hölle er während seiner Ausbildung gesehen hatte. Leiber hatten gewimmelt, gebrannt und sich gewunden. Es war offenbar leichter, etwas zu beschreiben, was noch nicht eingetroffen war.

Er fragte sich, ob es Leute gebe, die nicht mehr mitmachen wollten, die sich wie sein Namensvetter im ersten Buch der Könige unter einen Ginsterbusch legten und sich den Tod wünschten. Er glaubte aber nicht, daß es sonderlich viele waren. Künstler und Schriftsteller wurden von Apokalypsen beflügelt. Die flotteste von allen stammte von dem gemarterten und hungernden Johannes in Neros Kerker auf Patmos. Elis selbst hatten drei Wörter in einem Zeitungsartikel über den Zustand Hiroshimas angefacht, nachdem die fliegende Festung dort ihre Ladung abgeworfen hatte: *Der Sand schmolz.*

Wenn Sand schmilzt, entsteht Glas.

Er sah eine gläserne Landschaft des Todes. Das war unappetitlich, doch er konnte nichts dafür.

Er löste Tjåppen mit einem Fünfer beim Garderobier aus und fuhr mit einem Taxi zur Glashütte zurück, eine lange Fahrt für Dagmar Ellefsens Geld. Er hatte diese späte Tageszeit gewählt, um niemandem mehr zu begegnen. Ich bin in der Gnade, dachte er. Zwei Atomsprengungen mit Zehntausenden (Hunderttausenden?) von Toten haben meinen Zustand nicht ins Wanken gebracht. Doch vor der Begegnung mit dem Alltag in der Glashütte fürchte ich mich.

Die Nacht war schwarz, und schwarz war das Wasser des Teiches unter den alten Bäumen. In der Rinne plätscherte es über glitschige Bretter. Charons Fähre muß aus solchen Brettern gebaut gewesen sein, dachte er, denn stets schwebte eine Menge Bildungsstaub umher, Fitzel aus der Jugend des Gedächtnisses. Das konnte unterhaltsam sein, doch darum ging es nicht. Denn jetzt würde er das machen, wonach er mit jeder Faser seines Körpers schmerzlich verlangte, seit er zum erstenmal in diese siedende gelbe Masse geblickt hatte. Wenngleich er es nicht begriffen hatte.

Nein, man begreift dieses Gebrüll in seinem Innern nicht. Man kann schuften und rackern oder sich überschlagen, kann trinken, Glasservice zeichnen, kopulieren, um viel Geld Karten spielen, kann befördert, geliebt, gemocht, versklavt werden – man kann *drauflosleben*, doch das reicht nicht. In dieser siedenden Masse, dort drinnen geschieht es. Nur dort.

Er ging zur Hütte. Zwei Öfen brannten. Die Arbeitslöcher waren verschlossen, doch dort in der Dunkelheit glühte es wie aus Augenschlitzen und heißen Tierrachen. Das gefiel ihm. Das hatte ihm schon gefallen, lange bevor er auf Ideen gekommen war, was sich mit Glas alles machen ließe. Er war im Winter hier hereingekommen, und seine Hände waren vor Kälte taub gewesen. Die Wärme des Ofens war die Wärme des Lebens. Da hörte er die Stimme. Sie sagte:

»Wenn man ein Stück weit weg steht, ja.«

Es war der Alte. Er stand hinter ihm, irgendwo im Dunkeln, so wie immer. Beim erstenmal hatte Elis gedacht: Das darf ich nie jemandem erzählen. Dann hatte er sich daran gewöhnt.

»Tritt näher, dann wirst du es schon sehen.«

Es roch nach Werkstatt dort drinnen, vertraut und geborgen. Das Feuer säuselte, und ab und zu brüllte es auf wie ein Tier, das in einem Käfig gefangen ist.

»Geh schon hin«, sagte die Stimme in schwedischem Bokmål, in diesem hochvornehmen Reichsschwedisch. Sie sprach jetzt deutlich. Meistens klang sie nur wie ein Gemurmel, so, wie wenn man in einem Zug einschläft und dabei hört, wie sich die Gespräche der Reisenden auflösen und mit dem Dröhnen und Zischen und Rattern von Eisenrädern und Gleisen eins werden.

Da sagte der Alte:

»Brennet gut jetzt.«

Elis antwortete, er konnte es nicht lassen:

»Müsset springen, Ihr, Großvater. Auf daß Ihr nichten verbrennen tut, in der Höllen.«

»Springen, ich …«

Er lachte in sich hinein. Er war guter Laune. Das war seltsam.

»Täte schon aussehen nach was.«

Dann sagte er giftig:

»Hoffeger.«

Ja, dachte Elis. Da hat er recht. Ich renne auf den Höfen umher. Ich rede und rede. Seit vier Jahren mache ich das jetzt schon. Weiß der Himmel, ob ich nicht auch die Hymnen der Gerechtigkeit mitgejubelt habe, nachdem ich aus Karl Dickerts Norwegen geflohen war. Wie in der Kapelle, bei Betstunden. Während die Deutschen im Gestank aus ihren Leichenfabriken stehen.

»Tut wohl riechen, nach Leichen, dorten, in dem Japan«, sagte der Alte.

Hatte er ihn erwischt: Er las Gedanken! Das machte er, weil er in seinem Gehirn war. Ihm ging durch den Kopf, daß es besser wäre, ihn außerhalb zu haben.

»Du bist in der Kälte gestorben«, sagte er streng. »Dich hat deine eigene Kälte zu Tode versengt.«

»Ich habe dir die Gabe der Einsamkeit geschenkt.«

»Vielen Dank! Jetzt benutzt du wieder die Schriftsprache. Und es zieht kalt her von der Wand, wo du stehst. Du hast mir die Hingebung und Gemeinschaft verwehrt. Das nennst du Gabe. Weißt, daß ich gestanden, vor dem Bethaus, und hab reinwollen zu der Mama?«

»Hast gestanden dorten und gefeixt und wollen heim zu uns.«

»Zu dir Bestie. Heim und über den Jesus der Hoffeger und den Gott der Kaffeetanten feixen. Und doch auch rein zu Mama. Weißt du, wie man das nennt, du, der du auf deine alten Tage hin die Schriftsprache gelernt hast? Wenn man ein kalter Spottvogel ist, der reinwill, und ein Hoffeger, der rauswill.«

»Wahre Leidenschaft gibt es nur im Ambiguosen und als Ironie. Die höchste Passion gilt dem absolut Verdächtigen«, sagte der Alte mit trockener, heller Lehrerstimme.

»Ich will dich jetzt nicht mehr hören. Ich will nicht an Mama denken, während du es hörst. Du wirst die Güte ihrer Hände nicht erfahren. Sie waren schrundig und geschwollen. Es waren gute Hände. Und die Sehnsucht in ihrer Stimme, wenn sie sang.«

Und wenn wie Elia in eiliger Fahrt
das einsame Ufer ich lasse …

Fort von dir Bestie. Von der Eiseskälte in deinem Innern. Von deiner verdammten Langmut gegenüber der Kälte. Wenn du abends die Lampe ausgeblasen hast, weißt du, daß man dann Mama sich im Dunkeln rühren hörte – Ordnung schaffen, nannte sie das. Mensch, was tust noch fuhrwerken? Tut's denn nimmer still sein mal. Schaffe nur ein bißchen Ordnung, sagte sie, ihre Bewegungen waren behutsam, und in ihren Händen war noch immer ein bißchen Wärme. Darin schliefen die Kleinkinder ein. Ich aber lag wach. Schlaf war noch nie meine starke Seite. Ich bin ein Nachtpinkler, der dem Mond oft ins Auge gestarrt hat. Ich merkte, wie sich die Kälte ausbreitete, wenn Mama still wurde, wenn sie sich zusammenkauerte und schlief. Als erstes wurde die Nase kalt. Dann kroch die Kälte nach innen, und man lag still und starr, denn wenn man sich bewegte, bekam sie einen in ihre Gewalt und legte ein weiteres Glied in deine Macht. Bleib wach, Mutter, dachte man. Betest zu ihm, diesem Jessus da. Laß die Herdwärme nicht ganz dahinschwinden, laß die Kälte des Alten nicht durch die ganze Bude kriechen, so daß die Wanzen einduseln und herunterfallen. Auch Wanzen sind Leben. Betest für die Wanzen, Mama. Betest für uns.

Es wurde Morgen. Er trug Elias Elvs braunen Krisenzeitenanzug aus Zellwolle. Er verbarg sich in der Alltäglichkeit und ging auf schmalen Wegen unter Ahornen und Eichen. Die Wege wurden matschig. Es regnete, und der Herbst nahte. Immer schwärzer wurde das Wasser. Er ging auf Wegen, von denen es einen kurvigen Wirrwarr gab, einen kiesigen, lehmigen, holprigen Blutkreislauf im inneren Schweden, im Wacholderbuschschweden, Häuschenschweden mit seiner kärglichen Sonne. Er nistete in der Stille, im Schein der Abendlampen, in dem Zigarrenrauch auf braune Tapeten zutrieb. Er sprach mit einem Hund. Er saß im Speisesaal.

Nachts war er allein und hatte keinerlei Namen. Er schaute in die rauschende Schwärze hinaus. Die Glashaut hielt den Regen ab, doch das sah er nicht.

Es war schwierig, morgens einen seiner Namen wieder

anzunehmen. Der geltende stand auf der Serviettentasche im Speisesaal für die Angestellten der Glashütte, der vier Tische umfaßte, aber eine stattliche Bezeichnung trug. Es war jetzt alles im Verfall begriffen. So viel war ihm klar. Der Hüttenschreiber sah krank aus. Er wurde von innen heraus von den Schuldverschreibungen aufgefressen, die sein Prinzipal mit der Zigarrenhand wegfächelte.

Ja, was soll ein kleiner gelber Hüttenschreiber nach einem Konkurs machen?

Elis war nur gut zwei Monate fort gewesen. Doch für seine frisch gespülten Augen war alles neu. Daß die Hütte Avla hieß, was ja erzeugen bedeutet, darüber hatte er vorher nicht weiter nachgedacht. Es war wie ein Flüstern, das aus der Nacht kam. Kaum daß es sich in einer verrauchten Kognak-Soda-Gesellschaft hauchen ließ. Beim Frühstück war es undenkbar.

»Reich mir doch bitte die Marmelade.«

»Trüber Tag, Emil?«

»Du kennst die Lage, Elias. Du brauchst nicht zu ulken.«

Ein kleiner gelbgrauer Hüttenschreiber schmiert sich Margarine und Orangenmarmelade auf eine kalt gewordene, angebrannte Scheibe Brot.

Elis, der keine Schuldverschreibungen hat, jedenfalls keine, um die er sich kümmert, ist nicht so bescheiden. Er verlangt frisch geröstetes Brot und bekommt es.

Nach zwei Monaten so hochgemut zurückzukehren bedeutete, die Hütte mit dem verschrumpelten Hüttenschreiber und dem Obererzeuger, der steril, aber guter Laune war, neu um sich herum aufzubauen. Die Laune des Disponenten war verpflichtend. Seine Tochter Eldbjörg saß seit der Kinderlähmungsepidemie vor zwei Jahren im Rollstuhl. Die Krankheit befiel vor allem die Halbwüchsigen. Eldbjörgs Beine, der Rumpf und die Arme waren gelähmt, doch sie konnte ihre Hände ein wenig bewegen. Der Disponentenvater schenkte ihr ein speziell angefertigtes Klavier, und der Hüttenschreiber krümmte sich vor ökonomischem Schreck. Er sah regelrecht magenkrank aus. Auf diesem Klavier sollte Eldbjörg, im Rollstuhl sitzend, spielen können. Wenn ihre Hände sich besserten.

Sie hatte Elis angelächelt und gesagt:

»Hier werde ich sitzen und den *Türkischen Marsch* spielen. Das wird ein Ereignis!«

Henry Karlhammar glaubte auch, daß seine Tochter nach wie vor Glas für die Produktion würde entwerfen können. Sie hatte es versuchen dürfen, bevor sie erkrankte. Ihre Fähigkeiten, in einem Kurs in Stockholm ausgebildet, waren tauglich. Und sie hatte Selbstironie und einen hübschen Körper besessen. Jetzt war ihr Körper erstarrt, und die Muskeln verkümmerten allmählich. Ihre Selbstironie schien intakt zu sein. Sie war für eine Neunzehnjährige sehr ungewöhnlich. Vermutlich weinte Eldbjörg und starrte nachts aus dem Fenster. Doch gesehen hatte das noch niemand. Er hatte Eldbjörg sehr gern.

Ihre Mutter war Norwegerin gewesen und nach einem Weihnachtsausflug auf Langlaufschlittschuhen gestorben. Sie war im Wasser gelandet und hatte sich eine Lungenentzündung geholt. Als Henry Karlhammar sie kennenlernte, besaß er ein paar ordentlich gebürstete Anzüge, viel mehr aber auch nicht. Er war Ingenieur in der Maschinenbranche, Konstrukteur und Geschäftsmann. Sie stammte aus einer von Haus aus wohlhabenden Familie. Ihr Vater hatte auf beiden Seiten der Grenze Glashütten besessen. Avla war ihre Mitgift.

Die Hütte war in der ersten Hälfte des neunzehnten Jahrhunderts gegründet worden und ein kleines, doch anfänglich stabiles Werk zur Herstellung von Flaschenglas gewesen. Als die siebziger Jahre des neunzehnten Jahrhunderts mit ihrer Hausse kamen, hatte man begonnen, Preßglasutensilien für bürgerliche Salons und Speisezimmer herzustellen. Elis blätterte in den alten Katalogen mit den Zeichnungen von strammem Krimskrams, von gefangenem, gebundenem, gepreßtem, totem Glas. Seit dieser Zeit war Avla von den Konjunkturen abhängig.

Er war in die Flüchtlingsunterkunft gekommen, die auf dem Grund und Boden der Glashütte lag. Es war der aus Holz errichtete alte Herrenhof des Hüttenwerks, der den Norwegern den ganzen Krieg über Obdach bot. Dort hatten sie gesessen und aus Langeweile in die Tischplatten gehackt. Alle hatten politisiert. Verschiedene Arten von Rechtgläubigkeit waren aufs Tapet gebracht worden. Die Unlust drang ihm bis ins Mark.

Außer Waldarbeit gab es natürlich nichts zu tun. Seine Körperkräfte waren erbärmlich für diese Arbeit, doch er hatte Geschick. Holzhacken, das kannte er, das saß ihm seit frühester Jugend im Leib.

Er schlich um die Hütte herum. Wollte hinein. Dort hatte er gestanden und in die siedende Glasmasse gestarrt. Er war dieser Norweger, der ständig ankam und über die Fehler im Glas quasselte. Ein Halbidiot, ein Strawanzer vielleicht. Er begaffte Schleier und Schlieren. Den Hüttenrauch, der wie ein Nebel in der Masse lag, wenn der erste Posten auf einer unreinen Wälzplatte gewälzt worden war. Der Hüttenmeister verscheuchte ihn wie eine allzu schmeichlerische Katze.

Nachts waren oft die halbwüchsigen Jungen in der Hütte und sudelten. Das wurde vielleicht deshalb so genannt, weil sie die Wälzplatte und das Wulgerholz besudelten. Hinterher wurden sie ausgeschimpft, der Hüttenmeister behauptete, sie verunreinigten auch die Masse. Sie steckten jedoch gern eine Abreibung ein. In der nächsten Nacht, wenn sie wieder mit dem tropfenförmigen warmen Glasrohling am Ende der Glasbläserpfeife dort standen, war sie vergessen.

So hatten sie alle angefangen, und so fing auch Elis an. Er starrte jedoch auf das, was danebengegangen war, auf die Oberflächenrisse, die sie Craquelé nannten. Er erkundigte sich nach den Blasen im Glas: Wie waren sie entstanden?

Gispen, sagten sie, was, zum Teufel, wolle er mit Gispen? Oder mit den Knoten, die sich um ungeschmolzene Partikel bildeten. Es war das Verdorbene und Fehlerhafte, das sein Interesse anzog. Er bat sie freiweg, einfach unmögliche Sorten zusammenzuschmelzen, so daß schlierige Streifen im Gut entstünden. Diese glichen Wellenbändern. Er sagte, es müsse auch im Wasser Wellenbänder geben, die man auf der Oberfläche eines Sees nicht sehen könne.

Der Sohn des Hüttenmeisters arbeitete nicht unter seinem Alten, sondern in einer anderen Gruppe, einer Werkstelle von fünf Mann. Er unterhielt sich gern mit Elis und blies heimlich des Nachts Glas für ihn. Da war die Masse noch nicht ganz geschmolzen, und es entstanden Blasen im Glas. So kamen die schwindelnden Bierseidel zustande. Es perlte im Glas, obwohl das schwedische Bier so genierlich dünn war.

Dann bekam er eine feste Anstellung. Er entwarf dieses Glasservice mit Emblemen: mit einem Fisch, einem Stierkopf, einer Birne. Für die verschiedenen Gerichte. Kann man von Glas essen? Ja, man kann von Glas essen. Von grünem Glas und von goldbraunem. Man kann modern sein, richtig frech, und trotzdem schmuck.

Er stellte die Pferde her. Zu dieser Zeit hatte er praktisch schon einiges Glas gesehen, wenn auch nur innerhalb der Landesgrenzen, denn es war ja schließlich Krieg. Doch diese Glasmenagerien, diese nachgeahmte venezianische Spillerigkeit, reizten ihn nur zum Lachen. Da fertigte er diese Klumpen an. Er entwarf sie und überwachte die Arbeit an den Formen.

Es waren Pferde, die fest auf dem Boden standen. Das war nichts Zerbrechliches, sondern Glas als Kraft. Gläserne Wucht und Zähigkeit. Das war etwas zum Anfassen. Man konnte die Hand auf den Pferderücken legen und das Volumen spüren. Die Glätte der Muskelmasse.

Diese Glasklumpen wurden ebenso beliebt wie die Keramikeisbären, die man anderwärts herstellte. Sie wurden allmählich in den Haushaltswarengeschäften ringsum im Land verkauft, und zwar seit dem Winter, in dem Eldbjörg Elis das Tanzen beibrachte. Der Vater sah zu, als sie sich um den Billardtisch herumbewegten. Das Reisegrammophon hatten sie auf die mahagonigerahmte versenkte Platte gestellt, die mit grünem Boi bezogen war. Eins, zwei, drei – zusammen! Ooooh, lady be good… eins, zwei, drei – zusammen! Bis alles wie Glasmasse in eins verschmolz: Rhythmus, weicher Mädchenkörper, fester Männerkörper, Vater Henrys Blick auf allem. Der Zigarrenrauch schwebte in dem schwachen gelben Licht, das durch einen geflammten Pergamentschirm drang, über den Tisch. Der Schirm glich Bernstein. Glar, gler, glär, was einst Harz bedeutete. Glesum, was glänzt. Glas.

Damit langweilte man aber kein tanzendes Mädchen. Oh, lady be good! Er hatte diese schlichte körperliche Freude bisher nicht gekannt. Eldbjörg sagte jedoch:

»Du denkst dauernd an was anderes.«

Jetzt saß sie mit blockierten Muskeln da. Es sei etwas in der Erde, sagte die Haushälterin. Das sagten im übrigen alle, bis auf den Doktor. Sie hatte Äpfel gegessen, die auf der Erde gelegen hatten. Und dort fand es sich, das Kinderlähmungsgift. Folglich hatte es mit Nachlässigkeit zu tun, und Leichtsinn. Und mit Erdgeruch.

Die Erde ist schlecht zu gedankenlosen Mädchen. Sie streut Äpfel ins nasse Gras, sie führt in Versuchung mit Grammophonmusik, Sternennächten und leisem Geplätscher in der Rinne.

Nachdem die Erde das Ihre getan hatte, saß das Mädchen blockiert in seinem Stuhl. Wurde auf die Toilette gehoben. Wurde ins Bett gehoben. Es mußte Nächte geben, in denen sie sich daran erinnerte, daß sie mit dem reichlich alten Elias Elv getanzt hatte. Er hätte ihr andere Erinnerungen gegönnt. Einen noch jungen und frisch rasierten Burschen hätte sie haben sollen, einen Tanzboden im Freien, einen duftenden Grashügel.

Doch dazu kam sie nicht. Avla lag tief im värmländischen Wald. Mit den Jungen der Glashütte konnte sie natürlich nicht tanzen. Das hätte die stille Weltordnung ins Wanken gebracht, die im Wald und unter den Sternen herrschte, die sich im Teich spiegelten. Draußen in Schweden vielleicht. Aber nicht hier.

Schweden war in Bewegung geraten. Es kroch aus dem Waldesdunkel heraus, es begradigte seine Wege. Der Blutkreislauf aus Kies, in dem Roheisen, Stabeisen und Flaschen in Stroh nur mühsam vorankamen, trocknete nun ein. Jetzt sollte Schweden eine Großindustrie werden. Sechs Jahre lang waren die Räder gerollt; es hallte vom Krieg. Henry Karlhammar unternahm den Versuch, Schritt zu halten. Er wollte in eine moderne Fensterglasmaschine investieren. Doch das war das falsche Vorhaben. Die Bank war der Ansicht, die Fensterglasherstellung solle draußen im Licht stattfinden, in Eisenbahnnähe oder

Hafennähe. Dort drinnen im Dunkeln könne man allenfalls Glaspferde und grün schillernde Schnapskaraffen produzieren.

Die Bank hatte keine hohe Meinung von dem wohlgeordneten kleinen Universum, das die Glashütte Avla darstellte. Interessierte sich nicht für die Krankenstube, die Nähschule, den Schützenpavillon, die Laienbühne und das Blasorchester.

»Nicht einmal für den Stamm an Arbeitern«, sagte Henry Karlhammar, und in Elis' Ohren klang das so, als spräche er von Pferden.

»Die geben nichts auf handwerkliches Geschick«, sagte Henry. »Die haben bloß Angst, daß die Arbeitslöhne in die Höhe schnellen. Die begreifen nicht, daß die unumschränkte Autorität des Hüttenmeisters Organisierung und Streiks unmöglich macht.«

Er war jedoch schlecht unterrichtet. Die Bank kannte diese Unumschränktheit besser als er. Elis sagte nichts, er schlürfte den Kognak-Soda in sich hinein und ließ ihn reden. Henry hatte nämlich einen grauen Schatten im Gesicht. Er sei drei Wochen lang fort gewesen, erzählte die Haushälterin. Und der Hüttenschreiber deutete an, es sei nicht wegen Geschäften gewesen, sondern wegen eines Infarkts, eines geheimgehaltenen.

Henry wußte nicht, daß die Arbeiter im Hüttenwerk eine Versammlung organisiert hatten. Bald aber würde er erfahren, daß der Hüttenmeister, der alte Dubojs, dorthin gegangen war. Es war spätabends gewesen, er mußte geahnt haben, was sich da zusammenbraute. Er trug selbstverständlich eine Lederweste und ein kragenloses Hemd, und er hatte seinen schwarzen Zylinder aufgesetzt, das Zeichen seiner Meisterwürde.

Er sagte zu ihnen, sie sollen nach Hause gehen. Es war jedoch irgend etwas geschehen. Etwas, was die Bank, aber nicht Henry, hatte voraussagen können. Der Hüttenmeister ging als lächerlicher alter Mann mit Zylinderhut nach Hause. Mit dem vornehmstem Emblem der Oberklasse verkleidet. Betrogen. Ein ganzes Leben lang an der Nase herumgeführt, sagte der Agitator hinter seinem Rücken. Und dann waren sie organisiert.

Nun lud Karlhammar im Herrenhof der Hütte zum Diner, wie in alten Zeiten. In stotternden, mit Holzgas angetriebenen

Autos kroch eine Art Hautevolee aus dem Waldesdunkel hervor. Eldbjörg in ihrem Rollstuhl war die Gastgeberin. Zum Auftakt gab es Krebse. Sie behauptete, das in Blätterteig gebackene Filet sei das Rückenstück eines Dachses. Disponent Swärd, der weit aus dem Süden des Landes kam und zwei große Glashütten besaß, war betreten. Er begriff, daß sie auf eine bizarre und sehr unweibliche Art scherzte, hatte aber gleichwohl Mühe, seinen Bissen hinunterzuschlucken. Nach dem Kaffee schob Elis Eldbjörg nach Hause in die Villa, und die Herren begannen im Billardzimmer Karten zu spielen.

Als er zurückkam, hatten sie die neuen Karten aus der Verpackung genommen, und die Kognak-Sodas standen auf dem Tisch. Die Blumen hatten die Serviererinnen hinausgebracht, und der Rauch verdichtete sich. Sie spielten die Karten so aus, wie Elis es aus seiner Zeit als Waldarbeiter kannte. Sie knallten jedoch nicht so satt auf den Tisch, die grüne Filzoberfläche milderte und dämpfte das Geräusch. Ansonsten ging es ungefähr so zu, wie Elis es früher schon erlebt hatte. Die Kommentare waren nicht anders als in einer Holzfällerrotte an einem fettigen und verkrümelten Tisch aus ungehobelten Brettern.

»Mit Fosen soll man nicht kosen.«

»Raus mit der Dame.«

»So muß es sein. Leg sie schon hin. König sticht!«

Das Spiel wurde bald zu hoch, und Elis mußte aussteigen, er setzte sich schräg hinter Henry Karlhammar und sah zu. Das Geld rann dahin. Der Hüttenschreiber schlief in seiner Unschuld oder war schlaflos vor Qual wegen der Löhne der Glashüttenarbeiter, neuer Häfen und der Schuldentilgungen. Wenn Henry Karlhammar gewann, so war es nicht das erste Mal, daß die Frage der Freitagslohnauszahlung mittels Kartenspiel gelöst wurde.

Die Gäste aus Småland übernachteten im Herrenhof, der jetzt nur noch eine heruntergekommene ehemalige Flüchtlingsunterkunft war. Henry hatte ein paar Zimmer zurechtschminken lassen. Das waren die Worte des Hüttenschreibers, der der Ansicht war, daß es zuviel gekostet habe. Er wollte bei Kleinem bleiben, bei knapp bemessenen Sorgen, die er handschriftlich mit Tinte ins Kontokorrentbuch und ins Hauptbuch eintrug. Vor Swärd hatte er Angst.

Elis fand Henry in der Küche, nachdem die Gäste abgefahren waren. Er stand da und schüttete Leitungswasser in sich hinein. Krebsschalen und Zigarrenstumpen waren beseitigt. Porzellan und Gläser gespült, abgetrocknet und in Körben verstaut.

»Das Vichywasser ist zu Ende«, sagte er.

»Was machst du mit Swärd? Verhandeln?«

»Das ist zuviel gesagt«, erwiderte Henry. »Aber wenn er kauft, verlegt er die Produktion nach Småland. Er hat dort zwei Hütten. Und du mußt mitkommen, Elias. Aber noch steht der Preis nicht fest.«

»Du hast mich verkauft?«

»Etwas anderes habe ich nicht zu verkaufen. Der Rest sind Schulden.«

»Ich soll also in Småland Pferde entwerfen.«

»Was du willst.«

»Haushaltswaren. Geschenke zum Fünfzigsten. Nackte Mädchen auf Kristallvasen ätzen.«

»Das kommt jetzt groß heraus, diese Branche. Die künstlerische. Swärd will da unten so was haben. In den großen Hütten haben sie so was.«

Er wirkte müde, stand da und lehnte die Stirn an den Schrank über der Spüle.

»Du bekommst gute Bedingungen, Elias.«

»Ich will keine guten Bedingungen haben.«

»Was willst du denn dann haben?«

»Geld.«

Er ging zur Hütte hinunter. Zwei Öfen sangen leise in der Nacht. Die Masse schmolz rings um ihre ungeborenen Bilder. Blasen und Schleier nahmen Gestalt an und lösten sich tief in ihrem Innern auf.

Es steckte ein Wille in dieser amorphen Masse. Der zog Elis an. Es war nicht so simpel, wie Henry glaubte: daß der Wille auf zwei Beinen vor dem Ofen stehe und in die Möglichkeiten der Glasmasse starre. Sich etwas ausdenke und berechne.

Nein.

Formlos wallte die Masse. Er hatte gesehen, wie sie sich um ungeschmolzenen Sand und Glashafenreste ansammelte. Verunreinigungen wurde das genannt. Die Masse war nicht ausreichend geläutert. Schlieren durchzogen sie, Bündel feiner Fäden. Durchsichtig zitternd versuchten sie zu entstehen. In kalten Winternächten konnte er sie am Sternenhimmel sehen. Sie wirbelten aus dem Bodenschlamm auf, wenn er sich nach der Langleine unter Seerosenblätter bückte. Die Moose im spätherbstlichen Wald trugen diesen Willen in sich. Fadenbündel, Schleier, Sternansammlungen waren ihre Gebilde, waren die Verästelungen des Willens in dem Bestreben, Form anzunehmen. Irgend etwas rührte an diesen Willen, und es bildeten sich Landzungen in einem schlafenden Meer. Ein Stamm erhob sich, verästelte sich und bildete Zweigwerk aus, das von Adern und sich immer weiter verfeinernden Gefäßen durchzogen wurde. Elis sah das eines eiskalten Morgens auf der Fensterscheibe, als der Frostwald gewachsen war. Leben oder Nichtleben schien diesem Willen gleichgültig zu sein. Form. Das war sein Bestreben.

Das, was ihn berührte und ihn dazu brachte, eine ungestalte Form anzunehmen, war oft eine Verunreinigung. Etwas Unerwünschtes. Ein kleiner Fehler. Oder ein Mensch wie Elis, der den Unterschied zwischen Leben und Tod nicht allzu streng wahrte.

»Da ist Leben drin, Elias«, hatte Henry gesagt, als er ihn zum erstenmal mit einer ungewöhnlichen Glasfigur überrascht hatte. Doch Elis hatte gedacht: Da ist kein Leben drin. Das ist Form.

Die Form gab es vor dem Leben. Er ging gern hinaus und schaute sich, wo sie zutage traten, glatte Felsplatten an, die Schleier aus geschmolzenem Stein, die in einer für immer verhaltenen Bewegung ausgeschwebt waren. Oder würden sie irgendwann umschmelzen? Manchmal dachte er an die Vackerstensbucht daheim, daran, wie die Eisströme die Steine zu Eiern gerollt und lange Wellen sie wie Kinder gewiegt hatten. Das waren jedoch Kinder ohne Leben. Diese Steinköpfe. Er erinnerte sich an die Perlen der Flußmuscheln. Sie wurden aus einem Sandkorn erzeugt und bezogen ihre Nahrung aus Kaliumkarbonat. Seine eigenen Glaspferde wurden durch Eisenoxid braun, durch Chromoxid grün. Durch Knochenasche und Zinnoxid wurde das Glas klar.

Das Wasser sei klar wie Glas, pflegte man zu sagen. Doch es war das Glas, das klar wie Wasser war. Durch einen kleinen Trick des Menschen, eine chemische Raffinesse, war es klar geworden.

Svartvattnet, das schwarze Wasser, war das einzige klare Wasser, an das er sich erinnerte. Warum wurde es schwarz genannt, wo es doch von Natur aus durchsichtig war? Es müßte Nichts genannt werden.

Klares, formloses Nichts.

Tjåppen saß draußen. Er mochte die Hütte nicht. Es wurde zu heiß da drinnen. Er würde wohl auch das Geräusch der Schleifbank nicht mögen. Doch in den Jahren, als Elis eine der Bänke aufgesucht hatte, wenn sie nachts frei waren, da hatte er den Hund noch nicht gehabt. In einem Schuppen stand noch eine uralte Tretbank. Damit hatte man einst einfache Randmuster in die Gläser geschliffen.

Die alten Gerätschaften hatten ihn von Anfang an angezogen. Sie bewahrten die Erinnerungen an einen Zusammenhang, der bald zerbrochen sein würde. In einem Nebengebäude hatte er die erste Presse der Hütte gefunden. Sie war aus Holz, das von der Arbeit so schwarz und abgenutzt war, daß es einer Steinart glich. Hier hatte man Füße und Schäfte für die zierlichen Tortenplatten der achtziger Jahre des vorigen Jahrhunderts geformt. Das ausgestellte Bein der Presse war im Werkstattboden verbolzt, damit die ganze Vorrichtung nicht kippte, wenn der Stempel mit Hilfe eines Hebels in die Form gedrückt wurde.

Nachdem er damit begonnen hatte, in die Hütte zu gehen, und vor allem nachdem er von Henry Karlhammar die Erlaubnis erhalten hatte, nach seinen eigenen Entwürfen zu experimentieren, war er von den Fachleuten dort mit Kenntnissen überschüttet worden, die ihn entmutigen sollten. Sie sprachen von Spannungen und Wärmeausdehnungskoeffizienten und freuten sich, wenn es bei ihm Bruch gab. Dann gefielen ihm die Nächte und die Einsamkeit an der Schleifbank. Er empfand Zärtlichkeit für das schwarz gewordene Holz der alten Geräte und für die menschliche Geduld, die es so abgenutzt hatte, daß es sich der Hand anschmiegte.

Körper, Wald, Sand.

Das war der Anfang.

Das Holz der einfachen Gerätschaften stammte aus dem Wald. Die Öfen wurden mit Brennholz befeuert, das Leute wie er geschlagen hatten. Der Sand wurde mit dem Schiff übers Meer gebracht.

»Du bist ein Romantiker«, sagte Henry.

Er machte sich nicht die Mühe, zu antworten. Es lohnte nicht, über alte Zeiten zu sprechen. Darüber, daß sie schlecht waren. Henry würde dem niemals zustimmen. In der Jugend des Hüttenmeisters waren die Arbeiter nur sechs, sieben Monate lang im Hüttenwerk beschäftigt gewesen. Den Rest des Jahres mußten sie für eine Krone am Tag in die Landwirtschaft gehen.

Aber sie standen in einem Zusammenhang, dachte er. Wenn sie Brennholz spalteten. Wenn sie den Hebelarm hoben. Körper, Wald, Sand.

Wenn ich in einer besseren Zeit diesen Zusammenhang wiederherstellen will, nennt er mich Romantiker und verkauft mich als Kuriosum. Oder Schönheit.

Tjäppen lief zur Villa voraus. Sie waren am Abend dort gewesen, mit dem Rollstuhl. Er kannte den Weg und wußte, daß er nicht mit ins Haus durfte. Er sah zu, als Elis unter der Fußmatte den Schlüssel suchte. Dann setzte er sich auf die Veranda und schaute in die Nacht, wachte.

Elis trat ein und stieg die Treppe in der Halle hinauf. Er hatte gedacht, Eldbjörg schlafe, doch es war Musik zu hören. Als er in die obere Halle kam, sah er in einem Spalt unter ihrer Schlafzimmertür Licht. Eine Männerstimme sang:

You wandered down the lane and far away.
Leaving me a song that will not die.
Love is now the stardust of yesterday,
The music of the years gone by.

Er hatte gedacht, sie schlafe und er würde sie wecken. Doch sie lag wach und hörte Radio. Sie hat ihr eigenes Leben, dachte er. Und ich trample da hinein.

Doch dann wurde ihm klar, daß sie die Haushälterin gebeten hatte, das Radio anzustellen und die Nachttischlampe brennen zu lassen, wenn sie gehe. Sie hatte gedacht, Henry würde bald zurückkommen, das Licht löschen und das Radio ausschalten. Er war jedoch oben im Herrenhof auf einem Sofa eingeschlafen, und jetzt konnte sie keine Ruhe und Dunkelheit in ihr Zimmer bringen.

Elis klopfte vorsichtig an.

»Papa!«

»Nein, nur Elias. Ich werde das Radio abstellen«, sagte er, als er eintrat.

»Nein, wir hören lieber zu. Ich habe mich stundenlang mit gleichgültigen Stücken herumgequält. Und dann kam endlich das hier.«

... the lonely night dreaming of a song.
The melody haunts my reverie,
And I am once again with you.
When our love was new,
And each kiss an inspiration.

Er war unangenehm berührt. Genau in dem Moment, als die recht alltägliche Männerstimme *but that was long ago* zu singen anhob, stellte er ab. Eldbjörg lag in einem hellgelben ärmellosen Nachthemd hoch oben in den Kissen.

»Frierst du?«

»Ja, ein bißchen.«

»Wo ist denn eine Strickjacke?«

Er hatte Eldbjörg viele Male getragen. Sie war schwerer,

als sie als Lebendige gewesen wäre. So hatte er beim erstenmal gedacht. Er hatte oft etwas in ihren Schubladen und im Kleiderschrank gesucht. Er hatte sogar Briefe für sie geschrieben. Doch als sie ihn jetzt um ihren Morgenrock bat und nach Henry fragte, verstand er, was sie wollte, und war befangen.

»Er muß kommen«, sagte sie. »Du weißt, daß Fräulein Eskilsson nachts nicht hier wohnt. Ich bin allein.«

»Ich bin doch hier. Henry schläft oben im Herrenhof auf einem Sofa.«

»Geh ihn wecken.«

»Ich muß zuerst mit dir reden. Deswegen bin ich gekommen.«

»Ich muß raus, Elias.«

»Ich bringe dich zur Toilette«, sagte er.

»Nein.«

»Doch, das ist ganz natürlich. Wenn du dir angehört hast, was ich zu sagen habe, wirst du verstehen, wie natürlich das ist.«

Die Toilettenschüssel war mit einer Stütze und einem Arm versehen worden, der vor ihren Oberkörper geklappt wurde, so daß sie aufrecht blieb, auch wenn man sie allein ließ. Als sie ihn zurückrief, zog keiner von beiden in Betracht, daß sie vielleicht noch mehr Hilfe benötigt hätte. Mit dem Toilettenpapier. Beim Abwischen. Nein, jetzt nicht. Es mußte so genügen.

Er begriff plötzlich, daß ihr Zustand nicht nur Machtlosigkeit bedeutete, sondern auch wiederkehrende Demütigung.

Sie war blaß. Als sie wieder im Bett lag, die kraftlosen Hände auf der breiten Spitze des Lakens, sah sie leblos reizend aus. Von dem Leben in ihr, das sonst immer als starker Wille oder als Scherz und Bizarrerie in Erscheinung trat, war nichts zu merken. Sie ist ganz einfach erschöpft, dachte er. Es war drei Uhr am Morgen. Er hörte Tjåppen bellen und fürchtete, Henry sei auf dem Heimweg. Doch das Bellen erstarb.

Er begann damit, daß er erzählte, Henry wolle verkaufen.

»Ich weiß«, sagte sie.

»Ich und die Männer von der Werkstelle, die mit mir zusammengearbeitet haben, sollen nach Småland verfrachtet werden«, erzählte er. »Dort sollen wir Geschenke zum Fünfzigsten herstellen.«

»Du kannst doch Arbeit kriegen, wo du willst«, sagte sie.

»Ja, aber ich kann nicht machen, was ich will.«

»Was willst du denn?«

»Ich habe Ideen«, sagte er. »Ich habe sie in der Glasmasse gesehen. Aber es sind nicht gerade Pferde in verschiedenen Farben. Keine Obstteller. Ganz und gar nichts Gefälliges.«

»Was dann?«

»Das wirst du schon sehen. Aber du mußt mir helfen.«

»Ich? Ich kann niemandem helfen.«

»Wenn ich nicht mitkomme, dann werden sie auf jeden Fall meine Pferde und meine Obstteller und meine Aschenbecher ausspucken. Sie haben nicht nur die Skizzen und die Formen. Meine Männer haben sie in den Händen und bringen sie im Schlaf zustande. Ich hätte Tantiemen bekommen müssen. Weißt du, was das ist?«

»Ja. Gewinnanteile.«

»Ich war jedoch zu dankbar, überhaupt etwas machen zu dürfen. Ich war nicht der Meinung, daß ich etwas konnte. Ich hatte keine Ahnung davon, wie man anfing und einblies. Von Glassorten, die sich zusammenschmelzen lassen. Von nichts. Ich war wie ein Kind, ich habe entworfen und abgegeben.«

»Du kannst doch neue Sachen machen.«

»Ja, aber die, die ich im Sinn habe, sind nicht einträglich. Ich glaube eher, daß sie Unbehagen hervorrufen werden. Darum brauche ich Geld. Die Tantiemen, die ich nie bekommen habe. Es kostet, sich in eine Glashütte einzumieten. Es kostet, eine ganze Werkstelle mit Anfänger, Einträger und Einbläser in Gang zu halten.«

»Ich weiß«, sagte sie.

»Eldbjörg, heirate mich.«

Sie hatte keine Geheimnisse mehr. Sie konnte kein Tagebuch schreiben und keinen Brief, den nur der Empfänger las. Einmal hatte er sie mit einem Mädchentagebuch auf ihrem Lesebrett gefunden. Sie war davor eingeschlafen, und er hatte es nicht lassen können, darin zu lesen. Das Datum war ein Montag im April, drei Monate vor ihrer Erkrankung.

Es stürmt um uns herum. Alle Werte fallen mit einem Getöse wie von hohen Föhren, und die kleinen Gräser richten sich dorthin, wohin der Wind weht. Doch jeder Sturm besitzt einen Kern tiefster Windstille. Wenn das ganze Meer stürmt, so gibt es ein Wasser, das sich nicht regt.

Er wußte nicht, was für einen Kern sie meinte. Die Religion? Einmal hatte sie ihn gefragt:

»Was hast du für eine Lebensanschauung, Elias?«

Da wußte er nicht, was er sagen sollte.

Nun hatte sie eine Art Windstille erreicht. Wie es darin aussah, wußte er nicht. Dieses Geheimnis hatte sie.

»Ich möchte, daß wir sachlich sind«, sagte er.

Sie schwieg.

»Weißt du, daß Henry eine Leibrente für dich kaufen möchte, wenn das Geschäft mit Swärd zustande kommt?«

»Ja.«

»Von der sollst du dann leben. Eigentlich kauft Swärd meine Pferde und all das andere, was ich gemacht habe. Doch er weiß, daß man das, was auf jedem Couchtisch steht, irgendwann satt bekommt. Dann muß was Neues her. Robben oder noch nacktere Damen. Deshalb bezahlt er nicht soviel. Du bekommst keine hohe Leibrente.«

»Für mich reicht sie bestimmt. Ich brauche nicht soviel.«

»Man kann arm sein, Eldbjörg. Man kann auch gelähmt sein. Aber man soll bestimmt nicht beides sein, arm und am ganzen Körper gelähmt.«

Sie bekam langsam Flecken im Gesicht. Wahrscheinlich wollte sie ihm eine knallen. Doch ihr Wille gelangte nicht in die Muskeln der Arme und Hände. Er vermochte ihr lediglich ein wenig Blut in den Hals und in die Wangen zu treiben.

»Ich hätte Tantiemen bekommen müssen«, sagte er.

»Du kannst ja woandershin gehen. Wie du schon gesagt hast.«

»Ja, aber da muß ich Robben machen. Oder Aschenbecher. Nicht das, was ich will.«

»Und was willst du?«

»Ich habe jetzt etwas gesehen. Ich weiß, was ich machen will. Aber das ist nichts, was auf Fensterbrettern oder in Bücherregalen steht. Es ist was Wichtiges. Ich bin am Ende gewesen. Habe ich gedacht. Aber ich bin nicht am Ende, und nun muß ich dieses Ding machen.«

»Dann mach es doch.«

»Ich kann es mir nicht leisten. Ich hätte dazu meine Tantiemen gebraucht.«

»Meine Leibrente.«

»Genau. Jetzt reden wir sachlich.«

»Aber die wird doch so gering sein, hast du gesagt.«

»Ja, sie ist zu gering. Wir müssen die Tantiemen haben. Du und ich. Henry muß einen Vertrag aufsetzen, zurückdatiert. Weißt du, was das ist?«

»Ja. Aber das muß beglaubigt werden. Wer sollte das mehrere Jahre danach tun?«

»Das regle ich schon.«

»Mit dem Jungen von Hüttenmeister Dubojs?«

»Ja, und noch einem. Keiner möchte arbeitslos werden, wenn Avla in Konkurs geht.«

»Aber das würden sie doch gar nicht, nicht deine Werkstelle.«

»Das wissen sie nicht. Henry wird damit einverstanden sein, wenn er hört, daß wir heiraten werden. Das ist doch besser für dich. Ökonomisch. Wir können noch heute die alten Papiere schreiben. Buchstäblich auf altes Papier. Leicht vergilbt oben. Im Büro hat ganz oben auf einem Regal Papier gelegen und ist unansehnlich geworden. Da er nie eine Tantieme ausbezahlt hat, haben wir Forderungen an die Konkursmasse. Verstehst du?«

Sie lag mit geschlossenen Augen da, und ihre Lider bebten

ein wenig. Sie ist erschöpft, dachte er. Aber wir haben nicht viel Zeit. Bald wacht Swärd auf.

»Heirate mich, Eldbjörg.«

Da sah er, daß sie lachte.

*

Myrten fuhr natürlich nach Stockholm, um sich bei der Post ausbilden zu lassen. Alles andere würde sich finden. Nach zwei Wochen schrieb sie nach Hause, sie erachte es für zweckmäßiger, vorläufig eine Stelle anzunehmen. Sie müsse zuerst Französisch lernen, sonst würde sie es bei der Königlichen Post nie zu etwas bringen. »Französisch ist die Sprache der Post«, schrieb sie. »Deshalb nehme ich jetzt Stunden.«

Doch Französisch war auch die Sprache der Leidenschaft. Hier in Stockholm, in diesen merkwürdigen Französischstunden bei einer gelangweilten Person, die türkische Zigaretten rauchte, erhielt sie eine Bezeichnung für das, was sie empfand. Dafür, daß sie jeden Tag an ihn dachte, jede Minute, so daß es ihr schließlich wie eine Krankheit vorkam.

C'est une obsession, ma petite.

Eine Besessenheit. Ist das Liebe? Ist das Leidenschaft? Ist das *echt*? Sie wollte nämlich echt sein.

Mutter hatte gesagt, sie werde recht allein sein in Stockholm. Und wie werde es ihr dort ergehen? Doch Vater sagte:

»Ist sie jemalens das gewesen? Alleinig. Nä, nichten, die Myrten nichten.«

Er hatte recht. Sie hatte jetzt Selma Ek, die Inhaberin der Wäscherei, und Juhan Piip von der Bibliothek und Véronique Åkerman, die ihr Französisch beibrachte, und die Mädchen in der Bügelstube, Isa und Vera. Ihr Stockholm war ein kleines Karree, das sich vom Odenplan und dem Haus mit dem Turm, vor dessen Fenstern man die Gustaf-Vasa-Kirche sah, bis zur Stadtbibliothek, wo Juhan arbeitete, und zum Sveavägen mit den funktionalistischen Häusern erstreckte, von denen Åkermans eins bewohnten, vor bis zur Surbrunnsgatan, wo sie mit Juhan im Byttan Kaffee trank, und einen Teil die Roslagsgatan hinauf in Richtung Roslagstull, doch nur bis zu dem Haus, in dem Juhan wohnte und das sie noch nie betreten hatte, dann weiter zur Rådmansgatan hinunter, zu deren in Östermalm gelegenem Teil, wo die Wäscherei lag, und dann der Humlegården und der Park des Sophiaheims sowie ein kleines Stück des Lilljansskogen, wohin manche Mädchen mit Männern gingen, aber nicht sie.

»Hast du die Västerbron schon gesehen?« fragte Juhan Piip.

Sie mußte gestehen, daß sie die Brücke noch nicht gesehen hatte. Er wollte eines Sonntags mit ihr dorthin gehen, doch sie hatte jetzt so geschwollene Riste.

Die drei ersten Tage hatte sie in einem Hotel in der Klara Östra Kyrkogatan gewohnt und dort nachts dermaßen geheult, daß nebenan an die Wand geklopft wurde. Dann fand sie das Zimmer in der Markvardsgatan, und die Frau, die es vermietete, machte einen freundlichen Eindruck. Doch sie war nicht gerade freundlich. Von dort aus unternahm sie ihre panischen Spaziergänge, zuerst nur rings um den Häuserblock, um sich nicht zu verlaufen, ringsherum, ringsherum. Eines Tages aber wagte sie sich ein bißchen weiter, und da entdeckte sie den Zettel an der Tür von Eks Wäscherei, Mangel- & Bügelanstalt: *Reinliche und gewissenhafte Aushilfe gesucht.*

Frau Åkerman hatte ebenfalls einen Zettel ausgehängt, und zwar in der Stadtbibliothek. Dort stempelte Juhan Piip ihre Leihkarte ab, und dort begann sie sich dafür zu schämen, daß sie Romane von Runa auslieh. Dann fand sie Louis Bromfields *Der große Regen*, und da sagte er zum erstenmal etwas: Er fragte, ob sie sich für die Tropen interessiere. Was sollte sie schon anderes antworten als »ja«?

Beim nächstenmal hatte er ein Buch für sie unter der Theke. Es hieß *Auf der Suche nach Indien*, war von einem gewissen Forster geschrieben und handelte ganz richtig von Indien, heiß war es dort, und sie verstand nicht recht, was mit den Menschen vorging. Sie dachte, sie werde verrückt, traute sich aber nie wieder etwas von Runa auszuleihen, wenn er es sah.

Die Mädchen, Isa von der Maschinenwäsche und Vera, die einfachere Sachen bügelte, meinten, sie solle mit tanzen gehen. Sie teilte sich jetzt mit ihnen ein Zimmer mit Küche am Karlbergsvägen und fand das schwierig, weil sie nach allem fragten, nur nicht danach, wie es bei ihr zu Hause sei. Jämtland schien gar nicht zu existieren. Samstags tranken sie abends Limonade mit Branntwein, bevor sie ausgingen und schwoften, wie sie es nannten. Sie sangen und bügelten ihre Blusen und hatten Lokkenwickler im Haar. Myrten saß da, schon recht schwer jetzt. Dann holte sie ihre Gitarre aus dem Schrank und begann zu singen: *Bin gewesen ein klein' Mädel.*

Sie gerieten ganz aus dem Häuschen darüber, daß sie so gut sang. Wie Ulla Billquist, sagte Isa. Es war aber trotzdem ganz grauenhaft, denn sie kapierten nichts. Nicht ein Wort. Gleichwohl sang sie weiter.

Ist gekömmet anders dann …

Da ging es nicht mehr weiter. Sie bekam einen Kloß im Hals. Sie spielte die Zwischenmelodie und versuchte es noch einmal.

Ist gewesen manchig Tag, ich geflennet hab,
und dem Tor die Trän' ich zoll, wie er fort und
sauft sich voll,
Pferdehandel treibt wie toll und zerstöret all's …

Dann weinte sie fürchterlich. Weinte nur und weinte. Und da, während sie sie tätschelten und trösteten, mit etwas hastigen Worten natürlich, denn sie wollten ja ausgehen, da begriff Myrten, daß die beiden längst erraten hatten, wie es mit ihr stand. Sie sagten, Myrten solle sich an die Jugendfürsorge wenden.

»Das wird schon gutgehen«, sagte Isa. »Wirst sehen. Das Jugendamt findet eine gute Familie für das Kind. Darüber mußt du dir keine Sorgen machen, die werden überprüft. Und wenn die sich dann darum kümmern, kannst du wieder zu arbeiten anfangen. Frau Ek will dich bestimmt wieder haben.«

Darum kümmern.

Sie nahmen die Lockenwickler heraus, kämmten ihr Haar, das sie mit Limonade aufgedreht hatten, und flogen aus, um zu schwofen und zu jazzen.

Sie würde sich selbst um ihr Kind kümmern. Das war schließlich der Sinn und Zweck all dessen hier. Sie traute sich nicht mehr zu träumen, doch Märta Henriksson, zu Hause bei der Post, hatte ihre Nachsendeadresse. Manchmal, wenn sie vor Sehnsucht völlig wehrlos war, träumte sie dennoch, in flüchtigen Bildern. Mal lag das neugeborene Kind neben ihr in einem Krankenhausbett, wenn er kam. Mal war es drei Jahre alt, und dann war es ein Junge. Schließlich gab sie das grauenhafte Buch über Indien und diese unglücklichen, zerrissenen Menschen zurück, denen es nur übel erging, und hoffte, Juhan Piip werde sie nicht fragen, was sie von dem Schluß halte. Sie ertrug das Buch nämlich nicht mehr. All das Unglück.

In den ersten zwei Wochen hatte sie kaum gewußt, wie sie es Stunde für Stunde in dieser Steinstadt aushalten sollte. Es war, als ginge sie durch einen großen Schieferbruch. Sie mußte Hut und Mantel tragen und fror elendiglich, wenn der Wind blies. Noch schlimmer und grauer wurde es, als das Laub von den Bäumen wirbelte und unter den Bottinen platschte. Da war sie drauf und dran, aufzugeben. Sie dachte an Mutter, die ihr Kind zu früh bekommen hatte. Kristin und Myrten hatten das vor langer Zeit nachgerechnet. Und Mutter sagte, die Kinder würden einem lieb, egal, wie sie entstanden seien. Auch den Großeltern würden sie lieb. Das könne jedoch dauern.

So hätte Mutter das wohl gern. Es gab nämlich auch Härte. Doch die würde Myrten nicht treffen, auf keinen Fall.

Doch das Dorf würde sie treffen.

»Du bist ganz schön aufgeblasen«, sagte Isa, als sie nicht mit tanzen gehen wollte. Vera und Isa hatten längst begriffen, daß es nicht aus Schüchternheit oder Religiosität war, weshalb sie nicht mitkam.

Das war ihr noch nie in den Sinn gekommen. Aufgeblasen.

Ein Wort, das auf all die Jahre zu Hause ein kaltes Licht warf. Sie hatte sich selbst für anders gehalten. Für eine, die auf sich hielt. Die einen Hut besaß. Die sich nicht mit Holzfällern und Triftknechten abgab.

Doch sie war aufgeblasen. Hätten sie daheim im Dorf dieses Wort gekannt, dann hätten sie es auf sie angewandt. Sie hatten freilich andere. An Worten fehlte es ihnen wahrlich nicht. Sie hatten viele für Hochmut. Für Schande noch mehr.

Da merkte sie, daß sie sie wegen ihrer Derbheit haßte. Wegen ihres Hustens, ihrer Zahnlücken und ihrer schiefen, verstohlenen Blicke. Wie Mama das nur ausgehalten hatte!

In Wahrheit aber war auch Mutter derber geworden. Sie trug ein Tuch um den Kopf, wenn sie in den Viehstall ging, und ramponierte alte Gummistiefel. Sie hielt dort nach wie vor Ziegen und ein paar Schafe. Wozu sollte das gut sein? Es kam jedoch vor, daß die Leute das, was im Buch angeschrieben stand, nicht bezahlen konnten. Da mußte Vater schließlich eine Ziege oder ein Mutterschaf als Pfand nehmen. Manchmal starben die Leute über dieser Schuld weg. Doch die unausrottbaren Ziegen lebten. Und die Schafe. Grobe Felle, hängende graue Wollzottel. Alles war grau. Ergrauen statt Morgengrauen, trübes Grau des Tags, inwendig grauer Bodensatz.

Grau. Grau. Grau.

Glotzt in das Grau.

Glotzt. Glotzt mit glotzigen Augen.

Alle Augen, Münder:

»Machest dich nichten so wichtig, du. Bist nämlich *nichtens.*«

»Hat sich's also so, mit der Feinheit.«

»Geschwind ist's gegangen, bei ihr. Hat nichten geschwind genug breitmachen gekonnt, die Beine, und sich hinschmeißen. Fein verliebet, natürlich. Und jetzt, hat einen dicken Bauch jetzt.«

Dicken Bauch. Dicken Bauch. Dicken Bauch.

Juhan Piip lud sie ins Byttan zu Kaffee und Mandeltörtchen ein. Sie gingen ins Kino in der Kungsgatan, und er ergriff ihre

Hand. Da glaubte sie, es ihm erzählen zu müssen. Sie dachte, sie würde ihn nie wiedersehen. Doch er hakte sich bei ihr unter, als sie den Sveavägen entlang nach Hause gingen, und er drückte sie und drückte sie. Er war völlig verstummt.

Er hatte einen fürchterlichen Akzent, denn er kam aus Estland. Er besaß nur einen Anzug, der war schwarz und an den Ellbogen und am Hosenboden blank. Sein braunes Haar ließ er wachsen, so daß es ihm von einem natürlichen, doch recht krummen Mittelscheitel in die Stirn fiel. Ihr war klar, daß er seine Pickel verbergen wollte. Doch er war nett. Wenn er ihr nur nicht so vertrackte Bücher gegeben hätte! Wenn er es nicht sah, lieh sie sich Vicki Baum aus.

Sie saßen im Byttan, und er sagte, die Welt würde neu erschaffen, wenn ein Kind entstehe. Dann tat er etwas ganz Merkwürdiges. Er beugte sich vor, streckte den Arm unter den Tisch und legte seine Hand auf Myrtens linkes Knie. Es war nichts Erotisches, das merkte sie sofort. Er tätschelte sie gewissermaßen, und dann hielt er ihr Knie ein Weilchen umfaßt. Es hätte einen schlechten Eindruck gemacht, wenn jemand das gesehen hätte. Doch die Serviererin war in der Küche, und sie saßen ganz allein im Lokal. Myrten trug Seidenstrümpfe und spürte die Form ihrer Kniescheibe in seiner Hand.

Er sagte, es gebe eine Göttin, die im Meer schwanger geworden sei. Das Meer schwappte und schwappte, und davon sei sie schwanger geworden. Neun Jahre lang sei sie schwanger gewesen. Sei dort umhergetrieben. Gehoben und gesenkt worden.

Myrten war so verlegen, daß sie ein ganz heißes Gesicht bekam, wenn er »schwanger« sagte. Wieder und wieder. Das Wort schien ihm zu gefallen. Und dann dieser Akzent! Er sagte: schwang-ger.

Dann sagte er, das Knie der Göttin habe aus dem Meer geragt, und damit erhielt Myrten immerhin eine Erklärung für sein merkwürdiges Benehmen unterm Tisch. Sie mußte ihm helfen, das richtige Wort zu finden: »Kniescheibe«, sagte er auf deutsch, denn das konnte er. Darauf habe ein Vogel sein Nest gebaut, sagte er. Und dann waren sie lange damit befaßt, auf den Namen des Vogels zu kommen, doch er wußte ihn nur in seiner eigenen wunderlichen Sprache. Der Vogel habe jedenfalls Eier gelegt und endlos gebrütet. Das Nest auf der Kniescheibe sei jedoch heiß geworden, und die Göttin habe es hinuntergestoßen, und dabei sei ein Ei zerbrochen.

So sei die Welt entstanden.

Daß er sich aber auch so merkwürdige, für einen Ausländer so schwierige Wörter aussuchen mußte. Schalenhälfte. Himmelsgewölbe. Eidotter. So sei jedenfalls die Welt erschaffen worden. Die eine Schalenhälfte sei zur Erde, die andere zum Himmelsgewölbe geworden. Und der Dotter zur Sonne. Dann sei das Kind zur Welt gekommen. Die Göttin sei mit ihrem Kind an Land geschwommen, denn nun habe es nach und nach Land gegeben, das unablässig erschaffen worden sei. Immer wenn sie die Hand ausgestreckt und nach festen Felsen getastet habe, sei eine Landzunge entstanden.

Myrten fragte sich, was das sei, ob das seine Religion sei. Doch sie wollte ihn nicht fragen. Er sagte, sein Vater habe in Reval in der Regierungskanzlei gearbeitet, und deshalb hätten sie fliehen müssen. Die Leute behaupteten jedoch so viel Wunderliches über ihre Herkunft, besonders die Flüchtlinge. Es tat weh, darüber nachzudenken. Und so dachte sie lieber an Kristin, die allen Ernstes glaubte, sie sei die Tochter eines schottischen Lords.

Sie wollte Kristin schreiben, doch es wurde nie etwas daraus. Es war ganz einfach unmöglich, sie anzulügen. Dann lieber schweigen. Früher oder später würden sie das in Ordnung bringen. Myrten war jetzt fest entschlossen: Sie würde sich an die Jugendfürsorge wenden. Solange sie ihre Ausbildung bei der Post machte, mußte sich eine Familie um das Kind kümmern. Danach würde sie es zu sich nehmen, denn dann könnte sie sich selbst versorgen. Dann würde sie daheim alles erzählen. Und Kristin. Sie sollten sehen, daß sie selbst damit zu Rande gekommen war.

Da war freilich auch das andere. Die flüchtigen Bilder, in denen er durch die Tür trat. In denen er dastand. In einem Licht, das unbeschreiblich war.

Am neunten Dezember schrieb Mutter:

Ich habe jetzt den Stockfisch eingelaugt. Wir begreifen das einfach nicht. Es ist so unnatürlich, daß Du zu Weihnachten nicht heimkommen möchtest. Gewiß haben wir Verständnis dafür, daß Du Dich selbst durchbeißen und aus dem Dorf herauskommen willst. Aber Weihnachten ist Weihnachten, und morgen kommt Kristin. Vater holt sie und die Jungen ab. Du kannst Dir vorstellen, wie es ihr ergangen ist. Was wird sie sagen, wenn Du nicht kommst?

Da schrieb Myrten, sie bleibe dabei, daß sie nicht heimfahren könne. Sie habe in der Wäscherei zu wenige Tage frei. Mutter blieb mysteriös still. Dann kam eine Karte:

Gibt es etwas, was ich Dir mitbringen soll? Ich fahre am Freitag hinunter und sehe nach Dir. Komme am Samstagmorgen. Kristin kann Vater ja nun im Laden helfen. Es sind geschäftige Tage jetzt. Am Heiligen Abend werde ich natürlich zurück sein. Einen Tag werde ich wohl auch in Uppsala vorbeischauen.

Am Abend war sie zu ihrer Französischstunde bei Frau Åkerman, und wie üblich war ihr in dem Tabakrauch schlecht. Sie übten ein Verb, es hieß *plaindre*. Da brach sie in Tränen aus. Es war, als hätte der Hebel der Kragenbügelmaschine zugeschlagen. Sie weinte und weinte, und Frau Åkerman schaffte es, zwei Abdullah zu rauchen, bis Myrten sprechen konnte. Erklären mußte sie nichts. Frau Åkerman hatte es bereits bemerkt.

Sie war nicht viel älter als Myrten und mit einem Sprachlehrer am Norra Latin verheiratet. Er hatte fürchterliche Studienschulden. Das war der Grund, weshalb Véronique Åkerman keine Kinder hatte und sich mit Privatstunden in Französisch, ihrer Muttersprache, zu Tode langweilte. Jetzt war ihr Blick mit einem Mal lebendig geworden, und sie klopfte aufgeregt mit einem Stift auf die Glasplatte des Rauchtischs.

»Das werden wir schon hinkriegen«, sagte sie.

Liebe Mama, lieber Papa!

Etwas Phantastisches ist geschehen. Ich habe eine Stelle in Frankreich bekommen, als Hilfe in einem Haushalt. Meine Französischlehrerin hat sie mir vermittelt. Ich habe nun die Möglichkeit, richtig Französisch zu lernen. Doch ich muß schon morgen fahren, da die Familie zu Weihnachten mit einer Hilfe in Verlegenheit ist. Ich schreibe später. Dann werdet Ihr auch die Adresse bekommen. Jetzt wünsche ich Euch nur noch richtig frohe Weihnachten! Grüßt Kristin und Tante Aagot! Grüßt auch Anund Larsson!

Viele liebe Grüße von Myrten

Den nächsten Brief konnte sie nicht ohne Frau Åkerman schreiben. Sie mußte drei Tage vor Heiligabend hingehen und sich dabei helfen lassen. Véronique Åkerman hatte braunes Haar mit einer kompakten Dauerwelle, die jedoch nicht artig in Locken lag, sondern sich verwuschelte. Sie putzte auch nur nachlässig. Myrten hatte noch nie einen dermaßen gelangweilten Menschen gesehen. Ja, die Frage war, ob sie bisher überhaupt jemanden getroffen hatte, der seines Lebens richtig überdrüssig war. Frau Åkerman verhielt sich nicht so wie die meisten, sie versuchte nicht, sich zusammenzunehmen und die Dinge in die Reihe zu bringen. Sie klagte. Vorzugsweise mit Seufzern und Rauchen und merkwürdigen Sätzen auf französisch, von denen sie meinte, Myrten solle sie lernen.

Je suis un peu triste.

Je m'ennuie.

J'en ai marre …

Die Familie hieß Canterel, und der Mann war Ingenieur und Erfinder. Sie hatten eine Wohnung auf dem Montparnasse, wo eine gewisse Madame Jouvet den Haushalt führte. Meist aber wohnten sie in einer Villa in Montmorency.

Hier ist es ruhig und still. Man möchte nicht glauben, daß man nur eine Viertelstunde braucht, um nach Paris hineinzukommen. Die Villa ist sehr groß und umfaßt nicht nur Wohnräume, sondern auch die Laboratorien des Ingenieurs.

Es ist auch ein Park dabei, er ist voller alter Bäume mit hängenden Ästen. Und überall sind Statuen. Im Garten steht ein altes Korbmöbel. Das haben sie den Winter über draußen gelassen.

Der letzte Satz war Myrtens Beitrag. Manchmal schien Frau Åkerman nicht daran zu denken, welche Jahreszeit herrschte. Sie kümmerte sich auch nicht um die Frau. Nur der Mann, Martial Canterel, interessierte sie. Mutter würde das verwunderlich finden, denn schließlich war die Frau am wichtigsten, wenn man als Haushaltshilfe arbeitete. Frau Åkerman wollte jedenfalls, daß sie schreibe, sie hätten viele Gäste.

Gebildete Menschen sind das, folglich werde ich wohl ein sehr feines Französisch lernen. Dieser Tage habe ich erfahren, daß »demoiselle« nicht nur Fräulein bedeutet, sondern auch Steinsetzerjungfer. Ingenieur Canterel hat auch eine Maschine erfunden, die er »La demoiselle« nennt.

Manchmal schwindelte ihr, als ginge sie am Rande eines Abgrunds entlang. Sie brachte den Brief ein Stück weiter zu einem Kasten am Sveavägen und dachte an die Sätze, die sie geschrieben hatte. *Unter einer Glasglocke steht ein menschlicher Schädel mit einer Mütze.* Sie wünschte, Frau Åkerman wäre ein wenig anders, begriff aber, daß sie dann nie darauf gekommen wäre, wie sie Myrten helfen konnte. Die Adresse auf den Briefen lautete stets: Mme Claude Jouvet 54 Boulevard Edgar Quinet 75 Paris XIVième. Darin steckte das nach Hause adressierte Kuvert. Frau Åkerman hatte niemals gefragt, wo Svartvattnet, Röbäck, liege.

Teuer wurde das. Sowohl die Briefmarken in Stockholm als auch in Frankreich kosteten Geld. Und es waren mehr Französischstunden geworden. Die meiste Zeit ging für die Briefe drauf. Myrten hielt es für unnötig, so lang und breit über die Erfindung des Ingenieurs Canterel zu schreiben. Es war schwierig, die Maschine zu erklären, die von inneren Chronometern gesteuert wurde und stählerne Greifzangen hatte, die auf dem

Boden verstreute Menschenzähne aufnahmen. Wozu sollte das gut sein? Vater würde über *La demoiselle* sagen, daß sie bloß Unsinn sein tut.

»Das ist Kunst«, sagte Frau Åkerman. »Frankreich ist ein Kulturland.«

»Warum müssen wir von der Villa in Montmorency so viel Aufhebens machen?« fragte Myrten. »Können sie nicht die ganze Zeit am Boulevard Edgar Quinet wohnen, wo Mutter ohnedies dorthin schreiben muß?«

Nein, die Villa sei wichtig. Sie habe Atmosphäre. Ohne sie wäre das Ganze farblos und abstrakt. *Sans aucune crédibilité*!

Nach Weihnachten wurde es noch komplizierter. Da fuhr die gesamte Familie zu Besuch zu Ingenieur Canterels Freund, Monsieur Kurmelen, in Kerlagouëzo. Das war eine wilde Gegend an der äußersten Westspitze Frankreichs. Die Villa hieß Gloannic, und Myrten schrieb, daß sie mit den Kindern Canterel am Strand spazierengehe. Es sei sehr windig, und sie bekämen Sand in die Schuhe. Wir haben den Atlas hervorgeholt und versucht, den Ort zu finden, schrieb Mutter zurück. Myrten mußte nun in Erfahrung bringen, wo das lag, doch Frau Åkerman winkte nur ab. Sie hatte keine Karte. Zumindest keine, die detailliert genug war. Also ging Myrten in die Stadtbibliothek und bat Juhan Piip, ihr bei der Suche nach Kerlagouëzo zu helfen. Doch das war nicht von jetzt auf gleich getan.

Sie schämte sich ihrer Lügen derart, daß sie zu Juhan sagte, sie habe in Frankreich ein Stelle angeboten bekommen. Zu gegebener Zeit, fügte sie im Hinblick auf ihren Bauch hinzu.

Jetzt belog sie alle.

Am Tag nach dem Dreikönigsfest, als die Leute gerade ihre verkleckerten Weihnachtstischdecken brachten, dazu die Bettwäsche, worin die Verwandtschaft geschlafen hatte, sagte Selma Ek, sie wolle mit Myrten reden. Das Gespräch fand im Mangelraum statt, und sie kam direkt zur Sache.

»Hätten Sie mir das nicht sagen können, Fräulein Halvarsson? Gleich von Anfang an?« fragte sie.

Myrten fing natürlich zu weinen an.

»Jaja«, sagte Frau Ek. »Das war mir klar, daß es Tränen geben würde.«

Sie sog eine Weile an einem Zahn. Dann sagte sie:

»Sie können bleiben, Fräulein, bis Sie etwas gefunden haben. Aber nur in der Wäscherei.«

Als Myrten bei Frau Ek angefangen hatte, war sie überzeugt gewesen, Hemden bügeln zu können. Nachthemden sowieso. Doch sie konnte eigentlich gar nichts. Die Fältchen an den Manschetten beispielsweise. Man fuhr nicht einfach so darüber und drückte sie platt. Selbstverständlich lernte sie es allmählich. Sogar den Kniff, eine Falte auf zerschlissene Manschetten zu bügeln, damit man das Abgestoßene nicht so sah. Arme Junggesellen konnten diesen kleinen Dienst brauchen.

Gardinen durfte sie ebenfalls nicht angehen. Sie waren das Schwierigste von allem, obwohl es nur gerade Teile waren. Frau Ek hatte eine spezielle Gardinenbüglerin, sie hieß Hanna. Sie nahm jeden Schal wie ein zartes Kind in die Hände. Abschnitt für Abschnitt bügelte sie mit gleichmäßigen, ruhigen Zügen und schob ihn Stück für Stück auf dem extra großen Brett weiter. Es durfte nicht unregelmäßig werden, denn dann würden die Gardinen schief hängen. Hannas Füße in den Segeltuchschuhen waren angeschwollen. Krampfadern krochen über ihre Beine und bildeten blaue Knoten. Sie lebte in ihren Händen, auch diese waren geschwollen, aber behutsam und extrem sauber.

Die Glanzbüglerin stand wohl am nächsthöchsten. Frau Ek hatte zwar eine Kragenbügelmaschine angeschafft, doch es gab noch Herren, die keinen Kragen anlegen wollten, der nicht mit der Hand geglänzt war. Dann war da die Kaltmangel. Sie trugen die Körbe über den Hof und in den Keller hinunter, wo die große Mangel mit den Marmorplatten stand. Myrten hatte mit Frau Ek viele Male Laken und Tischtücher gestrafft. Tischtücher zu mangeln war eine heikle Angelegenheit. Landete das Tuch auch nur eine Idee schief auf der Walze, konnte es Falten geben, die erst herausgingen, wenn man es einweichte. Wenn überhaupt. Myrten kam dem Mangeln der Tischwäsche nie näher, als daß sie Servietten rollen durfte. Auch das war heikel. Die Walzen donnerten dabei leer über die gefalteten Servietten, die direkt auf der Platte lagen. Das war der letzte Schliff. Danach sollten sie in ihrem tiefen Damastglanz auf einem gedeckten Tisch wie Lilien, Bischofsmützen und Seerosen ausschlagen.

Die Blusen, die Nachthemden mit ihren Volants, die dünnen Pyjamas und Taschentücher mit Monogramm wurden allmählich Myrtens Aufgabe. Sie war behutsam und sorgfältig. Dünnes erhielt Luft, die Blusen ruhten auf den Regalen wie Eclairs in einer Konditoreitheke. Sie legte Seidenpapier zwischen die Falten und Bahnen der seidenen Kleider. Spitzenkanten bügelte sie mit äußerster Vorsicht und stärkte sie mit Maßen. Eine Spitze sollte schließlich fallen und nicht zu steif sein.

Aus dem Bügelraum wurde sie nun in den Keller versetzt. Ein angeschwollener Bauch, der wächst und wächst, gehört nicht in Straßenhöhe. Ein immer breitbeiniger werdender Gang, des beharrlichen Schmerzes wegen eine Hand auf dem Rücken. Ein graubrauner Streifen auf der Wange, und schwellende Brüste – so etwas sollten die Damen nicht sehen müssen.

Schwere und Schmutz sind mein mütterliches Erbe. Es ist unrein, zu bluten. Es ist noch unreiner, nicht zu bluten. Das steht in der Bibel. Die Brüste schwellen und sind empfindlich. Der Rücken schmerzt. Ich gehe breitbeinig. Ich werde zur Erde gezogen.

Unten im Keller hatten die Mädchen ein loses Mundwerk. Niemand hörte sie, und die Maschinen dröhnten.

Daß es so schmutzig ist, eine Frau zu sein. Wahrscheinlich weil Männer ihre Unterhosen beflecken. Doch Mannsbilder landen nie beim Wäschesortieren.

Schmutz hatte sie nie erdulden wollen. Auch keine Bitterkeit. Alles hatte mit Mutters Frage nach den Monatsbinden begonnen. Danach wurde sie nur immer schwerer und glitt immer tiefer in den Gestank.

Sie sortiert Blutbeflecktes aus, um es in einen extra Einweichbottich mit kaltem Wasser zu legen. Kaltes Wasser löse Eiweißstoffe, sagt Frau Ek. Warmes Wasser binde sie. Also muß alles menschlich Gelbe ebenfalls in kaltes Wasser, auch alles Braune, und dann muß es gerieben werden. Grauer Schmutz auf Kragen und Manschetten bedarf ebenfalls der Abhilfe, bevor sie in die Maschine wandern.

Wer in den Bügelraum kommt, sieht Kabel von der Decke schlängeln und hört die Kragenbügelmaschine knallen und Dampf auspuffen. So modern ist es da, wie in einer Werkstatt. Herr Ek kommt manchmal dorthin, er, der nicht einmal Wäschekörbe trägt. Er kommt mit anderen Männern und führt sie herum. Zeigt ihnen, wie maschinell alles zugeht.

»Raus, raus«, sagt Selma Ek, die keinen Zigarillogeruch in der Wäsche haben möchte. Herr Ek zieht mit seiner Gesellschaft ab, es geht nun um Geschäfte. Sie wollen zum W6 nach Klara hinunter und dort sitzen, bis der Zug der Herren fährt. Selma Ek pufft wütend, doch nicht zu sehr. Herr Ek ist nachsichtig und lächelt. Er sei Prokurist, sagt Hanna. Myrten weiß nicht, was das ist, doch es klingt zweideutig, und auf alle Fälle ist es nicht mit Arbeit verbunden. Er winkt zum Abschied mit der Zigarillohand.

Leichte Hände. Schwere Füße.

Wie ist es mit den Füßen? Sind sie in Ordnung? Und die Beine?

Wie wenig hatte Myrten diese Fragen verstanden, als sie sich um die Stelle bewarb. Verstand sie indes um so besser, nachdem sie vierzehn Tage lang am Bügelbrett gestanden hatte. Dampf. Wasser. Borax. Essig. Die Stärke, die in den Trog gekippt wurde. Gelöste weiße Haut, die in Essig gelegen hatte. Dampf und Wasser nisten sich im Körper ein. Er schwillt. Das Haar kräuselt sich in den Dampfwolken.

Rostfreier Stahl sei modern, sagt Prokurist Ek.

Die Blutschwere in den Waden aber, die ist alt. Die Füße senken sich, stoßen vorn an der Spitze an, werden außen hart und innen mürb. Ein Körper ist nicht so sonderlich modern. Nein, der ist alt. Er ist Blatt auf Blatt aus Häuten und Hüllen rings um sein Leben. Wie eine Lilienzwiebel schwillt und blüht er. Schrumpft dann und vertrocknet. Herr Ek schwenkt seine Matanzas in Richtung der kugelförmigen Deckenlampen – modernes Licht – und spricht über die Bügelmaschinen der Zukunft: Bald kämen sie aus Amerika. Die Zukunft des Körpers aber ist bereits da. Sie wohnt in Hanna, in ihren Krampfadern, in der fischfleischähnlichen Haut ihrer Hände.

Unten beim Sortieren ist alles Körper. Er hat sich als Rand auf die Kragen gelegt. Er ist auf Schweißblättern eingetrocknet, die herausgetrennt und separat gewaschen werden müssen. Ausgeschieden und vergossen wie Onans Samen ist er, nach einem Leben stinkend, das nicht zustande gekommen ist. Er bereitet anderem Leben fruchtbaren Boden. Macht Schmutz. Macht Humus und Erde.

Hier unten beim Sortieren ist der Körper zu Hause. Hier bereitet er sich ein Lager. Hier ist endlich Schluß mit allen Worten. Zuerst werden sie immer derber. Doch gegen Abend sind die Mädchen so müde, daß sie es gar nicht mehr schaffen, ein loses Mundwerk zu haben. Ööö...ba...

Erde und Brodem.

Bereite dir ein Lager, Körper. Am Ende sinkst du ohnehin hier nieder.

In gewisser Hinsicht ist es angenehm. Sie ist so müde. Sitzt ganz allein abends, alle Worte versinken. Juhan Piips gebrochene und stotterige Schöpfungsgeschichte. Die Paragraphen des Jugendwohlfahrtsgesetzes. Kerlagouëzo und Gloannic. Der Hahn Mopsus, der in Montmorency Blut spuckt. Das dicke, süße Geschwatz der Mädchen. Herrn Eks Hydraulik und das Getratsch der Wäscherinnen mit dem leichten Portergeruch im Atem. Und die schönen, schönen Elias-Worte:

Bis ans Ende des Lebens.
Du und ich.
Ich erkenne deinen Geruch im Schlaf.

In der Müdigkeit kann man endlich alle Worte vergessen. Sie sinken auf den Grund, tun nicht mehr weh. Der Körper säuselt und lebt sein Leben. Er ist Wahrheit.

Zu Beginn des achten Monats mußte sie aufhören. Die Jugendfürsorge in Gestalt von Fräulein Gustafsson, vor der sie Todesängste ausstand, fragte nach dem Namen des Kindsvaters. Nie mehr im Leben werde ich Biesen tragen, dachte Myrten und starrte Fräulein Gustafssons Bluse an. Oder eine Brosche am Hals.

Sie ging auch schon nicht mehr in die Johanneskirche. In jedem Hauptgottesdienst hatte sie die Choräle und Wechselgesänge so laut mitgesungen, wie sie es gewagt hatte. *Chri... iii...istus erbarme dich unser* hatte sie getrillert und davon geträumt, der Chorleiter würde anschließend herunterkommen und fragen: Sind Sie das, die so schön singt, Fräulein?

Dann würde er ihr natürlich anbieten, im Chor mitzusingen.

Dieser Traum war zäher als der von Elias, davon, daß er einen Brief schickte. Aber auch er mußte ein Ende haben, denn der Chorleiter kam nie. Frau, hätte er im Hinblick auf ihren Umfang jetzt wohl gesagt. Wie schön Sie singen, gnädige Frau. Aber nicht einmal Frauen konnten bei fortgeschrittener Schwangerschaft ausgehen, jedenfalls nicht ins Restaurant oder ins Theater. Konnten sie in die Kirche gehen? War eine angeschwollene und umfangreiche Frau verheiratet, dann konnte sie natürlich eine extra weite Jacke mit Falten tragen und dazu weiße Manschetten und einen weißen Kragen. Das empfahl *Die Hausfrau,* weil das so proper und adrett aussehe. Fräulein Gustafsson fragte jedoch, wovon Myrten sich solche Kleider leisten wolle. Ja, es gab vieles, was der Jugendfürsorge verschwiegen werden mußte, in erster Linie, daß sie die Einsamkeit nur der Dorfschande wegen ertrug und daß sie eigentlich gar nicht arm war. Doch auch der Name Elias Elv mußte verschwiegen werden. Sie hatte es nicht gewagt, ihn anzugeben.

Er hat dir ja nicht einmal seinen richtigen Namen genannt.

Woher wußte Mutter das? Hatte er doch etwas Kriminelles getan? Selbst wenn achttausendfünfhundert Kronen nicht so schrecklich viel Geld waren, nicht eben ein Vermögen. Und immerhin hatte er sie gefragt, was er damit machen solle. Hatte sich anders besonnen.

Und so sagte sie, sie wisse seinen Namen nicht.

Sie hatte der schmutzigen Erde angehört. Dem Kellergeschoß und der Wäschesortierung. Als sie jedoch sagte, sie wisse nicht, wie der Kindsvater heiße, fiel sie vom Keller schnurstracks in die Unterwelt. Fräulein Gustafsson ließ die Kinnlade sinken. Dann faßte sie sich und sagte:

»Vater unbekannt. Ist Ihnen klar, Fräulein, daß das so im Kirchenbuch stehen wird?«

Nein, das war zu grauenhaft. Myrten ging nach Hause und schrieb ans heimatliche Pfarramt, sie wolle eine Meldebescheinigung haben, um ihre Ummeldung in die Gustaf-Vasa-Gemeinde in Stockholm beantragen zu können. Dann würde es immerhin nur in diesem Kirchenbuch stehen und wäre daheim nicht zu sehen.

Des Namens wegen lag sie nachts trotzdem wach. Daß Elias Elv nicht der richtige Name war, war ihr klar. Mutter hatte recht.

Immer.

Es war etwas Grauenhaftes und Hartes, recht zu haben.

Dann, in einer Stunde des Morgengrauens nach einer durchwachten Nacht, wurde ihr alles klar. Sie war für ein Weilchen eingeschlafen und erwachte in dem leichten Rausch, den das Einschlafen beschert. Da sah sie es ganz deutlich: Das war natürlich sein eigenes Geld in dem Kästchen! Er hatte es nicht gestohlen. Er hatte das Kästchen nur dazu benutzt, sie kennenzulernen. Es war eine Finte gewesen. Einer schlimmeren Sache hatte er sich nicht schuldig gemacht. Und auf der Rückseite der Kuverts mit den Liebesbriefen, die alle mehr als ein Jahrzehnt alt waren, da stand doch sein Name.

An den erinnerte sie sich noch.

Sie hatte sich im Bett aufgesetzt und die Füße auf das eiskalte Linoleum gestellt. Da bewegte sich das Kind. Es war kein Tritt oder ein kräftiges Strampeln. Es fühlte sich an, als würde sich der kleine Körper in ihr langsam umdrehen. Es war eine so sachte und geringe Bewegung. Wäre Myrten auf und in Schwung gewesen, hätte sie sie vielleicht gar nicht bemerkt.

Das Kind war geborgen und ruhte in ihr. Sie blieb sitzen, schlang die Arme um sich und wartete auf eine neuerliche Bewegung. Doch ihr Kind war eingeschlafen.

Da wußte sie, daß es richtig war. Sie erinnerte sich sogar an den Vornamen. Sie flüsterte ihn ihrem Kind zu.

Am nächsten Tag nahm sie sich frei und ging zu Fräulein Gustafsson. Sie sagte, sie wisse jetzt den richtigen Namen des Kindsvaters.

»Bisher wußte ich nur einen, den er genannt hat.«

»Ja, ich habe schon verstanden, Fräulein, daß Sie ihn schützen wollten«, sagte die Jugendfürsorgerin.

Wollte ich das? fragte sich Myrten. Warum?

»Nun?«

»Karl Dickert«, sagte sie. »Er ist Norweger. Sein Wohnsitz ist Trondheim.«

»Dann werden wir ihn suchen«, sagte Fräulein Gustafsson.

*

Als Kind lernte ich schnell, zu Laula Anut zu gehen und ihn nach allem zu fragen, was ich nicht verstand. Er saß bei Aagot oben am Küchentisch und sagte immer, wie es um die Dinge bestellt war. Wenn das zu schwierig war, dann sang er es. Als ich ihn jedoch fragte, woher die kleinen Kinder kämen, wußte er nicht, was er sagen sollte. Er stand auf und ging hinaus. In der Tür sagte er, es sei zuwenig Feuerholz da. Wir hörten ihn draußen Holz spleißen, und nach einer Weile kam er mit einem Bund Späne herein. Er dachte, die Sache sei nun erledigt. Doch Aagot hatte keinen Ton gesagt. Ich sah, daß sie sich über ihn amüsierte.

»Woher kommen denn nun die kleinen Kinder?« fragte ich.

Da ließ er sich schwer auf der Küchenbank nieder und sagte, sie kämen auf Sonnenstrahlen angeklettert. Das glaubte ich nicht, und das war ihm auch klar. Er blickte reinweg verzweifelt auf Aagot. Es war ja etwas Geheimnisvolles, woher die Kinder kamen, also wartete ich voller Spannung. Ich wußte sehr wohl, daß sie in den Müttern heranwuchsen. Wenn sie herauswollten, hatte das nichts mit Sonnenstrahlen zu tun. Es war Hillevi, die ihnen heraushalf, und die Mütter stöhnten, und manchmal schrien sie, besonders wenn sie jung waren. Es war keine Maderakka, die bestimmte, was es werden würde, eine Deern oder ein kleiner Kerl, vielmehr hielt Hillevi sie hoch und sagte, was dabei herausgekommen war.

Wie aber sind die Kinder dorthin gekommen? Das war die Frage.

»Kann nichten antworten darauf«, sagte Onkel Anund. »Müsset das besser wissen, die Hillevi.«

Da lächelte Aagot.

»Tust es selbig erzählen können«, sagte er zu ihr, und jetzt merkte man, daß er ärgerlich war.

»Junge Kerle sind es, die sie dorthin zaubern«, sagte Aagot.

»Zaubern?« wiederholte ich. »Dann sind es wohl Finnen oder Värmländer.«

»Genau«, sagte Aagot.

*

Myrten stieg an einer Station aus, wo eine einzige Lampe an der Ecke des Bahnhofsgebäudes brannte. Als der Zug abfuhr, fuhr auch die Welt. Sie hörte Schritte auf dem hölzernen Bahnsteig, und der Stationsvorsteher, der dem Zug freie Fahrt gegeben hatte, trat in den Schein der Lampe. Merkwürdigerweise sah er sie nicht an und zog geschwind die Tür hinter sich zu.

Sie ging um das Bahnhofsgebäude herum, um zu sehen, ob es einen Wagen gäbe. Es war jedoch ländlich still und abendlich tot. Da ging sie wieder zurück. Der Wartesaal war leer und roch nach Firnis. Sie klopfte an der Tür zum Dienstraum des Stationsvorstehers. Zweimal mußte sie anklopfen, bevor er den Kopf herausstreckte.

»Hier ist kein öffentlicher Zutritt«, sagte er.

»Ich wollte nur fragen, ob es hier eine Droschke gibt. Ich möchte zu einem Ort namens Björkelund. Das ist bestimmt recht weit.«

»Die gehen normalerweise zu Fuß dorthin«, sagte er und schloß die Tür.

Da war sie ganz verstört und ging mit ihren beiden Taschen ganz unnötigerweise noch einmal ums Haus herum. Sie wußte nicht, was sie als nächstes tun sollte. Ich nun, dachte sie. Alles, was mein ist. Hier.

Das waren dumme Gedanken. Ja, sie war verwirrt.

Eine Landstraße führte vorbei. In der Ferne sah Myrten eine schwache Straßenbeleuchtung, so fünf, sechs Laternen. Sie machte sich in diese Richtung auf. Es war jetzt absolut still. Die Luft war eine kalte und feuchte Masse, die sich von einem farblosen Himmel herabsenkte. Die Straße war voller Schlamm und Eismatsch, und nur manchmal knirschte Kies unter den Schuhen. Nicht weit her mit dem Winter hier unten.

Als sie die Taschen absetzte, um zu verschnaufen, hörte sie rauhe Stimmen hinter sich. Sie dachte an Betrunkene und bekam Angst. Als sie auftauchten, waren es jedoch gar keine Betrunkenen. Es waren drei halbwüchsige Jungen. Einer der drei hatte ein Fahrrad, auf dem er vorwärts wackelte, langsam, um den anderen nicht davonzufahren. Sie waren auf dem Weg zu jenem Ort, dem schwachen Straßenlaternenschein.

Myrten wartete, bis sie herangekommen waren. Sie glotzten wie Kälber am Zaun einer Weide, doch dann begannen sie zu grinsen.

»Wißt ihr, ob es hier eine Droschke gibt?« fragte sie.

Sie schienen sich nicht darauf einigen zu können, wer antworten sollte. Sie unterdrückten ein Lachen und schubsten sich gegenseitig.

»Du willst zur Luderburg, was?« fragte der mit dem Fahrrad.

Dann setzten sie zusammen ihren Weg fort, kichernd. Sie ergriff ihre Taschen, wandte sich um und ging, so schnell sie konnte.

»Das ist in die andere Richtung!« schrie einer im Stimmbruch hinter ihr her.

Sie hatte heftiges Herzklopfen.

Das ist nicht gut für das Kind, dachte sie. Ein derart starkes und grauenhaftes Gefühl ist nicht gut. Wie eine brennende Woge der Scham im ganzen Körper. Ich muß mich beruhigen.

Sie stand still zwischen ihren Taschen und sah zu Boden. Das enthemmte Lachen der Jungen hatte sich nun entfernt. Als es nicht mehr zu hören war, kehrte sie um. Sie ging am Bahnhofsgebäude vorbei, traute sich nicht mehr hinein. Ich gehe zu Fuß, dachte sie. Es kann nicht so weit sein. Er hat gesagt, daß die normalerweise zu Fuß dorthin gingen.

Die.

Sie dachte an das Wort, das der Junge benutzt hatte. Da ging sie schneller. Solange die Beine sich bewegten, glaubte sie nicht denken zu müssen. Ihre Taschen waren jedoch schwer, und sie setzte sie ab. Sobald sie innehielt, kam ihr dieses Wort wieder in den Sinn. Es brannte unverändert stark. Daß das nicht gut war, so viel war ihr klar. Das Kind und sie waren nicht ein und dasselbe Geschöpf, doch sie waren durch Blutadern eng miteinander verbunden. Im Blut sind die Gefühle. Das wissen alle. Mit dem Blut führte sie ihrem Kind Scham und Verzweiflung zu. Was soll ich machen?

Sie ging wieder weiter. Auf den Schneefeldern der Äcker war noch immer Licht, es hielt sich dort und ließ den Abend grau leuchten. Streifen schwarzer Erde furchten den Schnee. So erbärmlich wenig Schnee, dachte sie und sehnte sich nach Hause.

Sehnsucht ist ein merkwürdiges Gefühl. Man braucht nicht dorthin zu wollen, wohin man sich sehnte. Nein, sie wollte nirgendwohin. Wo würde es etwas Besseres geben? Jetzt. Mit diesem Leib.

Verzweiflung heißt, nichts zu hoffen. Daran erinnerte sie sich aus dem Konfirmandenunterricht. Es ist Sünde. Es ist die schwerste aller Sünden. Denn da hat man keinen Glauben. Wer glaubt, hat auch Zuversicht. Sie mußte leise lächeln, und da dachte sie, dieses innere Lächeln sei immerhin ein Hoffnungsschimmer für das Kind, ein Gran von etwas Gutem und Dienlichem. Freilich recht flüchtig.

Wahrerer Glaube: wissen, daß man wie ein Hase auf einem Feld ist.

Was soll ich machen?

Sie sang.

Im Mütterheim Björkelund geriet Myrten in den Ruf, frohgemut zu sein. Normalerweise war sie das vielleicht. Doch jetzt nicht. Sie sang bei der Arbeit, und die anderen konnten sich das nur so erklären, daß sie von Natur aus fröhlich war. Das stimmte nicht, doch sie korrigierte sie nicht.

Seit sie an dem schweren und feuchtkalten Februarabend im Schneelicht zwischen den Äckern dahingegangen war, sang sie für ihr Kind. Anfangs hatte sie muntere Lieder gesungen. Als sie ihre beiden Taschen durch die Dunkelheit geschleppt hatte, war es Alice Babs' Segelfliegerlied gewesen.

Steig auf, empor mußt du dich heben,
und spür, wie wunderbar das ist!
Wenn über Wolken du wirst schweben,
dann mit den Flügeln eins du bist.

Es waren vor allem Schlager gewesen an jenem Abend. Die Vorsteherin von Björkelund nannte sie Gassenhauer. Man verstummte natürlich, wenn die Vorsteherin in den Websaal oder in die Waschküche kam. Alle wurden still.

Die Lieder sang sie nicht nur deswegen, weil das Kind Freude brauchte. Er oder möglicherweise sie brauchte auch etwas Schönes. Myrten war sich sicher, daß die Häßlichkeit und der scharfe Geruch der Reinigungsmittel mit ihrem Blut in die Adern und die feinen Gefäße des Kindes gelangten, und deshalb sang sie:

Ein Ast, von Früchten rot, er schwingt
und schlägt gen Wand und Glas
im Hopfengange bläst und singt
des Ostwinds trunkner Baß.

Den Mädchen gefiel das. Sing das mit der Trompete, sagten sie. Und dem Elch. Und sie sang:

Du Herbstwind, blas das Bombardon,
den weiten Blasbalg füll.
Ich steh als Elch mit Hochzeitskron'
im Vogelbeeridyll.

Sie merkte, daß ihre Stimme sich entwickelte. Sie erreichte jetzt tiefere Töne als früher und hatte die hohen nicht verloren, sondern war drauf und dran, einen neuen zu erobern. Sie hoffte, sie würde den Umfang ihrer Stimme behalten, der zusammen mit ihrem Leibesumfang größer geworden war.

Sie war an einen Ort mit hart gefirnißtem Linoleum und braungebeizten Möbeln gekommen. Es gab ein einziges Bücherregal, und es enthielt Bündel mit Seidenpapier, die mit Garn umwickelt waren. Es stellte sich heraus, daß es sich um Schnittmuster für Kleinkinderkleidung und Schürzenkleider handelte. Es gab auch vier Bücher, abgesehen von der Bibel und den fünfzehn Gesangbüchern. Sie hießen: *Einige Ratschläge für die junge Mutter*; *Anweisungen für Anfänger auf dem Weg des Heils*; *Der Mann, den du mir gabst* und *Abstinenz und Volkserziehung*. Sie warf einen Blick in *Der Mann, den du mir gabst*, da der Titel leicht gewagt klang. Es war von einer Frau namens Ebba Theorin-Kolare geschrieben, und Myrten hatte noch nie etwas derart Anständiges gelesen. Sie fragte sich, warum dieses Buch hier gelandet war. Keinem der Mädchen – sie waren zu elft und alle hochschwanger – war ein Mann gegeben, dem Hochachtung gebührt hätte.

Die Vorsteherin hatte denselben Nachnamen wie die Jugendfürsorgerin, was für Myrten den Namen Gustafsson ein für allemal abstempelte. Gleich an dem Abend, als sie eingetroffen war, hatte Fräulein Vesta Gustafsson ihr klargemacht, daß sie nach Björkelund gekommen sei, um all das zu lernen, was eine Mutter wissen und können müsse. Zuerst aber erhielt sie einen Rüffel, weil sie so spät eingetroffen war. Als sie berichtete, sie sei mit ihren beiden Reisetaschen zu Fuß vom Bahnhof hierhergekommen, sagte Fräulein Gustafsson, sie hätte daran denken müssen, daß es dunkel würde, und einen früheren Zug nehmen müssen. Das war natürlich wahr. Myrten, die ganz erschöpft war, vergoß ein paar Tränen.

»Das sollten Sie bleibenlassen, Fräulein«, sagte die Vorsteherin. »Das nützt nichts. Sie haben sich selbst in diese Situation gebracht. Jetzt heißt es umlernen.«

Da hatte sie noch mehr geweint. Doch sie lernte schnell um. Hier zu leben stellte sich als leichter heraus, als sie gedacht hatte. Die Gesichter der Mädchen waren reglos, wenn sie den Ausführungen Fräulein Gustafssons lauschten. Wußte man, was für Gedanken sich hinter dieser Starrheit verbargen, sah es anders aus.

Daß sie nicht in Kost und Logis untergebracht waren, merkte sie schnell. Die Arbeit bestand bis neun Uhr vormittags aus Saubermachen. Dann saßen sie, mit Unterbrechung für die Mahlzeiten, im Websaal oder an einer Nähmaschine. Um zwölf Uhr gab es Mittagessen, um drei Uhr Kaffee, um sechs Uhr Abendessen. An bestimmten Tagen half man angeheuerten Waschfrauen bei der großen Wäsche. An einem Tag in der Woche ging man gemeinsam mit einem anderen Mädchen in der Küche zur Hand, schälte Kartoffeln und Wurzelgemüse, spülte ab und wischte am Ende des Tages den Fußboden.

Myrten war fast ständig hungrig. Sie bekamen Buttermilch zu trinken und Margarine aufs Brot. Kaffee war nach wie vor rationiert, deshalb tranken sie Muckefuck, und in dieser Hinsicht ging es ihnen nicht schlechter als anderen. Dazu gab es Weißbrotscheiben. Der Kipf war so aufgeschnitten, daß es meistens genau aufging. Blieb eine Scheibe übrig, wurde es lustig, denn dann spielten sie darum. Sie versteckten sie, bis am Abend die Spielkarten hervorgeholt wurden. Anfangs war es schwierig, die Karten zu erkennen, denn um neun Uhr mußte das Licht gelöscht werden. Jetzt aber waren die Frühlingsabende mit ihrer lang anhaltenden Dämmerung gekommen. Sie spielten *Tippen* und *Siebzehn und vier.* Myrten kannte zumindest *Siebzehn und vier.* Das spielte Vater immer mit den Holzvermessern und Fuhrleuten, wenn sie sich über die Schläge geeinigt hatten. Dann bekamen sie am Küchentisch Kaffee, und Vater stellte eine Flasche Schnaps hin. Mutter war nicht sonderlich erbaut davon, daß sie am Küchentisch Karten spielten. Doch die Fuhrleute bekamen gute Laune und waren mit dem Abschluß möglicherweise zufriedener. Vater spielte gern Karten. Tore saß dabei und lernte Myrten und Kristin hinterher an.

Im Speisesaal auf Björkelund aß man an einem gelb und braun karierten Wachstuch. Montags gab es Labskaus. Fleischreste wurden mit Kartoffelbrei vermischt und warm gemacht. Dienstags gab es Dienstagssuppe mit Erbsen und Möhren und faserigen Ochsenfleischstückchen. Da bekamen sie zum Abendessen Grießpudding. An anderen Abenden, außer donnerstags, gab es nur belegte Brote. Zum Pudding gab es Fruchtsoße.

»Oho, Schwein gehabt!« sagte Margit, ein kräftiges und gutgelauntes Mädchen. »Ihr ist aus der Saftflasche bestimmt zufällig was danebengelaufen diese Woche.«

Mittwochs gab es braune Bohnen und Speck. Donnerstags natürlich Erbsensuppe, und da bekamen sie abends Pfannkuchen mit eingemachten Preiselbeeren. Freitags gab es Bratheringe mit Pellkartoffeln und Preiselbeeren. Samstags gab es Grützwurst mit Bratkartoffeln. Ein Mädchen, Ulla mit Namen, behauptete, sie hätten einmal Griebenwurst bekommen. Margit sagte, das müsse sie geträumt haben. Sonntags gab es Gulasch. Da bekamen sie einen Nachtisch. Das war stets Fruchtsaftgrütze mit Milch. Auf irgendeine raffinierte Weise gelang es der Köchin jedesmal, aus dem Gulasch genügend Fleischreste herauszuholen, so daß es montags Labskaus gab. Und damit begann es wieder von vorn.

Jeden Morgen aßen sie Hafergrütze und belegte Knäckebrote. Samstags durften sie sich Kaviarcreme aufs Brot streichen, doch sie wurde nicht aus der Tube gedrückt, sondern befand sich in einem Schälchen. Davon durften sie sich einen Löffel voll nehmen, mehr nicht. Sonntags bekamen sie Käse, der vorab in dünne Scheiben geschnitten worden war.

Sie aßen die gleichen Gerichte wie andere Leute. Die Reihenfolge war wohl ungefähr so wie in vielen Häusern. Mehrere

Mädchen meinten, das Essen sei gut. Aber zuwenig. Sie vermißten Kopenhagener, Schokoladetafeln und Zigaretten. Keine aber vermisse Männer, sagte Margit. Dafür seien sie zu schwer.

Nur eine von ihnen war klein und mager. Sie sagte fast überhaupt nichts. Myrten erfuhr, daß sie schon acht Kinder hatte. Es hieß, sie sei ausgelaugt und habe gehofft, es würde eine Fehlgeburt. Sie war Frau. Die Vorsteherin vergaß das nie.

»Frau Johansson!« rief sie. »Frau Johansson und die Fräulein können jetzt hereinkommen. Es gibt Essen.«

»Das ist doch lächerlich«, flüsterte ein Mädchen namens Ellen Myrten zu. Und Margit sagte:

»Die Gustafssonsche ist eine vertrocknete alte Kröte, die ist noch nie naß gewesen zwischen den Beinen.«

Myrten fiel fast in Ohnmacht. Das war am ersten Tag. Dann gewöhnte sie sich daran. Sie hatte ja trotz allem beim Wäschesortieren schon so einiges mitbekommen. Sie hatte aber doch gedacht, daß man ernsthafter würde, wenn man ein Kind erwartete. Die Mädchen auf Björkelund schienen das nicht so feierlich zu sehen. Eine fauchte sie an, sie solle nicht so verdammt heilig sein.

Das schlimmste war, sich gemeinsam mit anderen waschen zu müssen. Kristin und sie hatten einen Wandschirm vor dem Waschtisch gehabt. Mutter hatte ihn in Östersund gekauft, und er war weiß gestrichen und mit einem rosigen Stoff bespannt. Den hatten sie bekommen, als sie etwas älter waren. Ganz einfach, als Kristin ihre erste Regel hatte, wenn Mutter darüber auch kein Wort verlor. Sie stellte den Wandschirm einfach hin.

Hier bekam Myrten Waschinstruktionen von Fräulein Gustafsson. Sie wurde angewiesen, den Anschlag, der hinter Glas an der Wand hing, genau zu lesen.

WASCHEN
Täglich
Morgens:
Kalte Abreibung mit dem Waschlappen.
Bei Ausfluß wird der Unterleib gewaschen.

Vor den Mahlzeiten:
Hände.
Abends:
Gesicht, Hals, Ohren, Hände und Arme.
Unterleib.
Füße.

Wöchentlich (samstags):
Waschen und Bürsten am ganzen Körper.
Große Schüssel benutzen!

Der Körper ist der Seele Tempel.
Ehret ihn!

Die Vorsteherin war am ersten Abend bei ihr stehengeblieben. Als Myrten sich nicht den Unterleib wusch, sprach sie sie darauf an.

»Ich mache das später«, sagte Myrten.

Es war ihr peinlich, sich an dieser Stelle zu waschen, wenn andere zusahen. Sie fand es abscheulich, wenn alle mit seifiger Hand da unten herumwühlten. Offenbar übertrieben sie auch, weil Fräulein Gustafsson in der Tür stand. Sie kokettierten, so hätte Elias das genannt. Sie dachte an Elias, wenn sie nackte Körper sah, obwohl sie das gar nicht wollte. Es nützte nichts. Ich werde an ihn denken, wenn das Kind da ist, beschloß sie. Dann werde ich herauszufinden versuchen, wo er ist. Es gab nach wie vor Momente, in denen sie glaubte, sie seien irrtümlich getrennt worden. Oder durch irgendein schreckliches Ereignis. Manchmal wirbelte ein dunkler Gedanke in ihr auf, beinahe ein Wunsch: daß er tot sei.

»Sie müssen die Instruktionen befolgen, Fräulein«, sagte Vesta Gustafsson. »Hier ist man, um Reinlichkeit und gute Gepflogenheiten zu lernen.«

»Das habe ich zu Hause gelernt«, brummelte Myrten so leise, daß sie kaum glauben wollte, es sei verstanden worden.

Doch da wurde die Vorsteherin gallig:

»Wenn das Fräulein aus so gutem Hause kommt, dann hätte

der Vater dem Fräulein doch wohl ein Heim mit Kost und Logis bezahlt. Dort kann man machen, was einem behagt.«

Das gab ihr viel zu denken. Sie lag anschließend im Bett, und Wellen der Scham gingen ihr durch den Leib. Es waren jedoch nur kleine Wellen. Nicht zu vergleichen mit den richtigen Wogen, denen, die brannten. Sie gewöhnte sich allmählich daran. Das derbe und oft grobe Geschwätz der Mädchen half ihr dabei. Auch wenn es ihr eigentlich nicht gefiel, mußte sie zugeben, daß es ihr guttat.

Es kamen keine Briefe von daheim. Nach drei Wochen wurde sie ganz nervös. Ihr war klar, daß Frau Åkerman die Briefe, die sie ihr geschickt hatte, nicht nach Frankreich weitergeleitet hatte. Sie hätte ihr vielleicht mehr Geld für Briefmarken schikken sollen. Oder irgend etwas anderes stimmte nicht. Wie dem auch sei, sie hatte Angst. Vater und Mutter waren nicht so auf den Kopf gefallen, daß sie mit verschränkten Armen zu Hause sitzen blieben, wenn sie ihnen entschwände. Sie dachte an die Botschaft in Paris, an Nachforschungen und Aufregung. Genau daran würden auch sie denken, wenn sie keine Antwort auf ihre Briefe erhielten. Sie brachte einen verzweifelten Brief an Véronique Åkerman auf den Weg. Die Antwort kam per Postkarte und war auf französisch: *Sans des classes pas des lettres. Votre sincère Véronique.*

Ohne Unterricht keine Briefe. Myrten war verwirrt.

Am nächsten Tag sagte sie zur Vorsteherin, sie müsse nach Stockholm fahren. Genau das war aber ganz unmöglich. Des langen und breiten bekam sie etwas über das Leben in Stockholm auseinandergesetzt. Die Mädchen wollten dorthin fahren, um ihre Verführer zu treffen – so sie diese überhaupt kannten. Sie würden von Zuhältern ausgenutzt. Manchmal würden sie mißhandelt. Sie würden zu Abtreibern geschleppt.

»Ich will mich mit meiner Mutter treffen«, half ihr eine Eingebung zu antworten.

Die Vorsteherin sagte nicht: Ihre Mutter könnte doch auch hierherkommen, Fräulein. Das hatte Myrten erwartet. Nun aber wurde ihr klar, daß sie ihr neulich im Waschraum trotz allem geglaubt hatte. Fräulein Vesta Gustafsson glaubte, Myrten sei aus so gutem Hause, daß ihre Mutter einen Ort wie diesen nicht besuchen könne. Sie sagte lediglich, es sei gut, wenn Fräulein Halvarsson sich mit ihren Eltern aussöhne.

Auf der Zugtoilette sah sie ihr Gesicht. Und zwar auf andere Weise als im Waschraumspiegel im Heim, unbarmherzig sah sie, wie farblos und aufgedunsen es nun war. Ohne Ring würde sie auf ihrem Platz im Abteil sitzen und angestarrt werden. Deshalb blieb sie lange auf der Toilette. Sie blickte auf ihre Füße und die Segeltuchschuhe hinab. Sie wärmten nicht, diese Schuhe, und wurden schnell naß. Es waren jedoch die einzigen, die sie momentan tragen konnte. Ihre Füße waren so geschwollen. Und ihr Rücken schmerzte beharrlich. Manchmal rumorte es in ihrem Darm. Sie hatte wahnsinnige Angst, daß ihr ein Darmwind entwich, wenn sie unter Leuten war. Margit und Ellen, mit denen sie das Zimmer teilte, ließen nachts Darmwinde entweichen. Margit schnarchte außerdem.

Ohne Ring, ohne Handschuhe saß Myrten auf der Toilettenschüssel. Draußen waren lauter gaffende Gesichter. Die Frauen sind am schlimmsten, dachte sie. Warum ist das so? Was haben wir denn ausgefressen? Doch sie wußte es. Zwei der Mädchen waren auf den Strich gegangen. Ganz bestimmt. Die Waschschüsseln waren numeriert. Man mußte sich davor hüten, die ihren zu nehmen. Keine sagte etwas, aber so war es. Sie hatte nie zuvor einen Gedanken an diejenigen verschwendet, die auf den Strich gingen. Daran, daß sie wie normale Mädchen waren. Jetzt saß sie da und wollte zu ihnen zurück. Alle Dicken, alle Angeschwollenen, alle ohne Ring sollten zusammensein, das wäre am besten. Da verging die Zeit. Labskaus, Dienstagssuppe, braune Bohnen und Erbsen hießen die Tage, die dahingingen. Hering, Grützwurst und Gulasch. Sie gingen dahin und wiederholten sich. Die Wochen hießen große Wäsche und Hausputz. Die Mädchen lachten. Sie lachten, obwohl sie angeschwollen und schwer und ratlos waren. Mona kam angerauscht und schrie: »Ich hab Blut in der Hose!« Myrten war von dergleichen nicht mehr peinlich berührt. Sie wünschte stark, es möge so sein, wie Mona hoffte. Man lernte. Sonja wurde Kindchen genannt. Sie war noch nicht fünfzehn, und außerdem war sie zurückgeblieben. Beispielsweise fand sie sich im Haus nicht zurecht, verlief sich, wenn sie in die Waschküche hinuntergehen sollte. Doch sie war so süß. Wenn sie entbunden hätte, würden sie sie operieren, erklärte Margit, die fast alles wußte. Damit sie nicht noch mehr Kinder bekommen könne. Wie gut, sagte Myrten, die begriff, daß Sonja zu gutmütig war und die Jungen nicht abweisen konnte. Doch Margit meinte, das sei nicht gut, ganz und gar nicht. Denn dann hätten die Jungen freie Bahn. Es spräche sich herum unter ihnen, daß es bei ihr ohne Folgen bliebe.

Die – das waren die Männer und die Jungen. Alte Knacker schlimmstenfalls. Die griffen sich an den Hosenschlitz. Die spuckten. Die grinsten. Willst du zur Luderburg? Unschöne Gedanken kamen und gingen. Aufgeblähte und träge Gedanken. So wurde man. Aber immerhin lachte man.

Sing, Myrten!

Sing das mit den zwei sonnenroten Segeln!

Sie konnten über einen deftigen alten Witz in diesem Lied lachen, einen richtigen Herrenwitz, gleichzeitig aber fanden sie es hinreißend. Es war so. Myrten sang und wünschte, sie hätte ihre Gitarre dabeigehabt. Sie konnte auch *Stardust,* den gesamten Text auf englisch: *Sometimes I wonder why I spend the lonely night dreaming of a song …* Ellen hatte etwas mit einem Orchestermusiker gehabt. Sie schmolz dahin. Es war leicht, sich vorzustellen, wie sie dieser träumerischen, schweren und süßen Melodie nachgegeben hatte … *haunts my reverie … and I am once again with you …* Ellen wußte nicht, was die Worte bedeuteten. Das machte diese nur besser. Abends unterhielten sie sich über die Liebe. Seimiges, süßes Geschwatz, wenn die Karten ruhten. Sie redeten über die Liebe, als hätte sie überhaupt nichts mit Jungen, alten Knackern und Männern zu tun. Sondern mit Ihm. Über Träume sprachen sie mit leisen Stimmen. *And now the purple dusk of twilight time steals across the meadows of my heart.* Und Myrten erzählte, was die Worte bedeuteten. Sternenstaub. Wandernde Wolken. Die Wärme einer dunklen Nacht in einem Garten. In Amerika natürlich. Sternenlicht in den Bäumen.

Ein Mädchen war da, das nie ein Blatt vor den Mund nahm. Sie hieß Rigmor, und Myrten bewunderte ihr Haar. Es war fast schwarz, und sie trug es im Nacken nach innen gerollt. Es breitete sich von einer großen Haarspange her aus. Margit sagte, sie sei Sozialistin und habe an Studienzirkeln teilgenommen.

Myrten fiel es schwer, Rigmors Zustand mit dem Sozialismus zusammenzubekommen. Sie bildete sich ein, für Sozialisten sei es einfacher. Es gab da etwas, was Kameradschaftsehe genannt wurde. Da brauchte man nicht einmal zu heiraten.

Margit sagte jedoch, Männer seien Männer, ob Sozialisten oder nicht. Da fielen Myrten die Triftknechte in Svartvattnet ein, die feschen Kerle aus Värmland. Vor vielen Jahren hatte sie einen Holzfäller und Triftknecht, Arnold mit Namen, ein klein wenig gemocht. Allerdings nur von fern. Sie hatte gesehen, wie seine Hand um eine Mädchentaille gefaßt und sie gedrückt hatte. Das war im Laden gewesen, und eigentlich hätte es niemand sehen sollen. Ein merkwürdiges Gefühl hatte sie dabei beschlichen, und sie konnte es nicht vergessen. Das Fleisch an der Taille, das nachgegeben hatte. Wie seine Hand sich dann nach unten getastet hatte, die Hüften entlang bis zu den Schenkeln.

Rigmor hegte eine ungeheure Verachtung gegen Erzählungen in Illustrierten und gegen Fortsetzungsromane. Schmonzetten nannte sie sie, Scheichromane.

»Ja, denkst du denn, daß wir das alles glauben?« fragte Ellen. »Scheiche in einem Zelt. Was? Aber man kann das doch trotzdem lesen. Auch wenn man es nicht glaubt.«

»Ihr versackt in einem Gefühlssumpf«, sagte Rigmor. »Ihr solltet lieber richtige Romane lesen.«

»Geht es da denn um Liebe?«

»In manchen schon.«

»Nenn einen.«

Sie antwortete prompt, so als säße sie in einem Studienzirkel und hätte eine Frage gestellt bekommen:

»*Kristin Lavranstochter.* Das solltet ihr lesen.«

Da fing Myrten Feuer. Sie wollte sich so gern mit Rigmor über die Kristin-Lavranstochter-Bücher unterhalten. Die konnte man ernst nehmen. Sie hatte so oft über Erlend nachgedacht, ihn, der nicht betrog, jedoch wankte und schwankte.

»Das habe ich gelesen!« rief sie.

Doch Rigmor fauchte:

»Gib doch nicht so an!«

Dann verließ sie den Waschraum. Wie ein kleines Kind war Myrten den Tränen nahe. Sie beherrschte sich und sagte:

»Das sind im übrigen drei Romane, nicht nur einer. Ich glaube nicht, daß sie sie gelesen hat, sonst wüßte sie das. Sie heißen *Der Kranz*, *Die Frau* und *Das Kreuz*. Und außerdem hat sie den Namen falsch ausgesprochen.«

»Ach ja?«

Endlich erwachte bei den anderen Interesse. Rigmor wurde nämlich für nahezu allwissend gehalten.

»Sie heißt Krístin. Nicht Kristín. Das ist Norwegisch.«

»Kannst du denn Norwegisch?«

»Nein, aber ich habe eine Pflegeschwester, die Krístin heißt.«

»Ist sie denn Norwegerin?«

»Ihre Familie ist zwischen den Ländern hin und her gewandert«, sagte Myrten.

Als sie allein waren, fragte sie Margit, warum Rigmor sie immer wegstoße.

»Ach je«, sagte Margit. »Pfeif drauf! Das kommt daher, weil du eine Bürgerliche bist.«

Es stimmte, daß Rigmor solche Begriffe benutzte. Darüber konnte man am Webstuhl und an der Nähmaschine lange nachdenken. Sie war erbittert giftig auf die Vorsteherin und nannte sie eine Klassenverräterin. Myrten verstand das nicht. Welcher Klasse gehörte Vesta Gustafsson denn eigentlich an? Und was wußte Rigmor schon über sie selbst und die anderen Mädchen? Sie waren doch alle Fremde, die man für ein paar Wochen oder Monate zusammengepfercht hatte. Es ging ihnen allen ähnlich. Doch die gestrenge Rigmor schien eine jede abschmecken und noch bei der Akkuratesten einen galligen Rest von Proletariat finden zu können. Und schon war man eine Verräterin. Nahm Rigmor an einer den Geruch von Mittelklasse wahr, so war das ein Gestank nach Verwesung. Dann war man verdammt.

Hin und wieder wetterte sie gegen die Unwissenheit der Mädchen und sagte, diese würde sie versklaven. Doch obwohl ihr klar war, daß Myrten Schulen besucht hatte und Sprachen konnte, sogar ein bißchen Französisch, wollte sie nichts mit ihr zu tun haben. Es war etwas anderes, was man wissen sollte. Vor allem, wann Leute ermordet wurden. Von einer, die Rosa Luxemburg hieß, bekamen sie oft zu hören, und die stammte wahrlich nicht aus einer Operette, wie Myrten zunächst angenommen hatte. Und außerdem von einem, von dem sie nicht wußte, wie er geschrieben wurde. Schorré. Wozu sollte man wissen, wann der gestorben war? Und außerdem erzählte Rigmor, man habe im Nördlichen Eismeer Mammutzähne gefunden. Darüber wurde sie richtig lebhaft. Sie behauptete, es werde eine andere Zeit kommen. Vesta Gustafssons moralische Affektiertheit sei genauso urgeschichtlich wie die Mammuts, sagte sie. Genauso dumm wie die Stepprahmen, an die sie die Mädchen setzte.

Wenn sie abends dasaßen und an einer Satindecke steppten, durften sie Radio hören. Dort schnarrten meistens Vorträge, und Rigmor wurde böse, wenn sie sich dabei unterhielten. Sie saßen rings um die ausgespannten Stofflagen, zwischen denen Watte war, und steppten Nähte in schnörkeligen Mustern.

»In exakt hundert Jahren wird es hier eine totale Sonnenfinsternis geben«, sagte Rigmor. Sie hatte im Radio gehört, daß man das voraussagen könne.

»Und wenn es wieder hell wird, dann finden sie Vesta Gustafssons Zähne«, sagte Margit. »Und glauben, die stammen von einem Mammut.«

Alle lachten, außer Rigmor. Sie verließ den Raum. Myrten dachte: Sie geht jedenfalls genauso breitbeinig wie wir alle. Und hat eine Hand auf dem Rücken. Dann unterhielten sie sich weiter über das, worüber sie sich am liebsten unterhielten.

In der Wäscherei hatten die Mädchen ebenfalls über die Liebe geredet. Die jüngeren wollten davon erfüllt sein. Die älteren hatten ihre Liebe, es wurde darüber getratscht, doch sie erzählten nichts von Schmerz und nichts davon, wenn es köstlich war. Hier im Heim hatte sich alles erfüllt.

Ja, sie waren wahrlich erfüllt. Myrten wußte, daß es die Liebe war, die sie erfüllt hatte; sie hatte sie nicht vergessen, diese gewaltige Kraft. Doch sein Gesicht konnte sie nicht mehr sehen. Es war diffus. Als das Mädchen, das Britten hieß, mit ihrer Tasche eintraf, sagte Fräulein Gustafsson:

»Sie waren doch erst vor zwei Jahren hier, Fräulein!«

»Ja, ich habe grandioses Pech gehabt«, erwiderte Britten.

Myrten drehte und wendete diese Worte. Sie saß da und nähte aus ausrangierten Laken mit rotem Faden überwendlich Windeln und dachte: grandioses Pech. Sie stellte diese Worte prüfend gegen solche wie Scham und Reue. Gegen wahnsinnig hoffnungslose Sehnsucht und andere sinnlose Worte. Den Drang, sterben zu dürfen. Die Lügen. Den Ekel dabei. Bis sie hierhergekommen war, wo das alles gegen zwei Wörter ausgetauscht werden konnte: grandioses Pech.

Daß es solche Menschen gibt! Die dasitzen können und Geld für Unterrichtsstunden einstreichen, die sie nie erteilt haben und nie zu erteilen gedenken. Mit kalter Miene. Richtiggehend dreist. Wie dumm sie gewesen war! Es hätte gereicht, Geld für die Stunden zu schicken. Sie hätte gar nicht nach Stockholm fahren müssen.

Myrten übergab Véronique Åkerman im voraus geschriebene und datierte Briefe und bezahlte für Stunden bis Ende April. Das Kind würde Mitte des Monats geboren. Wenn es der siebzehnte wäre, an dem Elias Namenstag hatte, würde sie ihm glauben, hatte sie beschlossen. Dann hieß er tatsächlich Elias Elv und würde zurückkommen.

Als sie aus der Haustür auf den Sveavägen trat, stand Juhan Piip da. Sie wäre am liebsten davongerannt, doch rennen konnte sie nicht, so schwer, wie sie war. Sie sah ihn aus ihrem aufgedunsenen Gesicht an, dessen sie sich sehr wohl bewußt war. Sie war keine Göttin mit einem Vogelnest auf der Kniescheibe mehr. Wie konnte er wissen, daß sie hier war?

Er war Frau Åkerman in der Bibliothek begegnet, und sie hatte ihm gesagt, daß Myrten kommen würde. Jetzt wollte er sie bloß warnen.

»Nimm die Stelle nicht an!«

»Welche Stelle?«

»Die in Frankreich natürlich. Du mußt dich in acht nehmen.«

»Jaja«, sagte sie. »Ich werde die Stelle nicht annehmen.«

Er war so eifrig, und er ergriff ihre Hände. Das dunkle Haar fiel ihm über die Augen.

»Du darfst nicht mehr an Frankreich denken«, sagte er. »Du mußt verstehen, daß das gefährlich ist. Hast du von weißem Sklavenhandel gehört? Die versuchen dich hereinzulegen!«

»Wenn hier jemand jemanden hereinlegt, dann wohl ich«, sagte sie müde. »Ich muß jetzt gehen. Ich muß meinen Zug erreichen.«

»Ich begleite dich.«

Sie konnte ihn kaum daran hindern. Er sah, wie schwer sie war, und hielt eine Droschke an.

Obwohl sie weit über die nasse und aufgelöste Zeit hinaus war, begann sie in dem Auto zu weinen. Es war kein mädchenhaftes Schluchzen, nicht so wie früher. Die Tränen flossen einfach. Juhan geriet völlig außer sich.

»Mach dir nichts draus«, sagte sie und wischte sich mit seinem Taschentuch die Tränen ab.

»Ich rufe dich an, wenn du angekommen bist, Myrten. Gib mir die Nummer!«

»Du spinnst.«

Sie mußte über seine Kindlichkeit lachen. Sie dachte daran, daß er in einem kleinen Boot aus Reval geflohen war. Allein in der Dunkelheit im Hafen von Kotka gestanden hatte. Bei einem Hafenschuppen zusammengeschlagen und bis auf eine im Hosenbund eingenähte Goldmünze beraubt worden war. Alles mögliche war ihm zugestoßen, und trotzdem war er wie ein Kind. Von Mütterheimen hatte er keine Ahnung.

Er kaufte ihr ein paar Tafeln Schokolade und eine *Allers*. Sie dachte daran, wie sehr sich die Mädchen darüber freuen würden. Als der Zug abfuhr, stand er noch immer auf einer Stufe zur Plattform und hielt ihre Hand. Sie fürchtete, er werde sich weh tun, wenn er absprang.

»Myrten, entschwinde mir nicht«, sagte er. »Bitte nicht.«

*

Eldbjörg hatte richtig herzhaft gelacht. Seine Betrugspläne mit dem zurückdatierten Vertrag über Tantiemen hatte sie Kindereien genannt.

»Du bist ein Phantasiemensch, Elias.«

Sie war neunzehn, er dreiundvierzig. Sie war gerade zur Schule gekommen, als er durch die Straßen Berlins streifte. Von der Angst vor Menschen, davon, was sie mit einem anstellen können, und vom Hunger hatte sie keine Ahnung. Ein Alltagsmensch hat jedoch immer das Recht, einen Phantasiemenschen kindisch zu nennen. Im Hinblick auf den Vertrag gab er ihr bei genauerer Überlegung recht. Das war Phantasterei. Er hatte gedichtet. Es ging aber auch um etwas anderes. Deshalb hatte er, beinahe flüsternd, gefragt:

»Willst du nicht? Magst du mich nicht?«

»Du brauchst was anderes.«

Sie hatte die Augen geschlossen, aber ihm nicht die Hand entziehen können, die er ergriffen hatte.

»Du meinst Liebe«, hatte er gesagt. »Die andere Art.«

»Ja.«

»Ich bin ein alter Hund, Eldbjörg. Einer, der viel herumgestreunt ist. Dir ist klar, daß ich Beziehungen hatte. Die besten aber hatten durchaus etwas Sachliches an sich. Geradezu eine Art Geschäftsmäßigkeit. Wenn auch nicht ausdrücklich. Eine Abmachung. Eine Verpflichtung. Nicht dieses Kopflose.«

Er hatte bemerkt, daß sie trockene Lippen hatte, meinte aber, keine Zeit zu haben, ihr Wasser zu holen. Er hatte sich so ereifert mit seiner albernen Betrügerei. Und jetzt sah er auch, wie sie gealtert war. Ihre Stirn war hoch geworden. Freilich hatte sie schon immer eine hohe Stirn. Doch sie hatte sie mit einem Pony kaschiert. Die Haushälterin brachte einfach keine Fasson in ihr Haar. Es bildete ganz von allein einen Mittelscheitel und ließ die Stirn hoch und gelbweiß erscheinen. Eldbjörg wäre niedlich gewesen mit Hilfe all der Raffinessen, die Mädchen anzuwenden wissen: Pinzetten, Brennschere, Rougedöschen. Nun aber war ihr eigentliches Aussehen hervorgetreten. Das kam normalerweise erst dann, wenn ein Mensch alt wurde. Elis sah eine schmale, feine Nase, nahezu farblose Lippen. Die Iris blaß, blau wie Wasser unter einem trüben Himmel. Die Wimpern gelbweiß. Ihre Seele war ebenfalls zum Altern gezwungen worden. Eldbjörg wußte nichts von den Straßen Berlins, besaß aber trotzdem Einsichten, die sie noch nicht hätte haben dürfen.

»Ich mag diese andere Liebe nicht«, hatte er gesagt und ihre Hände und Arme unter die Decke gesteckt. Draußen war der Tag angebrochen, und im Zimmer war es morgendämmerkalt geworden.

»Ich verstehe dich nicht.«

Er hatte seinen Korbstuhl ein bißchen verrückt, so daß er aus dem Schein der Lampe kam. Eldbjörgs Gesicht war angespannt. Sie wirkt wie ein Kind, das eine allzu große Kunst vollbringen muß, hatte er gedacht. Es ist auch nicht möglich, sie zu täuschen. Sie weiß bereits zuviel. Wenn ich mit ihr über jene Art Liebe spräche, wäre ich gezwungen, zu sagen, wie es ist: daß diese Liebe ihr Opfer verschlingen möchte. Ihren Gott. Da sei es ja kein Wunder, wenn Spuren blieben.

»Sie hat etwas Grausames an sich«, sagte er.

»Ich verstehe, daß du mich nicht davor warnen möchtest, Elias. Ich werde ohnehin nie die Gelegenheit dazu haben.«

Er dachte: Nein, ich möchte dich nicht warnen. Eigentlich wollte ich dir erzählen, daß die wahre Grausamkeit der Liebe darin besteht, die Existenz herauszufordern. Daß sie nichtsahnend das Leben aufs Spiel setzt. Hingabe läßt die Grausamkeit hervorkriechen und den verletzlichen Körper erobern.

Du wirst schon sehen, dachte er. Wenn ich nur das tun darf, was ich mir vorstelle.

Dann hatten sie nicht mehr über diese Sache gesprochen.

Was Vasen betraf, so durfte er machen, was er wollte. Er arbeitete jetzt mit Überfangen, stellte zweischichtiges Glas her, mit einer gefärbten Lage zuoberst. Zusammen mit dem jungen Dubojs, der allmählich sehr geschickt wurde, bewirkte er durch mehrfaches Erwärmen und Ausblasen, daß die Schichten in den Glaswänden Muster bildeten. Die Masse floß, doch er beruhigte Dubojs damit, daß sie fließen müsse. Die Eisblumen, die er darin gezeichnet hatte, müßten wachsen. Deformiert werden? Ja, vielleicht. Sie müßten den Zufall zu Hilfe nehmen, den kleinen Fehler. So wie im Lebensprozeß. Freilich war hier alles nur Form.

Sie warteten auf das Unerwartete. Den Sprung im Verlauf. Er hatte mittlerweile einiges gelesen und wußte, daß Strukturforscher tief in die Chemie des Glases eingedrungen waren und es ermöglicht hatten, Vorhersagen darüber zu machen, was in einer Masse mit einer bestimmten Zusammensetzung ablaufen werde. Das Wiegen und Messen draußen im Gemengeschuppen wurde nunmehr auch auf Avla mit großer Sorgfalt ausgeführt. Prozentzahlen bestimmten das Ergebnis. Elis empfand einen gewissen Ekel, als ihm schwante, wie tief die Vorhersagen in die Strukturen eindrangen.

Sie wollten dem beikommen, was in der Masse formal angelegt war. Sie wollten im Keim des Möglichen herumstochern und Unerwünschtes beseitigen. Elis' einziges Interesse an der Strukturchemie galt im Grunde der Kristallisation. Er las über Cristobalitkristalle, die im Glas Sphären bildeten, welche ganz langsam hatten erkalten dürfen, und er ließ über die Weihnachtsfeiertage einen Glashafen in einem abgekühlten Ofen stehen. Hinterher fand sich im Glas ein Schwarm Hagelkörner. Er dachte an ihr Prasseln und sah das von Hagelwehen bedeckte Schindeldach der alten Hütte in Lubben vor sich. Einmal hatte er eine erstarrte Glasmasse gesehen, die Eis mit eingeschlossenen Fischschuppen glich. In Gedanken hatte er einen weiten

Umweg über Svartvattnet und das Eis am Ufer gemacht, das im Frühjahr aufbrach. Landwuhnen nannten sie das. Er hatte sich gefragt, wie lange das Wasser daran beteiligt war, ob es Cristobalite gab, die wie Mooszweige und Farnblätter dort unten wuchsen, ob der See Leben oder Formen von Leben nach Millionen und Abermillionen Jahren bewahrt hatte. So wie er den Saibling nach den großen Schmelzseen des Inlandeises lebend bewahrt hatte.

Der See behielt sein Wasser niemals ein, es floß hinaus ins Meer und erhob sich wieder zu Nebeln und Wolken. Der See war lediglich ein Becken für das Leben und eine Urne für den Tod. Ein Glashafen für Verwandlungen.

Die Glasindustrie war jetzt mechanisiert. Sie stellte zum größten Teil Verpackungsglas, Flachglas und Glühlampen her. Elis hatte jedoch diese dunkle Hütte und den heißen Ofen gefunden, dessen Arbeitsloch wie eine Wunde leuchtete. Ihm war durchaus klar, daß auch hier die Masse von Einsichten in die Chemie beherrscht wurde. Seine eigene Unkenntnis hatte zunächst seine Vorstellung von den Prozessen verdunkelt. Er bevorzugte allerdings eine Art Dämmerzustand.

Später kam es vor, daß er eine gewisse Verlegenheit empfand, weil er ein Gebiet, in das andere sich ein Leben lang versenkten, so schnell abgegrast hatte. Es lag etwas Elsternartiges darin, wie er sich der anderen und ihres Wissens bediente. Sein Talent war ein prachtvoller Vogel, und sie staunten, wenn sein Gefieder aufblitzte. Der Vogel bespitzelte jedoch auch und stahl. Elis hatte nie einen richtigen Hang zu der Bildung verspürt, für die seine Lehrer auf der Kunstakademie ihm Ehrfurcht einzuflößen versuchten. Die Bildung. Er hatte zumindest keine Lust verspürt, emsig Kenntnisse zu sammeln. Er sah nach wie vor keinen allzu großen Unterschied zwischen einer Cimabue-Madonna und einem Kinoplakat mit Greta Garbo, jedenfalls so lange nicht, bis eine von ihnen seine Lust weckte. Und warum wurde sie geweckt?

Es bestand ein Unterschied zwischen der akademischen Bildung in einem fernen Kristiania und dem Wissen der Glashandwerker. Auf Avla gab es Körperwärme, sogar Schweißgeruch. Die Art der Glasmacher, mit der heißen Masse umzugehen und deren Zustand und Bereitwilligkeit zu erlauschen, flößten ihm einen Respekt ein, den er scherzhaft zu überspielen versuchte. Eldbjörg sprach von seinem trockenen kleinen Lachen, wenn er verlegen war. Erregt, hätte sie sagen müssen.

Er erinnerte sich an einen exilierten Deutschen in Paris, der angesichts einer X-beinigen Frau feuchte Augen bekam. Weiß der Himmel, welche Verheißung von Stallwärme und lauen Strömen ihm ein solcher Anblick gab. Elis seinerseits wurde von dem wortlosen Wissen der Hüttenarbeiter angezogen wie jener Deutsche von X-Beinen.

Am Weihnachtsmorgen hatte er Eldbjörgs Rollstuhl in die Kirche geschoben. Henry mußte nach dem nicht eingestandenen Infarkt mit Heben und Rollstuhlschieben verschont werden. Er und seine Tochter waren dankbar, daß der Freidenker vor fünf Uhr morgens aufstand, um zu heben, zu tragen und zu schieben.

In der Kirche wurde Elis von einer Stimmung ergriffen, mit der er nicht gerechnet hatte. Es war ein Geschmack nach Stein, ein Eindruck von Feuchtigkeit. Al fresco! Es war der Schaffensgeruch. Die langfüßigen Figuren der Maler des fünfzehnten Jahrhunderts mit ihren zögernden, stoffdrapierten Bewegungen wirkten frisch gemalt. Der Geruch nach Lehm, in äußerster Formbarkeit erstarrt, überdeckte den Geruch der Stearinkerzendochte, die zu Hunderten dort unter den Gewölben brannten. Das Brausen der Orgel wie von vorgeschichtlichen Wassern mischte sich mit menschlichen Stimmen. Er wußte nicht, ob nur er verspürte, wie sich der Hauch von Seligkeit mit Verwesungsgestank mischte. Der Disponent, der Hüttenschreiber, die gelähmte Tochter, die Büroangestellten, der Hüttenmeister, die Arbeiter und ihre Frauen – sogar der Busfahrer und der Handelsgehilfe des Hüttenwerks, der in einem Fernkurs von Hermods Englisch lernte, sangen und taten es den Engeln nach. Vielleicht wollten sie aber auch hinunter in die Erde, zum Willen und zum Trieb, die, so wie Elis die Theologie des Pfarrers verstand, des Teufels waren. Im übrigen stand der Leibhaftige und Böse persönlich mit weit gespreizten Klauen ganz hinten in einem Gewölbe und stocherte mit einer Misthacke in zerfallendem Fleisch.

Als sie zur Villa zurückkehrten, um Kaffee zu trinken, wozu es Räderkuchen und Safranbrot gab, verlangte Henry, daß man den Schinken auf den Tisch stelle. Das dunkle Würzbrot, der Preßkopf und die roten Bete sollten ebenfalls aufgetischt werden. Einen Schnaps müßten sie haben.

Dann floß das Rote-Bete-Blut, und sie schlugen die Zähne in die fast schwarze Brotrinde. Die Erde, die Tiefe und der teuflische Wille, sie zu vernichten, mußte auf mehr Sinne als nur die von Elis eingewirkt haben. Er fütterte Eldbjörg mit kleinen, feinen Bissen Lamm. Die Haushälterin sagte, das Gericht heiße »Lisas Schafsrolle« und sei aus dem Bauchlappen bereitet, der um zerstoßenes Piment und rote Zwiebeln gerollt, zusammengebunden und gekocht werde.

Zum Abschluß bekamen sie ihren Kaffee und die frischen Räderkuchen, die in einer Fritüre aus weißem Schweineschmalz gebacken worden waren. Da hatten sie wieder allen Aberwitz aus ihrer Welt verwiesen. Sie gestatteten sich, die Frage zu vergessen, warum dieses Lamm Gottes, einst ein lebhaftes und schönes Mädchengeschöpf, wie ein verschnürtes Paket in einen Rollstuhl gesetzt worden war, um den Tod im Leben schmecken zu müssen.

Zu Frühlingsbeginn sah er sie traurig. Er war sich sicher, daß sie weinte, wenn sie allein war.

Sie hatte ein Weihnachtsspiel geschrieben, das die Laienspieler der Hütte aufgeführt hatten. Das war in dem Jahr gewesen, bevor sie krank wurde. Jetzt kamen sie zu ihr und wollten ein neues Stück haben. Doch sie konnte nicht. Die Lustigkeit in ihrem Innern war dahin.

»Wenn ich das Weihnachtsspiel lese, habe ich einfach nur den Eindruck, daß es aus einer Menge alberner Tricks besteht, um die Leute zum Lachen zu bringen«, sagte sie.

Er wußte, wovon sie sprach. Auf der Leinwand sah man, wie

der Pinsel gearbeitet hatte und der Spachtel vorgegangen war. Man sah Mühen und Ölfarbe anstelle von Augenblicken, die im grauen Nebel des eingefahrenen Sehens aufleuchteten. War es gut, so lag gleichwohl etwas tief Bedenkliches darin. Jemand hat seine Tricks und Mühen erfolgreich kaschiert.

»Es ist ein zu weiter Weg von der Eingebung zur Ausführung«, sagte er. »Man muß ein Clown sein. Oder Glasbläser.«

Dann half er ihr, das Weihnachtsstück in eine Osterrevue umzuschreiben.

»Wir nehmen dieselben Figuren«, sagte er.

Das Weihnachtsspiel hieß *Wir kommen aus dem Ofen*. Der Schlußgesang war auf die Melodie von *Wir kommen, wir kommen vom Pfefferkuchenland* gesungen worden.

»Den Weihnachtsmann müssen wir herausnehmen. Doch Amstel behalten wir. Humpen, Angster und Baluster ebenfalls. Das sind schöne alte Glasformen und gute Figuren.«

»Aber wie soll daraus ein Osterspiel werden?«

»Gründonnerstagnacht«, sagte er. »Wir müssen Hexen dabeihaben. Syffel, so nennen wir den hochgestochenen Boden. Das ist gut. Weißt du, daß es in Shakespeares *Ein Sommernachtstraum* eine Figur namens Bottom, Boden, gibt? Die Eisenstange, mit der man annabelt, nennen wir Punt, darauf hast du gar nicht geachtet. Oder daß das meiste, was ein bißchen kompliziert ist, am Zapfen gemacht wird. Punt und Zapfen und Syffel sind genau häßlich genug, um dem Leibhaftigen zu dienen.«

»Dem Leibhaftigen?«

»Ja, ich schlage vor, daß wir ihn anstelle des Weihnachtsmanns einführen. Er soll mit dem Zylinder eines Hüttenmeisters auf dem Kopf durch den Schornstein kommen. In Rußflammen und Feuer!«

»Wie soll das denn gehen?«

»Das werden wir sehen. Aber brennen und rußen und knallen, das muß es.«

*

Es tropfte gegen die Fenster, Schnee und Frühlingsregen. Die Mädchen und Frau Johansson trotteten in ihrer Wochenroutine dahin. Eines Tages brach Unruhe aus. Sie wurde dadurch ausgelöst, daß das neu angekommene Mädchen namens Britten sich am Morgen wusch.

Und zwar wusch sie sich zwischen den Beinen. In der Instruktion an der Wand stand eindeutig:

Morgens:
Kalte Abreibung mit dem Waschlappen.
Bei Ausfluß wird der Unterleib gewaschen.

Sie hatte gesagt, sie arbeite in einem Café. Doch das stimmte nicht. Da waren zwei andere, die sie entlarvten. Sie wußten Genaueres.

»Sie geht in der Birger Jarlsgatan«, sagten sie. »Vom Stureplan hinunter zur Grev Turegatan. Dort steht sie auf dem Drei-Huren-Platz. Dann geht sie zurück. Das ist ihr Strich.«

Diese beiden waren es auch, die über Brittens Waschungen zu tuscheln begonnen hatten. Doch was waren sie eigentlich selbst? Myrten hatte das Gefühl, als würde die Luft dick von dem Gerede. Manche Wörter verstand sie nicht. Beim Trichinendoktor, sagten sie. Eine Bekannte von ihnen habe sie dort gesehen. Erst neulich. Was aber war ein Trichinendoktor?

»Je nun, da wird man behandelt«, sagte Margit. »Im Krankenhaus.«

Am nächsten Morgen gab es Krach um die Waschschüsseln. Die Mädchen kreischten. Myrten wollte sich aus dem Baderaum stehlen, kam aber nicht durch. Sie fürchtete laute Geräusche, des Kindes wegen. Ellen, ansonsten zurückhaltend, nahm Britten die Schüssel weg und schmiß sie an die Wand.

»Du hast meine Schüssel genommen!« schrie sie. »Willst du mich anstecken? Willst du uns alle anstecken, was!«

Ohne Kleider war sie gewaltig. Prall. Und zum ersten Mal gewann ihre Stimme eine Tiefe aus dem Körper. Sie ergriff die Schüssel, doch statt sie an sich zu reißen, preßte sie sie dem anderen Mädchen gegen den Leib, drängte die andere an die

Wand und drückte ihr die harte Kante aus galvanisiertem Blech an die Brust. Da schrie Britten. Myrten sah nun nichts mehr, da die anderen die beiden umstellten. Wie eine Wand aus Fleisch. Aus Rückenwülsten. Pobacken. Dampf noch ungewaschener Körper. Ihr wurde übel, so wie zu Beginn dieser unendlich langen Schwangerschaft.

Sie schlich aus dem Waschraum und sank auf dem Korridor in die Hocke nieder, den Rücken fest an die Wand gepreßt. Sie hielt ihren Bauch und das Kind umfaßt. Als Fräulein Gustafsson durch den Korridor gerannt kam, schloß sie fest die Augen. Dann war deren Stimme aus dem Waschraum zu vernehmen, merkwürdigerweise freundlicher als sonst. Hatte sie Angst? Die Mädchen schrien jedoch weiter auf Britten ein. Myrten versuchte, sich den Stimmen zu verschließen, indem sie sich um ihr Kind kauerte. Sie kam nicht auf die Beine, denn die trugen sie nicht. Als sie nach innen in ihren Bauch zu summen versuchte, klang es eher wie ein Winseln. Aus dem Waschraum drangen Worte, die sie nicht hören wollte. »Du hast ja Ausfluß«, schrie eine. Myrten konnte nicht heraushören, wer das war. Die Stimme gellte vor Haß.

»Tripper!«

Da war das Wort ausgesprochen.

Dann war die Stimme der Vorsteherin zu vernehmen:

»Drücken Sie sich gefälligst gepflegt aus! Wir tolerieren hier keine Gossensprache!«

Wir, sagte sie. Doch sie war allein. Es schepperte. Myrten schlang wieder die Arme um sich und das Kind und beugte sich so weit vor, wie es ihr Bauch zuließ. Sie warfen mit den Schüsseln, sie schlugen sie gegeneinander. Sie schrien. Schlugen sie Britten?

Dann wurde es ein wenig ruhiger. Nur noch Stimmen, kein schepperndes Blech mehr. Myrten hörte sie von Fieber und Ansteckung sprechen, von zähem Ausfluß. Sie sagten, ihre Kinder könnten blind werden.

»Sie muß weg!«

Die sonst so schweigsame Signe sagte mit schneidender Stimme:

»So kann man jedenfalls nicht mit uns umspringen! Auch wenn wir verdammt sind!«

»Was redest du da?« sagte Margit. Es war, als sei sie plötzlich ernüchtert.

»Kümmere dich nicht um sie. Sie ist Pfingstlerin.«

»Beruhige dich jetzt mal ein bißchen!«

Doch Signe schrie:

»Wir brauchen uns jedenfalls nicht anstecken lassen! Wir sind doch keine Tiere! So eine sollten sie ins Gefängnis stecken! Wir sind doch keine ...!«

Sie verstummte abrupt. Jemand mußte ihr die Hand auf den Mund gelegt haben. Dann trieb Fräulein Gustafsson alle hinaus. Myrten blieb hocken, bis die Stimmen sich entfernt hatten. Dann erhob sie sich mit steifen Beinen, um sich waschen zu gehen. In dem Raum herrschte ein Chaos aus umgekippten und umhergeworfenen Schüsseln. Auf dem Boden war Wasser, ein Hahn lief. Sie fand die Schüssel mit ihrer Nummer nicht und wagte auch nicht, den Waschlappen zu benutzen, der unter ihrem Haken auf dem Boden lag. Sie nahm lediglich etwas kaltes Wasser direkt aus dem Hahn und fuhr sich damit über die Augen. In der Stille, die so jäh eingetreten war, versuchte sie wieder zu summen.

Alles brach über sie herein. Sie hätte jetzt in einem Heim mit Kost und Logis sein können. Bedient werden und sich in Abgeschiedenheit waschen können. Sie hätte in einem privaten Heim niemals solche Worte wie Tripper zu hören brauchen. Sie dachte an Mutter. Bestimmt hätte sie sie besucht.

Am Nachmittag standen sie an den Fenstern des Speiseraums und sahen das Auto vorfahren. Britten kam mit ihrer Tasche aus dem Haus. Man werde sie untersuchen, hatte Vesta Gustafsson gesagt. Damit sich alle beruhigten. Doch sie wußten, daß sie Britten nicht wiedersehen würden.

Nachdem das Auto abgefahren war, gingen sie langsam an ihre Arbeit zurück. Sie waren angeschwollen und schwerfüßig. Wenn sie im Ort auftauchten, verzogen die Leute den Mund über sie, schief und hämisch. »Ein bißchen was mitzureden haben wir aber immerhin«, sagte Margit.

Im April passierte alles auf einmal. Zuerst fuhr Frau Johansson ab, tags darauf Inga-Britt. Myrten wußte, daß es bei ihr selbst nicht mehr lange dauern würde, und noch etliche andere nahmen jedes Ziehen im Rücken als Zeichen dafür, daß es bei ihnen soweit war. Myrten fand es sonderbar, daß die Entbindungen so dicht aufeinanderfolgten.

»Der Juli ist der Liebesmonat«, sagte Margit vergnügt.

Abends, wenn Myrten einschlafen wollte, dem einzigen Moment, da sie allein war, kam es wieder:

Liebesmonat.

Worte senkten sich in ihr, bekamen eine Bedeutung. Sie waren nicht gerade neu. Doch, Tripper. Das hatte sie vorher noch nicht gehört. Und grandioses Pech auch nicht.

Na so was, daß der Juli für so viele ein Liebesmonat war! Und trotzdem – Maria Johansson, bald Mutter von neun Kindern. Es war schwierig, sich ihren ausgelaugten und schiefen Körper bei einem Liebesakt vorzustellen. Oder die kleine Sonja. Liebe konnte das wohl nicht sein?

Was war es dann?

Warum gaben sie nach?

Das Sägewerk fiel ihr ein, und Jan Terning. Der Februar war jedenfalls kein Liebesmonat. Und trotzdem war da etwas gewesen. Ein klein wenig. Fast überhaupt nicht, hatte sie immer gedacht. Doch Elias hatte es gemerkt.

Wer ist bei dir gewesen? Wer war es?

Ich begehre alles, was dein ist. Deine Stimme, deinen Geruch. Deine Vergangenheit ...

Du mußt mir sagen, wer es war!

Niemand.

Wenn ich das gesagt hätte! Es war niemand, denn ich kann sein Gesicht nicht mehr vor mir sehen. Auch deines nicht, Elias.

An die Hitze in dem Zimmer erinnerte sie sich, aber nicht an die köstliche Betäubung. Und nicht an die kleinen Kontraktionen. Sie wußte, die hatte es gegeben. Doch sie ertappte sich dabei, daß sie mit Kühle daran dachte. Nicht daß sie verstand, wie das möglich war. Doch es war Kühle. So als ob sie an einem

Fenster stünde und das Ganze von außen betrachtete. Elias und sich selbst keuchen hörte. Es war ein geruchloser Anblick.

Sie versuchte, nicht daran zu denken, und das war eigentlich gar nicht so schwierig.

Das hat in einer anderen Zeit zu ruhen. Dort mag es noch vorhanden sein.

So dachte sie, wach in einer Dunkelheit liegend, die voller Körpergeräusche und Frauengerüche war. In welcher Form aber sollte es vorhanden sein? Als unangefochtene Erinnerung? Nein, das war nicht möglich.

Es existierte nicht mehr.

Es hat existiert, existiert aber nicht mehr.

Maria Johansson kam nach einer Woche mit einem kleinen mageren Kind zurück.

»Ich darf Frau Johansson herzlich gratulieren!« sagte die Vorsteherin. Maria interessierten die Glückwünsche nicht. Das einzige, was sie interessierte, war, schlafen zu dürfen.

Sie wußte nicht, wieviel das Kind wog, und auch nicht, wie es heißen sollte. Es war, als ob sie das alles nichts anginge. Ihre Müdigkeit war zu groß. In der Säuglingspflegestunde wogen die Mädchen den kleinen Jungen und stellten fest, daß er ein Kilo und neunhundert Gramm schwer war. Oder leicht. Ein zusammengekauertes, verfrorenes Kind. Die Mutter war froh, wenn die Mädchen sich um den Jungen kümmerten. Sie sollte noch eine Woche lang ausruhen, bevor sie nach Hause fuhr. Sie wohnte in der Rörstrandsgatan in Stockholm. Ihr Mann war Schwerarbeiter auf dem Bau. Er füllte Mörtel in die Wannen der Maurer. Um die sieben Geschwister kümmerte sich jetzt das älteste Mädchen. Sie war dreizehn Jahre alt.

In der Säuglingspflegestunde standen die Mädchen um das zusammengekauerte Kind herum und wagten kaum, es zu berühren. Das ist ein Embryo, dachte Myrten. Warum wurde er ins Leben hinausgestoßen? Sie hatte sich immer vorgestellt, kleine Kinder seien pummelig und stämmig, wenn man sie anfaßte.

»Er friert«, sagte Sonja.

»Dann leg ihm 'ne Decke drüber.«

»Aber wir sollen ihm doch erst den Po waschen.«

»Dann mach das.«

Sonja traute sich nicht. Inga-Lisa machte einen unbeholfenen Versuch mit einem nassen Waschlappen. Da fing das Kind zu schreien an. Sie ließ den Frotteelappen fallen, der von dem dünnen Stuhlgang gelb befleckt war.

»Das mußt du übernehmen, Margit. Du bist dran gewöhnt.«

Margit war nicht besser dran gewöhnt als irgendeine von ihnen, das wußte Myrten. Ihr erstes Kind war gleich nach der Entbindung ins Kinderheim gebracht worden. Doch sie war mutiger und resoluter als die anderen. Sie hielt den Kleinen wie ein Küken fest und wusch ihm die Gesäßfurche.

»Nun denn. Gebt mir das Hemdchen.«

»Zuerst die Windel!«

»Nein, die Nabelbinde.«

Sie hatten das bisher nur an einer Puppe geübt, die sie Diana Durbin nannten. Ein Mädchen, das kürzlich im Kino gewesen war, sagte, eigentlich heiße sie Deanna. Sie hatten darüber gestritten, und deswegen erinnerten sie sich nicht an die Reihenfolge der Binden und Windeln. Der lebendige Junge hielt jedoch beinahe so still wie Deanna Durbin. Allerdings schrie er. Myrten fand es schrecklich, zu sehen, wie sich sein Gesicht in Schmerz und Unwillen zusammenzog. Er wollte nicht. Er wollte lediglich dasselbe wie seine Mutter – schlafen. Er hätte jetzt in ihr schlafen sollen. Doch er mußte heraus und sich zur Wehr setzen. Zurechtkommen.

Schließlich war er eingepackt. Die Beine waren in dem zusammengelegten großen Wickeltuch aus gelbweißem Baumwollflanell verborgen. Margit war etwas beherzter geworden. Sie kitzelte ihn unterm Ohr.

»Jetzt wirst du schön schlafen, Johansson«, sagte sie. »Damit du groß wirst.«

Sonja saß am nächsten Morgen in der Wäschekammer, und ihre Stirn glänzte vor kaltem Schweiß. Ihre großen blauen Augen waren stier. Sie konnte jedoch erst am nächsten Tag fahren, und sie würde nicht zurückkommen. Vesta Gustafsson sagte, das Kind werde direkt nach der Entbindung in ein Kinderheim eingeliefert. Falls es nicht wie seine Mutter zurückgeblieben sei, werde es zur Adoption freigegeben.

Außerdem war da die Operation. Doch davon sprach sie natürlich nicht. Myrten fragte Margit, ob in einem kleinen Provinzkrankenhaus tatsächlich Sterilisierungen vorgenommen würden.

»Das ist einfach«, antwortete Margit. »Schnipp, schnapp, das war's!«

Myrten bekam einen Schrecken. Das war töricht, doch sie konnte ihn sich nicht ausreden. Sie wollte nicht dorthin. Sie wollte nicht in ein Krankenhaus in einem kleinen Ort, von dem sie lediglich wußte, daß es dort eine Menge freikirchlicher Kapellen gab. Mindestens drei Stück: Bethel, Tabor und einen Königreichsaal. Was für Ärzte waren das, die sich dorthin bewarben? Nein, sie wollte ins Södra BB, in das Entbindungsheim, wo Mutter ihre Ausbildung gemacht hatte. Sie hatte stets gesagt, dort sei es gut. Sehr gute Hygiene, hatte Mutter gesagt. Doch beide Fräulein Gustafsson behaupteten, es sei für Myrten unmöglich, zum Entbinden dorthin zu kommen.

»Betäuben sie einen?« fragte sie Margit.

»Du meinst mit Lachgas? Du glaubst doch nicht, daß wir so was kriegen! Nä, wir sollen es schon richtig zu spüren kriegen, weißt du.«

»Ich meine mit Äther. So eine Narkose.«

»Nicht, wenn nichts Besonderes ist.«

»Aber wenn ... Ich denke an das, was du gesagt hast. Schnipp, schnapp, das war's!«

Sie versuchte zu scherzen, doch ihr war nicht wohl dabei.

»Das machen sie doch bloß bei den Zurückgebliebenen!«

Aber sie empfinden doch genauso, dachte Myrten. Sie erinnerte sich an Sonjas Hand auf dem Rücken des kleinen Johanssonkindes, wie sie immer und immer wieder über die blaurote Haut gestrichen war, über diese Runzeln. Sonjas Mund hatte dabei offengestanden, man hatte ihre Zunge gesehen, und sie hatte die Augen aufgerissen und nicht gezwinkert.

»Das kommt schon alles ins Lot«, sagte Margit. »Nur immer ruhig Blut.«

Myrten spürte jedoch, wie allmählich die Angst gekrochen kam. Es war bald Ostern. Es konnte nur noch wenige Tage dauern.

Rosita kam am Dienstag der Karwoche. Eigentlich hieß sie Ingegerd. Sie war jedoch dunkel und ähnelte der südamerikanischen Gitarrensängerin Rosita Serrano. Sie und Ellen waren zur gleichen Zeit schwanger geworden.

»Im selben Orchester«, sagte Ellen.

Sie kullerte mit ihrer Tasche aus dem Auto und sagte, sie fühle sich saumäßig.

»Hier drücken wir uns gepflegt aus«, sagte die Vorsteherin und schob sie in ihr Büro.

Es dauerte keine fünf Minuten, bis Rosita herauskam und sich den Bauch hielt. Sie schrie, sie müsse kotzen. Die Vorsteherin versuchte sie zur Treppe zu bugsieren, doch Rosita würgte jetzt gewaltig. Die Reisetasche noch immer in der Hand, stürzte sie in Vesta Gustafssons privates Klosett, das keine von ihnen betreten durfte. Drastische Geräusche und Stöhnen drangen daraus hervor. Zwischendurch war es totenstill, und Vesta Gustafsson klopfte ungeduldig. Sie blickte leicht erschrocken drein. Als Rosita herauskam, war sie so schwach, daß Ellen sie die Treppe hinauf stützen mußte. Sie jammerte noch immer.

»Sind Sie unpäßlich, Fräulein?« rief die Vorsteherin. »Ist es schon soweit?«

»Das ist nur Dünnpfiff«, sagte Rosita. Sie klang erbärmlich und hing am Geländer. Ein schwarzer Haarvorhang verdeckte das halbe Gesicht.

Die Anweisung, die Toilette zu reinigen, bekam Myrten. Vesta Gustafsson holte Rositas Taschen in ihr Büro, um sie durchzugehen, so wie sie es bei jedem neuen Mädchen tat. Myrten hatte sich mit Eimer und Putzmittel auf den Weg gemacht, als Margit angerannt kam und sie hart am Arm packte.

»Schraub den Deckel des Wasserbehälters auf. Nimm mit, was dort ist, tu es in den Eimer, und leg die Lappen drüber.«

»Aber das Wasser und die Lappen ...«

»Sie hat weder gekotzt noch gekackt«, sagte Margit. »Tu einfach, was ich dir sage.«

Rosita saß auf ihrem Bett und war nicht sonderlich blaß. Als sie die Lappen von Myrtens Eimer hochhob, sah sie zufrieden drein.

»Du hast die Sache gedeichselt. Du bist wohl doch nicht so dumm. War es schwierig?«

»Der Behälter sitzt ja hoch oben«, sagte Myrten. »Ich hatte Angst, auf dem Rand abzurutschen, schwer, wie ich bin.«

»Das wäre ein Anblick für Vesta Gustafsson gewesen! Jungfrau Maria mit einem Fuß im Klo und einer kleinen Buddel in jeder Hand.«

»Warum sagst du das? Ich heiße Myrten.«

»Weiß sie denn nicht, daß ihr sie Unschuld nennt?«

»Kaum«, sagte Margit ziemlich barsch.

Am selben Nachmittag stahl Ellen einen Rippenspeer.

Ellen und Myrten, die in dieser Woche Küchendienst hatten, mußten mit Vesta Gustafssons privatem Porzellan im Speiseraum aufdecken. Um sechs Uhr marschierte der Damenclub ein. Da hatten die Mädchen bereits gegessen und waren an die Nähmaschinen und Webstühle zurückbeordert worden. Es müsse wie ein normaler Tag aussehen, sagte die Vorsteherin. Obwohl es schon etwas spät am Abend war. Ansonsten aber: ein ganz normaler Tag. Saubere blaukarierte Kittel natürlich. Blanke Fußböden. Die Damen gingen umher und drückten ihren Beifall aus. Sie befingerten Säuglingshemdchen und befühlten die Webkanten der Handtücher. Sie trugen Hüte. Diese Damen hätten den Rippenspeer bekommen sollen. Signe weinte vor Schreck und Zerknirschung, obwohl sie ihn gar nicht angerührt hatte, als er zum Abkühlen auf der Küchenveranda stand.

»Ich hab was Rotes schimmern sehen«, sagte Ellen zur Köchin. »Es war bestimmt der Fuchs.«

Nun gab es statt dessen deutsches Beefsteak. Ein Taxi wurde

bestellt, um im Ort Hackfleisch zu holen. Vesta Gustafsson hatte einen stieren Blick. Im Moment hatte sie keine Zeit, die Angelegenheit zu untersuchen.

Ein ganzer Nähtisch, auf dem sie normalerweise mit Hilfe von Schnittmustern Stoffe zuschnitten, war jetzt voller gespendeter Kleidungsstücke, die die Clubdamen mitgebracht hatten.

»Sind das nicht ausgezeichnete Sachen, Mädchen?« fragte Vesta Gustafsson. »So solide. Seht euch diesen Mantel an!«

Sie sahen den Mantel an. Er war rot wie Ketchup und hatte schwarze Knöpfe.

»Welch ein Stoff!« schwärmte die Vorsteherin. »Das ist noch Vorkriegsqualität.«

Mit Sicherheit. Der Mantel reichte ja auch bis zu den Knöcheln.

Es war alles gespendet. Die Lampe neben dem Radio im Speiseraum. Die karierte Taftbluse, in der Sonja abgereist war. Wolldecken und Säuglingskleidung. Die dünnen Matratzen und die Kapokkissen. Es gab einen ganzen Karton voll eingesammeltem Weihnachts- und Osterschmuck. Der Damenclub, der sich aus den Gattinnen der Herren eines Gesellschaftsordens mit dem geheimnisvollen und nicht zu deutenden Namen VO zusammensetzte, brachte ständig neue Spenden an. Und an einem Tag im Frühling aßen sie auf Björkelund.

Myrten erinnerte sich, wie großherzig sie sich vorgekommen war, als sie einst ein weinrotes Wollkleid weggab, dessen sie überdrüssig geworden war. Die hutgeschmückten Damen taten nichts anderes, als Mutter und sie zu Hause in Svartvattnet zu tun pflegten. Sie hatte das Kleid später, bei einer Guttemplerversammlung, an Lisbet Annersa gesehen und gedacht, Lisbet komme sich darin bestimmt fein vor. Mutter und sie hatten stets geglaubt, die Leute freuten sich, wenn sie mit ihren Sachen kamen. Ihre Gesichter waren glatt, wenn sie sich bedankten. Doch jetzt wußte sie Bescheid. Sie haßten das abgetragene und ausrangierte Zeug. Diese Spenden. Sie haßten allein schon das Wort.

Als es Nacht wurde und sie sich sicher waren, daß Vesta Gustafsson vor Erschöpfung eingeschlafen war, kam Rosita mit den Buddeln, die Klaren enthielten, zu ihnen ins Zimmer. Margit, die in den Ort hatte fahren dürfen, um das Hackfleisch zu kaufen, hatte Pilsner eingeschmuggelt. Sie hatten nun den Rippenspeer und einen Gugelhupf, der auf den Boden gefallen war und den Signe zusammengefegt hatte, um ihn in den Eimer mit den Speiseresten zu werfen. Doch Ellen hatte ihn sich unter den Brustlatz ihrer Schürze gesteckt. Rosita brachte drei Tafeln Schokolade und eine Packung Aspirin mit. Das Pilsner wirke damit besser, sagte sie. Sie hatte auch eine Schachtel Robin Hood dabei, eine große. Diese und das Aspirin waren in ihren ausgezeichneten Unterhosen aus rosa Charmeuse, deren Beine mit Gummiband versehen waren, ins Haus gelangt. Sie hißten sie an der Lampe. Rauchen mußten sie jedoch am Fenster, denn Vesta Gustafsson hatte eine feine Nase.

Und so beging Myrten ihre Heldentat. Das würden sie ihr nie vergessen, sagte Rosita, und sie sollte den ersten Schluck bekommen.

Sie holte das Radio aus dem Speiseraum.

Sie drängten sich vor dem Gerät zusammen und suchten AFN, den Sender der amerikanischen Besatzungsstreitkräfte in Deutschland. Die Musik, die Ellen und Rosita hatte schwanger werden lassen, flutete über sie hin. Sie war wie brauner Honig. Der Reihe nach nagten sie an dem Rippenspeer. Myrten hatte noch nie Schnaps getrunken, tat es aber jetzt. Sie trank auch Pilsner. Es war körnig von zerbröseltem Aspirin.

Ellen und Rosita tanzten. Sie bewegten sich Wange an Wange und wendeten einander ihrer gewaltigen Bäuche wegen die Seiten zu. Rositas Hände tasteten über Ellens Rücken und bewegten sich in Richtung der mächtigen Rundung ihres Hinterteils. Myrten hatte noch nie gesehen, daß Mädchen sich auf diese Weise berührten. Kurz zuvor hatte sie ein Gefühl von Sommernacht überkommen, als Rosita sich ihren Kopf an den Busen gedrückt hatte. Dort hatte es nach Moor und Blumen gerochen. Jetzt sang sie statt zu tanzen, sang von dunklen Nächten: *night and day you are the one … only you under the moon and under the sun …*

Myrten dachte bei American Forces Network an ein lebendiges Orchester, nicht an Schallplatten, und sie sah Männer mit sauberem Kurzhaarschnitt und khakifarbenen Uniformhemden mit Schulterklappen vor sich. Sie schloß die Augen und stellte sich vor, sie stünde vor ihnen und sänge. Sie versuchte ihre Stimme ein wenig rauchiger klingen zu lassen. Dann trat Ellen in den abgenagten Rippenspeer und schrie auf, denn er war spitz. Rosita geriet ins Wanken, und die beiden landeten im Bett, sie hielten sich Kissen vors Gesicht, um ihr Lachen zu ersticken. Ellen kam nicht mehr hoch. Margit war bereits eingeschlafen. Sie schlief mit offenem Mund und wachte von dem Geschrei nicht auf.

Rosita schenkte den letzten Schnaps in ihren und in Myrtens Zahnputzbecher, und danach aßen sie ein wenig Schokolade und drehten auf Radio Luxemburg, wo ein Rumbaorchester spielte. Sie vermochten nun nicht mehr zu tanzen. Myrten sang nicht, sie redete. Sie verstand sich selbst nicht. Sie, die sich immer sehr sorgfältig bedeckt hielt, was sie selbst und ihre Angelegenheiten betraf, begann Rosita nun von den französischen Briefen zu erzählen. Von der Wäscherei, der Wäschesortierung und Juhan Piip. Von allem, außer von Elias. Sie lagen jetzt auf Myrtens Bett, der Rauch schlängelte sich über ihnen und zog durch das offene Fenster ab. Es wurde allmählich kalt im Zimmer, doch sie mußten wegen des Zigarettenrauchs das Fenster geöffnet lassen. Und so schlüpften sie unter die Satindecke und wärmten einander, und Rosita fragte, warum Myrten nicht in Kost und Logis gegangen sei und ihren Vater habe bezahlen lassen.

»Ich begreife nicht, warum du lügst. Und dazu noch dermaßen.«

»Du hast nie auf dem Dorf gelebt. Sonst würdest du das verstehen.«

»Aber dein Vater und deine Mutter hätten doch wohl den Mund gehalten.«

Das war ja gerade das Schlimme. Jetzt im nachhinein erkannte sie, was besser gewesen wäre. Sie sagte, daß sie es bereue.

»Aber jetzt ist es ja zu spät.«

»Ja, man hat einiges zu bereuen«, sagte Rosita, klang aber träumerisch und nicht so, als bereute sie etwas. Dann erzählte sie, daß sie immer wieder auf denselben Kerl hereingefallen sei. Obwohl er verheiratet sei und sie das sehr wohl wisse. Er arbeite bei Luma, wo sie Glühbirnen geprüft habe. Jetzt fluchte sie im Dunkeln über den verheirateten Kerl, und ihre Stimme war belegt. Myrten dachte, daß auch er das gekonnt haben mußte, was Elias so gut konnte. Elias, der vielleicht Karl hieß und dessen Gesicht sie nicht mehr vor sich sah.

Er konnte sie schmelzen lassen, sie dazu bringen, auseinanderzugleiten. Sie hatte sich geöffnet. Auch innerlich. Dieses Gefühl: Jetzt ist alles egal. Jetzt ist es einfach so. Etwas anderes existiert nicht. Nur dieses ziehende, süße Gefühl an der Grenze zu einem Schmerz, der gleichwohl so köstlich ist. Er hatte sie zum Fließen gebracht und dazu, vor Genuß zu stöhnen.

Sie glaubte, er habe das mit Worten vollbracht. Doch nicht die Worte waren der Genuß. Dieser Luma-Kerl hatte vielleicht auch Worte benutzt, wenn auch rohere. Vielleicht hatte er sie aber auch übersprungen.

»Wie hat er es gemacht?«

»Was gemacht?«

»Dich dazu zu bringen ... Ja, dich ihm hinzugeben.«

Rosita kicherte über ihre Worte.

»Was sagt er? Ich meine, wenn er zu dir kommt? Sagt er, daß er dich liebt?«

»Er sagt nie etwas.«

Rosita legte ihren Mund ganz dicht an Myrtens Ohr. Ihre Hand fummelte unter der Decke, mied den gespannten Bauch und tastete sich über ihre Hüften hinab zu den Leisten und zwischen ihre Beine.

»Jetzt wirst du fühlen ...«

»Fühlen ...«

»Ja, das ist es, was er flüstert. Fühl mal ...«

Myrten besaß Geistesgegenwart genug, ihre Zigarette am Lampenfuß auszudrücken. Danach schliefen sie ein. Gegen fünf Uhr erwachten sie frierend. Rosita mußte auf ihr Zimmer gehen.

»Wohin bloß mit den Flaschen?«

Rosita nahm eine nach der anderen und warf sie aus dem Fenster. Sie hörten sie ins Gras plumpsen.

»Sie wird sie finden!«

»Ja, und wenn schon? Die glaubt doch bloß, daß sich die Jungs hier heraufschleichen.«

»Zur Luderburg«, sagte Myrten.

»Du bist wohl doch nicht so eine Unschuld, wie die Mädels glauben«, sagte Rosita und tätschelte ihr die Wange. »Mach jetzt das Fenster zu, Jungfrau Maria, und geh schlafen. Heute ist Greindonnerstag. Da brauchen wir nicht zu arbeiten. Zumindest nicht nach eins.«

»Dann ist heute der Achtzehnte? Nicht wahr? War gestern der Siebzehnte?«

»Ja, sicher.«

Sie hatte Elias vergessen. Sein Namenstag hatte sich davongeschlichen wie der Dienstag der Karwoche, als Rosita kam und als Ellen den Rippenspeer stahl.

Jesu, deine tiefen Wunden,
deine Qual, dein bittrer Tod
gibt in allen meinen Stunden
Trost in Seel'- und Leibesnot.
Fällt mir Böses dann mal ein,
denke ich an deine Pein.
Und das leget mir ans Herze:
Mit der Sünde niemals scherze.

Rosita blinkerte. Myrten tat, als merkte sie es nicht, sie war von dem Choral erfüllt. Sie dachte, sie sei eins mit den Worten und der Melodie. Ja, sie gehörte zu ihnen. Das verstanden weder Rosita noch Margit. Sie hatten die Anweisung erhalten, zu singen, doch sie wollten nicht. Darum bewegten sie nur die Lippen.

Vesta Gustafsson selbst sang im übrigen nicht. Sie murmelte ein wenig. Doch Myrten sang.

Während der Lesung der Epistel schweiften ihre Gedanken ab. An das Totenreich dachte sie. Die Stimme des Pfarrers im Radio hallte. Er stand in einer Kirche, ein großer steinerner Raum umgab ihn. *Als er gemartert ward, litt er doch willig und tat seinen Mund nicht auf wie ein Lamm, das zur Schlachtbank geführt wird …* Dann folgte eine lange Predigt, und da waren ihre Gedanken in der Almhütte, wo hinter dem im Fenster aufgehängten Kleid die Sonne schimmerte. Der Duft. Wenn es etwas gab, was weiter weg war als das Totenreich, so das. Dann war da etwas, was Elias gesagt hatte: *Du führst mich dort hinab, du zeigst mir, wie hell es ist …*

Im Totenreich? Nein, ich erinnere mich nicht mehr, dachte sie angsterfüllt. Das Gedächtnis spinnt sich womöglich Dinge zusammen, die nie geschehen sind. Ich weiß nicht, was wahr ist. Ich kann nicht einmal sein Gesicht vor mir sehen.

Sehet, sehet nun hier alle,
wie gepeinigt ist der Herr.
Tränen fließet, Klage schalle,
unsre Sündenschuld trägt er.
So wie Jesu Schmerze war,
niemandem ward offenbar.

Da legte sich Margit die Hand auf den Bauch, weit unten, und grinste boshaft. Doch Myrten tat, als merkte sie es nicht.

Hand und Fuß hat man durchspießet,
jedes Glied gestreckt, voll Plag.
Dornkron ihm ward erkieset,
blutig sinkt sein Haupt, ohn' Klag.
So wie Jesu Schmerze war,
niemandem ward offenbar.

Sie marschierten aus dem Speiseraum, als der Gottesdienst zu Ende war. Vesta Gustafsson hatte das Radio mitten im Postludium abgeschaltet. Myrten dachte: Es gibt noch zwei Gottesdienste. Am Ostersonntag und am Ostermontag. Genau in diesem Augenblick kam der Schmerz.

*

Schläft Eldbjörg jetzt?

Mädchen sind so ehrgeizig. Nachdem sie ihrer guten volksbildenden Absicht den Osterschmaus des Teufels einverleibt hatte, vertiefte sie sich in die Hölle. Sie sehe sie offen liegen, sagte sie. Das war Gustaf Fröding: Stimmen stöhnten und bettelten, Glieder verrenkten sich.

Nun, das wäre denn doch übertrieben gewesen. Ein wenig Schwefeldunst boten wir freilich, den haarigen Schwanz des Teufels und die Furzlüftchen einer Hexe. Und ganz richtig, der Hüttenmeister nahm es übel, daß der Leibhaftige einen Zylinderhut trug.

Eldbjörg konnte indes einfach nicht von dem Fröding-Gedanken lassen: daß wir uns die Hölle selber schaffen. Wir sollen uns selbst vergeben, dann hören die Martern auf.

Eldbjörg, Volksbildnerin und Seelenkultiviererin, kannst du dir wirklich selbst vergeben, daß du gelähmt bist? Sind alle, die Qualen bereiten, selbst gemartert worden?

Wir haben da zum Beispiel die Bosheit. Der geht es im Höllenschlamm so gut, daß sie grunzt. Ihr Name ist nicht Schlechtigkeit.

Zwackeisen nimmt sie, Auftreibschere, Fußklemme und Rundschere. Henkel und Griff. Dann muß der Gespiele über Scherben laufen. Über Glasreste, über Kappen von abgesprengtem Glas, über Glasbruch aller Art. Lauf unter Lachen, lauf!

Punt und Syffel und Zapfen ist wohl als wie fünfhundert fetten Säuen, wenn sie zwacken und ziehen. Syffel pinkelt in den Weihwasserkessel aus klarstem Glas. Aus Sturzbecher,

Pimmelglas, Gluckerflasche und Schnapshund mit Korken in der Nase nippeln sie. Dann nehmen sie das eiserne Ende der Glasmacherpfeife, und der heiße Glasrohling tropft.

Kleine Selma liegt auf Rosten,
armes, leicht verführtes Kind,
muß dann gehen in ein Kloster,
so geht's mit dem Hurenkind.

Forsch nicht so tief nach der Schlechtigkeit, Eldbjörg. Es ist die Bosheit, die den Großteil der Höllenarbeit erledigt. Manchmal schneidet sie bis in tiefere Schichten, zu ihrer eigenen Verdammnis.

Dort unten aber guckt sie wohl vor allem verblüfft. So wie der Erfindungsreichtum, nachdem er die warmen Räume der Menschen in eine Stadt aus Glas verwandelt hat.

*

In der Nacht zum Karsamstag kam der Schmerz wieder. Sie war eingeschlafen und davon erwacht, daß er ihr durch den Rücken zog und sich tief in ihrem Innern verstärkte. Noch im Halbschlaf bildete sie sich ein, irgend etwas sei in ihren Bauch eingedrungen, und das Kind könne daran Schaden nehmen. An eine Lanzette dachte sie. Im Traum war es freilich ein Teil eines kaputten Fahrrads gewesen. Die Gabel. Sie war mit dem Fahrrad gestürzt. Das Rad war herausgefallen und die Gabel in sie eingedrungen. Dann wurde sie richtig wach. Sie setzte sich auf die Bettkante und wartete, doch es kam keine neue Wehe. Denn es waren Wehen. Zwei Stück bisher. Wenn auch in ungeheuer langem Abstand.

Sie verließ das Zimmer, ging in den Waschraum, wo es ein Fenster zum Garten gab, und stellte sich dorthin. Der Aprilmorgen war trüb. Sie sah ein mattbraunes Amselweibchen übers Vorjahresgras flattern und unter einem Johannisbeerstrauch verschwinden. Das Weibchen versteckte sich. Da wußte Myrten, was sie zu tun hatte.

Es war nicht sonderlich schwierig, dies in die Tat umzusetzen. Es kam kein neuer Schub, während sie mit den anderen im Waschraum war. Der kam erst hinterher, als sie auf der Bettkante saß und sich die Strümpfe anzog. Sie ließ sich Zeit, und sobald die Mädchen verschwunden waren, raffte sie ihre Unterwäsche und ihre Toilettenutensilien zusammen und packte alles in einen Kissenbezug. Auch ihre Handtasche packte sie dazu. Dann ließ sie den Kissenbeutel aus dem Fenster fallen.

Sie frühstückte wie üblich, und danach holte sie ihren Mantel aus der Garderobe, schlug ihre Schürze darum und stieg mit dem Bündel die Treppe hinauf. Vesta Gustafsson ging an ihr vorbei, schien aber keine Notiz von dem zu nehmen, was sie da trug. Vielleicht dachte sie, es sei Wäsche. Myrten ging auf das Zimmer und ließ den Mantel auf das Kissenbezugbündel fallen.

Die Wehen kamen nach wie vor in sehr großen Abständen. Sie war sich nicht ganz im klaren darüber, wie groß die Abstände waren, beschloß jedoch, auf die Zeit zu achten. Ich schaffe es bestimmt, mir in der Küche noch etwas einzuverleiben, dachte sie. Ihr war übel, doch sie hatte das Gefühl, etwas essen zu müssen. Damit du es durchstehst, wie Mutter immer sagte.

Sie hatte eigentlich Küchendienst. Es war Karsamstag, und die Mädchen spekulierten darauf, daß es einen besonderen Aufschnitt gebe. Auf jeden Fall würde es Eier geben. Myrten ging in den Websaal und sagte zu Aina, die Vorsteherin wolle, daß sie Myrten in der Küche ablöse.

»Warum denn?«

»Das weiß ich nicht.«

Jetzt werden sie mich lange Zeit nicht vermissen, dachte sie. Nicht, bis der Zug abgefahren ist. Zum Glück.

Sie verließ das Haus durch den Kücheneingang und nahm im Flur eine karierte Einkaufstasche aus schwarzen und braunen

Lederflicken mit. Die werde ich dann zurückschicken, dachte sie. Hinterher.

Hinterher war ein anderes Leben.

Sie holte den Mantel und das Kissenbezugbündel und trug vorderhand beides im Arm. Sie achtete genau darauf, dem Haus mit all seinen Fenstern den Rücken zuzukehren. Die Fliederhecke war kahl und verdeckte nichts. Dann machte die Straße jedoch eine Kurve. Hinter einer Scheune verborgen, zog Myrten den Mantel an und verstaute ihr Bündel in der Einkaufstasche.

Auf dem ganzen Weg zum Bahnhof hatte sie nur eine Wehe. Allerdings war diese jetzt stärker, und Myrten fragte sich, ob wohl alles so gutgehen werde, wie sie es sich vorgestellt hatte. Sie stand bei einer Milchbank und ließ die Wehe durch sich hindurchziehen, sich verstärken, in die Leisten, die Schenkel und ins Kreuz wogen und schließlich in einem langen, abscheulichen Druck ausklingen. Sie hätte sich gern ein Weilchen auf die Milchbank gesetzt, doch die war sehr hoch, und sie kam nicht hinauf. Langsam ging sie weiter und vergaß ganz, auf die Zeit zu achten. Das fiel ihr erst wieder ein, als sie ihre Fahrkarte gekauft hatte und nun auf den Zug wartete. Da war ihr angst.

Sie merkte, wie müde sie von der Wanderung geworden war. Auf dem Bahnsteig gab es keine Bank, auf die sie sich hätte setzen können. Wenn der Zug Verspätung hat, dann kann ich nicht mehr, dachte sie. Aber was dann?

Erst jetzt begriff sie die Unerbittlichkeit des Geschehens. Es würde sich nicht verlangsamen, nur weil sie nicht mehr konnte. Es befand sich dort drinnen, in ihrem Körper. Es drückte auch das Kind, in starken Krämpfen. In diesem Augenblick lauerte es. Wartete, konnte man vielleicht sagen. Doch es wartete nicht auf sie, nicht darauf, daß sie rechtzeitig ankäme und bereit wäre. Es kannte keine Rücksicht, kein Mitgefühl. *Es.*

Der Zug hatte keine Verspätung. Wenn man Minute für Minute vorgeht und eins nach dem anderen zu erledigen versucht, ist man für alles dankbar, was klappt. Sie setzte sich auf die Zugtoilette, wußte aber nicht, wie lange es bis zur nächsten Wehe dauern würde. Irgendwann mußte sie die Toilette verlassen, um ihre Fahrkarte vorzuzeigen. Vor dem Schaffner hatte sie genauso große Angst wie vor dem Bahnhofsvorsteher, als sie die Fahrkarte gelöst hatte. Nachdem diese abgeknipst worden war, ging sie wieder auf das Zugklosett, und da kam es. Es war jetzt noch schlimmer. Sie wollte sich absolut still verhalten, hörte sich jedoch selber stöhnen. Für sie war das eine fremde Person, die da wimmerte, eine erschöpfte, kraftlose Person.

Ich muß hier sitzen bleiben, dachte sie. Ich kann mich in keinem Abteil aufhalten, wenn derartige Laute aus mir dringen. Ich bleibe sitzen, bis jemand klopft.

Jede Entscheidung gab ihr das Gefühl, eine Etappe hinter sich gebracht zu haben. Dann wurde ihr bewußt, daß sie wieder vergessen hatte, auf die Zeit zu achten. Doch sie wollte es gar nicht wissen. Sie hatte Angst davor. Was wäre, wenn sie im Zug niederkäme? So etwas mußte auch früher schon geschehen sein. Welchen Geburtsort bekam das Kind in solchem Fall?

Sie fühlte sich ganz verlassen und schuldbeladen. So durfte das nicht sein. Es ist einem Kind gegenüber nicht recht, auf diese Weise zur Welt zu kommen. Dann faßte sie Mut und dachte, wenn sie Elias' Telefonnummer hätte, würde sie bei der nächsten Station aussteigen und ihn anrufen. Er müßte das hier regeln. Es ist auch sein Kind.

Sie saß bis Södertälje Süd auf dem Klo und hatte in dieser Zeit zwei Wehen. Dann mußte sie das Örtchen einem alten Mann überlassen, der an die Tür klopfte und hereinwollte. Kaum daß er fertig war, ging sie wieder hinein, diesmal, um sich zu übergeben. Ihr Mund war von säuerlichem Brechreiz erfüllt. Doch es kam nichts.

Sie stieg am Bahnhof Södra aus und trat langsam und vorsichtig auf die Straße, um eine Droschke zu nehmen. Doch da war keine. Sie hatte sich noch nie so schwer gefühlt. Ihre Füße waren geschwollen, und die Schuhe drückten. Sie traute sich jedoch nicht stehenzubleiben. Sie hatte das Gefühl, durch Bewegung die nächste Wehe aufschieben zu können, und machte sich deshalb auf den Weg. Sie dachte, sie werde unterwegs eine freie Droschke finden. Bald bin ich im Södra BB, dachte sie. Bald. Mutters Krankenhaus. Dort ist es sauber. Dort herrscht Disziplin, aber auch Freundlichkeit. Dort wissen alle, was sie tun müssen. Dort ist alles gut. Oder war es zumindest vor dreißig Jahren. Da begann sie zu weinen.

Sie konnte nicht umhin zu denken: Ich bin fünfundzwanzig Jahre alt. Ich bin erwachsen. Da bekommt man die Dinge in die Reihe. Sie empfand jedoch eine schreckliche Reue. Ein fürchterlich kalter Februartag vor einigen Jahren fiel ihr ein, als sie partout nach Östersund mußte, um sich einen Hut zu kaufen. Nicht zu bremsen war sie gewesen. Und wie sie sich hinterher geschämt und es bereut hatte! So wie sie jetzt bereute, was sie tat. Lieber das grauenhafte Provinzhospital als diese vor Licht flimmernde öde Straße mit ihrem Stein auf Stein auf Stein und ihren Steinwänden zu beiden Seiten und den Menschengesichtern, die in sich selbst gekehrt waren, den Schuhen mit knallenden Stoßplatten und diesem Geruch nach Pferdeäpfeln, von dem ihr wieder übel wurde.

Im selben Augenblick, da sie eine Droschke entdeckte, ging das Wasser ab. Es geschah ohne Vorwarnung. Sie dachte zunächst, es sei eine warme und heftige Blutung, doch als sie auf ihre Strümpfe und Schuhe hinabsah, begriff sie, daß das Wasser abgegangen war. Sie stand jetzt mit dem Rücken an einer Hauswand. Ein Laufbursche stellte sein Fahrrad in dem Ständer neben ihr ab und schubste sie, ohne es zu merken. Die Droschke war verschwunden.

Da erinnerte sie sich an ein Schild. HÖGALIDS PFLEGEHEIM. Sie war vorhin daran vorbeigegangen.

Steinwände, Mauern waren da. Hinter dem Eingang stand ein Greis. Er war weiß und uralt, und ihm liefen die Augen und der Mund. Er fuhr langsam mit einem Birkenreiserbesen über den Steinboden vor sich. Myrten begriff, daß sie ihn nichts fragen konnte.

Weiter hinein und weiter hinauf. Wuchtige Steintreppen, und mitten auf einem Absatz eine Wehe. Myrten klammerte sich an das Geländer, und ihr Stöhnen erschreckte sie selbst. Da kam eine blaugekleidete Person mit weißer Schürze. Zuerst sah sie nur deren schwarze Schnürschuhe, denn die Frau kam von oben.

Die letzte Treppe hinauf ging dann alles gut, und sie wurde in ein Büro geführt, wo sie einen Moment warten mußte. Sie saß auf dem Besucherstuhl und ruhte sich aus, die Knie weit gespreizt. Sehr durstig war sie nur. Da kam eine kleine Person herein, schwarzhaarig und mit einer gestärkten Haube auf dem Haarknoten.

»Meine Güte«, sagte sie. »Hier ist es wohl soweit.«

»Ja, bitte helfen Sie mir«, bat Myrten.

»Das ist hier allerdings ein Pflegeheim für alte Männer«, sagte die Schwester und lächelte wie über einen Witz. Und es war wohl auch einer. Myrten versuchte, das Lächeln zu erwidern. Ihre Lippen spannten vor Trockenheit. Sie sagte:

»Könnte ich bitte ein wenig Wasser haben.«

Nachdem sie getrunken hatte, fragte die kleine schwarzhaarige Krankenschwester, ob sie es schaffe, mit zu einem Untersuchungszimmer zu kommen. Langsam gingen sie durch den Korridor, und die Schwester umfaßte Myrtens Leib. An den Wänden saßen alte Männer auf Holzbänken und betrachteten sie blinzelnd. Einer erhob sich und griff nach ihr. Er wollte grüßen.

»Ich komme mit einer netten kleinen Frau«, sagte die Schwester und tätschelte ihm den Rücken in dem steifen, sauberen blauen Arbeitshemd. »Das ist doch schön, Arvid.«

Myrten ließ ihn ihre Hand ergreifen, doch er wollte sie nicht mehr loslassen. Die Schwester löste sie vorsichtig.

»Sie freuen sich so sehr, wenn jemand kommt«, sagte sie.

Myrten mußte sich im Untersuchungszimmer auf eine Pritsche legen, und die Schwester horchte ihr den Bauch ab. Sie wollte wissen, wieviel Zeit zwischen den Wehen vergehe.

»Ich weiß nicht«, sagte Myrten. »Ich bin mit der Bahn gefahren. Eigentlich bin ich im Mütterheim. Aber ich habe solche Angst vor dem Krankenhaus dort. Ich möchte ins Södra BB. Ich heiße Myrten Halvarsson und komme aus dem Kirchspiel Röbäck in Jämtland.«

»Das Wasser ist abgegangen«, fügte sie noch hinzu.

Das schien die Schwester nicht weiter zu erschüttern. Sie nickte nur und sagte, sie heiße Schwester Edith.

»Ich bin die Oberin hier. Meine Alten haben Sie ja bereits kennengelernt, Frau Halvarsson.«

»Ich bin nicht Frau.«

»Dann sage ich Myrten«, erklärte sie.

Sie zog sich einen Stuhl heran, ließ sich neben der Pritsche nieder und sah ihr lange ins Gesicht. Schließlich sagte sie:

»Sind Sie ausgerissen, Myrten?«

Da mußte sie nicken. Schwester Edith saß lange Zeit still da. Dann kam eine Wehe. Myrten ließ sie durch sich hindurchziehen und lag mit geschlossenen Augen und in sich gekehrt da, bis sie verebbt war. Die Krankenschwester saß nach wie vor neben ihr und betrachtete sie.

»Wir werden jetzt auf die Zeit achten«, sagte sie und nahm eine Uhr ab, die sie an einem Band um den Hals trug.

»Bitte werden Sie jetzt nicht böse«, sagte sie. »Aber ich muß das fragen. Ist Myrten Ihr richtiger Name? Myrten Halvarsson?«

»Ich lüge nicht!« versetzte Myrten.

»Nein, nein. Das habe ich auch nicht angenommen. Aber der Name ist so … phantasievoll.«

»Oh, es gibt welche, die sind noch viel einfallsreicher«, sagte Myrten. »Als meine Mutter, meine ich.«

»Weiß sie Bescheid?«

»Nein.«

Sie saß ein Weilchen still da. Ihr Gesicht glich jetzt dem der Mutter. Nicht die Züge, doch der Blick. Dieser Mutterblick, dachte Myrten. Kummer und vielleicht Trauer lagen darin. Man bekam auf alle Fälle ein schlechtes Gewissen davon. Er war nicht sehr lange sichtbar. Schwester Edith nahm sich zusammen und lächelte.

»Sie werden jetzt etwas zu essen bekommen, Myrten. Wir müssen beobachten, in welchem Abstand die Wehen kommen. Das Wasser ist schon abgegangen? Ich glaube aber, daß auf jeden Falle noch genug Zeit ist. Ich rufe dann im Södra BB an. Sie müssen sich erst einmal ausruhen und etwas essen, Myrten. Trinken meine ich vor allem. Armes Kind. Völlig ausgetrocknet. Wir werden ein paar trockene und saubere Sachen besorgen. Und Strümpfe. Wo ich in meinem Vorrat doch nur Unterhosen für alte Onkel habe!«

Sie lachte so schnell und gern. Auch Myrten mußte lächeln. Dann bekam sie ein großes Glas Saft und trank es gierig. Schwester Edith setzte sich neben sie, als sie ein Käsebrot aß und Kaffee trank. Sie wurde schläfrig, und ihr schwindelte ein wenig, so als wäre sie leicht betrunken.

»Ich hoffe, es dauert noch lange«, sagte sie. »Ich bin so müde.«

»Denken Sie jetzt nicht daran. Wie ist das mit dem Namen? Sie brauchen bald einen Mädchennamen, glaube ich.«

»Wie kommen Sie darauf, Schwester?«

»Es wölbt sich meistens mehr, wenn es ein Junge ist«, sagte sie und lachte herzlich. »Nach vorn. Wie ein Fußball. Wie ist das nun mit dem Namen?«

»Nordwesta. Rollosina. Orkana. Vaselina.«

»Das ist ja allerhand, wie einfallsreich man in Jämtland ist!«

»In der Familie gibt es auch zwei Jungen. Kyrre und Eleison. Und dann das jüngste Mädchen. Bomba. Sie wurde jetzt im Krieg geboren.«

Sie schlief ein, noch ehe sie ihren Kaffee ausgetrunken hatte.

Im Södra BB war es durchaus sauber. Auch herrschte Disziplin, genau wie Mutter immer gesagt hatte. Aber freundlich war es dort kaum. Die ersten beiden Stunden saß Schwester Edith bei ihr. Als die Wehentätigkeit jedoch intensiver wurde, verlegte man Myrten in einen Kreißsaal, und die kleine dunkle Schwester aus Högalid verabschiedete sich. Da wurde ihr sehr angst.

Die Wehen folgten jetzt dicht aufeinander, aber nicht regelmäßig. Das erschreckte sie. Sie hätte gern jemanden gefragt, warum das so war. Doch sie war allein in dem kahlen Raum.

Es wurde immer schlimmer, obwohl sie gedacht hatte, es könne nicht mehr ärger werden. Auf dem Kamm jeder Schmerzwelle meinte sie, sie werde in Verrücktheit und Tod enden. Dann übergab sie sich. Merkwürdigerweise war es am schlimmsten, wenn die Wehen ausblieben. Das führte doch zu nichts! Sie wollte auf jeden Fall Wehen haben – sie schmerzten ganz fürchterlich, aber sie würden sie aus diesem Zustand führen.

Wenn sie nicht ganz aussetzten.

Stille hier zwischen den Kachelwänden, ihr Körper im Krampf verschlossen. Kein Schmerz. Kein Vorgang.

Das einzig Schmerzfreie ist der Tod.

Als die Wehentätigkeit wieder in Gang kam, weinte sie vor Schmerz und vor Erleichterung und setzte ihr Vertrauen in den Rhythmus – in die Tatsache, Schmerzen zu haben und dann ausruhen zu können. Fürchterliche Schmerzen zu haben, auf deren Kamm geführt zu werden – wieder herunter, ausruhen, ausruhen. Der Vorgang, der den Schmerz auf den Gipfel trieb, trieb auch sie voran zur Öffnung und Erleichterung.

Sie döste in den Ruhephasen. Schloß die Augen, um nichts sehen zu müssen. Alles war starr und kalt in diesem Raum: die Wasserhähne, das böse Auge der Deckenlampe. Hier gibt es nur Dinge, die weh tun, dachte sie. Harte Dinge, die kalt sind, wenn man sie berührt. Sie schloß die Augen, bis die nächste Wehe an ihr zu nagen begann. Und schließlich riß und zerrte.

Sie kamen herein und sahen nach ihr. Die ältere Schwester setzte ihr einen Holztrichter auf den Bauch und horchte. Sie waren zu zweit, sie sahen nach, wie weit sie sich geöffnet hatte.

Sie sprachen von ihr, als ob sie nicht da wäre. Myrten wollte, daß sie gingen, damit sie sich in Ruhe ihrer Schmerzwellen annehmen könnte. Sie dachte in diesen Worten: Ich muß mich ihrer annehmen. Sie kosten mich viel Kraft. Ich muß konzentriert sein und kann es mir nicht leisten, die zwei da zu fürchten. Die mit ihren steifen Hauben, ihrem Holztrichter und ihren knochigen Händen. Und mit diesem grauenhaften Instrument, das da auf dem Tablett liegt, es ist wie mein Inneres gekrümmt, es ist aus Stahl.

Geht, geht, geht, bat sie im stillen. Geht, bevor die nächste Welle kommt. Dies ist meine Ruhezeit. Die dürft ihr nicht zerstören.

Obwohl sie benommen war, verstand sie sehr wohl, daß sie Schmerzen haben sollte. Sie war doch so eine Frau. Als sie jedoch das verschlossene Gesicht der Oberschwester sah, dachte sie: Die anderen, die Verheirateten, die haben bestimmt auch Schmerzen.

Es tröstete ein wenig, daran zu denken: Eine ehrbare Gebärende mit einem angetrauten Mann draußen im Wartezimmer kann die gleichen Schmerzen haben wie so eine kleine Schlampe.

Schlampe.

Das ist das Wort, das sie hinter ihren verschlossenen Gesichtern denken.

Da ergriffen sie das Bett, das auf Rädern stand, und zogen es fort. Es kreischte, als sie es schoben. Das war mitten in einer ansteigenden Wehe, so daß Myrten das Kreischen mit ihrem Schmerz verwechselte und beinahe geschrien hätte. Doch sie dachte: Ich muß still sein. Nur atmen. Ruhig atmen. Ich will, daß sie glauben, es sei leicht. Daß Schlampen leicht gebären.

Da geschah ein Wunder. Als sie die Augen aufschlug, war es da. Das Bett war so gestellt worden, daß sie das Fenster hoch oben in der Kachelwand sah. Der Himmel war dunkel, doch hatte er etwas Blaues. Vielleicht wurde es gerade hell? Zweige und Äste waren dort, ein kahler Baum breitete sein Astwerk vor dem Himmel aus. Eine Baumkrone. Myrten weinte.

Die Tränen waren wie Fruchtwasser. Sie liefen, und Myrten schaute in die Krone des Baumes und war da draußen, dort hoch oben. Auf dem Entbindungsbett lag ihr Körper und arbeitete. In der Krone des Baumes aber atmete sie und half dem Körper dort in der Tiefe beim Arbeiten.

Er war jetzt tüchtig. Er war genauso tüchtig wie der Körper einer verheirateten Frau.

»Pressen«, sagte die harte Haubenperson. »Weiterpressen jetzt.«

Es bedurfte jedoch keiner Worte. Ihr Körper wußte auch so Bescheid. Er arbeitete und arbeitete. Es gab jetzt keine Ruhe mehr. Myrten begriff, daß sie das Bett verstellt hatten, damit sie leichter an ihre Utensilien herankamen, mit denen sie klapperten. Ohne jegliche Absicht hatten sie ihr jedoch ein Geschenk gemacht: die Baumkrone, in der sie sein konnte.

Keine Ruhe mehr. Nur Schmerzen.

Du bist nicht die erste.

Oh, sie mußte jetzt zu den Müttern hinab. Hinab in die Urfinsternis. Es war, als setzte man sich auf einen glühenden Dreifuß. Es war ein Besen, der kratzte, und eine Gabel, die stach.

Das Kind erstickt, und ich platze!

Da wußte sie, daß es der Kopf war. Schmerzend und hart, doch der Kopf eines richtigen Kindes draußen in der Welt unter der Baumkrone, unter dem Himmel, der jetzt blauer ist als alles andere, denn es ist Ostermorgen.

*

Als Nila tot war und ich in Langvasslia allein für meine beiden Jungen sorgen mußte, konnte ich nicht einmal die Sprache.

Was ist das im übrigen: eine Sprache können?

Kunna, köuka, kånka, korna.

Meere, das ist es, was Sprachen sind. Meere, die einander lecken. Kann man ein Meer können?

Diese beiden Sprachen sind jedoch einsame Meere. Etwas aus dem salzigeren Meer hat sich in das schwärzere hineingesprengt. Doch das schwarze hat nie in das salzige eindringen und es mit seinem Dunkel befruchten können. Deshalb gibt es nun vieles, was unsagbar ist. Diese beiden einsamen Meere lekken einander nicht.

Myrten hat einmal über das Südsamische gesagt, es könne kein Meer sein. Es sei vielleicht eine Pfütze. Höchstens. Ohne Tiefe, meinte sie wohl.

Aber sieh mal, du kluge Myrten, die du auf der Realschule Deutsch hast lernen dürfen, die Tiefe und unerhörte Größe einer Sprache hängt nicht davon ab, wie viele Menschen sie sprechen.

Nilas Bruder Aslak war nur einer, und er trug ein Meer in sich. Ohne alle Feierlichkeit. Wie Rlia, wie Aschkali und Mango. Wie die Träger all der verlorengegangenen Sprachen.

Mein Sohn Klemens ist dessen Ufer und dessen Becken.

Mats, mein zweiter Sohn, hat Kinder, die dieses Meer in Kursen lernen, gleichsam in Tabellen gepreßt. Eingetrocknetes Wasser ist überhaupt nichts, es hinterläßt nicht einmal einen Rand, einen Schatten, der anzeigt, wie tief es war.

Wirklich, Myrten, deine Sprache war diejenige, in die ich mich hineinfinden mußte. In ihr kämpfte ich mit größerem Erfolg um Zugehörigkeit. Wie es heutzutage so viele tun müssen.

Ich stand gestern am Fenster und beobachtete Magnhild Larsson, die es nicht lassen konnte, ganz vorsichtig an einer auf der Hintertreppe des Ladens abgestellten Tasche zu zupfen und hineinzulugen.

»Schnüffle du nur«, sagte ich.

Da sah Elias von seiner Zeitung auf und sagte:

Fürzchen müffelt Bauer schnüffelt
lieber Biber piß box schnarr

Ich war nicht erstaunt, das kann ich nicht behaupten. Doch ich würde zu gern wissen, woher er kommt, zumal er dieses Verschen kennt. Wir sprechen ja oft über andere in der Art, wer mit wem verwandt ist und woher die Familie ursprünglich stammt, ob aus Värmland oder aus Ångermanland. Von norwegischer Seite kommen ja vor allem Frauen, und von uns stammen bekanntlich keine Familien ab, nur Kinder.

Elias interessiert sich für die Leute im Dorf. Er stochert in alten Familien wie Pålsa, Alfressa und Mårsa herum und will wissen, wie sie gelebt und wie sie sich durchgebracht haben und wo die Kinder hingegangen sind. Man möchte meinen, es sei einfach, die Frage zu stellen, vielleicht während man ihm noch eine Tasse Kaffee einschenkt:

»Und du, woher bist du eigentlich gebürtig, hm?«

Doch man tut es nie, und frag mich nicht, warum, denn ich

weiß es nicht. Manchmal kommt es jedoch vor, daß er von sich aus etwas erzählt, was er mal erlebt hat. Wie das mit dem Billardtisch.

Wenn ich bloß daran denke, wie sie das Ding den Hang hinauf verfrachten sollten! »Will er Billard spielen, der alte Satan?« hat Mårsa gefragt. »Mit wem denn?« Jedenfalls haben sie den Tisch hinaufgeschafft. Der grüne Filzbezug war voller Mottenlöcher und Brandflecken. Elias hat mir erzählt, er habe niemals Billard gespielt. »Doch ich habe um diesen Tisch herum tanzen gelernt«, sagte er. »Und mein Schwiegervater war darauf aufgebahrt. Na ja, da war er noch nicht mein Schwiegervater. Wir haben erst danach geheiratet.«

Das Haus am Hang hat er gekauft, als er hierherkam. Vidart hat früher darin gewohnt. Geld hatte er, das merkte man sofort, denn er heuerte die Brandberger an, Autowracks und sonstigen Unrat, den Vidart hinterlassen hatte, abzutransportieren. Dann ließ er etwas machen, was alle Leute stutzen ließ. Das war noch vor dem Billardtisch. Sie mußten die Auffahrt beseitigen und dann einen Maschendrahtzaun errichten. Es stellte sich heraus, daß er mit Kjell-Gunnar Nilsson verabredet hatte, die Schafe rings ums Haus weiden zu lassen. Das wurde so etwas wie eine Einhegung da oben.

Zu mir sagt er, es gefalle ihm, einen ordentlich abgeweideten Hofraum zu haben, wo man jede Erhöhung unter einer kurzen Matte aus allerhand Gräsern und Blümchen erkenne. Jetzt wachsen dort ganz dicht kleine Braunellen, Breitwegerich und Ampfer. Die Leute meinen jedoch, er habe es so arrangiert, daß der Rettungsdienst, wenn es eines Tages nötig sei, kaum dort hinauffahren könne.

Er hat keinen Fernseher und natürlich auch keine Parabolantenne. Er kommt jedoch immer zu mir herunter und guckt. Wenn ich die Wahrheit sagen soll, findet er Fernsehen amüsant.

Ich war noch nicht oft bei ihm oben, doch ich weiß, wie es dort aussieht. Das Haus ist ja ein alter Kasten. Früher stand es wie ein graues Geisterhaus dort am Hang. Es hatte ursprünglich nicht einmal Doppelfenster, und man fragt sich, wie die Leute darin lebten, wenn sich die Kälte auf die Scheiben aus mundgeblasenem Glas legte. Die können ja nur wie dünne Häutchen gewesen sein.

Und dann die Fußböden. Sie bestehen aus breiten Dielen, die so verlegt wurden, daß das Zopfende des einen Bretts neben dem Stammende des anderen liegt. Merkwürdig, daß die noch da sind, denn solche alten Böden aus konisch besäumten Brettern werden normalerweise fortgeschafft und an reiche Leute verkauft. Doch darauf hat sich Vidart wohl nicht recht verstanden. Er kümmerte sich vor allem um Autos. Und Ziegen. Immerhin hatte er eine Bodenisolierung eingebaut. Kann irgend jemand nachvollziehen, wie man gelebt hat, wenn unter den Bodenbrettern nicht einmal eine Erdschicht war? Anfangs hatten sie wohl ein wenig Erde eingebracht, doch die versackte und verschwand gewissermaßen. Die Kleinkinder durften im Winter wohl kaum den Fußboden betreten. Sie verbrachten wahrscheinlich die meiste Zeit in den Kastenbetten.

Heutzutage verehrt man den Körper wie einen fernen Stern. Er darf nicht im geringsten erzittern, schon geht man hin und dreht den Thermostat hoch oder fährt zur Notaufnahme. Ich kann nicht behaupten, daß es so viel anders war, als ich bei Hillevi und Trond aufwuchs. Wir hatten es immer warm im Haus, außer in jener Nacht, als der Laden abbrannte. Da spürten wir Kinder für ein paar Stunden, was es hieß, auf die andere Art zu leben, so wie die Tiere und die Armen (das traute man sich kaum zu flüstern), und wir sahen die Erwachsenen machtlos werden. Sie rannten vor dem Feuer hin und her. Hillevis Nachtzopf hatte sich gelöst, und die Luft war voller Rußflocken. Wir Kinder saßen in der Küche und froren bis ins Mark.

Doch dann wurde die Versicherung fällig, und Onkel Trond konnte einen neuen und größeren Laden bauen. Wir waren jederzeit sicher.

Leute, die das Quartier unterhalb Gielas betreten, glauben, mein Großvater habe wie ein Fuchs gelebt. Und ich auch, drei Jahre lang. Meine Mutter brachte mich dort oben zur Welt, und mein Onkel Anund hat nie woanders geschlafen, bevor er unten in Svartvattnet in die richtige Schule kam.

Was für Erinnerungen stecken einem von so einem Leben noch im Leib? Vom Dämmerschlaf der Winternächte.

Ich habe Elias danach gefragt, denn dieses kalte, aber ansonsten gut gebaute Haus gehört ja jetzt ihm, und er muß darüber nachgedacht haben. Er antwortet wie jemand, der es weiß:

»Der Genuß ward um so größer.«

»Welcher Genuß?«

»Welcher auch immer. Ein Mundvoll Schafsfett, das richtig zittert. Eine kräftige Bouillon und die Klößchen darin. Kochendheißer Kaffee in einer Untertasse. Und der erste Priem am Morgen. Oder wenn es darum geht, das, worüber man nicht spricht.«

Da oben in dem alten Kasten hat er es jedenfalls warm in der Küche, er heizt tüchtig ein. Das Brennholz kauft er von Brandbergs, doch spalten und spleißen, das tut er selbst. Es ist eine zittrige Angelegenheit, wenn er zielt, man wünscht, er würde von der Axt ablassen. Aber ebensowenig, wie man sich Elias ohne Hut vorstellen kann (er setzt ihn schräg auf, so auf die kesse Art, wie in den vierziger Jahren), kann man ihn sich ohne Axt denken.

Er ließ alles, was Vidart in dem Haus gemacht hatte, herausreißen. Das war ja nur Murks gewesen. Alte Heizkörper flogen auf den Hofplatz, ebenso ein Windkessel, der so rostig war, daß die Hähne braunen Matsch aushusteten. Die Bleirohre, die auf dem Putz lagen, wurden heruntergerissen, ebenso die Selbstklebefolie über der Spüle. Sie war ursprünglich weiß gewesen, mit blauen Windmühlen gemustert.

Weil man verstand, daß er Geld hatte, nahm man an, er werde es sich dort oben schick und wohnlich machen. Doch es wurde recht kahl. Er ließ natürlich isolieren, und er tauschte die Panoramafenster, die Vidart aus einem Abrißhaus gekauft hatte, gegen neue Fenster in der ursprünglichen Größe aus. Das Holz mußte nach Vidarts Verwüstungen ausgebessert werden, und die Leute, die da oben jobbten, vor allem Mårsa und Kjell-Gunnar, sagten, man werde das nicht mehr sehen, wenn er es streichen lasse.

Doch er hat den alten Kasten nie streichen lassen.

Nein, kahl ist es dort, draußen wie drinnen. Der große Raum dürfte ganz zu Anfang eine Backstube gewesen sein und ein einfacher Dreschplatz für die paar Garben, die man zusammenbrachte, wenn das Korn hier oben mal gereift war. Dort hat er seine Bilder. Ich finde sie flott, auch wenn sie modern sind. Er selbst sagt, es seien vor allem Spuren der Mühe, die man darauf sehe.

»Schau, hier ist der Pinsel entlanggefahren. Und hier ist der Spachtel drübergegangen. Es sind eine Menge Tricks«, sagt er. »Tricks und Mühen und Ölfarbe.«

Auf dem Billardtisch hat er eine Menge Glasklumpen stehen.

»Das ist schon was anderes«, sagt er. »Es darf nämlich nicht zuviel Zeit vergehen zwischen der Eingebung und der Ausführung. Sonst sieht man die Mühen.«

Ich sage nichts dazu. Ich verstehe ja nichts von Kunst. Nicht auf diese Weise. Sehr wohl aber sehe ich, wenn etwas schön ist.

Es wird einem kalt in dem großen Raum, und nach einer Weile friert man, so daß man in die Küche gehen und sich am Herd aufwärmen muß. Die Herdwärme zieht auch in die Kammer und versorgt ihn dort wohl mit ausreichend Wärme, wenn er schläft. Es würde mich nicht wundern, wenn er in den kältesten Nächten auf der Küchenbank läge. Aagot Fagerli hat das so gemacht. Abends saß sie da, die Füße an der Ofentür, und las. Sie war genauso unwillig wie Elias, elektrische Heizkörper einzusetzen.

»Die stinken«, sagte sie.

»Nicht, wenn du sie abstaubst«, entgegnete Hillevi.

Am wunderlichsten von allem ist jedenfalls das Dach auf Elias' Haus. Diejenigen, in deren Besitz es vor Vidart war, haben es mit einem Blechdach gedeckt. Sonst wäre das Haus ja schon längst kaputtgegangen. Sogar der Mitarbeiter des Provinzialmuseums, der hier war und alles über die ältesten Häuser im Dorf aufschrieb, meinte, das Blechdach habe das Haus gerettet.

Doch was tat Elias?

Er ließ das Blech herunterreißen. Er hatte herausgefunden,

daß es in Jolet noch einen Schindelhobel gab. Ob man es glaubt oder nicht, doch der alte Kasten hat jetzt ein neues Schindeldach. Und Elias geht herum und betrachtet dessen Schattierungen und schaut zufrieden drein.

»Es muß ja nicht für die Ewigkeit sein«, sagt er.

Dabei kommt mir Nila in den Sinn, wie er dastehen und eine alte Wohnstätte betrachten konnte, wo Räucherkoten und Brennholzkoten und kleine Pfahlspeicher eingestürzt waren. Nie hat er daran gedacht, sie wieder aufzurichten. Sie waren ja einst verlassen worden, und diejenigen, die sie verlassen hatten, hatten ihre Gründe dafür gehabt. Die mußte man ernst nehmen. Jetzt waren die Flechten und das Moos gekommen und hatten das grausilbrige Holz mit Pelz verbrämt und mit neuen Häuten überzogen. Nilas Sprache hatte für diese Verwandlungen Worte. Ja, sie hatte viele Worte für die Schönheit des bald Erloschenen. Ich wünschte, ich hätte diese Sprache richtig gelernt, so daß ich das Verschwinden liebevoll hätte betrachten können.

*

Wenn man auf seiner Wanderung durchs Leben fehltritt, ist im Nu eine stützende Hand da. Myrten hatte das für etwas Ausgezeichnetes und Gutes gehalten. Sie wußte nicht, daß man mit seiner Abweichung, diesem Straucheln, das nicht bedeutete, daß man den Boden unter den Füßen verlor, wohl aber aus dem Gleichgewicht geriet, das Recht einbüßte, zu sagen: Damit haben Sie nichts zu tun. Das geht Sie nichts an, mein gutes Fräulein Gustafsson.

Mit einem Zahnarzt, einer Modistin, sogar mit dem Direktor der Ausbildungsanstalt der Post kann man übereinkommen. Aber nicht mit einer Jugendfürsorgerin. Die sitzt einem mitten im Leben. Sie hat sich wie Bazillen dort eingenistet und Gott, Mutter und das Gewissen verdrängt.

Myrten hatte ihr Kind, ein kleines Mädchen, zu der Tauffeier angemeldet, die am Sonntag nach Ostern im Krankenhaus abgehalten werden sollte. Am Freitag kam Fräulein Gustafsson. Sie widersetzte sich der Taufe, die sie überstürzt nannte, und meinte, die künftigen Adoptiveltern sollten darüber entscheiden dürfen, welchen Namen das Mädchen tragen solle.

Myrten sagte, von Adoption könne überhaupt keine Rede sein.

»Wie haben Sie sich das denn vorgestellt, Fräulein?« fragte Fräulein Gustafsson. »Glauben Sie, als Lehrling bei der Post Kostgeld bezahlen zu können? Von Ihrem Lohn. Und wenn Sie mit der Ausbildung fertig sind und das Kind zu sich nehmen, soll es seine Tage dann in der Kinderkrippe verbringen? Während Sie am Postschalter sitzen, Fräulein?«

Myrten antwortete nicht darauf. Sie wußte ganz einfach nicht, was sie sagen sollte. Da sagte Fräulein Gustafsson:

»Karl Dickert sitzt im Gefängnis. Er behauptet, niemals einer Myrten Halvarsson begegnet zu sein.«

Myrten hatte jetzt außer zwei feuchten Flecken in dem baumwollenen Krankenhauskittel in Höhe ihrer Brustwarzen eine tiefe Röte im Gesicht. Sie fühlte sich von ihrem Innern überschwemmt.

»Möchten Sie ein Gerichtsverfahren anstrengen, Fräulein?«

Sie schüttelte den Kopf.

»Nein, nein. Ist auch gut so. Ich kann Ihnen sagen, Fräulein, daß es nicht leicht ist, einen Bürger im Ausland zu verklagen. Das hätten Sie bedenken müssen.«

Da hörte Myrten das Scheppern des Wagens und dann die taktfesten Schritte der Schwesternhelferinnen, die die Kinder brachten. Es war zwei Uhr.

»Ich muß stillen«, sagte sie.

Das brachte Fräulein Gustafsson sehr auf. Doch nun wandte sie sich nicht an Myrten. Sie ging mit mindestens ebenso taktfesten Schritten wie die Schwesternhelferinnen zum Glaskasten der Stationsschwester.

Es war das letzte Mal, daß Myrten das Mädchen stillte. Sie

wußte es nur nicht. Der kleine Mund suchte den warmen Überfluß. Es rann und schmatzte. Dann folgte eine lange Phase zusammengekniffener Augen mit Fältchen auf den feinen Lidern und rhythmischen Saugens. Es war zielstrebig und lebenstüchtig. Myrten spürte das Echo dieses Rhythmus tief in ihrem Innern. Wollust war es nicht, einen leisen Schmerz konnte man es ebenfalls nicht nennen. Es war etwas anderes. Sie wußte keinen Namen dafür.

Noch am selben Abend banden sie ihr die Brust hoch und sagten, das mit dem Stillen sei ein Irrtum gewesen. Da das Kind weggegeben werden sollte, hätte sie von sich aus davon absehen müssen.

Myrten war zu müde, um zu widersprechen. Die Pflegeeltern sollten das Kind am Montag abholen.

Am Samstag ging sie auf den Korridor hinaus und steckte zwei Zehnörestücke in den Schlitz des Patiententelefons. Sie rief Schwester Edith im Högalids-Pflegeheim an und bat sie, zu kommen. Die Schwester konnte sich am Samstag nicht freimachen, doch sie rief die Stationsschwester an und sagte, es stehe absolut fest, daß Myrten Halvarssons Kind am Sonntag unter den Täuflingen zu sein habe.

Zur Tauffeierlichkeit erschien Schwester Edith in ihrer schönen schwarzen Festtagstracht mit der gefältelten Haube. Das Kind wurde auf den Namen Ingefrid getauft und erhielt von Schwester Edith als Taufgeschenk ein silbernes Kreuz mit Kette.

Myrten war ein paar Jahre zu alt, um als Postlehrling angenommen zu werden. Doch ein Arbeitszeugnis von Märta Henriksson, die die Poststelle in Svartvattnet leitete, verhalf ihr zu einer Sondergenehmigung. Am ersten Juni sollte sie einen fünfmonatigen Probedienst im Postamt in Älvsjö antreten. Frau Ek versprach ihr, in den Wochen, bevor sie bei der Post anfinge, Extraschichten einlegen und Blusen und andere feine Wäsche bügeln zu können. Am selben Tag noch, an dem sie aus dem Södra BB entlassen wurde, kaufte sie sich eine Bahnfahrkarte nach Östersund.

Nach Svartvattnet hätte sie natürlich mit Vater fahren müssen. Er hatte doch in der Stadt immer etwas zu erledigen. Hätte sie vorher angerufen, dann hätte er sie abgeholt, dessen war sie sich sicher. Eine lange Fahrt. Zig Kilometer. Sie stellte sich vor, daß auf dieser Fahrt alles ans Licht käme. Wie, wußte sie nicht genau. Doch sie traute sich nicht, mit ihm allein zu sein. Deshalb rief sie erst aus dem Gasthof in Lomsjö an, wo der Bus einen langen Aufenthalt einlegte. Mutter fing am Telefon zu weinen an.

Es war umwälzend, den dicken Bauch los zu sein. Sie dachte ihn sich jetzt nicht mehr als ein Kind. Es waren das Gewicht und die Angeschwollenheit, der Rückenschmerz und die aufgedunsenen Gesichtszüge, deren sie sich entledigt hatte. Ein unerbittlicher Vorgang hatte sie neun Monate lang zur Sklavin gemacht. Ihr angeschwollener und veränderter Körper war eine schamvolle Bürde gewesen.

In einer Einzimmerwohnung mit Küche und Alkoven in der Parmmätargatan lag das neugeborene Mädchen in einem Körbchen, abgetrennt, aber trotzdem Teil eines Lebens, das zu ordnen jetzt wieder möglich war. Ich passe in die Postverwaltung, dachte Myrten. Als der Direktor der Ausbildungsanstalt der Post vor den neu aufgenommenen Lehrlingen über die postalischen Tugenden gesprochen hatte, saß sie mit ernsten, frisch rasierten Jünglingen und einer Schar gut frisierter Mädchen da, die jünger und viel ängstlicher waren als sie. Sie war sich sicher, daß sie, die ältere und erfahrenere, als einzige richtig verstand, was er mit Ordnungssinn, Pflichttreue und Redlichkeit meinte.

Alles läßt sich reparieren. Vor ihr lag ein ordentliches Leben. Das wußte sie.

Am ersten der beiden Morgen zu Hause in Svartvattnet erwachte sie vor vier Uhr. Sie hatte vergessen, wie groß das Licht war, wie es hereinbrach und das dunkelblaue Gardinengewebe zum Funkeln brachte, als würde es gleich bersten. Als sie daran dachte, was am Abend zuvor gesagt worden war, konnte sie nicht mehr einschlafen. Sie hatten in der Stube gesessen, und es war sehr ausgelassen gewesen. Man hatte gemerkt, wie sich Mutter besonders darüber freute, daß Tore dabei war, daß er bei ihnen sitzen blieb, obwohl es Samstagabend war.

Papa wollte sich ausschließlich über die Postverwaltung unterhalten. Er hegte eine große Bewunderung für deren Organisation. Er sagte, der Generalpostdirektor heiße Anders Örne. Das hatte Myrten nicht gewußt. Papas Bewunderung rührte aus den Kriegsjahren her. Damals erst habe er begriffen, was es bedeute, Post verschicken und dabei sicher sein zu können, daß sie ankomme. Auch in entlegenen Orten. Richtig feierlich wurde er. Er war von ein paar Schnäpsen und dem Portwein, den er nach dem Kaffee serviert hatte, schon leicht besäuselt. Mutter hatte hinter Tores Rücken heimlich Zeichen gegeben, doch Papa war viel zu aufgedreht, um etwas zu merken. Er verhörte Myrten über die Beförderungsordnung innerhalb der Postverwaltung, und da war sie natürlich aufgeschmissen. Sie würde noch einige Wochen bei Frau Ek Blusen bügeln und hatte bedeutend mehr Ahnung von Volants und Biesen.

Jetzt lag sie hellwach und wußte, daß Mutter die Post nicht schätzte. Daß sie sie für etwas Altjüngferliches hielt. Daß die Fräulein von der Post bedauernswert seien. Sie erinnerte sich klar wie ein eisiger Tag an etwas, was Mutter gesagt hatte: In ihrer Jugend seien Männer durch religiöse Grübeleien geisteskrank geworden, Frauen dagegen durch unglückliche Liebe. Daß das Unglück Verlassenheit und Kindsgeburt hieß, mußte an dem Küchentisch nicht extra gesagt werden. An diesem Tisch hatte sich Myrten zusammen mit Kaffee und Semmeln – am Ende der Woche frisch und weich, später hart werdend – all die Weltkenntnis einverleibt, die Mutter für mitteilenswert erachtete. Über die unglücklichen Verlassenen hatte sie gesagt:

»Heutzutage gehen sie zur Post.«

Myrten war jetzt unweigerlich hellwach. Sie zog sich an und ging hinaus. Der Morgen graute erst, doch das Licht nahm schnell zu. Die Luft war weich und nebelfeucht und voller Vogelstimmen, ein nahes Konzert von Drosseln, die auf einer

Lehde am Südsteilhang rasteten, wo der Schnee weggeschmolzen war. Sie blieb ein Weilchen stehen und betrachtete das Muster, das sie auf dem braunen Gras bildeten: gelbe und schwarze Beine, gelbe Augen, von schwarzen Ringen umgeben, Augen wie Glas, metallisch glänzendes Federkleid. Sie irrten umher, pickten, hüpften. Die Welt gehörte jetzt ihnen. Sie hatten sie unter ihren Fittichen, zogen Leben aus der Erde. Myrten hörte Singschwäne draußen auf dem See, so weit entfernt, daß es wie Glockengeläut klang.

Alles Menschliche befand sich um diese Tageszeit innerhalb von vier Wänden. Die Pferde versetzten im Schlaf ihre Hufe, Kuhmäuler tasteten auf dem Grund der Futterrinne nach Heuresten. Hier draußen war alles Licht und Einsamkeit. Das Eis leuchtete. Es versuchte eine Farbe festzuhalten, die es noch nie vorher gegeben hatte, sie schwebte zwischen Blau und Grün. Wo der Svartvassån abfloß, war bis weit in die Bucht hinaus ein offenes Wasser, ein großes, dunkles Oval. Doch es herrschte das Licht. Myrten sah die Häusergiebel von einer Seite her beleuchtet, wie sie es noch nie gesehen hatte. Wie Menschengesichter, die sich in einer unverhofften und sichtlichen Freundlichkeit öffneten. Der Gedanke, daß alle schliefen, überwältigte Myrten. Daß alle den gleichen Schlaf schliefen, daß sie selbst bei ihnen zu Hause war, daß das Licht herrschte und die Menschen im Grunde alle unter derselben Glocke aus Licht lebten. Und an den Winternachmittagen senkte sich über allen dieselbe Glocke aus Dunkelheit herab. Ihr Leben ließ sich in wenigen Worten erzählen: Sie wurden geboren, sie lebten und taten einander wohl oder wehe, sie wurden alt und bleich und starben.

Das war ernst. Ernst und Licht. Scham war eine derart lächerliche Sache, daß sie ihren Namen nicht wert war. Myrten begriff nun, daß sie zu Mutter nach Hause gehen und ihr alles erzählen sollte.

Zuerst schlief sie noch ein Stündchen. Ihr Entschluß hatte sie mit einer Ruhe erfüllt, die es ihr leichtmachte, wieder ins Bett zu schlüpfen und einzuschlafen. Als sie nach unten kam, war Mutter selbstverständlich auf, und es war bereits ihrem Rükken anzusehen, daß irgend etwas nicht stimmte. Der Herbst, der Winter und der Frühling waren vergangen, ohne daß sie einander gesehen hatten. Die Mutter kam ihr gealtert vor, da war irgend etwas unterhalb ihres Nackens, was Myrten nicht kannte, eine Art Müdigkeit. Ihr Rücken krümmte sich wie vor etwas Unausweichlichem. Und dann dieser an den Ellbogen gestopfte alte Pullover. Er gehörte eigentlich Vater. Myrten wurde klar, daß Mutter schon bei den Ziegen und Zibben draußen gewesen war, daß sie, ohne sich Strümpfe anzuziehen, in die Gummistiefel geschlüpft war. Myrten hatte nie ohne Strümpfe in den Schuhen gehen dürfen. Ihr fiel mit einem Mal auf, daß Mutter es mit ihr womöglich immer genauer genommen hatte als mit sich selbst.

Myrten wandte sich zum Fenster und zum See hin, während sie auf den Kaffee wartete. Die Fjälls waren nicht zu sehen, sie lagen hinter Nebeln und Wolken verborgen. Die bewaldeten Berge dagegen zeichneten sich schwarz und deutlich ab. Sie schlangen Arme um den See und um das Dorf, rahmten es mit schwarzem Pelz ein und machten es zu einer Wohnstätte inmitten der Welt. Myrten hatte wieder dieses Gefühl, das sie aus ihrer Kindheit kannte: in der Mitte der Welt zu sein. Freilich hatte sie das damals nicht gedacht. Damals war es einfach so. Sie lebte innerhalb eines Kreises, der von Wald und fernen blauen Bergen und noch ferneren Fjälls um sie gezogen wurde. Was jenseits davon lag, war natürlich auch die Welt, aber nicht deren Mitte. Es gab ja auch niemanden draußen in dieser Welt, der das angenommen hätte. Die anderen hatten nicht dieses Gefühl, das man hier hatte. Ein Gefühl der Bedeutung.

Der Gedanke flog sie an, man könne vielleicht nur dann religiös sein, wenn man halb unbewußt und wider jegliches Schulwissen glaubte, daß sich die Sonne um die Erde drehe.

Dann bekam sie Kaffee, und die Alltäglichkeit überrumpelte sie, als sie Mutters Gesicht sah. Nein, es war doch Ärgeres. Sie sah sich gezwungen, zu fragen:

»Aber was ist denn?«

Da kam heraus, daß Tore doch noch ausgegangen war und Vaters Literflasche Schnaps mitgenommen hatte, aus der lediglich vier Gläschen fehlten. Dann sagte Mutter etwas, was sie natürlich nicht in einem Brief hatte schreiben können: Es werde immer schlimmer mit Tore, und er treibe sich mit richtigem Gesocks herum. Sie begann eine grauenhafte Geschichte zu erzählen: Tore war zwei Tage und zwei Nächte fort gewesen, und sie hatten erfahren, daß er zusammen mit zwei Höllenbraten aus Norwegen bei Kalle Nisja war. Die zwei kamen aus den Gruben und hatten reichlich Kröten im Säckel (sagte Mutter!), und sie hatten sich im Laden Pilsner bestellt, eine Kiste Pilsner, und als der selbstgebrannte Finkeljochum alle war (solche Wörter benutzte sie also!), tranken sie Maische, die sie mit Bier hinunterschwappten. Aufgrund der Bierbestellung hatte Vater geahnt, wo sich Tore aufhielt, und er war, ohne Pilsner, mit dem Auto dorthin gefahren und eingelassen worden, und ganz richtig: Da saß Tore und kraulte einen alten scheckigen Hund zwischen den Ohren. Der gehörte Kalle und war böse, deshalb mußte Tore ziemlich durcheinander gewesen sein, als er das tat, und der Köter (sagte Mutter) war wohl auch durcheinander, denn er tat ihm nichts.

Dann passierte folgendes: Vater sagte zu Tore, er solle mit nach Hause kommen, doch das drang gar nicht zu ihm durch. Er war völlig benebelt. Da schenkte Kalle diese abscheuliche (sagte Mutter und war mehr sie selbst) Maische ein, die ganz gelb und trüb war, und bot sie Vater zu trinken an.

»Setzest dich und führest dich auf als wie normale Leute«, sagte er.

Es roch nach Kuhdung dort drinnen, denn sie hatten das Glas mit der Maische natürlich aus dem Misthaufen ausgegraben. Vater lehnte ab und packte Tore am Arm. Doch da kam es hart auf hart. Tore tat nichts, er war eigentlich nur benebelt und grinste und kraulte unentwegt diesen entsetzlichen Hund (sagte Mutter, und es war schön, sie so sprechen zu hören). Doch Kalle wurde bedrohlich, und die beiden anderen waren richtig übel, sie bauten sich vor Vater auf, als er zur Tür wollte. Einer der beiden packte ihn am Nacken, zwang ihn auf einen Stuhl und hätte ihn wohl auch zum Trinken gezwungen, wenn Vater nicht so sehr Geschäftsmann wäre, daß er so gut wie alles mit den Leuten zu regeln wußte, ohne mit ihnen in Unfrieden zu geraten.

Dann mußte er zwei Stunden dort sitzen und sich mit ihnen auseinandersetzen.

Zwei Stunden. Hörst du?

Da kam viel Bodensatz hoch, vieles über Kontobücher und übers Anlaschen und über tote Pferde und allen denkbaren alten Quatsch, und das meiste war natürlich zu Märchen geworden. Vater wich jedoch aus, und obwohl er sich dafür schämte, sagte er mitunter, daß das wohl zu seines Vaters Zeiten gewesen sei, sie dächten wohl an Mårten Halvorsen. Den hassen sie so glühend wie eh und je. Nicht zuletzt dank dieses entsetzlichen Liedes. Weißt du, daß sie behaupten, Anund Larsson habe es gedichtet? *Mårten hatte, vor es krachet und er in der Kisten lag, einen Freund bloß, und der machet krumm' Geschäfte, jeglich Tag,* und all das. Kannst du dir vorstellen, daß dein Vater dasaß und praktisch zustimmte, als sie über seinen Vater herzogen?

Das also ist die Macht des Schnapses und männlicher Stärke, Myrten. Vater ist doch bloß ein kleiner Mann. Wenn es ihm auch nicht an Kraft mangelt. Doch was hätte er diesen Muskelpaketen denn entgegensetzen können, die im Wald und in den Gruben gearbeitet und auf Heringsfängern Netze gezogen haben?

Schließlich kam er doch noch nach Hause, aber ohne Tore. Der kam irgendwann in der Nacht, und im Flur mußte er gestürzt sein, denn die Stiefel und alles, was sonst noch dort stand, waren umgefallen. Da draußen befanden sich die Axt, der Fällkeil, die Sapine, die Säge und der Reißmeter, das hatte Myrten wohl gesehen und auch verstanden, daß Mutter wegen Tore dort nicht aufgeräumt hatte, damit er sich an die Arbeit erinnerte und sie in Angriff nähme. Dann war er irgendwie in die Küche gelangt und auf der Bank eingeschlafen. Er hatte so verquer auf seinem Arm gelegen, daß dieser am Morgen wie gelähmt war.

»So sieht es also bei uns aus«, schloß Mutter.

Dann kam Vater herein, er war bei den Pferden gewesen.

Vielleicht hatte er auch nach Tore gesucht. Die Tür zum Windfang stand offen, und Myrten sah sein Gesicht, als er die Stiefel auszog und sich allein wähnte. Es war voller Sorgenfalten, unrasiert und dunkel. Als er Myrten sah, hob er den Kopf und sah einen Moment lang wie der junge Papa aus, der sie früher um einen Rasierkuß gebeten hatte. Sein Lächeln war derart bezwingend, daß Myrten ihm nicht widerstehen konnte. Sie vermochte jedenfalls nichts von dem Kind zu erzählen. Nicht jetzt.

*

Der Junge war vorige Woche einen Abend bei mir. Da fragte er mich, woher die Namen kämen. Alle Namen.

»Das weiß ich nicht«, sagte ich. »Aber alles hat seinen Namen.«

»Und das Björnfjäll?« fragte er. »Wo kömmet das her? Vom Bären? War dorten mal ein Bär, da oben?«

»Kömmet nirgendsher«, sagte ich, »ist ausgedenket, der Namen. Heißet Giela, das Fjäll. Das ist sein Namen.«

Dann erzählte ich ihm, daß Geitkjöln ebenfalls ausgedacht sei.

»Gaula heißt das Fjäll jenseits Gielas. Ja, Giela und Gaula, so heißen die Fjälls, sie heißen so, heißen Giela und Gaula … das sind ihre Namen.«

»Singst du?« fragte er.

»Nein, nein …«

Aber ich sang wohl ein bißchen.

Ich erklärte ihm, die Namen seien wie die Sternbilder. »Worte, das sind Tüpfelchen, bloß Tüpfelchen. Die Sterne kann man zu Bildern zusammensetzen, zu Wölfen und Skorpionen, zu Mädchen mit loderndem Haar, zu jungen Männern, die Ski laufen, und zu Löwen.«

»Zu Löwen?«

»Ja, auch zu Löwen. Aber die ausgedachten Namen, das sind nur Tüpfelchen. Die werden nie zu Bildern.«

»So wie Konsum«, sagte er.

»Ja, so wie Konsum.«

Dann sagte ich ihm, daß die richtigen Namen wie die Sternbilder seien und daß es in der alten Sprache für alles einen Namen gebe, für jedes Fjäll und jeden See

für Waldseen und Fjällmoore
für Moorsenken und zottige Landzungen
für Flüsse und Bäche und Rinnsale
für all das grüne Weideland
das noch im Mai von Schnee bedeckt ist
wo jede Birke um den Stamm eine Vase hat
eine Vase aus schmelzendem Eis
und wo das Laub in der Sonne sich entfaltet
und duftet und klebt
obwohl Schnee liegt
obwohl Schnee liegt ...

Da sagte er: »Sei jetzt brav und bleib ruhig sitzen!« Und ich erklärte, alles habe einen Namen, doch sie seien von den neuen Namen verdrängt worden. »Giela ist bloß noch ein Schatten, Björnfjället prangt auf der Karte, bunte Tüpfelchen, ausgedacht von einem Landvermesser mit Wickelgamaschen. Gaula ist nicht einmal mehr ein Schatten. Gaula ist im Dunkel versunken, im Dunkel versank es ...

Getkjölen steht geschrieben, Geitkjöln sagen sie, eine Scooterpiste führt dorthinauf. Damit man ja nicht zu Fuß gehen oder Ski laufen muß. Es sei ein Menschenrecht, hat einer gesagt, ich habe es mit eigenen Ohren im Radio gehört, es sei ein Menschenrecht, das Scooterfahren. Daß der Mensch die Gipfel erstürmen und just dort ein Bier aufmachen und es trinken könne.

Wo keine Scooter fahren, da schimmern noch die alten Namen. Ganz oben ist das, im Land der zerteilten Wasser, wo die Flüsse aus dem Schnee und dem Eis fließen, ganz oben im Moorland, wo der Bär umhergeht, ohne einen struppigen Busch zu haben, hinter dem er sich verstecken kann, in dem kahlen Land mit seinen zerteilten und messerscharfen Wassern. Dort erhebt er sich auf die Hinterbeine und bläst in die Tatzen, der Alte. So steht er im Land der richtigen Namen und pfeift. Er sieht Goeptelsjinie und Leastege und andere hohe Fjälls. Die Namen sind Sterntüpfelchen um ihn herum, sie sammeln sich zu Bildern: Giekenjaevrie, das ist Gökvattnet, das Kuckuckswasser, und Guhkiesjaevrie, das lange Wasser, und Suekiejeavrie, der See der Birken. Dort herrschen die alten Namen, und über alle gibt es ein Lied oder den Schatten eines Liedes. Denn der Lappe sang stets vom Ren. Ich weiß, ich soll Sami sagen, sonst wird dein Vater böse, aber auch wir haben Lappen gesagt, wenn wir mit den Dörflern gesprochen haben. Er sang von seinen großen Herden, von den wogenden Geweihwäldern, ihrem Gerassel und ihrem Klang, vom Bären und vom Elch und vom Schneehuhn sang er, vom Schneehuhn, das er mit einer Schlinge aus feinem Messingdraht fing, und von dem armen kleinen Jungen, der in die Milch pinkelte. Der Pfarrer trank sie trotzdem, diese unsere Kleinsten, sagte er, ja, der Pfarrer trank sie trotzdem, denn es seien nur ein paar Tröpfchen, sagte er, ein paar Tröpfchen vom Urin des Jungen in der dicken, feinen Milch. Von Gaula und Giela sang der Lappe, davon, wie die beiden in einem Hungerjahr, als an Gielas Hängen die Vögel schwiegen, ihre Plätze tauschten, von jeder Senke, jedem Bach und jeder zottigen Landspitze gab es Lied und Name. Ja, davon gab es ebenso viele wie Sterne am Himmel, und die haben ebenfalls Namen, also sang er unter Wolken von Namen.«

Es war schwer für mich, als Nila tot war. Darüber kann man ja nicht mit einem kleinen Kind reden. Doch als der Junge eingeschlafen war, saß ich da und dachte daran. Nilas Leben war ja so, wie man es früher besang: Skier an den Füßen, die Wurfschlinge um die Schulter und der Hund hinterdrein. Einen anderen Beruf als den des Skistocks hatte er nicht und wollte er auch nicht haben. Fragt sich, ob der Vater des Jungen gern so ein

Leben hätte, er, der das Lied in einem Buch liest. Ob er es gern so hätte, wie es war.

Aslak und Nila waren Kinder der Welt. Sie wurden nie erweckt. »Was tut das schon?« sagte Aslak. Wenn auch nicht so, daß seine Mutter es hörte. »Was tut das schon, wir tun keinem Menschen etwas zuleide.«

Nein, Gnadewelpen wurden sie nie, sie winselten und wimmerten nicht nach Gott und seiner Barmherzigkeit. Sie waren miteinander allein unterm Himmel. Die Erweckung kam wie alles andere aus dem Norden. Ja, ja. Sie kam mit denen, die viele Rene besaßen, große Herden. Sie molken nicht, und ihre Rene waren scheu. Doch hochgewachsen und schön, das muß man sagen.

Man hatte ihnen ihre Wohnstätten weggesprengt und unter Wasser gesetzt, weil dort ein Kraftwerksdamm gebaut werden sollte, und sie waren zu uns herunter beordert worden. Manche Menschen setzt man wie Tierherden um. Doch die Renkühe wollen immer in ihr altes Kalbeland zurück. Und die Seele eines Menschen, die ist nicht dort, wo er lebt, sondern dort, wo er liebt. Und deshalb winselten ihre Seelen.

Sie waren jedoch keineswegs verzagt, sondern stark. Ihre Stärke bezogen sie aus ihrem Glauben, wie Pfarrer Laestadius und die Lappenfrau Maria für sie vorgerechnet hatten. Sie lebten in der Gnade, sagten sie, und wir anderen lebten in der Sünde, ganz besonders ich, denn Nila hatte mir gar nicht schnell genug ein Haus verschaffen können, in dem ich Gardinen aufhängte. Es lägen Seidenstrümpfe in meinen Kommodenschubladen, glaubten sie zu wissen. Und wir hatten Radio.

Der Gesang, der Vuelie heißt, und die Art zu singen, die Joijkedh genannt wird, waren ihnen am meisten verhaßt. Das seien Rausch und Sünde und Vertiertheit. Selbst aber konnten sie vom Blut des Lammes und den Hufen des Teufels jaulen, sich hin und her wiegen und dabei Seufzer wie auch Schreie ausstoßen.

Sie hatten etwas Bezwingendes an sich. Sie kamen angerauscht wie lauthals kläffende Hunde in einer zerstreuten und verwirrten Herde. Wir hatten so viel Sorge um unsere Lebensweise. Ob man einen Kochherd haben sollte. Wie man den Kindern bei den Hausaufgaben helfen sollte, wenn man kein Norwegisch verstand, das war für viele die größte Sorge. Denn nun sollten die Kinder, gnade ihnen Gott, norwegisiert werden, darüber gab es einen Regierungsbeschluß. Sie sollten für ihre eigenen Eltern zu Fremden gemacht werden.

Meine Schwiegermutter, meine Vuanove, mochte die Erweckten anfangs eigentlich gar nicht. Die hatten schließlich so große Herden. Doch dann kam dieses Gerücht in Umlauf, ich hätte Seidenstrümpfe in der Kommodenschublade. Da hatten sie jedenfalls etwas gemeinsam. Und dann war da der Dienstag, für meine Jungen der beste Tag in der Woche. Denn da kam *Allers,* die ich abonniert hatte. Die Erweckten wollten das Leben noch dürftiger machen; mir erschien es manchmal schon schlimm genug, so wie es war. Zu essen hatten wir ja, aber nie mal eben Geld. Ich fand, sie könnten dem alten Ante ruhig die Zigaretten gönnen, die er sich im Laden kaufte, seine Babirossi. Aber nein. Die waren Sünde. Der Alte trug es jedoch mit Fassung, er zog an der Zigarette, blies den Rauch aus und sagte:

»Wenn das Ren dort leckt, wo ich hinpinkle, dann ist das wohl auch eine Sünde?«

Er gehörte zu jenen Alten, die ganz zahme Rene hatten. Er brauchte eigentlich nie etwas zu essen mitzunehmen: Er sog an den Eutern. Ja, seine Renkühe waren zahm und fromm. Sie blieben in seiner Nähe, und er hatte Zugrene, die am besten liefen, wenn er ihnen etwas vorsang. Schundlieder sagten diese neuen und religiösen Menschen dazu, sie, die ihre Herden nur zum Schlachten hatten. An seinen schönen Renen kannte Ante jedoch jedes Tüpfelchen und jeden Fleck, und er hatte weiße Renstiere, so zahm und gutmütig wie Lämmer.

Meine Vuanove war stärker als ich, als Nila starb. Aber sie hatte doch einen Knacks bekommen, wie man über kurz oder lang sah. Sie öffnete sich diesem Sündengewäsch, auch sie fing an zu jammern. Die Leute saßen Abend für Abend bei ihr und lamentierten.

Bei ihr, sage ich. Denn das Haus war jetzt nicht mehr das

meine. Jetzt wohnten die meisten in Häusern, wenn sie aus dem Fjäll herunterkamen. Sogar in den Deutschenbaracken gab es Leute von uns. Die Sünde war, daß wir es so eilig gehabt hatten, uns ein Haus anzuschaffen, Nila und ich. Daß ich mit den Jungen nicht allein leben sollte, als er tot war, das war gewissermaßen eine Selbstverständlichkeit. Ich kann mich nicht erinnern, daß wir jemals darüber sprachen.

Dann fuhr ich einmal nach Jolet hinunter und mit dem Bus nach Svartvattnet, wo ich mit den Jungen Hillevi und Trond besuchte und eine ganze Woche verbrachte. Als ich zurückkam, war meine Spitzendecke verschwunden. Das war das erste, was ich sah. Klemens sagte, er könne seine *Allers* nicht finden sowie die Burgen, die er aus Pappe gebaut hatte. Die Gardinen waren abgenommen, und meine Schwiegermutter war an meine Kommodenschublade gegangen. Dort hatten die Strümpfe und die Puderdose gelegen.

Sie hatte alles in den Schuppen gebracht. Klemens und Mats fanden es recht schnell. Es fehlte keine einzige *Allers*. Die Sachen lagen in einem Spankorb und waren feucht. Die Gardinen und mein schönes Tuch wären wahrscheinlich schimmlig geworden, wenn ich länger fort gewesen wäre.

Und Aslak. Er hatte nicht eingegriffen! Er war machtlos gegenüber dem Sündengewäsch, das diesen Vetteln aus dem Schandmaul quoll. Ja, solche Wörter benutzte ich, denn ich war jetzt böse.

»Und du rühmst dich, nåejtie zu sein!« schrie ich.

Da bekam er Flecken im Gesicht und sagte, das stimme überhaupt nicht, so einen alten Unfug habe er nicht dahergeredet.

»Doch! Denn du hast zu Klemens gesagt, du könntest an zwei Orten gleichzeitig sein. So ist das doch, wenn man nåejties åhma ist, oder?«

Er erwiderte, ein Zauberer sei er nun wahrhaftig nicht. Er habe lediglich den Jungen trösten wollen, als er zur Schule habe fahren müssen. Da habe er das gesagt.

Ich sagte, die Noaiden und das Blut des Lammes könnten mir gestohlen bleiben, ich würde jetzt mit meinen Jungen weggehen. »Ich bringe sie nach Svartvattnet, ich möchte, daß richtige Menschen aus ihnen werden.«

»Was ist das denn?« fragte Aslak. »Was ist ein richtiger Mensch?«

»Das ist einer, der keine Heilslehre hat«, sagte ich. »Nichts, woran er sich auf Teufel komm raus halten muß. Vielmehr darf er sich durchwursteln, so gut er kann. Einer, der immer wieder sein Glück probiert, das ist ein Mensch.«

Aslak kam dann zu uns nach Svartvattnet. Es war spät im Herbst. Ich hatte Arbeit in der Pension bekommen. Er kam mit dem Bus angereist und war mit einer norwegischen Skimütze und einer Windjacke bekleidet. Er trug ein Hemd und eine schwarze Krawatte mit einem Gummiband, das man im Nakken zuknöpfte. Er hatte eine Anzughose an und Gummistiefel. Ich hatte ihn nicht so sehen wollen, doch ich merkte, wie verwirrt wir alle waren. Denn natürlich trug ich selbst Strümpfe und einen Hüfthalter. Unter seiner Jacke sah man jedoch sein langes Messer in der weißen Hornscheide, und er trug seinen Gürtel mit den Silbernieten.

Aslak hatte immerhin seinen Namen. Mir war manchmal so, als ob ich keinen hätte. Hier nannten sie mich Kristín – obwohl sie eigentlich Krístin hätten sagen müssen. In Langvasslia sagten sie Ristin. Mein Onkel Anund dagegen nannte mich schon immer Risten, und so glaubte ich tief in meinem Innern zu heißen. Ich wäre gern durch und durch nur eine einzige gewesen. Es war eine ziemlich schwere Zeit für mich damals.

Hillevi lud Aslak zum Kaffee ein und tischte auf. Sie hatte das beste Service hervorgeholt und das Gebäck in die Neusilberschale gelegt. Ich begriff, daß sie Aslaks und Nilas Familie immer noch für reiche Lappen hielt. Sie hatte immer befürchtet, man würde dort auf mich, die ich von Haus aus nichts besaß, herabsehen. Es hatte sich jedoch alles verändert. Seit Aslak allein war, waren viele Rene durch Diebstahl und die Heimsuchungen des Wolfs verlorengegangen. Auch wußte sie nicht, daß sich die alte Art, Rene zu halten und Renkühe zu melken, nicht mehr lohnte. Warum, konnte niemand sagen. Es war eben so. Es lag wohl am Krieg oder an der Zeit selbst, die vergeht und vergeht und alles Alte auffrißt.

Aslak wollte sich aussöhnen. Er wußte ja, daß ich hitzköpfig war, aber auch, daß das vorüberging. Wahrscheinlich wollte er vor allem der Jungen wegen Frieden schließen. Ihnen gehörte nun die Hälfte der Rene, und das Haus in Langvasslia war von Rechts wegen ihr Zuhause. Er werde sich um die Rene der Jungen kümmern, sagte er, nur sollten sie, wenn die Schule zu Ende sei, nach Hause kommen und mit ihm ins Fjäll ziehen. Ich müsse dafür sorgen.

»Mal sehen«, sagte ich. »Gegen ihren Willen schicke ich die Jungen weder hierhin noch dorthin.«

Es kam jedenfalls so, daß ich sie jeden Sommer in den Bus nach Jolet setzte. Ich selbst fuhr zum Kennzeichnen der Kälber hinauf, wie hektisch es in der Pension auch zugehen mochte. Ich mußte mich schließlich um ihre Rechte kümmern. Jedes Jahr war ich dabei, bis Klemens groß genug war, sich in der Familie zu behaupten, die schlimmer sein kann als Leute, die weder verwandt noch verschwägert sind.

Mats wurde mein Junge, ja, mein Junge. Noaiden freilich sind wir wohl alle drei. Heute kann ich darüber lachen. Wir sind gezwungen, sowohl an zwei als auch an mehreren Stellen gleichzeitig zu sein und mehrere Namen und Sprachen zu haben, die in uns rumoren.

In der Dämmerung kam mein Onkel Anund. Um diese Jahreszeit wurde geschlachtet, und er war nach Feierabend auf Skiern heruntergekommen. Es lag noch so wenig Schnee, daß er sich auf dem steilen Weg vor Wurzeln und Steinen gefürchtet hatte.

Als Hillevi in die Küche ging, sagte ich zu Aslak:

»Jyöne Anund sagt, du hättest ein Vuelie über Nila gemacht, und mehrere Leute hätten es schon gehört. Aber ich habe es noch nie hören dürfen.«

Da schwieg Aslak nur.

»Du hast dich nicht getraut«, sagte ich. »Deine Mutter hat es verboten. Bloß keine Schundlieder. Nur Choräle.«

Er sagte immer noch nichts.

»Und du hast gehorcht. Und Nila, der ist vergessen.«

»Nein.«

»Doch – niemand reicht an die richtige Erinnerung heran. An sein Gesicht. Manchmal sehe ich es einfach nicht mehr. Lange Zeit. Und am Ende ist es wohl ganz verschwunden. Das ist eine Trauer, die ich nicht tragen kann.«

Da kam Hillevi herein, und wir verstummten.

Aslaks Besuch zog sich hin. Hillevi hätte gern Bescheid gewußt, zu welchen Zeiten es wieder zu essen und Kaffee geben sollte. Doch Aslaks Besuch richtete sich nicht nach der Uhrzeit. Er zog sich hin wie ein Frühlingsregen, er dauerte und dauerte; Hillevi ging schließlich schlafen. Vorher hatten wir noch etwas zu essen bekommen. Onkel Trond war auf einer Versammlung in Röbäck und spielte hinterher mit den Honoratioren noch Karten.

Wir waren nun unter uns in der Stube. Außer daß er an zwei Orten gleichzeitig sein konnte, hatte Aslak die Gabe, dort zu sein, wo er war.

Es war dunkel geworden. Nur die Glimmerscheibe des Ofens leuchtete noch. Klemens und Mats saßen rechts und links von Onkel Anund auf dem Paneelsofa und guckten unablässig ihren Onkel Aslak an, der bei ihnen nun Vaterstelle vertrat.

»Ich sollte wohl Licht anmachen«, sagte ich.

Doch Onkel Anund hielt mich zurück, und ich ließ es sein, obwohl ich die Hand schon am Schalter hatte.

»Wie tut es sein?« fragte er Aslak. »Wäre gut, höret es eins, mal richtig.«

Da fragte mich Aslak:

»Hast du zu große Trauer, wenn ich Nila joike?«

»Nein«, sagte ich.

»Die Trauer zieht und zerrt an einem Menschen zwei ganze Jahre lang«, sagte der Onkel. »Dann wird sie ein bißchen barmherziger.«

Ich wußte, daß er an meine Mutter dachte, die noch ein Mädchen gewesen war, als sie im Sanatorium in Strömsund starb. Da dachte ich ein Weilchen, daß das menschliche Leben völlig sinnlos sei und daß einem weiß der Himmel was zustoßen könne. Die Grausamkeit, sie zieht und zerrt.

Ich sah, daß Aslak zuerst den Kopf hin und her bewegte und dann den ganzen Körper. Daß er sich wiegte, wäre zuviel gesagt. Er gab jedoch keinen Ton von sich. Die Augen hatte er geschlossen.

Wir warteten alle im Dunkeln. Sogar der lebhafte gelbe Schein hinter der Glimmerscheibe war ermattet und ruhig und rot geworden.

Doch es kam nichts. Er vermochte Nila hier im Haus nicht zu joiken.

Wie reicht man an die richtige Erinnerung heran? Wie gelangt man schließlich so tief hinab? Die rußigen Steine liegen unterm Moos begraben, und ein Gesicht sinkt, es sinkt so sacht wie die Steine im Aernie. Das Vergessen ist nicht wie steigendes Wasser, nicht wie sacht fallender Schnee. Es ist schwer und schlimm.

Es gibt die Erinnerung. Doch wie reicht man an sie heran?

Zu guter Letzt joikte er Nila. Doch es geschah in der Nacht hoch oben unterhalb Gielas. Dort hausten sie, wenn geschlachtet wurde. Am Abend kochten sie in den Schuppen Fleisch. Manche schrien, manche sangen. Manche schwatzten, manche schwiegen. So sind die Menschen.

Ich vermag nicht an die Erinnerung heranzureichen. Das Vergessen umschließt mein Haus und dringt ein. Dennoch taste ich umher, stöckere und blase. Ich möchte, daß das Feuer aufflammt und ich das Gesicht sehe.

Ans Schlachten erinnere ich mich. Daran, wie die Rene mit knackenden Hufen und hoch erhobenen Häuptern in die Pferche laufen. Rundherum, rundherum laufen sie. Immer gegen den Lauf der Sonne. Ork-ork. Das ist ihr Laut. Damals wie heute wie immer. Ork-ork …

Es ist jedoch nicht die richtige Erinnerung, denn die Männer tragen Käppis mit Lapp-Simons Namen. Sie stehen da und warten, und die Rene laufen und laufen, immer gegen den Lauf der Sonne.

Und dann werden sie gefangen, und dann kämpfen sie. Und dann schlagen sie mit den Geweihen und Hufen nach der Unerbittlichkeit. Und dann bekommen sie die Schlachtmaske aufgesetzt und gehen in die Knie. Jetzt fließt das Blut. Lapp-Simons Jungs sind bereits blutig. In ihren Gummigewändern gleichen sie Marsmenschen. Folglich ist dies fern von der richtigen Erinnerung. Ein Dieselmotor klopft und tuckert, und das Wasser des Bachs fließt durch einen Schlauch heran.

Ich bin wohl an die zwanzig Jahre nicht mehr oben gewesen. Es kann also stimmen. Sie haben jetzt eine Rentierschlachterei gebaut. Sie führen die Tiere in die Unwirklichkeit. Menschen ohne Gedächtnis leben dort.

Weiter unten aber, weiter weg im Dunkel der Erinnerung flackert ein schwächeres Licht über den Schnee, und die Schatten der Rene sind schmal. Da haben die Männer Petroleumlampen an die Renkoppeln gehängt. Der dumpfe Blutgeruch ist der gleiche. Genauso kompakt.

Das, was man heute Hausschlachten nennt, wenn sie also für die eigene Gefriertruhe schlachten, war damals jedes Schlachten. Und Gefriertruhen, die gab es nicht. Man hatte keine Schlachtmasken, sondern stieß dem Ren das Messer ins Genick.

Das Haus meines Onkels. Dort muß ich anfangen, wenn ich mich vorantasten will. Eigentlich war es nicht sein Haus, doch er wohnte darin. Es war rund gebaut, wie eine Kote, hatte jedoch drei Lagen Balken als Fundament, das achteckig war. Womöglich glaubte der Lappe eine Zeitlang, er könne auf seine eigene Weise in die Moderne eintreten. Modärne, sagte Laula Anut, und dann lachten wir über das Haus, in dem er wohnen mußte, mein armer Onkel. Sofern er nicht bei Aagot in der Backstube übernachtete.

Am Abend kochten wir Fleisch. Wir waren allein. Aslak war nicht zu uns heruntergekommen. Er war nach wie vor am Schlachtplatz, in einer der Buden, die sie errichtet hatten. Er kannte viele Leute dort. Manche hatten auf beiden Seiten der Grenze Rene besessen, bevor die Deutschen kamen.

Wir tranken Kaffee, während wir darauf warteten, daß das Fleisch mit nur einer Kinderfaust voll wirbelnden Salzes im siedenden Wasser gar würde. Mein Onkel würfelte Käse, den er in die Kaffeetassen tat. »Wenn jetzt keiner mehr die Renkühe melkt«, sagte er, »muß es eben Ziegenkäse tun.«

Wir aßen das Bruststück, wir knackten Knochen und aßen das Mark. Ich hatte Blut mit Gerstenmehl vermischt und ein paar kleine Blutklöße gekocht. Aslak kam jedoch nicht.

Mein Onkel schlief vor Sattheit ein. Er befand sich im Fleischdämmer, in einem Rausch von Blutklößen und Nierenfett und Mark und kräftiger Brühe und auch von ein klein wenig Schnaps. Da nahm ich eine Taschenlampe und ging hinaus.

Es gab keinen Weg, nur den Pfad, der sich zwischen Birken und Steinen dahinwand. Mein kleiner Lichtfleck hüpfte. Ich tastete mit den Füßen, Zweige schlugen mir ins Gesicht, wenn ich vom Pfad abkam. Doch irgendwann sah ich die schwachen Lichter der Schuppen, und als ich näher kam, hörte ich die Stimmen durch undichte Bretterwände.

Es roch noch immer nach Blut und entleerten Pansen da oben. Wie sehr Menschen sich doch über Essen freuen! Viele sangen jetzt, und unter ihnen, stellte ich mir vor, sei Aslak.

Ja, er war dort. Er saß mit der ganzen Familie Dorj zusammen, die er gut kannte. Ist er voll, dann ist es aussichtslos, dachte ich. Er war jedoch nicht voll.

Es schneite jetzt. Ich wurde klamm, als ich in die Wärme trat. Die Luft in dem Schuppen war feucht von den Dämpfen vom Fleischkochen, und es roch nach nasser Wolle, Leder und Pfeifenrauch. Ich durfte auf einer Kiste mit einem Stück Flickenteppich als Unterlage sitzen. Etliche saßen auf dem Boden. Die Kinder schliefen, wahrscheinlich waren sie nach einem langen Tag erschöpft. Ein Junge weinte jedesmal, wenn er aufwachte. Er weinte aus Wut, weil er geschlafen hatte. Jetzt hatten sie nämlich zu erzählen begonnen.

Ich kann nicht so erzählen wie sie. Es gab stets etwas neben ihrer Geschichte, so etwas wie den Schatten, der einem beim Gehen folgt. Sie sprachen nichts direkt aus. Waren sie doch Menschen, die selten ihre eigene Sprache benutzten, wenn jemand anders zuhörte. Aber auch wenn sie nur unter sich waren, ließen sie Vorsicht walten. Vielleicht war das zu einer

Gewohnheit geworden, nicht von Kindesbeinen an, sondern von alters her. Sie wollten so sprechen, daß kein Außenstehender richtig deuten konnte, was sie sagten. Sie wollten nicht, daß ihre Geheimnisse gelüftet wurden, denn diese waren einst strafbar gewesen. Jetzt wurden sie wohl vor allem als lächerlich erachtet. Für ihre eigenen Leute, diejenigen, die erweckt worden waren und in der Gnade lebten, waren sie schändlich.

Verbrechen und Schande und Lächerlichkeit mußten bemäntelt werden. Das führt zu einer eigentümlichen Art des Erzählens, sie läßt sich nicht nachahmen. Ich fragte mich, wie viele hundert Jahre an Verstohlenheit schon hinter den Dingen lagen, die sie erzählten und die so unschuldig klangen. Ich war ja immerhin zum Teil eine der Ihren und in der Lage, zu verstehen, daß sie etwas zueinander sagten, was ich nicht erfassen konnte. Ich war wie ein Kind, das dem Liebesgeplauder der Erwachsenen lauscht. Es schien sich um Reisen und Ankommen zu drehen, darum, Beschäftigungen nachzugehen und Jagdabenteuer zu erleben. In Wirklichkeit drehte es sich jedoch um blutvolle Dinge, und das ahnten die Kinder, denn in der Geschichte gab es Merkwürdigkeiten, verschluckte Behauptungen. Es war gíeríes voeten soptse, was sie da hörten. Pures Liebesgeplauder. Da leuchteten die Augen, die Hände wurden unruhig, und die Kinder konnten ein unterdrücktes Lachen hören, dessen Ursache sie nicht verstanden.

Es war ein Volk, das sich entzogen hatte. Wenn sie in der Glut stöckerten und hineinbliesen, wenn sie ihr Feuer und ihre Sprache hegten, errichteten sie einen Schutzwall rund um das Geheime. Sie errichteten ihn mit Worten, und es wurde eine Sprache, die sich dicht und schön wie die Steine des Aernie fügte. Doch ich kam ihr nicht bei. Ich war eine Rovkije, eine Daatje. Ich gehörte nicht dorthin.

Spät in jener Nacht joikte Aslak Nila. Da sah ich Nilas Gesicht. Ich sah es wie hinter einem Frühlingsnebel, so einem feinen Regen, den wir ein Stieben zu nennen pflegten.

*

Myrten hatte ein Märchen gehört. Hatte Mutter es erzählt? Oder stand es in *Tausendundeiner Nacht*, das Vater sich mit der Post kommen ließ, ohne je die Zeit zu haben, darin zu lesen. Das Märchen handelte von zwei Frauen und einem Kind. Beide Frauen sagten:

»Ich bin die Mutter des Kindes.«

Eine von beiden log. Aber welche? Das wußte man nicht.

Ein Richter sollte schließlich entscheiden, wer die wahre Mutter des Kindes sei. Er war sehr weise und sehr grausam.

Nein, er hatte vielleicht nur einen starken Glauben an die Mutterliebe. Die richtige. Diejenige, die aus Blut und geplatzten Häuten besteht.

»Ein Homanist war er ja nicht gerade«, sagte Juhan Piip.

»Was meinst du damit?«

Doch das wollte er nicht sagen. Er strich ihr nur über die Wange und sagte:

»Myrten, Myrten, denk doch nicht an solche Sachen.«

Doch sie dachte an das Märchen, in einem fort.

Der Richter befahl, das Kind zu schlachten, um es zwischen den Müttern aufzuteilen.

Die andere Mutter hieß Linnea Fredriksson und wohnte mit ihrem Mann in der Parmmätargatan, gleich neben der Kungsholms-Kirche. Der Mann arbeitete in einem Musikgeschäft ziemlich weit oben in der Hantverkargatan. Er reparierte Instrumente. Sie hatten nicht erzählt, daß er in einem Tanzorchester spielte. Hätte Fräulein Gustafsson die Pflegestelle gutgeheißen, wenn sie das gewußt hätte?

Nun kam es erst später heraus. Er war an den Wochenenden jeden Abend unterwegs. Manchmal hatte er auch werktags einen Spieljob. Unten im Piperska Muren, Hochzeitsfeiern und Vereinsfeste. Job und Job. Das war ihre Sprache. Myrten dachte bei diesem Wort nach wie vor an Spekulation. Man hatte ihrem Großvater hinterhergerufen, er sei ein Börsenjobber.

Karl-Erik Fredriksson spielte Baß in einer größeren Jazzband und in einem Quartett, trug enge, karierte Hosen zu einer schwarzen Jacke, und er nannte seinen Hut Bibi.

»Mutti, wo ist denn mein Bibi?«

Auf diese Weise wurde Myrten klar, daß sie einander Vater und Mutter nannten. Es sollte eine Art Scherz sein. Ein Scherz, in dem Zärtlichkeit lag. Sie hatten nämlich keine Kinder kriegen können. Jetzt glaubten sie, eines zu haben. Papa und Mama zu sein. Sie mußte froh sein, daß sie nicht Vadda und Mudda sagten.

Sie war sehr darauf bedacht, das Kostgeld auf den Tag genau zu bezahlen, und sie verlangte eine Quittung. Spürte vielleicht schon den Blick des grausamen Richters aus dem Märchen. Das hier war jedoch schlimmer als ein Märchen.

Das kleine Mädchen hatte nach – ja, wonach eigentlich? – gerochen. Ein Geruch läßt sich nicht beschreiben. Man kann ihn allerdings in der Erinnerung wahrnehmen. Dort ist er noch Jahre später vorhanden: Lippen und Nase an dem schwach pochenden Scheitel.

Dieser Duft war das erste, was sie ihr nahmen. In der Wohnung roch es leicht nach Gas und Zigarettenrauch. Frau Fredriksson war reinlich, man konnte absolut nichts anderes behaupten. Sie ließ auch nach den Inspektionen der Jugendfürsorgerin nicht nach. Sie war wirklich reinlich. Das kleine Mädchen roch deshalb auch nicht nach Gas und Zigarettenrauch. Aber es roch jetzt anders.

Wenn die Post in Älvsjö samstags schloß, fuhr Myrten direkt nach Kungsholmen. Sie aß nichts, dazu hatte sie keine Zeit. Am Morgen hatte sie sich belegte Brote in die Handtasche gestopft. Sie holte das Mädchen ab und zerrte mühsam den Kinderwagen aus dem Abstellraum hinter der Eingangstür hervor. Nicht, daß Linnea Fredriksson ihr geholfen hätte. Nein, sie blieb oben in der Wohnung stehen. Einmal sah Myrten ihren Schatten neben der Gardine. Danach schaute sie nie mehr dort hinauf.

Sie mußte das Mädchen also in den Wagen legen, um ihn dann teils herausfahren, teils herausheben zu können. Klar, daß das Mädchen erschrak. In dem Raum standen Fahrräder, gegen die der Wagen stieß. Kellermief, schwache Beleuchtung. Das Mädchen fing jedesmal zu schreien an. Myrten hastete mit dem

Wagen zum Norr Mälarstrand hinunter. Einmal lief sie vor der Zweier auf die Straße. Die Straßenbahn bimmelte, und die Bremsen kreischten. Myrten wagte nicht, sich umzusehen. Als sie ein Stück die Straße entlanggegangen war, mußte sie sich an eine Hauswand lehnen. Sie hatte weiche Knie.

Bei dieser Gelegenheit kam ihr ein Gedanke, der sie nicht mehr loslassen wollte. Nämlich der, daß sie dem Mädchen weh tat.

Myrten führte jetzt ein ordentliches Leben. Sie hatte eine Einzimmerwohnung in der Roslagsgatan, im selben Aufgang wie Juhan Piip. Er hatte ihr gesagt, daß diese Wohnung frei sei. Kristin hatte sie erzählt, sie lebten in gewisser Hinsicht zusammen. »Eine Stockholm-Ehe«, hatte Risten gesagt und dabei ganz hingerissen geklungen. Sie war dörfliche Verhältnisse und noch Schlimmeres gewohnt. Familiengefangenschaft. Myrten hatte ihr das Versprechen abgenommen, Mutter nichts davon zu sagen. Sie würde nämlich nie verstehen, daß so etwas auch ordentlich sein konnte. Als Mutter zu Besuch kam, mußte Juhan in seiner Wohnung bleiben. Myrten konnte sich nicht vorstellen, daß er mit am Tisch säße und im Bücklingsauflauf oder in den eingelegten Bratheringen stocherte. Solche Speisen waren ihm ein Greuel. Er wurde ein ganz anderer, wenn man ihn von außen betrachtete, zum Beispiel mit Mutters Augen. Da fiel ihr auf, daß er gebrochen Schwedisch sprach und daß seine Zähne von Tabak und Kaffee verfärbt waren.

Es gab Tage, da hatte sie den Eindruck, als hinge nichts in ihrem Leben zusammen. Doch vielleicht wird ein ordentliches Leben in unterschiedlichen Schubfächern geführt. Vielleicht hetzt man zwischen Unvereinbarkeiten umher, wenn man erwachsen, verantwortungsvoll und selbständig lebt. Sie wußte es nicht. Im Mütterheim war alles ein einziges schwüles Jetzt gewesen. Jene Tage in der Almhütte mit dem Mann, der Elias hieß oder auch nicht, waren ebenfalls warm gewesen. Sie dufteten köstlich. Damals gab es nichts außerhalb. Alles war vergessen, aufgelöst, in lauen Fluten zerronnen.

Liebe wollte sie das nicht nennen, nicht mehr seit jener

Nacht, in der Rosita etwas mit ihr gemacht hatte, dem sie sich vielleicht hätte entziehen sollen. Daß man auf diese Art und Weise dieses köstliche Gefühl herbeiführen konnte – und sogar die Kontraktionen! –, war nicht schändlich, sondern lächerlich. Rosita hatte es nicht mechanisch getan. Doch geübt. Wie aus Spaß. Man konnte es genausogut selbst machen. Was empfand man dabei? Liebe? War denn alles nur ein einziger großer Scherz?

Was Juhan für Myrten empfand, war ohne Zweifel Liebe. Was sie empfand, war eher sachlich. Sie führte mit ihm das Leben einer Frau. So wollte sie es gern sehen. Manchmal aber kam sie sich lächerlich vor und fand, es höre sich wie ein Spruch auf einem Kinoplakat an. Das Leben einer Frau.

Das schwüle, gehetzte, ordentliche Leben einer Frau.

Zu dieser Zeit sah sie, und sie sah wie ein Mensch, der weiß, daß er erblinden wird. Die blütenzarten Nägel. Die Wimpern auf der Wange. Der Fuß mit der rundlichen Sohle war noch nicht auf den Boden gesetzt worden.

Im Haus konnte sie mit dem Kind nicht bleiben. Linnea Fredriksson wachte in der engen Wohnung über alle Gefühlsausbrüche. Sie war acht Jahre älter als Myrten, klein und rundlich. Gleichwohl hatte sie eine sehr schmale Taille. Etwas Dunkelbraunes umgab sie, wie der Ansatz zu einem Pfefferkuchenteig, wenn man den Sirup mit der Butter und den Gewürzen geschmolzen hat. Viel zu stark. Sie paßte schlecht als Mutter für ein blondes, zartes Kind. Wenn sie denn schon glaubte, das zu werden.

Sie trug eine Kleiderschürze über ihrem Kleid. Myrten kam sich dadurch zu gut angezogen vor. So als hätte sie für das Kind eigentlich mehr bezahlen sollen. Doch sie wollten gar nicht mehr haben. Sie wollten überhaupt kein Geld haben, sagten sie. Und dennoch sah man, daß sie nicht gut gestellt waren. Linnea Fredriksson betonte jedesmal, wenn sie die Quittung ausschrieb, daß sie das Geld auf ein eigenes Sparbuch für das Mädchen einbezahlten.

»Humanistisch? Wie kannst du so etwas sagen?«

»Der Richter war nicht homanistisch«, sagte Juhan. »Er glaubte an den Primat des Blutes. Aber man kann doch sagen, daß die andere Mutter eine homanistische Mutter ist.«

»Was ist das?«

»Höchst menschlich. Sie schaut dem Kind in die Augen. Gibt ihm Kosenamen und freut sich darüber.«

»Sie brockt Semmeln in lauwarme Milch und streut Zucker darüber«, sagte Myrten, »und dann füttert sie es damit, obwohl sie weiß, daß das kein zuträgliches Essen ist.«

»Aber überleg doch mal, was sie andernfalls gewesen wäre. Eine Frau, die Kostgeld einstreicht. Schlimmstenfalls eine Engelmacherin, die das Kind verhungern läßt, weil sie nie nach ihm sieht und sich bloß bezahlen läßt. Eine solche Pflegemutter hättest du für Ingefrid bestimmt nicht haben wollen.«

Juhan war intellektuell. Das war das Wort, das ihr zu ihm einfiel. Er nahm alles auseinander. Es gefiel ihm, hoch oben auf einem Haufen Knochen zu sitzen und zu triumphieren. Myrten aber wußte: Es ist das größte Verbrechen auf Erden, einem anderen Menschen das Kind zu nehmen. Seinen Blick im Blick dieses Kindes ruhen zu lassen, sich darein zu versenken und dort zu verweilen.

Die Gewohnheit, die Gemütlichkeit, das Geplapper, die Semmeln und die Milch, das kleine Lachen – das alles war Diebstahl.

Als der Sommer kam, schob sie den Kinderwagen bis zum Park von Rålambshov. Sie nahm das Mädchen heraus und setzte sich mit ihr auf eine Bank. Dann hielt sie den festen kleinen Körper dicht an sich, sang leise und summte. Sie hielt sie hoch und versuchte, in diese blauen Augen zu schauen, die so ernst dreinblickten. Es war merkwürdig – und unpassend –, doch ihr kam der traurige Blick eines Hundes in den Sinn. Dieser ernsthaft einsame Blick. Als sie selbst noch ein Kind gewesen war, hatte sie die Hunde gekost, sie auf die Stirn und die Hundewangen geküßt und mit ihnen geplappert. Kristin, die Hunden eigentlich viel verbundener, ja, geradezu von ihnen abhängig war, hatte das nicht getan. Auch hatte sie nicht mit ihnen geplappert. Doch für Myrten waren sie geliebte Kinder gewesen.

Manchmal hatte sie mitten in ihrem Geplapper den Ernst im Blick des Hundes gesehen. Er war ebenso sinnfällig wie der herbe Geruch seines Fells. Das gelbe Auge wußte nichts vom Tod. Man konnte das, was das Hundeauge sah, Ewigkeit nennen. Die Einsamkeit eines Hundes war indes so beschaffen, daß es viel zu anmaßend wäre, sie traurig zu nennen. Das hatte Risten einmal gesagt. Denn sie hatten sich darüber unterhalten.

Myrten war sehr beklommen darüber, diesem Blick bei ihrem Kind zu begegnen. Sie korrigierte sich sofort: Es war nicht der Blick, sondern ihr eigener Gedanke, der falsch und unpassend war.

Außerdem hatte sie es so eilig. Es war grauenhaft. Wenn man im voraus an sein Leben dachte, wirkte es einheitlich und einfach: Im Herbst werde ich in einem Chor singen. Dann werde ich jeden Samstag und jeden Sonntag mit meinem kleinen Mädchen in den Park gehen. Doch es wurde Herbst, und um in den Chor der Engelbrektkirche zu kommen, mußte sie Gesangsunterricht nehmen. Immerhin durfte sie im kleinen Chor singen, in Altersheimen und an Gemeindeabenden. Vieles spielte sich in den Kirchen und Gemeindezentren sonntags ab. Deshalb gab es die Kinderwagenpromenaden jetzt nur samstags.

Die allwöchentlichen Gesangsstunden bei einer ehemaligen Romanzensängerin, die weit draußen am Karlbergsvägen wohnte, erinnerten sie an die Französischstunden bei Frau Åkerlund. Doch diesmal ging es natürlich nicht um eine Betrügerei. Oder doch? Die Mühe, die sie sich machte, durfte ja nicht bemerkt werden, und sie lernte Kniffe, um aus reinem Herzen singen zu können. Es sollte zumindest so klingen.

War es so?

Herz und Mund und Tat und Leben.

Herz und Mund vielleicht. Doch ihr Tun und ihr Leben waren gehetzt und gequält. Wenn sie sang, war sie in Gott. Doch wenn sie hinterher zur Straßenbahn rannte, wußte sie nicht, ob es ihn gab. Er war vielleicht etwas in der Art von Juhans intelligenten Spekulationen. Wie zum Beispiel die über die Innentemperatur.

Es sollte Gesetz werden, daß die Temperatur in Mietwohnungen nicht unter achtzehn Grad fallen dürfe. Juhan meinte jedoch, dies sei eine willkürliche Zahl. Der eine bibbere bei neunzehn Grad, der andere könne bei siebzehn nicht schlafen – weil es ihm zu warm sei. Er selbst finde, es sollten fünfundzwanzig Grad sein. Seine Fingerspitzen waren immer kalt. Manchmal wurden sie weiß.

»Aber es sollen achtzehn Grad sein«, sagte er. »Das ist die Religion dieses Landes.«

Wenn sie sang, war sie in dem, was Juhans fünfundzwanzig Grad entsprach. *Herz und Mund und Tat und Leben.* Ansonsten aber bibberte sie und dachte nicht so oft daran. Der Gesang war Gott, und Gott war im Gesang. Sie sang ihrem kleinen Mädchen weiterhin etwas vor. Sich im Wind vorbeugend, der von den grauen Förden her blies, schob sie den Kinderwagen am Norr Mälarstrand entlang. Begegneten sie Leuten, sang sie ein bißchen leiser, aber nicht viel.

»Du bist unglücklich!«

»Nein, ganz und gar nicht!«

»Du vermagst nicht so glücklich zu sein, wie man es in einem Land sein soll, wo die Innentemperatur nicht unter achtzehn Grad fallen darf. Du erfüllst die Norm nicht.«

»Dummes Zeug.«

»Du bist fast wie ein Ossländer«, äffte er sich selbst nach.

»Iß jetzt, Juhan. Das hier nennt man Kohlrouladen.«

Am Weihnachtsabend, da sagte das Mädchen – im Alter von acht Monaten – etwas, von dem Linnea Fredriksson behauptete, es sei ihr erstes Wort gewesen. Myrten meinte, es sei ein Laut gewesen. Juhan gab ihr hinterher recht. Alle Kinder gäben diesen Laut von sich. Sogar in einer kirgisischen Jurte werde er hervorgebracht. Die Laute kämen vor der Sprache, sagte Juhan. Es sei eine Art Training, sie zu artikulieren. Ein kleines Kind könne alle Laute aussprechen. Nasale. Frikative. Den deutschen

Ich-Laut und den arabischen Hach-Laut. Es seien lediglich Laute.

Doch es war grauenhaft. Ingefrid streckte ihrer Pflegemutter die Arme entgegen und sprach diesen Laut. Im Februar war es klar und deutlich, daß es »Mama« war, was sie sagte. Im März sagte sie Wid, das bedeutete Bild, und Hammam, das bedeutete Essen. Da lief sie bereits. Sie war leicht O-beinig, doch das gab sich. Bald trommelte sie auf geraden Beinen dahin. Sie rannte. Sie rannte Linnea Fredriksson direkt in die Arme und lachte derart, daß ihr die Luft wegblieb.

Als Myrten auf sie zukam, schrie sie.

»Sie fremdelt«, sagte Linnea Fredriksson. »Manche Kinder sind so.«

Myrten stand da, kalte Luft im Mantel. Sie trug einen Hut, an dem Federn steckten.

»Glaubst du, es liegt an meinen Kleidern?« fragte sie Juhan am Abend.

»Deine Kleider sind ganz in Ordnung. Aber warum hast du dir ein Kursett angeschafft?« fragte er und wollte partout nicht über das Kind sprechen.

»Das ist kein Korsett.«

»Aber ist es für einen Hüfthochhalter nicht ungewöhnlich stramm?«

»Still jetzt. Red keinen Blödsinn.«

»Du hast einen gespaltenen Podex. Du hast einen großzügigen und sinnfällig gespaltenen Podex mit unbekannten angeborenen Glücksmöglichkeiten. Und dann skulptierst du ihn mit Hilfe eines Podexhalters zu einer Hauswand. Warum machst du das? Du hast schwäre Brüste. Das sind Erdeneier. Ich möchte dich bebruten, Erdgöttin. Aber du stellst eine moderne Frau mit einem Gesäß wie eine Betonwand dar. Du entfernst dir die Haare unter den Armen und an den Beinen, und es ehrt dich, daß du dich dafür schämst und es heimlich auf dem Klosett machst. Ich möchte dich bebruten, so daß neue Welten ausschlüpfen.«

»Bebrüten heißt das. Sprich ordentlich.«

»Du läßt nichts anderes als ein bißchen Genuß zu. Glaubst

du, es sind Genuß und Glück, warum wir hierhergekommen sind?«

»Hierher?«

»In die Roslagsgatan und auf die Erde.«

»Ich weiß nicht, warum wir hierhergekommen sind. Mach jetzt das Licht aus.«

»Nein, ich möchte dich sehen. Ich möchte deinen großen Podex sehen. Den kannst du jedenfalls nicht mit einer Pinzette auszupfen, so wie deine Augenbrauen, wenn sie zu kräftig werden.«

»Mach das Licht aus, Juhan. Mein Zug geht früh.«

»Podex.«

»Sei still.«

»Podex. Was für ein schönes Wort. Und wie man das buchstabiert: Pode-x! Nein, deck ihn nicht zu. Form ist Freude. Weißt du das nicht?«

»Schlaf gut, Juhan.«

»Podex. Podex, Podex ...«

Sie war im vergangenen Herbst mit einem niedrigen Wert versehen worden und hatte ihn breitbeinig vor sich hergetragen. Jetzt arbeitete sie jeden wachen Moment daran, ihn zu erhöhen.

Während sie sich auftakelte und firnißte, um sich erneut in Fahrt zu setzen, schien Juhan auf Grund zu sitzen. Er redete viel, hatte jedoch eine hoffnungslose Aussprache. Seine Arbeit bestand jetzt nicht mehr darin, hinten in die Bücher der Stadtbibliothek mit lila Stempelfarbe das Datum zu drücken. Er spielte abends im Metropol Klavier. Begeistert sagte er, man würde ihn abweisen, wenn er mit Myrten zum Mittagessen dorthin ginge. Womöglich stimmte es, daß sein Vater beinahe Minister geworden war und daß er ein Semester lang das Konservatorium besucht hatte. Wie sonst sollte ihn ein solcher Gedanke belustigen können? Er studierte jetzt an der Hochschule Staatswissenschaften. Außerdem war er Sozialdemokrat geworden. Daheim waren es die Triftknechte aus Värmland und die Holzfäller aus Ångermanland, die Sozialdemokraten oder noch Schlimmeres waren. Myrten ging zu einer Versammlung des Arbeiterbildungsvereins mit. Es drehte sich um die neue Literatur, und sie besuchte eine kleine, blasse, kettenrauchende Autorin mit Brille und mehreren selbstsicheren Studenten, die Juhan aus der Hochschule kannte. Was sollte sie glauben?

Nein, das paßte nicht zusammen. Manchmal bekam sie Angst vor ihm. Keine physische Angst. Schließlich war er sehr nett. Doch er spintisierte in einem fort. Seine Gedanken hüpften wie ein Hahn mit abgeschlagenem Kopf für sich allein umher. Manchmal redete er fast so wie Elias im Bett in der Almhütte. Sie erinnerte sich an dessen leise Stimme, die dunkler war als Juhans:

»Die Liebe hat etwas Grausames an sich.«

Dergleichen hätte Juhan niemals sagen können. Und sie selbst hatte es natürlich bestritten. Sie hatte sich über *wahre* Liebe warm geredet. Auf den Wangen hatte sie rote Flecken bekommen. Nein, diese Hitzerötung, diese Blüten der Erregung waren bestimmt schon dagewesen, bevor sie zu sprechen angehoben hatte. Sie hatte sie auch auf dem Busen.

Wahre Liebe. Wahre Mutter. Wahres Leben. Jetzt konnte sie fast darüber lächeln.

»Manchmal tut es weh«, hatte Elias gesagt. »Das weißt du. Wer hat nicht geflüstert: Ist es denn nicht schön? Muß es nicht ein bißchen weh tun? Dann ist man ziemlich nahe an dem gewesen, worüber wir gern hinwegsehen wollen. Man ist ein bißchen zu weit gegangen. Doch das ist banal. Das ist eine so kleine und stubenreine Grausamkeit, daß man damit kokettieren kann. Junge Frauen tun das ja auch. Sie zeigen unversehens den blauroten Knutschfleck am Hals oder den kleinen Striemen am Hinterteil.«

Sie hatte einen länglichen Fleck am Hals gehabt und ihn mit einem Seidenschal unterm Blusenkragen verdeckt. Sie hatte Todesängste ausgestanden, daß Mutter ihn sehen würde. Als er jedoch am ärgsten loderte, hatte sie gewünscht, ihn jemandem zeigen zu können. Woher wußte er das?

Überströmt vom Nachtlicht eines bleichen und weit offenen Himmels hatten sie dagelegen. Er hatte gesagt:

»Als ich jung war, habe ich geglaubt, auf der Welt gebe es mehr Dunkelheit als Licht.«

Sie erinnerte sich ganz deutlich an diese Worte. Sie müssen sie tief beeindruckt haben. Ihre Erinnerung hatte sich jedoch verändert, genau wie der lodernde Fleck am Hals schließlich zu einem scheußlichen gelblichen Ton verblaßt war. Die Worte nahmen sich in der Erinnerung anders aus. Sie hatten den Klang einer absichtlichen und gefährlichen Betörung. Einer vom Schlage Georg Rydebergs hatte da auf der Strohmatratze in dem Mägdebett der Almhütte geflüstert. Früher haben dort wohl Triftknechte gelegen und mit erhitzter Stimme geflüstert, dachte sie. Betörende Kerle mit dunklen Augen unterm Schlapphut. Die Erinnerung aber machte dort nicht halt. Sie fuhr auf eigene Faust fort. Und sie sagte mit seiner Stimme:

»Das war ja ein erklärliches Mißverständnis, wenn man bedenkt, wie es mir ging.«

»Wie ging es dir denn?«

»Ach. Ich hatte Lungenschwindsucht.«

Das war das einzige, was er je von sich erzählt hatte. Im Grunde. Doch er wischte es sofort beiseite:

»Was ich damals nicht kapiert habe, war, daß das Licht Dunkelheit enthält. Ohne Dunkelheit gäbe es kein Licht. Das ist eine physikalische Tatsache. Newton kam darauf.«

In gewisser Hinsicht hätte auch Juhan das sagen können. Aber es war trotzdem anders.

Wenn Elias sich auf sie herabsenkte, trat eine Quelle zutage. Er machte sie feucht, und sie floß.

Warum das so war, wußte sie nicht.

Es war in der Zeitlosigkeit.

Sehr selten gestattete sie ihren Gedanken, dort zu verweilen. Doch es kam vor. Es konnte geschehen, daß ihr Gedanke am Gedächtnis einen Finger befeuchtete.

Sodann konnte ihr Rositas Geübtheit einfallen, und sie schnitt eine Grimasse. Allerdings nicht mit dem Gesicht. Es war ihr Gedanke, der Grimassen schnitt, obwohl sie wußte, daß das die Seele entstellte.

Sehr selten gestattete sie sich, in dem zu ruhen, was sie tief in ihrem Innern wußte: Der Strom, der Elias entgegenkam, war kein Geschlechtssaft. Er stammte nicht einmal aus ihr selbst. Er war das Leben in ihr. Es war aufgestiegen und seinem Leben begegnet.

Niemand sollte das erfahren.

Es durfte keinen Grimassen ausgesetzt werden.

Außerdem war es vorbei. Das Licht und der Strom waren gestiegen, hatten sie erfüllt und waren dann abgesunken. Übriggeblieben waren feierliche, ja bombastische Worte, die sie ungeduldig von sich schob. Jetzt mußte sie mit sehr kleinen Worten leben und von Juhan verlangen, daß er im Friseursalon Gummis kaufte. Er bot ihr mehr, als sie annehmen konnte. Ihr war klar, daß er das wußte. Deshalb scherzte er ja auch so oft.

Linnea Fredriksson trug eine geblümte Schürze über ihrem Kleid. Auf dem Bauch hatte sie einen großen nassen Fleck. Sie hatte gerade abgewaschen. Fredrikssons besaßen eine rostfreie Spüle. Die gehörte zu den Dingen, die bei der Inspektion der Jugendfürsorge zu ihren Gunsten gesprochen hatten. Nachdem Linnea Fredriksson geöffnet hatte, ging sie vor Myrten her durch die dunkle, enge Diele und sagte:

»Sie ist in der Küche. Eigentlich sollte sie jetzt ihren Mittagsschlaf machen.«

»Das kann sie ja auch im Wagen.«

»Nun ja, ich weiß nicht.«

Das sagte sie immer, wenn sie irgend etwas nicht wollte.

Das Mädchen saß vor einer offenen Schublade. Sie hatte eine Mandelmühle und einen Durchschlag daraus hervorgezogen. Es roch nach Spülwasser und Gas. Die Geranien am Fenster hatten nach dem Winterdämmer zu blühen begonnen. Als das Mädchen Myrten sah, nahm es den Holzklotz, mit dem man in der Mandelmühle nachdrückte, und kroch unter den Küchentisch. Dort saß sie dann und sog an dem Klotz.

Myrten wußte nicht, was sie sagen sollte. Grüß dich. Oder: Jetzt darfst du ada gehen. Wagen fahren. Ist das nicht schön?

Sie traute sich nicht zu sagen: Ich habe Nougatstückchen in der Handtasche. Deshalb lehnte sie sich an die Wand und summte lächelnd: *Einmal ging ich mit dir spazieren …* Tief im Dunkel unter dem Küchentisch waren Augen auf sie gerichtet. Das Kind hatte das vorige Mal, als sie das Lied sang, doch gelacht. Am Norr Mälarstrand, als sie allein waren.

Ein Puppenjunge kam zu uns schnurstracks,
denk nur, wie Lillan tat jubilieren …

»Komm jetzt raus«, sagte Linnea Fredriksson. Doch das Mädchen rührte sich nicht. Sie hatte aufgehört, an dem Holzklotz zu saugen, und sagte:

»Ticktack.«

Myrten hatte geglaubt, es sei völlig still. Jetzt hörte sie, daß die Küchenuhr an der Wand ein hartes Ticken von sich gab. Sie sang, während sie sich vorbeugte: *Er war aber nur, war nur aus Wachs …* Als sie ihre Hand ergreifen wollte, rückte das Mädchen nach hinten bis zum Heizkörper. Linnea Fredriksson beugte sich hinunter, und das Kind krabbelte heraus, schlug sich beim Aufstehen den Kopf an der Tischkante und drückte ihn schreiend an den nassen, weichen Fleck auf dem Schürzenbauch.

»Aber Inga …«

»Inga? Warum sagen Sie Inga, Frau Fredriksson?«

»Nun, wir nennen sie so. Die ganze Zeit schon.«

»Aber sie heißt nicht so! Sie heißt Ingefrid.«

Linnea Fredriksson schwieg, wiegte das Kind hin und her und blies ihm auf den Kopf.

»Sie dürfen auf gar keinen Fall ihren Namen austauschen. Wie können Sie das nur tun?«

»Äh«, sagte Linnea Fredriksson. Das Mädchen hatte zu schreien aufgehört, schluchzte nur noch dumpf an ihrer Brust. Mit den Händen klammerte sie sich am Achselband der Schürze fest.

»Ich mache ein paar Besorgungen«, sagte Myrten, »und komme dann zurück, wenn sie sich beruhigt hat. Sie müssen allerdings ihren richtigen Namen verwenden. Sagen Sie das auch Ihrem Mann.«

Sie klang äußerst spitz, das hörte sie selbst. Es war ihr einfach so herausgerutscht. Linnea Fredriksson machte das natürlich wütend. Der Ausbruch erfolgte jedoch erst in der Diele.

»Ingefrid!« fauchte sie. »So kann man doch nicht heißen.«

Die Glasscheibe der Tür schepperte, als sie sie hinter Myrten schloß. Es schepperte auch tief unten im Hof. Irgend jemand schlug den Tonnendeckel zu. Ich kann nicht mehr, dachte sie. Sie war drauf und dran, sich auf die Treppe zu setzen, als eine Frau mit einem Einkaufsnetz voller Lebensmittelpakete mühsam heraufgestiegen kam. Aus einem der Pakete ragte ein Fischkopf hervor. Er glotzte. Genau wie das Frauenzimmer. Myrten richtete sich auf. Kleine Flammen des Hasses schlugen in ihr hoch. Besonders gegen den Hut dieser Person. Der sah aus, als sei er aus den dreißiger Jahren. Ein richtiger Kuhfladen.

Sie landete nicht weit entfernt in einer Konditorei in der Hantverkargatan. Der Form halber bestellte sie einen Kopenhagener zum Kaffee. Sie wußte, daß sie ihn nicht hinunterbringen würde. Es war eine richtige Konditorei voll Wärme und einer beiläufigen Anwesenheit an ein paar anderen Tischen. Es war beinahe wie eine Gesellschaft. Es roch nach Kuchen, Zigarettenrauch und Kaffee. Die Tapeten waren gelblich und mit Bündeln brauner Kirschen gemustert. Myrten wußte nicht, ob sie so eine irgendwo schon einmal gesehen hatte. Ihr kamen schneidende Erinnerungsbilder aus anderen Tagen und Zeiten in den Sinn, und sie war dafür weit offen. Irgend etwas hatte sich in ihr gelöst und war eingestürzt. Als die Scheibe der Tür klapperte, war sie daheim in Svartvattnet, die Flaschen in der Speisekammer klirrten, und Mutter sagte:

»Myrten, schließ das Ventil. Ein Sturm kommt auf.«

Dann rumpelten Fahrräder im Abstellraum in der Parmmätargatan, und sie trat in einen gelblichen Schneematsch hinaus. Was die Monate, die sie seit dem vergangenen Ostersonntag erlebt hatte, so schmerzlich machte, war, daß sie bereits mit der Erinnerung an das Kind gelebt hatte. Jetzt stieg alles in scharfen Bildern auf. Es waren jedoch keine Bilder des Mädchens, sondern Ausschnitte aus ihren Wanderungen: ein Eisengitter in einer Kelleröffnung, der Kloakengeruch von dort. Das rußschwarze Aderwerk der Bäume vor grauem Wasser.

Sie hatte die ganze Zeit über an dieser Erinnerung gebastelt, sie hatte sie selbst hergestellt. Eine Art abscheulicher Fotoapparat hatte ihrem Gehirn dabei zu Diensten gestanden. Er war jedoch auf Motive abgeschwenkt, die völlig gleichgültig waren. Das Gesicht des Kindes war nicht dabei. Die Blütenblattwangen, das helle, fliegige Haar unter der Angoramütze – das waren lediglich Worte. Sie sah statt dessen die steil abfallende feuchte Steinmasse eines Kais und den kahlen Schädel eines Schusters. Er glänzte unter einer Lampe mit grünem Glasschirm. Pferdeäpfel. Mit Teerpappe abgedeckte Brennholzstapel. Rußigen Schnee. Die Blechkannen in der wassergefüllten Betongrube eines Milchladens.

Ich muß nach Hause.

Als sie in die Roslagsgatan kam, sah sie ein, was sie nie hatte zugeben wollen: Hier ist nicht zu Hause.

Juhan lag auf dem Bett.

»Was ist, Myrten?« fragte er.

Sie antwortete nicht, stand absolut still in der Diele und starrte die Dame im Spiegel an, die einen Hut mit Fasanenfedern trug.

Zuerst nahmen sie ihren Duft. Dann nahmen sie ihre Augen. Schließlich nahmen sie ihren Namen.

Das ist Diebstahl.

Das letzte mußte sie laut gesagt haben, denn er kam, auf Strümpfen tappend, in die Diele.

»Jetzt hängen wir den Mantel auf«, sagte er. »Den Hut. So ... Komm schon. Du mußt dich ein Weilchen aufs Bett legen. Ich mache ein bißchen Tee.«

»Daß man die Wahrheit erkennt, bedeutet nicht, daß man krank ist«, sagte sie.

»Nein, nein. Komm schon.«

Sie legte sich hin. Er begann, in der Kochnische herumzuwirtschaften. Bevor Juhan nach Schweden gekommen war, hatte er nie selbst sein Bett gemacht oder sich ein Ei gekocht. Bei ihm zu Hause hatten sie dafür Personal. In seinen Bewegungen lag eine linkische Sorgfalt. Bald schon hörte Myrten das Geklapper nicht mehr.

Der Richter befahl, das Kind zwischen den Müttern zu teilen. Da trat die wahre Mutter zurück.

»Wir werden sie nicht schlachten«, sagte Myrten.

Er sagte nichts darauf. Als sie ihren Tee trank, sprach er nur über Alltäglichkeiten. Erst später, nachdem er sie dazu gebracht hatte, sich die Schallplattenmusik im Radio anzuhören, legte er seine Hand auf die ihre und sagte, daß sie genügend Zeit habe.

»Du mußt in dieser Gemütsverfassung keine Adoptionspapiere unterschreiben.«

»Es ist aber auch für *sie* eine Qual. Für diese Frau Fredriksson. Die reinste Tortur.«

Das verstand sie, obgleich sie sich nicht dazu durchringen konnte, diese andere Mutter zu mögen. Im Radio spielte *L'Arlésienne,* und Juhan drehte lauter, so als wollte er, daß die Musik ihr ein bißchen Schneid einflößte. Sie hörte jedoch gar nicht hin. Sie dachte daran, daß Ingefrid schlampiges Stockholmerisch lernen würde und womöglich nie die Oberschule besuchen dürfte. Sie würde jedoch diesen warmen, nassen Schürzenbauch bekommen, in den sie ihr Gesicht drücken konnte.

»Ist Liebe alle Opfer wert? Ist es überhaupt Liebe? Oder ist es nur Egoismus? Ist Linnea Fredriksson nur ein Tierweibchen, das knurrt und kämpft?«

Da holte Juhan Kognak. Er hatte zwar noch kein Einkaufsbuch für Alkohol erhalten, kam aber im Metropol manchmal an Hochprozentiges heran. Nachdem Myrten das Glas geleert hatte, begann sie endlich zu weinen.

»Was habe ich bloß falsch gemacht?« fragte sie.

Er schwieg, und es war ganz offenkundig, daß er nicht antworten wollte. Er sagte nicht: Nichts hast du falsch gemacht, mein Liebling, überhaupt nichts. Ihr Weinen erstarb, und sie wiederholte die Frage. Jetzt ernsthaft.

Er antwortete ernsthaft.

»Du bist heroisch, Myrten. Viel zu heroisch.«

»Ich verstehe dich nicht«, sagte sie. Doch sie verstand ihn sehr wohl. Sie wollte nicht darüber sprechen. Sie mochte ihn nicht mehr. Er sammelte in einem Lokal Alkoholneigen und nahm sie mit nach Hause. Er lief auf Strumpfsocken umher. Alles, was schwedisch war, konnte er nicht leiden. »Den Tee mit den Briefmarken drauf oder Konsums Cirkeltee?« fragte er, und es sollte ein besonders gelungener Witz sein. Er war gebildet. Er hatte echten russischen Tee getrunken. Seine Eltern hatten ein Hausmädchen und eine Köchin gehabt. Sie mochte ihn nicht.

Die Schallplattenmusik war jetzt beim Populären angelangt. *Es kam ein Schiff mit Bananen*. Der Kaffee war jedoch immer noch rationiert. Eisenrümpfe mit weißgelben Kaffeebohnen in Jutesäcken und grünen Bananenstauden kreuzten über Minenfelder. Man sang nach wie vor *Lili Marleen*. Merkwürdig, daß man das im Radio singen durfte, wenn es so war, wie Juhan sagte.

Heroisch. Aufgeblasen bedeutete das.

Was sollte sie mit ihrem Hochmut anfangen? Was fängt man an mit dem, was man *ist*?

Juhan Piip, nach Stockholm, nach Schweden gerettet, sagte, Lili Marleen sei eine Hure und sei es immer schon gewesen. Warum sonst schlendere sie im Schein der Laterne umher?

Er verwendete das biblische Wort, er hätte ebensogut Nutte, Nachtschwalbe, Luder sagen können. Myrten sagte, darüber sollten sie nicht reden, daß er aber Straßenmädchen hätte sagen sollen.

Unterrock aus verwaschener Charmeuse, deren Maschen liefen. Puder in den Gesichtsfalten. Lili Marleen war heruntergekommen. Für einen Beischlaf erhielt sie sechs Päckchen Lucky Strike. Mit dieser Valuta, in den Ruinenstädten nach wie vor die sicherste, kaufte sie Öl, um darin Kartoffeln zu braten. Drei Kartoffeln. Doch das Bratfett verursachte Magenschmerzen. Es war für Rädergetriebe vorgesehen.

Myrten kannte mindestens zwei Straßenmädchen. Das sagte sie nicht. Sie erzählte nichts vom Mütterheim. Das war eine eigene, in der Vergangenheit eingekapselte Welt, doch lebte sie wie eine feuchte Drüse in einer starren Muskelmasse.

Myrten fragte sich, wie viele Welten es gebe, über die sich nicht ohne Roheit sprechen lasse. Sie kannte zumindest eine.

Vielen Männern schwindelte vom Duft eines weiblichen Körpers. Wenn er jedoch nach Milch und Blut roch, wurde ihnen übel.

Man mußte vorsichtig sein mit Männern.

Es sei ganz und gar nicht schwer, zu gebären, hatte Mutter gesagt. Es sei natürlich. Es sei keine Krankheit. Man vergesse es. Man vergesse es über der Freude über das Kind.

Du mußt jedoch die Hebamme – wenn ich es nicht sein werde – bitten, zu lüften, bevor dein Mann ins Zimmer kommen darf.

Ja, man mußte vorsichtig sein mit Männern. Ihnen ihre biblischen Roheiten lassen. Wie wäre es, wenn die ganze Welt nach Milch riechen würde? Wenn es möglich wäre, sechs Päckchen Lucky Strike als Geschenk anzunehmen und das Kind im Arm zu halten, während er eindränge. Wenn man für seine Willfährigkeit geehrt würde. Wenn jedes Kind in Windeln gewickelt und in eine Krippe gelegt würde. Wenn hohe Politiker auf der Jaltakonferenz ihm ein kostbares Geschenk darbrächten.

In der Nacht erwachte sie davon, daß sie fror. Rings um das Bett war es hell. Juhan hatte die Lampe nicht ausgemacht. Obwohl er nackt war, schien er nicht zu frieren. Er lag in seiner eigenen Wärme. In einer Falte an seinem Hals glänzte der Schweiß.

Er lag auf dem Rücken. Sein Glied war angeschwollen. Als sie es betrachtete, reckte es sich und wollte sich aufrichten. Es träumte seinen eigenen Traum.

Da weitete sich ihr Inneres. Es war, als ob sich eine reife Pflaume öffnete und der Kern herausfallen wollte. Sie hätte sich rittlings auf ihn setzen und sein Geschlecht dort Platz nehmen lassen können. Ungeschützt, pulsierend.

Doch sie tat es nicht. Das Leben hatte eines seiner lotterigen und großzügigen Angebote gemacht. Sie schaute auf die Uhr, es war Viertel nach zwei. Da dachte sie an den Zug nach Älvsjö und machte die Lampe aus. Sie legte Juhan seine Decke über, zog ihre eigene um sich, und ihr wurde ein anderes Leben zuteil, als es ihr zuteil geworden wäre, wenn sie zu ihm unter die Decke gekrochen wäre.

*

Ich sitze hier mit dem Nachruf auf Trond Halvarsson. Es ist ein länglicher Zeitungsausschnitt, und das Papier ist vergilbt wie die Nägel von Greisen.

EHRENMANN IN DER ÖDNIS

Es gab damals Leute, die hätten wegen des letzten Wortes beinahe ihr Abonnement gekündigt. Und zumindest einer ging her und kaute das erste gehörig lange durch, und das war Gudmund Eriksson. Er sagte, die ganze Halvorsen-Sippschaft sei, völlig Wurscht, wie sich zu nennen ihnen einfallen täte, immer schon ein Gaunerpack gewesen.

»Ist gegangen als wie ein Zigeuner, der Morten, und verkaufet Plunder.

Ein reicher Pinkel ward's, am End. So fett als wie ein Schwein.

Der Efraim Efraimsson, haben ihn Lakakönig geheißet, die Leute (und hat nichtens gehabet dawider selbig, sagte Gudmund), ein Großtuer ist's gewesen, hat geprotzet, mit seinigem Reichtum, und farbiges Glas im Vorflurfenster gehabet. Und der Morten Halvorsen hat ihr einen dicken Bauch gemachet, der Tochter von dem König, und die gesamtene Herrlichkeit gekrieget, ist nichtens andres gewesen als wie ein Zungendrescher. Ein Hoffeger war's. Laufet und flunkeret und plusteret sich mit dem Plunder, welchig er in seinigem Wagen gehabet. Dieser Zigeuner.

Hat sich erwarten gelassen, daß er am Herzkasper sterbet, der Trond. Ist alsfort verweichelt und kränkelig gewesen. War Schulkamerad mit meinigem Vater, tut man's also wissen. Hat ihn gelassen daheim, seinige Mutter, fast nichtens halber. Und war's bloß, weil er Leibgrimmen gehabet und zu dünn geschissen.

Raffgierig war er, im Laden. Hat die Einörestücker gezählet abends. Pfui Teufel! Und auf den Schlägen: hart als wie der Satan.

Hat gekaufet den Frack vom Kaufmann Eckendal, bei der Auktion. Wollet ihn anziehen, wenn sie getrauet ward, die Tochter, hat er gesaget. Ward aber nimmer getrauet, vor er sterbet. Müssen begraben ihn jetzt in dem Schwalbenschwanz, sollet er was haben davon, von der Aufwendung.«

Das war die Nachrede, die Trond und sein Vater Morten und Efraim Efraimsson, sein Großvater mütterlicherseits, bei Erikssons oben am Hang bekam. In der Zeitung aber stand, Trond Halvarsson sei die Stütze des Kirchspiels und ein bedeutendes Mitglied des Gemeindeausschusses gewesen.

Auch Morten Halvorsen hatte schon in diesem Ausschuß gesessen. Er war 1907 dort hineingekommen. In der Folge hatte er viele Posten inne. Er war Landjäger und Kirchenältester, Schulkassenwart und Feldgeschworener bei den heiklen Flurbereinigungsmaßnahmen. Gemeindevertreter bei den jährlichen Eintragungen in die Einwohnerliste war er ebenfalls. Myrten und ich suchten seinen Nachruf heraus und verglichen ihn mit Tronds Leben, das wir gerade aufschrieben. Morten Halvorsen hatte im Pensionsausschuß, im Kirchen- und Schulrat, im Armenverbandsvorstand, im Vorstand der Verwaltung staatlicher Mittel und in dem Ausschuß gesessen, der über die Unterstützung armer Lappen entschied. Ferner im Lebensmittelzuteilungsausschuß.

Wir erstellten eine Liste über Tronds Vertrauensposten, die wir dem Pfarrer und dem Vorsitzenden des Gemeindeausschusses übergaben. Die beiden sollten nämlich den Nachruf verfassen.

Gemeinderat
Schulvorstand
Steuerveranlagungsausschuß
Krisenausschuß
Arbeitslosenausschuß
Kultivierungsausschuß
Pferdeaushebungsausschuß

Mehr wußten wir nicht, und Hillevi wagten wir nicht zu fragen, denn sie war nicht sie selbst. Wir versuchten uns zu erinnern. Er war Dorfschulze, und außerdem übernahm er viele private Aufträge: Er erledigte für das gesamte Dorf und auch für Leute aus anderen Dörfern die Steuererklärungen. Sie durften bei Hillevi in der Küche warten, während Trond am Sekretär in der Stube die Papiere ausfüllte.

Dann waren da der Laden und die Kommissionsreisen. Und die Forstgeschäfte und die Sitzungen wegen der Triftstraßen. (Und des Geldes, das in den Schwemmkanälen verschwand und so lustig davonplätscherte.)

All diese Tätigkeiten nahmen eines Januartags in Östersund ein Ende, als er eine schwere Herzattacke erlitt. Wäre er nicht in der Stadt und in der Nähe des Krankenhauses gewesen, hätte er nicht überlebt.

An diesem Tag herrschte grimmigste Kälte. Sie hielt schon seit zwei Wochen an. Trond mußte dringend in die Stadt fahren. Er hatte es schon so lange wie möglich aufgeschoben, doch die Kälte wollte nicht nachlassen. Und so entschloß er sich letzten Endes, zu fahren. Er warf das Auto mit einer Andrehkurbel an. In Lomsjö machte er halt und bekam im Gasthaus eine Tasse Kaffee. Da sah er bereits schlecht aus. Er hatte schon einen Schmerz verspürt, der in den Arm ausstrahlte. Doch erst als er bei *Wild, Käse & Viktualien* stand, wo er ein Bündel Schneehühner in Kommission abliefern wollte, brach er zusammen.

Er kam dann heim zu Hillevi. Das letzte Jahr lebte er sehr zurückgezogen. Sie hatten schon mal den Laden ausgeschrieben. Noch aber war nichts entschieden. Es braucht Zeit, ein Leben abzuwickeln.

Wir waren jedenfalls zufrieden mit dem Nachruf, Myrten und ich. Wir nahmen die Zeitung und gingen zu Hillevi hinauf, die im Schlafzimmer am Fenster saß und über den See schaute. Sie wandte zunächst den Blick nicht vom Wasser dort draußen. Es war grau, und die kurzen, wütenden Wellen hatten weiße Gischtfransen. Während sie ihre Brille aus dem Etui fingerte, ließ sie die Zeitung auf ihrem Schoß liegen.

Sie las nicht lange, wie wir fanden. Sie überflog die Zeilen eigentlich nur. Dann bekamen wir die Zeitung zurück, und sie wandte das Gesicht wieder dem See zu.

»Und das, glaubt ihr, war sein Leben. Das hier.«

Wir hatten Hillevi noch nie so streng gesehen. Ich wußte, daß Myrten den Tränen nahe war. Und auch ich fühlte mich zittrig.

Mehr wurde damals nicht gesagt. Ich sann jedoch darüber nach. Ich war ja anschließend mit Hillevi allein. Myrten fuhr nach der Beerdigung nach Stockholm zurück. Sie hatte gesagt, Hillevi solle verkaufen und nach Uppsala zurückziehen, woher sie gekommen sei.

»Das ist doch kein richtiges Leben hier«, sagte sie.

Sie hatte ein spezielles Pulver, das sie mit Wasser anrührte und zum Haarewaschen benutzte. Ein Shampooniermittel. Sie fragte, ob wir das im Laden hätten. So etwas hatten wir natürlich nicht. Dann müsse sie mit ungewaschenen Haaren zurückfahren, sagte sie.

Ich glaubte, Myrten verloren zu haben. Sie war so schick, wenn sie während des Jahres, als Trond krank war, nach Hause kam. Ich erinnere mich an einen ihrer Röcke. Er war in vier Bahnen geschnitten und leicht glockig. Der Stoff war grün, braun und in der Farbe gestreift, die wir als Kinder brandgelb nannten. Die Streifen trafen vorn in der Mitte in einer Naht zusammen und bildeten ein V. Sie trug eine ziemlich steife Baskenmütze in denselben Farben und Streifen. So etwas hatte ich noch nie gesehen.

Jetzt trugen wir natürlich Trauerkleidung und sahen alle drei kläglich aus.

Es schien so, als interessiere Hillevi der Nachruf nicht; da ich mich jedoch daran erinnerte, wie es war, als Nila starb, schnitt ich ihn aus und steckte ihn in ein Kuvert.

Was war denn dann sein Leben?

War es mit ihr? Die letzte Zeit lag er im Bett. Da hörte ich ihn mit ihr norwegisch sprechen. Und er ging nicht in die Kindheit. Ihre Wangen bekamen Farbe. Er sagte noch ein paar Worte, sehr leise. Es war nicht zu verstehen, was er sagte. Doch sie lächelte. Ihre Haut glättete sich, und als sie den Kopf zu ihm reckte, verschwand ihr Doppelkinn, und ich erinnerte mich, daß ihr Haar einst ins Rote spielte.

Ich dachte an Trond, daran, wie es war, wenn er draußen im Pferdestall war. Wenn der große Pontus und der ebenso mächtige Pilo ganz behutsam ihre Hufe versetzten, damit sie ihn nicht traten. Ich erinnerte mich an Silverpärla, die sich immer meldete, wenn er in den Stall kam, die bis ins hohe Alter hell und wie ein Fohlen wieherte. An die miefige Luft dort, den strengen Geruch nach Mist und den leichten, trockenen nach Heu. Sein Leben war zu Ende, doch das Heu duftete nach einem Sommer, in dem er noch gelebt hatte.

Was ist das wahre Leben eines Menschen?

In diesem kalten Frühjahr, in dem Trond Halvarsson starb, stand ich frühmorgens am Küchenfenster und beobachtete das wenige, das sich regte. Ich sah Alfred Fransson aufs Örtchen gehen. Franssons hatten ein Wasserklosett bekommen, doch es hieß, er wolle es nicht unnötigerweise abnutzen.

Ich fragte mich, was wohl Alfre Fransas wahres Leben war. Ob bei den Tieren im Stall oder bei Bojan in der Herdwärme. Oder war's auf dem Örtchen, wenn er da sitzet und spekulieret?

»Versuchet eins wohl zu denken, ziehet aber an den Arsch«, hatte mein Onkel gesagt.

Das wahre Leben meiner Vuanove war im Gesang und im Gejammer.

Ja, über vieles muß man hinwegsehen. Aber Wärme muß es dort wohl schon geben, wo das wahre Leben eines Menschen ist. Selbst wenn sie ein bißchen miefen sollte.

Derjenige, der auf den Laden spekulierte, hieß Fransson. Das stiftete Verwirrung, weil Fransson ein alter Name im Dorf war. Außerdem hatten die Fransas ihre Söhne immer auf Vornamen mit A getauft. Jetzt hießen sie Alfred und Anders, und sie hatten solche Namen wie Assar, Abel und Anton getragen. Und nun kommt da dieser Fransson, der überhaupt nicht verwandt ist, und erklärt obendrein, Assar zu heißen.

Einmal wählte ein alter Mann die falsche Telefonnummer und landete bei Assar Fransson. Da war der Kauf schon unter Dach und Fach, und Fransson war nun Händler in Svartvattnet. Als der Alte hörte, wer da am Apparat war, sagte er:

»Nä, den richtigen Fransa, mit dem tu ich sprechen wollen.«

Und so lief mit Fransson irgendwas verkehrt. Von Anfang an.

Nun war er indessen fix und bot auf den Laden. Er habe kürzlich geerbt. Sein Vater habe einen Laden in Nyland besessen. Dort wolle er aber nicht bleiben. »Man fragt sich schon, warum«, sagten viele.

Aber jetzt paßt auf! Er hat gelogen. Er hatte den Laden überhaupt nicht geerbt. Er war mit dessen Besitzer nicht einmal verwandt, sondern hatte dort nur als Gehilfe gearbeitet. Die Frau war es, die hatte geerbt. Ihr Vater, ein Witwer aus Tåsjö, war gestorben und hatte einen kleinen Hof hinterlassen.

Als es auf den Sommer zuging, nahm Hillevi sein Angebot an. Schließlich war es undenkbar, nach Tronds Tod den Laden weiterzuführen. Tore hatte noch nie dort arbeiten wollen.

Fransson sollte ihn natürlich samt Inventar und Lager übernehmen. Die Liegenschaft selbst kaufte er indes nicht. Hillevi wollte den Grund und Boden nicht verlieren.

»Denen könnte ja einfallen, weiß Gott was zu bauen«, sagte sie.

»Ein Scheißhaus mit Turm«, schlug Tore vor.

Es war schmerzlich für Hillevi, daß er die Angelegenheiten des Ladens nicht ernst nahm. Doch sie sagte, er habe es mehr mit dem Wald. Die Forstgeschäfte, die solle er in Angriff nehmen, sagte sie.

Es war das erste Mal, daß Myrten und ich an Hillevi diesen

Irrwahn der Liebe bemerkten. Wie tief er freilich war, verstanden wir noch nicht.

Fransson sollte am ersten Juli übernehmen. Als Myrten zu Mittsommer heimkam, um für ein paar Tage Urlaub zu machen, sah alles noch so aus wie bisher. Hillevi saß meistens am Fenster und schaute über den See. Für Dinge, die über das Alltägliche hinausgingen, schien sie keine Kraft zu haben. Die Inventur, die zur Bewertung des Ladens gemacht worden war, mußte wiederholt werden, damit Fransson das Warenlager nach dem Tageswert bezahlen konnte. Aus Byvången kam ein Taxator angereist. Das war einer, der Vermögensverzeichnisse aufstellt und Leuten bei der Bilanz hilft. Hillevi ging nie in den Laden hinüber, solange er dort tätig war. Das sah ihr so wenig ähnlich, daß es mir angst machte.

Trond hatte ein langes Magazin gebaut, dessen Dachboden nicht eingerichtet war. Eine steile Treppe, ja, eigentlich war es nicht mehr als eine feste Leiter, führte hinauf. Myrten und ich erfuhren vom Taxator, daß das, was dort oben aufbewahrt war, privat wirke. Der Boden müsse ausgeräumt werden, damit Fransson das gesamte Gebäude übernehmen könne. Wir versuchten mit Hillevi zu reden und sie dafür zu interessieren. Doch sie sagte, was da oben sei, könne wohl liegenbleiben, wo es liege. Was solle Fransson denn mit dem Dachboden anfangen?

Da sagte ich zu Myrten: »Tun wir machen müssen, das Rausräumen dorten.« Und so machten wir uns auf eigene Faust ans Werk. Es war angenehm, etwas zu tun zu haben. Wir waren beklommen, und manchmal hatten wir das Gefühl, es sei unsere Schuld, daß Hillevi es so schwer hatte. Es war aber nicht möglich, mit ihr zu reden.

Dort oben unter den Sparren lag alles, was übriggeblieben war. Sperrmüll, wie alte Skier und Schneeschuhe. Brüchig und grau gewordene Fischernetze. Als wir sie zwischen unseren Händen ausbreiteten, waren sie voller Löcher. Da standen Eisenkessel, die vor langer, langer Zeit auf einem Dreifuß über dem Feuer gestanden oder an einem Haken gehangen hatten. Jetzt waren sie auf der Unterseite mit einem weißlichen Belag überzogen, dem Schimmel der Untätigkeit.

Wir fanden das Faltbett, in dem ich in der ersten Zeit bei Hillevi und Trond gelegen hatte. Es bestand lediglich aus kleinen Brettern und einem groben Stoff, der einem Sattelgurt glich. Ich erinnerte mich, wie sehr ich mich vor diesem Bett gefürchtet hatte und wie ich meine Wolldecke genommen und mich zum Hund auf den Fußboden gelegt hatte. Sissla hieß sie. Es war eine mürrische kleine Hündin. Wir kamen jedoch gut miteinander aus.

Myrten fand die Schokoladenkartons, in denen wir unsere Lesezeichen und Ausschneidepuppen verwahrt hatten. Das Spielzeug und die Kleinkinderkleidung lagen in einer Spankiste. Wir hatten weiße Kleider mit großen bestickten Kragen gehabt. Die Röcke waren mit rosa Blumen bestickt. Wir erinnerten uns, sie bei einem großen Familientreffen in Fagerli in Norwegen getragen zu haben.

Wir sahen schnell ein, daß es unmöglich war, auch nur ein Zehntel all dessen im Wohnhaus unterzubringen. Die langen Kleiderschränke mit den schrägen Decken, die die gesamte Länge des Obergeschosses einnahmen, waren bereits voll. Da dachten wir, daß wir mit Fransson verhandeln und ihn bitten sollten, einen Teil des Stauraums auf dem Magazinboden behalten zu dürfen. Doch zuerst mußten wir alles ausmisten, was nicht aufgehoben werden sollte. Und das war eine ganze Menge. Kaputte Überschuhe. Verzogene Fahrradfelgen. Ein Webstuhl, der so alt und zudem selbstgebaut war, daß er keine Seitenschwingen hatte und die Schäfte direkt mit dem Tritt verbunden werden mußten. Wir fanden Irrigatoren mit Eisenaugen dort, wo das Email abgeschlagen war, und ein Versteck mit jener Art Zeitungen, die nur für Männer bestimmt war. Sie waren voller schlüpfriger Bilder von Frauen in Unterwäsche. Dort lag auch eine leere Flasche Eau de vie, und damit war uns klar, daß es sich um Tores Versteck handelte. Uns war gar nicht wohl zumute. Schließlich sollte man anderer Leute Geheimnisse in Ruhe lassen.

Es war heiß dort oben unterm Dach. Wir trugen den brennbaren Müll hinunter und legten ihn in der Nähe des Sees auf einen Haufen. Aus dem Laden holten wir einen großen Pappkarton, in dem Knäckebrotpakete gewesen waren. In den taten wir die etwas kleineren und leichteren Sachen. Er war bald voll. Obenauf legten wir ein Fell, das Myrten zusammengerollt gefunden hatte. Wir dachten, es sei ein altes Renfell, und rollten es gar nicht erst auf.

»Ich nehme an, das ist voller Ungeziefer«, sagte Myrten.

Wir saßen da und sortierten Konservengläser, um diejenigen aufzuheben, zu denen ein Deckel paßte, und die überzähligen wegzuschmeißen, als wir Schritte auf der Treppe hörten. Dann tauchte Hillevi auf. Zuerst sahen wir nur den Kopf und die Schultern. Als sie uns das Gesicht zuwandte, erschien es wie ausgelöscht, bar jeden Ausdrucks. Mir wurde angst vor ihr.

Mit Mühen kam sie herauf; ihr Körper war schwer.

»Was macht ihr?« fragte sie.

»Nun, wir dachten, wir sollten rausräumen ...«

Sie schob sich endlich durch die Treppenöffnung herauf und ging über die losen und knackenden Fußbodenbretter zu dem großen Karton. Zuerst legte sie die Hände auf die Fellrolle, dann begann sie in dem Unrat zu wühlen.

»Was untersteht ihr euch!«

Sie rollte vorsichtig das trockene alte Fell auf. Als die Haarseite zum Vorschein kam, sah ich, daß es kein Renfell war. Es war dieses alte Wolfsfell. Sie hatte es dereinst von Trond bekommen.

»Verschwindet«, sagte sie.

Weder Myrten noch ich wagten zu widersprechen.

»Geht schon! Ihr rührt hier nichts an.«

Wir standen ein Weilchen an der Treppe und hofften, sie würde es sich anders überlegen. Doch sie kehrte uns den Rükken zu und faßte vorsichtig alles an, was in dem Müllkarton lag. Sie wühlte und wendete darin mit behutsamen Bewegungen. Es erinnerte uns daran, wie sie uns angefaßt hatte. Wie sie mit den Leinenlaken umgegangen war, die vor dem Mangeln gestreckt wurden. Wie sie die Hände gewölbt hatte, um Klümper zu formen.

Wir kannten sie so gut, ihre Mütterlichkeit. Keine von uns hatte je eine Bewegung der Fürsorge und des Ordnens gemacht, ohne die ihre nachzubilden. Auf eine heiße Stirn hielt ich die Hand so, wie sie es getan hatte. Die kleinen Worte des Bedauerns und der Ermunterung gluckston so aus mir heraus wie schon aus ihr.

Wenn ich zwei Stoffbahnen, die zusammengenäht werden sollen, mit Stecknadeln verbinde, sehe ich Hillevis Daumen, der sich streckt und sich zu einem Kniff zwischen der Zeigefingerspitze und dem Daumenglied verengt, mit dem die Stecknadeln geführt werden sollen. Und Myrten, die obendrein Handlinien hat, die aussehen, als seien sie die von Hillevi! Zum Verwechseln ähnlich.

Wir haben vor den Feiertagen ihr Neusilber geputzt. Wir haben mit dem spanischen Rohr ihre Teppiche geklopft. Wir haben ihr geholfen, die Ordnung aufrechtzuerhalten, ohne die ihre Welt sich aufgelöst und in Schmutz, Krankheit und Gleichgültigkeit verwandelt hätte.

Es war entsetzlich, zu sehen, wie sie auf dem heißen Dachboden saß und den aussortierten Unrat verteidigte. Den Müll schlichtweg.

Wir verstanden sie nicht.

Warum hatte sie all den alten Krempel aufgehoben, und warum schützte sie ihn so eisern? Es sah ihr nicht ähnlich, Wurmnester und Müllbündel zu verteidigen.

Doch sie saß da wie eine Hündin mit Welpen und zeigte die Zähne.

Wir sahen es mit Erschrecken, Myrten und ich. Wir kamen nicht umhin, sie allein zu lassen. Wir stolperten die steile Bodentreppe hinunter, und es wurde still.

Wir wußten nicht, was sie da oben dann machte. Ob sie aufräumte.

Jetzt bin ich alt und denke anders über ihren Umgang mit dem Müll. Wir standen am Fuß der Treppe und horchten. Manchmal war es lange Zeit still. Dann knackten die Bodenbretter wieder.

Sie war schwerer geworden. Ich merke das jetzt bei mir. Der Körper macht sich immer deutlicher bemerkbar. Es geht nicht mehr um dieses Stückchen Gesicht, das einem mit fünfundzwanzig so wichtig war. Sondern ums Körpergewicht und um die Verdauung. Um die Füße, auf denen man steht.

Je älter man wird, desto besser versteht man, daß es der Körper ist, der lebt, und daß er das nicht immer tun wird. Wenn er alt wird, erkennt er in allem, was schrumpft und welkt, seine äußere Haut.

Dann, wenn nicht schon früher, versteht man, daß die Liebe ein Lebensmittel ist, vielleicht das einzige. Blut, Samen, Milch. Man versteht, wie empfindlich die Liebe ist und wie leicht verspielt.

Wir, die wir leben, schützen sie mit unserem Körper. Wir verwahren unsere Nahrung jedoch in zerbrechlichen Krügen. Das Blut, der Samen und die Milch verrinnen am Ende und trocknen ein. Die Hände werden blau. Der Speichel verschwindet und hinterläßt keinen Durst.

Hillevi bewegte sich schwerfällig dort oben, berührte ihre alten Sachen.

Myrten reiste ab. Sie hatte ja ihre Arbeit bei der Post. Ich mußte Hillevi meistens allein lassen. In der Pensionsküche ging es im Sommer hektisch zu. Auf welchem Weg Hillevi zu ihrem normalen Leben zurückfand, weiß ich eigentlich nicht.

Als ich eines Abends zu ihr kam, saß sie jedenfalls am Küchentisch und las Tronds Nachruf. Da traute ich mich zu fragen:

»Findest du, daß er gut geworden ist?«

»Ja, was da steht, ist schon richtig«, sagte sie.

Dann lachte sie auf. Nun, das ist zuviel gesagt. Es war mehr so, als ob sie durch die Nase Luft ausstoße und dabei eine belustigte Miene ziehe.

»Heiratet niemals einen Taugenichts«, sagte sie.

Das hörte sich etwas merkwürdig an. Ich war natürlich verdattert.

»Diesen Rat erhielt ich bei meiner Hebammenausbildung«, sagte sie. »Alle erhielten wir den. Ich glaube mich zu erinnern, daß er auch irgendwo geschrieben steht.«

»Warum meinten sie, daß ihr das nicht tun solltet?«

»Es gab Männer, die glaubten, eine Hebamme versorge sie so gut, daß sie aufhören könnten zu arbeiten. *Heiratet niemals einen Taugenichts.*«

Sie faltete den Zeitungsausschnitt zusammen und sagte:

»Das habe ich ja auch nicht getan.«

*

Als ihr Vater tot war, empfand Myrten überhaupt nichts. Hinterher, allerdings erst dann, als sie wieder in Stockholm war, konnten ihr unvermutet die Blumendüfte der Beerdigung in die Nase steigen. Das passierte ihr überall. Zu Hause an der Spüle. Am Postschalter. Sie roch sie ganz deutlich: ein schwüler Dunst, eine süßliche Überrumpelung.

Sie dachte nicht gern an die Beerdigung. Da hatte sie eine Sopranarie aus der *Johannespassion* gesungen. Die hatte sie Birgit Schöldberg-Stenberg singen hören und davon geträumt, sie selbst einmal singen zu können. Sie war in die Musikbibliothek gegangen, hatte Noten und Text abgeschrieben und die Arie bei ihrer Gesanglehrerin am Karlbergsvägen geübt. Das war lange, bevor Vater krank geworden war. Jetzt schämte sie sich. Sie fand, daß sie die Beerdigung ihres Vaters als Vorwand für eine Aufführung benutzt hatte.

Zerfließe, mein Herze, in Fluten der Zähren
dem Höchsten zu Ehren.
Erzähle der Welt und dem Himmel die Not,
dein Jesus ist tot!

Ihr Gesang hatte dargestellt, daß sie um ihren Vater trauere. In Wirklichkeit war sie angewidert und ängstlich gewesen, als sie dort in der Kirche stand und zu der kümmerlichen Orgelbegleitung des Kantors von Röbäck sang.

Von Anfang an hatten die Worte dieses Liedes etwas Abscheuliches an sich gehabt, etwas, was sie anzog und was gesungen werden wollte, damit die Melodie es erträglich machte. Sie hatte das alte Wort Zähre nachgeschlagen und erfahren, daß es Träne bedeutete. Dennoch blieb der Sinn dunkel und beunruhigend. Sie konnte nie von der Bedeutung loskommen, die sie ursprünglich in den Worten gesehen hatte: daß das Herz zerfließe, daß es von einer Flut verzehrt und zerteilt werde. Diese Flut war niemals eine der Tränen, kein barockes Sinnbild der Trauer. Denn sie dachte an unterirdische Fluten. Alle sagten, unter dem Friedhof in Röbäck gebe es tiefe Grundwasseradern.

Sie dachte an Vaters Körper. Sie konnte ihn sich nicht aus dem Kopf schlagen. Irgend jemand – war es der Pfarrer? – hatte gesagt, ein Körper bedeute nichts. Doch das war nicht wahr. Sein Körper lag dort und veränderte sich, während sie sang. Man bildete sich gern ein, mit dem Tod habe alles aufgehört und stehe nun still. Der Körper aber wurde verzehrt und zerfloß. Er zerfloß in dem zugeschaufelten Grab. Vater war am fünfzehnten Mai gestorben. Im Juni hörte Myrten jeden Abend im Wetterbericht vom Regen im Nordwesten Jämtlands. Das Wasser sickerte durch die Erde und den Kies in das Grab hinab. Mutter schrieb jedoch nichts über das Wetter.

Die Mutter hatte ihr angst gemacht, wie sie in ihrer Trauer so streng gewesen war, daß sie beinahe böse wirkte. Während der Beerdigung war sie beherrscht gewesen, wie betäubt vom Blumenduft und von der Musik. Oder hatte sie aus ihrem alten Medikamentenvorrat Bromkalium hervorgeholt?

Mutter war unverändert, als Myrten im Juli zurückkam. So in sich selbst gekehrt, daß sie streng und abweisend war. Es waren heiße Tage damals. Drang die Hitze in das Grab hinab? Es war eine Erleichterung, wieder nach Stockholm zu fahren. Sie schämte sich natürlich dafür, daß sie das so empfand. Sie wünschte, sie wäre wie Kristin gewesen, der die Mutter nur leid tat und die darüber sprach, wie Vater zu seinen Lebzeiten gewesen war. Sie dachte wohl überhaupt nicht darüber nach, wie er als Toter war.

Der August war der Monat der Verwandlungen. In den Parks

roch sie es, wenn das Grün dunkel wurde und in der Feuchtigkeit verklebte. Sie konnte nicht mehr in den Hof hinuntergehen und den Abfalleimer in die Tonne leeren. Das mußte Juhan machen.

Sie war erst seit ein paar Wochen wieder in Stockholm, als sie ihren Vater in einem Bus sah. Er saß und hatte das Gesicht halb abgewandt. Als sie sich vorbeugte, um ihn besser sehen zu können, drehte er den Kopf und tat so, als schaute er aus dem Fenster. Bei der nächsten Haltestelle, es war Runebergsplan, stieg er aus und schien sorgfältig darauf zu achten, ihr nicht direkt das Gesicht zuzuwenden. Sie hatte jedoch ein leises Lächeln erhaschen können. Es war eine Art Einvernehmen gewesen.

Da dachte sie, er sei gar nicht tot, sondern habe sich nur entzogen. Sie empfand eine starke Verbitterung. Irgendwann erstarb dieses Gefühl, und Myrten wurde traurig. Es war, als ob er nichts von ihr wissen wollte, sondern nur darauf bedacht sei, seine Ruhe zu haben.

Sie sollte jetzt die Adoptionspapiere unterschreiben. Juhan sagte, sie solle sich nicht aufregen. Alles sei doch längst beschlossene Sache.

Das war es keineswegs! Wenn er glaubte, sie habe sich bereits entschieden, als sie ihren Probedienst in Älvsjö beendet hatte, dann irrte er sich. Als sie bei verschiedenen Postämtern ihr Praktikum absolvierte, hatte sie Ingefrid nur alle paar Wochen sehen können. Fast ein Jahr lang hatte sie auf diese Weise gelebt, und das Mädchen hatte sich von Mal zu Mal sehr verändert. Entwickelt mußte man wohl sagen. Es waren aber auch Veränderungen. Sie fremdelte nicht mehr so, doch sie war – ja, ganz einfach desinteressiert. Ein Gefühl der Kälte war da. Dennoch war sie ein so fröhliches kleines Mädchen. Zweieinhalb Jahre alt war sie jetzt.

Erst als Vater schon bald vier Monate lang tot war, rief Myrten bei Fräulein Gustafsson an. Danach wurde sie fürchterlich traurig, und am schlimmsten war es, als sie hinfahren und die Papiere unterschreiben sollte. Sie weinte nicht, fühlte sich aber starr und kalt.

»Du hast doch so gründlich über die ganze Sache nachgedacht«, sagte Juhan. »Du weißt, was für dein Mädchen am besten ist. Jetzt mußt du das nur noch wie eine Formalität erledigen. Es *ist* eine Formalität.«

Sie trug Trauer, als sie unterschrieb. Das mußte sie ja. Fräulein Gustafsson starrte sie jedoch an, als argwöhnte sie, Myrten sei nicht bei Trost. Sie beließ sie in diesem Glauben. Sie sagte kein Wort von ihrem Vater. Die Jugendfürsorgerin sollte über sie nichts mehr erfahren. Diese Tür würde sich jetzt schließen.

Als sie nach Hause kam, erzählte sie, daß sie kürzlich ihren Vater im Bus gesehen habe. Juhan sagte, es sei jemand gewesen, der sie an ihn erinnerte.

»Ja, das ist mir schon klar«, raunzte sie. »Papa ist ja nie in Stockholm gewesen. Dazu hatte er niemals Zeit.«

Es waren zwei verschiedene Welten. Eine war draußen in dem Geschnatter der Stimmen und im Gedröhn der Lastwagenmotoren. Und eine war in ihrem Innern. Sie mußte sorgfältiger darauf achten, die Tür dazwischen zu schließen. Nichts verstand sich jedoch richtig von selbst. Juhan glaubte, alle, die sich in der äußeren Welt befänden, wo Motoren dröhnten und Mülltonnen stanken, hätten recht und wüßten alles. Aber dem war nicht so. Vaters Körper beispielsweise. Da irrten sie sich. Der veränderte sich. Doch sie taten so, als wäre da nichts. *Ein Körper bedeutet nichts.* In ihrem Innern wußte Myrten, was die anderen abstritten. Sie sah es.

Juhan wollte immerzu mit ihr reden, reden und reden. Sie regten sich beide auf und fanden dann kein Ende. Bis spät in die Nacht ging das oft so. Myrten wollte eigentlich überhaupt nicht reden, schloß sich im Klosett ein und weinte viel. Er stand draußen und klopfte. Als sie eines Morgens nach einer solchen Nacht völlig erschöpft war, sagte er, sie sollten sich nicht mehr zanken. Sie fand das ein fürchterliches Wort.

Hinterher konnte sie sich selten daran erinnern, was sie zueinander gesagt hatten. Es drehte sich um die Beerdigung, darum, daß er hätte mitkommen sollen. Daß sie ihn nie mit ihrer Familie bekannt machen wolle. Weil er Ausländer sei. Am schlimmsten war es, als er sagte, sie hätte ihn heiraten und das

Mädchen behalten können. Wie konnte er nur so etwas sagen? Sollten sie vielleicht von dem leben, was er mit seiner Restaurantmusik verdiente? Das reichte ja gerade mal für seine eigene Miete. Nie kaufte er sich etwas zum Anziehen. Sein einziger Anzug war an den Knien und Ellbogen blank. Seinen Arbeitssmoking mußte er sich vom Oberkellner leihen. Er war zwar verschlissen und fleckig, doch Juhan glaubte, das sehe man nicht, wenn er still am Flügel sitze. Nachts brachte er etwas von dem mit, was am kalten Büfett übriggeblieben war. Das war das einzige, was er zu ihrem sogenannten Haushalt beitrug. Und die Alkoholneigen.

Es gefiel ihm nicht, daß sie ihr »sogenannter« Haushalt sagte. Er regte sich dermaßen auf, daß er mitten in der Nacht in seine eigene Wohnung ging. Die Türen schlugen lautstark zu, eine nach der anderen. Myrten fürchtete, daß die Nachbarn auch ihre Stimmen gehört hatten.

Nach Beendigung ihres Probedienstes und des theoretischen Postunterrichtskurses hatte sie die höchste Note erhalten. Während der elf Monate in unterschiedlichen Postämtern hatte sie, dank Vater, doppelte Miete bezahlen und die Einzimmerwohnung in der Roslagsgatan behalten können. Sie hatte an Postschaltern in Bergsbrunna, Södertälje und Gnesta Dienst getan. Am weitesten mußte sie nach Heby reisen. Dort hatte sie eine zweimonatige Vertretung übernommen. Jetzt arbeitete sie als »Pass«, als Postassistentin im Postamt in der Nybrogatan auf Östermalm. Sie dachte jedoch oft an Heby, eigentlich war das die beste Stelle gewesen. Es war dort eher wie im Postamt daheim in Märta Henrikssons Haus, wo es warm nach Lack und Stearinkerzen gerochen hatte. Die staubigen Säcke mit den Versandpaketen aus Borås fanden kaum Platz im Flur. Vor Weihnachten stapelten sich die Pakete bis in die Küche und in die Stube. Sie erinnerte sich an eine unförmige Ledertasche mit einem Verschluß aus Stahlgliedern, in Heby hatte sie fast die gleiche gesehen. In gewisser Hinsicht wäre sie gern dort geblieben. Doch sie hatte ihre Chöre in Stockholm. Sie sang jetzt in zweien. Einem in der Engelbrektkirche und einem bei der Post.

An Weihnachten würden sie in der Kirche Bachs Oratorium singen, und in der Ausbildungsanstalt der Post bereiteten die Lehrlinge und der Chor ein Weihnachtstableau vor. Brief, Postanweisung, Paket, Postsparbuch und Weihnachtskarte würden zum *Marsch der Finnischen Reiterei* die Bühne betreten. Dann sollten alle ihr Couplet singen; Myrten hatte es übernommen, sie mit den Mädchen einzuüben. Das Paket war ein junger Mann. Er sollte auf dem Akkordeon *Heinzelmännchens Wachtparade* spielen.

Es wurde hektisch. Das sollte jetzt, da sie morgens nur nach Östermalm mußte, eigentlich nicht sein. Sie fand jedoch, daß die Zeit, als sie den Zug nach Älvsjö hatte erreichen müssen, besser gewesen war. Eine Zugabfahrtszeit war auf jeden Fall etwas Festes. Busse und Straßenbahnen waren so unsicher. Sie konnte auch nicht von der nächsten Haltestelle aus fahren. Dort gab es nämlich ein paar Kellerluken, vor denen sie nicht warten wollte. Aus diesen Löchern roch es nach Verwesung.

Sie war morgens oft erschöpft. Und zwar auch dann, wenn sie sich nicht müde geredet hatten. Gezankt, wie Juhan es nannte. Nachts fühlte sie sich wie kaltes Glas und dachte: Jetzt zerspringe ich. Sie sehnte sich danach, im Kern der Dunkelheit einzudämmern. Doch den Kern gab es hier nicht. Wäßriges Straßenlaternenlicht drang herein. Sie konnte selten eine Nacht durchschlafen, weil sie ständig den Straßenverkehr hörte. Wenn der verebbte, hörte sie die beiden Uhren ticken, und sie sehnte sich danach, daß sie abliefen, eine nach der anderen, daß ihre Federn endlich schlappmachten.

Falls sie nicht eingeschlafen war, wenn es zu tagen begann, glaubte sie, damit warten zu müssen, bis die Straßenbahn Linie sieben fuhr. Sonst würde sie ja von dieser geweckt.

An einem Donnerstagmorgen im September sah sie den Namen. Sie frühstückte allein. Juhan war nie so zeitig auf. Er mußte erst in den frühen Morgenstunden nach Hause gekommen sein, denn er hatte schon in die Zeitung geguckt. Sie lag aufgeschlagen auf dem Tisch. Myrten sah den Namen sofort, und ihr wurde sehr angst. Es stach in den Achselhöhlen und Handflächen. Sie war froh, daß sie allein war.

Elias Elv.

Sie hatte ihn nicht vergessen. Bei Gott, nein!

Aber er war weit weg gewesen, wie hinter einer verschlossenen Tür.

Jetzt stand da der Name. Es war eine Anzeige für eine Ausstellung im Lichthof von NK. Er wirkte so hart und merkwürdig. Er sollte nicht einfach so dastehen. Ihr fiel ein, daß sie ihn nie geschrieben gesehen hatte.

Wenn er es denn überhaupt war. Sie war sich da nicht so sicher. Er hatte gesagt, daß er so heiße und daß er mit Glas arbeite. Hier stand: Kunstglas.

Elias Elv.

Liebes Kind, er hat dir ja nicht einmal seinen richtigen Namen genannt.

Sie könnte dorthin gehen. Da stand, daß am Samstag die Vernissage sei.

Lange Zeit saß sie vorgebeugt da und konnte an nichts anderes als an ihr Herz denken. Es hatte schnell und heftig zu schlagen begonnen. Nie wieder darf mir das Herz so weh tun, dachte sie. Das ist gefährlich.

Sie fürchtete, Juhan könnte aufwachen und sehen, wie erregt sie war, deshalb machte sie sich, ohne Kaffee zu trinken, schleunigst auf den Weg.

Sie fand es anstrengend am Schalter. Sie hatte nicht einen ruhigen Moment, in dem sie darüber hätte nachdenken können, was sie tun sollte. Den ganzen Vormittag über kamen viele Leute, und mittags war der Andrang schlimmer als sonst. Gegen halb zwei konnte sie Frühstückspause machen, hatte aber natürlich vergessen, sich belegte Brote und eine Milchflasche mitzunehmen. Doch das machte nichts, sie hätte ohnehin nichts essen können. Der Personalverschlag roch muffig nach Essensresten.

Unmittelbar bevor sie schlossen, kam ein älterer Herr und wollte auf eine Postanweisung zweitausend Kronen abheben.

»Ich muß Sie bitten, sich auszuweisen«, sagte sie mit derselben leisen und fremden Stimme, die sie den ganzen Tag über schon hatte.

»Was sind denn das für Unverschämtheiten?« fragte er. »Was soll ich für einen Ausweis haben? Was meinen Sie?«

»Einen Personalausweis haben doch alle«, sagte sie mit ihrer komischen Stimme, und da schrie er:

»Sprechen Sie gefälligst so, daß man Sie versteht!«

»Einen Personalausweis haben Sie doch?«

»Nein!«

»Aber den haben doch alle bekommen. Von den Krisenausschüssen.«

»Ich wohne seit fünfundzwanzig Jahren in der Grev Turegatan und bediene mich dieses Postamts! Sind Sie nicht ganz gescheit?«

Da fing sie zu weinen an.

Der PHS des Postamts kam ihr zu Hilfe. Er sagte, sie müßten leider die Vorschriften einhalten.

»Und wer sind Sie? Was sind Ihre Befugnisse hier?«

»Ich bin Posthauptsekretär«, antwortete der PHS, der Turesson hieß und aus Östergötland stammte. Er klang sehr ländlich.

»Ich verlange, den Amtsleiter zu sprechen«, sagte der Kunde. Er trug einen Jägerhut mit Rasierpinsel und einen abgewetzten Lodenmantel.

Sie hatten keinen AL in diesem Amt, weshalb sie selbst versuchen mußten, die Sache zu klären. Das heißt, Fräulein Dalander vom Briefschalter tat es, indem sie sagte, sie kenne den Kunden. Turesson bat um Entschuldigung. Myrten war sehr erregt, und als der Kunde mit seinem Geld gegangen war, sagte sie, er hätte sich nicht zu entschuldigen brauchen.

»Wir haben doch keinen Fehler gemacht! Wir befolgen doch nur die Vorschriften.«

»Steht in den Vorschriften auch, daß man zu heulen anfangen soll?«

Ihre Hände zitterten so gewaltig, daß er zu ihr sagte, sie solle ihre Kasse machen und nach Hause gehen. Er glaubte, sie sei krank. Es kamen jedoch nach wie vor Kunden, obwohl nur noch zehn Minuten geöffnet war. Als sie auf die Straße trat, vermochte sie an einen Bus mit all den Leuten und ihren Gerüchen nicht einmal zu denken und nahm lieber ein Taxi. Zufällig kam sie gleichzeitig mit Juhan nach Hause, und sie bildete sich ein, daß er eine verdrießliche Miene ziehe, weil sie Taxi gefahren war. Sie hatte sich immer schon mehr leisten können als er, weil Vater sie unterstützt hatte. Bestimmt war während einer ihrer grauenhaften Nächte das eine oder andere Wort darüber gefallen. Oder aber sie hatte nur angenommen, daß er so etwas meinte. Sie war zu müde, um sich überhaupt über irgend etwas mit ihm auseinanderzusetzen, und sagte, sie werde nichts kochen. Sie fühle sich elend und wolle ins Bett gehen.

Gegen elf Uhr kam er mit einer Tasse Tee und ein paar belegten Broten. Er wußte ja, daß sie nicht schlafen konnte. Da erzählte sie von dem Kunden aus der Grev Turegatan. Sie sagte, sie wolle nun zu schlafen versuchen, allein.

Als sie jedoch einschlafen wollte, hörte sie ständig die Stimmen aus dem Postamt. Der Mann, der das Geld abheben wollte, schrie. Der PHS redete drauflos. Es war undeutlich, und es mischten sich mehrere Stimmen ein. Sie schaltete das Radio an, die Musik war eine Erleichterung. Am Ende aber, nach dem Absingen der Nationalhymne, kam nur noch ein öder Heulton, und sie mußte ausschalten. Wenn sie auf der Seite lag, begann ihr Körper zu schmerzen, besonders das äußere Ohr.

Es war die erste Nacht, in der sie überhaupt nicht schlafen konnte. Als sie aufstand, fühlte sie sich wackelig und schwer. Wozu soll das gut sein? fragte sie sich. Sie wußte jedoch nicht recht, was sie mit *das* meinte. Frühstücken vielleicht. Weitermachen. Am Postschalter sitzen und manchmal zum Mittagessen in die Epabar hinuntergehen. Zur Abwechslung. Ist das ein Leben?

Sie hatte Angst vor Elias Elv. Womöglich schon lange? Schließlich hatte sie nicht versucht, ihn aufzuspüren. Anfangs hatte sie jedoch davon geträumt, daß er sie aufsuchen würde, daß er in einem sonnigen Zimmer stünde, wo sie mit dem Kind säße. Das war so dumm, daß sie nicht einmal darüber lachen konnte.

Zu der Vernissage wagte sie folglich nicht zu gehen. Sie wollte nicht darüber grübeln, warum sie Angst vor ihm hatte. Da würde sie nur noch ängstlicher. Doch sie wollte wissen, ob es wirklich er war.

Erst einige Tage nach der Vernissage ging sie zu NK. Wenn sie sich dem Lichthof ganz vorsichtig näherte, könnte sie fliehen, falls sie ihn sähe. Sie glaubte jedoch nicht, daß er noch in der Stadt war. Worauf sie hoffte, war, daß es dort ein Bild von ihm gäbe.

Sie sah die Glasobjekte von weitem. Menschen gingen langsam zwischen den Tischen und Regalen umher und betrachteten sie. Da waren Schilder mit Texten, womöglich standen die Titel und Preise der Werke darauf. Doch ein Foto gab es nicht. Myrten war nicht länger als zehn Minuten in dem Kaufhaus, und sie empfand eine große Erleichterung, als sie wieder auf die Hamngatan trat. Sicherheitshalber ging sie die Regeringsgatan hoch und bog dann in eine Querstraße ein. Sie hatte Angst vor großen, offenen Straßen, ganz einfach Angst, ihm zu begegnen.

Wenn er es denn war. Das konnte sie nur herausfinden, wenn sie ein Bild des Künstlers Elias Elv zu sehen bekäme.

In einer Zeitung, die schon ein paar Tage alt war, sah sie, daß er eine Rezension bekommen hatte. Doch es war kein Bild dabei.

Das meiste dessen, was Elias Elv in den beiden Glashütten, in denen er tätig war, aus Kunstglas angefertigt hat, ist von jener mittleren Größe, die sich am leichtesten als Ehrengabe oder als Geschenk zum 50. Geburtstag verkaufen läßt.

Die Graaltechnik liegt ihm sehr, besonders in den gestreiften und äußerst schweren blauweißen Stücken. Geschickt spielt er sowohl auf venezianische Meister wie auch auf die Gläser Gallés an, die lange Zeit als triste Art nouveau verurteilt wurden, jetzt aber wieder in den Himmel gehoben werden.

Am weitesten vor stößt er in den schweren Formen aus wasserklarer Glasmasse, worin sich ein gefärbtes Band spiralenförmig in die Tiefe des Glases schlängelt.

Den Rest überflog sie nur. ... *seine ehrenwerte Serviceglasproduktion ... ein das Publikum begeisternder Effekt*. Das wirkte so fremd. Sie dachte daran, wie er gesprochen hatte. Es klang ganz und gar nicht so, als schrieben sie hier über ihn.

Dann fiel ihr ein, daß in einer anderen Zeitung oder in einer Kunstzeitschrift ein Bild von ihm sein könnte. Sie wußte jedoch nicht, wie sie es anstellen sollte, an sie heranzukommen. Schließlich fragte sie Juhan, ob er das für sie deichseln könne. Er kannte nach wie vor Leute in der Stadtbibliothek, und es kam vor, daß er einsprang, wenn in der Ausleihe jemand krank war.

»Er hat eine Ausstellung gehabt«, sagte sie. »Ich würde gern lesen, was sie über ihn schreiben.«

Sie durfte in der Bibliothek drei Zeitungen und eine Nummer der *Kunstrevue* lesen. Doch nirgends gab es ein Foto. Da sagte sie zu Juhan, sie wolle ein Bild von ihm sehen.

»Warum denn?«

»Ich möchte ganz einfach wissen, wie er aussieht.«

Sie war so müde. Alles, was sie zu Juhan sagte, ja, alles, was sie überhaupt zu jemandem sagte, wollte sie so schnell wie möglich hinter sich bringen. Sie wollte ihre Ruhe haben, nicht reden und diskutieren. Wenn ich nur schlafen könnte, dachte sie. Dann wäre mir alles egal. Es ist sowieso alles zu spät.

Als sie das nächste Mal in die Stadtbibliothek kam, hatte man ihr einen ganzen Stapel Zeitungen und Zeitschriften herausgesucht. Sie saß in einem Kabäuschen an einem kleinen Tisch mit Masoniteplatte. Als sie nach seinem Namen und Bild zu suchen begann, begriff sie, daß er in einen Sturm geraten war.

perverse Intimität unstatthafter Visionen

Es war unbegreiflich. Aber das war *er*. Denn nun fand sie sein Bild gleich an mehreren Stellen. Das Lichte. Der gutgebaute Schädel. Das waren seine eigenen frotzelnden Worte: Vieles hängt am Schädel heutzutage, mein kleiner Schatz. Darf ich sehen, ob du einen Herrenmenschenschädel oder einen Sklavenschädel hast ... Großer Gott, du bist bra... noch etwas ...zephal. Sie erinnerte sich nicht genau. Er hatte jedoch gesagt, das bedeute, einen zu flachen Nacken zu haben.

die Entstehung des Lebens als Alptraum

Nein. Das war unverantwortliches und dummes Geschreibsel. Dergleichen hatte sie schon früher bemerkt. Diejenigen, die über Bilder und Romane schrieben, waren wie Kinder, aller merkwürdigen Worte, deren sie sich bedienten, zum Trotz. Sie schrieben geschraubt, wollten jedoch an allem herumfingern. Grimassen schneiden. Den Hanswurst spielen.

Sie las langsam einen Artikel, der besonnener wirkte.

Elias Elv hat sich als junger Mann in Norwegen und im Kreis um Alexander Vold als Landschaftsmaler einen Namen gemacht, zeigte aber auch ein feines Gespür für das Charakteristische an Tieren. Die Noblesse, die Verfeinerung und das Verständnis, die er in den Tierstudien an den Tag legte, geleiteten ihn leider nicht bei den Menschenschilderungen, die vergleichsweise derb ausfielen.

Eine Deutschlandperiode in den dreißiger Jahren scheint kaum Spuren in seinem Schaffen hinterlassen zu haben, doch heimgekehrt von einem glückhafteren Aufenthalt in Paris, hat er in Norwegen Proben eines späten, doch wirkungsvollen Expressionismus gezeigt, mag dieser auch eine Art Nachklang von Meistern wie Otto Dix und Franz Marc sein. Auch bizarre Einschläge von Surrealismus traten in diesen Gemälden zutage.

Elv ist einer der vielen, den die Stürme des Krieges als Flüchtling in unser Land geführt haben. In den vergangenen Jahren hat er sich als Formgeber schwedischen Gebrauchs- und Kunstglases betätigt. Seine Glaspferde in stabiler und rustikaler Form sind beliebt und allseits bekannt. Wenn seine Kunstglasproduktion aus jüngster Zeit nun im Lichthof von NK gezeigt wird, liegt der Schwerpunkt quantitativ auf Objekten in Überfangtechnik.

Doch dann entgleiste auch dieser Artikel: *morbider Muff ... Elv ist trotz seines vermeintlichen Surrealismus spekulativ, nicht spontan ...* Wie konnte man nur so über die Arbeit eines anderen Menschen schreiben? Daß der Chefredakteur das nicht ablehnte? Ihr war, als schlüge ihr aus dem Zeitungspapier ein saurer Gestank nach Bosheit entgegen. *Das Unterbewußte, diese Quelle, der die Eingebung entströmen soll, wird hier mit derben Mitteln manipuliert ...*

Die Menschen sind boshaft, dachte sie. Sie sind wirklich boshaft. Und sie haben ihre Freude daran. Myrten fiel der überhebliche Mann ein, der sich nicht ausweisen wollte, und wie er gegen sie gestichelt hatte: *Sprechen Sie gefälligst so, daß man Sie versteht!* Er genoß das. Ja, er genoß das. Sie bekam eine neue Zeitung zu fassen und dachte, daß es besser würde.

Während in seinen sonstigen Glasskulpturen eine lebensbejahende Hemmungslosigkeit und Experimentierlust steckt, die bisweilen ein wenig ungestüm werden kann, werden wir hier vor den wohlerwogenen Wunsch gestellt, zu überrumpeln und zu schockieren.

Hier. Sie verstand nicht, was der Rezensent damit meinte. Es war im übrigen eine Frau. Myrten stellte sich vor, daß sie eine schneidende und hohe Stimme hatte. Daß sie mit sehr offenen A sprach.

Die Objekte sind grotesk wuchtig und farblos. Sie ahmen die Entstehung des Lebens nach, doch an Leben mangelt es ihnen.

Man hätte gegenüber einem Ausrutscher wie diesem Nachsicht üben können, wenn es sich um ein einzelnes Objekt in einem jugendlichen und chaotischen Œuvre gehandelt hätte. Doch so, wie die Ausstellung jetzt gestaltet ist, wirkt sie kalt geplant. Ein großer Teil, vor allem das farbige Glas in Überfangtechnik, vermittelt den Eindruck einer Verkaufsausstellung. Die unförmigen und farblosen Glasblöcke in der Mitte tragen durch ihren spekulativen Charakter wohlerwo-

gener Schockwirkung zu diesem Eindruck bei. Sie sind nicht mit Preisaufklebern und einzelnen Titeln versehen, sondern werden im Ausstellungskatalog unter der Rubrik »Glückspilz-Frevler« zusammengefaßt. Es ist nicht besonders rätselhaft, weshalb der Künstler diese morbiden und klobigen Phantasiegestalten in der Ausstellung plaziert hat. Diese Stücke können kaum Käufer anlocken, doch sicherlich hat Elv mit ihrer Anziehungskraft auf die Betrachter gerechnet. Nach allem, was über die Objekte geschrieben wurde, scheint diese Spekulation aufgegangen zu sein.

Myrten ging zum ersten Artikel zurück, den sie gesehen hatte und der in einer der Kunstzeitschriften stand. Sie glaubte verstehen zu müssen. Es war, als würde ihr ständig etwas entzogen, etwas, was sie begreifen mußte. Sie las jetzt langsam.

Die menschliche Deformierung hat sich in den Kriegsjahren in der Bestialität und den Orgien an Sadismus niedergeschlagen, wie sie die Öffnung der nazistischen Konzentrationslager gezeigt hat. Haben wir nicht genug davon? Ist es nicht an der Zeit, sie hinter uns zu lassen?

Elias Elv verneint dies mit dem eigentlichen Kern seiner Ausstellung, dem unglückseligen Publikumsmagneten »Glückspilz-Frevler«. Darin schmiegt sich die menschliche Deformation eng an die eigentliche Quelle des Lebens.

Ist das nicht ebenso eine Verfälschung, wie es die beschönigendste Romantik wäre?

Gewiß haben die Radikalen recht damit, daß eine aktuelle Gesellschaftskritik vonnöten ist. Befinden wir uns aber wirklich in einer Folteranstalt oder einer Experimentierwerkstatt, in der menschliches Material verwendet wird?

Elv hat eine makabre Phantasie und eine rasch eingeübte und schaurige Geschicklichkeit als Glaskünstler.

Dann kamen die Worte, die sie krank machten. Da stand: *Ist es Hirnsubstanz oder Schnee, was da aus dem Gehirn des Kindes quillt?*

Ja, sie war krank. Sie mußte jetzt nach Hause gehen. Es hatte an mehreren Stellen etwas von einem Kind gestanden. *Kinderkopf. Ein hilfloser Körper.* Sie konnte diese Stellen jetzt nicht mehr finden. Ihre Hände hielten nicht mehr still. Sie mußte schleunigst fort von hier. Daß Zeitungspapier so rasch verfiel und zu stinken begann! Scharf, muffig. Sie hatte in einem Arbeitszimmer des Personals sitzen dürfen, weil sie Juhan Piips Freundin war. Jetzt fand sie kaum mehr hinaus. Hinter den Regalfassaden war das kreisrunde Gebäude wie ein Labyrinth.

Als sie schließlich zur Ausleihstelle kam, ging sie trotz ihres Schwindels hin und bat auszurichten, daß sie mit den Zeitungen fertig sei und für das Entgegenkommen danke. Ihre Stimme war schwach, das merkte sie selbst. Sie war sich nicht einmal sicher, daß die Frau hinter der Theke verstand, was sie sagte. Diese wandte sich im übrigen sofort an eine Kollegin und murmelte ein paar Worte. Sie waren undeutlich. Eines davon aber lautete Hure.

Keine der beiden sah auf, doch war ganz klar, daß sie über sie sprachen. Myrten war schockiert und mußte sich mit beiden Händen an der Theke festhalten. Ihr erster Impuls war natürlich, zu fliehen, doch dann fiel ihr ein, wie sie in der Post geweint und sich erniedrigt hatte, als der Mann ohne Ausweis sie anschrie. Da beschloß sie zu kämpfen.

»Wie bitte? Was haben Sie gesagt?«

Sie erfuhr es natürlich nicht.

Dann schämte sie sich fürchterlich und wandte ihnen abrupt den Rücken zu. Sie stieg die Treppen hinunter und sah kaum, wohin sie die Füße setzte.

Hure.

Es hätte *Hu... Humanisten* sein können. Was auch immer. Doch das war es nicht. Solche Worte fielen zwischen ihnen nicht. »In der Ausleihe haben sie einen schlechten Wortschatz«, hatte Juhan gesagt. »Dort habe ich fast kein Schwedisch gelernt.«

Sie waren boshaft. Sie ahnten etwas. Sie hatten natürlich die Zeitungen durchstöbert, bevor sie sie Myrten ausgehändigt hatten. Sie wollten sehen, worauf sie aus war.

Endlich draußen, lief sie geschwind die lange Steintreppe zum Sveavägen hinunter, stolperte auf den flachen Stufen und verlor das Gleichgewicht. Sie landete viele Treppenstufen weiter unten, den linken Fuß in einer eigenartigen Stellung unter sich. Vor dem Gesicht hatte sie Kies und Zigarettenkippen. Sie versuchte, ihren Fuß herauszuziehen, doch es ging nicht. Sie konnte nicht aufstehen. Mühsam wälzte sie sich auf die Seite, so daß diese Unterlage an ihrem Ohr war. Das war jedoch genauso eklig.

*

Es gab ein Gemälde von Hieronymus Bosch. Elis hatte es im Louvre gesehen. Ein Zauberer steht an einem Tisch, den er im Freien aufgestellt hat, und hantiert mit seinen Stäben und Kugeln. Vielleicht auf einem Marktplatz. Vor ihm hält eine gutgläubige und hingerissene Menge Maulaffen feil. Die Tanten bei Nordiska Kompaniet ähnelten ihnen. Sie waren ebenfalls unterwegs, um Einkäufe zu machen. Strümpfe. Fische. Kunstglas.

Solange man Kunststücke machte, standen sie da und sperrten den Mund auf. Wenn man ihnen jedoch etwas Wirkliches zeigte, verwandelten sie sich. Dann versteinerten sie, als hätte der Taschenspieler seinen Mantel aufgeschlagen und sein Geschlechtsorgan gezeigt oder etwas noch Schlimmeres.

Ja, offensichtlich gab es Schlimmeres.

Er saß in seinem Bett im Hotel Kung Karl in der Birger Jarlsgatan und las Rezensionen.

Das künstlerische Leben Europas wurde in den vergangenen Jahrzehnten von einem heftigen Streit zweier Auffassungen geprägt: Formalisten standen den Inhaltsästheten in einem erbitterten Kampf um den Primat der Form beziehungsweise des Inhalts gegenüber. Nachdem sich die Wogen dieses Sturms nun endlich geglättet haben, sehen wir in unserem Land leider noch immer einen deutlichen Hang in eine der beiden extremen Richtungen.

Schrieb man so, dann hatte man den Hosenstall fürwahr zugeknöpft.

Hierzulande hatten sie jetzt etwas, was sie Volksheim nannten. Es sollte nicht nach Aas riechen, keinen Eiter bilden, und es sollte der Gewerkschaft angehören und klassenmäßig ausgewogen sein. Es sollte auch geschmückt werden. Aber natürlich nicht mit Extremem. Die gut betriebene soziale Propaganda benötigte zum Ausstellen Gebrauchsdinge von angepaßter Schönheit.

Elis hatte allerdings einen gefunden, der Josef Frank hieß. Er entwarf Stoffe mit markigen, hungernden Blumen und fleischigen Blättern, die sich in alle Richtungen ausbreiteten. Sie zerbrachen und verschlangen die Normalität, die die Schweden für die Wirklichkeit hielten. Doch er war wohl Jude. Ein Orientale.

Ein einziges einheimisches Angebot glaubte Elis entdeckt zu haben. Es nannte sich Bohusstrickerei. Er kaufte für Eldbjörg einen Pullover. Das Muster um die Schultern hatte Farben wie Pisse und geronnenes Blut, der Grund war ungefärbte Wolle, dicht wie die miefige Luft in einem Schafstall. Die Strickerinnen waren Frauen von Steinhauern, die jetzt, da das Dritte Reich keine Pflastersteine mehr brauchte, arbeitslos waren. Dann hörte er jedoch, daß die Muster von Damen der Oberschicht entworfen wurden. Alles, was in diesem Land von oben kam, war so verdammt wohlwollend. Überdies sollte das Ding Jumper genannt werden.

Die Weiber der Steinhauer strickten wahrscheinlich um ihr Leben und nicht um einer politischen Konstruktion willen. Doch er war überzeugt davon, daß diese auf dem besten Weg war, sich bei ihnen einzuschleichen. Die Muster wurden immer abstrakter.

Die Schweden wollten ihr wanzenfreies Volksheim möblieren. Nichts darin sollte von der Schande der Armut erzählen.

Und am Modernen wollten sie, genau wie dieser Rezensent, die schlimmsten Auswüchse kupieren. Die Drachenflügel und Krallenfinger. Es gab sogar eine Galerie, die *Moderne Kunst im häuslichen Milieu* hieß. Mit Valeurmalerei und Einfühlung und weiß der Geier was. Ausgewogen.

Sie waren im Begriff, auch das Abstrakte zu fressen. Das ist ja eine dünne Luft hier, dachte er. Sie lebten nicht ihre erzählte Geschichte, sondern ihr neues Paradigma.

Die werden auch bald Abstraktionen scheißen. Obwohl diese Teufel nicht mehr von Einsteins Relativitätstheorie begreifen als ich, geraten sie vor ein paar blassen Bögen und Windungen in Öl in Ekstase, von denen sie glauben, sie drückten E gleich mc hoch zwei aus.

Jetzt soll der Naturalismus überwunden werden. Er sei zu ungepflegt für die Volksheimsalons. Die im übrigen Wohnzimmer genannt werden. Nicht riechen. Er bekam Kopfschmerzen, wenn er solchen Mist las.

Naturalismus ist also zu schmalzig. Blutlose Würste sollen es sein. Man soll sich langsam in das Abstrakte meditieren und in Trance fallen und meinen, man sehe die Unendlichkeit und den gekrümmten Raum oder sonst irgendein Teufelszeug.

Blaß.

Dieser Nisse Nixon hat sogar ein Rezept gefunden: *Zwei Geraden dürfen nie von einer dritten im selben Punkt geschnitten werden.* Sonst birst etwas. Das Auge oder die Logik.

Und die Farben – Valeurs auf Teufel komm raus. Sie sind wie Leberpastete. Oder Seife.

Ich muß hier weg.

Elv wurde 1905 geboren und kam früh in die Obhut eines Sanatoriums. Das Eingeschlossensein läßt sich in seiner Vorstellungswelt aufspüren. Er scheint sich nie vom Druck eines gehemmten Trieblebens befreit zu haben. Die perverse Intimität unstatthafter Visionen bildet den eigentlichen Kern seiner Vorstellungswelt.

Glaubten sie, er sei vom anderen Ufer? Die drei Jahre, die von seiner tatsächlichen Lebenszeit abgezogen wurden (was natürlich nicht die Schuld der Kritiker war, sondern aus dem Katalog stammte), bewirkten, daß er sich wie geschminkt vorkam.

Er verkaufte jedoch wie der Teufel.

Wenn das Ganze vorbei wäre, würde alles außer Glückspilz-Frevler verkauft sein. Diese Klumpen waren nämlich unverkäuflich. Für alle Zeit. Er müßte dann nach Stockholm fahren und sie holen. Jetzt aber mußte er von hier weg. Er würde zu Eldbjörg heimfahren, mitsamt dem Pullover und einem Gedicht, das er in einer Nummer der *Kunstrevue* gefunden hatte. Er, der es geschrieben hatte, hieß Erik Lindegren. Er war kein Scharlatan. Sie, die gefangen war, würde es verstehen.

lieben ohne es zu wissen und still lauschen
auf die unermüdlichen nachschlüssel der wahrheit

eine zärtlichkeit in sich verbergen und das fieber
weich fallen fühlen unter die schwelle des sturmes

sich in seine weiten verschließen und eine schale
sprengen um klarer mit den wolken zu gleiten

sich an alles erinnern das weh tat mit dem schleier
eines lächelns und einen stein weithin werfen in
die ewigkeit

alles zusammenfügen können was man
auseinandergenommen
und wieder die grillen zirpen hören als anregende
laute der zeit

den schmerz brausen fühlen in lodernden glorien
des saftes aussicht haben hoch oben in der
baumkrone

seinen wunsch vor sich herschieben auf gut
geschmierten Rädern
und wissen daß das schlimmste und das beste noch
übrig ist.

Es würde ihr gefallen. Ihm selbst hatte es gefallen. Es brach nämlich die Sprache auf und griff ihre inexistente (metaphysische!) Normalität an.

Doch das Gleiten der Wolken.

Gut geschmierte Räder.

Ja, es krochen darin wohl gar zu gut geschmierte Räder dahin.

Er ahnte, welchen Hang zum Mustergültigen man bekommen konnte, wenn man durch diese schöne Hauptstadt ging. Zur Kühle im Abstrakten.

Er mußte in den Wald zurückfahren. Der Winter stand vor der Tür. Die Glashütte war warm. Sie war größer und moderner als die von Avla. Aber genauso warm.

Es gab sie noch, die entlegenen Winkel, und sie wahrten die Stallwärme.

*

Sie kam spät am Abend mit einem Gipsfuß aus dem Sabbatsberg-Krankenhaus nach Hause. Im Knöchel war irgend etwas gebrochen. Zuerst hatte sie nichts gespürt, doch nun stießen scharfe Schmerzkeile ins Bein vor. Juhan mußte ihr die Treppe hinaufhelfen. Er wollte, daß sie etwas aß, doch das konnte sie nicht. Sie nahm eine der Schmerztabletten, die sie mitbekommen hatte, doch die half nicht viel. Als sie noch eine nahm, dämmerte sie ein.

Sie erwachte vor dem Morgengrauen, lag dann da und wartete, daß es Zeit würde, anzurufen und sich krank zu melden. Juhan hatte gesagt, er werde ihr bei allem helfen. Aber er schlief natürlich lange. Wie immer, wenn er gespielt hatte. Sie mußte aufs Klo und hüpfte auf einem Bein dorthin, wobei sie sich an Wänden und Möbeln abstützte. Telefon hatte sie nicht, und ihr wurde klar, daß sie niemals allein die Treppe hinunterkäme. Sie wollte versuchen, zu Juhans Tür zu gelangen und bei ihm zu klingeln. Sie stürzte jedoch in der Diele, als sie sich auf den Garderobentisch stützte und der unter ihrem Gewicht wegglitt. Sie blieb liegen und war froh, daß sie nicht auf den Gipsfuß gefallen war.

Als Juhan kam, war sie eiskalt und steif, und er regte sich mächtig auf. Sie hätte ihn nicht zu wecken brauchen, sagte er. Er habe den Wecker gestellt.

»Aber es ist doch zu spät! Die Post hat bereits geöffnet.«

»Ich habe deinen Chef gestern abend schon angerufen.«

»Die Krankenkasse«, weinte sie. »Wir müssen sofort dort anrufen.«

Er hatte sie ins Bett gebracht und saß nun da und schaute sie an. Sie konnte diesen Blick nicht ertragen. Tu's nichten länger ertragen, wollte sie schreien. Gehest. Gehest schon! Sie versuchte jedoch, ihre Stimme sanfter klingen zu lassen.

»Bitte, laß mich in Ruhe. Das ist das einzige, worum ich dich bitte.«

»Myrten, Liebes. Was ist los mit dir?«

»Ich habe mir den Fuß gebrochen! Vielleicht hast du das ja noch nicht bemerkt?«

Da sah er so traurig drein, daß sie es zurücknehmen mußte:

»Ich weiß, daß du mir helfen willst. Aber ich bin so müde. Ich muß allein sein. Es ist nicht nur der Fuß. Da ist auch etwas, was in der Bibliothek passiert ist.«

»Was denn?«

»Ich möchte nicht darüber sprechen.«

»Doch.«

»Sie haben schlecht über mich gesprochen.«

»Quatsch«, sagte er. »Alle dort mögen dich. Das weiß ich doch.«

Es war so gräßlich, daß er ihr nicht glaubte. Es war fast

gräßlicher als das, was sie hinter der Theke über sie gesagt hatten.

Als er hinuntergegangen war, um bei der Krankenkasse anzurufen und in einem Sanitätsgeschäft Krücken zu leihen, lag sie da, den Blick auf das Zifferblatt des Weckers gerichtet, und verfolgte in Gedanken seinen Weg. Sie stellte sich vor, wie schön es sein werde, wenn er ihr die Krücken gebracht und die Tür hinter sich zugemacht hätte.

Es war jedoch alles umständlicher, als sie es sich ausgemalt hatte. Er hatte eingekauft, wollte Frühstück machen. Da sagte sie, sie müsse ihre Ruhe haben. Sie führte ihm vor, daß sie mit Hilfe der Krücken zum Klo und zur Kochnische gelangen konnte. Er entfernte alle Teppiche, die im Weg lagen. Dann ging er endlich.

Es war ein Kind, was da in den unförmigen Glasklumpen gefangen war. Das hatte sie gesehen, als sie bei NK stand. Wenn auch nur von weitem.

Und sie hatte es in der *Kunstwelt* gesehen. Ein großes Bild. Über eine ganze Seite. Der Kinderkopf. Der gequälte kleine Körper.

Regen schlug an die Fenster, schlug und rann mehrere Tage lang. Schmutzstreifen bildeten sich. Als die Tabletten zu Ende gingen, wurde sie so seltsam wach. Tageslichtpein. Nachtpein. Lange, lange Stunden.

Sie erinnerte sich wortwörtlich an das, was sie gelesen hatte: *Experimentierwerkstatt, in der menschliches Material verwendet wird.* Sie hörte es diese schneidende Frauenstimme sagen. Sie sagte: *Orgien von Sadismus.* Redete und redete: *Hemmungslosigkeit und Experimentierlust. Kalt geplant. Ahmen die Entstehung des Lebens nach, doch an Leben mangelt es ihnen.*

An Leben mangelt es.

An Leben mangelt es.

Das waren so wunderliche Worte. Myrten dachte an Durst. Kann es einem an Leben mangeln, so wie es einem an Wasser mangeln kann?

Vaters Körper. Das Wasser sickerte und rann und weichte ihn auf. Dennoch stets der gleiche Durst. Unlöschbarer Durst. Vater konnte nirgends heranreichen. Sein Körper konnte nicht wie Äste und Wurzeln Feuchtigkeit trinken, konnte nicht im Regen gedeihen. Er war gefangen, und es mangelte ihm an Leben. Doch das, was noch der Vater war, wollte trinken. Vielleicht löste er sich deshalb auf. Vielleicht würde das letztendlich den Durst nach Leben löschen.

Juhan kam leise herein, und das war rücksichtsvoll, wenn auch übertrieben. Sie war ja nicht krank, sie hatte lediglich Schmerzen. Schmerzen in einem Fuß. Und außerdem war sie müde. Doch da waren diese Alpträume. Manchmal meinte sie wach zu sein, wenn sie sie träumte.

»Was sind das für Träume?« fragte Juhan.

»Aber man kann doch keine Träume erzählen. Sie geraten dabei nicht richtig.«

Er sagte, sie solle aufstehen.

»Du kannst jetzt sicherlich am Postschalter sitzen. Ich werde dir dorthin helfen. Wir nehmen jeden Morgen ein Taxi. Und du solltest keine Trauer mehr tragen. Das reicht jetzt.«

»Trauer trägt man ein Jahr lang«, sagte sie.

»Nicht heutzutage, Myrten. Nicht in Stockholm. Wir werden auch zur Engelbrektkirche fahren, damit du an den Proben teilnehmen kannst.«

»Nein!«

Sie wollte es ihm nicht erzählen. Er würde es nur abtun. Er war nicht ehrlich. In die Kirche gedachte sie nicht zu gehen. Sie wollte den Chor nie wieder sehen. Sie hatten dort über sie geredet. Das wußte sie jetzt, auch wenn sie es nicht richtig hatte verstehen wollen, als es sich zugetragen hatte. Es war ein Getuschel gewesen. Halblaut, beinahe ein Flüstern.

Hu...

Sie hätte sie zur Rede stellen sollen. Doch sie hatte gekniffen. Hatte gedacht, sie haben wohl *Hugo* gesagt. Auf diese Weise hatte sie sich selbst etwas vorgemacht. Doch warum sollten sie davon gesprochen haben, Hugo Alfvén zu singen? Schrieb der überhaupt sakrale Musik?

»Ich bin krank geschrieben«, sagte sie zu Juhan. »Ich kann nicht zu arbeiten anfangen, wenn ich krank geschrieben bin.«

Sie schloß die Augen, wenn er da war. Sie wünschte, zwischen der Diele und dem Zimmer wäre eine verschließbare Tür. Doch da war lediglich ein Durchbruch mit einem Vorhang. Jedesmal, wenn die Haken über die Schiene rasselten, durchfuhr es sie. Wenn er doch bloß still sein könnte! Wenn er doch bloß wegbleiben könnte!

»Ich möchte meinen Schlüssel zurückhaben«, sagte sie.

»Kommt nicht in Frage.«

»Juhan, das ist *meine* Wohnung.«

Er brachte etwas zu essen und regte sich auf, als sie nichts aß. Sie reagierte nicht auf seine Vorwürfe, denn sie wollte nicht, daß er hinterher behauptete, sie hätten gezankt. Manchmal sagte er völlig widersinnige Sachen.

»Denk nicht mehr an diesen Künstler und seine Glasklumpen.«

»Ich denke doch gar nicht an ihn!«

»Du sprichst von ihm.«

»Das ist doch schon lange her.«

»Nein.«

Da erzählte sie ihm, wie es sich verhielt. Sie war selbst verwundert, wie einfach das war, und sie sprach mit ruhiger Stimme.

»Er ist Ingefrids Vater«, sagte sie.

Er sagte nichts darauf. Es war angenehm, daß er nicht mit einer Menge Fragen ankam. Nach einer Weile jedoch, sie wußte nicht, ob mehrere Tage oder womöglich nur ein paar Stunden später, da alles so verworren war, sagte er:

»Vergiß ihn. Er ist ein ganz und gar unerheblicher Mensch. Du kennst ihn nicht, Myrten.«

»Wie kannst du so etwas sagen!«

»Du hast ja gar nicht gewußt, wie er aussieht«, sagte er.

Da drehte sie sich zur Wand. Sie begriff, daß es nicht möglich war, mit ihm zu reden. Er wollte alles in Zank ummünzen. Er *wollte*, daß sie zankten.

»Geh«, sagte sie.

Und zwar, als er das nächste Mal kam. Oder hatte er sich zwischendurch einmal hereingeschlichen, ohne daß sie es gemerkt hatte? Er hatte kein Recht, einfach so in ihrer Wohnung aus und ein zu gehen.

»Du willst mich dazu bringen, mit dir zu zanken, damit du sagen kannst, wir müßten uns trennen. Aber du bist sowieso frei. Bitte sehr. Ich will nicht, daß du weiter hierherkommst.«

Er versuchte, sie zu berühren.

»Laß das!«

»Myrten, liebste Freundin. Laß mich in Ruhe mit dir reden. Ich will ganz und gar nicht zanken. Ich will nur bei dir sein und dir helfen.«

»Aber du glaubst ja nicht einmal, was ich sage!«

»Natürlich glaube ich dir.«

»Du glaubst nicht, daß Elias Elv Ingefrids Vater ist.«

»Du kennst ihn nicht. Vor ein paar Wochen hast du nicht einmal gewußt, wie er aussieht. Und vor langem hast du gesagt, du wüßtest den Namen des Mannes nicht, der der Vater deines Kindes ist.«

Es war so grauenhaft. Juhan hatte das in seinem Innern bewahrt. Und nun machte er es sich zunutze. Sie hatte das einmal gesagt, nein, es bloß geflüstert. Und zwar, als sie ganz verzweifelt war und nicht wußte, ob sein richtiger Name Karl Dickert oder Elias Elv war. Und Juhan holte das jetzt hervor und triumphierte. Es war, als hätte sie das bei einem Polizeiverhör gesagt, wo alles aufgeschrieben wird, um es gegen einen zu verwenden.

»Du interessierst dich mittlerweile zu sehr an diesem Künstler«, sagte er. »So was kommt manchmal vor. Berühmte Leute ziehen ein solches Interesse auf sich. Liebe Myrten, sei mir bitte nicht böse. Du phantasierst von ihm. All diese Zeitungsartikel. Wenn ich gewußt hätte, wohin das führt, hätte ich dir nie geholfen, sie zu besorgen. Aber zu dem Zeitpunkt habe ich nichts kapiert.«

»Das heißt: sich interessieren *für*«, sagte sie. »Geh jetzt.«

Sie zog sich die Satindecke über den Kopf, und es war ihr

egal, daß das Überschlaglaken zurückblieb. Er zog an der Decke und sagte, er wolle ihr helfen, das Bett frisch zu machen. Er wolle das Laken zur Wäscherei bringen.

»Willst du zu Frau Ek rennen und erzählen, wie es um mich steht?« fragte sie spitz.

Da gab er endlich auf und ging in seine eigene Wohnung.

Sie ließ das Radio jetzt ständig laufen. Da waren die Geräusche von der Straße weniger schrill. Nachts, wenn es still war, hörte sie die Rohre rauschen. Manchmal fragte sie sich, ob das Gas wirklich abgestellt war. Falls nicht, könnte sie einfach daliegen, eindämmern und verschwinden, ohne etwas davon zu wissen. Es mußte wie einschlafen sein.

Es war so lange her, daß sie geschlafen hatte.

Sie hörte die Musik gar nicht mehr. Die rauschte vorbei, wie ein Zug. Eines Tages aber kam es.

Lili Marleen.

Sie wußte es genau, bekam es aber nicht heraus. Sie war die ganze Zeit über so nahe daran gewesen, es zu begreifen. Wenn sie völlig still läge, gerade ausgestreckt, würde es kommen. Die ganze Erklärung.

Als eine andere Musik kam, schaltete sie aus. Dann lag sie wieder völlig still.

Es kam wieder. Allerdings mußte inzwischen viel Zeit vergangen sein, denn das Licht hatte sich verändert. Das Lied war auf schwedisch gesungen worden. Doch jetzt wußte sie, was für Worte sich da zu dem kleinen Melodieschnörkel in ihrem Kopf festgesetzt hatten.

... so woll'n wir uns da wiederseh'n

Da verstand sie, daß Elias sie in Sicherheit wiegen wollte. Er wollte ihr weismachen, daß alles gut sei, daß sie sich treffen würden. Sie hatte jedoch Angst vor ihm, und sie war jetzt ganz nahe daran, alles zu verstehen. Wenn sie völlig still läge, würde sie es verstehen.

Juhan kam. Sie habe nicht gegessen, sagte er. Sie müsse jetzt aufstehen. Sich waschen und essen. Er schaltete das Radio wieder an.

»Es ist gut für dich, etwas zu hören«, sagte er, als sie ihn davon abhalten wollte.

Jetzt sang eine Männerstimme:

Nun ja, Recht bleibe Recht,
drum mach den Strauß mir echt,
steck rein zwei rote Röschen …

Da schrie sie ihn an, er solle gehen. Er versuchte mit ihr Spaß zu treiben wie mit einem kleinen Kind, doch da wurde sie rasend. Sie hatte kapiert, und er sollte raus.

»Raus!«

Dann war es still. Es war so fürchterlich. Seine List und seine Speichelleckerei. Natürlich wußte er davon! Allerdings glaubte sie nicht, daß er es war, der es arrangiert hatte. Aber hatte er nicht gesagt, daß er mit dem Chorleiter gesprochen habe – ja, er wußte es!

Der Chorleiter, der auch Organist war, hatte im Radio Orgel gespielt. Mehrmals. Er war bei der Rundfunkanstalt so gut wie zu Hause, das war völlig klar. Als er in Huddinge Organist gewesen war, hatte man seine Aufführung der *Johannespassion* im Radio gesendet. Sie hatte ihn sogar in die Kungsgatan 8 hineingehen sehen. Es war keine Kunst für ihn, die Leute zu bitten, gewisse Platten zu spielen. Weder er noch Juhan wollten das natürlich freiheraus sagen. Es drehte sich jedoch immer um dasselbe. Ihren Fehltritt. Sie wußte, was mit den zwei roten Röschen im weißen Strauß gemeint war. Sie war nicht dumm. Und was Lili Marleen in Wirklichkeit für eine Sorte Frau war, wußte sie ebenfalls. Sehr gut sogar. Juhan hatte es ihr gesagt. Mit einem sehr garstigen Wort. Auch hatte er an jenem Morgen die Zeitung hingelegt, aufgeschlagen, so daß sie Elias' Namen sehen mußte.

In dieser Nacht kam ihr alles zu Bewußtsein, und sie fühlte sich ruhig, obwohl das alles so fürchterlich war. Sie wußte nun jedenfalls Bescheid. Nur eine Sache war da noch, die sie Juhan fragen mußte, um das Bild abzurunden. Deshalb war sie gefügig, als er wieder auftauchte. Er sagte, sie müsse ins Krankenhaus, wenn sie nicht esse. Da stand sie auf, setzte sich an den Tisch und aß etwas von einem Lachsbrot, das er vom kalten Büfett mitgebracht hatte. Das Geräucherte und Gesalzene ekelte sie, doch sie war fest entschlossen, gute Miene zum bösen Spiel zu machen.

»Trink auch Milch«, sagte er.

Sie tat ihm den Gefallen. Da fing er wieder vom Krankenhaus an, daß sie auf jeden Fall dorthin müsse, um den Gips abnehmen zu lassen. Sie verstand genau, sagte aber nichts. Sie sollten sie dortbehalten. Sie glaubten Juhan natürlich. Er lief ja umher und wirkte normal. Doch sie hatte jetzt verstanden, daß sie auch das tun mußte. Ansonsten könnte es schiefgehen.

»Da ist nur noch eines, was ich dich fragen wollte«, sagte sie und versuchte, einen leichten Ton anzuschlagen.

»Ja?«

»Warum hast du mich in *Die Glasmenagerie* mitgenommen?«

Genau wie sie erwartet hatte, wurde er hektisch und redete um den heißen Brei. *Die Glasmenagerie*, daran erinnere er sich nicht. Wer habe denn gespielt? Nancy Dalunde? Jaja. Auf der Kleinen Bühne. Das könne gut sein, aber was sei damit? Sie seien dorthin gegangen, das sei richtig, doch er glaube nicht, daß er das vorgeschlagen habe.

Als sie ihm nur ein klein wenig zusetzte, wurde er noch hektischer und wehrte mit anderen Stücken ab, die sie gesehen hatten.

»Und das ist doch mindestens zwei Jahre her! Im Vasan haben wir auch *Olivia* gesehen, diese Komödie von Rattigan. Erinnerst du dich?«

»Nein«, sagte sie. Sie erinnerte sich jedoch ganz genau an das Stück und an Alice und Ernst Eklund. Aber er durfte sie auf keinen Fall vom Thema abbringen.

»Warum wolltest du, daß ich *Die Glasmenagerie* sehe?«

Jetzt antwortete er nicht mehr. Er saß da und hatte den Kopf in die Hände gestützt. Sie wollte jetzt allein sein. Doch er verlangte eine Erklärung. Wieviel sie tatsächlich verstanden hatte, wollte sie ihm nicht erzählen. Das könnte sehr gefährlich sein. Sie sagte lediglich, sie wisse, daß er Elias Elv kenne.

»Herrgott noch mal!« sagte er. »Liebe, kleine Myrten ... hör mir mal zu.«

»Laß mich zufrieden. Ich will jetzt allein sein.«

Da brauste er auf:

»Wir waren auch in *Spiel mit dem Schicksal*! Dann kenne ich wohl auch Gary Cooper! Und Bing Crosby – um Himmels willen, schließlich habe ich dich mit in *Die Glocken von Sankt Marien* geschleppt!«

»Geh jetzt«, bat sie. »Ich verspreche, daß ich aufstehe, mich wasche und mich anziehe. Aber geh.«

An diesem Abend kam nicht Juhan, sondern Schwester Edith vom Högalids-Pflegeheim für alte Männer. Sie trug ihre Tracht und sagte, Myrten werde eine Schlaftablette bekommen. Sie werde jeden Abend eine bekommen.

»Sie wagen es also nicht, mir ein ganzes Döschen anzuvertrauen, Schwester?«

»Myrten«, sagte sie ernst. »Wir haben unsere Vorschriften.«

Das verstand sie ja nun wirklich.

»Ich habe Grießpudding dabei. Den backe ich auf. Meine Alten haben Fruchtsoße dazu bekommen, ich habe jedoch ein kleines Glas eingemachte Kirschen mitgebracht. Das werde ich Ihnen anvertrauen, Myrten.«

*

Er fragte sich, ob sie wohl an andere Frauen dachte. Ja, mit Sicherheit. Alles andere wäre unnatürlich. Eldbjörgs Gefühlsleben war nicht gelähmt. Die spannungslosen Muskeln hatten sich zurückgezogen und waren zu einer dünnen, schlaffen Masse geworden. Doch weiter in ihrem Innern war die Blutversorgung intakt. Dort war es feucht, es seufzte, schlabberte, stürmte und brüllte vielleicht da drinnen. Was wußte er schon?

In diesem Fall war es lediglich als ein leises Piepsen in ihrer Stimme zu vernehmen:

»Wen hast du denn getroffen?«

Es war klar, daß sie an Frauen dachte. Doch wie? Sein Körper und der einer Frau. Haut. Bewegungen. Die klare Feuchtigkeit am Finger. Wieviel wußte sie davon? Viel hatte sie in dieser Richtung nicht erlebt; sie war neunzehn gewesen und mit einem in die Jahre gekommenen Mann, der sich hütete, dieser Lieblichkeit zu nahe zu kommen, um einen Billardtisch herumgetanzt.

Zu Beginn ihrer Lähmung hatte es ihr gefallen, Tjåppen rennen zu sehen, und sie hatte Elis gebeten, ihm Stöckchen und Bälle zu werfen, Kindereien, in die der Hund sich fügte, obwohl er geschlechtsreif war und seine Bestimmung kannte: zu wachen.

Sie mußte damals die Bewegungen gespürt haben – im Sprung, im Strecken, in der heftigen Anstrengung und im Übergang zur Ruhe. Sie waren in ihr gewesen und hatten in dem Hund und in seinem Anblick gelebt. Doch obwohl sie nie darüber gesprochen hatte, begriff er, daß diese physische Erinnerung in einem Limbo abgeklungen war, der immer bleicher und verschwommener wurde. Der Wille drang nicht bis in die gelähmten Körperteile vor. Vielleicht zerfiel deshalb auch die Erinnerung an die Bewegungen. Sie sollte wie ein Blinder werden, der nicht weiß, daß er blind ist. Körperblind. Bewegungsstumm.

Sie war zu einem Bewußtsein in einer Hülse geworden. Fleisch. Nicht tot. Es hatte Gefühl, und es hatte eine Blutversorgung, wenn auch eine spärliche.

Er ahnte, daß sie schwerlich heftige Phantomschmerzen verspürte, wenn sie daran dachte, daß er in Stockholm etwas mit Frauen zu tun gehabt haben könnte. Es war etwas Blasseres, Ferneres. Sie tastete nach einem Grund für ihre Bitterkeit und ihren Schmerz, doch was sie fand, waren nur leere Symbole, schattenhafte Abbildungen auf der Innenseite der Hülse.

Sie ist in der Hölle, dachte er, und das ist die geheime Finesse, die Sicherheitsvorkehrung der Hölle: Nichts darf davon nach außen dringen. Schweigen, Vergessen, armselige und blasse Symbole. Hier hört alles auf zu wirken und gesehen und gefühlt zu werden.

Ihr Schmerz bedurfte der Linderung. Deshalb erzählte er ihr von Jadwiga Pietkiewicz.

»Eine Polin«, sagte er. »Hat die Kunstakademie in Warschau besucht. Machte Landschaften und Porträts. Sie war recht bekannt. Tatsache ist, daß ich sie irgendwo in einem alten Katalog habe. Wir waren an derselben Ausstellung beteiligt. Ich glaube, das war in Berlin. Dann nahmen die Deutschen sie in Polen fest, und sie kam nach Ravensbrück.«

»Was hat sie getan? War sie Jüdin?«

»Nein, ich glaube nicht. Sie hat ihr Leben ganz von sich aus in Verwicklung gebracht. Die Deutschen machten eine Hausdurchsuchung und fanden Papiere der Widerstandsbewegung. Das war '41. Ich habe ihre Zeichnungen jetzt in Stockholm gesehen. Auch Aquarelle. Kreide. Die sind im Lager entstanden. Sie hat einige versteckt und im Transport mit hierhergebracht. Etliche hat sie an Mitgefangene verteilt. Es können also noch mehr auftauchen.«

»Wie konnte sie dort malen?«

»Sie hat Stifte gestohlen. Farbe. Gegen eine Kartoffel oder etwas Suppe getauscht. Sie hat sie in der Ruhrbaracke versteckt. Die Wachen fürchteten sich davor, diese zu betreten. Sie war schon in Warschau gut, nun wurde sie noch besser.«

»Wie kannst du nur so etwas sagen!«

»Weil es so ist. Sie hat vor allem Porträts gemacht. Frauen. Magere, versteht sich. Skelette. Skelette mit Augen. Das ganze Leben. Licht auf Gesichtern, die weit weg waren. Zu Hause vielleicht. Trocken, fiebrig, kreidig ... Ja, sie wurde sehr gut. Es lag auch Humor darin. Eine Art von verflixt ... Ja, ich weiß nicht, was. Schlechtes Papier. Sie konnte es nicht aufspannen. Farben ... Nun, was sie eben kriegen konnte. Die Zeitungen sollten diese Bilder statt der Fotos von all den Leichenbergen zeigen. Von Leuten, die nach Speiseresten kriechen und krallen. Eine Kamera ist ein beschissenes Gerät. Das hier waren Menschen. Frauen. Eine jede war sie selbst und glich keiner anderen. Ich glaube nicht, daß es gut ist, Leichenberge zu zeigen. Da wird alles nur zu einem unappetitlichen Brei. Doch Gesichter wie diese, die vergißt man nicht. Allerdings glaube ich, es werden die schwarzweißen Zeitungsfotos sein, die sich behaupten werden. Ihre Bilder wird man vergessen. Sie sind zu zweideutig.«

»Aber Elias! Sollten sie wirklich zweideutig sein?«

»Ja, nicht unanständig. Aber sie sagen zwei und sogar mehr Dinge auf einmal aus. Mehrdeutig. Schwer auszuhalten. Mit Leichenbergen ist das einfacher. Da denkt man *igitt.*«

»Wir sind keine Kinder!«

»Doch. Nein, du hast recht. Kinder würden wohl nicht igitt sagen. Menschen, die die Bilder ihrer Künstler nicht aushalten, sind irgendwie freiwillig zurückgeblieben.«

»Und wie war sie?«

»Pietkiewicz? Ich habe sie nicht getroffen. Ich habe nur ihre Zeichnungen und Aquarelle gesehen.«

Es war schlimm. Aber wenn sie an Frauen dachte, machte ihn ihr Unglück nicht nur tief betrübt, sondern auch gereizt. Hätte er auf dieses hilflose Piepsen freiweg antworten können, was unmöglich war, dann hätte er gesagt:

Die einzige Frau, die sich mir genähert hat, war ungefähr vierzig. Sie war klein. Nicht gerade dick, aber abgerundet und gut genährt. Aus irgendeinem Grund, den nur sie selbst kennt, hatte sie sich eine schwarze Feiertagstracht angezogen, bevor sie zu der Kunstglasausstellung ging. Ich dachte, sie sei Diakonisse und fahnde womöglich nach moralischem Verfall. Es ist nicht auszuschließen, daß sie einen Auftrag hat, dachte ich. Von einem Sittlichkeitsverein mit einem Bischof emeritus als Vorsitzendem. Sie trug einen langen Mantel mit Falten hinten und einem Rückengurt. Eine gefältelte schwarze Kappe. Schnürschuhe mit halbhohem Absatz, dichte schwarze Strümpfe.

Sie kreuzte auf der Fahndung nach Unanständigkeiten durch den Raum. Dachte ich. Keine halbe Stunde mehr, dann würden wir einpacken, folglich blieb ihr nicht viel Zeit. Da änderte sie ihren Kurs. Steuerte direkt auf mich zu und sagte:

»Sie sind der Künstler, schätze ich.«

Das mußte ich zugeben. Ich sah jetzt, daß sie keine Diakonisse war. Sie hatte die Brosche der Rot-Kreuz-Schwestern am Mantel.

»Elias Elv«, sagte sie.

Wie üblich fühlte ich mich unbehaglich. Das ist immer so, wenn jemand meinen Namen sagt.

»Ich glaube, wir haben eine gemeinsame Bekannte.«

Ich schwieg natürlich.

»Myrten Halvarsson«, sagte sie. »Sie kennen sie doch?«

»Aber ja«, erwiderte ich. »Grüßen Sie sie schön.«

Es war doch verwunderlich, daß es nicht Myrten Halvarsson selbst war. Derlei ist mir passiert. Wie Schiffe schieben sie aus dem Nebel hervor. Laufen mich an und werfen Enterhaken aus. Das Ewig-Weibliche zieht uns hinan.

Die einzige, der ich gerne begegnen würde, ist Kitty. Der kleinen, pummeligen, süßen Kitty aus Vika. Sie hieß allerdings irgendwie anders. Wahrscheinlich hat sie jetzt kaum noch Zähne.

*

»Es wirkte so unschuldig anfangs. Fast nett, wenn es auch weh tat. Doch dann wurde es anders. Weil sie dolichozephal war. Das heißt so. Ich selbst bin brachyzephal. Kurzköpfig. Doch Ingefrid hatte diese wunderbare Kopfform, die der Langköpfe.«

»Hatte?«

»Ja.«

»Wir können herausfinden, wie es Ingefrid geht, Myrten.«

»Nein, es ist zu spät. Ich weiß nicht, wie es sich abgespielt hat. Sie ist nicht an einer Fieberkrankheit oder so dahingegangen. Das einzusehen war so schwer. Ich wollte es zuerst nicht wahrhaben. Doch ich mußte, und jetzt ist mir alles klar. Im großen und ganzen. Nicht in allen Details. Und ich will es gar nicht wissen! Er wollte natürlich sein Kind sehen. Und da stellte er fest, daß sie diese schöne Kopfform hatte. Von ihm. Es ist klar, daß er sie abbilden wollte. Ich verstehe ihn. So weit verstehe ich es. Doch wie daraus Experimente wurden ... Er muß sehr grausam sein. Kalt. Wissen Sie, was ich glaube, Schwester Edith? Ich glaube, seine Neugier hat Macht über alles andere bei ihm. Und die Lust ... nachzuahmen. Leben nachzuahmen.«

»Aber Experimente ...«

»Ja! Aber ich möchte nicht darüber sprechen. Wenn ich daran denke, kann ich nur froh sein, daß sie dem am Ende entgangen ist.«

»Aber sollte Ingefrid denn tot sein? Glauben Sie das, Myrten?«

»Ja.«

»Aber Sie wissen es nicht. Nicht sicher?«

»Ich möchte nicht darüber sprechen.«

»Wir könnten das doch herausfinden!«

»Ich möchte gar nicht wissen, was für ein Ende sie genommen hat. Ich möchte meine Ruhe haben. Alles ist so gräßlich geworden. Ich muß still sein.«

»Sie werden Ihre Ruhe haben, Myrten. Ich möchte nur noch eines fragen, bevor ich gehe. Wie konnte er wissen, wo das Kind ist?«

»Von Juhan natürlich, der hat es ihm erzählt.«

»Aber die beiden kennen sich doch gar nicht, oder?«

»Ich weiß, daß Juhan es bestreitet. Und er behauptet, Elias Elv sei nicht Ingefrids Vater. Ich würde ihn nicht einmal kennen.«

»Das tun Sie aber, Myrten, das weiß ich. Das habe ich ja herausgefunden. Wollen wir das andere gemeinsam herausfinden? Wie es der kleinen Ingefrid geht?«

»Ich habe ein Papier unterschrieben, daß ich niemals Kontakt aufnehmen oder versuchen werde, mich zu melden. Die haben ihre Vorschriften, wissen Sie. Gegen die darf man nicht verstoßen.«

»Ich glaube, daß diese Mutter, von der Sie erzählt haben, Myrten, auf jeden Fall dagegen verstoßen hätte.«

»Welche Mutter?«

»Die, die vor dem Richter stand. So. Schlucken Sie das mit ein wenig Saft. Wir nehmen jetzt nur eine halbe Tablette. Damit wollen wir anfangen. Ja, ich weiß, Myrten, Sie wollen die Lampen nicht brennen haben. Doch am Sonntag werden wir uns bei Tageslicht sehen. Und am Dienstag haben wir einen Termin in der Röntgenabteilung. Da habe ich frei. Man wird Sie sicherlich nicht dabehalten, aber sie müssen nachsehen, ob der Knöchel in Ordnung ist. Sie haben sich dort sehr darüber aufgeregt, daß ich den Gips aufgeschnitten und abgenommen habe. Manchmal muß man eben gegen die Vorschriften verstoßen.«

Dann war es Sonntag, und es herrschte Tageslicht, und Myrten hatte Schwester Edith etwas Merkwürdiges zu erzählen.

»Normalerweise quälen mich die Geräusche aus den anderen Wohnungen ganz entsetzlich. Gestern abend dachte ich, es würde fürchterlich werden. Sie scharrten und rückten Stühle und trampelten, und da waren ganz viele Stimmen. Ich glaube, sie saßen bei Tisch, es war eine Festlichkeit zum Fünfzigsten oder so. Und dann legten sie Platten auf und schleiften über den Boden. Sie tanzten natürlich. Ich dachte, es würde eine einzige sich in die Länge ziehende Qual werden. Es waren so grauenhafte Stücke. *Yippie yi yippie yeah! Charlie Truck, der ist okay!* Solche Sachen. *Eine stille Lagune ... verführerische Schimmer.* Das war schon ein bißchen besser. Die Melodie, meine ich. Aber dann, Schwester, verstehen Sie, ist was passiert. Sie haben die Fenster aufgemacht. In den größeren Wohnungen gibt es ja Doppelfenster, die reichen bis zum Fußboden, so wie eine Tür. Davor ist ein kleines Geländer. Aber kein Balkon. Ich nehme an, daß es da oben warm und stickig geworden ist, denn es hörte sich an, als drängten sich alle am Fenster zusammen. Sie schnatterten und kreischten, es waren vorwiegend Frauenstimmen. Ich roch Zigarrenrauch. Und dann wurde es still. Einer stimmte einen Ton an. Und dann sang ein Männerquartett! Sie mögen es glauben oder nicht. Sehr schön. Sie sangen *Märchen des Herzens.*«

»Singen Sie es!«

»Aber Sie wissen doch, wie das geht, Schwester.«

»Singen Sie es trotzdem.«

»Ich glaube nicht, daß ich das kann. Meine Stimme ist ganz komisch geworden.«

»Versuchen Sie es ein wenig. Es sind doch nur wir zwei hier.«

Der Wald hat seine Quelle,
die Flur ihr Blumenkleid.
Ein Herz, das hat sein Märchen
von sel'ger Jugend Zeit.

»Singen Sie, Myrten. Ja ... die Stimme wird doch wieder besser. Sie ist nur ungeübt. Man muß sich einsingen. Heißt das nicht so? Des Waaal-des ...«

Des Waldes Quell versieget,
der Wiesen Flor verblüht.
Des Herzens holdes Märchen
wird von der Zeit behüt'.

»Das war das Lieblingslied meines Vaters.«

»Das kann ich verstehen.«

»Das hätte man bei seiner Beerdigung singen müssen. Das wäre das Richtige gewesen. Ja, nicht in der Kirche natürlich. Das geht ja nicht. Aber hinterher. Ich hätte es mit vier Männerstimmen aus dem Kirchenchor einstudieren sollen, und die hätten es dann im Gemeindezentrum singen können, vor dem Kaffee. Das wäre möglich gewesen.«

»Warum haben Sie das nicht getan, Myrten?«

»Weil ich nur daran gedacht habe, selbst zu singen! Ich habe eine Arie von Bach gesungen. Aus der *Johannespassion*.«

Zerfließe, mein Herze, in Fluten der Zähren ...

»Das klingt schön.«

»Ich habe jedoch nur an mich selbst gedacht, daran, das singen zu können! Ich glaube, Papa hätte es trostlos gefunden.

Eigentlich wußte ich das. Als sie nun da oben *Märchen des Herzens* sangen, war das für mich wie ein Gruß von Vater. Nicht daß er mir Vorwürfe gemacht hätte! Nein, nein! Aber er mochte es so sehr.«

»Jetzt werde ich Ihnen auch etwas Merkwürdiges erzählen. Setzen Sie sich hier ans Fenster, Myrten. So.«

»Was ist denn?«

»Ingefrid lebt und ist bei guter Gesundheit. Sie war heute vormittag in Skansen. Ich habe sie gesehen. Sie trug einen Pepitamantel mit einem Samtkragen. Ich sagte Fredrikssons guten Tag und kaufte ihr einen Stoffaffen. Obwohl er von sehr schlechter Qualität war, fürchte ich.«

»Wie seltsam!«

»Aber nein. Ich hatte mich mit ihnen für ein Stündchen verabredet. Jetzt gehe ich in die Kochnische und setze Tee auf. Ich werde schon richtig heimisch bei Ihnen, Myrten.«

Sie tranken nur Silbertee, also heißes Zuckerwasser mit Milch. Myrten mußte auf ihren wiedererlangten, doch leicht gestörten Schlaf achten. Alles, was Schwester Edith gesagt hatte, war unwirklich.

»Aber mein Vater ist tot«, sagte Myrten.

»Ja, ich weiß.«

»Er ist an einem Herzschlag gestorben. Das habe ich in mir. Es will nicht weichen. Das Grauenhafte. Aber Ingefrid. Mir ist so … Es ist ganz und gar unwirklich.«

»Ingefrid hatte einen gelben Hut. Wie so ein Chinesenhut, Sie wissen schon, Myrten. Freilich einen kleinen. Frau Fredriksson genierte sich, weil er jetzt im November zu sommerlich war. Aber das Mädchen wollte ihn so gern aufsetzen. Es war ja auch nicht kalt draußen.«

»Vater ist im Mai gestorben«, sagte Myrten. »Das ist jetzt wohl ein halbes Jahr her?«

»Ja. Sie haben jetzt das ganze Leben Ihres Vaters in sich, Myrten. Alles, was er erzählt hat. Und alles, seit Sie geboren wurden. Sie tragen Ihren Vater wie ein kleines Kind in sich, Myrten. Belassen Sie ihn nicht in dem Grauenhaften.«

»Es war ein Alptraum.«

»Ja.«

»Obwohl ich wach war.«

»Es ist bestimmt gut, Licht zu haben. Machen Sie die Lampen an, und lesen Sie ein bißchen.«

»Ist dies nicht ebenso eine Verfälschung, wie es die beschönigendste Romantik wäre?«

»Wie bitte?«

»Das habe ich gelesen. Wissen Sie, daß ich mich an alles mögliche erinnern kann? Ich meine solche Sachen, an die man sich sonst so gut wie nicht erinnert. *Nun waren die meisten wohl recht desorientiert, und ich frage mich, wie viele der Uneingeweihten den Ariadnefaden fanden.*«

»Sie sind eine richtige Gedächtniskünstlerin.«

»Ja. Aber das ist nicht immer so vergnüglich.«

*

Er war froh, daß er zurück war. Der Winter stand vor der Tür. Die Glashütte war körperwarm, später am Tag fieberheiß.

Er dachte an die Einsamkeit ihrer Körper, wenn er Eldbjörgs blasse Stirn sah. Im harten Licht der Lampe sah es aus, als hätte sie keine Haut auf dem Stirnbein.

Wir stellen uns ein Inneres vor, dachte er. Eine dunkelfeuchte lebendige Masse, die nach draußen will, um sich mit einem anderen Innern zu vereinigen. Wir sind jedoch mit unseren Körpern allein, die wir so herausgeputzt haben, daß sie Vereinigung und Berührung zurückweisen. Mit Ausnahme der ritualisierten, der gemeinsamen Bewegungen der Lippen und Zungen, der Umschließung des Glieds in einer statthaften Körperöffnung. Festgelegte Gebärden.

Er fragte sich, ob sie jemals in die Nähe einer wirklichen Vereinigung gekommen war. Hatte sie an den Titten ihrer Mutter geschlabbert?

Der Geruch der Mutter war in seiner Erinnerung herb und gut. Unterm Rock gespreizte Beine nahmen sein Gesicht auf. Der Spülwasserfleck wurde vom tränenreichen Geschluchz warm und noch nässer. Der kräftige Geruch stieg auf und umhüllte den Kopf. Es roch wie bei den Schafen, nach gutem, warmem Strohlager.

Dann wurde man weggeschubst wegen eines anderen Balgs, der ihr auf den Bauch pinkelte, als er umsorgt werden sollte. Und die Mutter lachte über die kleine Springquelle, die hoch in die Luft und in einem Bogen nach unten spritzte. Der neue Balg vollführte dieses kokette Kunststück mit dem Schniepel.

Und Mama hat's gefindet goldigens. Rausen war eins. Weg war eins. Hat nichtens gehelfet, daß eins sich vollgestrullet, ward nur kalt in der Hosen. Und Mama, die sonsten nimmer gezürnet, hat die Haut um die Augen gerumpfet und mit dem Kopf geschüttelt. Hat eins sodann sich hinlegen gemußt, unter das Fell, bis sie getrocknet, am Herd, die Hosen.

Myrten Halvarsson, Sie kennen sie?

Ja, auf diese Art habe ich sie gekannt.

Wir waren zusammen tief in dem brennenden Erdenlager. Wir verschmolzen weit jenseits festgelegter Gebärden. Wir sabberten wie erschöpfte Kinder auf das Kissen, und hätte sie sich vor Mühen und Seligkeitstaumel vollgemacht, hätte ich sie abgewischt, so wie Mutter es mit dem Hintern des Kleinkinds getan hatte, und mich dabei wie sie gefühlt, wenn sie das feuchte Torfmoos in die Spalte einführte.

Selige Kinder waren wir. Körper ohne Fassade und Schranke. Zuerst duftete die Haut wie die Blumen der Almweide. Und während die Stunden verstrichen, versenkten wir uns in das braune Wurzellager, der Geruch wurde besser und herber und machte uns schwindeln. Wir vergaßen die Zeit.

Jungfernflachs und Blutwurz blühten ewig für uns und würden niemals zu Heu trocknen. Die Tiere, die haben keine Angst davor, zu sterben. Wir waren Tiere in einem Grasfell tief unterm Wiesenkerbel und Eisenhut. Der Fuchs konnte uns nicht holen.

Nein, der Fuchs konnte uns nicht holen.

Liebe – denn das war Liebe – ist nichts so Ernstes, wie du glaubst, Eldbjörg, und ich wünschte, ich könnte dir das sagen. Du, die du dich nicht einmal sehnen kannst, nur wundern. Und vielleicht ist es gut für dich, an zwei Innere zu glauben, die miteinander verschmelzen, wenn der Körper sich geschlossen hat.

Ja, meine Liebe, wir können uns durchaus auf etwas einigen und es mit Recht Liebe nennen. Wir sind wie zwei alte Weiber. Sie gehen dicht nebeneinander und schwatzen. Sie haben weiße Hütchen auf und tragen Handtaschen, sie haben nur einander, und ihre Liebe ist völlig unkörperlich, außer wenn sie einander Frischgebackenes anbieten. Aber es ist Liebe, eine Liebe strapazierfähiger Art, und sie gleicht der unseren.

Das mit Myrten Halvarsson, das dauerte nur vierzehn Tage. Dann schloß sich ihr Körper. Und zwar, als sie etwas über Mutter sagte. Daß sie um sich herum nicht saubergehalten habe.

Sie sollte es wissen.

*

Gestern trug ich Myrtens Pelz, als ich aus dem Haus ging. Ich fand, es war Winter geworden. Heute nacht hat es bestimmt geschneit. Ich sehe im Dunkeln nicht richtig. Vielleicht ist aber auch der Reif gewachsen. Der Mond ist die Sonne für solche leblosen Moose. Gestern sah ich auf dem Glatteis verstreute Froststerne.

Myrten gab mir den Pelz. Es ist ein Persianer, und er riecht auf ganz eigene Art. Sie flüsterte im Krankenhausbett über den Pelz und das Haus. Sie sagte, es sei alles geordnet und niedergelegt. So, als ob ich die Fürsorge und Wärme brauchte, nicht sie, die dorthin ging, wo nichts wächst.

Ich begegnete Elias vor dem Laden, und er fand den Pelz schauerhaft fesch. Ich ärgerte mich natürlich und erzählte, daß er ursprünglich meiner Pflegeschwester Myrten gehört habe.

»Solchig einen feschen Pelz hat sie gehabet«, sagte er.

Ich hatte gute Lust, ihm zu erzählen, daß Myrten keine arme Frau gewesen sei. Aber das brauchte ihn ja nicht zu kümmern. Im übrigen hatte sie den Pelz nicht selbst gekauft. Sie hatte ihn geschenkt bekommen. Das sagte ich jedoch nicht.

Aber all das, mein Ärger wie auch die Wärme des Pelzes haben mich daran erinnert, wie ich Dag Bonde Karlsson zum erstenmal begegnet bin und Assar Fransson mich dazu verleitet hat, mich über das Dorf zu erheben.

Mein Onkel Anund und ich waren im Vereinshaus und hörten uns einen Vortrag des Schriftstellers Karlsson an. Es ging um die Frühgeschichte Jämtlands. Er sagte allerdings Jamtland.

Es war ein Oktoberabend und ziemlich naßkalt, als wir das Vereinshaus verließen. Wir gingen zur Pension, wo ich in der Küche arbeitete und mein Onkel zur Hand ging. Er hackte Brennholz und räumte die Wege. Rupfte Schneehühner, häutete Hasen und anderes mehr. Zur Sommerszeit trug er das Eis aus der Miete herein.

Wir schwiegen, während wir ins Dorf trotteten, zum erstenmal in diesem Herbst in Skistiefeln. Als wir jedoch über die Brücke gingen und den Fluß singen hörten, da sagte der Onkel:

»Weißt du, was er gesaget, der meinige Vater?«

»Nein.«

»Ist alsfort hier gewesen, der Lappe, hat er gesaget.«

War das wahr? Der Vortragende, den wir soeben gehört hatten, behauptete, alle Lappen kämen aus dem Osten, und wir seien ein fremder asiatischer Rassetyp, und das Lappische sei ein Rotwelsch, das wir aus allen möglichen anderen Sprachen zusammengerührt hätten. Wir hätten ursprünglich keine Sprache gehabt, hatte er gesagt.

»Diese Laute, die Joik genannt werden«, sagte der Onkel mit großer Bitterkeit zum Fluß.

Der Fluß sang noch. Das Eis war noch nicht von den Ufern zur Mitte gewachsen.

»Jaja«, sagte ich. »Du mußt das nicht übelnehmen. Er hat auch gesagt, daß es interessant sei.«

Mein Onkel Anund hat ein ganz besonderes Gedächtnis für Worte. Er wiederholte nun, was der Vortragende gesagt hatte:

»Diese Laute, die sie Joik nennen, sind interessant, denn sie zeigen, wie der primitive Gesang geklungen hat. Geklungen haben mag, sagte er übrigens. Die Laute der Wilden auf der ganzen Erde. Ehe der Mensch ein kulturelles Wesen wurde.«

»Jaja. Aber eigentlich hat er ja über Jämtland gesprochen.«

»Jamtland, hat er gesagt. Und ist eine eigene Sprache, das Jamtische. Und muß eine eigene Regierung haben, Jamtland. Freie Bauern in Jamtland haben dereinst die Demokratie erfunden!« sagte der Onkel her, und seine Augen glosten wie die eines Wolfs. Gelb.

Dann lachten wir über diesen Quatsch.

Als wir zur Pension kamen, ging der Onkel schnurstracks in den Brennholzschuppen und machte sich daran, passende Scheite für den Kamin zu spalten. Ich verstand diese Axthiebe. Er mußte die Schmach aus sich heraushauen. Onkel Anund nahm sich schnell etwas zu Herzen. Ich sagte, er solle danach hereinkommen, dann bekäme er etwas zu essen.

Ich trug Sülze, eingelegte rote Bete und einen richtig alten bräunlichen Ziegenkäse auf. Dag Bonde Karlsson wohnte in der Pension und hatte sich nach dem Vortrag ein Abendbrot bestellt. Nach einer Weile kam er in Begleitung des Händlers, der auf alles Neue erpicht war. Wenn wir Gäste hatten, kam Fransson in aller Regel zu uns herauf, um sich zu unterhalten und Pilsner zu trinken. Eigentlich hatte er ja Pilsner im Laden. Aber er hatte gern Gesellschaft. In der Pension war ja meistens irgendein Holzhändler oder ein Kurzwarenvertreter, mit dem sich plaudern ließ. Er war übrigens der einzige Dorfbewohner, der sich in den Gesellschaftsraum traute, wo es Ledersessel gab und wo vor dem Kamin ein moderner Rauchtisch mit Glasplatte stand.

Als ich das Abendbrot brachte, sagte Fransson:

»Hier kommt eine merkwürdige Person, vielleicht die merkwürdigste, die wir in diesem Dorf haben.«

»Aha«, sagte Bonde Karlsson und sah mich an.

»Ja, sie ist nämlich als kleines Kind von einem Adler geraubt worden.«

Ich war völlig baff. Woher wußte er das?

»Es geht das Gerücht«, sagte er nur.

»Ja, ich habe wahrlich nie was darüber verlauten lassen«, sagte ich.

Sehr wenige Menschen sind von einem Adler emporgehoben worden. Darum will auch niemand glauben, daß es geschehen ist. Und wer es tatsächlich erlebt hat, schweigt am liebsten. Man möchte nicht, daß eine so große Erfahrung Gegenstand von Gelächter und Mißtrauen wird. Folglich war ich nun doch ziemlich zugeknöpft. Jedenfalls anfangs.

Dag Bonde Karlsson war damals, ein paar Jahre nach dem Krieg, ein Mann gesetzten Alters. Er trug einen Sportanzug und karierte Strümpfe, die bis zum Knie reichten, wo die Knickerbocker anfingen, einen karierten Pullunder und eine Häkelkrawatte. Seine handgefertigten Skistiefel waren reell. Draußen in der Halle hatte er einen grünen Felbelhut mit drei Kordeln um den Hutkopf an eines der Rengeweihe gehängt. Er war recht wohlgenährt. Eigentlich hieß er Fjellström.

Obwohl er Schriftsteller war, war er gut situiert, denn er hatte eine Großbauerntochter geheiratet. Nach dem Tod ihres Vaters hatte sie die Landwirtschaft verpachtet, die Forstgeschäfte aber betrieb sie selbst. Sie fuhr wie ein Mannsbild. Karlsson schrieb ja nur, und außerdem reiste er umher und hielt Vorträge. Merkwürdig war, daß Agda Fjellström auch wie ein Mannsbild starb. Das war jedoch später, auf dem Frühjahrseis. Sie hatte einen Traktor angeschafft und transportierte in Lakahögen eine Fuhre Holz über den See. Das Eis war in dem Jahr trügerisch. Sie brach ganz einfach ein. Und kam nicht mehr herauf.

Zunächst ärgerte ich mich zwar über Fransson, aber wie es nun einmal war, stachelte er mich dazu auf, zu erzählen, wie das mit dem Adler zugegangen war. Das meiste mußte ich ja aus einem alten Zeitungsausschnitt wiedergeben, den mein Onkel aufgehoben hatte. Man erinnert sich schließlich nicht so leicht an Dinge, die passiert sind, noch ehe man drei Jahre alt war. Ich erzählte jedoch von den Wunden auf meinem Rücken, die von den groben Klauen herrühren, und von dem Felsabsatz, auf den mich der Adler fallen gelassen hatte und der ganz kotbefleckt gewesen war.

Dag Bonde Karlsson hielt das für eine sehr merkwürdige Geschichte.

»Ich werde sie vielleicht in einer Erzählung verwenden«, sagte er.

Er war ja Romancier. *Er* war es, der *Ingefrid auf Högåsa* geschrieben hatte. Myrten und ich hatten den Roman in jenem Winter gelesen, bevor ich heiratete, und sie hielt es für das beste Buch, das sie kannte.

»Ich kann mir vorstellen, eine Erzählung *Adlerraub* zu nennen«, sagte er. Die Geschichte über mein Kindheitsabenteuer hatte ihn träumerisch gemacht. Man konnte richtiggehend sehen, wie sein Gehirn arbeitete.

Es wäre ja ein leichtes gewesen, mich geschmeichelt zu fühlen. Tatsächlich aber war ich böse. Allerdings erst, als ich wieder in der Küche war. Da fand ich, daß er keineswegs ein Recht habe, über das, was mir widerfahren war, eine Erzählung zu schreiben und so dazusitzen, auf die Preßsülze herabzulächeln und dabei den Eindruck zu machen, als sei mein Leben in seinem Kopf. Zum erstenmal fragte ich mich, ob die Geschichte über Ingefrid auf Högåsa, eine ziemlich grausige Geschichte, aus dem Leben eines anderen Menschen genommen war. Und wie diese Person sich fühlte, wenn sie das Buch las.

Als ich beim Gläserspülen stand, hörte ich etwas, was ich seit vielen, vielen Jahren nicht mehr gehört hatte. Die Leute im Gesellschaftsraum hatten es ebenfalls gehört.

»Was sind das für Töne?« fragte Bonde Karlsson, als ich ihm seinen Kognak-Soda brachte.

»Das ist nichts.«

Ich ließ das Glas und die Vichywasserflasche auf dem Nickeltablett klirren. Da kam Tore mit zwei Holzeinkäufern hereingestürzt. Mir war klar, daß sie bei Hillevi zu essen bekommen hatten und jetzt einen heben wollten.

»Hier gibt es nur was zu essen«, sagte ich.

»Menschenskind, bist ja unmöglich.«

»Nun, wir haben unsere Beschränkungen. Ich kann nichts dafür.«

Da verlangten sie etwas zu essen.

»Egal, was«, sagte Tore. »Und für jeden einen Doppelstöckigen.«

»Klaren?«

»Mensch! Ödåkra Aquavit. Oder was, Freunde?«

Jetzt war es wieder zu hören. Bonde Karlsson fragte:

»Aber was sind das denn für Töne?«

»Ist der Anund Larsson«, antwortete Tore.

Da ging ich in die Küche. Dort war es noch deutlicher zu hören, denn jetzt hatte mein Onkel sich eingesungen.

Najá najá ... najá, tönte es. *Naaajá najá najá nananaaaajá ...*

Und dann die Axthiebe.

Ajá ... jajajaá ... najá najá ... nananananá ...

Und dann klang er plötzlich wie ein Birkhahn, der am Moorrand kollert.

Vo lolololo lo ... vo voo ... lo lo ...

Ich hätte gern endlos lange mit der Zubereitung des Essens in der Küche verbracht, nur damit Tore es leid würde, auf seinen Schnaps zu warten. Doch ich wagte es nicht, den Gesellschaftsfrieden dort drinnen aufs Spiel zu setzen. Und dann war da auch mein Onkel. Ich wollte, daß sie an etwas anderes dächten und nicht über ihn zu reden anfingen. Deshalb gab ich Nudeln mit Béchamelsoße in eine längliche Schüssel und legte gebratene Fleischwurst daneben. Es hatte keinen Sinn, das Essen zu wärmen, das wußte ich.

Sie tranken ihre Doppelstöckigen und verlangten je noch einen, überlegten es sich dann aber anders und nahmen Whisky-Soda. Dann tat Tore etwas, was er in den Hinterzimmern der Wirtshäuser gelernt hatte: Er drückte seine Zigarette in den Nudeln aus. Er hatte davon erzählt, wie die Speisen, die man notgedrungen bestellen mußte, um Schnaps zu kriegen, aus der Küche kamen, dahin zurückwanderten und wieder aufgetischt wurden. Am Ende waren sie stachlig vor Zigarettenstummeln. Im allgemeinen gab es Haschee. Zuletzt sehe es aus wie so ein Scheißigel, sagte er.

Aber das war dort. In der Stadt. Hier duldete ich so etwas nicht.

»Nimmst das weg!« sagte ich. »Tun das nicht zulassen hier, solchige Schweinerei. Sind Aschenbecher da.«

Er war so verdattert, daß er es tatsächlich machte. Als er die klebrige Zigarettenkippe ablegen wollte, traf er nicht richtig und verschmierte die Streichholzschachtel, die in einem Gestell am Aschenbecher steckte. Aus irgendeinem Grund fanden die anderen das lustig. Sie johlten nur noch ärger. Da ging ich in die Küche und bereitete frisches Essen zu. Diesmal machte ich die Nudeln warm und briet frisch aufgeschnittene Wurstscheiben.

»Bitte sehr«, sagte ich.

Da wurde einer der beiden Holzeinkäufer so kirre, daß er aß.

Die ganze Zeit über tönte mein Onkel. Jetzt waren auch Wörter dazugekommen, und wollte man versuchen, sie zu übersetzen, lauteten sie ungefähr so: *gehungert hat er nicht … nananá … wampenfeist und drall … mit karierten Strümpfen naaná…aaaa…* Und dann ein paar Wörter, die ich nicht so recht herausbringe. Auf jämtisch aber sagt man: *tut quaddern als wie ein Seichmaul*. Dann kam dieser Birkhahnlaut, er sollte Geschwätz darstellen: *Po popololo lo… po voo… po po…*

Nun verhält es sich mit dieser Art zu singen so, daß es tief und ziemlich leise anfangen kann. So als wäre es weit weg, wie Vogelrufe oder ein Fluß, der singt. Geht es jedoch gut, dann nimmt der Gesang ständig zu, reichert sich an und wird von innen heraus kräftig. Er steigt auch. Mein Onkel sang jetzt in immer höheren Tönen. Er hielt sich jedoch die ganze Zeit über an drei, vier Stückchen, najáte gleichsam um sie herum. Er bildete kleine Figuren, die ondulierten Haaren glichen, nachdem man in der Stadt war.

»Ist ein elendig Geheul«, sagte Tore.

Sie spielten jetzt Karten da drinnen, und weil sie immer hoch spielten, wurde die Spannung groß, und sie duldeten nichts, was sie reizte. Es war nicht erlaubt, in der Pension um Geld zu spielen. Es gab sogar ein Schild draußen im Flur.

ALKOHOLISCHE GETRÄNKE DÜRFEN
NICHT MITGEFÜHRT WERDEN.
SPIELE UND HASARD UM GELD
UND UM GELDESWERT SIND VERBOTEN.

DER INHABER

ZUWIDERHANDLUNGEN WERDEN BESTRAFT

Ich wußte, daß ich nicht mit ihnen fertig würde. Sie spielten um Wische, auf die sie hundert Kronen und fünfzig Kronen geschrieben hatten und die sie immer völlig ungeniert einwechselten, bevor sie auseinandergingen. Es kamen sogar Tausender auf normalem Schreibpapier vor. Hillevi gefiel das natürlich gar nicht. Es gefiel ihr nicht, daß Tore überhaupt in der Pension war. Freilich soff er jetzt mit einem anderen Schlag von Leuten als früher. Er hatte schließlich Tronds Erbe angetreten und verwaltete das Nachlaßvermögen. Hillevi befand sich im Besitz des gesamten Nachlasses. Das schlimmste war, daß sie ein derartiges Vertrauen zu Tore hatte. Er war zu der Zeit gerade mal etwas über dreißig. Hillevi glaubte, er würde endlich wie sein Vater werden, nachdem er ihn nicht mehr über sich hatte.

Jetzt herrschte ein sagenhafter Spektakel im Gesellschaftsraum. Die Karten knallten auf den Tisch, und die Kerle brachten ihre üblichen Kommentare darüber, gut bestückt zu sein und die Dame hinzulegen. Und draußen tönte der Onkel. Immer schlimmer, muß ich sagen.

Ich war wütend, weil ich allein war. Hilda Wångström hielt sich abends fern. Sie ging gern zeitig ins Bett. »Bin so mattig«, sagte sie dauernd. Sie klagte über ihre vergeudete Jugend in der Pension: »Aufgestanden ist eins bei aller Herrgottsfrüh und hat aufgehöret nichten vor zehn, besser noch späters des Abends. Und schauerhaft akkurat war's, mit allemsamten. Sollet man kratzfüßeln, vor den Leuten, und rein sein, und fein.«

Als ich sagte, das wär gerade so, als wie ich es jetzt haben täte, da plärrte sie: »War viel ärger frühers! Hat nichten gegeben ein Licht, und nichten ein Wasser, das fließet, als eins angefangen.«

»Bist wohl nichten du gewesen, die angefangen, mit der Pension«, sagte ich, denn dieses Klagelied kannte ich schon zur Genüge. »Ward schon gebauet, eh er ausgebrochen, der Krieg, der erste.«

Tatsache war ja, daß sie die Pension von ihren Eltern, Verna und Isak Pålsson, übernommen hatte. Und sie war gut gegangen. Hilda hatte ihre Schwester Elsa ausbezahlen können. Und dann hatte sie Wångström geheiratet. Erik hieß er. Eine große Freude hatte sie aber nicht an ihm, denn er fuhr in Isaks altem Auto umher, sobald er nach dem Krieg Reifen bekommen hatte. Er sagte, es sei notwendig, nach Östersund zu fahren und fachgerechte Buchführung und Kalkulation zu lernen, wenn man einen Pensionsbetrieb führen wolle. Dann kaufte er einen Chevrolet und war noch mehr unterwegs.

Als ich die Pensionsküche übernahm, war ich mächtig obenauf. Ich hatte ja ein Zeugnis von der Fachschule in Katrineholm, und ich hatte bei meiner Examensarbeit Topinamburpüree mit Käsestangen, Rinderrouladen mit Madeirasauce, Kartoffelbällchen und gemischtem Gemüse und zum Abschluß Backpflaumensoufflé gemacht. Hilda mochte mein Essen; niemand in dieser Pension war ja gerade ein Magerkeitsapostel. Die Leute sahen mich schuften und fragten, wie es mir gehe. Ich sagte bloß, gehet gut mit meiniger Schinderei, und packte zu. Und ich wurde von Hilda gelobt. Ich sei ja so handfertig und so ordnungsliebend, sagte sie. Da wollte ich natürlich noch anstelliger werden und mindestens genauso ordentlich wie Hillevi. Folglich dauerte es lange, bis ich dahinterkam, für wen ich eigentlich rackerte. Ich war wie die Holzfäller auf der Jagd nach Kubikfuß. Doch ich hatte keinen Akkord. Und Hilda zog sich, wie gesagt, nach ihrer Abendpatience gern zurück. Am allerliebsten, wenn es poltrig und laut wurde. Dann hätte man Wångström im Hause gebraucht. Vor Onkel Anund hatten die Mannsbilder keinen großen Respekt. Er war in gar zu vielen frohen Runden dabeigewesen.

Und jetzt sang er. Immer lauter.

Ich ging nach draußen und holte ihn herein. An seinen Augen sah ich, daß er angestochen war. Das war aber schnell gegangen. Daß er im Brennholzschuppen Schnaps versteckte, wußte ich schon.

»Du kriegst jetzt was zu essen, Onkel«, sagte ich.

Er wollte nichts zu essen haben, doch als ich das Tablett mit den Getränken herrichtete, griff er sich die Flasche Eau de vie und nahm einen Zug, der wohl der Menge eines Trinkglases entsprach.

»Nein, hörest auf damit! Muß ich das gleichens bezahlen. Verstehest das nichten?«

Da schämte er sich. Essen wollte er dennoch nicht. Ich ging mit dem Tablett in den Gastraum und mußte gewaltig scheppern, denn er hatte jetzt wieder zu singen angefangen, und da er nun in der Küche saß, war es noch besser zu hören.

Er begann mit ein paar Tönen, leise diesmal. Oder grob, wie er es selber nannte. Zuerst klang es, als ob ein Renkalb grunzte, und dann schwoll es an, und er nahm noch ein paar Töne dazu, so als wollte er sie prüfen, und das tat er lange. Glitt rauf und runter und ließ die Töne nun vibrieren, so daß er sich schließlich wie eine Ziege anhörte. Ich verstand sehr wohl, daß er höhnte. Worte waren jedoch keine zu vernehmen, und ich glaube auch nicht, daß da jetzt welche waren.

»Ist das ein Lappe?« fragte Bonde Karlsson.

Fransson sagte, daß dies seine Richtigkeit habe.

»Habt ihr hier viele dieses Schlages?«

»Nicht so sonderlich viele«, erwiderte Fransson. »Und sind ja beschulet jetzt, sind also gleichens manierlich als wie andere Menschen.«

Und der Onkel tremolierte und knurrte und meckerte da draußen drauflos.

»Nein, weißt«, sagte ich zu ihm, als ich in die Küche kam. »Mußt aufhören jetzt.«

Er war drauf und dran, uns Schande zu machen.

Da war er ein Weilchen zerknirscht und ließ den Kopf hängen. Ich glaube aber, daß er noch ein bißchen Kognak gedudelt hatte, während ich nicht in der Küche war.

Im Gesellschaftsraum hatte Karlsson angehoben, über Tronds Großvater mütterlicherseits zu reden, den man den Lakakönig genannt hatte. Sie fanden heraus, daß er Tores Urgroßvater väterlicherseits gewesen war.

»Ein großer Mann«, sagte Bonde Karlsson. »Und noch mehr: ein großer Jamte. Er wollte die Küsten miteinander verbinden. Es sollte wachsen hier! Ja, Jamtland wäre reich und selbständig geworden, wenn er noch hätte leben dürfen.«

Efraim Efraimsson hatte gelebt, bis er über achtzig war, und wie es sich mit den anderen Dingen verhielt, weiß ich nicht. Tore sog jedoch alles in sich auf.

»Steckt denn etwas von dem Schneid des Lakakönigs in dir, Bursche?« fragte Bonde Karlsson.

Tore wand sich. Wäre er ein Hund gewesen, dann hätte er sich hinterm Ohr gekratzt.

»Schlägst du nach dem König? Dann müßtest du eigentlich auf Penningbacken sitzen!«

»Wenn Recht denn bliebe Recht«, tönte zuerst der eine Holzhändler, und dann der andere:

»Und ob er das müßte, Mensch!«

Mehr bekam ich nicht mit, weil ich in die Küche ging. Ich mußte ja auch an den Onkel denken. Als ich wieder zurückkam, standen Bonde Karlsson und Tore auf und starrten einander in die Augen. Ich dachte schon, sie wollten sich prügeln.

»Handschlag auf solchig!« sagte Tore.

Und dann gaben sie sich die Hand.

Ich wußte nicht, worüber sie handelseinig geworden waren. Doch ich befürchtete, daß es etwas Ernstes war, und ich hatte gute Lust, Hillevi anzurufen. Aber was hätte sie in der Pension, wo nur Männer waren, an einem späten Abend ausrichten können? Sie hatte zudem immer solche Angst, Tore in Verlegenheit zu bringen.

Ein Handschlag galt zu jener Zeit so viel wie ein unterschriebener Vertrag. Ich war schon voller Unruhe wegen Tores

Geschäften, und das hier verhieß nichts Gutes. Während ich die Glasplatte abwischte, wo Tore die Faust in den Aschenbecher geschlagen hatte, sagte ich, ich fände nicht, daß es hier auf irgend etwas einen Handschlag geben sollte.

»Ein elendig Gemecker ist's alsfort«, sagte Tore.

Jetzt fiel ihm wieder ein, daß er Geld verloren hatte. Er fordere Expiation, sagte er. Ich weiß nicht, was das ist. Er wollte auf jeden Fall noch weiterspielen.

Bonde Karlsson hielt eine Weile mit, begriff jedoch erst, als es zu spät war, wie hoch das Spiel ging. Da zog er sich schnell heraus. Die beiden, die Tore um sechshundert und den Schriftsteller um zweihundertfünfzig Kronen geschröpft hatten, waren natürlich zufrieden, und ich war froh, daß es allmählich abflaute.

»Wir schließen bald«, sagte ich. »Soll's noch was sein?«

Sie wollten zum Abschluß für jeden ein doppeltes Soda mit Schuß haben. Ich sagte jedoch, außer Vichywasser könne es jetzt nichts mehr geben, da alle ihre Ration bereits bekommen hätten. Bonde Karlsson hatte noch ein wenig im Glas, und während er diesen Rest trank, begann er von den großen Bauern Jämtlands zu erzählen, besonders von einem namens Öustman Gudfasts Sohn, dem, der den Runenstein auf Frösön errichten ließ und der eine Brücke zum Festland baute. Karlsson würde jetzt über alle auf diesem Stein einen Roman schreiben: über Öustman und Asbjörn und Trjon und Svein. Er kam jetzt mächtig in Fahrt, fuchtelte mit den Armen und kippte das Vichywasser um.

Daß mein Onkel in der Tür gestanden und zugehört hatte, wurde mir klar, als ich einen Spüllappen zum Aufwischen holen ging. Er sagte, er für sein Teil habe für Bauern noch nie was übrig gehabt.

»Mein Vater hat sie Erdwühler geheißen. Und noch Ärgeres ...«

Er sprach jetzt genauso laut wie Karlsson dort drinnen.

»Mistrutscher!«

»Sei still«, sagte ich.

»Hab ich nichten malens das Recht, daß ich rede? Muß singen alsdann ...«

Und dann fing er wieder an. Jetzt brach Tore immerhin zusammen mit Fransson auf. Die Holzhändler gingen schlafen, und das tat auch Dag Bonde Karlsson bald darauf. Ich konnte endlich Feierabend machen. Ich glaubte jedoch, nichts mehr schaffen zu können. Am liebsten hätte ich mir den Abwasch gespart. Doch das ging nicht. Ich aß eine Scheibe Roggenbrot mit Preßsülze und ließ den Onkel singen. Die Holzhändler waren zu beduselt, um davon Notiz zu nehmen, und Bonde Karlsson hörte es jetzt nicht, weil er in der Hütte am Wasserfall logierte. Er habe sich für möglicherweise ein paar Wochen eingemietet, sagte er. Es hänge davon ab, wie es gehe. Und damit meinte er das Schreiben. Wenn er Vorträge und Feuilletons und Reisebriefe schreiben müsse, so würden ihm diese einfach aus der Feder fließen, sagte er. Romane dagegen seien schlimmer. Er pflege sich an einem entlegenen Ort einzumieten, wenn er einen Roman schreiben wolle. Ich hatte wirklich gute Lust, ihm für dieses »entlegen« eine zu langen.

Als ich mit den Gläsern auf einem Tablett in die Küche kam, war der Onkel verschwunden. Ich konnte ihn jedoch hören. Er sang draußen aus Leibeskräften. Nicht wie zuvor beim Brennholzschuppen, sondern in der anderen Richtung. Mir wurde angst und bang. Unterhalb der Felswand war der Fluß.

Ich rannte hinaus und zog ihn von dem Steilhang und vom Wasserfall weg.

»Komm jetzt, Onkel«, sagte ich. »Du machst uns Schande.«

Wie ist das eigentlich mit der Schande? Wer muß Scham empfinden?

Ich erinnere mich an vieles, was in jener Nacht gesagt wurde. Möglicherweise vermische ich es mit dem, was an anderen Tagen und in anderen Nächten gesagt worden ist. Außerdem frage ich mich, ob wir darüber eigentlich noch einmal gesprochen haben, mein Onkel und ich.

Man vergißt. Aber trotzdem rührt man manchmal an Dinge, die heiß sind und brennen.

Jetzt schimpfte ich Onkel Anund aus. Ich war ärgerlich, weil er den Gast in der Hütte am Wasserfall gestört hatte.

Haßgesänge machten doch niemanden froh, sagte ich zu ihm. Es sei nur die Scham, die den Gesang in ihm geweckt habe. Wenn er jahrelang, ja, praktisch jahrzehntelang geschwiegen habe, so könne er auch jetzt schweigen. Im übrigen habe er im Walzertakt gesungen, und das sei gar kein richtiger Joik. Er aber behauptete, es sei ein richtiger Joik.

Er kam immerhin mit mir ins Haus und begann den Dreiertakt zu verteidigen.

»Hat zumeistens im Walzertakt gejoiket, der Vater. Hat man ja angefanget damalens, mit der Ziehharmonika. Hat aber freilich einen niederjoiken gewollt. *Nán – nan, nan… nán – nan, nan…* Könnet nichten ärger werden, hat wohl gemeinet so. Jaja, späters singet eins freilich Buchgesänge. Und hat sie geschrieben, die Buchgesänge. So hat eins wohl selbig schuld für alles. Ja, ist eins selbig schuld.«

Er war voll und weinte. Und wie er dort am Küchentisch saß, fing er wieder zu singen an: *ajá jaaajá… Tränen steigen in die Augen, fließen über die Wangen … valá valá ja ja… wenn die Erinnerung mich berührt … aber wenn ich die Hand ausstrecke und die Erinnerung berühre, ist da nichts … nichts … nichts …*

Nein, es war entsetzlich.

»Beruhige dich doch, Onkel«, sagte ich.

»Wie eins freilich malens gejoiket den Vater … ward er kömmen. Oh, hat so gut getan«, sagte er und wiegte sich hin und her.

»Das hört sich alles so alt an«, sagte ich und redete mit ihm richtig Schriftschwedisch, wie eine Lehrerin. »Jetzt sind andere Zeiten. Warum willst du so weitermachen?«

Der Onkel konnte jedoch auch so sprechen.

»Das Ren läuft gegen den Wind«, sagte er. »Es kann nicht anders.«

Dann begann er zu erzählen, wie er mit den Heringsfängern zu den Lofoten gefahren war. Und im Bergwerk hatte er gearbeitet. Das hatte ich schon viele Male gehört. Zwischendurch ging ich die Aschenbecher holen, die ich in den Mülleimer leeren mußte, und in der Zeit war er, glaube ich, wieder an der Kognakflasche.

Weit weg im Eismeer sei er gewesen und oben in Lappland. Er habe gesehen, wie die Kraftwerksgesellschaft gesprengt und das Wasser gestaut habe, ja, einen großen und guten Fischsee hätten sie dabei vernichtet, von dem viele gelebt hätten. Und ein Kalbeland hätten sie unter Wasser gesetzt.

»Weißt, was der Großvater gesagt hat?«

»Nein.«

»Er hat gesagt: Tut alles meinig sein, auf dieser Seiten der Sonne. Alles, was sehen tust, Bursch. Und jetzt findet keiner mehr auch nur ein Ren in Großvaters Land. Gibt nur noch Füchse dorten.«

Mein Gott, wie müde ich war! Warum mußte alles so traurig sein?

»Wir haben es doch gut hier«, sagte ich. »Warum muß sich alles Reden und alles Singen um die Sehnsucht drehen? Ja, ich weiß nicht einmal, ob man es Sehnsucht nennen kann, denn man kann sich doch nicht nach etwas sehnen, was es nicht mehr gibt! Dann ist es doch eine Krankheit, Jyöne Anund. Eine Gemütskrankheit. Die sollen wir nicht haben.«

»Haben wir aber.«

»Warum denn? Nichten hab ich sie. Und warum soll unsereins sie unbedingt haben?«

»Sind arm geworden, derhalben.«

»Bin nichten arm. Ich hab meine Arbeit. Ich verdien meinen Lebensunterhalt hier.«

»Aber nichten hast Rene«, sagte er.

»Meine Söhne haben welche.«

»Hast nichten gehabet Rene, wie du geheiratet. Und wardst getrauet in Silber, welchiges geliehen.«

Dann schaute er zu mir hoch und sah verschlagen drein.

»Ward wohl gar schwer, der Kragen«, sagte er.

»Hat solchigenfalls dich beschweret. Ward fröhlich bei meiniger Hochzeit. Krieget eins dreihundert Kronen, von dem Zahnarzt, wo eins gearbeitet. War eins nimmer so reich.«

»Hätte eins Jungen haben gesollt«, sagte der Onkel. »Hätten alsdann gehen gesollt mit den Renen. Arges treffen und Gutes, droben im Fjäll. Als wie der Vater. Und der Großvater ... Weit rücks. So weit, als eins denken könnet, rücks in die Zeit. Weißt, was er gesaget, der meinige Vater? Kömmet nirgendher, der Lappe, hat er gesaget.«

»Ja, das hast schon gesaget. Ist's aber sicher?«

»Ja. Ist alsfort hier gewesen.«

»Jaja«, sagte ich. »Jetzt werde ich aber abspülen.«

Viel Verdruß trug dieser eine Abend ein. Zuerst Franssons Einfall. Weil er nur Pilsner trank und seine Spritration an die anderen abtrat, war er nicht ganz so forsch und laut. Er hatte jedoch über mich geredet, und das gefiel mir nicht.

Als er das nächste Mal in die Pension heraufkam, sagte ich zu ihm, ich sei nicht erbaut davon, daß er über mich und den Adler erzählt habe, und noch dazu einem Schriftsteller, der jetzt vielleicht hergehe und einen Roman über mich schreibe.

»Teufel aber auch«, sagte Fransson. »Daran habe ich nicht gedacht.«

Dann meinte er, wir sollten Bonde Karlsson zuvorkommen. Ideen sprudelten in Franssons Kopf immer gewaltig schnell. Meistens hatten sie etwas mit dem zu tun, was im *Reader's Digest* stand. Ich glaubte, er wolle meine Geschichte womöglich dorthin schicken, denn da gab es eine Rubrik mit merkwürdigen Begebenheiten, die hieß *Menschen wie du und ich*. Das lehnte ich selbstverständlich ab. Es sei jedoch ganz und gar nichts in dieser Richtung, was er sich gedacht habe, sagte er und sah richtig durchtrieben drein.

Ich hatte das alles schon fast vergessen und war ganz verdattert, als er eines Nachmittags mit einer großen hölzernen Scheibe, die er genutet und gefedert hatte, in die Pension kam. Dazu hatte er auch ein Gestell mit Beinen, das gelb gestrichen und mit schwarzen Buchstaben vollgeschrieben war.

»Ist nichten geschrieben«, sagte Fransson. »Ist gedrucket.«

Ich dachte zuerst, es sei ein Reklameschild. Das wäre schließlich etwas Neues. All die Jahre hatten wir ein Emailschild, auf dem ein erkälteter Wichtel mit grüner Mütze abgebildet war, der Läkerol-Halstabletten lutschte. Es war bei dem Brand heruntergefallen und unbeschädigt im Schnee liegengeblieben.

Und so hatte Trond den Wichtel am neuen Laden angebracht. Ansonsten hatten wir keine Reklame.

Das hier war auf alle Fälle etwas anderes. Fransson hatte den Text mit Hilfe von Buchstabenschablonen geschrieben und schwarze Farbe benutzt. Folgendes stand da:

DER ADLERRAUB
HIER WURDE DIE DREIJÄHRIGE KRISTIN LARSSON AM 15. MAI 1921 VON EINEM ADLER GEHOLT. EIN FLUG VON ÜBER TAUSEND METERN FÜHRTE SIE ZU DEM FELSENABSATZ IM WESTEN, DER MIT EINEM WEISSEN KREUZ GEKENNZEICHNET IST. VON EINEM GEWEHRSCHUSS ERSCHRECKT, LIESS DER ADLER SEINE BEUTE FALLEN. DAS MÄDCHEN TRUG BEI DIESEM ABENTEUER KEINEN SCHADEN DAVON.
HEUTE LEBT SIE IN
SVARTVATTNET

Ich fragte ihn, warum Svartvattnet für sich allein stehe, und da sagte er, das sei eine gute Reklame für das Dorf. Das Schild würde er bei dem alten Lappenquartier unterhalb vom Björnfjäll aufstellen. Die Touristen würden neugierig werden und dann in die Pension kommen.

»Aber wenn irgendwelche Touristen dorthin gehen, dann kommen sie ja aus dem Dorf«, wandte ich ein. »Und dann logieren sie bereits in der Pension.«

Das war der einzige Einwand, den ich vorbrachte. Dummerweise. Ich bat, mir die Sache noch ein bißchen überlegen zu dürfen. Doch je mehr ich über das Schild nachdachte, desto besser fand ich es. Vor allem deshalb, weil Fransson Bonde Karlsson um seinen Romantitel gebracht hatte.

Mir war klar, daß die Leute sagen würden, ich wolle mich wichtig machen. Aber schließlich hatten alle ihre Geschichten über ihre Herkunft und darüber, was ihr Geschlecht mitgemacht hatte, manchmal bis in die Siedlerzeit zurück. Es gab Geschichten über diejenigen, die übers Fjäll aus Norwegen gekommen waren, und diejenigen, die aus Värmland und von der Küste Ångermanlands gekommen waren.

Meinen Großvater, dessen Familie nirgendwoher gekommen, sondern immer schon hier gewesen war, den hatte man Fleischmichel genannt, und man behauptete, er sei ein Dieb gewesen. Lange Zeit hatte ich das selbst geglaubt. Mittlerweile aber waren mir Zweifel gekommen. Mein Sohn Klemens ging in Svartvattnet zur Schule, und der kleine Mats sollte auch bald eingeschult werden. Es schadete nicht, wenn Schulkinder etwas anderes zur Erinnerung mitbekämen als Diebsgeschichten.

»Stell das Schild ruhig auf«, sagte ich zu Fransson. »Ich werde dem Onkel Anund sagen, er soll ins Fjäll raufsteigen und das Kreuz an der richtigen Stelle anbringen. Nur er weiß ja, wo das war.«

Es war ein weiter Weg dorthinauf, und es war schon spät im Jahr, deswegen dauerte es seine Zeit, bis die Leute etwas von dem Schild erfuhren. Ein paar Männer hatten es gesehen, doch von denen erinnerte sich keiner gut an Geschriebenes. Deshalb konnten sie nicht sagen, was darauf stand. Außer daß es etwas über mich und einen Adler war. Doch sie sagten, ansonsten sei es gut gemacht. Der Händler habe ja doch nicht nur zwei linke Hände, wie man glauben mochte.

Ja, der falsche Fransa, wie sie ihn ungerechterweise nannten, war lebhaft in diesem Unterfangen aufgegangen. Ansonsten hielt man ihn nicht für arbeitsam. Wenn niemand im Laden war, streckte er sich gern auf der Ladentheke aus und machte ein Nickerchen. So etwas wurde natürlich bemerkt. Er lag längelang da und hatte der Fliegen wegen die Postkartenzeitung *Triumf* über dem Gesicht. In kälteren Jahreszeiten saß er neben dem Ofen und las den *Reader's Digest*. Wenn die Leute ihn so sahen, verglichen sie ihn natürlich mit Trond Halvarsson, der wie eine Quecksilberkugel umhergeflitzt war.

Ich hätte es gern gesehen, daß sich das Schild nur langsam in die Gemüter der Leute gesenkt hätte und Gegenstand ihres Tratsches geworden wäre. Fransson behauptete jedoch, er habe so viele Anfragen dazu bekommen, daß er das, was er geschrieben habe, auch im Laden ausstellen müsse. Es stand auf normalem Schreibpapier, und es gab wohl niemanden, der sich direkt hinstellen und es lesen wollte. Außer den Kindern natürlich. In dieser Ecke gab es freilich immer etwas zu befingern. Ein Seilbund oder ein paar Placken Dörrfisch. Zu guter Letzt kannten alle im Dorf die Worte auf dem Schild so genau wie die Zehn Gebote Gottes, welche doch nicht kritisiert werden.

Es gab Diskussionen:

»Ist Unsinn bloß, was da stehet, auf dem Schild. Mensch, nichten holet ein Adler die Leute!«

»Eine Deern aber? Eine kleine Deern.«

»Scheißdreck! Scheuet sich, der Adler.«

Die Worte des falschen Fransa wurden offensichtlich angezweifelt, und man war der Meinung, daß mein Onkel Anund dahinterstecke. Und so redeten sie auch wieder über den Fleischmichel. Daß er sich im Erfinden groß hervorgetan habe. Freilich sagten sie, daß er bös gelüget.

Man kann ein Tannenbäumchen samt Wurzeln hochheben und eine Ader reinen Silbers im Berg bloßlegen.

Steckt man die Hände in kaltes Wasser und Kies, können sie einem mit Bachgold gefüllt werden.

Schürft man an der richtigen Stelle und schweigt wie ein Grab, hebt man einen verborgenen Schatz, der glitzert und glänzt.

Brich eine rauhe Muschelschale auf, und du bekommst eine grauschimmernde Perle zu sehen.

All solche Dinge sind ungewöhnlich. Doch sie kommen vor. Die Leute nannten so etwas Lappenlügen. Oder es sei alter Aberglaube, oder ein Värmländer habe es erfunden. Jetzt waren ja andere Zeiten.

Eigentlich war es Fransson, der für das Wissen über die moderne Zeit, die jetzt nach dem Krieg eingesetzt hatte, zuständig war. Er war dermaßen eifrig, wenn er den *Reader's Digest* las, daß er sich zunächst gar nicht von seinem Platz am Ofen wegbewegte, wenn Kundschaft kam.

»Hör mal!« sagte er nur. Und dann las er etwas über eine ausgestorbene Tigerart vor und über die Lebensmittelversorgung auf der Welt, die sich im Vergleich zu früher umkehren würde. Denn jetzt seien die Techniker in die Agrarproduktion gegangen. Die Händler würden dastehen und einen Diener machen müssen, um den Kunden den Überfluß an Waren aller Art aufzuschwatzen, sagte er. Nicht nur in Amerika. Auf der ganzen Welt. Auch hier.

Und dann erzählte er etwas von Fernsehbildern und von einem Helden, der Schwede und in Amerika berühmt sei. Er heiße Wallenberg und habe während des Kriegs in Ungarn eine Menge Leute gerettet. Fransson las darüber, wie schwedische Minister und hohe Beamte, selbstverständlich ohne ihre Namen zu nennen, dem amerikanischen Journalisten anvertrauten, sie hätten alle heimlich für die Alliierten gearbeitet. Damit sei ein für allemal klar, daß das Gerede über die Deutschfreundlichkeit nicht stimme, sagte Fransson.

Er brachte die Leute dazu, den *Reader's Digest* zu lesen, doch es gab nicht viele, die ihn kauften. Sie liehen ihn lieber untereinander aus. Schließlich beging Fransson eine gewaltige Dummheit. Er las lange Passagen eines Artikels vor, der da hieß: SOLL EIN MÄDCHEN KEUSCH SEIN?

Man konnte darüber ja Witze machen. Grobe sogar. Das galt für alle Arten von Gesprächen über die Liebe: Entweder waren sie heimlich oder aber grob. Und jetzt ging also Fransson her und sagte, man müsse darüber reden.

»Tut da was hin und her beredet werden müssen? Wenn eine Deern sich eingelasset«, fragten die alten Männer.

»Muß diskutieret werden«, sagte Fransson. »Ob's recht sein tut oder nicht.«

»Recht ...«

Die Mannsbilder grinsten scheel.

»Hier wird dargelegt«, sagte Fransson, »daß das Mädchen aufgrund des gezwungenermaßen heimlichen Charakters der Beziehung und aufgrund der Angst vor möglichen und höchst wahrscheinlichen Folgen eine Belastung der Nerven erfährt, die schädlich sei. Das hat der Chef der Familienberatungsstelle in New York höchstpersönlich, Doktor Oliver M. Butterfield, beklagt.«

Der Doktor erhielt ein paar Nummern später die gebührende Antwort, und Fransson stand nicht an, darüber zu berichten. In diesem Beitrag wurden Verhütungsmittel propagiert. Ein paar junge Kerle nahmen Fransson beim Wort und kamen eines Nachmittags, als das Geschäft leer war. Sie fragten, ob er Pariser Gummiwaren habe. Die hatte er natürlich nicht, und damit festigte sich sein Ruf als Schwätzer.

Für das Schild war das zum Schaden. Ja, ich bereute das Ganze schon.

War es mit Pärningbacken im Grunde nicht das gleiche? Tore hatte etwas zu bereuen. Denn es handelte sich ohnehin um einen Traum.

Es war also Pärningbacken gewesen, das alte Haus von Onkel Tronds Großvater, dem der Handschlag an jenem Abend in der Pension gegolten hatte. Sicherer als ein Vertrag …

Agda Fjellström sah zu, daß es zu dem Geschäft kam.

Zu der Zeit war Pärningbacken keine stattliche Holzhändlervilla mehr. Das Haus sah ungefähr so aus wie jetzt. Nein, jetzt sieht es selbstverständlich noch schlimmer aus, denn das Verandadach ist eingefallen, und Espenschosse und Himbeerausläufer brechen durch die Dielenbretter. Ein Unterschlupf für Mäuse und Hermeline.

Als Tore das Haus für die Familie zurückerwarb – wie er sagte –, stand es leer. Zwei Familien hatten dort gewohnt, es war erbarmungslos verändert worden. Man hatte neue Herde gemauert. Man hatte Linoleum verlegt, das vor den Spülen bereits bis aufs Gewebe abgetreten war. Es hieß, es sei renoviert, aber es war natürlich nur Murks. Tore sagte, er werde alles wieder umbauen und so herrichten lassen, wie es zur Zeit des Lakakönigs ausgesehen habe. Dann werde er seiner Mutter anbieten, dort einzuziehen.

»Soll nichten so leben, als wie sie es tut, so gezwänget. Und ist ein elendig Kaff, Svartvattnet.«

Hillevi hatte sich in Svartvattnet immer wohl gefühlt, zumindest soweit ich weiß. Man konnte sie sich schwerlich an einem anderen Küchentisch vorstellen. Hier hatte sie den See, auf den sie schauen konnte. Doch sie sagte nichts. Sie wollte Tore wohl nicht in Verlegenheit bringen, und getan war getan. Daß sie umziehen würde, glaubte ich nie und nimmer.

»Angehen muß ich's, das Reparieren, für sommers«, sagte Tore.

Doch es wurde nie etwas daraus. Im Sommer, der auf diesen Winter und das Frühjahr folgte, in dem übrigens Agda Fjellström starb, wuchs das Gras vor den abblätternden Wänden der alten Bruchbude des Lakakönigs genauso hoch wie eh und je. Auf immer mehr Dachpfannen quollen grüne Moospolster. Unterhalb der Vortreppe lagen nach wie vor ein paar rubinrote Glasscherben. Es hatte grüne, rote, blaue und gelbe gegeben. Kinder hatten sie jedoch aufgepickt und damit gespielt, und jetzt war der ganze Prunk in alle Winde verstreut.

Erst als ich erfuhr, wie das Geschäft abgeschlossen worden war und womit Tore bezahlt hatte, schrieb ich Myrten.

Er hatte Svartvattnet 3:22 hergegeben, das Myrtens Mitgift hätte sein sollen. Ein großes Jagen Bergwald von mehr als fünfhundert Hektar mit uralten Tannen und vielstämmigen Birken aus einer Zeit, bevor es in unseren Landstrichen Menschen gab. Ein Fischsee mit Forellen und Saiblingen, ein Fluß, in dem Fische laichten.

Dafür bekam er eine vom Wind zernagte Bruchbude, zwei sumpfige Lehden und ein kleines Jagen mit einem mickrigen Tannenbestand. Außerdem eine unbekannte Summe Bargeld, die er eilends im Hotel in Östersund auf den Kopf haute.

»Komm nach Hause«, schrieb ich. »Hier geht alles den Bach runter.«

Ja, die Leute hatten über vieles zu tratschen und hinter ihren vorgehaltenen Fäustlingen zu lachen. Tores hölzernes Schloß mit den bunten Glasscherben und meine Adlergeschichte.

Was ist ein Traum?

Ich weiß es nicht genau.

Doch man will wohl nicht, daß das Leben so ist, wie es ist. Es soll nicht so trostlos und empörend sein. Schlichtweg so grausam. Und so unzulänglich – wie das Wasser eines Baches, mit dem man nie seinen Durst löschen kann.

Die Worte auf dem Schild hatten sich jedenfalls in den Kinderseelen eingenistet. Es hatte sich in sie eingeschlichen: daß man von einem Adler fortgetragen werden konnte.

*

Nach seiner Rückkehr aus Stockholm hatte Elis Glückspilz-Frevler auf dem Billardtisch aufgebaut. Es waren elf Objekte. Er hatte den Billardtisch in seinem Atelier stehen, denn Eldbjörg mochte ihn nicht und hätte ihn beim Umzug gern zurückgelassen. Sie dachte natürlich an ihren Vater. Während sie auf den Bestattungsunternehmer gewartet hatten, mußte der Leichnam in dem ausgekühlten Billardzimmer auf der Filzoberfläche des Tisches liegen. Elis erinnerte sich jedoch an die allererste Zeit während des Krieges, als das Wohnhaus des Hüttenwerks eine Flüchtlingsunterkunft gewesen und der Gesellschaftsraum geheizt war. Eldbjörg und er hatten dort getanzt.

Damals hatte er sein Verlangen als Juckreiz abgetan. Er hatte sich zu einem alten Knacker gemacht und sich verboten, ihre Haut unter dem dünnen Kleiderstoff zu berühren. Er hatte damals für sie entschieden. Es wurde nur nichts. Es wurde eine Trockenheit, die wortlos bleiben mußte. Denn wie sollte man aussprechen, daß der Juckreiz erst dann, als es schon zu spät war, an Tiefe gewonnen hatte und zu Verlangen geworden war? Er verlangte nach der Erinnerung an Leben für sie. Doch nicht nur für sie.

Er hatte ein wenig befürchtet, sie würde ihn wegen der Rezensionen trösten. Doch sie tat es nicht. Zuerst dachte er, sie habe noch keine Gelegenheit gehabt, sie zu lesen. Sie hatte sich die Zeitungen und Zeitschriften jedoch nachschicken lassen. In der Schreibtischschublade lag ein ganzer Stoß Ausschnitte. Geheimnisse konnte sie ja nicht haben.

Über sein Graalglas stand da nur Gutes. Das andere aber mußte sie unangenehm berühren. Er wurde nicht ganz klug aus ihr. Was meinte sie, wenn sie sagte: »Willst du nicht deine Malerei wiederaufnehmen?«

Er zwang sich, eine der Leinwände umzudrehen, die mit der Rückseite zum Atelier standen. Da waren als Erinnerung an den Augenblick, da sie entstanden waren, noch die Striche der Pinselhaare in klebriger und zäher Ölfarbe vorhanden. Doch das war eine optische Täuschung. Denn in Wirklichkeit waren unter dieser Oberfläche viele erstarrte, abgekratzte und übermalte Stunden. Es war eine Zeit, ebenso abgestanden wie ein mit einem schillernden Muster grüner Algen bedeckter Tümpel.

An sich sollte man ein Mädchen sehen, das sich in den Lichtkreis über einem Kaffeetisch beugt, an dem zwei Männer Karten spielen. Karten mit roten und schwarzen Zeichen: Pik und Herz. Die vom Arbeiten grobe Hand des Mädchens.

Es sollte einen Augenblick darstellen. Seht das Spiel des Lichts auf warmer Haut! Seht die Leichtigkeit, die Flüchtigkeit der Eingebung ... Das ist die Erinnerung an einen leuchtenden Augenblick. Doch es war kein Augenblick, es waren zusammengepreßte Zeit, Mühe und Ölfarbe. Da versuchte jemand, seine Tricks zu kaschieren.

Eldbjörg nahm sein Mißtrauen auf die leichte Schulter. Malen sei nicht suspekter als ein Kleid nähen, sagte sie.

»Aber ein Kleid ist ein Kleid. Nicht der Anschein eines Kleides! Ich habe Pferde gemalt, die waren, hol's der Teufel, so gut, daß die Leute gar nichts anderes als Pferde sehen konnten.«

»Was hätten sie denn sonst sehen sollen?«

»Mühen. Tricks.«

»Sei nicht dumm, Elias.«

Sie hatte einen Roman auf ihrem Lesepult. Sie las über einen jungen Mann namens Karsten Kirsewetter. Der Titel des Buches lautete *Schöne weiße Zähne*. Es lag ein Quentchen fröhlicher Unverfrorenheit darin. Nicht gerade Zynismus, aber es fehlte nicht viel. Ein Zusatz metaphysischen Bebens lag auch darin. Als er das sagte, fauchte Eldbjörg. Sie wollte mit dem jungen Mann vorteilhaften Aussehens in Ruhe gelassen werden.

Schlimmer war, daß sie glaubte, die Figuren in den Romanen würden umhergehen und laufen und reden und tiefe Gedanken hegen und essen und sich verlieben. In Wirklichkeit handelte es sich bei all dem doch nur um listig zusammengefügte Fragmente eines langen und wahrscheinlich ziemlich langweiligen Arbeitsprozesses.

»Du bist dumm«, sagte sie. »Du kannst nicht alles, was du gemacht hast, auf diese Weise für null und nichtig erklären.«

»Nein, nicht alles.«

Nicht das Glas. Der Kandiszucker fiel ihm wieder ein – die Lust, ihn zu berühren, die in das Verlangen überging, ihn im Mund zu haben, schmelzend. Mutters Blechkästchen mit den Blumen darauf. Flieder, glaubte er jetzt. In dem Kästchen waren Kekse gewesen. Später lag darin Kandiszucker. Die seltenen Male, da er allein zu Hause war, öffnete er den schwergängigen Blechdeckel. Ein Stück zu nehmen wagte er nicht. Doch er leckte daran. Es war gelber Kristallzucker, der von eingeschmolzenen Fäden zusammengehalten wurde. In dem Pflegeheim in Norwegen dachte er oft daran. Da dachte er, seine Lungenkrankheit sei wie der Kandiszucker. Ein klebriges, zusammengeschmolzenes Lungengewebe. Damals hatte er noch nicht an Glas gedacht.

Glas ist ein gelber Teig, der klar wird und klingt, nachdem er erstarrt ist.

Glas ist tot.

Es ist Hitze. Es ist Kälte. Licht und Dunkelheit.

Es ist Sand und Feuer.

Tricks natürlich. Chemie. Doch in seiner einfachsten und ursprünglichen Form: Feuer und Sand.

Er hatte mit Glas getrickst, sich dabei jedoch niemals unlauter gefühlt. Er hatte die Masse mit Kartoffeln und mit Sägespänen verunreinigt und auf der Suche nach Schlieren und Gispen und Formen, die noch keinen Namen hatten, in sie hineingestarrt. Er konnte das Glas opak, irisierend oder transparent machen, ohne Scham zu empfinden. Es war, als ob die Masse es so wollte. Sie verlangte nach Form und Komplikationen.

Er war jetzt rastlos und empfand Überdruß. Eldbjörgs Versuche, seine Gereiztheit abzuleiten, mochten kindisch wirken. Sie waren jedoch alles andere als das. Sie wußte, wie man sich sein Schicksal einverleibt und es in seinem Körper präsent macht. Er war sich ziemlich sicher, daß sie ein Jahr oder auch mehr nach ihrer Erkrankung ein Wesen außerhalb ihres erstarrten Körpers gewesen war – vielleicht eine Seele. Eine Art lebendiges Flattern. Oberhalb. Das war sie nicht mehr.

Ein Engländer fiel ihm wieder ein, der als Einkäufer in das Hüttenwerk gekommen war. Er sprach weder Deutsch noch Französisch, weswegen sie sich nur schwer verständigen konnten. Als er erklären wollte, daß er gern Objekte mit eingeschlossenem Nebel hätte, sagte er »blurry-blurry«. Er liebte moirierte Oberflächen, ihre unebene Gewelltheit und die Diesigkeit, die sie Hüttenrauch nannten. Dieser entstand durch Wälzen in einem trockenen Wulgerholz oder auf einer unreinen Platte.

Bei Eldbjörg herrschte jetzt Klarheit. Kein »blurry-blurry«. Die gleiche Klärung und Kühle forderte sie nun von ihm. Die harten Urteile der Kritiker über Glückspilz-Frevler, die Ausbrüche über Spekulation und Entartung mußten einverleibt werden. Er würde sie wie Bruch und Scherben und scharfe Splitter schmelzen und aus allem einen heißen Teig bereiten – und dann würde ein Kunstwerk herauskommen! Denk nur.

Wenn aber nur ein Bodensatz daraus wurde? Bittere Gallsucht.

Obwohl sie zu guter Letzt über die Rezensionen hatten sprechen können, wirkte sie abwesend, so als beschäftige sie irgend etwas. Eines Abends rückte sie schließlich damit heraus. Daß es etwas Heikles war, sah er an ihren Händen. Sie hatte die Hoffnung aufgegeben, sie wieder bewegen zu können, und trainierte nicht mehr. Es war die Krankengymnastin, die das so genannt haben wollte. Eldbjörg hatte ein Gerät, mit dem sie in ihrem Buch umblättern konnte, indem sie es mit einer Drehung des Kopfes in Bewegung setzte. Die Hände aber lagen wie blasse, unbenutzte Gegenstände auf ihrem Schoß. Wenn ihr richtig unwohl zumute war oder wenn sie sehr angespannt war, konnte er in ihnen die Andeutung einer Bewegung erkennen. So als versuchte sie, aus ihrem Körper auszubrechen.

»Ebbe hat angerufen«, sagte sie.

Er wußte sofort, worum es ging. Zu irgendwelchen Ausweichmanövern brauchte er sich gar nicht erst aufzuraffen. Ebbe Strömbeck war Bezirksarzt in Avla.

»Soll ich zurückrufen?«

»Nein.«

»Wollte er das nicht?«

»Nein.«

Er hat es an ihr ausgelassen, dachte er. Um ja nicht erst versuchen zu müssen, zu begreifen.

»Er hat natürlich die Rezensionen gelesen?«

»Ja.«

»Was hat er gesagt? Daß ich pervers bin?«

»Er hat gesagt, du hättest sein Vertrauen mißbraucht.«

»Eldbjörg, weißt du, worum es hier eigentlich geht?«

»Ja.«

Er war sich dessen nicht so sicher. Sie wirkte ängstlich. Mehr ängstlich als unwohl. Ihre Hände waren jetzt ganz ruhig. Doch sie sah blaß und müde aus.

»Möchtest du dich ins Bett legen?«

Sie nickte.

Das Ausziehen und die leichte Waschprozedur, das Zähneputzen und die Sitzung auf der Toilette, das alles dauerte seine Zeit. Gründlich gewaschen wurde sie von der Hilfe, die morgens kam. Elis wusch ihr mit einem Frotteelappen das Gesicht und den Hals, die Hände und die Unterarme. Hinterher roch sie nach Glyzerinseife. Ihre Haut und ihre Schleimhäute waren empfindlich. Für die Zähne benutzte er eine weiche Kinderzahnbürste. Wenn er sie versorgte, tat er immer so, als wäre sie ein Fuchs.

»Reiß das Maul auf! Bist du gefährlich? Nein, knurr mich nicht an!«

»Und nun der Schwanz!« sagte er, wenn er ihr nach der Sitzung auf der Toilette den Allerwertesten abwischen mußte. Sie war ein gefangener Fuchs und mußte sich menschlichem Wohlwollen unterwerfen. Sie behauptete, einmal in einem Bau gelebt zu haben und voller Läuse gewesen zu sein. Das Fuchsleben gefiel ihr. Sie sei hungrig und allein gewesen. Da habe sie nicht nach Kinderseife gerochen, sondern nach herbem Fell.

»Pisse und Fichtenharz«, half er ihr. »Nach stinkendem Storchschnabel. Nesselgift. Erdstern.«

»Was ist das?«

»Das ist ein Pilz.«

»Ich habe junge Hasen gefressen«, sagte sie. »Die zappelten im Bauch. Ich habe aus schwarzen Tümpeln Wasser getrunken.«

Sie hörten für gewöhnlich Radio, wenn Eldbjörg im Bett lag. Er saß in dem knarzenden Korbstuhl aus ihrem Schlafzimmer in Avla. Tjåppen durfte jetzt bei ihnen sein. Er lag auf dem Bettvorleger und roch nach Hund. Er hatte noch nie in seinem Leben gebadet, und sein Geruch konnte sehr hartnäkkig sein.

Eldbjörg trug ein rosa Charmeusenachthemd mit Spitzen, die, wie sie sagte, cremefarben seien. Er wollte wissen, was für eine Creme das sei.

»Sahne«, sagte sie. »Auf französisch. Und das weißt du sehr wohl.«

Dem leichten Ton zum Trotz waren sie nicht weit von dem entfernt, was gesagt werden mußte. Er legte seine Hände auf die ihren, die auf der Bettdecke lagen, vor allem, um zu prüfen, ob sie kalt wären und unter die Decke gesteckt werden müßten.

»Du weißt also, daß Ebbe mich ein Kind hat sehen lassen, das bei der Geburt gestorben war«, sagte er.

»Ja. Er hat gesagt, du wolltest kommen und es sehen. Daß er es auf eine Bank gelegt und mit einem Handtuch bedeckt habe und daß er das Handtuch entfernt und dir das Kind gezeigt habe.«

»Aber er hatte nicht gedacht, daß ich es zeichnen würde. Nicht wahr? Und auch nicht, daß ich meine Zeichnungen irgendwie verwenden würde. Sie auf Glas ätzen, Formen danach anfertigen und Glasmasse hineingießen würde ... Nichts dergleichen. Bloß ein rein menschliches Interesse. Hatte er es so verstanden?«

»Das weiß ich nicht. Ich wünschte nur, du könntest es mir erklären.«

»Ich wollte ein Kind zeichnen. Einen kindlichen Körper. Man kann das nicht machen, ohne es zu *sehen*.«

»Aber es gab doch Kinder ... lebendige Kinder.«

»Darum ging es nicht. Nicht um lebendige Kinder.«

»Warum wolltest du ein totes Kind zeichnen?«

»Nicht tot. Aber auch nicht lebendig.«

Da erinnerte er sich, wie er das erste Mal daran zu denken gewagt hatte. Nein, nicht gewagt. Es war nachgerade in ihn gefahren. In der Königlichen Bibliothek in Berlin war das gewesen, »Kommode« hatten sie die genannt. Dort saß er und las Goethe. Es ging um diese Sache mit der Bildung. Er hatte ganz fest an sie geglaubt und nicht gewußt, welche Widrigkeiten sich in Verszeilen verbergen konnten, die so schön waren, daß es im Nacken stach, wenn man sie las.

Siehst du's zappeln?

Er klappte *Faust* zu und ging nicht mehr in die »Kommode«. Er bekam Angst vor dem Lesen. Genau so, wie die Leute jetzt vor seinem Glas Angst bekommen hatten, vor dem, was nicht Ariel oder Graal, sondern etwas Häßliches war. Etwas Hilfloses, das zappelte.

Rette den armen Wurm, er zappelt noch!

Etwas jenseits von Rettung und Namen.

»Ich kann dir das nicht erklären, meine liebe Eldbjörg. Du mußt mir einfach glauben.«

»Was soll ich glauben?«

»Daß ich weiß, was ich tue.«

Sie war so still. Er wußte nicht, wie er sie überzeugen sollte, und auch nicht so recht, wovon.

»Als ich jung war, lag ich im Pflegeheim«, sagte er. »Das war eine Art Abladeplatz. Die Sanatorien waren für Leute, die gesund werden konnten. Ich aber landete schließlich in so einem Pflegeheim. Weißt du, wie ich von dort weggekommen bin? Wie ich gesund geworden bin?«

»Es ist wahrscheinlich ausgeheilt.«

»Nein. Von selbst wäre das nie ausgeheilt. Ich habe gezeichnet. Ich hatte aber nur sterbende Modelle. Die habe ich mir nicht ausgesucht. Es gab keine anderen um mich herum. Damals interessierte ich mich sehr für Skelette. Die sah man bei den Abgemagerten ja sehr gut. Findest du, daß ich pervers war? Ich wurde gesund davon. Ja, auch vom Essen. Ich mußte ja essen, um zeichnen zu können. Das lief auf eins hinaus. Meinst du, ich hätte mich zur Wand drehen sollen? So wie die Muselmänner?«

»Was für Muselmänner?«

»In den Lagern nannte man die so. Diejenigen, die nicht einmal so viel Widerstand, wie in einem Blick liegt, zu leisten vermochten. Denk an Jadwiga Pietkiewicz. Sie *sah*. Doch warum sind ihre Zeichnungen aus den Gefangenenbaracken in Ravensbrück heroisch und außerordentlich und meine pervers? Es gibt Kinder, die weder lebendig noch tot sind. Es gibt warme Ströme, die zu Glas erstarren. Warum sollte ich sie nicht ausführen?«

Sie sagte:

»Dann solltest du mich zeichnen.«

Zuerst fühlte er sich wie damals in der »Kommode«. Er glaubte, mit seinem Herzen sei etwas nicht in Ordnung. Es schlug und schlug. Unregelmäßig, ungestüm.

Das Herz lag wie ein Fisch in der Brust, im Brustkorb. Es lag in einer Reuse und schlug und schlug.

Da begann er zu weinen.

Er hatte noch nie geweint. Doch, als kleines Kind. Aber seither nicht mehr. Jetzt überrumpelte ihn das Weinen wie ein ungestümer Schüttelfrost. Wie eine Fallsucht. Es warf ihn nach vorn, und er hatte einen salzigen Geschmack im Mund, warm wie Blut. Ein Strom von Schleim und Tränen rann ihm von der Nase aus nach innen und auch nach außen über Wangen und Oberlippe. Er schluchzte nicht oben im Rachen und im Hals, wie er es Kinder hatte tun sehen, sondern bekam fast unmittelbar einen Krampf im Zwerchfell. Sein Körper begann sich zu schütteln. Er schluchzte mit offenem Mund, und zu guter Letzt brüllte er. Als er Tjåppen ängstlich geduckt aus dem Zimmer schleichen sah, versuchte er sich zu mäßigen. Doch das ging nicht. Er krallte seine Hände in Eldbjörgs Decke, um irgendwo Halt zu finden und um sich zu beruhigen. Seine außer Kontrolle geratenen Nerven brachten die Muskeln zum Zucken.

»Komm«, sagte Eldbjörg.

Er schlotterte, und der Schleim löste ihn von innen her auf. Ihm schien, als fließe alles, was er war, dahin. Er spürte ein Stechen im Brustkorb und im Zwerchfell, als er über Eldbjörgs unbeweglichen Körper zur Wand krabbelte und sich in ihr Bett quetschte. Um den Mund und die Nase herum war er sabberig, trotzdem legte er sein Gesicht an ihren Hals und ihre Schulter und spürte, wie ihr Nachthemd naß wurde. Er hatte sie noch nie auf diese Weise berührt. Er hatte sie nie benäßt.

Es ließ langsam nach. Der Fisch in seinem Brustkorb trieb umher. Womöglich fand er eine Richtung und schwamm in einem Strom, der noch warm war. Elis spürte die feuchte Wärme an Eldbjörgs Haut unter dem dünnen Stoff ihres Nachthemds.

»Jetzt schlafen wir«, sagte sie. »Wir schlafen einfach. Von allem weg.«

*

Im Flur des Postamts von Svartvattnet hingen zeit meines Lebens zwei Schilder an der Wand. Sie waren sogar unter Glas und gerahmt. Auf dem einen stand:

AELLIE GÅALPAN TJALKH!

Das andere war bedruckt mit:

AELLIE BIENJH ÅADTJH GÅATAN LUEJHTEDH

Das waren die einzigen Wörter, die ich je in meiner eigenen Sprache geschrieben sah. Sie bedeuteten: *Bitte nicht auf den Fußboden spucken* und *Hunde müssen draußen bleiben.*

Als Myrten zu uns zurückkehrte und Leiterin des Postamts wurde, nahm sie die Schilder ab. Ich sah sie nie wieder.

Myrten war kein junges Mädchen mehr. Viele Leute staunten, als sie merkten, wie bestimmt sie geworden war.

Als Onkel Halvarsson tot war, wurde Hillevi so still und streng, daß man kaum mit ihr reden konnte. Wir hatten ein schlechtes Gewissen, Myrten und ich. Das hat man eben.

Wir versuchten uns etwas einfallen zu lassen, was sie wieder froh machen könnte. Doch was konnte das sein?

Im Herbst des Jahres, in dem Myrten zurückkam, ließ Hillevi die beiden Zibben schlachten, die sie noch hatte. Sie waren viel zu alt, und eine hatte ein Lamm tot geboren. Eine war vorher schon nach dem Lammen vor Erschöpfung gestorben.

Myrten war immer der Meinung gewesen, Hillevi solle die zottligen Schafe abschaffen. Sie waren ja nicht eben von Nutzen. Es gefiel ihr nicht, daß Hillevi in kaputten Gummistiefeln und mit einem Tuch um den Kopf in den Viehstall ging. Nun aber sagte sie, wir sollten ihr neue Zibben kaufen. Sie wollte, daß ihre Mutter wieder froh würde.

Wir bestellten zwei Feinwollschafe, die mit dem Auto in einem Ferkelanhänger von Tåsjö in Ångermanland hertransportiert wurden. Die Zibben hatten im März gelammt und waren nun von den Lämmern getrennt, die selbst zu grasen begonnen hatten. Myrten sagte, ein Teil des Geschenks sei, daß wir jedes Jahr einen echten Feinwollwidder zum Decken besorgen würden. Es sollten reinrassige Schafe werden. Und sie dürften nicht zu alt werden.

»Ich kann den Widder holen und die Zuchttiere ausliefern, falls Mutter Zibbenlämmer verkaufen möchte. Ich habe vor, Auto fahren zu lernen.«

Und das tat sie auch. Tronds Auto war ja noch da.

Ja, das war etwas Neues. Ich wußte nicht, was ich dazu sagen sollte. An einem Vorsommerabend überraschten wir Hillevi mit den Zibben. Sie war gerührt, schlug die Hände zusammen und bedauerte die Tiere, als sie auf dünnen und wackeligen Beinen über den Holzsteg liefen, der vom Anhänger herunter ausgelegt worden war. Hillevi war jetzt über sechzig und hatte seit Tronds Tod niemanden gehabt, um den sie sich so richtig kümmern konnte.

Es war ein Abend mit bleichem Himmel und Drosselrufen im Wald. Auf den Telefonleitungen hatten sich bereits die Stare zu ihrem Nachtgesang versammelt. Wir standen da und lauschten, nachdem wir die Schafe eingeschlossen hatten, die bereits heimisch geworden waren und am Heu rupften und zupften. Sie wollten wohl erkunden, an was für ein Fleckchen Erde sie da gekommen waren. Es gibt kaum etwas, was so gut riecht wie richtig fein gewachsenes Blumenheu. Es sei denn reine Wäsche.

Myrten wollte nicht zu Hause wohnen, deshalb mietete sie die Wohnung über der Post. Dann waren da, wie gesagt, das Auto und der Führerschein. Und schließlich die Sache mit Tore.

Ich wußte nichts davon. Ich hörte nur, daß Schneehühner gebraten und in Mandelsplittern gewendete Kartoffelkroketten bereitet werden sollten. Es ging stets fein zu, wenn Hillevis Cousin Tobias im Frühherbst zur Jagd heraufkam. Doch nicht derart fein. Das hätte mir zu denken geben müssen.

Wir sollten bei Hillevi essen, doch bat sie mich, die Schneehühner zu braten, weil der Herd in der Pensionsküche größer war und gleichmäßigere Hitze gab. Wir kochten dort jetzt elektrisch.

Da waren Hillevi, Myrten, Tore und Tobias Hegger. Außerdem noch ich und mein Onkel Anund, der am Nachmittag eingeladen worden war, als er die gerupften Schneehühner brachte. Aagot Fagerli war ebenfalls eingeladen. Das kam sonst nur an hohen Feiertagen vor. Hillevi hatte sich mit ihrer Schwägerin all die Jahre schwergetan. Mit Tobias war es einige Jahre lang ebenfalls ein bißchen frostig gewesen. Ich nehme mal an, es lag an dem Gerede über die beiden. Jetzt war Tobias Witwer, und er sagte jeden Herbst, er habe um Aagot gefreit und einen Korb bekommen. Ob das nur ein Scherz war, weiß ich nicht. Jedenfalls vertrugen sich die drei jetzt besser.

Tobias Hegger war weißhaarig. Er wirkte stets müde, wenn er im Herbst kam, lebte während der Jagd aber auf. Er wohnte selbstverständlich bei Hillevi, hatte jedoch auch ein Zimmer in der Pension gemietet, wo er Patienten empfing. Viele hatten sich so sehr an ihn gewöhnt, daß sie mit ihren Leiden erst während der Schneehuhnjagd zum Arzt gingen.

Nach dem Essen saßen wir um den Tisch in der Stube. Wir tranken Portwein, und Hillevi hatte aus der Stadt Obst und Biskuits kommen lassen. Sie hatte die Obstteller aus Heggers Zuhause in Uppsala gedeckt. Diese hatten ein Weintraubenmuster auf dem Grund, eine gitterartig geflochtene Einfassung und zuäußerst einen Goldrand. Die Portweingläser gehörten ursprünglich Efraim Efraimsson. Über den Lakakönig fiel jedoch kein Wort.

Merkwürdigerweise prosteten alle Tore zu. Er war gleichwohl vorsichtig mit dem Trinken und ziemlich feierlich.

»Nun wollen wir dir alle Glück wünschen, Tore«, sagte Hillevi und hob erneut ihr Glas.

»Wozu denn?« fragte ich.

»Hat Myrten nichts erzählt?«

»Ich dachte, Mutter hätte es getan«, sagte Myrten. Und Aagot, nun fast silberhaarig, sah sich mit raschem Blick um. Manchmal fand ich, daß sie einem Flechtenhäher ähnelte. Einem richtigen Unglücksvogel.

»Du behauptest von deinen Kindern immer, daß sie wie Tauben sind«, sagte sie zu Hillevi. »Wirst schon sehen, daß auch er zu dir zurückkömmet.«

»Wohin fährt er denn?« fragte ich.

Da erhob sich Tore und ging zum Sekretär, in dem Onkel Trond seine Geschäftspapiere verwahrt hatte und an dem er selbst manchmal widerwillig saß, um zu versuchen, in die Meßzettel und Rechnungen Ordnung zu bringen. Hinter der Klappe herrschte meist ein großes Durcheinander. Jetzt bekam er sie nicht auf und schaute seine Mutter an. Es war jedoch Myrten, die in die Küche ging und die Handtasche holte, und als sie wieder hereinkam, öffnete sie sie und entnahm ihr den Sekretärschlüssel. Sie schloß selbst auf, und man sah, daß darin jetzt Ordnung herrschte. Einem der Seitenschublädchen entnahm sie ein Kuvert, das sie Tore reichte. Er machte es auf und legte den Inhalt auf den Tisch.

Svenska Amerika Linien.

»Ist's wahr?«

Er nickte, und da sah ich, daß er Angst hatte.

*

Stromausfall. Sie kann jedoch die Telefonleitungen singen hören. Es klingt wie menschlicher Gesang. Er sinkt und steigt. Man möchte glauben, nachts trete eine andere Menschheit an, eine, die singt. Verstummt … singt. Sie summt von etwas, wovon niemand weiß. Vom Nächtlichen.

Da fängt ein Hund zu bellen an. Weit oben im Dorf.

Es werden noch mehr: Die leicht zu weckenden Hunde wollen, daß etwas geschehen sei. Sie kläffen und toben. Einer von ihnen ist heiser. Er muß schon alt sein. Die Telefonleitungen sind jetzt nicht mehr zu hören.

Schwester Edith hat gesagt, Myrten solle bei offenem Fenster schlafen. Man schlafe leichter ein, wenn es im Schlafzimmer kühl sei. Jetzt schließt sie das Fenster jedoch. Die Schwester hat keine Ahnung von einer Herbstnacht im Fjäll, von der Kälte, die gekrochen kommt. Von den Hunden.

Ich wohne in einer anderen Welt.

Noch ein Hund. Und sodann einer mit rauher Stimme, den sie erkennt: Es ist Gorm, ihr eigener Hund daheim bei Mutter. Er reißt Hilda Wångströms alte Hündin mit. Kristin sagt, die Gråhündin sei taub. Ihr Gehör ist jedoch noch völlig intakt, denn jetzt bellt sie gegen die Welt an, die nach wie vor Verlokkungen und Gefahren bereithält. Dann fallen die Hunde auf Tangen ein. Wie viele sind es eigentlich?

Die Hunde leben in einer anderen Welt als wir. Nein, in derselben. Allerdings sehen sie ein, daß diese Welt gefährlich ist.

Wir schlafen. Die Post ist dunkel und geschlossen. Nachts donnern die Sendungen mit der Eisenbahn dahin. Die Beamten in den Postabteilen sortieren und gruppieren, verteilen und stempeln. Die Züge stampfen durch die Wälder. Harte Eisenhiebe. Der trockene Geruch elektrischer Überschläge. Oder Kohlengestank.

Herbstnacht und eine Finsternis, die nicht zu ändern ist. Der Strom ist ja ausgefallen. Jetzt sind alle Hunde des Dorfes in Fahrt, und Gudmund Eriksson liegt bestimmt da und spielt mit dem Gedanken, hinauszugehen und Tjåppen zusammenzustauchen. Denn der hat angefangen und die anderen mitgezogen. Am schlimmsten aber ist Gorm. Der alte.

Man muß ganz still liegen. Darf sich nicht im Bett wälzen, bis es heiß geworden ist. Man muß still und ruhig sein und auf den Schlaf warten, er kommt. Er kommt ganz bestimmt.

Weckerticken.

Hundegebell – wau wau wau!

Tick tack tick tack.

Wau wau wau!

Eine Nacht, in der alle Toten unterwegs sind. Nein, das ist zu dumm. Die kommen von der Kerken, wie Vater zur Kirche sagte. Vom Kirchhof in Röbäck aus gehen sie über die Sumpfwiesen. Sie halten welke Strohbündel in knochigen Händen und schauen dämlich drein. Wie Dorftrottel. Solche Leute, die einfach ins Haus kommen. In der Tür stehen und grinsen.

Nein, nein. Es ist Nacht. Daran ist nichts Besonderes. Ein bißchen dunkler nur. Ein bißchen stiller, so daß alle Geräusche zu hören sind, auch solche, die es gar nicht gibt. Die Schritte von Wiedergängern auf Bretterböden.

Allein im Haus. Nur weil ich nicht bei Mutter daheim wohnen möchte.

Aber es fällt ja nicht jede Nacht der Strom aus.

Wenngleich oft.

Eine Herbstnacht in den fünfziger Jahren des zwanzigsten Jahrhunderts. Doch die Hunde bellen, wie sie es immer schon getan haben. Seit Urzeiten. Jetzt sollte man die Hunde des Dorfes zählen. Man soll zählen, wenn man nicht schlafen kann. Sie zählt und zählt und kommt auf zweiundzwanzig. Von denen sie weiß, also nur grob gerechnet, wie sie einsieht. Immer noch hellwach. Da versucht sie, die Hundegenerationen zu zählen. Wie viele es seit der Zeit der Siedler gewesen sein mögen, als der erste Hund, an einem Seilende zerrend, hierhergekommen ist.

Hundegebell. Hundegebell. Wie grauenhaft.

Wau wau wau ...

Tore, wo bist du bloß? Mutter ist so traurig. Sie gibt mir die Schuld für die Amerikareise, und das ist richtig. Aber es mußte irgend etwas geschehen. Es war unumgänglich.

Mutter ist wie verliebt in Tore.

Als Myrten noch ein Mädchen war, keine erwachsene Frau wie jetzt, als sie ein ängstliches Mädchen war und mit einem blechernen Becher hier unten im Storflon umherging, um zu sehen, ob die Multbeeren schon reif waren, als sie ein Haarband trug, als Papa noch nicht tot war und Tore nicht soff, als sie noch so gut wie gar nichts wußte, da wohnte ganz am Ende des Dorfes ein Schlachter und Abdecker namens Gran. Am Rand des Sumpfgebiets wohnte er. Zu seinem Haus ging man unmittelbar vor der Grenze von der Landstraße aus hinunter. Dort, wo all das Gräßliche war. Damals freilich vielleicht nicht. Noch nicht.

Doch, denn man ging nicht dorthin. Man meinte, dort stinke es, der Weg sei voller Blut und Eingeweide, und man könne darauf ausrutschen. Aber dem war wohl gar nicht so.

Etwas Gräßliches aber war da.

Der Hund.

Jetzt erinnert sie sich.

Schlachter Grans Hund brach eines Nachts im Frühjahr auf dem Eis ein. Jagte vielleicht einen Fuchs, der viel leichter war als er. Sein Gebell war lange, lange zu hören.

Wau wau wau ... wau wau ... wau ...

Wurde immer schwächer. Niemand begriff.

Die Hunde kamen am Morgen angestürmt. Waren ausgerissen oder einfach unterwegs und setzten über Zäune. Sie pinkelten an die Hausecken, und die Leute glaubten wohl, sie pinkelten die Post an. Doch die Post war eine mächtige Organisation und völlig unpersönlich. Sie sollte möglichst nach überhaupt nichts riechen.

Die Post hatte eine Arbeitgeberin, und die hieß Allgemeinheit. Wenn diese doch nur ebenso zweckgerichtet und vernünftig gewesen wäre wie ihre Organisation! Doch sie hatte Angst, und sie war unbeholfen, und sie war forsch, und sie bellte manchmal wie ein Rudel Hunde. Sie verlangte, daß man öffnete, obwohl geschlossen war. Sie verschickte ein Fäßchen Multbeeren und einen Pullover im selben Paket und gab der Post die Schuld, wenn der Beerensaft in die Strickwolle ausgelaufen war.

Frost saß in dem gelben Gras. Ein nächtliches Schneegestöber hatte auf der norwegischen Seite eine weiße Tüllgardine auf die höchsten Fjällheiden gelegt. Eine alte Frau aus Skinnarviken war zur Post heruntergekommen, um ihre Rente abzuholen. Sie war auf den Tag genau siebenundsechzig Jahre alt. Als sie die Jahreszahl geschrieben sah, sagte sie zu Myrten:

»Klinget modern.«

Nach Skinnarviken kamen die Jahrzehnte ja nicht so schnell. Die alte Frau indes war auf ihre Art geschwind. Sie meinte, man müsse die Rente auf den Tag genau und just in der Minute abholen, da die Post öffnete. Ansonsten bestünde die Gefahr, daß sie wieder auf die Reise nach Stockholm hinunter ginge. Die Frau war deshalb früh aufgestanden und hatte sich in der Dunkelheit von Skinnarviken aufgemacht. Vermutlich hatte sie mit einem Holzfäller vereinbart, daß er sie mitnahm. Jetzt würde sie mit ihrer Rente ein bißchen einkaufen und mindestens in ein paar Häusern Kaffee trinken.

Es war heller Tag. Mit jeder Stunde wurde es noch mehr Tag, und wären da nicht die Hunde, die angestürmt kamen, dann wären die Gedanken der Nacht, das nächtliche Gebell und die nächtliche Qual schon völlig vergessen.

Dag Bonde Karlsson sprach im Vereinshaus über die Siedler. Myrten dachte sich, daß die Hunde selbstverständlich schon lange vor den Siedlern in Svartvattnet waren. Als es hier nichts gab als Wälder, Fjälls und Seen, Pachtland für die Bauern in Kloven und Byvången. Da hetzten in diesen Wäldern die Spitze lautgebend für die Jäger Eichhörnchen und Marder, Auer-, Birk- und Haselhühner. Werfende Hündinnen konnte es jedoch erst vor hundertsechsundsiebzig Jahren gegeben haben, als die ersten Siedlerfamilien kamen.

Die Nachthunde kamen in die Gedanken des Tages gestürmt. Das lag daran, daß es jetzt Abend war und man bald schlafen würde oder auch nicht. Alleinig.

Myrten selbst hatte Bonde Karlsson gebeten, einen Vortrag zu halten. Wo er doch ohnehin für ein paar Wochen hier wohnte. Er sprach am liebsten über die Zeit der Siedler. Richtig populär war das nicht. Um ein Wort von Fransson zu gebrauchen. Es gab einigen Unwillen gegen Leute, die behaupteten, sie stammten von denjenigen ab, die als erste an den steilen Ufern des Svartvattnet Land bestellt hätten. Die alle anderen schlichtweg als loses Gesindel betrachteten. So feuerte Johan Gabrielsa beim Kaffee eine Salve ab. Sagte, daß es sich bei den ersten, die gekommen seien, vor allem um Strolche gehandelt habe, die einander die Scheunen niedergebrannt hätten.

»Ach ja«, sagte Henning Pålsa. »Stehet noch alsfort, die Scheune, droben bei mir.«

Er rühmte sich nämlich, eine Scheune aus der Zeit der Siedler zu haben.

Sie tranken Kaffee und aßen Semmeln und Gugelhupf dazu, die Hilda und Kristin zum Selbstkostenpreis (was Hilda schwer ankam) für den Vortragsverein gebacken hatten, doch jetzt vergaßen sie das Eintunken und ereiferten sich in zwei Lagern. Da griff ein Genie ein, ein Mann, der ursprünglich nicht einmal aus dieser Gegend kam. Man nannte ihn Nachtschwirrer, weil er einen modernen Regenmantel trug. Wenn der im Wind flatterte, sah der Kerl aus wie eine Fledermaus. Er war Konfektionshändler und so weiter, und er bestellte auf Verlangen Damenhüte, die man in seiner Küche aufprobieren durfte.

Der Nachtschwirrer sagte, es seien die Weiber gewesen, die sich gegenseitig die Scheunen in Brand gesteckt hätten. Darüber herrschte allgemeine Einigkeit. Viele hatten nämlich schon gehört, daß dem so gewesen sei. Ewige und bittere Feindschaft zwischen zwei Giftnudeln. Den beiden ersten.

»Interessant«, sagte Dag Bonde Karlsson.

Da klopfte Mutter mit dem Löffel an die Tasse. Sie hatte keine Scheu, sich zu äußern. Myrten wünschte, sie würde es sein lassen.

»Ich glaube nicht, daß die beiden ersten Siedlerfrauen Feindinnen waren. Nein, bei weitem nicht.«

Sagte Mutter, die nicht einmal im Kirchspiel Röbäck geboren war. Und sie fuhr fort:

»Eine Siedlerfrau brauchte mit Sicherheit eine andere. Sie brauchte eine Frau, bei der sie sich einen Schluck Milch leihen konnte, wenn die Ziege versiegte. Oder eine, die ihr den Kettzopf hielt, wenn sie eine Kette aufbäumte. Hat man je gehört, daß ein Mann das gemacht hätte? Und kratzte sie den Backtrog zu sehr aus, mußte sie sich ein Klümpchen Sauerteig leihen, wenn der nächste Teig aufgehen sollte. Wir wollen gar nicht erst vom Kinderkriegen reden. Ganz sicher will eine Frau dann eine andere Frau zu Hilfe haben, in ihrer schweren Stunde.«

Mutter muckte noch immer darüber, als sie nach Hause gingen. Da hatte Myrten Dag Bonde Karlsson die Guttemplerbibliothek gezeigt, deren Leiterin sie jetzt war. Dort gab es fast alle seine Bücher und außerdem viele Romane von Gustav Hedenvind-Eriksson, Per Nilsson-Tannér und Axel Lindström. Über die letzten beiden, die noch lebten, sagte er, sie seien ebenfalls gute Jämtländer. Obwohl es vorkomme, daß sie in dem einen oder anderen Punkt schlampten, wenn sie über die freien Bauern der Vorzeit schrieben. Sie stünden jedoch auf jeden Fall himmelhoch über Vilhelm Moberg, der sich mit Büchern über Leute, die ihr Vaterland verlassen haben, in Verruf bringe. Bonde Karlsson versprach, der Bibliothek einige seiner eigenen Romane und Schriften zu schenken. Er sehe, daß da manches fehle. Da traute sich Myrten zu sagen, woran sie den ganzen

Abend über gedacht hatte: Er möge etwas in ihr *Ingefrid auf Högåsa* schreiben.

Er logierte in der Hütte am Wasserfall oben bei der Pension und arbeitete an seinem Buch. Kristin erzählte, daß er neuerdings öfter komme, seit er Witwer geworden sei. Er habe eine Schreibmaschine von Remington dabei. Einmal habe er so viel geschrieben, daß er sich mit dem Bus ein Farbband aus der Stadt habe kommen lassen müssen.

Unmittelbar nachdem Myrten am Morgen geöffnet hatte, kam er. Sie rannte in ihre Wohnung hinauf, um *Ingefrid auf Högåsa* zu holen, und er schrieb mit seinem eigenen Füllfederhalter in das Buch: *Für Myrten Halvarsson von ihrem ergebenen Freund, dem Verfasser.*

Das war ja nun ziemlich übertrieben, denn sie war ihm erst drei-, viermal begegnet. Es war aber auch erheiternd. Sie sollte sich eigentlich nicht derart darüber freuen, denn immerhin hatte er Tore übers Ohr gehauen. Darauf kam er im übrigen von sich aus zu sprechen. Er sagte:

»Ich habe wohl einen Wald hier oben, irgendein Jagen. Meine Gattin war eine tüchtige Geschäftsfrau.«

Du selbst bist wahrscheinlich auch nicht so dumm, dachte Myrten, denn sie war die ganze Zeit über zwei Personen. Eine, der es den Atem verschlug, weil er etwas in ihr Buch geschrieben hatte, und eine, in der es nagte: *Du hast auf jeden Fall Tore übers Ohr gehauen.*

Als er erwähnte, daß er sich dieses Jagen bei Gelegenheit anschauen wolle, sagte sie:

»Das trifft sich gut. Ich wollte morgen hinaufgehen und ein paar Preiselbeeren sammeln.«

Er schreibe auch sonntags, sagte er. Er schreibe immerzu. Aber nun werde er sich freinehmen und mit ihr dorthinauf gehen und sich seinen Wald anschauen.

»Drei zweiundzwanzig«, sagte Myrten.

Er war erstaunt, daß sie so gut über die Jagen Bescheid wußte und aus dem Handgelenk die Nummer eines dieser Jagen nennen konnte, noch dazu von einem, das veräußert worden war.

»Ich habe die Nachlaßgeschäfte in die Hand genommen«, sagte sie.

»Ja, Tore ist ja nun verreist.«

Bonde Karlsson wußte, daß Tore in die USA gefahren war. Es war, wie sie sich gedacht hatte: Er unterhielt sich abends mit Assar Fransson und hatte sicherlich selbst gesehen, wie es um Tore stand. Und ihn übers Ohr hauen können.

»Wird er da draußen einen neuen Anfang machen?«

»Er hat ein Touristenvisum«, sagte Myrten. »Aber da sind Verwandte, von norwegischer Seite. Er wird also wohl dort bleiben und sich durchschlagen.«

Bonde Karlsson sei ein Weiberheld. Das sagten alle. Als seine Frau noch lebte, habe er nebenher Affären gehabt. Sie fragte sich, ob er nur ein Grapscher sei. Einer, der es nicht lassen kann, alles anzufassen, was sich vorwölbt. Oder ob es Gefühle seien. Er hatte vielleicht viele Gefühle.

Egal, was. Im Wald fällt das meiste ab.

Sie gingen und gingen, und es führte ständig bergauf. Sie zeigte ihm ein Jagen, das sie auf dem Stock verkauft hatte.

»Ja, die Konzerne machen sich groß«, sagte er. »Schlucken nach wie vor Bauernwälder. Aber Sie verkaufen doch nicht, Myrten?«

Das mußte ausgerechnet er sagen, der Tore übers Ohr gehauen hatte!

»Ich habe weiter unten noch ein Jagen, das ein Fuhrmann aus dem Dorf nimmt. Wenn wir uns auf einen annehmbaren Preis einigen können. Ich muß mal sehen. Das Holz verkaufe ich an Wifsta.«

»Das ist eine große Verantwortung für ein junges Mädchen«, sagte er.

Er dachte nicht daran, daß sie kein junges Mädchen war, sondern eine erwachsene Frau. Und daß auch seine Frau mit Fuhrleuten Geschäfte gemacht hatte. Sie hatte sicherlich sowohl an Wifsta als auch an Mon verkauft. Anfangs mußte sie ebenfalls Ratgeber gehabt haben. Leute, auf die sie sich verlassen konnte. Myrten hatte Vaters Cousin, Onkel Halvdan. Meist aßen sie im Gasthof in Jolet und besprachen alle ihre Pläne. Halvdan kam ursprünglich aus Fagerli. Jetzt wohnte er in Jolet und triftete sein Holz den Losseån hinunter und über den See auf der norwegischen Seite. Dann wurde es vom Floß mit dem Spill über den See bei Skinnarviken gezogen, und danach trieb es flußabwärts nach Svartvattnet. Am Wasserfall vorbei wurde es durch einen Schwemmkanal geleitet und dann mit Hilfe des Spillfloßes über den See gezogen, schließlich trieb es dieselbe Triftstraße zum Indalsälven hinunter wie ihr eigenes Holz.

»Die Zeiten sind schwieriger geworden«, sagte sie. »Die Holzfäller haben sich organisiert. Da geht es manchmal hart her.«

Dag Bonde Karlsson ging indes der Atem aus. Er hörte wahrscheinlich gar nicht richtig zu.

Als er vor ihr herging, sah sie, daß seine Schenkel aneinander rieben. Womöglich scheuerte er sich wund. Und wie war das zwischen den Hinterbacken? Ansonsten gefiel ihr seine Statur. Doch sie paßte wohl besser in ebenes Gelände.

Er hätte mehr bewältigt, wenn er nicht ständig geredet hätte. Was er sagte, war interessant. Er sprach gern von sich selbst, und sie wurde kühn. Sie fragte, ob der Name Dag Bonde Karlsson ein Pseudonym sei. Er hatte wahrscheinlich nicht erwartet, daß im Kirchspiel Röbäck jemand dieses Wort kannte und es aussprechen konnte.

Sie wußte, daß sein Vater Volksschullehrer gewesen war und Fjellström geheißen hatte. Das erwähnte er nicht. Er erzählte statt dessen, seine Mutter stamme von Bauern ab, einem alten Bondengeschlecht. Für Myrten zeigte sich daran, daß er Schriftsteller war: Er wählte sorgfältig aus, was er erzählen wollte. Dag war selbstverständlich sein richtiger Name. Er hatte den Künstlernamen Dag Bonde annehmen wollen, als er seinen ersten Roman herausgab. So hatte er sich lange Zeit in seiner Zeitungskolumne genannt, und niemand hatte etwas dagegen einzuwenden gehabt. Der Buchverleger traute sich jedoch nicht. Er sagte, das könne einen Konflikt mit dem Adelsgeschlecht Bonde geben.

»Eine degenerierte adlige Familie. Verlebte Nachkommen

von Unterdrückern und Blutsaugern. Wer hat das größere Recht auf den Namen Bonde? Jene oder ein Mann aus einem freien alten Bauerngeschlecht?«

Es schien, als fragte er Myrten, und sie wußte nicht recht, was sie antworten sollte. Es machte sie ein bißchen nervös, derart wohl durchdacht zu reden. Zum Glück antwortete er selbst darauf:

»Eine alte Familie von Landwirten muß das wahre Geschlecht Bonde sein. Ich durfte immerhin den Familiennamen meiner Mutter, Karlsson, hinzufügen. So wurde daraus Dag Bonde Karlsson.«

Dann wurde er plötzlich müde.

»Trinken wir eine Tasse Kaffee«, sagte er.

»Ein kleines Stück sollten wir schon noch gehen. Wir haben noch nicht einmal die Hälfte geschafft.«

Der Almweg war anfangs vorwiegend steil. Jetzt hatten sie mooriges Gelände erreicht. Es waren keine Stege ausgelegt, und der Herbst war naß gewesen. Sie mußten dahinpatschen, so gut es eben ging. Myrten sah nicht, wie es passiert war, doch plötzlich stand Bonde Karlsson mit einem Bein tief in einem Loch. Der Morast war so zäh, daß er sich auf Myrten stützen mußte, um seinen Fuß herauszuziehen. Sein Stiefel triefte und war randvoll mit schwarzem schlammigem Wasser.

Wie weiß sein kleiner Fuß war, als er zum Vorschein kam! Und zwischen den Zehen schwarz vor Morast. Das erinnerte sie an Tore, der sich als Junge die Füße nicht waschen wollte. Sie wrang den Strumpf aus und hängte ihn an einen Birkenast. Der Stiefel wurde auf einen Stock gestülpt, den sie in den weichen Moorboden steckte. Die Breeches mit den Knöpfen an den Waden waren fast bis zum Knie naß. Myrten und Bonde Karlsson hatten sich wenigstens auf ein Inselchen mit moosigem, trockenem Boden gerettet. Und nun mußte Myrten den Proviant hervorholen und Feuer machen.

Sie brach verdorrte Heidekrautzweige ab, zerkrümelte sie und bereitete damit den Grund. Eine Birke war da, von der sie Rinde abreißen konnte. Um jedoch eine dürre Tanne zu finden, mußte sie ein Stück gehen. Er saß mit seinem weißen Fuß da.

Für einen Mann mußte er eine ausnehmend kleine Schuhnummer haben.

Als sie mit den Tannenstöckchen zurückkam, sagte er, sie wisse sich zu helfen. Sie hielt ein Streichholz daran, und es begann zu qualmen. Das Feuer leckte aus dem trockenen Nest des Heidekrauts empor. Die Birkenrindenfetzen kräuselten sich und wurden schwarz. Als die Stöckchen brannten, legte sie einen dürren Tannenast darauf, den er ihr brechen half. Dann konnte sie mit dem Kaffeekessel losmarschieren und Wasser suchen. Sie wollte einen Bach ausfindig machen. Weiter draußen im Moor gab es ein spiegelndes, stilles Wasser, doch man wußte ja nicht, wie das schmeckte. In der Tiefe schwammen vielleicht alte Forellen mit silbrigen Fischläusen in der Haut. Frösche legten im Frühjahr lange, glänzende Laichstränge ab. Jetzt hatte der Frost alles gebissen, und das Ried war gelb geworden. Es war so still. Die Blätter der Moltebeerenhuckel wiesen alle Farben von Schwarz und Rot bis Schwefelgelb auf.

Sie fand ein Rinnsal und füllte mit etwas Mühe ihren Kessel. Bonde Karlsson hatte noch kein Gestell dafür errichtet, als sie zurückkam. Er war wohl ein bißchen unbeholfen. Sie schnitt mit einem Fahrtenmesser zwei gegabelte Zweige zurecht und steckte sie so in die Erde, daß sie einen Stock quer darüberlegen konnte. Nachdem sie den Kaffeekessel über das Feuer gehängt hatte, wurde es ganz still. Er war wohl müde. Aus dem Preiselbeerensammeln wird heute wohl nichts, dachte sie. Doch es ging ja auch um etwas anderes. Sie war gespannt, und es überkam sie die Lust zu singen.

Nachdem sie ihren Kaffee getrunken und Schlackwurstbrote gegessen hatten, brachen sie wieder auf, und nun ging Myrten voraus. Er hätte gern noch ein Brot mit Spiegelei gegessen, doch sie hatte es ihm mit spielerischem Ernst verwehrt.

»Der Tag ist lang«, sagte sie. »Wir müssen den Proviant einteilen, damit wir auch später noch etwas haben.«

»Ist es noch weit?«

Ja, es war noch weit. Doch das behielt sie für sich. Sie sagte, sie müßten etwas schneller gehen, denn sie hätten ja auch noch den Rückweg vor sich.

»Es wird ja so früh dämmrig jetzt.«

»Ja, es herbstet«, sagte er.

Ihr gefiel seine Art zu sprechen. Er benutzte oft alte Wendungen. Doch er wurde schnell müde. Er hatte einen stämmigen Körper, war aber vielleicht ein bißchen zu schwer, um so weit zu gehen. Eigentlich sah er jünger aus, als er war. Sein braunes Haar trug er kurzgeschnitten, und es lockte sich auf dem Scheitel, es war nicht viel Grau darin. Sie hatte Lust hineinzufassen. Es mußte sich wie ein kurzes, dichtes Fell anfühlen.

Sie gingen durch ein Moor, und sie erzählte, daß es Tjadurflon heiße. Am Rand gebe es nämlich eine Balzkiefer, in der die Auerhähne zu knappen und zu wetzen und sich aufzuspielen pflegten.

»Früher schossen die Leute während der Balz auf sie.«

»Ich finde, sie hatten ein Recht dazu«, sagte er kurz und atemlos.

Sie waren jetzt so weit oben, daß sich allmählich die ersten Gipfel erhoben. Es ging langsam, so als zögerten sie, über den Horizont heraufzukommen. Große, geheimnisvolle Fjälls, dachte Myrten. Sagte indes ganz nüchtern:

»Jetzt sind sowohl das Månfjäll als auch Hersen zu sehen.«

»Das ist prachtvoll«, sagte er. »Ich habe einmal über ein Gewitter im Fjäll geschrieben. Ich habe es nie vergessen.«

Als sie halbwegs durch das Moor waren, kam ein weißer Renhirsch direkt auf sie zugesprungen. Myrten hatte nicht bemerkt, woher er kam. Er blieb an einem Weidendickicht stehen, senkte seine Geweihkrone und horkte sie an.

»Was will er?« fragte Bonde Karlsson.

»Er ist wahrscheinlich allein, er ist von der Herde abgekommen.«

Der Hirsch lief noch ein Stück, blieb dann abrupt stehen und gab einen Laut von sich.

»Er ist vielleicht brunftig. Da werden sie ein bißchen komisch. Und außerdem ist er weiß. Mit den ganz weißen kann irgendwas los sein. Die sind ein bißchen anders.«

Der Renhirsch verfiel darauf, noch näher heranzutrollen.

»Nein, das geht nicht«, sagte Bonde Karlsson.

Er hatte Angst. Das brachte Myrten in Hochstimmung.

»Hau ab!« rief sie und fuchtelte mit den Armen. »Du blöder Hirsch! Fort mit dir! Fort, fort!«

Der Hirsch trollte sich, doch Bonde Karlsson sagte:

»Jetzt kehren wir um, Myrten. Es ist viel zu weit für einen Oktobertag. Es wird dunkel, bevor wir wieder unten sind.«

Sie sah ihn von der Seite an. Er atmete jetzt hörbar. Seine volle Unterlippe stand vor. In einem fort strichen kleine Luftstöße darüber hin. Myrten hätte am liebsten losgelacht. Über Gewitter hatte er geschrieben. Gewitter in Pappkulissen! Sie war guter Laune, weil er kleine Füße und eine rosige Unterlippe hatte und weil die Luft wie Moselwein war. Das hatte er selbst unlängst gesagt. Geeister Moselwein obendrein. Er hatte gefragt, ob es in der Pension eine Kühlmöglichkeit gebe, denn er wolle sie zum Essen und Wein einladen, wenn sie zurück seien. Er wünschte sich jetzt dorthin. Ängstlich und mit nassem kleinem Fuß.

»Ich glaube, es ist am klügsten, wenn wir umkehren«, sagte er.

»Nein, jetzt sollen Sie das Jagen auch sehen, Dag. Wo wir doch schon so weit gekommen sind.«

Und so trabte sie weiter vor ihm her und horchte auf seinen immer spitzer werdenden Atem. Wenn sie es näher bedachte, so wußte sie nicht, wie er es bis ganz hinauf schaffen sollte.

»Wir sollten vielleicht nicht ganz so weit gehen«, sagte sie. »Wir können jedoch auf den Höhenrücken steigen. Dann können Sie das Jagen zumindest sehen, Dag. Von oben.«

Sie befanden sich jetzt auf dem großen Fjällmoor. Es führte in einer sich sacht hinziehenden Steigung bergan. Bonde Karlsson ging schweigend dahin und blieb oft stehen. Myrten war leicht verlegen, vor allem aber hochgestimmt. Sie ging voraus, und jedesmal, wenn sie sich umdrehte, war er ein gutes Stück zurückgeblieben, so daß sie auf ihn warten mußte. Schließlich wurde es unnatürlich. Sie konnten nicht darüber sprechen. Sein Atem ging sehr kurz, und er reagierte nicht einmal, als mit Gekrach zwei Auerhühner aufflogen.

»Hennen«, sagte Myrten.

Es waren tatsächlich zwei Hühner, rostrot auf der Unterseite, ansonsten auffällig gesprenkelt. Sie waren jetzt in den Birkenwald gelangt, und die Steigung wurde steil. Rings um sie waren Birken mit schwarzem Schorf an den Stämmen, und an den toten Bäumen, die noch immer aufrecht standen, saßen viele Porlinge. Bonde Karlsson machte keinen frohen Eindruck. Vielleicht hatte der krumme Birkenwald etwas Gespenstisches an sich, wenn man ihn zum erstenmal sah.

Mehrmals rastete er auf umgestürzten Stämmen, bevor sie endlich den Kamm des Fjällmoors erreichten. Nun wurde auch Myrten allmählich nervös. Die Stunden vergingen. Sie mußten ja absteigen, bevor die Herbstnacht ihren Sack um sie zuband.

»Hier«, sagte sie. »Jetzt können Sie Ihr Jagen sehen, Dag! Es erstreckt sich fast bis zum Fjäll hinauf. Und zum Fluß dort unten. Die Silverkrokar. Der See heißt übrigens Kroken und der Fluß Krokån.«

Er ließ jedoch den Kopf hängen und setzte sich wieder. Fand keinen Stamm diesmal, sondern sank einfach ins Moos, saß da und atmete schneidend und kurz. Grau im Gesicht. Er wirkte jetzt nicht sonderlich wohlauf.

Ihr war, als sei der Duft des Waldes aufgestiegen und ihr entgegengekommen. Der säuerliche Nadelduft. Die Aromen des Moores, komponiert aus zersetztem Ried, das seit Jahrtausenden in den Herbstfrösten und in den Winterdämmern die Farbe wechselte und zu komprimierter Zeit wurde. Zeitschichten, die säuerlich und modrig rochen.

Bis hierher konnte man das aber natürlich nicht riechen. Der Tannenwald mit seinem Harzgeruch lag tief dort unten, so tief, daß sein Schwarzgrün ins Blau vertönte. Myrten wollte etwas über die gewaltigen Ausmaße sagen, die die Rottannen dort unten noch immer hatten. Doch sie konnte nicht.

Seit langer Zeit, seit sie Ristens Brief erhalten hatte, war sie zornig darüber, daß Tore sich übers Ohr hatte hauen lassen und daß er die erbärmliche Bezahlung für ihr Jagen versoffen hatte.

Ihre Mitgift.

Jetzt erfüllte es sie jedenfalls mit Freude. Wer besitzt einen Wald? So pflegte Risten zu fragen. Derjenige, der ins Grundbuch eingetragen ist, oder derjenige, der Kenntnisse über ihn hat? Derjenige, der seine Gerüche und Geheimnisse kennt. Die Fuchsbaue. Das weiße Fadengeflecht der Pfifferlinge im Moos. Die Moorsenken, wo die zarten weißen Multbeerenblüten vor Frost geschützt sind. Derjenige, der ihn fällen kann, hat lediglich Macht über ihn. Kein Recht.

Das war freilich kein richtiger Trost. Ich bin zu sehr Waldbesitzerin, um mich von Gerüchen und Wassergeglitzer blenden zu lassen, dachte sie. Ich will ihn haben. Es ist mein Wald. Mag Risten sagen, was sie will, oder dieser Schriftsteller geltend machen, daß der Kauf im Grundbuch eingetragen ist.

Kalte Wasser. Steinschwerer Himmel. Grau in Grau in Grau. Sie ahnte schon Eis an den Ufern des Kroken und wußte, wie zäh und blasig es in diesem Anfangsstadium war.

Laß mich diesen Wald zurückbekommen.

Laß mich ihn bekommen, noch ehe das letzte Laub verschwindet. Jetzt. Ich will ihn jetzt haben.

Die Birken hingen voller Regentropfen, ein Knospenwerk, das im Dunst schimmerte. Bald würden sie zu Eis gefrieren. Die schwarzen Fruchtklumpen, die tief dort unten in den Tannenwipfeln schaukelten, mußten Krähen sein. Das war eine Warnung: Es begann aufzufrischen. Bald würden die alten Tannen zu singen anheben. Die Sonne war nicht mehr warm und mild, und der Kranz von weißen Fjälls war nicht länger zu sehen. Scharf wie Eis blitzte das Licht zwischen den grauen Schwaden auf. Es zog sich jetzt richtig zu.

Womöglich kommen Sturmböen auf, und dann werden wir singen. Auch ich werde singen! Gestern habe ich gesehen, wie sich auf dem Svartvattnet Wellen mit weißen Nacken brachen, und ich habe das kalte Wasser getrunken. Das war Teilhaftigkeit. Davon hat er keine Ahnung. Er sitzt da mit seinem nassen Fuß im Stiefel und seinem durchnäßten, schwarz verschlammten Hosenbein, seinem blassen Gesicht.

Er ist nicht hier.

Sie schafften es nicht mehr, frischen Kaffee zu kochen, sondern aßen die Brote trocken. Er aß jetzt außerdem gar nichts. Ihm schien der Appetit vergangen zu sein.

»Wir müssen uns beeilen hinunterzukommen«, sagte Myrten. »Es wird jetzt schnell dunkel. Bei diesem Wetter.«

Beim Abstieg mußten sie mehrmals rasten, während die Dämmerung sich immer mehr verdichtete. Das abgefallene Espenlaub rings um Nisjbuan schimmerte schwarzblau, wie Stahl. Eine Grabesfarbe. Sie schien in der ganzen Landschaft wider; es war die harsche Farbe des Spätherbstes, sie sang nur einen einzigen Ton.

Stachelpilze und Pfifferlinge ragten aus dem Moos auf. Myrten bückte sich nicht danach, denn sie hatten es jetzt eilig. Außerdem waren die Pilze wie aus Porzellan. Gefrorene Pilze wurden in der Bratpfanne wäßrig und ungenießbar. Das sagte sie ihm. Doch er reagierte gar nicht.

Es wurde Abend, und auf dem letzten Stück war die Finsternis dick wie Teer. Bonde Karlsson ging dicht hinter Myrten, glücklicherweise kannten ihre Füße den Almweg seit ihrer Kindheit. Dann ging der Mond auf, und sie konnten besser sehen. Als sie im Dorf eintrafen, sahen sie vor der Pension ein Feuer brennen. Der Mond stand darüber und glotzte. Als sie näher kamen, hatte er sich hinter den Wald verzogen, als wäre er schüchtern. Jetzt stand da nur noch Anund Larsson und scharrte im Feuer. Er verbrannte Unrat.

Es war keine Rede mehr davon, daß sie zusammen zu Abend essen wollten, sie und Dag Bonde Karlsson. Er verabschiedete sich kaum.

Spät am Abend kam der Sturm. Feine, spitze Regenböen trieben am Fenster vorbei. Die Tannen wogten, sie neigten sich nach Osten. Um Viertel nach neun, gerade als sie zu Bett gehen wollte, fiel der Strom aus. Sie fand keine richtigen Stearinkerzen, nur kleine Stumpen. Diese waren bei den ständigen Stromausfällen schnell abgebrannt. Sie mußte ins Postamt hinuntergehen und eine Fünferpackung Kerzen suchen.

Nachdem es ihr gelungen war, eine Kerze anzuzünden, trat sie in die Schatten, um im Schrank noch mehr zu suchen. Da klopfte es an der Tür. Im ersten Moment bekam sie Angst, und sie stand absolut still. Ihr kam sogar der Gedanke, die Kerze auszublasen und so zu tun, als wäre sie nicht zu Hause. Doch dafür war es wohl zu spät.

Es klopfte erneut, und dann rief ein Mann:

»Myrten! Machst die Tür auf!«

Sie erkannte die Stimme nicht.

»Myrten! Schließt auf!«

Er war wohl immerhin nicht betrunken. Sie rief ziemlich schneidend zurück, daß er kommen könne, wenn die Post am Morgen öffne.

»Mensch ... muß eins doch sein Geld rausenhaben. Muß eins fort, zeitig am Morgen.«

Warum öffnete sie eigentlich? Weil der Sturm in den Tannen brüllte und sie davon Kopfschmerzen bekam. Weil die Nachthunde sich näherten und es unnatürlich war, alleinig zu sein.

»Was willst du?«

Es war Arnold Jonsson. Sein Vater hatte einen kleinen Hof, und er selbst war Holzfäller. Triften tat er natürlich auch.

»Muß eins fahren bei aller Herrgottsfrüh. Kann eins mitfahren, mit dem Ols Nisja«, sagte er. »Mußt mir's geben, das Geld, Myrten. Hier wär das Buch. Fünfundsiebzig Kronen.«

»Du sollst nichten kommen, wenn die Post geschlossen ist«, sagte sie, nahm jedoch das Postsparbuch entgegen und füllte in dem spärlichen Licht den Auszahlungsschein für ihn aus.

»Tut sie nichten auf sein, die Post, wenn es auf dem Amt sitzet, das Postfräulein, und hat das Licht angezündet?«

Arnold Jonssa. Er hatte diese schelmische und gleichsam sanfte Stimme. Sie wußte nicht, ob er allen Frauen gegenüber so klang. Vor vielen Jahren hatte sie einmal gesehen, wie seine Hand sich um die Taille eines Mädchens getastet und sie gedrückt hatte. Das war im Laden gewesen. Das Mädchen war mit dem Po näher gerückt, als seine Hand nach unten glitt. Das hatte bestimmt niemand sehen sollen. Doch Myrten hatte es gesehen, und es hatte ein bißchen weh getan. Denn damals hatte sie oft an ihn gedacht. Er war auch jetzt ansehnlich. Derber natürlich. Doch lange Beine hatte er und flinke Füße auf den Stämmen draußen im Wasser. Er hatte etwas Elegantes an sich. Er bewegte sich wie ein Tänzer.

»Fünfzigerjahr«, sagte er, als er den Auszahlungsschein unterschrieb. »Muß eins erst gewöhnen richtig. Klinget so modern.«

Er dachte genauso wie die alte Frau aus Skinnarviken, und er hatte natürlich recht. Die Nacht draußen war indes wie immer.

Die brennende Kerze war in der kleinen Pfütze schmelzenden Stearins, die sich rings um den Docht bildete, mit Siegellack bekleckert. Er fand, das rieche wie Weihnachten. Sie erklärte, daß sie zum Versiegeln der Wertsendungen Lack benutze.

Warum habe ich ihn hereingelassen? Wo ich doch immer gedacht habe, ich würde es genau nehmen. Geschlossen sollte geschlossen sein.

Er erzählte, er werde an die Küste hinunterfahren, zum Heringsfang. Zum Winter werde er dann wohl zurückkommen und für irgendeinen Fuhrmann fällen. Im Moment gebe es hier jedoch nichts.

»Ja, natürlich, die Nachtrift ist ja vorbei«, sagte Myrten.

»Ja, natürlich«, sagte er. »Ist vorbei, das Beirichten.«

»Wie ärgerlich.«

Sie brachte es jedoch nicht über sich, beirichten zu sagen. Mutter hatte immer gesagt, das klinge leicht anstößig.

Sie mußte das Licht löschen, bevor sie in den Flur hinausgingen. Im Dunkeln näherte er sich.

»Tust bitten, Myrten, zum Kaffee?«

Seine Stimme war belegt. Das hieß so. Sie hatte das viele Male gelesen. Jetzt, da sie es in der Wirklichkeit hörte, wo es überhaupt nicht hingehörte, wurde sie böse. Es klang lediglich heiser und dumpf.

»Dir ist wohl klar, daß das nicht geht!«

Nein, verdammt, das sei ihm nicht klar, sagte er und lachte. Dann trat er noch näher, und sie spürte seinen Körper an ihrem. Sie rührten sich beide nicht. Myrten wußte, daß sie sich bewegen sollte.

»Myrten, Myrten ...«

Jetzt flüsterte er.

»Nein«, sagte sie.

Er schwenkte sie herum. Als er sie küßte, wollte ihr Körper nachgeben und wie im Duft und dem unsteten Dämmer einer Sommernacht hinsinken. Obschon draußen der Sturm an den Dachblechen zerrte, daß sie knackten. Sie entwand sich ihm schließlich, und er ließ sie los. Grob und drängend war er nicht. Es lag an dieser Stimme. Und an dem festen Körper, den sie am Gesäß gespürt hatte. Die Versteifung, die sich heiß anfühlte. Aber das war doch nicht möglich? Durch dicken Hosenstoff hindurch.

»Was stimmet denn nichten?« flüsterte er. »Tu ich dir nichten gefallen? Myrten, dann ... Sollst nichten alleinig sein nächtens. Tust doch so fein sein ... feinigste Deern ... jemalens ...«

Er hat es die ganze Zeit gewußt, dachte sie. All die Jahre hindurch. Daß er mir gefallen hat und ich auf diese Weise an ihn gedacht habe. Warum traut er sich dann erst jetzt? Ihr schoß durch den Kopf, daß er etwas über sie wußte. Oder ahnte.

»Geh jetzt«, sagte sie. »Du mußt morgen früh zeitig nach Norwegen fahren. Und ich muß schlafen.«

»Können das auch tun, schlafen. Wenn das willst. Ein klein Weilchen, zumindestens.«

Er sagte das so lustig, daß sie lächeln mußte, wie sie da mit dem Kerzenhalter in der Hand stand.

»Nein«, sagte sie. »Das werden wir nicht tun. Ich habe andere Pläne.«

»Tust nichtens jetzt, was bereuest!« sagte er lachend. Und dann ging er immerhin.

Es wurde dunkel. Ein kleines Lichtgeflacker. Sofort kamen all die Gedanken. Bald würden die Schritte von Wiedergängern zu hören sein. Obwohl sie sehr wohl wußte, daß es nur die Treppe war, die nachknackte, wenn man sie hinaufstieg. Igitt.

Nein, sie würde nicht alleinig sein. Nicht mehr lange. Sie hatte sich jetzt entschieden. Das macht man selten mit Gedanken und Überlegungen. Man spürt es im Körper, wenn man weiß, was man tun muß.

Wenn Kristin etwas zuwiderlief, wurde sie bärbeißig. Sie war nicht mehr so, wie Myrten sie aus Kindertagen in Erinnerung hatte. Die Jahre in Langvasslia oben hatten sie barsch gemacht. Sie stand in der Pensionsküche, die Arme in die Seiten gestemmt, erhitzt und wütend. Sie hatte ziemlich große Füße für ihren kleinen Körper, und sie stand jetzt breitbeinig da. Rote Haarsträhnen lugten unter dem weißen Küchenkopftuch hervor.

»Warst drauf und dran, den Kerl totzumachen. Was hast dir denn gedenket dabei?«

Sie hatte natürlich recht. Das war eine schändliche Angelegenheit.

»Ich wußte nicht, daß er Angina hat«, sagte Myrten. »Ich weiß noch nicht einmal, was das ist.«

»Auch ich nichten. Hat aber gesaget, der Doktor, ist was mit dem Herzen. Und hättest ruhig hingehen gekonnt, zum Telefon!«

»Es war doch Stromausfall.«

»Nichten beim Telefon!«

Es widerstrebte ihr, die Wahrheit zu sagen: daß sie nämlich gedacht habe, es sei Arnold Jonssa, der anrufe. Ja, ich habe Angst. Ich bin ängstlich und alleinig. Das hätte sie sagen müssen. Wenn sie geantwortet hätte. Es durfte nicht sein.

»Hab angerufen bei dir, solltest den Karlsson nach Byvången bringen, zum Doktor«, sagte Risten. »Kann ja nichten so genauens gehen, mit dem Führerschein, mitten in der Nacht. Wenn eins fahret zum Doktor. Ist jetzt selbig kömmen, ward aber erst gegen den Morgen. Hab nichten ein Auge zugemachet. Hat Schmerzen gehabet, der Kerl. Was Furchtbariges. Gestichet hat's ihm, in der Brust. Und bist nichtenmals hingegangen, zum Telefon! Hab gedenket, er ward tot. Möcht eins dir sagen: Ist nichten was Gutes, wenn wer tot ward, in einer Pension. Ist nichten leicht, es zu vermieten nachher, ein solchig Zimmer. Und gehet um eine ganze Hütte hier!«

»Er ist nicht gestorben«, sagte Myrten.

»Nä, ist aber nichten dein Verdienst.«

Sie ging zu der Hütte am Wasserfall und klopfte an. Er war auf und angekleidet, allerdings trug er jetzt andere Hosen als die, die er sich im Moor beschmutzt hatte. Kristin hatte sich dieser wohl angenommen. Blaß war er, aber ansonsten wie immer.

»Verzeihen Sie bitte«, sagte sie. »Das wußte ich nicht.«

»Aber liebe Myrten. Was wußten Sie nicht? Daß ich Angina pectoris habe? Dem wollen wir keine Bedeutung beimessen. Ich habe vom Doktor jetzt Nitroglyzerin bekommen.«

In ihren Ohren klang das noch erschreckender. Sprengstoff.

»Ich habe heute gearbeitet wie sonst auch«, sagte er.

Doch das stimmte sicherlich nicht. In der Schreibmaschine steckte ein Blatt Papier, leer, wie es schien. Er trug ein graues Hemd und einen grau und braun gestreiften Pullunder. Asche. Wie sein Gesicht, als sie auf dem Kamm des Fjällmoors gesessen hatten und er überhaupt nicht hinunterschauen wollte und sie ihn für wunderlich gehalten hatte, weil er sich für das, was es dort zu sehen gab, nicht interessierte. Das Silberband, die roten Schattierungen, das vertönende Blau.

Er hatte Schmerzen gehabt. Sein Gesicht war feucht und grau gewesen. Gleichsam eingefallen.

Jetzt war der Doktor dagewesen. Sie hatten Wörter wie »Herz« benutzt. Ein purpurrotes Wort. Oder leberbraun? Braun wie Nieren. Eine dicke Blutfarbe. Sie wollte am liebsten nicht daran denken.

»Verzeihen Sie mir bitte trotzdem«, bat sie. »Es tut mir so unendlich leid.«

»Wir wollten zusammen essen«, sagte er. »Erinnern Sie sich, Myrten?«

»Ja, natürlich«, erwiderte sie und war verwirrt. Sie hätte am Abend selbstverständlich in die Pension gehen müssen. Umgekleidet. Doch sie hatte angenommen, er sei verärgert über sie. Und noch schlimmer: Sie hatte ihn verärgern wollen. Ihn fertigmachen. Ihm zeigen, wem der Wald gehörte.

»Wollen wir unser Essen heute abend einnehmen?« fragte er.

»Ist das denn vernünftig?«

»Oh, vom Doktor aus darf ich wohl essen«, sagte er lächelnd.

Und Wein trinken, dachte sie. Farbe auf die Wangen bekommen. Diese Aschfarbe zum Verschwinden bringen. Dieses Bleierne. Ich werde mein Zyklamenfarbenes anziehen. Es war aus Crêpe de Chine und in der Taille drapiert. Sie hatte eigenhändig kleine goldfarbene Stäbchen auf die Passen genäht. Die Stickerei stellte ein stilisiertes Blumenmuster dar. Er würde sehen, daß das Kleid nicht von irgendeiner Dorfschneiderin angefertigt war.

Wenn nur ihre Haare rechtzeitig trockneten. Ich muß sie ja waschen. Wenn ich den Kachelofen einheize und mich gebeugt davorsetze. Oder soll ich Trockenshampoo nehmen?

Eine andere Sache war, was Kristin dazu sagen würde, ihnen das Essen zu servieren und sie zu bedienen. Sie war bestimmt noch schlechter Laune.

*

Es ist nicht erfreulich, daran zu denken, doch es gab eine Zeit, in der das Verhältnis zwischen Myrten und mir nicht sonderlich gut war. Und zwar in dem Winter, als Dag Bonde Karlsson alle naslang nach Svartvattnet kam. Er schrieb an einem Roman und hielt im Vereinshaus seine Vorträge. Noch dazu über Krieg und Elend. Er ließ sich des langen und breiten über sämtliche Militärschanzen Jämtlands und Härjedalens bis zurück ins sechzehnte Jahrhundert aus. Mir wurde schlecht von den Qualen und dem Leid, womit machtvergiftete Könige das Volk überzogen hatten. Und die Kreatur obendrein. Ich finde nicht, daß man Könige haben sollte. Bonde Karlsson fand das auch nicht. Doch das war wohl das einzige, worüber wir uns einig waren.

Vielleicht hatte er ja recht damit, daß die Kriege nicht vergessen werden sollten. Aber dann ist es das Leiden, worauf man sich besinnen sollte, und nichts sonst. Auf die wunden, erfrorenen Füße. Den Kältebrand. Die aufgequollenen und schmerzenden Hungerbäuche der Kinder. Die Embryos, aus zertretenen Bäuchen ausgestoßen. »Denen errichtet auf dem Marktplatz in Sveg ein Monument!« schlug ich vor. Hillevi sagte, ich solle still sein.

Er sagte, es sei eine Schande, daß Klemmingsberg, unsere Schanze aus dem Krieg, jetzt verrotte. Wie eine Felsenhöhle verrotten konnte, war mir schleierhaft. Still, sagte Hillevi. Myrten aber flüsterte, er meine das hölzerne Stützwerk.

Zu dieser Zeit war der Streit um die Jämthunderasse in vollem Gange. Er drehte sich darum, von welchen Hunden diese Rasse abstammte, nachdem sich der Schwedische Kennelklub damit einverstanden erklärt hatte, sie zu registrieren. Bonde Karlsson glaubte, den reinen und ursprünglichen Jämthund zu besitzen, diesen Typus, von dem Öustman Gudfasts Sohn sich auf seinen Reisen an den norwegischen Königshof wahrscheinlich hatte begleiten lassen.

Ich sagte, das sei zuviel Rassengerede.

»Was meinst du damit?«

Myrten klang leicht wütend.

»Das hat er von den Deutschen«, sagte ich.

»Er hatte nichts mit den Deutschen zu tun. Während des Krieges haben bei ihm zu Hause norwegische Flüchtlinge gewohnt. Schriftsteller.«

»Er war jedenfalls freiwillig in Finnland. Und ich weiß, was er gesagt hat, als er die Straße nach Norwegen eingeweiht hat.«

»Da warst du gar nicht hier«, entgegnete Myrten. »Da warst du in Langvasslia, das war nämlich im Sommer neununddreißig.«

»Mein Onkel hat es mir erzählt«, sagte ich. »Karlsson hat gesagt, zwischen Norwegen und Schweden wäre es immer friedlich gewesen. Wenn da nicht die Lappen gewesen wären, die die Bauern niedergeknüppelt hätten.«

»Jetzt gehen wir nach Hause und setzen ein wenig Kaffee auf«, sagte Hillevi.

Den Kaffee machte sie. Wir mußten uns in die Stube setzen. Hillevi war jetzt gern allein, selbst für kurze Momente.

Sie dachte viel an Tore, nehme ich an. Doch sie sprach nicht über ihn. Wir warteten auf Briefe, aber es kamen lediglich Karten.

Myrten konnte oder wollte nicht vergessen, daß ich ihn Karlsson genannt hatte.

»Er heißt Bonde Karlsson«, sagte sie.

»Nein. Er heißt eigentlich Fjellström.«

Ich sah, daß sie traurig wurde, doch ich konnte mich nicht bremsen.

»Erinnerst du dich nicht, was in *Ingefrid auf Högåsa* steht?«

»Natürlich erinnere ich mich!«

»Über den Lappen, der derart mit den Zähnen knirscht, daß seine Kiefer unter dem Bart weiß werden, wenn er Christenmenschen sieht. Der so scheu und mißtrauisch ist und dessen Augen tief unter der Stirn liegen. Borstiges und struppiges rabenschwarzes Haar hat er. Erinnerst du dich an das, was er sagt?«

»Das kann ich ja wohl nicht. Nicht bis ins Detail.«

»Aber ich erinnere mich: Eß ißt Krick!«

»Was heißt das?«

»Eß ißt Krick!!!«

»Wir wollen jetzt Kaffee trinken«, sagte Hillevi.

»Ich wußte gar nicht, daß er Lappisch kann«, sagte Myrten.

»Das kann er auch nicht.«

»Aber diese Wörter da ...«

»Eß ißt Krick!«

»Bitte, greift zu. Ich habe nur ein paar Mandelhäufchen.«

»So, meint er, würden wir reden«, sagte ich. »*Es ist Krieg*. Das soll es heißen.«

»Das ist doch eine Karikatur«, erwiderte Myrten. »Das ist dir doch klar. Schriftsteller haben das Recht, ein bißchen zu übertreiben.«

»Und daß sich der alte Lappe mit dem Konzern zusammentut und einem Bauern, der seinen Wald nicht verkaufen will, das Haus in Brand steckt – ist das auch eine Karikatur?«

»Das steht nicht in *Ingefrid auf Högåsa*. Das ist ein historischer Roman.«

»Das steht in *Die letzte Verrichtung*. Da hat er sich auch geirrt. Das heißt nämlich nicht Verrichtung, sondern Beirichten.«

»Nachtrift«, sagte Hillevi.

Sie ging hinaus, um den Kaffee zu wärmen. Es war ein bißchen früh, und ich nehme an, daß sie ihre Ruhe haben und unser Hickhack nicht hören wollte. Manchmal fand ich, daß sie sich allmählich zuwenig aus uns machte.

Dann sah ich, daß Myrten ihren Frieden haben wollte. Sie saß da, spielte mit den Bröseln der Mandelhäufchen und schaute traurig drein.

»Ich mag ihn«, sagte sie.

Da schämte ich mich.

Es sind so viele, die von uns gegangen sind. Ich kann es nicht leiden, wenn man Tauben und Kohlmeisen in Annoncen setzt und davon spricht, der Tote sei eingeschlafen. Man sollte unverblümt über den Tod sprechen. Aber daß jemand von uns gegangen ist, das ist wahr.

Zu guter Letzt lassen sie unsere Hände los und gehen fort von uns. Ich kann sie von hinten sehen. Zuerst wird es schummrig um sie herum, dann dunkel.

Trotzdem sprechen sie zu uns. *Trage uns mit dir in deinem Leben, du, die du noch im Lichte wandelst.*

Hier bin ich nun und verhutzle. Ich bin allein zurückgeblieben. Natürlich habe ich Elias, aber ich kenne ihn nicht richtig. Ich weiß nicht einmal genau, woher er ursprünglich kommt. Wer er auch sein mag, so hat er in der gleichen Welt wie ich gelebt. In der alten Welt. Die war vielleicht nicht unbedingt besser. Aber die jetzige ist so fremd.

Elias ist im übrigen alt und klapprig, viel älter als ich. Er sagt, er habe Lungenschwindsucht gehabt. Ich begreife nicht, daß er immer noch lebt und den Hang herunterkommt. Allerdings geht er wie eine alte Krabbe. Eines Abends werde ich hier am Spültisch stehen und durchs Fenster nach ihm Ausschau halten.

Wenn der Bus abgefahren ist und alle ihre Zeitungen abgeholt haben. Und er kommt nicht.

Brr, ja.

Es ist so wunderlich, übrigzubleiben und mit ihren Geheimnissen dazusitzen. Ich weiß nicht genau, ob sie sie mir anvertraut oder ob sie nur vergessen haben, daß diese noch in den Kisten und Kästchen und Kartons hier liegen. Dag Bonde Karlsson hat Myrten dreizehn Briefe und drei Kärtchen geschrieben. Mehr nicht. Er war ja so oft hier. Und dann kam die Zeit, in der sie nie getrennt waren.

*

Liebe, gute Myrten!

Darf ich so schreiben? Ich bringe es nicht über mich, »Sehr verehrte« zu schreiben. Das Fräulein Halvarsson und den Herrn Bonde Karlsson haben wir ja längst hinter uns gelassen. Und das ist gut so! Ich sehne mich danach, Sie richtig kennenzulernen, Myrten. Der Abend mit dem Souper in der Pension in Svartvattnet steht für mich als Auftakt zu einer langen Freundschaft. Oder darf ich mehr zu hoffen wagen?

Es waren zwei zauberhafte Tage. Niemals werde ich Ihre ranke Gestalt vor dem Hintergrund des funkelnden Fjälls vergessen, Myrten. In meinem Leben hat es in den vergangenen Jahren nicht viel Freude gegeben.

Reisen Sie gelegentlich nach Östersund? Ich möchte es annehmen. Wie schön, wenn wir uns treffen und ein Abendessen einnehmen könnten, ebenso erhebend – für mich! – wie dasjenige, welches wir unter der Aufsicht der gestrengen Kristin Klementsen im Speisesaal der Pension zusammen eingenommen haben! Will man einander eingehend kennenlernen, muß man miteinander ungestört sein, am besten irgendwo, wo einen niemand kennt. Das ist natürlich nicht ganz einfach für mich. Bin ich doch auch in der Provinzhauptstadt bekannt wie ein bunter Hund. Das ist der Preis, den man zu entrichten hat.

Myrten, was sagen Sie dazu? Geben Sie mir eine kleine Hoffnung auf ein neuerliches Zusammentreffen! Es ist, als flösse das Blut leichter in meinen Adern, seit wir uns kennengelernt haben.

Leben Sie wohl!

wünscht von Herzen Ihr ergebener Dag

Myrten, geliebtes Kind!

Erschrecke ich Dich? Es ist nichts Unreines in meinem Gefühl für Dich. Die Vergangenheit habe ich hinter mir gelassen. Du ahnst nicht, wie ich geschrieben habe, seit wir uns zuletzt gesehen haben! Mein Blut ist frischer, das Gehirn arbeitet leichter – alles das Verdienst dieses wunderbaren, guten, schönen Mädchens.

Ja, ich weiß, Dir gefällt es nicht, wenn ich Dich so nenne. Du bist eine erwachsene Frau, ganz ohne Zweifel. Doch meine Zärtlichkeit für Dich kennt keine Grenzen und keine Namen.

Nimm mich in Empfang, Myrten!

Hab keine Angst. Mein Leben ist so licht, so erleuchtet von der Liebe zu Dir. Da gibt es keine finsteren Geheimnisse in irgendwelchen Ecken. All das ist ausgelöscht. Ich möchte, daß Du geradewegs durch mich hindurchsehen kannst.

Deine Stimme war so klein und zart am Telefon. Pfirsichwange! Ich möchte nicht, daß Du allein sein mußt.

Denke oft an den alten

Dag

Geliebte Myrten!

Traurig bin ich nicht, auch nicht verletzt. Ich weiß, Du willst mir alles geben. Ich habe die Geduld zu warten. Du bist jung, und dies ist ein großes und umwälzendes Ereignis in Deinem Leben. Mein Dornröschen! Du hast im Schlaf gelegen und erwachst nun zum Leben einer Frau, das sich für das Mäd-

chen, welches die Augen aufschlägt, erschreckend ausnimmt. Und dennoch spürst Du, daß es das Richtige ist. Allein in der Liebe zwischen Mann und Frau kann das Leben seine Erfüllung finden. Du besitzt die Instinkte einer gesunden Frau. Ich weiß das, und Du darfst mir nicht böse sein, daß ich das sage. Zwischen uns sollen stets Ernst und ehrliche Absicht herrschen.

Ich möchte Dich ganz besitzen. Darin liegt nichts Häßliches oder Böses, meine Myrten. Ich warte darauf, daß Deine Gefühle und Deine Gedanken zu einem Entschluß heranreifen. Ich liebe Dich mehr, als ich zu sagen vermag.

Doch willst Du tatsächlich den Führerschein machen? Ich bin voller Sorge. Die Straßen sind nicht sicher. Was machst Du, wenn der Motor defekt ist und Du eines Wintertags bei tiefster Kälte im Wald stehenbleibst? Schlag Dir diesen Gedanken ebenso schnell aus dem Kopf, wie er dorthin geraten ist!

Denk daran, daß Dein alter Dag sich um Dich sorgt und stets Dein Bestes will.

Herzliche Grüße und Küsse von Deinem Dag

Liebe, Gute, Süße!

Nun sind sie also ausgesprochen, die bedeutungsvollen Worte. Ich habe nicht vor ihnen gebebt, Myrten! Das ist nicht richtig. Ich wollte sie. Als ich Deine kleine Hand über dem Tisch ergriff und sie aussprach, spürte ich, daß es die einzig richtigen waren. Mir war ja seit langem klar, daß Du es so haben wolltest, und ich verehre Dich dafür.

Meine Braut!

Wenn ich dieses Wort doch nur schon heute vor der Welt aussprechen könnte! Jedoch verstehe ich, was Du meinst, und glaube in gewisser Weise, daß Du recht hast. Wir haben wie in einem leise rauschenden Laubsaal gelebt, nur Du und ich, meine Geliebte. Jetzt machen wir uns auf, der Welt zu begegnen. Sie ist nicht immer wohlwollend. Doch Du erinnerst Dich, Myrten: All das Vergangene ist ausgelöscht!

Ich möchte Dir nicht verhehlen, daß mich der Gedanke, mein Heim in Kloven verlassen zu müssen, zuerst traurig stimmte. Es ist mir so vertraut, und selbst wenn dort nicht stets nur Freude zu Gast war, ist es mir lieb. Ein Heim ist doch ein Heim – mit Schreibtisch und Tabaksdosen, Wandbehängen, Luchsfellen und Kupfergefäßen! Aber das ist nun vergangen und dahin. Du hast absolut recht damit, daß wir von vorn beginnen müssen, nur wir beide gemeinsam. Ich hege bereits gewaltige Baupläne! Holz soll es sein, von Hand behauen. Zwei richtig große Tannenstämme sollen das Verandadach tragen. Mit sichtbaren Astknorren. Auf den Dachfirsten möchte ich Drachenköpfe haben. Grobe Holzschindeln auf dem Dach. Alles braungepicht und gut wie in uralten Zeiten. Ich weiß, daß derartiges aus der Mode gekommen ist. Heutzutage sollen es Einfamilienhäuschen sein, Gott bewahre! Ich bin jedoch ein Jämte alten Schlags, und mein Heim soll meine Burg sein und nicht wie eine Spielzeugschachtel aussehen.

Den Vorschlag hinsichtlich Penningbackens in Lakahögen ziehe ich zurück. Ich kann Dir jedoch nicht beipflichten, daß es ein elender alter Kasten sei. Es hätte durchaus zu neuem Glanz erstehen können. Doch es ist eine andere Art Leben, die wir, Du und ich, führen wollen. Ich kann mir nicht vorstellen, daß Du auf Dauer die Forstgeschäfte fortführen willst. Ich halte daran fest, daß es das Beste wäre, wenn Halvdan Fagerli die Verwaltung in die Hand nähme. Er ist ein naher Verwandter, und Du hast Dich stets auf ihn verlassen. Doch ich verstehe, daß Du an Deinen Dingen festhältst. Eigensinniges Mädchen! Und dann dieser Führerschein! Daß ich das nicht aus Deinem schönen Kopf austreiben kann. Das Beste an dieser Sache ist natürlich, daß Du nach Östersund kommen mußt, um das Ganze in die Tat umzusetzen, und da fährst Du zwangsläufig hier vorbei.

Ich habe mit Roland gesprochen. Er möchte Dich gern kennenlernen. Mein Sohn ist ein schwarzhaariger, aber blauäugiger Held. Den Namen habe nicht ich ausgewählt. Dagegen die Namen der Mädchen: Torun und Daga. Sie kommen bestimmt auch irgendwann hierher. Sie brauchen ihre Zeit. Es ist eine große Umstellung. Aber mein Gott, sie sind schließlich erwachsen! Doch wir alle hegen, tief im Inneren, unsere kindlichen Gefühle.

Du bist in meinen Gedanken, Tag und Nacht! Ich bin Dein Dag

Mein! Morgen bist Du es. Ganz und gar. Endlich werde ich es sagen können.

Dag

Myrten, Liebste, nichts hat sich geändert, doch Du mußt mir Zeit lassen.

D.

Mein liebes Mädchen, daß die Rosen die Köpfe hängen ließen, war kein Omen. Es lag nur an der langen Busfahrt und der idiotischen Blumenhändlerin. Sie hätte sie in einem Paket mit feuchtem Seidenpapier schicken müssen. Auf so etwas sollte man nicht hinzuweisen brauchen. Du hättest das gleich sagen sollen, dann hätte ich neue geschickt. Streich das nun aus Deinem Sinn! Du bist mein. Genau wie ich schon vorher auf der Karte mit den Blumen geschrieben habe. Laß mir nur etwas Zeit. Schmerz und Unruhe kann man in seinem Leben nicht ganz ausweichen. Doch wir werden aus dieser Sache herausfinden.

Der Frühlingsabend ist ungewöhnlich dunkel. Das liegt an den Sturmwolken. Ich denke, daß Ihr in Svartvattnet wahrscheinlich wieder Stromausfall habt, und schreibe diese Zeilen deshalb lediglich bei einer Stearinkerze auf dem Tisch. So haben wir es gleich, Du und ich.

Leb wohl, du liebes Mädchen.

Dag

Myrten!

Wir haben beide ein Leben gelebt, bevor wir einander begegnet sind. Dessen war ich mir bewußt, ebenso wie Du. Doch es geht um Offenheit, verstehst Du. Vollkommene und aufrichtige Offenheit. Sie sollte unser Fundament bilden.

Du sagst, das, was mir weh getan habe, sei etwas, worüber Du kaum etwas wußtest, als es geschehen sei. Du seist so jung und unerfahren gewesen. Ich kann das sehr wohl verstehen. Aber kannst auch Du verstehen, daß es dennoch zwickt und schmerzt?

Ich bin ein Mann, Myrten. Kein Vater oder Onkel, trotz meiner Jahre. Ich habe, aufrichtig gesagt, alle Qualen der Hölle erlitten, als ich an diesen jungen Offizier dachte. Etwas anderes ist doch nicht vorgekommen? Nicht daß es Dich in meinen Augen herabsetzen würde. Es ist nur dies eine: Es muß vollkommene Aufrichtigkeit herrschen.

Über die Zukunft sollst Du Dich nicht beunruhigen. Gesagt ist gesagt, und geschrieben ist geschrieben. Das habe ich auch Daga und Torun mitgeteilt, die hier gewesen sind. Torun wurde von ihrem Mann begleitet, und er führte sich lächerlich auf, sowohl beschützend als auch selbstherrlich. Dieser kleine Kontorist.

Ich habe mit den Mädchen im Vertrauen gesprochen und ihnen gesagt, daß die Jagen, über die ich Dir eine Schenkungsurkunde ausgestellt habe, eine künftige Erbteilung insofern erleichterten, als Du keine vollen Ansprüche geltend machen würdest. In Anbetracht der Aussicht darauf, allein ihren Pflichtteil zu erhalten, beruhigten sie sich selbstverständlich. Ihnen geschieht schließlich keinerlei Unrecht. Doch wie sollen sie das einsehen! All die Gefühle. Sie sind ja begreiflich. Der Tod ihrer Mutter hat sie sehr mitgenommen. Daß es ihnen schwerfällt, zu verstehen, daß ich noch ein Mann bin, muß man ihnen nachsehen. Ich weiß, daß Du großzügigen Sinnes bist, Myrten.

Als es um 3:22 ging, blieb ich natürlich fest. Glaub nur nichts anderes! Das wird Deine Morgengabe werden, ganz so, wie wir es festgelegt haben, als ich um Dich freite.

Mir dünkt das schon so lange her.
Dein Dag

Liebe, liebe …
Ach, das kleine, erschreckte Mädchen. Der Krieg. Die Kälte.
Diese Unruhe, Myrten. Ich habe seit mehreren Wochen nicht an meinem Roman geschrieben.
Dein Brief hat mir jedoch so gutgetan. Ich verstehe jetzt alles sehr viel besser. Ich glaube auch, daß ich da hindurchfinden werde. Der Alltag zehrt nicht nur. Er heilt auch.
Herzlichste Grüße, ewig der Deine
Dag

Myrten, meine Liebe,
Roland ist heute abend nach Östersund und zu seinem Untermietzimmer gefahren. Er ließ den Kopf ein wenig hängen. Doch ich möchte auf jeden Fall, daß er die mittlere Reife macht, und ich hoffe auch für ihn, daß er irgendwann das Abitur macht. Ihr zwei werdet gut übereinkommen! Er fügt sich auch darein, in Zukunft in Byvången zu leben. Wenn schon sonst nichts, so verkürzt sich immerhin die Busfahrt nach Östersund erheblich. Ja, meine Liebe, es sind für uns alle große Umstellungen.
Eines aber bereitet mir Sorge. Es ist doppelte Arbeit, zuerst die vorläufige Wohnung zu beziehen, die Du ausgesucht hast, und dann den Neubau, wenn er fertig ist. Ich weiß, daß es ein gemütliches Haus ist. Ich kannte ja den alten Doktor. Die Miete hört sich höchst annehmbar an. Aber zwei Umzüge! Du mußt verstehen, daß ich das nicht mitmachen kann. Ich habe mit meinem Schreiben schon so lange pausiert. Ich fürchte, es ganz zu verlieren. Und was wäre ich ohne mein Schreiben? Journalist … Das möchtest Du doch nicht.
Ja, es war ein merkwürdiges Osterfest. Du kamst wie ein Hauch aus der großen Welt. Daß Du hin und wieder nach

Stockholm fahren möchtest, verstehe ich. Ein andermal fahre ich gerne mit Dir und höre mir die »Matthäuspassion« an. Dich in der Engelbrektkirche singen zu hören – wenn auch unter vielen anderen! Ich glaube schon, daß Du bleiben darfst. Du kannst diese Chorpartien doch so gut.

Daß Daga und Torun und ihr Evald nicht so lange geblieben sind, daran solltest Du nichts aufhängen. Es ging doch alles so gut. Die Mädchen waren offensichtlich schwer beeindruckt von dieser Dame von Welt, mit der ihr alter Vater sich verlobt hat. Einen solchen Hut hat man in Kloven noch nie gesehen, das versichere ich Dir. Er war wundervoll, ebenso das Kostüm – und die Samtveilchen im Knopfloch!

Evald ist wirklich eine lächerliche Person. Daß er sich derart in Dich verliebt hat – als er sich nicht vorsah –, war schon ärgerlich für ihn. Torun hat ihn sicherlich hinterher ins Gebet genommen.

Liebes, wir müssen es mit einem Quentchen Humor nehmen. Was bleibt uns auch anderes übrig?

Bald ist es soweit. Ich verspreche, bei der Schneiderin vorbeizuschauen und sie zur Eile anzuhalten, wenn ich nach Östersund fahre.

Leb wohl, meine liebste Myrten, und nimm Dich in diesen letzten Wochen Deiner Postkundschaft gut an. Danach bekommt sie bestimmt nie wieder jemanden, der richtig rechnen kann. Zu Märtas Zeiten war das ein bißchen so lala.

Viele herzliche Grüße und Küsse von Deinem Dag

Meine hochverehrte Chefin!

Die Duchesse ist eingetroffen. Die Schneiderin hat versprochen, Dir eine Probe des gefärbten Tülls zu schicken, bevor sie sich ans Werk macht mit diesem Riesenstück Stoff. (Kann man so von einem Brautschleier sprechen? Oh, Myrten, wie sich doch der Alltag und die Banalitäten in unser Leben schleichen! Doch wir werden sie nasführen!) Er werde bestimmt die richtige hellgrüne Nuance erhalten, davon war sie überzeugt. Die Schuhe hat sie bereits eingeliefert. Da sie aus Seide sind, sei das kein Problem. Es werde absolut dieselbe Farbe sein.

Auftrag ausgeführt.
Dag, wie immer,
der Deine

Liebe Braut und Geliebte, gute Hausfrau in spe!

Etwas Holdes, Engelhaftes scheinet … wahrhaftig! Ich sehe Dich in den Umzugsarbeiten vor mir. Ich bin stumm vor Bewunderung, welch glückliche Hand Du in praktischen Dingen hast. Ich bin in dieser Hinsicht immer schon unbeholfen gewesen.

Hier oben in Svartvattnet ist alles beim alten. Kristin Klementsen zieht ein Gesicht, bereitet aber wie immer gutes Essen. Heute abend hat sie Haselhuhn mit einer himmlischen Sahnesauce serviert. Ach, meine Taille …

Ihr Bruder – nein, es ist wohl ihr Onkel? – schaut böswillig drein. Doch das ist wohl deren Art. Ich glaube Dir gerne aufs Wort, daß die beiden im Grunde vortreffliche Menschen sind. Doch verzeih mir, Myrten, er hat etwas Tückisches an sich, und sie ist herrschsüchtiger, als die Polizei erlaubt.

Nun habe ich schon achtzehn Seiten geschrieben, seit ich hierherkam. Es geht voran! Bald erreiche ich das Ende. Du weißt, daß es fertig sein soll, bis wir fahren. Es wird ein lichtes Buch. Es ist von meiner lichten Liebe zu Dir inspiriert. Aber es gibt auch dunkle Einschläge in diesem Gewebe …

Die Flickenteppiche sind vielleicht abgetreten, und wenn Du eine gute Frau zur Hand hast, die zu einem annehmbaren Preis neue weben kann, bin ich natürlich damit einverstanden. Doch ist es wirklich richtig, aus den Sommergardinen und der Tagesdecke Teppichflicken zu machen? Nun, ich verstehe nichts von diesen Dingen. Schalte und walte Du, meine Liebe.

Herzliche Grüße und Küsse von Deinem Dag

Ja, Geliebte, ein Schatten huschte über mein Gemüt. Du hast das wie immer mit feinem Instinkt bemerkt. Nun bin ich froh. Es sollen nicht irgendwelche alten Weiber dasitzen und Teppichflicken aus den Gardinen schneiden, die mein altes Leben eingerahmt haben. Es war nicht immer so glücklich, wie es hätte sein können, dennoch war es mein Leben. Es stimmt mich etwas wehmütig. Danke für Deine Entscheidung!

Heute abend gehe ich wieder telefonieren. Dies hier waren nur einige Zeilen, die mich Dir beim Schreiben nahe bringen. Deinem Duft …

Dag

Geliebte! Ja, ich habe selbstverständlich zweiter Klasse gebucht. Das verstehst Du doch. Das Hotel heißt D'Angleterre. Es ist nur für die erste Nacht. Am Morgen fahren wir dann an die Küste. Beunruhige Dich nur nicht. Der Kurort, das ist Skodsborg. Es ist ein wundervoller Ort am Meer – für ganz frisch Verliebte! Pack meine zweifarbigen Straßenschuhe ein. Ich brauche auch den leichten Sportanzug. Dort unten ist schließlich Vorsommer. Oh, Myrten, welch Holdseligkeit erwartet uns …

Dein Ungeduldiger

Liebe Myrten!

Du darfst nicht traurig sein, daß ich heute abend nicht anrufe. Das, was ich jetzt zu sagen habe, wollte ich nämlich gerne schreiben. Der Roman ist fertig. Unmittelbar bevor ich zum Essen hinunterging, habe ich das letzte Blatt aus meiner alten, getreuen Dienerin R. gezogen. Kristin Klementsen konnte ja nichts davon wissen, und so erwartete ich mir Nudelauflauf oder ein anderes Werktagsessen solcher Art. Doch dieses harsche Wesen scheint ein Gran jenes feinen Einfühlungsvermögens zu besitzen, mit dem vielleicht auch minder sanfte Frauen begabt sind. Sie servierte nämlich einen vor-

züglichen Rinderbraten. Ich gönnte mir eine Flasche Château Kirwan dazu. Danach unterhielt ich mich mit Assar Fransson, der freilich ein Schwärmer und in gewisser Weise vielleicht ein Narr ist. Er ist jedoch auch intelligent. Kannst Du Dir vorstellen, daß er glaubt, am Wasserfall Felszeichnungen gefunden zu haben?

Um die Wahrheit zu sagen, so haben wir auch gepichelt. Das heißt, Dein Untertäniger. Fransson trinkt nur Pilsner. Sicherlich gönnst Du mir diesen Exzeß! Ein doppeltes Soda mit Schuß. Im Hinblick auf die Bedeutung des Tages.

Das Manuskript fühlt sich herrlich dick an. Es wurden fast zweihundert Seiten, nämlich einhundertdreiundneunzig. Denk bloß!

Erst jetzt sollst Du erfahren, wie der Roman heißen soll. Ich habe den Titel die ganze Zeit über gewußt. Doch ich wollte ihn aufgrund einer Art Aberglauben (der, wie ich annehme, bei Schriftstellern und anderen Künstlern üblich ist) nicht eher verraten. »Der Mann, der die Brücke baute.« Du findest doch hoffentlich nicht, daß er zu alltäglich klingt? Hat man den Roman erst gelesen, dann, so glaube ich, ist man sich völlig darüber im klaren, daß es sich um ein großes Werk handelt. (Den Brückenbau meine ich selbstverständlich!) Solche Dinge dürfen nicht mit viel Pomp ausgedrückt werden, sondern genau umgekehrt. Es ist eine stilistische Finesse, den Leser die Größe selber begreifen zu lassen. Sie soll ihm nicht aufgenötigt werden. Ich habe viel von den Alten, von den spröden Erzählern der Königssagas gelernt. Auf meinem Tisch liegt »Eine Rede an die Bischöfe, König Sverris eigensinnige Erzählung«. Ja, fraglos gab es früher große Männer. Bisweilen empfinde ich Überdruß angesichts unserer kläglichen Zeit.

Genug damit. Ich habe den Kopf voll, und mir schwindelt leicht.

Sobald Du grünes Licht gibst, begleiche ich hier meine Rechnung und fahre nach Byvången. Daß wir nicht jetzt schon zusammen einziehen können! Doch wir müssen auf unsere Umgebung Rücksicht nehmen. Deiner Mutter, die ich sehr

hochachte, schulden wir Respekt. Ebenfalls uns selbst natürlich. Du geliebte Myrten.
Die allerherzlichsten Grüße und Küsse von Deinem Dag

PS: Heute nacht finde ich keine Ruhe. Wenn Du doch hier wärst! Du bist so glücklich und stark. Nimm mich bald zu Dir, liebste Myrten. Ders.

PPS: Ich hätte hinuntergehen und den Brief einwerfen sollen. Aber ich weiß ja, daß er ohnehin erst mit dem Bus morgen abend abgeht. Jetzt kann ich es nicht lassen, erneut den Faden aufzugreifen. Die Nacht ist lediglich ein Dämmer. Ich höre Vögel. Der Wasserfall rauscht selbstverständlich. Du hast gesagt, daß Du dieses laute Geräusch nicht mochtest. Ich kann Dich jetzt verstehen. In einer solch unruhigen Nacht rauscht er gehörig laut. Das Leben erscheint mir so voller Zwielicht und Überraschungen. Ich möchte der sichere Dag für Dich sein, bin es aber nicht immer. Nimm mich, wie ich bin, meine Geliebte! Ders.

*

Hier lebten wir. Der Wald schlang seine Arme um uns. Er umschloß uns fest. Wir hatten ein Dorfgefühl und kannten keinen anderen Horizont als den, der sich um uns schloß. Im Viehstallgeruch und Speckdunst lebten wir. Pfarrer, Hebammen, Holzeinkäufer und Triftknechte kamen mit einem anderen Hauch in den Kleidern. Probst Leksius lehrte uns Kartoffeln setzen, die der Frost holte. Dann entflammten uns die Reden der Prediger für ein Weilchen. Die Sozialdemokratie hielt sich länger. Am allermeisten aber mochten wir die Homöopathen. Die sagten wenigstens frisch von der Leber weg, daß alles Neue Mist sei. Die Doktoren und die Wissenschaft. Aber das wußten wir schon immer.

Öustman Gudfasts Sohn baute die Brücke. Das hätte er bleibenlassen können, meinen manche. Er ließ Jämtland christianisieren. Es gibt Leute, die sagen, das sei unnötig gewesen. Jamtamot, das mittelalterliche Allthing, war wie ein Elchjagdtreffen. Die Männer schwiegen und standen dafür ein. Die Beschlüsse waren wie Urgestein. Dann trat man auf die Vortreppe hinaus und beschloß etwas anderes. Und zwar dann, wenn die schwierigsten Leute nach Hause gegangen waren.

Eine Zeitlang gab es viel Neues. Es kam mit dem Krieg. Ich kenne eine, die Bomba heißt. Sie wurde 1941 geboren. Sechsundzwanzig Jahre später wurde das letzte Mal beigerichtet. Das Holz tanzte dahin wie ein Haufen junger Katzen. Ohne Gedanken. Mit denen saßen wir da. Hatten schwere Köpfe. Ist zu End jetzt, dachten wir. Und irgendwann ist es das wohl auch.

Doch ein Tag nach dem anderen vergeht.

Du kannst jetzt zurückkehren. Du kommst doch von hier. Steh ruhig da, du, und starr den Steinsockel des Stallgebäudes an. Den hat dein Ururgroßvater gesetzt. Schämst du dich, weil er zwei Frauen gehabt hat? Das ist nicht nötig. Er war ja nur mit einer verheiratet, und die Schwester brauchte er. Es war schwer. Und einsam. Es gab keinen Weg auf der anderen Seite des Svartvattnet damals. Man mußte auf einem Pfad zur Bootslände hinunterwandern. Und dann die Steilhänge wieder hinauf, mit Schleifstein und Pflug und Mehlsack. Sie lebten vor allem von Fisch. Dein Ururgroßvater hätte Schuppen an seinem harten Altmännerhintern haben müssen.

Er konnte gut Steine zusammenfügen. Schau in seinen Brunnen hinunter. Er ist nicht sehr tief. Du siehst den Grund. Doch den Grund im Brunnen der Zeit, den siehst du nicht.

Jetzt, nachdem du zurückgekommen bist, mußt du unsere Wege gehen. Nur zu. Du mußt sie gehen, bis sie zu Tierpfaden werden.

Du gehst verschlungene Pfade, und wenn du klug bist, singst du wegen des Bären. Dann weiß er, wie er mit dir dran ist, und wird nicht stutzig. Wenn der Bär stutzig wird, dann wird er grausam.

Sing nur.

Die Moose wachsen. Hier wachsen jetzt mehr Birken und Espen als Rottannen. Auf den Kahlschlägen wuchern die Himbeerbüsche. Die Regen kommen und gehen, schwefelsauer, aber schön.

Komm zu uns. Wir sind noch immer da. Das Leben ist nicht so schnell zu Ende gegangen, wie wir gedacht haben. Doch es hat sich nach außen gekehrt wie ein Fäustling. Der starre Schmutz im Spickel ist verschwunden. Der Gestank nach Dung. Es kehrt seine wollige Innenseite nach außen. Wir leben, so gut wir können, und kaufen im Laden fertige braune Bohnen. Wir haben es nicht so weit gebracht, daß wir auf Beton gehen müssen. Aber wenn du deinen nackten Fuß in tiefes und feuchtes Moos setzen willst, so mußt du hierherkommen. Dich fallen lassen.

Der Wald schlingt seine Arme um uns und unsere Lage. Er hat Flecken und große Löcher. Doch der Vorwald wächst unbändig, und du wirst Wälder von Glasbirken sehen, wie zu jener Zeit, als es hier noch keine Rottannen gab.

Unser Horizont ist jetzt der des Traums. Wir versuchen ihn zu verkaufen, doch das Geschäft läuft schlecht. Im Winter sind wir allein.

Es war 1967. Das Einkehren begann in der zweiten Oktoberwoche. Das habe ich im Pensionsbuch vermerkt. Wir hatten ja eine Vorbestellung.

Zunächst waren da oben zwölf Mann. Dann mußten sie noch mehr Leute dazunehmen, denn zu guter Letzt eilte es. So spät im Herbst nimmt das Wasser im Fluß rasch ab. In den letzten vierundzwanzig Stunden waren es sehr viel mehr Leute, auch einige alte Männer, und ich glaube nicht, daß die nur zuschauten. Sie steckten zum letztenmal einen Stiel an den Haken und gingen hinaus. Myrten, Halvdan Fagerli, Wifsta und noch eine Gesellschaft, die dort oben Holz besaßen, bezahlten aber selbstverständlich nur die Triftknechte, die der eigentlichen Rotte angehörten.

Ein paar Wochen zuvor war Myrten nach Svartvattnet gekommen. Sie fuhr einen neuen zweifarbigen Amazon, schwarz und beige, und ihre Kleidung hatte die gleichen Farben. Ein beigefarbenes Kostüm, schwarze Handschuhe und eine schwarze Handtasche. Dazu trug sie einen schwarzen Hut, der wie eine kleine runde Dose aussah. Bonde Karlsson war natürlich auch dabei. Doch von ihm merkte man nicht viel. Er war nicht mehr ganz der alte. Das lag an seiner Angina pectoris, die sich mit den Jahren verschlimmerte.

Hillevi unterhielt sich gern mit ihm. Sie waren ja im gleichen Alter. Anfangs hatte sie ziemlich oft darüber gemurrt, daß er zu alt sei für Myrten.

»Er könnte dein Vater sein«, sagte sie. »Denk daran.«

»Er könnte gar mein Großvater sein, rein biologisch gesehen«, hatte Myrten erwidert.

Doch das war nicht so wahrscheinlich, wenn man nachrechnete. Es kam selten vor, daß Myrten so spitz war.

Sie gab sehr auf ihn acht. Ich glaube nicht, daß er noch Romane schrieb. Es hieß immer, er arbeite an einem. Er war nur noch selten unterwegs, um Vorträge zu halten. Doch er schrieb seine Zeitungschroniken, an denen so viele Gefallen fanden. Allerdings sagten manche, sie handelten jetzt zu oft von Kohlmeisen. Er habe wahrscheinlich ein Futterhäuschen am Fenster.

An diesem Abend hatte ich mir freigenommen und aß bei Hillevi mit zu Abend. Nachdem wir in der Stube Kaffee getrunken hatten, sagte Myrten, sie und ich würden zur Pension hinaufgehen.

»Da komme ich mit«, sagte Bonde Karlsson.

Ihm schwebte wohl ein Kognak-Soda vor. Doch Myrten wies ihn zurück.

»Ach so, geht es um Geschäfte«, sagte er und setzte sich wieder.

Hillevi holte die Karaffe mit dem Kognak, die auf dem Büfett stand, und stellte ihm einen Schwenker hin. Für sich selbst holte sie Portwein. Myrten sagte nichts.

Als wir zur Pension kamen, war Hilda bereits in ihre Wohnung hinaufgegangen. Es war ein normaler Werktagabend, und die Pension war leer. Myrten sah sich überall um. Sie sagte, die Ledersessel im Gesellschaftsraum seien abgenutzt.

»Die tun es ja auch schon lange«, sagte ich.

Sie faßte alles an. Als sie im Servierraum den Schrank öffnete, war ich entgeistert.

»Die Wäsche muß wohl schon recht verschlissen sein«, sagte sie. »So oft, wie sie in einem solchen Haus gewaschen wird.«

Ich war damals nicht sehr glücklich, und Myrten wußte das. Hilda Wångström wollte verkaufen. Sie meinte, sie sei zu alt geworden. »Abgeschindet hat sich eins«, sagte sie. Ich wußte sehr wohl, wer sich hier geschunden hatte. Aber Hilda war nun einmal Hilda, und sie mischte sich wenigstens nicht in den täglichen Ablauf ein. Ich hatte gute Gründe, beunruhigt zu sein. Man weiß, was man hat, aber nicht, was man bekommt.

»Es ist nicht sicher, daß ich überhaupt bleiben kann«, hatte ich zu Myrten gesagt. »Es wird so viel darüber geredet, daß heutzutage alles modern sein muß.«

Jetzt wollte sie die Küche sehen.

»Ach herrje, so viel Kupfer!« rief sie aus. »Putzt du das alles?«

»Mein Onkel hilft mir.«

»Aber heutzutage hat man doch kein Kupfer mehr. Warum soll das noch in den Regalen stehen?«

Darüber hatte ich eigentlich noch nie nachgedacht.

»Du solltest zwei Herde haben«, sagte sie. »Und noch einen Kühlschrank. Was ist das hier?«

»Das ist eine Teigmischmaschine.«

Die war immerhin neu.

Ich fand, Myrten betrachtete alles so kritisch. Dann wollte sie auch noch das Büro sehen. Das schlug ich zunächst ab.

»Was ist denn schon dabei?« fragte sie. »Sitzt du denn nicht mit der Buchführung dort?«

Jeden Abend saß ich dort. Ich trug ein, was wir am Tag ausgegeben und was wir eingenommen hatten. Es war jedoch etwas anderes, jemanden ins Büro hineinzulassen. Jemanden von außen. Es widerstrebte mir, doch Myrten kümmerte sich nicht um mich.

»Die reinste Rumpelkammer«, sagte sie. »Und diese vielen Bilder!«

Darauf waren vor allem Wildenten abgebildet. Auch ein paar Seetaucher. Hilda bekam jedes Jahr ein Bild von einem Menschen, der zum Malen heraufkam.

Myrten ging hinein und setzte sich in den Drehstuhl am Schreibtisch. Als sie den Rolladen aufzog, sagte ich: »Halt!«

»Was ist denn dabei? Ich möchte mir die Buchführung ansehen. Hast du den Abschluß vom vergangenen Jahr?«

»Nein, den hat Hilda eingeschlossen. Den Tresor hat sie.«

»Jaja«, sagte Myrten. »Man wird ihn schon irgendwann zu sehen kriegen.«

Sie saß in ihrem feinen Kostüm da, das sie haferfarben nannte und das einen ungeheuer kurzen Rock hatte. Das vergesse ich nie. Und auch ihre Worte nicht.

»Du wirst die Pension übernehmen«, sagte sie. Sie klang bestimmt, und ich glaubte natürlich, sie scherze. Doch sie scherzte nicht.

»Wie soll das denn gehen? Hilda möchte sechsundsechzigtausend Kronen haben. So viel leiht mir die Bank nicht. Und du glaubst doch nicht, daß ich die Rene der Jungen verkaufe?«

»Ach was«, sagte sie. »Rene. Im übrigen solltest du nicht so über ein Darlehen reden. Du hast deine Berufserfahrung. Du schmeißt doch den Laden hier. Das ist Kapital. So gut wie eines.«

»Das kümmert die Bank doch nicht.«

»O doch. Aber wir wollen jetzt keine Bank einbeziehen. Ich habe mit Aagot geredet. Sie streckt dir zweiundzwanzigtausend vor.«

»Das ist ja allerhand«, erwiderte ich. »Aagot … hat sie denn so viel Geld? Das hat sie aber nicht von deinem Großvater geerbt? Der war doch abgebrannt.«

»Vaters Großvater mütterlicherseits hat einiges hinterlassen. Und außerdem hat sie ihr USA-Geld.«

»Das kann aber nicht viel sein. Ich habe das eigentlich immer für ein Märchen gehalten.«

»Es ist wohl auch nicht so viel, aber sie hat es gut angelegt. Das heißt, Tobias Hegger hat sich darum gekümmert.«

»Sich darum gekümmert?«

»Hast du nie mitgekriegt, daß Aagot um ein Uhr immer Radio hört?«

Es war mir niemals in den Sinn gekommen, daß sich irgend jemand hier in unserer Welt für das Geleier der Börsenkurse interessieren könnte. Ratos und Asea frei, und all so was. Ich hatte geglaubt, bei Aagot würde das Radio eben einfach laufen.

»Und woher kommt das Amerikageld?«

»Das hat sie nie erzählt. Es ist wohl eine Art Rente.«

»Die Leute behaupten, daß sie ein Kind bekommen habe. Daß sie …«

»Ich will nichts davon hören«, sagte Myrten. »Sie streckt dir jedenfalls zweiundzwanzigtausend vor, und ich steige mit dem Rest ein. Wir werden keine sechsundsechzigtausend bezahlen. Nie und nimmer. Soviel ich weiß, hat Hilda keine ernsthaften Interessenten. Ich werde die gesamte Buchführung mehrerer Geschäftsjahre durchgehen. Und du wirst ein ordentliches Inventarverzeichnis aufstellen und außerdem alles genau aufschreiben, was defekt ist. Vergiß die Laken nicht.«

Meine Güte. Da saß sie mit ihrem Hütchen. Die schwarzen Handschuhe hatte sie auf der Schreibtischplatte abgelegt. Vor gerade mal vierundzwanzig Stunden hatte ich an dem Rolladenschreibtisch gesessen und Belege eingetragen.

Alles hatte sich so ungeheuer verändert. Mit ein paar Worten nur. Ich dachte an Hilda, die behauptete, sie habe sich abgeschunden. War es vielleicht doch wahr? Man konnte von den Sorgen für ein solches Unternehmen aufgerieben werden. Seit die Leute Autos hatten, waren immer weniger Gäste gekommen. Die Holzeinkäufer brauchten ja nicht mehr zu übernachten. Touristen waren es, von denen wir jetzt leben mußten. Doch was fanden sie hier eigentlich vor? Kleine und niedrige Fjälls. Einen bescheidenen Wasserfall. Und die Alten sagten, mit dem Fisch sei auch bald Schluß. Sie dachten an ihre Jugend, als sie die Fische eimerweise heraufgeholt hatten.

»Ich weiß nicht«, sagte ich. »Das hängt ja auch von den Zinsen ab. Wie man die aufbringen kann.«

»Du wirst Aagot Zinsen zahlen. Mir nicht. Ich steige als Gesellschafterin ein. Allerdings nicht als stille Gesellschafterin«, sagte sie lachend.

»Ich weiß nicht, was das ist.«

»Ich steige mit dem Geld ein«, erklärte sie. »Wir gründen eine Gesellschaft. Und entscheiden alles gemeinsam. Es gibt natürlich Gesellschafterversammlungen. Mit Essen. Das wird Dag gefallen.«

Sie konnte darüber auch noch Witze machen. Ich war völlig durcheinander. In diesem Moment hörte ich Hilda kommen. Ich hätte am liebsten schleunigst das Büro verlassen, doch Myrten erhob sich nicht einmal.

»Guten Abend!« sagte sie, während sie da an Hildas Schreibtisch saß. Und Hilda war derart baff, daß ihr nichts anderes einfiel, als zu sagen, sie suche ihre Patiencekarten.

»Die habe ich gerade erst gesehen«, erwiderte Myrten und wühlte in den Papieren. »Hier, bitte! Risten und ich sprechen über Geschäfte. Ich möchte eine Vorbestellung machen.«

»Das lasset sich hören«, sagte Hilda.

»Die Nachtrift findet ja bald statt. Ich wollte ein Essen geben, weil es doch das letzte Mal ist.«

»Ein Beirichtfest«, sagte Hilda. »Ja, habet man länger keins mehr gehabet. War gar arg fidel frühers. Tut wohl zu End sein jetzt. Sollen jetzt Lastwagen holen, das Holz, heißet es. Wie tun's fahren können, hier, auf diesen Straßen? Wenn es auftauet, im Boden. Tut sich eins fragen können. Ja, wird eins sehen. Raufgehen tu ich jetzt, zu mir. Könnet es also abmachen, das Vorbestellen. Tut's viele geben, der Leute?«

»Es werden diejenigen sein, die mit der Trift zu tun haben.«

»Tun so allesamten sein, das ganze Dorf«, sagte Hilda und watschelte mit ihren Spielkarten davon.

Im Grunde war Hillevi wütend. Sie konnte nicht verstehen, daß die Trift eingestellt werden sollte. Sie sagte, das sei Kapitalvernichtung, und dachte dabei selbstverständlich an alles, was Trond in die Triftstraßen investiert hatte. Bald sollte das, was er in all den Jahren gebaut hatte, herausgerissen werden, die Triftkanäle und alles. Ganz so weit kam es freilich nicht. Wir haben nach wie vor Fächer im Fluß. Die Forellen stehen in den Steinfugen und lauern. Die Spalten werden immer größer, und manchmal stürzt ein Fächer im Frühjahrshochwasser ein.

Jetzt hieß es, die Trift habe die Natur zerstört. Dem konnte Hillevi nicht zustimmen. Ich meine, sie hatte recht. Entlang des Svartvassån und des Tullströmmen hatten sie immerhin nicht mit Caterpillar gerodet. Anderswo war das aber wohl vorgekommen.

»Es wird so viel über die Natur geredet«, sagte Hillevi. »Natur hier und Natur da. Sie finden doch für alles Argumente. In Wahrheit aber meinen sie, daß es mit Lastwagen rentabler ist.«

Sie kam an dem Morgen des Tages, an dem das Beirichtfest stattfinden sollte, herauf und half mit. Am Ende wurde ja alles so hektisch, weil die Leute nicht sicher hatten sagen können, wann sie fertig sein würden. Es lagen noch viele Stämme an den Ufern, und einige hatten sich draußen im Fluß verkeilt. Hillevi sagte, das wäre nicht passiert, wenn sie die Triftstraße so gewartet hätten, wie sie hätte gewartet werden müssen. Zweifellos war sie vernachlässigt. Alle wußten jedoch, daß es keinen Sinn hatte, darauf noch länger teure Arbeitsstunden zu verwenden.

Am Nachmittag riß jemand die Tür der Pension auf und rief:

»Die Beirichter sind da!«

Ich war in diesem Augenblick nur da, um einen neuen Kessel Kaffee zu holen. Wir kochten den ganzen Tag über Kaffee und schenkten ihn unten an der Brücke über den Svartvassån aus. Als ich mit meinem großen kupfernen Festkessel hinunterkam, wiesen die Leute nach draußen in Richtung See. Direkt an der Mündung stand eine kleine Tanne, die auf und ab schaukelte.

Die Triftknechte hatten sie in einen Stamm verzinkt und ins Wasser geworfen, zum Zeichen dafür, daß dies der letzte Stamm sei, der getrieben komme. Draußen im See trieb das Holz in den Scheren.

Mats und Klemens rannten herum und kassierten für den Kaffee. Linnea Wåhlin verkaufte Lose des Nähkränzchens. Auf der Brücke standen mein Onkel Anund und noch zwei Männer und spielten. Er hatte eine Ziehharmonika, die beiden anderen eine Klarinette und eine Trompete. Es war kalt und klar, und an den Bäumen hing nicht mehr viel Laub. Ich erinnere mich, daß mich ein Wintergefühl beschlich, das anders war als gewöhnlich. Sonst war es immer sehr rein. Das wahre Wintergefühl stellte sich an Allerheiligen ein, wenn der Schnee sich ordentlich gelegt hatte. Dann war so vieles geklärt. Der Winter bedeutet eine Art Ruhe. Jetzt aber dachte ich an die Stille und die Einsamkeit eines Toten. Ich war beunruhigt wegen des Pensionsbetriebs.

»Ach was«, sagte Myrten. »Du mußt nach vorn schauen. Es herrscht jetzt eine neue Zeit, und die Geschäfte sind von anderer Art. Alle, die fortgezogen sind und nun in der Stadt oder in Stockholm unten arbeiten, kommen zurück und bringen jemanden mit. Du wirst sehen, im Sommer ist hier ordentlich was los. Ganz zu schweigen von Ostern.«

Dann hörten wir die Triftknechte rufen, so wie sie immer schon gerufen hatten, wenn sie sich dem Dorf näherten.

»Aoooo... aoooo... aaaaoooo...«

Dabei hat einen immer ein ganz eigenes Gefühl ergriffen. Man schaudert, und man freut sich.

Dort unten kamen sie mit ihren langen Haken. Einige der Alten hatten ihre Schlapphüte auf. Die hatten sie wahrscheinlich aus irgendeinem Versteck hervorgeholt. Wir sollten sie später nur noch an den Heimattagen zu sehen bekommen. Sie trugen auch keine hohen Stiefel, so wie die Jüngeren, sondern Schnürstiefel. Ich erinnerte mich aus Kindertagen an den Geruch der Wichse: Teer und Schafstalg. Die Alten waren der Ansicht, daß draußen auf den Holzstämmen Schnürstiefel sicherer seien als die glatten Stiefel.

Sie liefen breitbeinig zwischen den Steinen umher. Als sie die Brücke erreichten, sprangen die Jüngeren mit Riesensätzen den steilen Hang hinauf. Die Alten gingen beim Sägewerk an Land, wo es bequemer ist. Da ging mir durch den Kopf, daß keiner von denen da unten richtig jung war. Die jungen Leute waren eigentlich alle schon fortgezogen. Arnold Jonssa war jedoch noch immer ein fescher Kerl. Als wir mit meinem Onkel und seinen Spielleuten an der Spitze den Hang hinaufzogen, fragte Arnold, ob ich schon aufgedeckt hätte.

»O ja«, sagte ich. »Tut freilich was geben, zum Essen.«

»Ah, ja ja ja, ist Schmier für die Wanzen!«

Und dann griff er mir ans Hinterteil. Reg dich nicht auf, dachte ich mir. Es ist ja das letzte Mal.

*

»Wer, zum Kuckuck, kann nichten Schwedisch reden? Ist eins rausen gewesen, in der Welt. *Man spricht.* Und hätte es die Königin von Saba gewesen sein gemocht, ich wär gegangen zu ihr. Und hätte *gesprochen*. Getanzet mit ihr, das hätte ich auch. Hol's der Geier!«

Jumme jumme jum jum … aj aj aj …

»Gehen zu ihm jetzt, dem Oskar.«

»Nä, Mensch! Stellest nichten aufs Brückengeländer, die Flasche!«

»Dank und Segen, dir, Anund Larsson. Tu's kennen, die Sorte. Hat Gabrielsa gebrennet. Was? Tut norwegisch sein! Teufel auch, tun wohl eingeschlafen sein, die meinigen Geschmacksnerven. Hab sieben Sorten Schnaps gekennet, hier in der Gegend, wie ich jung gewesen. Bis von unten rauf, vom Kloven. Und den vom Karlsa in Lusknäppen. Brandgelb ist der gewesen. Wie Pferdepisse. Und der norwegischen Sorten dreie.«

»*Mit diiir in meinen Armen! Mit diiir* ... Jaja. Ist fein gewesen. Die Königin selbig. Villa in Byvången. Und so weiters und weiters. Hat eins *gesprochen* frühers, mit selbigem Geschöpf. Zuzeiten. Jaja. Hat finstre Abende gegeben, und ist offen gewesen, auf der Post. Für mich jedenfalls. Tu nichten mehr sagen.«

Aj aj aj ... jumme jumme jum ...
für rolle rolle küsse pisse bums falleralla ...

»Mensch ... wollet ihr runter, in den Fluß? Ach so ...«

»Nimmst einen Staken ...«

»Einen langen, Mensch! Einen Floßhaken, einen richtigen ... Nä, nichten kannst brechen eine Birke, die noch wachsen tut. Bist nichten so stark, du.«

»Da! Eine Mütze hat er! Mensch, Anund, was ist's für ein altes Zotteldîng? Ist's eine Bärenfotze? Hätt sie nichten im Wasser bleiben gekonnt?«

»Das Kleid. Und eine Rose stecket am Busen.«

»Ist baldigst fünfzig, Mensch!«

»Sechsundvierzig. Und alsfort gleichens fein wie heutig. Ist jedenfalls ein richtig Beirichtfest gewesen, was sie gegeben. Und er, ist ja auch mitgewesen. Hat aber nichten Verstand aufs Forstgeschäft. Hat eingeheimset der Holdseligkeiten Holdseligkeit, dieses Aas. Ob er wohl reich sein tut?«

Am Himmelszelt die Sterne, sie leuchten gar so
fein
auf mich und auf dich, so leuchten sie uns
zwein ...

»Weißt, was ich gesaget zu ihr? Ist vorbei das Beirichten, Myrten, hab ich gesaget. Klar ist's, sind per du, wir zwei! Was denn ... Mensch ... Schulkameraden! Nä, du, nichten derhalben. Hab doch gesaget, tun einander kennen. Das Beirichten ist vorbei, Myrten, hab ich gesaget zu ihr. Hast gehöret? Das Beirichten!«

»Freilich, was verrichten bei ihr! Bei ihriger süßen kleinen

Kehrseit. Schade bloß, derhalben des Korsetts. Wird so... platt.«

»Falsch. Heißet Hüfthalter. Und ist nichten gerade unansehnlich, die ihrige Kehrseit.«

»Gehen zu ihm jetzt, dem Oskar.«

»Tut er noch wach sein?«

»Mensch, Anund, zum Kuckuck noch eins! Gießest den Schnaps in die Quetsche?«

»Muß er sie auslecken, die Quetsche.«

»Nä, schiebest ihn nichten zusammen jetzt, den Balg.«

»Trocknest, trocknest ...«

»Nä, leckest!«

»So. Jetzt tauget's. Kannst jetzt das Klaustor auftun, Anund. Alle Tore. Das *Hammarforsrauschen* nimmst!«

Am Himmelszelt die Sterne, sie leuchten mir den Weg,
Gedanken an dich und an alte Zeit ich heg,
als jung wir an Jahren, und licht war die Welt,
am Wasser wir lebten, das rauschend dort fällt.

»Mensch, was tut das für ein Gepiepse sein? Nä, spielest *Rolle rolle küsse pisse bums bums bums!*«

»Ist fein gewesen, sie. Alsfort schon. Hat eins gerufet. Entsinnet ihr's? Aaahaaoooooo...«

»Hat eins gerufen auch heut! Ist das letzte Beirichten gewesen vorhin, Arnold. Bist gleichens in der Geschichte gelandet.«

»Hab gemeinet selbigen Ruf. Wie den Dorfruf. Wenn eins sehet eine feine Deern.«

»Aaahaaaoooooo!!!«

»Aaaahaaao!«

»Aaahahaooo!«

»Aoop! Aoop! Aoop!«

»Nä, das tut das Ausstreifen sein. Gehet so, der Deernruf: Aaaaaaa ...«

»... oooooo!«

»Aoop!«

»Nä, hörest auf damit! Kein gestauet Holz in Sicht. Ist auch nichten so voll die Welt, mit feinen Frauenzimmern. Rufet jetzt eins, für diese einzige: aaaaaaoooooohoooaaaaoooo...«

»Schauet. Da ist die Aagot. Stecket den Kopf rausen. Haben sie gewecket.«

»Tut wissen, worum es gehet. Ist mitgewesen, die Aagot. Wahrhaftigens. Aaaaoooo... Åååååågått... aaaaoooo!«

»Laßt's bleiben. Glaubet noch, tust sie verkackeiern, das Weibsen.«

»Tut fein sein, die Aagot, trotzdem sie nochwasundsechzig sein tut. Ist selbige Familie. Ist was so Feines da ... aj aj aj ...«

Aj aj aj ... jumme jumme jum ...
... für rolle rolle küsse pisse bums falleralla ...

»Oskar!«

»Ein elendig Hund, wie der tut bellen können!«

»Bist wach, Oskar? Tust ein Pilsner haben, für einen Wandersmann, dem durstet?«

»Viere! Und dursten alle.«

»Sind dreie bloß. Ist eingeschlafen, der Anund.«

»Sollet jetzt herhören. Ja, *ich spreche*. Sollet es freilich hören auf Jämtisch: *Du meinige Deern, bist als wie eine Mähr in des Pharaos Stall!*«

»Was, zum Teufel, als wie eine Mähr?«

»Ist aus der Bibel, du Tapps. Bist schlechtig konfirmieret? Das Hohe Lied ist's. *Du meinige Deern* ... ist freilich gleichens fein als wie ein Pferd. Bis heutigentags.«

»Singen jetzt *Rolle küsse pisse ...*«

»... bums bums bums!«

»... rolle rolle küsse pisse jum jum jum!«

»Rolle rolle ...«

»Bist wach, Anund! Mußt aufspielen!«

Und's Mädel ging aus, um zu waschen sich die
Knie,
für rolle küsse pisse bums falleralla!

Da sah's einen Schwanz, der dalag und rann,
drum rolle küsse pisse bums falleralla!

Und's Mädel den Schwanz nahm, es legt ihn sich
aufs Bein,
drum rolle küsse pisse bums falleralla!
Ein Hopser soll's sein so jum jum jum
für rolle küsse pisse bums falleralla!

»Ist jetzt zu End.«

»Gleichens noch mal, also!«

»Hab gemeinet die Trift.«

»Ja, die …«

»Hat eins als Fahnenwache angefanget. Zehn war eins, glaub ich. Hat mich hingesetzet, der Vater. Sollet eins wedeln mit der Fahne, wenn sich's gestauet, das Holz.«

»Besser eine Weile vorherig.«

»War an engen Stellen.«

»An der Geißenfotze.«

»Und an dem Arschloch. War die ärgste Stelle.«

»Stehet droben an der Klause, der Vater, und lasset es durch.«

»Aoop! Aoop!«

»Hat eins unter Tarif dann gehen gemußt. Trotzdem eins gleichens Arbeit getan. Und haben so ein mistig System gehabet, eins zu kujonieren. Haben alsfort rauszudrängen versuchet, wenn eins neu. Hat mich aber arbeiten gelehret, der Vater. Haben mir also nichtens anhaben gekonnt.«

»Mensch, sind andere Zeiten heutigentags! Haben die Stiefelschäft runtergekremplet und in der Pension getanzet frühers, die Triftknechte. Sollen Halbschuhe sein heutigentags, beim Beirichtfest.«

»Und jetzt gehet eins hier. Alleinig.«

»Hast mich!«

»Sind zuerstens gegangen, die Deerns.«

»Ist klar, tun in die Stadt wollen allesamten. Was sollen's tun hier?«

»*Rolle rolle pisse küsse … hops, hops, hops …*«

»Tust's ja versuchen können. Muß eins schon ein Auto haben heutigentags, weißt.«

»Bist noch so jung, du.«

»Ach ja?«

»Weißt ja nichten mal, wie ein Spillfloß ausgeschauet. Sind ja Motorboote heutigentags.«

»Wo sind sie heut, die Spillfloße? Hab nimmer gesehen ein solchig.«

»Verrottet.«

»Nä, hat man neue gebauet jeglich Jahr. Mit Wieden verkupplet, die Stämme.«

»Und die Braut?«

»War rund natürlich.«

»Ist's ein Stamm gewesen oder …«

»Ja. Hure hat man's auch geheißen. Haben aber Braut dazu gesaget.«

»Ja, hast alsfort ein sanftig Maulwerk gehabet, Starr.«

»Ist ein Loch gewesen, in der Braut.«

»Ja, tu's wohl glauben können!«

»Still jetzt.«

»Zwei Löcher.«

»Stimmet.«

»Haltest die Schnauze jetzt, Villjam.«

»Haben hier gesitzet. In der Brusthöhe. Gegenüber einander. Im rechten Winkel. Hat man da reinschieben gemußt, die Spaken. Hat man gedrehet sodann, die Braut, mit den Spaken, und ward's aufgewicklet, die Trosse. Gebet ja Drahtseile heutigentags, auf den Motorbooten, und die Braut, die ist kurz. Tun das Holz in ein paar Stunden bloß übern ganzen See ziehen. Ja, ja. Aber ist zu End jetzt. Alles.«

»Die Braut …«

»Ja, die Braut, ja.«

»Die Braut tut warten.«

»Ach ja?«

»Nä, lachet nichten über ihn. Ist verliebet. Tu dir jetzt aufspielen, Arnold. Horch …«

»*Abend am Mjörn* ist's! Schauet ihn an jetzt, den Arnold …«

»Ja, hat eins seinige Erinnerungen. Ein Glück ist's.«

»Ja, Mensch. Gibt schon solchiges, was schön ist.«

»Die Braut.«

»Die Braut und die alten Knacker … Tut sich eins in die Hosen machen vor Lachen.«

»*Die Braut erzählet einen Traum, den sie gehabet: Wie nächtens ich gelieget in meinigem Bett, hab ich gesuchet, den meinige Seele liebet …*«

»Tut jetzt wieder bei der Bibel sein!«

»*Tu krank sein vor Liebe!*«

»Ist nichten ungefährlich, die Liebe.«

»Ist zu End jedenfalls. Alles.«

»Wisset ihr, was Nisj Olsa gesaget? Hat gesaget, wird wohl zu Sommerhäuschen alles.«

»Waren mehrers, die so gesaget. Glauben nichten, die Alten, es tut noch was werden hier. Nichten richtig.«

»Äh …«

»Hast dir eine neue Motorsäge beschaffet, Arnold?«

»Nimmst Gift drauf. Tu freilich dem Vater seinige alte Bebo alsfort noch haben.«

»Muß uns jetzt aufspielen, der Anund.«

»Spielest ein feines Lied. Spielest den *Glücksbringer.*«

*

Medizin sollte neben die Serviettentasche gestellt werden. Auf diese Weise käme es nicht zu Verwechslungen. Als der Speisesaal leer war, machte Elis die Runde und las die Etiketten auf den braunen Glasfläschchen. Die meisten nahmen Medikamente ein, die den Körper dazu ermuntern sollten, in lockerer Form von sich zu geben, was überflüssig geworden war. An den

Fenstern standen Blattpflanzen, die niemals blühen würden. Der Geruch nach Körpern und der Geruch, der den Neusilberschüsseln entstieg, wenn die Kellner die Deckel lüfteten, war ein und derselbe. Gealtert. Graf Hohlheim von und zu der Aachen Werra hatte seine eigene Serviettentasche mitgebracht. Sein Wappen war auf das gelbweiße Linnen gestickt, das mit Soße bekleckert war.

»Was ist ein Wulst?« fragte Eldbjörg.

»Das ist ein ... wie soll man sagen ... ein Rand, eine Art Wölbung. Ich werde es dir zeigen, wenn wir irgendwohin fahren. Wülste gibt es an Gebäuden.«

»Es ist also keine Geschwulst?«

Sie kicherte, wurde jedoch ernst, als der Eigentümer der wappenverzierten Serviettentasche wackelnd am Tisch anlangte. Mit unerhörter Willenskraft tat er seinem Skelett Gewalt an und brachte es dazu, Haltung anzunehmen. Er ließ seine Zähne sehen, sie glichen den Tasten eines alten Tafelklaviers. Und dann begann alles von vorn. Als Elis die Zeitungen holen ging, hörte er den Grafen laut schreien:

»Helmzier und Helmdecke sind untrennbar miteinander verbunden!«

Als er zurückkam, war der alte Hohlheim gerade dabei, den Unterschied zwischen den Rangkronen adliger Wappen zu erklären.

»Bist du fertig?« fragte Elis.

»Ja, aber du hast deinen Kaffee noch nicht getrunken.«

»Ich trinke eine Tasse unten auf der Promenade.«

Er schob sie aus dem Speisesaal und machte zwischen den Palmentöpfen in der Eingangshalle halt, um ihr den Mantel anzuziehen und das seidene Kopftuch umzubinden. Als der Rollstuhl dann die Rampe neben der Treppe hinabfuhr, hielt er leicht dagegen.

»Was ist ein ›mise en abyme‹?« fragte Eldbjörg.

»Pfeif drauf.«

»Ich will es aber wissen.«

»Abyme ist ein Abgrund. Wenn also etwas ›mise en abyme‹ ist, dann ist es dorthin geworfen. In den Abgrund.«

»Merkwürdig. Er sagt, daß das Zentrum des Wappenschilds, das Mittelfeld, so heiße. Dort hat er eine Katze. Oder einen Luchs. Oder so etwas. Ich habe nicht verstanden, was er gesagt hat, und ich erinnere mich nicht an das Wort. Wir können ihn jedoch fragen. Du kannst doch gut Deutsch. Ich dachte, ein Wulst sei eine Geschwulst. Bloß gut, daß ich nichts dazu gesagt habe. Wulst und Geschwulst bedeuten im Deutschen also nicht dasselbe?«

»Nein, aber er sollte, verdammt noch mal, eine Geschwulst im Wappen haben.«

»Sei nicht böse auf ihn. Er ist eigentlich nett, und er liebt seine Wappenkunde. Ich finde Heraldik langsam richtig interessant.«

»Kann schon sein«, erwiderte Elis, dachte aber: Du müßtest nicht allen möglichen krausen Mist interessant finden, wenn du gehen könntest. Laufen. Lieben. Da würdest du jetzt bummeln gehen. Kleider kaufen. Chiffonschals. Riemensandaletten.

»Wollen wir einkaufen gehen?« fragte er.

»Und was ist mit der Promenade?«

»Willst du dorthin?«

»Ja, ich möchte in der Nähe des Meeres sein.«

Deswegen waren sie schließlich nach Menton gefahren. Und deswegen logierten sie auch in einem weißen Zuckerbäckerhaus, das mit extra großen Aufzügen und Rollstuhlrampen für Körperbehinderte und Kranke ausgestattet war. Das Meer. Das durch und durch blaue Meer, das einen blind machen konnte.

Auf der Promenade zog trotz der Kälte die übliche Prozession dahin. Weil das Durchschnittsalter der mühsam Gehenden und der im Rollstuhl Geschobenen ungefähr achtzig Jahre betrug – das hatte er errechnet –, hatte in diesen hutzligen Gestalten vor dem Crash in der Wall Street, vor Hitler und vor allem, was diese Zeit zu der Zeit machte, die sie war, frisches Blut pulsiert. Graf Hohlheim war im Ersten Weltkrieg dekoriert worden. Hätte ihm jemand im Gestank und Kanonendonner vor Verdun gesagt, er werde 1970 im Leinenanzug an einem blauen Meer herumspazieren, hätte er selbstverständlich keinen Anlaß gehabt, das zu glauben. Es wäre ihm vielleicht nicht einmal sinnvoll erschienen. Mise en abyme, wie er war. Im Schlamm.

Elis konnte es sich nicht verkneifen, das zu Eldbjörg zu sagen.

»Franz Marc ist dagegen vor Verdun gestorben«, sagte er. »Man fragt sich, wie die Vorsehung das errechnet.«

»Ich bin in der Religion nicht so zu Hause«, erwiderte Eldbjörg. »Ich glaube aber, der springende Punkt an dieser Sache ist, daß ein dußliger Graf ebensoviel wert sein kann wie ein großer Künstler.«

Die Prozession ruckelte voran. Diejenigen, die straff waren, waren es von Ödemen und nicht von jungem Blut. Sie trugen Masken, die ledern wirkten. Sie hatten sich künstliche Zähne eingesetzt und einen Buckel angelegt, sie hatschten und hüstelten. Manche brillierten mit Details: geschlängelte schwarzblaue Venen auf den Handrücken, geschwollene Spanne, gelbweiße Gerstenkörner. Sie bemühten sich um jede Einzelheit ihrer Groteske, und Elis dachte: Ich bin achtundsechzig Jahre alt. Fünfundsechzig, glauben Eldbjörg und die Paßbehörde. Das ist jedoch kein großer Unterschied. Ich werde bald gezwungen sein, mich um die Details zu kümmern. Mein Darm wird hart wie Marmor werden. Ich werde, einen lahmen Fuß nachziehend, eindrucksvoll illusionistisch dahinstaksen. Vielleicht nicht ohne Koketterie. Ich werde ein gut gelungener Greis sein.

Sie husteten aus der Tiefe einer Brust, die so muffig war, als pflegten sie die Karikatur bis hinein in die Lungenkavernen. Sie zeigten mit knochigen Fingern auf das Meer und auf die Segelboote und waren richtig glücklich, wenn sie einen Zeigefingernagel aus gelbem Horn demonstrieren konnten. Oftmals vergaßen sie, den Mund zu schließen, und dann rollte, schlüpfrig und unbotmäßig, ganz von selbst eine gräulich belegte Zunge zwischen den Zähnen hervor. Anstelle von Weiß hatten sie gelblich trübe Tassen in die Augenhöhlen gedrückt. Er hegte keinen Zweifel daran, daß sie statt Brüsten Hautlappen angelegt hatten. Falls sie ihre Haut nicht mit kiloweise körnigem Fett hatten straffen lassen. Zwischen den Beinen hingen ihnen Hautklöppelchen, so total ohne Festigkeit, daß sie mit einem gewissen Triumph ein paar gelbe Urinflecken rings um den Schlitz der weißen Flanellhosen plazieren konnten. Es war wahrlich Karneval.

Am Nachmittag ließ er sie in einem der Gesellschaftsräume allein, ein leichtes Opfer für Heraldik, Hypochondrie oder einfach nur gewöhnliche Klatschsucht. Doch nicht mehr lange, dachte er.

Als er wiederkam, sagte er, er habe ein Auto gemietet.

»Wir verschwinden hier. Augenblicklich. Wir fahren nach Venedig. Du sollst sehen, wo all das mit dem Glas seinen Anfang genommen hat. Ich weiß, daß du das möchtest.«

»Aber Elis, ich glaube, das wird schwierig.«

»Du gehörst nicht hierher«, sagte er und ergriff ihre Hände. »Wir werden jetzt ernstlich reisen. Ich habe in Häusern, die für uns geeignet sind, Zimmer gebucht. Ohne Treppen. Es ist auch so verdammt kalt. Du kannst ja nicht einmal auf der Terrasse sitzen.«

In San Remo war er nervös, weil sie bei dem dichten Verkehr ein Lokal zum Mittagessen finden mußten, wo Eldbjörg austreten konnte. Am Nachmittag wurde es besser, und er sah, daß ihre Wangen vor Aufregung Farbe bekommen hatten. Sie glich einem Kind, das sich in einem Schaufenster Spielzeug anschaut: Pinien, Ziegen, Alpen, Bergbäche. Bis zum Abendessen war noch viel Zeit, und er holte erneut ihren Rollstuhl aus dem Kofferraum und klappte ihn auf. Als er sie hineinhob, verspürte er eine gewisse Angst. Seine Kräfte nahmen zum Abend hin ab. Sie ließen sich Zeit beim Essen, und er trödelte absichtlich mit dem Kaffee, so daß sie ihren Toilettenbesuch erledigen konnte, bevor sie weiterfuhren.

Das Kurhotel hatte ihn dermaßen angeekelt, daß er ausnahmsweise unüberlegt gehandelt hatte. Auf ihren Reisen hatten sie stets in solchen Häusern logiert. Aufzüge, Rollstuhlrampen, Personal, das die Patienten heben konnte, Krankengymnasten, Warmbadebecken – das war natürlich nötig und gut. Diesmal aber hatte der Geruch ihn verrückt gemacht.

Eldbjörg war erst sechsundvierzig. Er wollte nicht, daß sie sich in diesem Geruch aufhalten mußte.

Sie fuhren nun auf einer Serpentinenstraße, die durch Olivenhaine führte, und es wurde schnell dunkel. Er merkte, daß er Angst hatte. Sie fuhren direkt in die Dunkelheit hinein, lediglich mit dem Automotor und seinen eigenen Körperkräften, auf die sie sich verlassen konnten. Ab und zu schimmerte irgendwo ein Licht. Doch nirgends entdeckte er ein Hotel oder ein Café; ihm war klar, daß Eldbjörg bereits einhielt.

Schließlich konnte sie nicht mehr. Sie wurde sehr unglücklich, doch mit einem gewissen Triumph entnahm er dem Gepäck eine Tüte. Ahnend, daß es soweit kommen könnte, hatte er in einem Sanitätshaus ein kleines Becken gekauft. Als er es ihr unterschob, weinte sie vor Erleichterung und lachte zugleich.

»Das ist vielleicht ein Heckmeck ...«

»Das muß so sein«, sagte er. »Auf Reisen.«

Um Mitternacht kamen sie an. Da blies ein heftiger und eisiger Wind. Das Zimmer war jedoch beheizt, und er legte Eldbjörg ohne große Zeremonien ins Bett. Sie fragte noch, wie der Ort heiße, war aber bereits eingeschlafen, als er es ihr sagte.

Der Ort hieß Poggi di Imperia, und das Hotel bestand aus einem eingeschossigen Gebäude auf einer Terrasse, wo die Mimosenbäume bereits erblüht waren, ehe die Kälte und der Wind eingesetzt hatten. Elis wurde klar, daß Ende Februar für Menton zu früh gewesen war. Hier oben war es noch schlimmer. Doch der Wirt hielt die Zimmer warm. Er war mit einer Australierin verheiratet, und das war auch der Grund, weshalb das Haus Boomerang hieß und den Charakter eines Bungalows hatte. Die Wirtin bekamen sie indes nie zu Gesicht. Sie liege mit Grippe darnieder, sagte ihr Mann.

Am nächsten Morgen war Eldbjörg so müde, daß sie beschlossen, noch eine Nacht zu bleiben. Sie bekam Minestrone und Spinatomelett auf dem Zimmer serviert. Der Wirt hatte eine Vase mit Mimosen auf das Tablett gestellt. Als Elis ihren Duft wahrnahm, wußte er, daß er das Richtige getan hatte. Eldbjörg konnte wegen des kalten Windes zwar nicht auf der Terrasse sitzen, doch der Speisesaal hatte große Fenster, und er schob sie am Nachmittag dorthin. Sie durfte sich an den Alpen satt sehen, und sie lachte darüber, daß Elis sie versehentlich Fjäll nannte. Weit unten sahen sie die Stadt Imperia auf ihrem Hügel liegen. Elis setzte sich in einen Korbstuhl und betrachtete Eldbjörg. Sie saß im Gegenlicht. Ihr helles Haar hatte sich in der Stirn gekräuselt. Da es im Badezimmer eine Duschkabine gab, hatte er die Gelegenheit wahrgenommen, Eldbjörg auf einen Stuhl zu setzen und sie, an seinen nackten Körper gelehnt, zu duschen. In die Badewanne konnte er sie nicht heben. Er hatte ihr die Haare gewaschen und auf große Lockenwickler gedreht. Er war nicht sehr geschickt, fand das Ergebnis aber gut, und Eldbjörg war glücklich, daß ihr die Haare gewaschen worden waren.

Er sah sie dasitzen, das Gesicht offen der blaudiesigen Landschaft mit ihren Hügeln und kurvigen Straßen zugewandt. Sie sah kindlich aus, und er freute sich darüber.

Drei Tage später brach die Grippe aus. Eldbjörg bekam hohes Fieber, und sie mußten in einem neu errichteten Hotel außerhalb von Florenz absteigen. Es war hochmodern und komfortabel, bot jedoch eine Aussicht auf eine Esso-Tankstelle und eine Vorortbebauung aus grauen Kästen. Eldbjörg hatte heftiges Kopfweh, wenn sie wach war, und sie konnte nichts essen. Elis besorgte Aspirin und versuchte, ihr Flüssigkeit einzuflößen. Einen Tag später lag er selbst mit Fieber darnieder und hatte starke Muskel- und Kopfschmerzen.

Am elften März, einem Mittwoch, kamen sie nach Venedig. Die Zeit hatte wieder eingesetzt. Elis hatte sich erst mit Hilfe des Wandkalenders in der Rezeption orientieren müssen, als er die Rechnung bezahlte, in die ein Roomservice mit Beckenleerung einging. Seine Beine trugen ihn jetzt wieder, und er konnte Eldbjörg heben. Allerdings hatte er nicht damit gerechnet, das Auto in einem Parkhaus außerhalb der Stadt abstellen zu müssen. Er hatte angenommen, daß nur die ältesten Stadtteile autofrei seien. Vom Piazzale Roma aus kam man mit dem Auto jedoch gar nicht in die Stadt hinein. Sie nahmen einen Vaporetto zum Canal Grande und mußten dann mit einer Gondel übersetzen. Elis war verbissen und sah von den Palästen nicht viel mehr, als daß sie im Wasser und im Licht halb aufgelöst wirkten. Er hatte einen Träger mitgenommen, der Eldbjörg aus den Wasserfahrzeugen heben und die Kaitreppen hinauftragen konnte. Langsam gelangte er zu der Einsicht, daß dieses Unterfangen vornehmlich einem Alptraum glich, versuchte es jedoch zu verbergen. Eldbjörg verbarg ebenfalls etwas. Sie sagte, mit der Tweedmütze, die er sich gegen die Kälte und den Wind gekauft hatte, sehe er wie Phileas Fogg aus.

Das Hotel war eine Familienpension, hieß Il Gazettino und hatte eine kleine Bar mit Cafétischen, an denen Leute saßen und an Stöcken befestigte Tageszeitungen lasen. Der Speiseraum befand sich hinter dem Café, und auf den Tischen lagen weiße Decken, aber auch halb durchsichtige Plastikfolien, die schon vergilbten. Es gab Früchte aus Wachs und Blumen aus gekautem, lackiertem Weißbrot. Elis konnte Eldbjörg derartige Herstellungsgeheimnisse verraten, während sie etwas aßen, was sie für einen Lammtopf hielten. Sie kicherte über die Weißbrotblumen, wurde aber blaß vor Übelkeit, als der Wirt, der aus dem Krieg noch ein bißchen Deutsch konnte, erklärte, sie hätten Zicklein gegessen. Elis hätte den Kerl erschlagen können, doch Eldbjörg bewältigte das Zickleinfleisch, ohne sich zu übergeben. Ihre schwache Magenmuskulatur und ihr eingefallener Brustkorb machten sie bei einem Brechanfall hilflos. Es gab nichts, was er mehr fürchtete. Es sei denn Husten. Der kam am Abend.

Elis war getäuscht worden, was die Treppen anbelangte. »Aber nicht sehr«, sagte Eldbjörg. Drei ausgetretene Steinstufen führten zu der Ebene, auf der ihr Zimmer lag. Er mußte Eldbjörg tragen, während der Wirt den Rollstuhl hinaufhob. Elis hätte ihn gern zusammengestaucht, konnte aber die Sprache nicht.

Das Zimmer war kalt wie eine Gruft und in einem Stil möbliert, den die Deutschen Biedermeier nennen. Bei den Deutschen hätte es jedoch warme Bettdecken gegeben. Hier gab es nur eine dünne Wolldecke. Er bat um zwei weitere Dekken und sagte, sie brauchten unbedingt einen Elektroofen. Er fand das Wort nicht. Er zeichnete einen mit Wärmestrahlen und allem, und irgendwann brachte ein Zimmermädchen einen winzigen Ofen mit einer einzigen Heizspirale. Er suchte auf eigene Faust nach der Rumpelkammer, in der die Öfen standen, und fand noch einen, den er mit aufs Zimmer nahm. Sie durften ihn jedoch nicht behalten. Der Alte überschüttete sie mit Wortkaskaden, und Elis ahnte, daß es dabei um die Stromrechnung ging.

»Morgen suche ich ein anderes Hotel«, sagte er zu Eldbjörg, die sehr müde war und ihren Hustenreiz zu bekämpfen versuchte. Es fiel ihr fast ebenso schwer zu husten wie sich zu übergeben.

Am nächsten Morgen fühlte sie sich besser, und sie machten sich auf den Weg, um den Dogenpalast zu besichtigen. Vom Wasser aus gesehen scheine er das Gesetz der Schwerkraft aufzuheben, sagte Eldbjörg. Sie wirkte ein bißchen zu begeistert. Elis hatte einen Mann mit Schirmmütze und einem Metallschildchen an der Jacke angeheuert, einen professionellen Träger und Möbelpacker, der Eldbjörg aufdringlich anglotzte. Der rosafarbene Marmor der Palastfassade, der sich im Licht auflösen und in der blauen Luft vertönen wollte, versprach etwas, was im Innern nicht vorhanden war. Die wuchtige Pracht dort war furchteinflößend. Viel bekamen sie der Treppen wegen jedoch nicht davon zu sehen.

Der Wind war eisig und schneidend und pfiff um die Ecken. Sie versuchten sich in einem Café mit Schokolade und Schlagsahne aufzuwärmen. Elis bezahlte den Träger und verabredete sich mit ihm für den späteren Nachmittag. Dann schob er Eldbjörg im anhaltenden Gegenwind zur Rialtobrücke und in das alte Geschäftsviertel auf der anderen Seite des Kanals. Er hatte gedacht, sie wolle etwas kaufen, doch sie schien die Lust verloren zu haben. Am Mittag wollte sie nichts essen.

Am Nachmittag wollten sie sich die Gemäldesammlung der Accademia ansehen, mußten aber bald aufgeben. Sie sahen Madonnen, Kreuze und Kreuzesabnahmen in großer Zahl, doch er ahnte, daß sie sich nur an den braungestrichenen Heizkörper erinnern würden, neben dem Eldbjörg abgestellt werden wollte.

Auch er klammerte sich daran fest. Der Weg zurück zur Pension schien nicht zu bewältigen zu sein, doch ihm war klar, daß sie es irgendwie schaffen mußten. Der Träger wartete draußen im Treppenhaus.

Nachdem er sie zu Bett gebracht hatte, machte er sich auf die Suche nach einem besseren Hotel. Er hatte jedoch kein Glück und wagte nicht, länger als eine Stunde auszubleiben. Als er zurückkam, war Eldbjörg vom Husten erschöpft und sagte, die Sache mit dem Hotel spiele keine Rolle. Sie wolle nicht umziehen. Daß ihr die Kraft dazu fehle, unterließ sie zu sagen. Doch es war natürlich die Wahrheit.

Wir müssen hier weg, das war ihm klar. Zuerst aber mußte er für sie Hustenmedizin auftreiben. Nach den Hustenanfällen war sie mal schlapp und erschöpft, mal hektisch. Dann redete sie drauflos, und das, worüber sie reden wollte, berührte ihn unangenehm. Es war Thomas Manns lange Novelle über Gustav von Aschenbach in Venedig. Außerdem wollte sie gern über Prousts Jagd nach Erinnerung und Begier sprechen, die sich durch sieben Bände zog und sich letzten Endes immer im labyrinthischen Raum Venedigs verbohrte. Sie schien trotz ihres Hustens und ihrer Mattigkeit davon aufzuleben, daß sie sich in diesen literarischen Kulissen befand. Bücher hatten ihr schon immer mehr als Bilder und Bauten gesagt. Glas hatten sie noch nicht zu sehen bekommen. Sie hatten noch nicht einmal davon gesprochen.

Er fand die Stadt muffig, und es reute ihn zutiefst, daß er Eldbjörg hierhergebracht hatte. Es kam ihm wie eine Gewalttat vor. Der Däne J. F. Willumsen hatte eine Serie von Venedig gemacht, die er gesehen hatte, traumartige Bilder, womöglich psychoanalytisch, weiß der Teufel. Jedenfalls hatte er sie bewundert, doch jetzt erschien ihm ihre Schärfe falsch. Charon in der Gondel auf dem Canal Grande, Menschen, die durch die Pforten des Lebens aus und ein gehen. Irgend so eine verdammte Art Symbolismus.

Künstler, Schriftsteller, Filmemacher – alle waren sie dagewesen und hatten ihre Kunst produziert. Die ersten kamen, als die Stadt als ein fürstliches Prachtwerk erbaut wurde. Dann sollten sie sich jahrhundertelang damit beschäftigen, diese Pracht abzubilden. Sie hatten ihre Porträts an einem sich hinziehenden und arrangierten Totenbett gemacht und würden sie mit immer tieferer Einfühlung in das Absterben der Stadt weiterhin machen.

Es waren so viele, die ihre Kunst hier geschaffen hatten, daß die Stadt damit ebenso voll war wie mit Hundekot auf den Gehsteigen. Als er das Eldbjörg sagte, zitierte sie Proust, der das ebenfalls gesagt hatte. Freilich hatte Proust es parfümierter formuliert.

Es war also schon vor ihm ein Schriftsteller dagewesen und hatte es festgestellt. Kein Wunder, daß es nach Scheiße roch. Nun geht es bei der Lektüre ja nicht darum, den Gegenstand seiner Begierde auf andere Weise als durch die Erzählung anderer zu erreichen. Wie sehr hatte er befürchtet, daß sie das einsehen würde! Und gleichzeitig hatte er immer gewußt, daß sie diese Einsicht bereits von Anfang an besessen hatte. Ihm selbst konnte es so vorkommen, als würden diese Geschichten alles beschmutzen. Sie waren wie dreckige Fensterscheiben.

Diese Stadt war in Auflösung begriffen, das war die ganze Wahrheit. Sie war eine Landschaft, die zu einem Delta wurde, ein steinerner Korpus, der langsam zerfiel. Die Vereinigung von Wasser und Licht wurde obszön, wenn sie nicht einmal vor Marmor haltmachte, sondern sich als Aufweichung und zunehmende Schimmelbildung fortsetzte.

Eldbjörg war in ein schon vorher möbliertes Sterbezimmer eingetreten. Was sie erlebte, spielte sich nach einer Vorlage ab. Wenn er ihre durchdachten, aber leicht dahinfließenden Äußerungen hörte, konnte er etwas von seinem alten Unwillen gegen Intellektuelle verspüren. Gegen diejenigen, die reden, reden und reden können, als liefen sie auf dem Wasser. Er wünschte jedoch nicht, daß Eldbjörg unterging. Er wollte nur, daß sie still wäre, warm würde und sich gesund schliefe.

Am späten Nachmittag verließ er das Haus, um ihr ein schleimlösendes und beruhigendes Hustenmittel zu kaufen. Eine Apotheke zu finden war schwieriger, als er vermutet hatte. Es gab Gassen, die blind endeten. Wenn er sich zutiefst im Labyrinth wähnte, weitete sich der Raum zu einem Platz, und ein Palast erhob sich im sinkenden Licht. Auf der anderen Seite der Lagune lag die wirkliche Welt. Dort gab es Sand. Hier wurde der Sand zu Glas.

Es war lächerlich, doch die einzige Karte, die er von Venedig hatte, taugte nichts. Es war die Reproduktion einer Karte aus dem zwölften Jahrhundert, die er gekauft und in den Koffer gepackt hatte. Darauf sah die Stadt wie ein Herz aus, und der Canal Grande war ein riesiges Kranzgefäß, eine Aorta, die in die Herzkammern gesprengt war und sie teilte. Mise en abyme, dachte er. Ins Herz des Daseins geworfen.

Er wußte, daß er sich eine Erinnerung zurechtlegte. Das, was er erlebte, wollte er Eldbjörg in zehn Jahren als etwas außerordentlich alptraumhaft *Irres* erzählen: wie lächerlich es gewesen sei, als er eine Apotheke gefunden zu haben glaubte, die sich als chemische Reinigung entpuppte. Gleichzeitig aber legte er sich eine andere Erinnerung zurecht, über die er nicht Herr war. Er kannte den umherirrenden, fließenden Charakter ihrer Konzeption. Diese Erinnerung war unwägbar und schwer einzufangen und sollte nie von einem Bild der Rialtobrücke oder dem Dogenpalast hervorgerufen werden. Vielmehr von einem Geruch, der einem beim Öffnen einer Kellertür entgegenschlägt. Einer bestimmten Sorte schwimmenden Lichts. Einer Nässe, die zu einer anderen wurde, ein über die Steinwände rinnender Film.

Er ging erneut eine Runde durch enge *calli* und an schmalen Kanälen entlang und glaubte schon, in einem völlig anderen Stadtteil gelandet zu sein, als diese verflixte chemische Reinigung mit ihren an Drahtbügeln aufgereihten Gabardinehosen und Popelinemänteln wieder auftauchte. Aus der offenen Tür roch es nach Naphtha. Er wollte, daß es nach Apotheke röche. Mit jeder Ecke, um die er bog, stieg ihm der Chemiegeruch deutlicher in die Nase. Er war aber nie wahr. Doch was ist ein wahrer Geruch? Und dieser filmartige, feuchtmatte Belag auf dem Kopfsteinpflaster – ähnlich wie auf Pflaumen –, war das Wasser? Es war windig, doch in dem Wind trieb jetzt kein Regen heran. Der Himmel war eine graue Masse, und die Sonne war stehengeblieben. Elis merkte, daß er die Dimension verloren hatte, die es ermöglichte, nach einer langen Tiefensondierung der Landschaft ermattet zurückzukehren. Beunruhigt, erschrocken – was auch immer –, doch verändert zurückzukehren. In einem anderen Licht.

Hier gab es keine Zeit. Die Sonne stand still wie im Tal von Askalon und war außerdem unsichtbar. Elis war davon nicht wohl zumute. Mise en abyme: geradewegs in die Zeitlosigkeit. Diese Stadt – wenn überhaupt eine! – sollte die vierte Dimension besitzen, die die Tiefe bis ins Mittelalter und noch weiter hinab anzeigte. Mag sie in gewissem Sinn stehengeblieben sein, als sie von Napoleon erobert und zur Kulisse eines historischen Schauspiels wurde, einer einträglichen Trauer über den Verlust der Selbstherrlichkeit des Stadtstaats. Für die Müllmänner und die Briefträger in ihren Motorbooten mußte es eine Zeit geben. Hier mußten Lehrer wohnen, die sich nach dem Sommer sehnten, Inhaber von chemischen Reinigungen, die aufseufzten, wenn der Run von Popelinemänteln im Frühjahr vorbei war. Es mußte Touristen geben, denen die Zeit an den Sohlen nagte, so daß sie unter den Fersenkappen ihrer Schuhe Blasen und schließlich rote Fleischwunden bekamen.

Es gab sie selbstverständlich. Doch er gehörte nicht zu ihnen. Für ihn entrollte sich die Stadt als blanke Pappkulisse ohne Tiefe, und das erschreckte ihn. Er spürte: Mir ist nicht wohl.

Mir ist elend.

Er kümmerte sich normalerweise nicht so sehr darum, wie ihm zumute war. Für die Arbeit war das kaum von Bedeutung. Er hatte gute Sachen gemacht, als es ihm beschissen ging. Er wußte: Das, was ich aus Glas mache, hängt nicht von meinem Seelenzustand ab. Den kann man in der Freizeit hätscheln, wenn man denn Freizeit hat. Hier ist er ebenso irrelevant wie die Schuhe, die ich beim Arbeiten trage.

Aber jetzt ist mir richtig mies zumute. Es geht mir schlecht. Seelisch und körperlich. Kalter Schweiß bricht mir aus.

Er fragte sich, ob er drauf und dran sei, einen Herzinfarkt zu bekommen. Einen kleinen bloß. Einen bösen, heimtückischen Teufel.

Und dann dachte er an den verflixten Billardtisch, auf dem Henry Karlhammar aufgebahrt gelegen hatte. Er dachte an Eldbjörg.

Eldbjörg im Pflegeheim, unter fröhlichen, aber gleichgültigen Fremden. Personal.

Da setzte er sich. Die Stadt bot ihm einen eisernen Stuhl an. Dessen Sitzfläche hatte Löcher, die Rückenlehne schlängelte und drehte sich zu einer Art Stütze zusammen. Ein Kellner war zu ihm hergekommen. Der blauschwarze Schatten seines Bartes verriet, daß der Morgen schon lange her war. Die Zeit setzte sich wieder in Gang. Nachmittag, dachte Elis. Bald Abend.

Er wagte keinen Kaffee zu bestellen. Wenn es das Herz war, das ihm dieses tiefe Unwohlsein bereitete, dann sollte er es nicht antreiben. Also fragte er, ob sie ein Stella Artois hätten, und er bekam es kalt und mit lächerlich viel Schaum serviert. Doch die Schaumbläschen ermatteten rasch und vermochten die Spannung nicht zu halten. Das Bier alterte.

Zeit.

Und eine Apotheke. Der Kellner zeigte ihm den Weg. Sie lag auf der anderen Seite des Kanals und hatte die ganze Zeit schon dort gelegen, das war zumindest anzunehmen.

Das Hustenmittel war gut. Eldbjörg konnte fast die ganze Nacht hindurch ruhig schlafen, doch das Zimmer war feucht vor Kälte. Als sie erwachten, hatte Eldbjörg eine kalte Nasenspitze. Der Wirt war natürlich im Zimmer gewesen und hatte den Stecker des Heizöfchens herausgezogen, während sie unterwegs waren, und die eine Heizspirale allein hatte während der Nacht die Wärme nicht wieder hochtreiben können. Am Morgen wiederholten sie die Prozedur mit dem Träger, der Gondel und dem Vaporetto und begaben sich zum Parkhaus am Piazzale Roma. Eldbjörg hustete jetzt wieder. Er fuhr auf der Autobahn in Richtung Udine und zur Grenze bei Tarvisio. Ihr war nicht klar, was er vorhatte.

»Wir fahren nach Kärnten«, sagte er. »Ich weiß da einen Ort, Millstatt heißt er. In Österreich ist es warm in den Häusern. Wir werden uns dort ausruhen, unter dicken Daunenbettdecken. Wir werden heißen Glühwein trinken, und dann werden wir Knödel und Stelze mit Sauerkraut und all solche Sachen essen, von denen man dick und gesund wird. Du hast für diesmal deinen letzten Tintenfischdarm gesehen. Danach fahren wir nach München und steigen in den Zug nach Hause. Obwohl, dann bist du so munter, daß wir uns auf dem Weg auch Salzburg noch ein bißchen anschauen und Salzburger Nockerln essen können.«

»Aber du hast das Auto doch in Menton gemietet!«

»Ich habe einen Vertrag, nach dem man es an einem anderen Ort abliefern kann.«

Doch das war nicht wahr. Er log Eldbjörg normalerweise nicht an, doch wenn er sagte, wie es sich tatsächlich verhielt, würde ihr klar werden, daß er in Panik war. Es war ihm völlig gleichgültig, daß er womöglich gezwungen wäre, den Citroën zu kaufen. Er mußte Eldbjörg zu einer konstanten, guten Zimmertemperatur und an einen Ort bringen, wo er die Sprache verstand und ordentlich mit einem Arzt reden konnte. Als sie Mittagspause machten, legte er seine Lippen an ihre Stirn und fühlte, daß sie heiß war. Eldbjörg wollte nichts essen. Er spielte die Fuchszeremonien durch, als er sie mit Suppe fütterte. Sie ging nicht darauf ein, lächelte aber immerhin über seine Schnecken und Mistkäfer und das siedende Hasenblut. Ein paar Löffel voll flößte er ihr auf diese Weise ein, doch dann begann sie wieder zu husten.

Der erste Anblick von Österreich war eine Enttäuschung. Die Städte sahen aus wie Vetlanda oder Alvesta. Je weiter sie jedoch nach Kärnten hineinkamen, desto gewaltiger wurden die Alpen und altertümlicher die Städte. Eldbjörg beachtete sie gar nicht. Elis hatte die Rückenlehne zurückgeklappt, so daß sie liegen konnte. Ihr Blick war leicht verschleiert, und er begriff, daß sie das Hustenmittel überdosiert hatten. Er mußte ihrer müden und hilflosen Brust jedoch Ruhe verschaffen.

»Millstatt liegt am Millstätter See«, erklärte er. »Du wirst Berge sehen, die sich auf eine äußerst gefällige und touristenfreundliche Weise im See spiegeln.«

Millstatt war jedoch eine Sommerfrische, und die Hotels waren geschlossen. Er mußte umkehren. Sie war ein Weilchen wach und sah, wie seine Hände zitterten, als er die Wolldecke um sie schlug, die er in Tarvisio gekauft hatte.

»Ich bekomme einen Krampf von diesem verdammten Lenkrad«, sagte er. »Ich bin jetzt schon fast vierhundert Kilometer gefahren.«

Eigentlich war das nicht so viel, und wahrscheinlich durchschaute sie ihn. Sie war so ernst, und er merkte, daß sie mit all der Kraft, die sie noch besaß, die Hustenreflexe zu unterdrükken versuchte.

Sie hielten schließlich vor einem Gasthof in einem Dorf namens Sankt Michael. Sie befanden sich jetzt auf über tausend Metern Höhe, und er sagte, er glaube, die Höhenluft sei gut gegen ihren Husten. Der müsse jetzt abklingen. Das Thermometer am Eingang zeigte neunzehn Grad minus.

Sie waren in einem Haus gelandet, wo man Gemütlichkeit bereithielt. Als sie eintraten, schaltete die Wirtin ein Tonbandgerät ein, von dem Musik aus *Schneewittchen und die sieben Zwerge* ertönte. Im Empfang hatten sie eine Kuckucksuhr und einen grünen Kachelofen. An den Wänden hingen Holzschnitzereien, Waldvögel im Halbrelief, und es gab gerahmte Fotos von örtlichen Skimeisterschaften und Jagdfesten. Man half ihm, Eldbjörg im Tragesitz die geschwungene Treppe hinaufzutragen, und er war ungeheuer erleichtert, als sie endlich unter einer Daunenbettdecke lag.

Der Wirt hatte die Motorhaube des Autos in Wolldecken gepackt, wie er erzählte, als Elis herunterkam und Essen bestellte. Es sei kein Glykol im Kühler, und er habe befürchtet, der Frost werde den Motor ruinieren. Elis sprach mit einem Arzt. Und zwar telefonierte er mit ihm von der Rezeption aus, damit Eldbjörg nicht hörte, was er sagte. Der Doktor bat ihn, ihre Temperatur zu messen und ihn wieder anzurufen.

Sie bekamen Forelle und Kartoffelschnee aufs Zimmer gebracht. Er konnte sie mit ein paar Brocken Fischfleisch füttern und schlug so ganz nebenbei vor, daß sie mal Fieber messen solle. Er war höchst beunruhigt darüber, daß sie kein Interesse an der Waschzeremonie zeigte, die ihr sonst immer so wichtig war.

Im Zimmer war es warm. Das mußte ihr guttun. Alles war gut. Sie hatte nur 38,7. Es hätte schlimmer sein können. Das ist wohl die Grippe, die noch mal eine kleine Runde dreht, dachte er. Jetzt wird alles gut. Die Leute hier sind anständig. Das Mädchen, das das Tablett abholte, trug ein Dirndl. Elis versuchte ein bißchen zu jodeln, und Eldbjörg lächelte.

Er hatte gehofft, sie würde bald einschlafen, doch sie schläft nicht ein. Der Husten quälte sie, und als er sein Ohr auf ihre Brust legte, hörte er darin den Schleim blubbern und rasseln.

Am nächsten Morgen hatte sie genau 39. Er sagte aber, es seien 38, um sie nicht zu erschrecken. Der Doktor kam mit Penicillin und einer neuen Sorte Hustenmittel, doch Elis verspürte keine richtige Erleichterung. Er fand, der Arzt wirke bekümmert. Aber das ist vielleicht seine Art, dachte er. Er kann ja weiß der Himmel welchen Kummer haben, von dem wir nichts wissen. Ein paar graue Haare ragten ihm aus den Nasenlöchern. Sein Alter wirkte zunächst vertrauenerweckend auf Elis. Doch dann beschlich ihn der Gedanke, daß ein alter Landarzt womöglich nicht auf dem laufenden war. Daß er sich mit den neuen Medikamenten nicht auskannte.

Er begleitete ihn hinaus und fragte, ob er Eldbjörg ins Krankenhaus bringen solle. Der Arzt sagte, das sei eine weite Reise. Sie müsse sich vor allem ausruhen.

... sich gründlich ausruhen. Welche Worte! Ausruhen – wovon denn? Ruhen, bis etwas zu Ende ginge. Immerhin unter Gänsedaunen ruhen. In trockener, feiner Wärme und mit Cretonnegardinen mit Rosenmuster.

Am Abend hatte sie 39,9, und als er sie mit Kalbsbouillon mit Eigelb zu füttern versuchte, schloß sie die Augen und preßte die Lippen zusammen. Er versuchte es noch einmal. Zuerst strich er ihr mit dem Zeigefinger über die Lippen, dann steckte er seine Zungenspitze dazwischen und versuchte sie zu lösen. Als jedoch die harte Löffelspitze kam, schloß sie sie wieder.

»Gefangene Füchse fressen nicht«, sagte sie.

»Doch, doch. Sie fressen und gedeihen.«

Er war überglücklich, daß sie das alte Spiel wiederaufnahm, und merkte, wie sein Puls darüber schneller ging. Jetzt. Jetzt!

»Es ist grausam, draußen Fuchs zu sein«, flüsterte er. »Im Wald, da hungert man, und es ergeht einem übel. Man muß drinnen sein. Man darf nicht allein draußen sein.«

»Sie haben aber ihre Freiheit«, sagte Eldbjörg, ihre Augen waren geschlossen.

»Die Freiheit ist grausam«, sagte er. »Man darf nicht allein sein. Und nun wird dieser Fuchs fressen.«

»Dann ...«

Zusammengekauert saß er bei ihr und versuchte in ihrem verschlossenen Gesicht eine Veränderung wahrzunehmen. Sie war vermutlich eingeschlafen. In dem Hustenmittel war Morphium; so blieben ihr wenigstens die entsetzlichen Kontraktionen erspart, wenn die Brust sich vom Schleim zu befreien versuchte, der langsam darin gor. Ihre hohe Stirn war blank und gelbgrau. Auf ihren Wangen zeigten sich kleine, klar abgegrenzte Rötungen. Er konnte nichts für ihr Haar tun, und er hoffte, daß sie nicht wußte, wie matt es vom Schwitzen geworden war und sich in Strähnen aufgeteilt hatte, die unmittelbar am Haaransatz klebrig waren. Als er ihr Haar berührte, zuckte sie mit den Lidern. Es war nur eine leise Bewegung, doch merkte er, daß sie abwehrend war.

Sie schlief nicht. Sie entzog sich.

Er hatte das früher schon einmal gesehen. Im Pflegeheim in Norwegen.

Wie war sie damals, als sie krank geworden war? An den fiebrigen Tagen, da ihr klar wurde, daß sie Kinderlähmung hatte, diese Krankheit, vor der sich alle so sehr fürchteten. Hatte sie mit dem ganzen Willen eines jungen und starken Körpers gekämpft? Oder hatte es da einen Punkt gegeben, an dem sie sich entziehen wollte?

Später, als die Infektion überwunden und lediglich deren Folge geblieben war, konnte sie sich nur auf eine andere Weise nach innen zurückziehen. Er hatte das nie gesehen. Doch er ahnte, daß es in der Geschichte ihres gelähmten Ich einen Zeitpunkt gegeben hatte, an dem sie sich nach innen in die göttliche Finsternis gekehrt hatte. Er ahnte es nicht nur, er war sich sogar ziemlich sicher, denn er hatte seine eigenen Erinnerungen. Nicht vom Sanatorium her. Dort erzählte man Schauergeschichten über schwarze Tücher und ein ausgekühltes Leichenschauhaus. Der Tod war indes keine Versuchung. Im Sanatorium wußte man, daß man die Pflicht hatte, wieder ans Licht hinauszutreten. So viel Medizin und Essen, wie man kostete. Da war Optimismus geboten. Zerfallende Gewebe mußten verheilen und vernarben. Attacken gestoppt werden. Spukgeschichten waren erlaubt. Aufgeben aber war verboten. Man würde kuriert werden, und daran mußte man glauben.

Er konnte die gestrengen Krankenschwestern auf dem Korridor hören. Die Unterbefehlshaberinnen.

»Speien ist verboten!«

Oder etwas sanfter, wenn man eine Blutung gehabt hatte und sich ins Bett hatte legen müssen.

»Setz dein Vertrauen auf den Herrn, Junge!«

Nein, er hatte sie vom Pflegeheim her, diese Erinnerungen an einen tieferen Zerfall, an die gefährliche Lockung der Finsternis. Nach innen, nach innen ... Viel später erst hörte er etwas über die Muselmänner, die sich in den Konzentrationslagern regungslos gemacht hatten. Er erkannte diese fürchterliche Versuchung wieder. Nicht länger Widerstand zu leisten, nicht einmal so viel, wie ein Blick auf die Umwelt bedeutete. In seinem Limbo waren jedoch die Erinnerungen an das Sanatorium und an seine Bibellektüre aufgetaucht. Unverdrossen hatte er in der Bibel gelesen, nur um einen Arzt davon zu überzeugen, daß er lesen konnte. Sie hatte sich dennoch in ihn gesenkt, und im Pflegeheim kehrte sie wieder.

Ehe ich denn hingehe
und komme nicht wieder,
ins Land der Finsternis
und des Dunkels,
ins Land, da es stockfinster ist
und da keine Ordnung ist

Da hatte er herausgefunden. Er war dem dunklen Land nahe, das war sicher. Doch es gab Worte. Irgend jemand hatte so gedacht. Deshalb versank er nicht. Wer Worte dachte und aufschrieb, war nicht regungslos. Es gab Worte in einer uralten Sprache, sie kratzten wie Tonscherben auf verwesender Haut und drangen schließlich in den frischen Schmerz ein.

Er hatte diese Stelle später wieder gesucht und erkannt, daß es Hiob war, der bei ihm lebendes Gewebe hervorgekratzt hatte. Er hatte seine Schmerzen wieder gespürt, seine Mattigkeit, seinen Zerfall, und versucht, sich daraus zu erheben.

Er war kein Mystiker. Nein, bei Gott! Nein. Er war ein Körpermensch. Er tat etwas. Er regte sich. Schließlich handelte er auch.

Im Pflegeheim hatte er um einen Stift gebeten. Er hatte sich den Arzt angesehen, der zweimal in der Woche kam. Einen gesunden, muskulösen Mann. Er sah ihn statt der Halbleichen an, die in den Betten lagen. Da kehrte er, der jenen zum Verwechseln ähnelte, zu seinem Körper zurück. Er versorgte ihn mit Gedanken. Die Blut sind.

Einst hatte Eldbjörg das gleiche getan wie er, als er den jungen, gesunden Körper zeichnete, der dem Arzt gehörte. Sie hatte alle ihre Erinnerungen an Muskelanspannung, an deren Abklingen und Ruhe in die Körper anderer übertragen. Vor allem in Tjåppens. Sie hatte ihn so gern beobachtet. Seine Bewegungen. Seine Sprünge. Seine Kraftentfaltung. All dies hatte sie an dem zottigen und streng riechenden Hundekörper gesehen und genossen.

Er wußte jedoch, daß sie das irgendwann verloren und sich weiter in ihr Inneres zurückgezogen hatte. Dort hatte sie Fertigkeiten entwickelt und Einsichten gewonnen, die ihn verwunderten, manchmal beinahe mißtrauisch machten. Sie war doch so jung! Sie hatte jedoch irgendwo im Innern ihres Körpers eine Stelle gefunden, wo sie mit vollständiger Blutversorgung lebte. *Sie*.

Er, wenn überhaupt jemand, erkannte Gesundheit, sobald er sie sah, und er wußte, daß sie von blassen Phantomschmerzen durchschnitten werden konnte. Doch es gab Gesundheit. *Sie*,

Eldbjörg, gab es dort drinnen, ein gesunder Mensch, der immer eigenartiger und klüger geworden war.

Am nächsten Vormittag sagte der österreichische Arzt ohne Umschweife, daß sie nicht verlegt werden könne. Und er nannte die Sache auch beim Namen: *Lungenentzündung*. Bislang hatte Elis sich daran festgehalten, daß es eine Bronchitis sei. Doch es war also eine Lungenentzündung. Eldbjörg hatte Schmerzen beim Atmen und jammerte oft. Das Penicillin bekam sie jetzt mit einer Injektionsspritze verabreicht. Schlucken konnte sie nicht.

Der Arzt versprach, eine Krankenschwester zu schicken, doch müsse er im voraus kassieren. Das war ein bißchen widerlich. Was hätte er getan, wenn kein Geld dagewesen wäre? Sie ihrem Schicksal überlassen? Wohl kaum. Aber eine Schwester hätten sie nicht bekommen.

Elis rief zu Hause bei der Bank an und bat, ihm telegrafisch Geld anzuweisen. Gott sei Dank begnügte sich der Kerl mit der telefonischen Bestätigung, daß das Geld einbezahlt sei. Er brachte die Krankenschwester samt ihrer Ausrüstung, und innerhalb weniger Stunden war das Zimmer voller Apparate. Ein tragbares Sauerstoffgerät säuselte. Eldbjörg bekam einen Tropf von einem Gestell, an dem ein Plastikbeutel hing. Der Arzt gab ihr jetzt Morphium.

Sie sagte nie mehr etwas. Drei Tage und drei Nächte lang saß oder lag er bei ihr. Ihr mühsamer Atem, im besten Fall ein Säuseln, ein rasselndes und rollendes Geräusch, wenn er sie schwer ankam, ging in seinen Körper ein. Sein Bewußtsein nahm ihn auf, als hätte sie zu ihm gesprochen, als hätte sie diese Tage und Nächte hindurch gesprochen. Er dachte nie nach vorn, nicht einmal eine Stunde weit. Obwohl er es wußte, gestattete er sich dieses Wissen nicht. Sie war *da*. Sie war vorhanden und atmete mit ihren angegriffenen Lungen, und sie sprach zu ihm, indem sie atmete. Er antwortete mit Geflüster und damit, daß er vorsichtig ihre Hände drückte.

Die Schwester saß auf der anderen Seite des Bettes, und sie wollte, daß er in ein anderes Zimmer gehe und ein paar Stunden schlafe. Als er sich weigerte, brachte man ihm ein schmales Klappbett und stellte es direkt neben das Grand Lit, in dem Eldbjörg und er nur eine einzige Nacht zusammen verbracht hatten. Er wagte es nicht, sich neben sie zu legen. Wahrscheinlich taten ihr Berührungen weh. Er wußte es nicht.

Manchmal erschien eine andere Schwester, eine dicke in Nonnentracht. Er bekam nicht richtig mit, wenn sie einander ablösten. Die dicke war sehr darauf bedacht, daß er aß und trank. Er schlabberte Fleischsuppe und Brot in sich hinein, damit sie still war. Der Vorgang ekelte ihn. Er dachte daran, daß er das, was er aß, wieder von sich geben mußte. Er war nach wie vor ein System mit biologischem Austausch. Das erfüllte ihn mit dumpfer Wut. Dann vergaß er es wieder. Eldbjörg aß nicht, und sie trank auch nicht. Sie atmete.

Als der Doktor am letzten Abend kam, sagte er, die Schwester dürfe das Morphium in genau der Dosis verabreichen, die erforderlich sei. Es gebe keine Restriktionen mehr. Wenn Elis – Herr *Elf*, sagte er – merke, daß Eldbjörg Schmerzen habe, solle sie sofort eine Linderung erhalten. Elis war froh, daß sie begriffen, daß niemand besser als er merkte, wenn es ihr schlechtging. Die Worte des Arztes machten ihn jedoch so abgrundtief traurig und schwer vor Gewißheit, daß er zu weinen begann.

Er weinte nicht heftig, und er versuchte auch nicht, es zu verbergen. Ihm liefen einfach die Tränen herunter. In der Nacht schlief sie ruhiger, und ihm war, als ginge ihr Atem weniger mühsam. Gegen vier Uhr am Morgen kamen jedoch diese langen rasselnden Geräusche wieder, und sie hielten den ganzen Morgen und bis in den Vormittag hinein an.

Gegen zehn Uhr wurde sie plötzlich still. Ihm wurde ganz angst, und er beugte sich vor, um festzustellen, ob sie atmete. Da schlug sie die Augen auf. Er war erschrocken darüber, wie blau sie waren. Sie schienen einer anderen Zeit und einer anderen Eldbjörg anzugehören. Aber das war natürlich falsch. Sie war noch immer hier. Er merkte es, als er ihren Namen aussprach. Sie konnte nicht antworten, doch in ihren Augen lag ein Blick.

Sie hört mich, dachte er. Ich werde alles sagen. Ich hätte es schon längst tun sollen.

»Eldbjörg«, sagte er. »Hörst du mich?«

Ihre Augen antworteten sehr ernst. Sie sah jetzt wie ein Kind aus.

»Verstehst du ... Ich heiße Elis. Elis heiße ich. Nicht Elias. Elis.«

Sie schloß die Augen.

Hinterher dachte er mit tiefer Reue an diese Worte. Er hatte ihr die letzten Minuten schwergemacht. Er hatte sie gequält. Er hatte lediglich für sich selbst Befreiung haben wollen. Sie hatte er womöglich in den Abgrund gestürzt. Dorthin, wo es stockfinster ist und wo keine Ordnung herrscht.

In den folgenden Tagen ging er alles durch, was seit ihrer Abreise aus Menton geschehen war. Er erinnerte sich sehr gut. Er konnte sich zurückrufen, was Stunde um Stunde geschehen war, außer einem wirren Zeitraum in Venedig, von dem ihm nicht klar war, wie lange er gedauert hatte. Da hatte er unsinnigerweise geglaubt, ihn habe ein Infarkt ereilt. Er war jedoch gesund und lebendig gewesen und imstande, jeden grausamen und unwiderruflichen Fehler zu begehen, den ein Mensch nur begehen kann, wenn ihm ein anderes Geschöpf anvertraut wurde. Ein schwacher, kranker Mensch.

Es gab keine Vergebung.

Er hatte vieles zu klären, Dinge, die sich mit Geld erledigen ließen. Das Hotel. Den Arzt. Das Auto. Nachdem das getan war, streifte er durch München und wartete darauf, daß die Einäscherung vonstatten ging, damit er mit Eldbjörgs Asche in einer Urne in den Zug nach Hause steigen konnte. Er trabte stundenlang durch Straßen, die er nur zum Teil wiedererkannte. Man baute gerade eine U-Bahn, es gab viele Umleitungen, und der Verkehr war ziemlich chaotisch. Elis bewegte sich halb taub darin. In der Stadt war Messe, und die Hotelzimmer waren knapp. Er hatte zu guter Letzt eines gefunden, doch obwohl er fünfundfünfzig D-Mark dafür bezahlte, bekam er keine eigene

Toilette und Dusche. Ihm ging durch den Kopf, welch geringe Rolle das jetzt spielte.

Seinen Schlafmangel und seine Unfähigkeit, etwas zu essen, bemerkte er fast gar nicht. Als er vom Umherlaufen auf den lauten Straßen jedoch beinahe erschöpft war, bekam er Durst. Er ging in einen großen Bierkeller, der sich gegenüber früher nicht verändert hatte und noch genauso nach verschüttetem Bier und Tabakrauch stank. Weniger als einen Liter konnte man nicht bestellen. Er erinnerte sich, daß er hier im Mathäser einen alten Mann beobachtet hatte, der nicht aufs Pissoir gehen konnte oder wollte. Nachdem er ein paar Krüge voll getrunken hatte, steckte er seinen Spazierstock in den Hosenbund, spreizte damit das Hosenbein ab und pinkelte. Es lief ihm in die Schuhe und auf den Fußboden.

Das Bier wurde selbstverständlich in Steinkrügen serviert und zu Blasmusik, die von Kerlen in Lederhosen gespielt wurde. Die Kellnerinnen waren abgearbeitet und wirkten versoffen. Er saß da und beobachtete die jugendlichen Flittchen und die alten Nutten. Ein Mädchen, das nicht älter als fünfzehn Jahre sein konnte, trat zu ihm und fragte, ob er bumsen wolle. Er glaubte zumindest, daß sie das sagte. Das Wort war neu. Zu seiner Zeit hatte das vögeln geheißen. Ansonsten aber war alles wie vor vierzig Jahren. Träge Türsteher grinsten über die lahmen Raufereien.

Fängt alles wieder von vorn an?

Hierher wäre ich mit Eldbjörg nie gegangen. Ich hätte überhaupt nicht hier hereingehen sollen.

Er wußte nicht, wie er leben sollte. Er wußte es wirklich nicht.

*

Wir kamen auf Langvasslia zu sprechen.

»Bin dorten nimmer je gewesen«, sagte Elias.

Manchmal, wenn er in Gedanken versunken dasitzt, spricht er jämtisch. Ich sage nichts dazu. Ich denke mir, irgendwann kommt es schon noch raus, woher du kommst.

»Kann man dort leben?« fragte er.

»Habe gelebet dorten. In den Vierzigern. Sind auch dorten hinkömmen, die Deutschen, ist also alsfort ein Dorf gewesen.«

»Wie tut's denn sein dorten?« fragte er.

Ich war drauf und dran zu sagen, wie schön es dort sei. Doch ich konnte nicht.

»Was ist mit dir?« fragte der Alte und klang wieder wie üblich.

»Nun, dort komme ich ja nie mehr im Leben hin«, sagte ich.

»Nie mehr im Leben«, sagte er lachend. »Hör sich das einer an!«

Ich fand nicht, daß es da etwas zu lachen gab.

Das muß wohl im Winter gewesen sein, denn da hat man ja nicht gerade die beste Laune. Eines Abends im Juni aber war er unten und holte die Zeitung, und da fragte er mich, ob ich auf einen Ausflug mitkommen wolle. Er wolle nach Norwegen fahren, sagte er. Ich hatte für diese Seniorenfahrten nicht sehr viel übrig, jedenfalls nicht jetzt, wo in Norwegen für uns alles so teuer geworden ist. Das sagte ich ihm auch.

»Nein, wir werden mit dem Auto fahren«, erklärte er. »Ich dachte, du willst Langvasslia wiedersehen.«

»Dorthin kriegt man doch keinen Fahrdienst«, sagte ich.

»Nein, aber ich habe das mit Reine Karlsson geregelt.«

Schwarz oder nicht, es würde teuer werden, mit dem Taxi so weit zu fahren. Praktisch bis ins Skårefjell hinauf. Aber Elias war natürlich nicht bettelarm. Doktor Torbjörnsson hatte mir eine Anzeige gezeigt, die er aus *Dagens Nyheter* ausgeschnitten hatte. *Bukowskis Moderna*, stand da. *Elias Elv, Vase in Arieltechnik, Katalogpreis 410000 SEK*. Torbjörnsson sagte, so viel habe er selbstverständlich nicht bekommen, als er die Vase gemacht habe. Aber immerhin, dachte ich. Es gibt etliche, die wissen, daß der alte Mann Kies hat. So etwas merkt man.

Manchmal fürchte ich, daß eines Nachts welche kommen und ihm eins über den Schädel geben. So wie sie es mit Anna Starr gemacht haben. Da haben sie die Gelegenheit ausgenutzt, als sie mit einem Gipsbein darniederlag. Sie hatte den Schlüssel für den Hauspflegedienst auf der Vortreppe deponiert. Sie ist jedoch wieder auf die Beine gekommen. Ich bin froh, daß Elias einen alten Hund hat, der ordentlich bellt.

Wir fuhren an einem Samstagmorgen. Werktags betrieb Reine den Schülertransport. Wir kamen früh los und konnten den ganzen Tag fort bleiben. Sobald das Dorf hinter uns lag, verhielten wir uns wie Touristen. Reine mußte anhalten, wir stiegen aus und besichtigten den Gedenkstein für Antonsson und Holmlund, die unmittelbar an der Grenze bei einer Minenexplosion gestorben waren. Während des Kriegs war das gewesen.

»Haben hier oben herum viel Preiselbeeren gesammelt früher«, sagte ich. »Aber heute ist ja überall abgeholzt und nur schwer durchzukommen.«

Als wir an den Kahlschlagflächen vorbei waren, auf denen hellgrün die Birkenschosse standen, fuhren wir hoch oben auf dem Felsabsatz am See entlang, und es waren sowohl über als auch unter uns Höfe. Wir kamen nach Jolet, und da stutzte ich, weil Reine einfach weiterfuhr.

»Hätten wir hier nicht abbiegen müssen?« fragte ich. »Wir wollen doch nach Langvasslia.«

»Ich dachte, wir sollten uns zuerst den Friedhof in Trövika ansehen«, sagte Elias. »Reine hat Verwandte in Trövika, die er besuchen will.«

Trövika hat eine kleine Holzkirche, nicht größer als ein Bethaus; sie erhebt sich jedoch wie eine Kirche. Der Turm und das Dach sind mit gepichten Schindeln gedeckt. Rings um den Friedhof verläuft eine Mauer. Wir standen lange davor und sannen über die außerordentliche Steinarbeit nach. Elias fällt es schwer, in Gang zu kommen, wenn er eine Zeitlang gesessen hat. Doch dann schlug er mit dem Stock in den Kies und trat zwischen die Gräber.

Der ganze Friedhof neigt sich zum Abhang und zum See hin. Eng ist es dort außerdem.

»Hier bekommt man wohl nur einen Stehplatz«, sagte Elias. »Ich möchte aber auf jeden Fall hier begraben werden.«

»Ja, du bist ja Norweger«, sagte ich und sah ihn dabei eindringlich an. Er tat jedoch so, als ob er es nicht gehört hätte.

Tief unter uns bewegte sich der See, blau mit weißen Schaumkronen. Man konnte von hier aus mehr Fjälls sehen als daheim, und die meisten sind sehr hoch und das ganze Jahr über weiß. Ihre Reglosigkeit läßt einen verstummen. Wir blieben lange stehen und betrachteten sie.

»Wenn man sich vorstellt, daß wir uns den ganzen Winter über verkrochen und auf einen Fernsehbildschirm geglotzt haben!« sagte ich.

Dann gingen wir zwischen den Gräbern dahin. Ich zeigte auf die, die ich mal mehr, mal weniger gekannt hatte. Auf dem Friedhof in Trövika liegen viele Verwandte von Leuten aus Svartvattnet. Nila habe ich jedoch nicht dort liegen. Er ist in Skærno begraben. Meine Schwiegermutter und mein Schwiegervater ebenfalls. Irgendwie fand ich das gut. Es ist mir immer schwergefallen, an das Grab zu denken. Es wäre vielleicht besser gewesen, wenn es näher gelegen hätte, so daß ich öfter hätte hinfahren können. Ich hatte es jetzt etliche Jahre lang nicht gesehen. Beim letztenmal war das Gras so mager und dürr gewesen. Der Rosenbusch war natürlich tot. Alles wirkte so gequält.

Wir blieben vor einem Holzkreuz stehen.

»Hast du sie gekannt?« fragte Elias.

»Man kann ja gar keinen Namen lesen«, erwiderte ich. »Der ist ja weg.«

»Sie hieß Serine Halvdansdatter. Sie ist 1918 gestorben. Das ist ihr Kreuz.«

»Natürlich habe ich sie nicht gekannt. Ich wurde doch erst 1917 geboren.«

»Ja, natürlich«, sagte er.

Er will mich immer älter machen, als ich bin.

Wir gingen den Friedhof nicht sehr weit hinunter, er war

einfach zu steil. Als Reine mit dem Auto zurückkam, saßen wir auf einer Bank am Anschlagbrett vor der Mauer und warteten. Das Wetter war an diesem Tag äußerst günstig. Der Wind wehte, doch ungewöhnlicherweise von Osten, und er war nicht kalt.

»Mittag essen sollten wir im Gasthof in Jolet«, sagte Elias. Er wußte nicht, daß das Gasthaus schon seit einigen Jahren geschlossen war. Es gibt einen Laden in Jolet mit einem Imbiß, den alle Welt Kneipe nennt. Dort aßen wir Hamburger und Pommes frites. Elias sagte, das sei frisierter Kartoffelbrei, und er hatte wohl recht damit. Während wir dort saßen, erzählte er von dem Gasthof, der im Obergeschoß viele Zimmer gehabt habe. Alle hätten sie Namen von Flüssen in Nordnorwegen getragen. Namsen und Sanddøla, so in der Art. Auch Nidelva. Engländer seien gern zum Fischen dorthin gekommen.

»Die haben sich vorgestellt, alle Engländer seien Lords«, sagte Elias.

»Hast du hier gelebt?« fragte ich. Ich dachte an diesen Namen und diese Jahreszahl auf dem Friedhof, die er gewußt hatte, obwohl sie auf dem Kreuz ausgelöscht waren.

»Nein, aber ich war mal hier«, sagte er.

Ich sah, daß er müde war, und sagte, wir könnten nach Hause fahren, wenn wir mit dem Essen fertig seien. Wir hätten schon genug gesehen.

»Klemens oder Mats können mich mal nach Langvasslia fahren«, sagte ich. »Das ist kein Problem.«

Allerdings hatten die immer so viel um die Ohren, daß wohl nichts daraus würde. Ich sagte das nicht nur, weil Elias müde wirkte. Ich war auch unsicher geworden, ob ich wirklich noch einmal dorthin wollte. Als ich darüber nachdachte, fiel mir die Aussicht durch das Küchenfenster dort oben ein: die graue Deutschenbaracke und ein Moor mit kleinen Birken, die vom Wind schief geworden waren. Ich erinnerte mich an den Brennholzschuppen, in den meine Schwiegermutter meine Sachen geworfen hatte.

Wir fuhren natürlich doch. Die Straße hob uns Kurve um Kurve nach oben. Als wir anhielten und über den See blickten, war die Luft rauher und das Wasser von gestochenerem Blau. Die Hänge wurden steiler und kürzer, als wir schließlich weiterfuhren, und das Auto muckte. Immer höher fuhren wir hinauf. Es war, als würde man über alle alten Sorgen gehoben und sich in reiner, klarer Adlerluft befinden. Im Westen war es steil, so daß wir nur die Fjälls auf der schwedischen Seite sahen, und die sind bescheiden. Aber so ruhig und blau. Ich hätte nicht tauschen wollen.

Als wir oben ankamen und zwischen den ersten Häusern hindurchfuhren, war es wie in einem Traum. Sicherlich war das Langvasslia. Aber trotzdem nicht richtig. Ich kam mir wie in einem Film vor, sie hatten alles so aufgebaut, wie sie dachten, daß es ausgesehen habe. Wir Alten wissen jedoch, daß es nicht stimmt.

Ich kannte nicht einen Menschen im Dorf! Ein halbes Jahrhundert war vergangen, und jetzt konnten wir nicht einmal eine Tasse Kaffee kriegen. Dennoch mußte ich da oben noch Verwandtschaft haben. Doch die waren wie neue Menschen. Sie hatten Autos und Scooter. Das Haus, in dem wir gewohnt hatten, war jetzt weiß gestrichen und ausgebaut. Die Veranda hatte ein wie Wellblech geformtes gelbes Plastikdach. Die Leute sahen dem Auto nach. Es waren einige draußen, aber nicht einmal die Kinder kamen zu uns her. Es war nicht gerade so, als ob man nach Hause käme.

Als wir aus dem Auto stiegen, blies ein kalter Wind. Langvasslia liegt ja sehr hoch. Auf dem Kranz von Fjälls lag viel Schnee, doch die Hänge waren blau und hatten einen Stich ins Braune.

»Da oben sind Nilas Rene umhergelaufen«, erzählte ich. »Glaub mir, das war schon eine Herde, die sie hatten, Aslak und er. Über tausend Tiere.«

Es war wie ein Gesang, wenn sie sich gegen den Wind bewegten. Aber so etwas sagt man ja nicht. Ihre Hufe knackten. Wenn es eng wurde und sie rannten, berührten sich ihre Geweihkronen. Das prasselte und tönte.

»Da unten siehst du eine Senke. Dort fließt der Fluß. Da mußten wir mit allen Tieren hinüber.«

Der große Himmel erfüllte mich. Ich konnte nichts mehr sagen. Hier war alles so wirklich. Als ich früher hier gesessen und mich nach Hause gesehnt hatte, war es ebenfalls wirklich gewesen.

Reine war unpassend gekleidet, er stand in dem Wind und bibberte, und darum sagte ich, wir müßten nach Hause fahren. Es wurde allmählich später Nachmittag, fast Abend.

»Sonne neigt sich, und der Wolf kommt«, sagte ich.

Elias wollte wissen, was das sei, doch mehr sagte ich nicht. Als wir talwärts fuhren, kamen mir die Worte in meinem Innern wieder.

Sonne neigt sich, und der Wolf kommt,
schleicht umher in dunkler Nacht,
listig ist er auf der Jagd …

Wir ließen die Häusergruppen hinter uns, die früher lediglich grau gewesen waren, heute jedoch einen weißen und roten Anstrich hatten. Wir ließen die Scooter und Crossmotorräder hinter uns, die vor den Häusern standen. Das Wirkliche lag weiter oben. Hier unten war man wie auf der falschen Erdkugel. Es war Elias, der das sagte. Ich hatte jedoch gelernt, daß er nicht unbedingt scherzte, wenn er am ärgsten grinste.

Das Wirkliche lag still. Das Licht spielte darüber hin. Und nun kamen dunkelblaue Abendschatten und verdunkelten es. *Sonne neigt sich … und der Wolf kommt. Kinder suchen sich durchs Dunkel.* Mats hatte kleine, weiche Hände. Klemens' Hände waren magerer und auf dem Handrücken rauh. Er war andauernd draußen. Wie vertrauensvoll sie waren! Sie glaubten, ich könnte für sie alles gutmachen.

Kommt ein Morgen, ist doch so?

Wir waren erst spät am Abend wieder in Svartvattnet. Reine fuhr mit Elias bis zu dessen Haus hinauf, und ich war froh, daß das möglich war. Ich denke oft an diesen Hang, daran, wie steil er ist und daß Elias sich an einer Stelle niedergelassen hat, wo man ihn nur mit Mühe holen kann. Ich stieg aus, dankte ihm und reichte ihm die Hand. Er war ein bißchen verlegen.

»Jaja«, sagte er. »Wir sehen uns doch morgen wieder.«

Ich bin im Birkenlaubduft, und ein Vogel ruft. Es ist der Mornellregenpfeifer. Derselbe Ton, derselbe Duft, Sommer auf Sommer, solange die Zeit währt. Dann ist Nila hier bei mir. Er liegt neben mir auf den Fellen und den Birkenreisern mit dem frischen Laub. Es knistert, wenn wir uns aufeinander zubewegen.

Ich habe mich in eine größere Zeit gesenkt. Obwohl ich alt bin, bin ich droben im Fjäll. Es ist Juli, die Zeit der Kälberkennzeichnung. Die Fjällflanken blühen. Ein kräftiger Duft entsteigt den Moorsenken, und nachts qualmt es: Tief unten im Moder wird gebraut.

Das Licht hält uns wach. Uns schwummert. Taumelig wie Blumenfliegen bewegen wir uns aufeinander zu. Ich spüre Nilas Hände und höre seine Stimme, umgeben von den Geräuschen der Nacht.

Das wird es immer geben.

Der Mornellregenpfeifer warnt. Pii...viii... Jetzt steigen die Nebelschwaden aus unterirdischen Kesseln. Die Lichtglocke weitet sich um die Erde. Bald ist es Morgen.

PIPER

Agneta Pleijel

Lord Nevermore

Roman. Aus dem Schwedischen von Gisela Kosubek.
509 Seiten. Gebunden

Zakopane in leichtem Regen. Tabakrauch hängt im Zimmer. Im Garten tanzen kleine Nebel zwischen den Obstbäumen. Und noch einmal richtet Stanislaw das Wort an seinen Freund: »Geliebter Lord Nevermore, ich folge dir. Du kannst nicht auf mich verzichten.« Stanislaw möchte, daß sie zusammenhalten, wie sie es immer getan haben. Und schließlich willigt Bronislaw ein, nimmt seinen Freund, den Künstler, mit auf die abenteuerliche Reise ins ferne Australien, auf der Flucht vor der Liebe und zur Erforschung der wilden Völker. Doch der Erste Weltkrieg wirft seine Schatten bis ans Ende der Welt, und unerwartet werden aus den Jugendfreunden Feinde, deren Wege sich schmerzlich trennen.

»Lord Nevermore« ist der grandiose Roman eines ganzen Jahrhunderts. Reisebuch, Liebesroman und Biographie in einem, erzählt er die Geschichte der ungewöhnlichen Freundschaft zweier historischer Gestalten.

01/1314/01/R

Karin Fossum

Schwarze Sekunden

Roman. Aus dem Norwegischen von Gabriele Haefs.
300 Seiten. Gebunden

Automatisch glitten seine Augen über die Felder. Kommissar Konrad Sejer wollte nichts übersehen. Dieses Mädchen kommt wieder nach Hause, sagte er sich, sie kommen so oft nach Hause. Doch diesmal sollte Sejer sich irren: Ida Joner kam nicht mehr zurück. Die schwarze Septembernacht verging, und dann wurde sie gefunden: gehüllt in ein cremefarbenes Seidennachthemd, von weißen Federn bedeckt – Ida mit ihren dichten Locken und großen braunen Augen. War das schon zuviel des Guten, wie ihre Mutter schon immer geglaubt hatte? Aber wer würde solch einem Menschen etwas antun wollen?
Die Fahndung nach dem Mörder bleibt erfolglos. Einzig der stumme Emil Johannes, Autist und Sonderling des kleinen Ortes Glassverket, scheint als Täter in Frage zu kommen. Sejer aber ist unsicher – bis Emils Mutter eine grauenvolle Entdeckung macht …
Auf fesselnde und zugleich beklemmende Weise gelingt es Karin Fossum, Anteilnahme und Interesse beim Leser zu wekken, für die Opfer wie auch für die Täter.

01/1293/01/R